澄
心
清
意

澄心文化

阅
读
致
远

人类状况百科全书

杰夫·戴尔评论集 上

[英] 杰夫·戴尔／著
王和玉／译

Otherwise Known as the Human Condition

Selected Essays and Reviews

浙江文艺出版社
Zhejiang Literature & Art Publishing House

译　序

王和玉

杰夫·戴尔的《人类状况百科全书》是一部艺术评论与散文精选集，原书由美国著名的格雷沃夫出版社于2011年出版。该书全面收录了作者1989年至2010年间发表在《观察家报》《每日电讯报》《艺术评论》《卫报》《纽约时报书评》等不同期刊上的优秀作品。全书分为五个部分，分别是影像评论、文学评论、音乐评论、其他评论和个人感悟。正如序言中所说，杰夫渴望在一本书中体现自己的广泛兴趣，就自己关注的不同问题随心所欲地写作。在《人类状况百科全书》中，他追寻着加缪在阿尔及利亚的影子，回忆着20世纪80年代在布里克斯顿自己依靠救济金生活的困窘，讨论理查德·艾维登和露丝·奥尔金，反思爵士乐的地位，评论杰出艺术家伊德里斯·汗，思考雕刻家罗丹的空间艺术，迷恋拉玛曼尼美妙的歌声，谈论他的文学偶像丽贝卡·韦斯特，描述作家雷沙德·卡普钦斯基，也探讨了高级时装、酒店里的性爱。

对于杰夫而言，写作不是一份职业，而是一种自由自在的生活方式。相比之下，他更喜欢在一些特定的时刻随意写下触发自己感想和兴趣的细微琐事。该书所收集的评论和散文不仅全面反映了杰夫对不同艺术形式的独特欣赏方式和美学追求，也充分证明了他的写作风格，即彻底地逃避任何专注的、专业化的或连续性的写作范式。“写作这一过程让我感到无拘无束，随心舒适。……我没有因为读者的需求而改变自己的初衷。……这些文章是我自己最喜欢阅读和引以为豪的作品。”

《人类状况百科全书》收集了杰夫20年来的散文、评论和不幸经历，书名特别宏大。读者也许期待通过阅读获取有关人类状况更广博的知识。在所收录的文章中，杰夫的确探索了一系列的人类文化现象，内容跨越各个领域，从爵士乐、布鲁斯音乐、电影、摄影、幽灵自行车、一战、文学作品，到后来回忆哪儿能买到最好吃的甜甜圈和羊角面包、怎样喝到一杯完美的咖啡等日常生活的描述。这些零散的主题和细节内容表面上似乎有些不切题，但这一点恰恰体现了杰夫所倡导的写作理念，与他的美学思想高度一致，即回避传统的“宏大叙事”，从一些小事和细节中挖掘世界运行的真相、人类的生存状况。所谓“宏大叙事”，只是日常生活的记忆之墓，因为真实的历史少不了个体的参与和细节的记录。杰夫相信，作家最重要的品质和态度是真诚，“只要足够真诚，不同文化背景里的人，都能跨越障碍，辨认出这些真相”。现代社会的一个总体趋势，就是“消灭附近”。人们关注的东西，不是越来越小，就是越来越抽象，但很少有人关注自己身边的人和事，并将之真实地记录下来。今天的信息世界，不缺事实和感知，也不乏观点和争论，但稀缺的是对周边真切的体会和理解世界的独特方法。而杰夫正是用自己的个人阅历和对世界的理解，串联起那些细碎的日常，真诚地诉说自己感知世界的独特体验和视角。

杰夫凭借其极富创造力的浪漫小说以及一些杰出而无法归类的非虚构类作品赢得了大西洋两岸热情书迷的长久青睐。与此同时，他一直在对音乐、文学、摄影、旅行和时事新闻等众多有趣的主题进行着机智而尖锐的批评。杰夫用自己独特的艺术呈现方式，将这些主题变成了一种不可抗拒的报告文学。他大部分的时间都在满世界游走，不断扩充自己的经历，拓宽认知边界。这位有着嬉皮气质的英国作家十分热爱美国文化，他不是在路上体验生活，就是在书里品评艺术。迄今为止，杰夫一共完成了五部小说、十余部非虚构作品，还有很多妙趣横生的专栏、艺术批评和旅行杂文。无论写什么，杰夫的呈现方式总是出其不意、令人惊叹。这些作品为他带来了毛姆文学奖、福斯特奖、美国国家评论协会奖等诸多文学荣誉，也为他赢得了迈克尔·翁达杰、大卫·米切尔、村上春树、扎迪·史密斯、阿兰·德波顿等众多同行的广泛认可。

作为创作者，杰夫不仅写作题材涉猎极广，而且写作风格也灵动睿智。20多岁时，他第一次读到了约翰·伯格的《观看之道》，如同受到了精神洗礼，重塑了自己的世界观和文艺观。在之后的创作生涯里，约翰·伯格的影响几乎无处不在，杰夫的创作风格变得既轻盈又深刻。在谈论罗丹的雕塑作品时，杰夫直言，正是伯格的著作《艺术与革命》将其引入罗丹的石头世界。28岁时，杰夫出版了自己的处女作，即文艺评论集《讲述的方式：约翰·伯格的作品》。此后，杰夫始终不拘一格，是一个无法界定、与众不同的作家。“不要给自己设限，把握写作任何话题的自由，勇于穿越各种边界”，“用观看一幅画的方式去聆听音乐，用音乐的节奏去解读一张照片的瞬间”。作家身份之外，杰夫还在美国多所大学任教创意写作课，越来越多的美国大学写作中心都愿意将他的名字列入文学课教授的名单。杰夫的“文学教授”也担任得别具一格，他坦言：“形式上的区别根本不用我教，形式可以变幻多端，但优秀作品总是具有一些共同的品质。我希望学生们阅读经典，回归传统。创作不能受正统形式的约束，采用任何形式都可能写出好作品。”

杰夫的写作处处渗透着黑色幽默和嘲讽，他会通过文字若无其事地释放自己兴奋与厌倦的情绪，真实地展示自己内心的挣扎、纠结和倦怠。这种焦虑懒散的写作状态被杰夫称作酝酿写作的最佳时刻。“如果你没有准备过度，那就是还没有准备充分。”对于写作过程中这种看似徒劳的消耗，杰夫称之为“完全有必要的精力浪费”。劳伦斯曾经一怒之下，开始书写托马斯·哈代。这本书无所不谈，但唯独不提哈代。杰夫不仅套用了“一怒之下”的情绪书写劳伦斯，而且延续了劳伦斯那种奇特的行文方式，通过别具一格的传记《一怒之下：与D.H.劳伦斯搏斗》向劳伦斯表达了最真诚的敬意。本文集也收录了对劳伦斯作品的评论：“当劳伦斯试图通过一系列的冲击和批判逐渐实现自己的‘内在命运’时，他慢慢觉得自己不再‘属于任何特定的阶层’……到处都是……家园。”杰夫直言不讳地宣称：“如果我不得不选择一本书来代表文学对我的意义、对我人生的影响，那本书必定是《儿子和情人》……直到今天，它仍然是一盏明灯。”

就作品而言，杰夫完成的非虚构作品比小说要多。但杰夫用轻松幽默的行文风格解构了虚构与非虚构的边界。对于杰夫来说，批评家的反思性作品和小说家对生活经验的再现之间没有本质区别，它们都是一种互相启发的方式，让人类的感知更加敏锐。杰夫的作品既勾勒出了我们的现实世界，又突破其界限，将之延展和放大。《人类状况百科全书》更像一个哲人的思考文集，集中体现了他对于摄影、文学、音乐的理解和洞察。譬如在第二部分的最后一篇长文《战争的道德艺术》中，杰夫分析了大量涉及战争题材的作品，明确地指出：

> 我们只有超越非虚构小说的限制，借助不同类型的叙事艺术、不同形式的认知模式，并重新调整充满道德说教和政治观点的叙事方式，才能真实地记录目前史无前例的喧哗和混乱，对这一特定的历史时期表示尊重或抗议！

在《拳击文学》一文中，杰夫提倡突破语言常规进行大胆创新，他赞美本尼迪克特的散文达到了完美的境界。“要想作品成功并赢得读者，语言表达就必须分裂……换言之，语言的力量与它的自残能力密不可分，前者实质上依赖于后者而得以实现。”正如拳击手在“自己的手被打断的那一刻，体验到了一阵得意忘形的快感”。

与一般的艺术评论不同，杰夫在评论摄影作品时并非将评论局限于拍摄技巧和照片质量，而是能涵盖更加广阔的内容。在评论乔尔·斯坦菲尔德的摄影作品集《在此处》的最后一张作品“乌托邦幻象”时，他不仅回顾了美国乌托邦运动发展和没落的过程，还探索了这种乌托邦冲动何以在美国产生的原因。作为摄影评论，该文还通过对比分析展示了文本对于照片意义呈现的价值。

> 不能被阅读的图片和能被阅读的文字之间存在着

距离，正是这距离让这本影集产生了一种概念张力。一旦无法清楚展示的照片故事在文字的辅助下得以清晰地呈现，二者之间就架起了一座桥梁。

在评论理查德·米斯拉赫所拍摄的海湾战争后的沙漠风景时，杰夫不仅说明了这些记录的战争痕迹如何真实地体现了土地的脆弱，具有强大的震撼力量，同时也梳理了美国西部荒野摄影作品的历史发展和审美倾向。更重要的是，杰夫在体裁上将评论与游记糅合在一起，让读者跟随他的步伐一路西行，感受荒芜的沙漠和日渐消失的历史……

书名篇《人类状况百科全书》其实是整本文集中的一篇个人感悟，杰夫回忆了如何发现、钟情和迷恋于Doughnut Plant品牌甜甜圈的故事。在喝咖啡、吃羊角面包的琐碎记录中，杰夫常常会出其不意地穿插一些简单的评论和注解，如“一个地方究竟在哪里，并非由它的地理位置决定，而是取决于我们如何接近它”；也有轻松的自我调侃，“其实每天我要买的东西都一样，只是一直中意那个调制美味卡布奇诺的女服务员而已”；有对时过境迁的感叹，“曾经让你满心欢喜的地方现在反而隐藏着可怕的幽灵，它随时会让你失望”；还有对陈旧习惯的无奈，“不管身居何处，人们总是被迫一遍一遍重复同样的东西。从某种角度看，或者从任何一个角度来讲，人们所做的一切不就像在埃弗拉路上来来回回吗”。当他在东京旅行也想找到梦想中的甜甜圈时，杰夫意识到，“不管身处哪座城市，我们总试图将其重塑为理想中的模样”。读着这些真诚而意味深长的文字，你会深刻感受到杰夫不俗的智趣和迷人的魅力。正是因为这些智慧的火花，让人会心一笑、掩面深思、频频回读；也正是因为这些思想的珍珠，让杰夫笔下的个人日常化为不逊色于任何史诗的《人类状况百科全书》！如果因为东京治愈了杰夫对甜甜圈的痴迷，让他忘记了太平洋战争，将日本国旗看成世上最动人的旗帜，那么对生活和美食的真切体验、向往和热爱，对周边的关注与热爱，是否能最终帮助人类跨越文化、种族和历史的隔阂，走向和谐共享的美好未来呢？

王和玉

2020年5月写于广州

广东工业大学外国语学院

致伊桑·诺索斯基

目录

第二部分 文学评论

第三部分　音乐评论

序　言

杰夫·戴尔

当作家获得了一定声誉后，有时会被说服出版自己的“偶发作品”（即他们在报纸和杂志上发表的零散文章）。一般情况下，作者只会勉强而谦虚地表示同意——马丁·艾米斯（Martin Amis）就“带着应有的谦卑”——因为这种拼凑之作被认为是一种相当低级的作品，几乎都算不上正儿八经的著作——出版了自己的第一本作品集《弱智的地狱》（*The Moronic Inferno*）。

但就我自己的情况，以及我对该书所收集的作品的看法而言，还是有所不同。因为在我开始为杂志和报纸撰稿的同时，我就希望这些零散的文章有一天能以书的形式出版。我特别希望如此，是因为我几乎从不读报纸或杂志。如果在报纸上看到自己欣赏的作家的作品，我很少会去读。但当我浏览即将出版的书籍的目录时，吸引我眼球的恰恰是那些我曾经忽略的、最初发表时我还未阅读的作品集。因为我更喜欢以书的形式阅读别人的零散文章，所以我也希望看到自己的作品以这种方式被呈现出来，这绝非只是为了满足虚荣心。上世纪90年代末，当我第一次与英国的编辑探讨这一可能性时，他就问过我，这些片段是否相互关联，能否找到某种方式将这些零散的文章拼凑成一本明确围绕特定主题的连贯作品。例如，有没有可能把我的摄影作品评论编成一本书，或者将那些谈论美国作家的文章结集成一部专著？

当然，这也是一种可能的选择。但从我个人的观点来看，这样不算最理想的做法，因为确切地说，我更加渴望在一本书中体现自己所关注的问题范围之广，不受约束。我希望这本书——1999年以《盎格鲁-英国人的态度》（*Anglo-English Attitudes*）的形式出版——能够证明：我全部的职业生涯如何彻底地逃避任何专注、专业化或连续性，除非是我自己的愿望使然；相比之下，我更喜欢在任何特定的时刻随意写下我碰巧感兴趣的任何东西。需要补充说明的是，对我而言，写作一直是一种无职业的自由生活方式。

在我看来，这种表面上的杂乱甚至可能会给整部作品带来某种统一性或连贯性。我认为，文章的种类**越是**繁杂，显然就越是有必要将其看作是一个人的作品——因为它们唯一的共同点就在于：这些都是由同一个人**创作**。如果说在我文学创作的（非）职业生涯中有哪一点让自己感到骄傲的话，恰恰是我写了那么多不同种类的作品。将这些零散的文章集合成一部作品，无疑能进一步证明我的兴趣是多么自由和广泛。这样的作品集也表明，我一直忠实于自己的导师约翰·伯格（John Berger），并一直以他为榜样进行创作。我曾经写过一本专门评论伯格写作风格的小书《讲述的方式》（*Ways of Telling*），其中阐明了自己的观点。我以为，伯格能够以各种不同的方式就众多不同的主题进行写作，这不仅表明了他的能力，也正是他作为一名作家的成功之处。这也是我多年来一直努力为自己争取的那种成功和自由。在介绍自己评论法国作家和思想家的文集《巴黎之语》（*The Word from Paris*）一书时，约翰·斯特罗克[①]建议说，文学记者“如果有一片已知的属于自己的领地，而不是声称自己拥有广泛的专业知识，从而有资格撰写有关任何人或任何事的文章，那他们就会在职业上做得很好”。如果斯特罗克是对的——几乎可以肯定他是对的——那么让我感到非常幸运的是，这么长时间以来，我显然一直走在错误的轨道上。

人们常常把作家自己真正的作品（即他们为自己创作而得的作品）和他们为钱而写的东西区别开来。在这种情况下，理想的状态当然是能够把所有的时间都用来为自己

① 约翰·斯特罗克（John Anning Leng Sturrock，1930—2017），英国作家、编辑、评论家。——编者注（本书脚注若无特殊说明，则均为编者注）

写作。但这儿也要再次申明，我的情况完全不同。我为大部分新闻报纸和杂志撰写的文章也完全都是为自己而写作。艾米斯曾经坦陈自己的作品《弱智的地狱》是用“左手”写就的。换言之，收集在这本书里面的文章是为向他约稿的出版物的特定读者量身定做的。而我这本书中的作品都是用右手完成的，我没有因为读者的需求而改变自己的初衷（当然，我这里用了修辞语言来说明这一点，实际上我天生就是左撇子，只能用左手写字）。说实在的，我一直都如此，在写作时很少考虑特定出版物的假定读者有什么特殊需求。决定这些文章的形式和风格的要素始终是主题或意境，而不是它们的出版目的或者读者偏好。通常情况下，这些作品不会为任何机构特意设计。我把它们写下来，然后寄出去——就像人们常说的那样，冒险投稿——也像我完成一篇短篇小说后将它寄给出版机构一样，希望最终有人会接受它们。

如果发生什么事情让我深受感动——这种经历可能会给诗人带来灵感——我的本能就是在一篇文章中清晰地表达和分析这一事件。写作这一过程让我感到无拘无束，随心舒适。这些文章是我自己最喜欢阅读和引以为豪的作品。离开大学时，我以为当作家就意味着写长篇小说，或者是专门评论其他作家的长篇小说。几年后，在我一直认为是自己智识发展最快速的时期（也就是靠救济金生活在布里克斯顿的那段时期），我发现了罗兰·巴特、瓦尔特·本雅明、尼采、雷蒙·威廉斯（Raymond Williams），更重要的是，还有伯格，这让我意识到还有另一种成为作家的方式，一种让我渴望的创作方式。一如阿道司·赫胥黎那样，我认为自己属于“那种足够聪明的散文家，能够创作一种非常有限的虚构作品，得以蒙混过关，步入作家的行列”。此外，对我来说，长期从事长篇小说创作的作家的生活，从来没有像创作各种不同类型的作品（或者分时期创作不同的虚构作品）的作家的生活那样吸引我。有什么能比第一天写一篇关于长篇小说或展览的评论，接着第二天又去莫斯科报道一架米格-29型飞机更精彩的创作生活呢？这样看来，我这位衣服肘部有皮革补丁、抽着烟斗的文字工作者，似乎是一件已经远离我们的遥远文学时代的遗物或化石。从另一方面来看，这种自由职业的风格体现了当代作家根深蒂固的传统思想。如果说这本文集以某种方式代表了我的创作风格，让读者得以洞窥20世纪末21世纪初一个作家的思想，这算不算狂妄之语？

二十岁那年，当我读到哈兹里特[①]的文章《与诗人的第一次接触》（*First Acquaintance with Poets*）时，立刻意识到自己就想追随这个“虚度一生，只会读书、看画、看戏剧，然后聆听、思考、写作自己最喜欢的东西”的作家的

① 威廉·哈兹里特（William Hazlitt，1778—1830），英国散文家、评论家、画家。

生活方式。还有什么比这更好的事呢（当然，你完全可以用“电影”代替“戏剧”）？这种生活的一个关键要素在于，你一直在学院之外闲逛，无意进入所谓的“学院派”，这样就不会受到专业（主流）强加给你的限制或者生硬的方法带来的一些阻碍。我越来越能适应自己天性的变化无常，也喜欢上了自己不断变化的方式。很多时候，对一件事情的兴趣导致我接着对另一件事产生好奇。事实上，我是如此执着于新的兴趣，以至常常不再注意先前使我神魂颠倒的东西。就是在这种觉醒和放弃的兴趣转换过程中，一种偶然随意的叙述方式有望在接下来的书页中被呈现出来。

本书收集的作品选自在英国出版的两部散文集：《盎格鲁-英国人的态度》（包含1984年至1999年创作的文章）和《经营房间》（*Working the Room*，包括1999年至2009年的文章）。希望十年后，当我六十多岁的时候，还能创作足够多的新作品以出版第三部文集。所以，我在这个特别空闲的位置上也有任期——更确切地说，我占据了好几个位置呢。这是我一生的工作，也是我全部的生活。我几乎每天都在惊叹，竟然还可以选择这种方式度过一生！

我的工作方式在过去二十年里没有改变，但是我工作环境的一个方面发生了重要变化。在过去十年里，我被邀请为好几本书作序，包括再版的文学名著，也有摄影专著和专题册。我很乐于这样做。要特别感谢编辑们，他们不知通过什么渠道，听说我对丽贝卡·韦斯特[1]、理查德·艾维登[2]或其他人感兴趣，并给我机会介绍他们的作品，让我有幸和他们分享一本书的封面。我认为这是一个读者能享受到的最大特权了，即使这稍稍削弱了“不速之客”的形象——正如我在本书后面的一篇文章中所声称的那样。

于伦敦，2010年6月

---

① 丽贝卡·韦斯特（Rebecca West，1892—1983），英国作家、记者、文学批评家。

② 理查德·艾维登（Richard Avedon，1923—2004），美国摄影师。

第一部分　影像评论

雅克·亨利·拉蒂格[1]与《发现印度》[2]

可别指望我能爱上一张照片。

——贾瓦哈拉尔·尼赫鲁[3]

这张照片是雅克·亨利·拉蒂格于1953年在法国的昂蒂布角拍摄的。那时，近六十岁的拉蒂格已经从事摄影半个世纪了。照片拍的是一个女人，我不知道她是谁。看起来非常豪华的酒店（也许是别墅）的露台上，女人身着泳装，头戴滑稽的假发，斜靠在带有气垫的躺椅上。假辫子由条状的彩纸编织而成，这种普通的彩纸在一般派对商

---

① 雅克·亨利·拉蒂格（Jacques Henri Lartigue，1894—1986），法国摄影师、画家。

② *The Discovery of India.*

③ 贾瓦哈拉尔·尼赫鲁（Jawaharlal Nehru，1889—1964），印度开国总理。——译者注

THE
DISCOVERY
OF INDIA
by JAWAHARLAL
NEHRU

店就能买到。女人戴着一副巨大的塑料太阳镜，看不到她的眼睛。但照片暗示了一个可爱的挑逗性动作——女人正抬眼瞧着摄影师。这同时意味着照片中的女人正斜眼看着我，看着观众，压根儿没有阅读手里那本极其严肃的书——尼赫鲁的《发现印度》。这本书看起来似乎有八百页长，足有一吨重。假如女人读的是消遣读物《BJ单身日记》（*Bridget Jones's Diary*），照片就完全不会像现在这样。不过，《BJ单身日记》那时还没出版呢！但这种安排正好体现了照片的另一层用意，即它完全可能是昨天或是今天拍摄的，在白色太阳镜再次流行的今天尤其如此。

照片中书的编排是摄影者天才的体现，这是一种发明新事物的机智，或是一种把握瞬间的才能。事实上，若将图片中的任何要素省略，不管是假发、眼镜、涂色的指甲或者是唇膏，都会彻底削弱照片的效果。实际上，这是所有优秀照片的共同点，即一切要素都至关重要，哪怕是微不足道的细节。我个人认为，决定一张照片质量的另一个关键要素是选择什么东西不该**出现在**图像中。有时加入一些特定东西，不仅会削弱图片的质量，甚至会毁掉图片的整体效果。就这张1953年拍摄的照片而言，特别值得一提的一点就是没有出现香烟和烟灰缸。香烟通常被当作魅力的附属品，体现着诱惑和时尚。问题是，香烟若出现在照片中，必定会使图片带上时间的烙印，无法令其历久弥新。正如吸烟的坏习惯会加速一个人面部衰老的过程，让人青春不葆。说实话，照片中若有任何香烟的痕迹，我一定会扭头而去。但事实上，我对这张图片恋恋不舍，照片中的女人让我目不转睛。

那么，她究竟是谁呢？

这次，我竟然忘记了自己对于摄影的一条规则。我一向以为，若对图片观察得足够仔细，一定会找到问题的答案，哪怕答案会以其他问题的形式出现。不管照片中的女人是谁，她肯定是个美人儿。坦诚地说，对于这一点，我其实没有十足的把握。原因很简单，我没能看清她的脸。但她的美丽毋庸置疑。我之所以这样断言，显然是因为我爱上了这个女人。依我猜测，拉蒂格说不定也爱上了她。很多男人都拍摄过他们爱恋的女人，但这张照片描绘的是你坠入爱河的**那一瞬间**。

这就解释了为什么女人抬起头来与我、观众、摄影师的目光交汇的那一刻是如此重要。这是眼神交汇的第一刹那，是以后每一次的目光相遇都会包含的时刻。如果这张图片拍摄的是与拉蒂格厮守十年的女人，那就证实了我的看法。那种眼神以及目光的相遇，仍然包含那种很久以前第一次露出却没被拍下来的表情的那股冲击力。就个人而言，虽然我只看过照片，却可以说是对她一见钟情。也正是因为这一点，拉蒂格成为众多时尚摄影师效仿的典范。推销衣帽的最好方法，就是让人爱上照片中穿衣戴帽的女人。这是一种最有效的潜意识诱惑，摄影师的任务就是努力催生这种诱惑。但对拉蒂格而言，照片中的一切都是真实的。那么这张图片要推销的究竟是什么物件呢？是愚蠢的假发、滑稽的太阳镜，还是《发现印度》的精装本呢？问题本身正是作品的神奇和魅力所在。

正如我开头所说，这些古怪的配件的每一个都至关重要。书的出现至少暗示了一种异国情调；假发和太阳镜让图片带有一丝朦胧却明显的色情意味。如果你想看的是不戴假发和眼镜的女人，那无异于要开始脱她衣服了！并不是说照片本身有明显的色情意味，只是你急切地想看看她到底是什么样子。换言之，那幅画拿一个问题反复捉弄观众，你不过是想要找到该问题的答案而已。问题的关键是，照片为何如此构成、如此设计？我迫切地想要知道答案。若能查阅一本现有的关于拉蒂格的书，也许能解决问题。但我更喜欢少一些学术性的更直接的方法。当然，我也希望这一方法不至于太冒犯。“对不起，小姐。我不知道为什么……”

写于2005年

罗伯特·卡帕[1]

艺术作品要求我们用**友好的**目光做出回应。所以，看到这张照片，我的第一反应就是明确的表态：我不会再喜爱别的照片了。

我第一次看到这张图片是在一张明信片上，其背面写有说明："1943年西西里战争结束后的意大利士兵。"同盟国在那年7月入侵了意大利，西西里首府巴勒莫于7月22日沦陷，8月17日，整个西西里都已经被盟军控制。照片的拍摄时间距离欧洲战场的胜利实际上还有将近两年，但罗伯特·卡帕的作品预示和描绘了欧洲战争的结束。

我再次邂逅这张照片，是在阅读有关卡帕作品的一本书时。这次，图片有了一个不同的文字说明："1943年7

① 罗伯特·卡帕（Robert Capa，1913—1954），匈牙利裔美国摄影记者。

月28日，西西里岛，尼科西亚附近。一群正向战俘集中营进军的纵队，一名意大利士兵落在被俘的战友们后面。”显然，这一描述更加具体和清晰。但这两个说明文字中，究竟哪一个最准确地表达了图像的真实性呢（哪怕不符合当时的拍摄环境）？

乍一看，图片的全部含意似乎会随着说明文字的改变而发生变化。但仔细想来，无论图片周围的场景如何变换，卡帕其实都在有意地将这对年轻夫妇从环境中隔离开来。两个说明文字实际上都有误导性，因为二者都未提及照片中的女人。正如斯坦贝克（Steinbeck）所言，卡帕的“照片不是意外”。照片的视觉真实性使照片拍摄的环境脱离了图片框架的边界，即人的视野之外。遵循卡帕的思路，我也宁愿“收割”照片中的叙事，只关注图片形象所包含的故事，将其中的说明文字进行个人化的转述。

卡帕的照片让我回忆起另一张照片：安德烈·柯特兹[①]拍摄的“正在离去的俄国红色轻骑兵，1919年6月，布达佩斯”。两张照片遥相呼应，互为补充。柯特兹的照片拍摄的是士兵离开的过程：一男一女互相看着对方，这可能是彼此的最后一次凝视。在《另一种讲述方式》（*Another Way of Telling*）中，约翰·伯格谈到了这种彼此传递

① 安德烈·柯特兹（André Kertész，1894—1985），匈牙利裔美国摄影师。

眼神的意义：为了应对将来的不测，两人都努力将这一美好的片刻镌刻为永远的记忆。柯特兹的照片里，男女彼此的凝视体现了一种无声的希望；而卡帕的照片描绘的恰好是希望实现时的场景。这不仅是柯特兹照片中两人的希望，也是所有被战争分开的恋人的梦想。

炎热的地中海景观，自行车轮胎上的灰尘，太阳照在她被晒黑的手臂上。他们的影子混杂在一起，蝴蝶在参差交错的树篱上飞舞。田野边缘破败的墙并非是被炸弹突然摧毁，而是岁月缓慢磨损所致。在这片土地上一起慢慢变老是可能实现的。所有的声音——蝉的鸣叫声、靴子踩在路上的响声、自行车缓慢的摩擦声——都与坦克和大炮发出的震耳欲聋的声音形成了鲜明的对比。也不知自行车是他的还是她的，中间有一个横梁。若没有自行车，照片的效果就会被削弱；若没有女人的长发，作品的意境就全毁了。头发的模样说明她仍然是他离开时的样子，毫无变化，对他一直忠贞不渝。

注意到这些细节使我的内心充满期待，我也想**成为**那个照片中的士兵。由于这想法毫无实现的可能，我决定去西西里骑自行车度假。我想了解他们之间的故事。他们何时见面？他们做爱了吗？他们像这样行走了多久？他们是要去哪里？这旅程有多长？照片本身会促使我们提出诸如此类的问题。就算我们用心观察，仔细倾听，照片也很难提供答案。你听……

他们不在乎前面的路有多长。距离越远，他们就越能长久地像这样互相厮守。她会问起发生在他身上的事情；他一开始也许会犹豫，但并不着急。她开始记起他的沉默，他的笔迹和寄来的信早已暗示了他这种交流方式。最后，他会告诉女人自己失去了哪些朋友，经历了哪些可怕的往事。他还迫不及待地打听，朋友和亲戚们回到村庄或城镇后有无新的消息。

她会说说她哥哥。哥哥也在军队里，而且受过伤。她还会谈到他的父母，讲一些发生在教师和屠夫的狗身上的趣事。他们会这样一直往前走着，偶尔碰碰彼此的肩膀。两人都非常关注对方的举止，担心一些小的细节会让对方失望。也许在行走了一段后，当他们在路边休息时，或者当他们躺在星空下睡觉时，女人会问男人："我还像你离开的时候那样漂亮吗？"

她知道他会给出什么答案。她感觉他用粗糙的手将自己的头发拂到耳后。女人看到男人开口说道："不，你变得更漂亮了，简直太美啦。"

难道他们不谈意大利的失败吗？也不谈战争的结束吗？也许他们也会聊聊这些吧，但绝非现在，也不是此刻……

写于1991年

如果我死在战区

《安魂曲》(*Requiem*)[1]是对“来自不同国家的135名摄影师”的致敬，他们在报道越南、柬埔寨和老挝的战争时牺牲。画册被制作成纪念品，最后几页写满了所有逝者的名字，整个风格模仿了华盛顿特区的越南“墙”。画册的意义绝不只是将不同程度的恐怖照片整合并编辑在一起。事实上，《安魂曲》是一本伟大的摄影**书籍**，一本具有视觉语法和叙事连贯性的经典画册。

第一组照片是20世纪50年代由摄影师埃弗莱特·迪克西·里斯(Everette Dixie Reese)拍摄的经典风景照，宁静而充满异域风情。战争中拍摄的照片能显示“千码之外凝视”的镜头下被战争毁灭的美国战士。里斯拍摄了一

① 该画册由霍斯特·法斯(Horst Faas)和蒂姆·佩奇(Tim Page)编辑。——原注

名苍老的越南男子，他的目光穿透了一千年，与我们相遇。另外一幅宁静的图片拍摄的是佛教僧侣，代表西方智慧的理想。该图片同时也暗示，这里是世界上河流经常泛红的地方。一块12世纪的石头浮雕显示，高棉军和安查姆军队在1177年发生了一场战斗。皮埃尔·贾汉[①]拍摄的一张照片上，一个法国哨兵的头盔令他看起来像一个入侵的征服者。在某种意义上，他的确是入侵的征服者。一张红河三角洲的航空照片显示了一幅像极了伪装图案的风景。在里斯拍摄的照片中，军用飞机开始出现在云端；紧接着在1954年，法国果真就出动了伞兵。画册中，摄影记者让·派朗德（Jean Peraud）提供了第一张战斗图片。实际上整本画册的主要内容都是战争。短短几页后，画册就呈现了罗伯特·卡帕在红河三角洲的死亡。

卡帕在越南的死亡为整本书提供了至关重要的连续性，第二次世界大战的影像和该画册中的图片借此被连接为一个整体。卡帕很多有名的照片——从诺曼底入侵到巴黎解放——展现了士兵们从镜头的边缘开始跋涉，从一场战斗迁徙到下一场战斗的过程。他拍下的最后一组照片显示，1954年5月25日，在踩上地雷前几分钟，一队士兵在齐腰高的草地上行军。他们可能就是1944年卡帕拍摄过的同一群士兵，其中一人甚至在做熟悉的敬礼姿势的同时

① 皮埃尔·贾汉（Pierre Jahan，1909—2003），法国摄影师。

举起了来复枪。然后卡帕被炸成了碎片。那一队士兵继续前进，然后在无形中莫名其妙地陷入了东南亚日益加深的冲突中。

为了保持这一隐含的连续性，越南战争一开始看起来很像第二次世界大战。在越南冲突的早期阶段，作家们倾向于带着一种诗情画意的态度看待这场战争。这是从1914年至1918年的第一次世界大战中衍生出来的一种乐观情绪，维尔弗莱德·欧文[1]的作品充分体现了这一点。同样，第二次世界大战时发展起来的滤镜和摄影技巧也在越南战争中被摄影师们频频采用。拍摄者关注的重点是普通个体士兵，而且通常抓拍的都是危险时刻。这一点毫不奇怪！毕竟，除了植被、地形和肤色等细节之外，人类在战斗最后阶段的经验和体会基本上是一致的。虽然士兵的制服不同，但在其他方面没有太多区别。达纳·斯通[2]拍摄了1968年哈坦[3]被摧毁的山顶哨所的南越军队。这张照片完全可以看成是在五十年前的帕斯尚尔战役中拍摄的。与第三次伊普尔战役的很多描述相同，《安魂曲》有一部分也被冠以“泥潭”的标题。罗伯特·埃里森（Robert J. Ellison）拍摄的三名海军陆战队队员面前弹药库爆炸的全彩

① 维尔弗莱德·欧文（Wilfred Owen，1893—1918），英国诗人、军人。被视为第一次世界大战最重要的诗人。

② 达纳·斯通（Dana Stone，1939—1971），美国摄影记者。

③ 哈坦，越南地名。——译者注

色照片，与尤金·史密斯[①]拍摄的经典影像特别相似，后者拍摄的是四个陆战队员在硫黄岛的爆炸中退缩的场景。《安魂曲》中的图片不仅能帮助我们回忆过去，还能警示未来。泽田教一[②]拍摄了一名死去的士兵被拖到装甲车辆后面的照片。这张照片预示了保尔·沃森（Paul Watson）于1993年拍摄的那张更可怕的图片，即一名美国士兵被拖到摩加迪沙的街道上的场景。

随着战争的推进，画册逐渐形成了自己的视觉风格。卡帕曾经说过，一幅强有力的图片远胜于一张技术上完美的照片。但在越南，这两种图片的区别日渐模糊。最明显的是凯瑟琳·勒罗伊[③]发表在《观看》（*Look*）上的“血淋淋”的照片（使用专业术语准确地描述之）。凯瑟琳·勒罗伊仔细地加工合成了图像，但对大多数摄影者而言，这一点并不可取。他们认为图片的直接表现力高于一切，反对出于**非**艺术形式的考量对图片进行加工或者调整。这不仅仅是因为战争的迫切需要，更确切地说，**非**战斗摄影技术的发展为他们描绘越南的危险提供了很多方便。到20

---

① 尤金·史密斯（W. Eugene Smith，1918—1978），美国新闻摄影家。

② 泽田教一（Kyoichi Sawada，1936—1970），日本摄影师。曾获1966年普利策奖。

③ 凯瑟琳·勒罗伊（Catherine Leroy，1944—2006），法国新闻摄影记者。

世纪60年代中期，罗伯特·弗兰克[1]有意忽略传统的摄影技巧，这本身已发展为一种有序的美学。在《旁观者——街头摄影史》（*Bystander: A History of Street Photography*）一书中，科林·韦斯特贝克[2]谈到了加里·维诺格兰德[3]的探索和努力："若放弃了卡蒂埃-布列松[4]一直坚持的一本正经的法国理性，摄影还能留下些什么？其本质何在？"还有什么比战争题材更适合来探索这个问题的答案呢？在梅莱村的四个小时里，任何理性的痕迹都可能被消灭。第二次世界大战有形状，有目的，无论是在更大的叙述影像中，还是在一些零散的个体图片中，这一点都非常明显。宏观的叙事图像包括卡帕的"诺曼底登陆"和乔治·罗杰[5]拍摄的"贝尔森的解放"等系列图片，而零散的单张照片组合起来便构建了连贯的叙事。随着越南战争的持续，人们逐渐发现这场战争彻底混乱无章、毫无意义。达纳·斯通在一次柬埔寨行动中失踪，三年前他就写信给父

---

① 罗伯特·弗兰克（Robert Frank，1924—2019），瑞士摄影师、纪录片导演。

② 科林·韦斯特贝克（Colin Westerbeck，1900— ），美国摄影策展人、作家。

③ 加里·维诺格兰德（Garry Winogrand，1928—1984），美国街头摄影师。

④ 卡蒂埃-布列松（Henri Cartier-Bresson，1908—2004），法国著名摄影家。被誉为当代世界摄影十杰之一。

⑤ 乔治·罗杰（George Rodger，1908—1995），英国摄影师。

母说“风险与收益完全不成比例。我现在得到的照片似乎和以往获得的大量照片相差无几。当我慢慢习惯战争后，最初的有趣和兴奋便变得乏味而可怕”。

那时已是1967年。按照苏珊·默勒（Susan Moeller）在其专著《拍摄战争》（*Shooting War*）中的说法，三个主题领域的战斗图像已开始从视觉方面界定战争，其中最主要的一个就是“男人在稻田里跋涉”。她也许还可加上一条“在暴雨中”。美国日益荒谬地加入东南亚战场，亨利·胡特[①]拍摄的画面已暗示了这一事实。照片拍摄的是一群美国士兵在一片稻田里行走，天空乌云密布，大雨滂沱，士兵却高举武器，以免被齐腰的水弄湿。顺便说一句，有一名士兵碰巧用一只手举着来复枪。这姿势不可避免地让人想起十一年前卡帕拍摄的士兵图片。这也进一步加深了我们的印象，即镜头对准的是同一群人，他们从一个战场跋涉到另一个战场，从一场战争转移至另一场战争，永无止境。在另一张胡特的照片中，一个士兵已完全淹没在水中，水面上只能看到手和武器。

默勒提到的另外两个主题领域是炮火中大声叫喊的人和跃出直升机的士兵。事实上，这些直升机已经成为越南战争的虚拟标志。于是，通过媒体协会的渲染，亨德里克

① 亨利·胡特（Henri Huet，1927—1971），法国战争摄影师。

斯[1]和滚石乐队的歌曲几乎无声地萦绕着直升机旋翼叶片，充满了这本画册。换言之，这些直升机的照片形成了一种可见的声道。作为越南战争的影像，它们非常容易识别，因为这些看起来很像电影中的剧照。虚构的影像从蒂姆·佩奇[2]、布伦斯[3]等人的照片中获得证据；反过来，虚构的普遍性又进一步证实了真实世界的可信度。

参与者和观察者之间、真实性和代表性之间的差距不断缩小，而体现这种逐渐消失的区别是《安魂曲》画册的核心。画册中的摄影师经常谈论，要把照相机当作枪一样使用。在即将投降的时刻，士兵们摧毁了枪支和弹药。与此同时，摄影师皮埃尔·斯科内尔弗[4]也当即摧毁了相机和胶卷。有好几个摄影师同时携带着武器和照相机；还有一些人牺牲时像士兵一样，如萨姆·卡斯坦[5]遇难时手里拿着一把枪，而不是相机。

依靠仅能维持生计的资源，以游击战的方式工作，为了民族解放而战斗，拍摄者在记录发生的一切。引用威

---

① 亨德里克斯（Jimi Hendrix，1942—1970），美国吉他手、歌手、作曲家。

② 蒂姆·佩奇（Tim Page，1944—　），英国摄影师。

③ 拉里·布伦斯（Larry Burrows，1926—1971），英国摄影记者。

④ 皮埃尔·斯科内尔弗（Pierre Schoendoerffer，1928—2012），法国电影导演、编剧、作家、战地记者、摄影师。

⑤ 萨姆·卡斯坦（Sam Castan，1935—1966），美国新闻记者、编辑。

廉·图奥[①]的评论，他们在越南战场的同行们永远是“战斗第一，摄影第二”。遗憾的是，经历了战争及其后来的毁灭性打击，只有几千张底片和照片幸存下来。关于摄影师自身的事迹，我们也几乎一无所知。在这本书结尾的传记中，以下条目以不同版本反复出现：“找不到从战争中幸存下来的个人照片或信息。”

另一方面，美国人的运作方式与政府相似，他们越来越反对政府的政策。军队依靠技术力量，所以美国摄影师拥有无限的摄影器材。根据默勒的说法，“布伦斯带了太多（胶卷），以至于他的袜子里也被塞满了”。军方的大规模轰炸与新闻媒体的大量摄影相互匹配。这里我想分享一下自己的个人印象，当然算不上军事策略的分析。可以这么说，第一次世界大战的目的是为了让人们记住这场战争，而美国人发动越南战争好像纯粹是为了生产战争影像。照这样理解，画册中题为“升级”的那一部分，其实不仅含蓄地表现了战争日益扩大的规模，也暗指了其逐渐明晰的可见度。

北越人悄悄死亡，而“他们的摄影事迹也未见记录”（再次引用威廉·图奥）；拍摄另一边冲突的摄影师却获得了相当的声誉。这些摄影师一直在尝试拍出好的作品，能与大师卡帕的照片媲美。如果你不反对的话，我认为卡帕

---

① 威廉·图奥（William Tuohy，1927—2009），美国记者、作家。

简直就是为画册中所有的后续作品提供了模板和基础。卡帕曾提出过一条著名的建议：接近（危险）的程度等同于照片质量。许多在越南拍摄的记者遵循这一建议，并将之视为努力的目标。正如一位作家所说，拍摄者不断“临近死亡”。对于这些摄影师来说，“千码之外”的镜头被放大到三至四英尺。士兵们觉察到了布伦斯渴望接近拍摄对象的强烈冲动，开玩笑说他绝对是有史以来近视最严重的摄影师。

当然，这并不意味着，仅仅因为摄影师已不在人世，这本画册中的那些男女摄影家拍摄的照片质量就必然更好，或者因为蒂姆·佩奇和唐·麦卡林[①]等人幸存了下来，所以他们的摄影作品就稍逊一筹，但拍摄者的死亡的确为其作品涂抹上了一层浓厚的悲情色彩。摄影师的工作，特别是他们的最后一卷胶片，还有在他们牺牲前几小时或几分钟拍摄的照片，都具有不同寻常的意义。这些图片，恰如经过先进技术包装的民间想法：死亡之前的最后一件事会在人的视网膜上留下深刻的烙印。萨姆·卡斯坦的最后一卷曝光的胶片被一名北越士兵拿走了，后来这名士兵被杀后才又被取回。在此种情境下，尤其是面对弘道峰[②]的

① 唐·麦卡林（Don McCullin，1935—　），英国战地记者、摄影师。

② 弘道峰（Hiromichi Mine，1940—1968），日本摄影师。

一张被水火损毁的神父庆祝弥撒的照片，你仿佛感到死人的眼睛又睁开了，在他们躺下的泥坑里眨巴了一下。更重要的是，《安魂曲》画册呈现的全部是已经去世的摄影师的作品，这一事实深刻地影响了该书的叙事把握。

布伦斯拍摄了一张四名海军陆战队士兵抬着另一个人尸体的照片。照片在杂志《生活》（*Life*）上发表时，必须对它进行剪裁，否则，一个闯入镜头的摄影师会出现在照片中。当然，该照片没有出现在这本画册中。对于《安魂曲》而言，其他摄影师接近镜头似乎是照片内在意义的一部分。迪基·查佩勒[①]的一张照片显示，一名南越士兵正准备处决越共囚犯，一个伙伴悠闲地站在他左边，双手插在口袋里微笑着。这一场景与奥登（W. H. Auden）在"美的缪斯艺术"中所描述的情况完全一样。接着在两页后，我们看到一位牧师跪在查佩勒的身体旁，她的头浸在血泊中。第一张照片中，我们看到的是她看到的画面；再看第二张照片，我们似乎同意了灵魂离开身体的观点（亨利·胡特如是说）。也就是说，拍摄者出现在照片中，并代替了拍摄的主题。罗兰·巴特总结了照片的特殊紧张状态："他已经死了，他即将死去。"《安魂曲》将之颠倒过来，并应用于摄影师，"他们已死，他们将死"。胡特拍摄的另一张戏剧性的照片显示，拉里·布伦斯的脖子上挂着

① 迪基·查佩勒（Dickey Chapelle，1918—1965），美国摄影记者。

摄像机，帮助战士们通过疏散直升机的下风口进行战斗，其中还有一名受伤的同志。那是在1970年拍的。第二年2月，当他们乘坐的直升机在胡志明小道上空被击落时，摄影师布伦斯和胡特一起死去。显而易见的是，基于这本画册无情、可怕的概念和编排逻辑，我们在弗朗索瓦·苏利[①]（另一位已去世的摄影师）引用的战争老歌中最终找到了自己的所在。正如弗朗索瓦·苏利在《新闻周刊》上所说的："每个人都会轮到的，今天是你，明天就是我。"

写于1998年

① 弗朗索瓦·苏利（François Sully，1927—1971），法国新闻记者、摄影师。

露丝·奥尔金[1]的《欧洲胜利日》

虽然照片抓拍的是一个瞬间，但它们所描绘的事件可能涵盖几年，甚至几十年。然而，很少有人像露丝·奥尔金的作品《欧洲胜利日》那样充满历史感。这张图片拍摄的是1945年5月8日德国投降日那天时代广场聚集的人群。

为了把这段历史从图像中还原出来，我们需要至少追溯到1914年，重温那张男人们“参差不齐”排着长队应征入伍的照片的画面。菲利普·拉金（Philip Larkin）的诗歌《*MCMXIV*》[2]中有如下描述，这些咧嘴微笑的面孔让他们看起来像是在庆祝“8月份公共假日那般开心”。这

① 露丝·奥尔金（Ruth Orkin，1921—1985），美国摄影师。

② 即《1914》，1914即一战爆发的年份，一般在旧式座钟或者在阵亡士兵的墓碑上才能看到这首诗。——译者注

87 years at fine
whiskey-making make
this whiskey good
IMPERIAL
CBS
ASTOR

样的照片与1919年拍摄的照片形成互补，照片中，一队纪念一战烈士的士兵踏步走过伦敦的烈士纪念碑，由此证实了应征入伍时度假般的开心变成了一场灾难。而从另外一层意义上来说，灾难并未就此终止：第一次世界大战的结束事实上为第二次世界大战创造了条件。《凡尔赛条约》不过是结束了一场旷日持久战的第一阶段，而这场战争一直持续到1945年，中间伴随着断断续续的停战。

第二次世界大战结束后，英国虽然在军事上取得了胜利，但在经济上却遭受重创、濒临毁灭。与此同时，美国却毫不含糊地取得了完全胜利，成了绝对赢家。于是，权力中心越过大西洋转移到了彼岸。连丘吉尔也不得不承认，“这个时刻的美国，实际上站上了世界之巅”。虽然只有击败日本才能站上那个巅峰，但奥尔金的照片昭示着：美好的未来伸手可及、为时未远。在夏莉·哈扎德[①]的小说《大火》（*The Great Fire*）中，她就描绘了二战刚结束后伦敦的惨状。即使在1948年，“一切都像是在战时那样破旧不堪，阴森可怖，满目疮痍”。与之形成对比的是，1946年阿尔贝·加缪（Albert Camus）到达纽约的时候，他的印象是“遍地都是财富”。这种财富在奥尔金的这张照片中得到了显著的渲染。尽管丘吉尔仍一心企图维持英

① 夏莉·哈扎德（Shirley Hazzard，1931—2016），澳大利亚裔美国小说家。

国的帝国地位，但从此刻开始，美国品牌和商业通向帝国的步伐将势不可当。

奥尔金的这张照片也包含了一定容量的摄影史。沃克·埃文斯[①]曾把街头路标和广告牌列为美国20世纪30年代摄影词语的一部分。［奥尔金对历史事件的藏于幕后式的拍摄也是一种站在标牌后的视角，它预见了1958年罗伯特·弗兰克拍摄的好莱坞标牌以及后来迈克尔·奥姆罗德（Michael Ormerod）拍摄的德士古[②]公司招牌。］爱德华·史泰钦[③]和阿尔弗雷德·斯蒂格利茨[④]两人在世纪初都拍摄过熨斗大厦[⑤]，照片出来后立刻就被列入了纽约地标摄影目录中。在奥尔金拍摄的照片中间，办公大楼的轮廓宛如尖翘的船头，蔚为壮观，可与熨斗大厦媲美，看起来仿佛是一艘驶向未来的远洋航轮。航轮的名字叫什么？关于这个，前面的人物雕像令问题的答案变得显而易见：守卫自由女神！虽然我们看到的是一个实际的地点，但纽约各种地理上散乱分布的符号仿佛被压缩成了一个城市综合

---

① 沃克·埃文斯（Walker Evans，1903—1975），美国摄影师、记者。

② 德士古，美国石油公司。

③ 爱德华·史泰钦（Edward Steichen，1879—1973），美国摄影师。

④ 阿尔弗雷德·斯蒂格利茨（Alfred Stieglitz，1864—1946），美国摄影师。

⑤ Flatiron Building，建造时称为福勒大厦（Fuller Building），在1902年完工，当时为纽约市最高的大楼之一。

体，浓缩了既神秘又真实的“美国特质”。照片中，屋顶上的人甚至有某些清晰可辨的美国特质。那个穿着白衬衫、戴着爵士帽的家伙，展示了只有美国人才有的肢体语言。发现盖茨比“一举一动的机智灵动”中那种独有的美国特质，F. S. 菲茨杰拉德想弄明白这是不是由于他年轻时没做过搬重物的工作（但若真是如此，我们不禁要问，像时代广场这样的地方最初是如何建成的呢?)。

（德意志）第三帝国玷污了关于群众的观念。纽伦堡各种训练有素的群众集会可怕地证明了一个民族如何可以抛弃珍贵的启蒙理想，心甘情愿地跳到从众本能的黑暗深渊中去。时代广场上的群众不是有意被组织安排的，但是这种场景的安排方式广泛传开了，因为其目的就是为了让人记录其中的片段（瞬间)。从这方面看，奥尔金是记录此事件的最佳人选。她最著名的照片记录的是一位年轻的美国女性走在罗马的大街上，后面跟着一长队直愣愣地瞪着眼睛看她的男人。这是一幅经典的街头随拍（即兴）摄影作品——但这是由摄影师和她的一位模特朋友事先安排好的场景，这些色眯眯的意大利人其实是运动爱好者，当时他们只是自得其乐而已。

时代广场上的这批群众性情温厚，欣喜若狂。《纽约：摄影之都》（*New York*： *Capital of Photography*，书名本身就是战后美国信心爆棚的最好例证）的编辑麦克斯 · 考兹洛夫（Max Kozloff）聪明地把奥尔金的照片与威基[1]1940年的照片并置起来，后者当时拍摄的是科尼岛上挤得像沙丁鱼一样的人群。威基给照片的解释性标题也可以用到奥尔金的照片上——“他们来得很早，走得很晚”——并且，可以加上一句，“他们乐此不疲”。二战纪念日过去了60年，新闻报道和阶段性媒体事件彼此融合，几乎变得不可分离。在顺应这个趋势的过程中，奥尔金以哥伦比亚广播公司（CBS）的手法记录了这一事件。

哥伦比亚广播公司的徽标看起来有点古怪和过时，但某种别的东西赋予了这张照片一种当代气息：照片右边的那位女性。她能站在这个有利位置的这个事实本身就是一个重大的成就。她可能是瓦萨学院女生中的一员，她们的生活在玛丽·麦卡锡[2]的小说《她们》（*The Group*）中有所记录。如此，她便成了后来进行细腻新闻摄影报道的大师——准确地说，是如琼·狄迪恩[3]和珍妮特·马尔科姆[4]那样的女性大师——的角色模型；虽然，她显然只是奥尔金自身的代表。正如20世纪30年代一位著名的纪实摄影

---

① 威基（Weegee），原名亚瑟·费利格（Arthur Fellig，1899—1968），美国摄影师、摄影记者。

② 玛丽·麦卡锡（Mary McCarthy，1912—1989），美国作家、评论家。

③ 琼·狄迪恩（Joan Didion，1934—　），美国作家。代表作《奇想之年》（*The Year of Magical Thinking*）。

④ 珍妮特·马尔科姆（Janet Malcolm，1934—　），美国作家。

师多萝西·兰琪（Dorothea Lange）所推崇的那样，奥尔金拍摄时总是躲在暗处，但她把她自身的代表摄入照片中：“她是构成整张照片的一部分，虽然她只是在默默观察而已。”然而，让这张照片充满当代气息的，不是她的在场，而是她的姿态。她在干什么？如果把她从这张1945年的照片中剪下来，贴到某个当代新闻事件——比如，圣彼得大教堂教皇约翰·保罗二世（John Paul II）的葬礼——的照片上，你肯定会觉得她在用手机打电话。

既然奥尔金的照片展示的是人们用摄影来记录一个事件的片段，以便让它能够被记录下来，那么我就开始思考，是否有照片是在展示这个记录——这张照片——的制作过程。后来，我确实也找到了几张，至少我自己认为找到了。最好的一张出自一位不出名的摄影师之手，它展示的是从自由女神像后面拍摄的场景。和威基的科尼岛照片一样，这张照片中的人们脱下帽子向镜头挥手致意。但是，即使你知道阿斯托酒店的位置——或者曾经的位置，因为酒店后来被拆除了——你也看不太清楚酒店的标牌。而要找出这位不知名的摄影师站的准确位置——在奥尔金的视野范围内找到他——比想象的要更加棘手。

在仔细观察了这两张照片后，我的目光停留在奥尔金照片里面那个酒店标牌字母“O”上面的电影院。电影院

CARY
RAY MIL
SUBWAY

正在上映由阿兰·拉德[1]主演的一部叫“索蒂奥”什么的电影。在另一张照片上，在左边远处人群的头顶上，可以看到这部电影完整的名字——《索蒂奥洛格》（*Salty O'Rourke*）。调整各个视角就像追踪肯尼迪总统刺杀案中子弹的弹道轨迹一样——证据却不太吻合。我曾认为杀手是躲在美国国旗后面［在“HOTEL”（酒店）一词里面反写的字母“E”上面］，但是那不合逻辑，因为照片是从自由女神像右侧——从奥尔金的视角看则是左侧——拍摄的。这就意味着照片必然是在“IMPERIAL”（帝国）标牌下面拍摄的。如果是这样，那为什么我们看不到电影院放映的加里·格兰特[2]和雷·米兰德[3]出演的电影呢？或许新闻摄影师们被挡住了视线。确实如此——从那个穿着白色衬衫、戴着呢帽的家伙的胸膛和他的同事之间的空隙看过去，你只能看到电影标牌上的几个字——“格兰特”（GRANT）的“格兰”（GRAN）和“米兰德”（MILLAND）的“兰”（LAN）。现在，我们可以从两个方面去观察这个事件了，它变得完整了。通过间接的互证，这两张照片把我们框进了事件的瞬间，让我们把握了那一刻，没有任何缺憾。但是，这个瞬间将持续多久？它又将延伸到多远的未来呢？

---

① 阿兰·拉德（Alan Ladd，1913—1964），美国演员、电影和电视制片人。

② 加里·格兰特（Cary Grant，1904—1986），英国演员。

③ 雷·米兰德（Ray Milland，1905—1986），英国演员。

奥尔金的照片描绘了人们欣喜若狂的一天。自由女神号航轮乘风破浪，驶向未来，但是在此过程中——不像奥尔金在罗马街头拍摄的那位女性——它留下了日益增加的仇恨。随着美利坚帝国的膨胀，其帝国符号的意义也发生了变化，特别是在阿拉伯世界。到了20世纪70年代，在叙利亚诗人阿多尼斯看来：

纽约是个女人，
根据史上的说法，
她一只手拿着一块叫作自由的破布，
同另一只手一起去绞杀地球。

阿多尼斯这首梦幻般的诗被冠以预言性的标题“纽约的葬礼”。对这首诗所描绘的狂妄自大产生某种（心理）反应是不可避免的。我们现在就生活在这种反应的阴影下。“让自由女神像倒塌吧，”诗人继续感叹道，“一阵东风吹来，把帐篷和摩天大楼连根拔起。”奥尔金的照片拍摄于纽约的中心，它屹立于美国世纪的中心——属于美国的世纪始于1914年那兴高采烈的人群，终于2001年9月11日震惊不已的旁观者难以置信地目睹着世贸中心轰然坍塌的一幕。

写于2005年

理查德·艾维登

1960年，理查德·艾维登拍摄了诗人奥登在纽约圣马克广场的照片，当时诗人立于暴风雪中，几个路人和建筑物出现在画面的左边，暴风雪似乎正要将奥登冰冻住。这种被风雪冰封的过程在美国被称为“白化”。那时，艾维登已经为自己独特的肖像照片处理技巧申请了专利。因此，人们很容易把这幅画看作是上帝对艾维登拍摄习惯的认可，这种习惯就是将人们孤立在一片白茫茫的土地上进行拍照。这又一次证明，艾维登著名的拍摄技巧本质上并未否定自然主义；相反，这是对自然主义的推崇和神化。

照片展示了奥登的全身，裹着他身体的那件衣服似乎是一件老式的英式粗呢大衣，也有些像典型的美式厚呢大衣。在拍摄这幅图时，艾维登保持着一定的距离。艾维登的摄影风格通常使他的模特会受到一种视觉上的质疑。说实话，艾维登的模特几乎无法奢望能坐着工作。对于好的摄影方式，奥登公然如是说：

近距离拍照是很不礼貌的，
除非被激怒了，否则我们不会。
情侣们靠近亲吻时，
会本能地闭上眼睛，
这样才能将他们的脸
简化为解剖学数据。

批评者声称，把脸分解为解剖学数据是艾维登一贯坚持并有意为之的做法。至少，正如杜鲁门·卡波特欣喜地观察到的，艾维登对“一张脸纯粹的状态”颇感兴趣。就算这种特点是一种没有个人私利的洞察目的，其他人也认为这种冲动太残忍，更具有操纵性。对于这种批评，艾维登偶尔也会表示认可。1957年，他抓拍了温莎公爵和公爵夫人往后退缩的瞬间，仿佛这世界是一个非常血腥的小地方。根据黛安·阿布斯[①]的说法，照片之所以有这一效果，艾维登自己说是因为他坐的出租车在拍摄的路上撞到了一条狗。正当公爵夫妇因同情和恐惧往后退缩时，他按下了相机的快门。

据说，拍摄照片上出现的衰老而皱巴巴的面孔，在某

① 黛安·阿布斯（Diane Arbus，1923—1971），美国摄影师。

种程度上是艾维登实施的一种报复行为。他在抗议当时充满时尚和魅力的摄影行业，尽管在这一领域他已名声斐然。当时人们评论说他的工作浮在表面，没有深度，这幅作品明确地回应和谴责了这一说法。对摄影的反对不能长久地存在。艾维登正确地坚持这一看法："表面形式是你能拥有的全部。你只有通过与表面形式打交道，才能最终超越表面，抵达深度理解。"其实时尚照片和肖像摄影是两种拍摄潮流，两者之间一直存在较量。在任何情况下，这两种拍摄活动都将持续发展且相互影响。

现在我会稍稍离题说说法国的街头摄影，这样就能解释这种较量到底是如何展开的。

雅克・亨利・拉蒂格的照片完全是一种自然而恰当的自发性拍摄，这让罗伯特・多瓦诺[①]后来拍摄的巴黎情侣接吻照片立刻变得非常有吸引力。但现在众所周知，《吻》（*The Kiss*）的拍摄场景是摄影师精心设计的。这里经历了一种转变，从拉蒂格意外捕捉的快乐时刻到多瓦诺精心设计的魅力瞬间，我们看到了两种相互矛盾但又相互补充的拍摄冲动。正是这些冲动使得时尚摄影的历史充满了活力。最初不经意的姿势成为后来摆姿势的模板；起初不经意被拍出的奇迹瞬间后来演变为摄影界推崇的一种风格和商品。

---

① 罗伯特・多瓦诺（Robert Doisneau，1912—1994），法国摄影师。

另一种相反的摄影潮流也能在时装摄影的历史中找到证据。一种固定的拍摄模特和服装的方法变得太做作、太静态、太摆弄姿势。这时出现了一位大师，他带着少有的雄心、勇气和远见，为时装摄影行业注入了自发性和自然性。谈到时装摄影史上任何一个著名的人物，你都可能发现，他们曾经提供过一种自由而不是过时的选择。他们想要“摆脱那种所谓的优雅”［强调一下，这话是比顿[1]说的，不是贝利（Bailey）！］。他们都曾经感觉自己像是“被老练世故的人包围着的街头野人”（欧文·潘[2]如是说）。时尚摄影的诡异之处在于，这种“自然”一方面通过进一步的发明得以实现，另一方面又可以马上为将来的新发明创造条件。情形反过来就不会如此，因为摄影师意图通过创造影像所传达的效果，总是先于或者优越于不经意的发现。所谓创造，就是拍摄者带着意愿、期待和灵感为模特购买穿戴的衣物，然后开始拍摄。

这也解释了为何任何关于时尚摄影的讨论都不可避免地要追溯到艾维登。正是他不知疲倦、创造性地提出了一种人为的自然法则。他的拍摄非但没有否定这种做法，反而最极端地表现了那种为摆脱做作所进行的人为的努力。

---

① 塞西尔·比顿（Cecil Beaton，1904—1980），英国摄影师、设计师。

② 欧文·潘（Irving Penn，1917—2009），美国摄影师，以时尚摄影、肖像摄影和静物摄影闻名。

劳拉·威尔逊[①]有一幅作品，反映了艾维登如何拍摄漂流者和工人的场景。这张照片就很好地体现了艾维登的努力。该作品被收集在影集《美国西部》(*In the American West*)中，照片中有灯光和助手，空白的白纸将拍摄对象与自然栖息地分开，这种隔离效果比动物园的栅栏更有效。因当时的种种限制，他们这群摄影家获得了一种无名的声望。表面的原因是，作为摄影师，艾维登的风格一眼就能被认出来；更微妙的原因是，无限剥离的累积效应并不等同于简单的暴露。给人启示本身即是一种创作手段。

那么，他们到底在创作什么呢？

在戴维·奥克塔维斯·希尔[②]和同代人的作品中，瓦尔特·本雅明被“光明从黑暗中挣扎而出”的拍摄方式所打动。他进一步描述了1850到1880年间，客户们面对“最新流派的技术”的反应。就摄影师而言，他们要面临的是“正在崛起的一个阶层”，这个阶层身上闪烁的光环已经渗透到了男人上衣或松软的领结的褶皱中。本雅明坚信，光环不只是原始技术的产物。与此相反，早期的拍摄主题和技巧是“完全一致的”，但这只持续了很短一段时间，因为“很快，光学的进步使仪器变得可用，黑暗随即

---

① 劳拉·威尔逊(Laura Wilson，1939—)，美国摄影师。

② 戴维·奥克塔维斯·希尔(David Octavius Hill，1802—1870)，英国画家。

消失，拍摄的景象如同镜子一样忠实地记录着真实世界”。随之而来的结果便是，光环“通过越来越快的镜头，从黑暗的溃败中被粉碎了”。

谷克多（Cocteau）所说的“那面奇妙而可怕的镜子”随着艾维登而变得圆满了。绝对的白度代替了黑暗，光线在黑暗中挣扎着呈现。在这一主题和技巧的更新和具有颠覆性的一致性中，出现了一种新的以名誉互惠为基础的光环和秩序。著名的摄影师拍摄著名的人物。那些人的光环渗入到领结、衬衫、连衣裙中。而这种光环，在法兰克福学派所钟爱的那种倒转中，常常是领结、衬衫和连衣裙的**产物**。那些穿戴为模特准备，也算是对照片支付的报酬。黛安·阿布斯的传记作家帕特里夏·博斯沃斯（Patricia Bosworth）曾说，在20世纪60、70年代，“每个出入艾维登摄影室的人都是明星”。就算你走进他工作室的时候还不是名人，出来的时候大概也具有某种名气了。不管以何种方式，由艾维登亲自拍摄的肖像照都是高度个性化的身份象征。就像莱斯·道森[①]说起他的岳母那样，艾维登能让你的脸“看起来像一袋扳手”，但这张照片拥有选举的质量，事实上它记录了选举的过程。如此，艾维登拍摄的照片本质上提供了双重的**识别**手段。人们出现在工作室里等待拍摄，好像是为了一个千载难逢的机会。正如他们自

---

① 莱斯·道森（Les Dawson，1931—1993），英国喜剧演员。

己所言，几乎是为了和命运会合。

这又把艾维登和19世纪的摄影师朱莉亚·玛格丽特·卡梅隆[1]等人联系了起来。艾维登自己也觉得和卡梅隆特别亲近。据本雅明说，当时拍摄照片的过程非常复杂，一切都“使得拍摄对象集中在生活的这一刻，而不是匆忙地随便应付。在一段相当长的曝光的时间里，拍摄对象似乎要生长到图片中去”。这些照片中，“人们衣服上的折痕都散发出一种永恒的气息”。当然，艾维登是以一种分秒曝光的方式工作的，但结果在某种程度上甚至更为惊人：人们脸上的皱纹有一种地质般持久的气息。人们常常感觉到，在拍摄照片的那一刻，大量的时间被压缩了。“最近，”他在1970年说，“我对照片中时间的流逝变得很感兴趣。”所以，在他最著名的一幅作品中，伊萨克·迪尼森[2]看起来像是出现在大约两千年前的世界上最美丽的女人。

这张照片让人想起了茜玻（Sybil），她祈求永生，却忘记了祈求永葆青春。按照艾维登个人的理解，人们找他拍摄就跟去找算命先生一样。无独有偶。安德烈·布勒东

---

① 朱莉亚·玛格丽特·卡梅隆（Julia Margaret Cameron，1815—1879），英国摄影师。

② 凯伦·白烈森（Karen Blixen，1885—1962），丹麦作家。伊萨克·迪尼森（Isak Dinesen）是其笔名。

（André Breton）、比尔·布兰特[1]和黛安·阿布斯也都这么认为，即摄影师应该拍摄出一种相似性，用布兰特的话来说，就是照片“在身心方面都要能预测拍摄对象的未来”。如果是这样，那么艾维登的预言就是自我实现和自我揭示。性格就是命运，或者说，脸庞上写着人的个性。乔治·奥威尔有一句名言：到了一定的年龄，岁月赠予人们相应的面容。马丁·艾米斯更新了这一说法：要一张什么样的脸，全看你能担负起多少花费。在美国，这看起来像是一种奇特的英国式尊贵：你应该得到你能**负担**得起的东西。但就艾维登而言，不管拍摄对象是什么人，都应该以统一的方式拍摄他们的脸（后面还会细谈“不管”这个词究竟有什么含义）。名声（fame）、脸孔（face）和命运（fate）可以看作同义词，英语里这三个名词的区别仅仅在于最后一个辅音。这是一种信条，它同时忠实于（脸孔）魅力的等级划分和天命（对脸孔）一视同仁的凝视。看着他的照片，会有一种独特的感觉，照片所显示的，正如米兰·昆德拉在《不朽》（*Immortality*）中所说，“是一种非个性，一张脸的去个性化”。“人类标本的序列号是脸，这是一种意外的、不可重复的特征组合。脸既不反映性格，也不体现灵魂，甚至也无法体现我们称为自我的东西；脸

① 比尔·布兰特（Bill Brandt，1904—1983），英国摄影师、摄影记者。

只是标本的编号而已。”

艾维登留下了一张即将去世的父亲的照片。这是一幅毁灭性的画面，照片中的父亲似乎正在融入背景的白色光辉中，或者说在被白色的背景光束收回。这体现了一种不可能的矛盾，正如他儿子所说，照片显示了“我们任何一个人都拥有的本质”。

尽管精力和热情没有减少，艾维登最终还是不可避免地屈服于一种生搬硬套的规则。在人生的最后几年时间里，作为《纽约客》的摄影师，他有时似乎也提不起什么干劲了。他从未失去探索的欲望，但他不断地发现同样的东西。那个希望自己“光凭眼睛就可以工作”的摄影记者受到了高度重视，以至于他确实能够做到不管不顾，一意孤行（这就是我前面所提到的“**不管**”的含义）。即便如此，他去世时仍留下了大量作品，还有经过**长时间**仔细观察后留下的样本。作品和样本的数量都表明，他的去世不只是一个普通个体的离开。事实上，一个时代，一个有可能被艾维登拍摄的时代（恕我啰唆）也就此结束了。在他逝世的那一刻，识别的手段也被永久地改变和削弱了。

写于2007年

恩里克·麦廷尼德斯[1]

事实证明，艺术大师们对于苦难的认识和理解也许是错误的。正如奥登曾经引发的有关《伊卡洛斯》（*Icarus*）的著名评论——这是勃鲁盖尔（Brueghel）的作品，里面呈现了一个从天空掉下来的男孩——所有旁观者都“从灾难中（非常悠闲地）转身而去”。这也恰如恩里克·麦廷尼德斯的作品所记录的那样，灾难和悲惨的事件吸引了大量观众，他们脸上的表情反映了我们对大屠杀令人震惊的迷恋。

近半个世纪以来，麦廷尼德斯拍摄了大量照片，记录他的家乡墨西哥城内外的死亡和灾难事件。刺伤、枪击、自杀、溺水、火灾、反常事故（例如一条高压电缆脱落下

① 恩里克·麦廷尼德斯（Enrique Metinides，1934—　），墨西哥摄影师。

来，击中了正在塔库巴街上行走的路人……）、自然灾难和非自然灾害……麦廷尼德斯的工作简直就是一门速成课程，清楚地展示了人们如何被胡乱弄伤或杀害的各种花样。如果某个地方发生了什么可怕的事情，麦廷尼德斯就会带着他的相机立马赶往那里。他不仅记录事后的残骸废墟，还会向人们展示，这些事发地为何立刻就变为朝圣之所，吸引大家的关注。他职业生涯的大部分时间都在为墨西哥一份发行量不错的小报《拉·普伦萨》（*La Prensa*）工作。在某种程度上，他的作品迎合了人们对灾难和不幸的强烈欲望，这是他从事这一工作的唯一目的。尽管如此，我们现在谈论他对这一拍摄主题的**热爱**，似乎并无不当之处。

麦廷尼德斯生于1934年，12岁时开始拍摄有关车祸的照片。20世纪初，法国的另一位神童雅克·亨利·拉蒂格同样处于12岁的小小年纪，拍摄了汽车时代带来的景象，那些照片有如田园诗一般浪漫。警察让这个早熟的孩子（他们称呼小时候的麦廷尼德斯为厄尔·尼诺[①]）在辖区内闲逛，允许他为在押的囚犯、受伤的人员和死者拍照。麦廷尼德斯拍摄的第一组照片是他最喜欢的电影中的瞬间，那些都是在电影屏幕上抓拍的。接下来发生的事情

---

① El Nińo，西班牙语，原意为“小男孩”，也指圣婴、神童或圣明之子。

就像是电影《上帝之城》(*City of God*)中的情节，麦廷尼德斯正在拍摄一起车祸时，《拉·普伦萨》报社的犯罪摄影师走近他，最后决定雇用他当私人助手。早在十几岁的时候，麦廷尼德斯就开始认真地学习摄影，并经常光顾医院、犯罪现场、停尸房、车祸现场等地方，打磨他的拍摄技术，而这些地方正是他后来四十年持续工作和活动的地盘。和威基一样，麦廷尼德斯自己也成了他拍摄的场景的一部分。还有一点特别像威基，他开始使用短波收音机工作（一次多达四台），并且调到警察和救护车的频率，以便能和紧急救援一样迅速地到达事发现场进行拍摄。

麦廷尼德斯一直关注科技的最新发展，以便更好地追踪灾难事件。1997年，当他停止拍照时，就把注意力转向了移动图像，开始监视自己公寓里一大堆电视机里播放的灾难。德里罗[①]在《白噪音》(*White Noise*)一书中对“碰撞声音的序列”进行了分类：“有轿车撞轿车的声音、卡车撞轿车的声音、卡车撞上巴士的声音、轿车撞摩托车的声音、直升机撞轿车的声音，还有卡车互撞的声音。”麦廷尼德斯将这些分类都进行了整理和编辑。

若指责麦廷尼德斯对这类事情的兴趣，说他在利用灾难事件以制造耸人听闻的图片效果，无异于一种带有“痛

① 唐·德里罗（Don DeLillo，1936— ），美国小说家、剧作家、散文家。

苦伤害”心结的陈词滥调。我们要讨论的这张照片中，旁观者呆滞地看着镜头。若接着向后看，我们可以发现前面出现了一个受伤的骑自行车的人。通过这种相互呆望的形式，照片让人们（或我们）摆脱了虚伪的罪名。在他的最后一部小说《绝世》（*Extinction*）中，托马斯·伯恩哈德[①]就无情地揭露过这种虚伪的现实。小说中，叙述者的父母在一场车祸中丧生，他对小报的“残酷无情”感到震惊，因为报纸上用“令人憎恶的照片”报道了死亡场景。

“他们甚至印发了一张我母亲无头身体的大照片。虽然一直都本能地担心有人会走进厨房看到我那时的样子，我还是盯着这幅照片看了很长时间。每篇报道都觉得有必要比下一篇更粗俗。一条喧嚣造势的标题说：‘一家人全都消失了’。我在下面接着读到：‘三个参加音乐会的人被弄得面目全非，中间的版面为大家提供了完整的报告和图片。’我立刻搜索了一下中间的几页，无耻地翻阅着报纸，找到头版上承诺的有插图的报告，同时盯着厨房的门，生怕自己被当场抓住。我告诉自己，千万不能完全沉浸在这些事故的报告中。否则，趁我不注意的时候，可能会有人走进厨房发现我的可耻行径。”

在伯恩哈德的怂恿下，人们也不妨承认，麦廷尼德斯

---

① 托马斯·伯恩哈德（Thomas Bernhard，1931—1989），奥地利小说家、剧作家、诗人。

的作品的确有荒诞的一面。这种荒诞从广义上可以被理解为一种反常的幽默。聚集在一起的人群通常都有共通之处。想象一下，有个捕鱼者有幸打捞到了一条破纪录的马林鱼，我们在捕鱼者照片的背景中就能瞥见类似的人群。在这两种情况下，观看成为了一种替代参与的形式。随着名声的提高，他的出现一定是另一种吸引大家也来看看的诱因，而且有可能在观看的过程中被他人拍摄。偶尔，麦廷尼德斯也会展示在孤独中死亡的受害者本身。比如有一张照片拍摄的是一个和丈夫分居的女人自杀的情景，原因是丈夫将孩子带走并和情人住在了一起。这些无声的照片更令人痛苦，因为拍摄这些照片的场景通常都是嘈杂的。“除了宇宙飞船或潜艇碰撞以外的一切东西”，麦廷尼德斯说他无所不拍。但他拍的巴士翻车的照片常常看起来像一颗从太空中坠落的陨石落在墨西哥城。虽然他的照片反映的是残酷的事实，但往往具有一种超凡脱俗的品质，一部分原因是他的表现方式通常都非常奇怪：譬如一辆公共汽车像一条巨鱼从湖里被绞出来，或者是一辆大卡车停在一辆小汽车的车顶上。另一部分原因是这是显示他想要的效果的方式：他是最早在白天使用闪光灯的摄影师之一。由于这两个原因的共同作用，麦廷尼德斯的作品披上了一层电影和宗教的外衣。

麦廷尼德斯小时候看过的电影——尤其是帮派电影——深刻塑造了他的标志性美学思想，即将一系列动作简化为单个图像。如果技术可行的话，照片中的整个活动段都可以从麦廷尼德斯白天拍摄的黑点中推断延伸出来。他拍摄的超市里警察和强盗之间的枪战就像一部超浓缩的电影剧本。另一张照片显示了一场大火，很明显是由两个年轻的男子引发的，他们开车时还没有付钱，油枪仍在他们的油箱里。一个像电影明星一般时尚的金发女人被汽车撞得粉碎，她死后身首异处，但看起来却莫名其妙地宁静，活像一尊躺着的人体模型。像这样的照片，似乎可以为亚利桑德罗·冈萨雷斯·伊纳里图[①]提供部分创作灵感，帮助他设计《爱情是狗娘》（*Amores Perros*）里面那些夸张的悲喜剧动作。那些灾难的目击者或者受害者通常将经历描述成“像拍了一场电影一样”。而麦廷尼德斯的许多照片看起来并不像电影剧照，而更像是静物图片。也许这就是为什么这些照片有时会让人想起杰夫·沃尔[②]的形象，沃尔也恰恰是在这一人为提升的现实中进行精细的拍摄。不同之处在于，沃尔的场景非常神秘，而麦廷尼德斯总是想要明确阐明其主题。在这一意义上，他不像一位艺术家，倒是更像一个记者。他的照片不仅是一种特殊信息的来源，揭示着世界万物及其运转方式，同时也以启蒙知识

① 亚利桑德罗·冈萨雷斯·伊纳里图（Alejandro González Iñárritu，1963— ），墨西哥导演、编剧、制作人。

② 杰夫·沃尔（Jeff Wall，1946— ），加拿大艺术家。

的形式，为我们提供了令人毛骨悚然的慰藉。也许这就是人群注视摄影师的原因之一，这些人希望拍摄者能回答为什么会发生这样可怕的事情。在他所选择的媒介范围内，麦廷尼德斯已经尽了最大的努力。这样看来，他的确是个会讲故事的人。

他的故事经常涉及一辆公共汽车。许多人在生活中都会等公共汽车，而对于麦廷尼德斯来说，生活是一场等待发生的意外。基本上，公共汽车将两者结合在一起，并带来毁灭性的影响。任何在墨西哥旅行的人，都会熟悉这些公共汽车在弯曲的山路上飞驰和超速的情景。要想幸存下来，不仅要仰赖于司机和刹车的灵敏，还要靠后视镜中摇摆不定的圣母图像。一想到这一点，人们便会不由自主地产生一种奇怪的交织着希望、恐惧和退缩的意识。在这一块土地上，这种感觉与“深厚的信念”联系在一起——科马克·麦卡锡[①]如是说——“除非被逼得流血，没有什么可以得到证明。圣母、公牛、男人，最终包括上帝自己，无不如此。”

这就是为什么麦廷尼德斯照片中的人呈现出那样的表情，它们看上去既震惊又诧异，但从不表示怀疑。这些照片展示的其实是**有信仰的人**。他们所遭遇的灾难实际上证实了这种信仰：现实充满了血腥，过去是这样，将来也会

---

① 科马克·麦卡锡（Cormac McCarthy，1933—　），美国作家。

如此。如果情况不是这样的话，世界将变成一个真正可怕的地方——因为再也没有空间创造奇迹。

让麦廷尼德斯沉迷于记录的血腥事件不仅具有悲剧性，也带有荒诞性。通过解释和赋予这些随机多变的灾难以意义，图片的标题为观众提供了一种经验上等同于信念的精神支撑，正是这种信念抚慰了照片中的人群。知道发生了**什么**，也就意味着有必要理解**为什么**事件会发生。

不管是刺杀，还是撞车事件，大多数照片都是在**事件发生后**拍摄的，但结果是很少有照片能被认为是真实的。一架飞机冲进田野，机上所有人都遇难了；另一架飞机坠落在墨西哥–普埃布拉公路上，但没有人丧生。从这两幅同样危险的姊妹照片中，可以获得兼具法医和艺术性的证据，但我们据此可以推断出什么结论呢？在麦廷尼德斯看来，事故既不可避免又可以避免，因为如果不发生事故，事故本来是无从谈起的。这种理解的认识基础是一种机遇与逻辑的交织，也就是认可所谓的命运。麦廷尼德斯不仅向我们展示了命运看起来像什么，而且展示了如何识别它——这一点也正是**艺术家**玩转影像的秘密。

写于2003年

乔尔·斯坦菲尔德[1]的《乌托邦幻象》[2]

1961年，降落城的三位创始人在堪萨斯州的劳伦斯镇相遇，他们都是主修艺术专业的学生。他们在岩石上作画，然后把这些岩石从高高的窗口扔到下面繁忙的街道上。这种疯狂的艺术形式被他们称作“降落艺术”（Drop Art）。

一直到1965年，三位创始人决定要过一种免交租金的生活，即既进行艺术创作，又不受常规工作的束缚。最后他们找到了远在科罗拉多州特立尼达的一块六英亩的山羊牧场，并以450美元的价格购买了这块地。以“重力驱动的艺术”（即“降落艺术”）命名

① 乔尔·斯坦菲尔德（Joel Sternfeld，1944— ），美国摄影师。美国新色彩摄影代表人物。

② *Utopian Visions.*

1995年8月，科罗拉多州，特立尼达，降落城（Drop City）遗址

他们自己的社区很容易，但建设社区的任务却颇费力气。但最近他们参加了巴克明斯特·富勒[1]的演讲，又迎来了一位来自阿尔布开克[2]的圆屋顶建筑商的加入，所以开始使用废旧材料盖房子，这不失为一种有远见的乐观态度。汽车顶上的金属片被剥下，并被连接到了圆顶的网格上，他们买这些才花了几分或一毛钱呢。这些废旧材料不仅为他们提供了住所，也象征着艺术家对社会上充斥的消费主义的一种拒绝和对抗。社区内成员分享钱财、衣服和汽车，过着类似于拾荒者和流浪汉的简朴生活。

起初，这个社区发展迅速。一个拥有12个成员的核心团队，就像创始人所希望的那样，成为了艺术品创作的摇篮。但在当地居民彼得·赖比（Peter Rabbit）的鼓励下，地下和主流媒体的宣传活动持续不断，引来了一大群客人。据说，鲍勃·迪伦、蒂莫西·利里[3]和吉姆·莫里森[4]都曾访问过此地。但20世纪60年代，历史学家所钟爱的那些主要的文献记

---

① 巴克明斯特·富勒（Buckminster Fuller，1895—1983），美国建筑师。

② Albuquerque，美国新墨西哥州最大城市，或称阿尔伯克基。

③ 蒂莫西·利里（Timothy Leary，1920—1996），美国心理学家、作家。

④ 吉姆·莫里森（Jim Morrison，1943—1971），美国创作歌手、诗人。

载已经变得不那么可靠了。等到社区决定放弃开放政策的时候为时已晚，那时创始成员已经离开了社区，而且各种毁灭性因素都业已形成，导致了1973年社区的最后解体。1978年，他们出售了这块地，并利用收益在纽约市租了一个空间来展示他们的作品，后来这些作品都发表在《十字》（*Crisscross*）杂志上。

人去楼空的圆顶房屋一直坐落在布拉斯·桑斯卡车运输公司的地皮上，直到最近才轰然坍塌。

我所知道的最动人的照片，也是最乏味的一张：房间里铺着棕色的地毯，四周是米色的墙壁，空空荡荡，毫无趣味。它出现在乔尔·斯坦菲尔德1996年的著作《在此处》（*On This Site*）的末尾。在前面的每一奇数页面上都有一张反映普通美国生活场景的彩色照片，或是在街头转角，或是在乡村杂货店，或是在城市酒店，或是在一条废弃公路上。乡村杂货店的照片让人回想起20世纪30年代沃克·埃文斯拍摄的照片。而在书的每一偶数页面上，都是对相应图片的简要说明：在皇后区的一个地方，一个女人在她的公寓外被刺死；在密西西比的一家商店里，14岁的艾默特·提尔（Emmett Till）称一位白人妇女为“宝贝”，结果被绑架、折磨、杀害；酒店里，大烟草公司的总裁们决定发动一场声势浩大的广告运动，以对抗声称香烟烟雾导致癌症的科学结论；在俄克拉何马州的一条道路上，凯伦·希尔伍德（Karen Silkwood）在车祸中丧生。由于缺乏明显的“兴趣”，照片中这些看似随意的地方实际上充满了一种隐藏的叙事性，结果使得图片中出现的地方彻底变成了可怕的暴力场所和残酷贪婪的企业所在地。重要的是，这些照片的目的不是**拍摄**纪念物。相反，这些照片本身**就是**纪念物，然后把这些地方也**变成**了相应的纪念场所。

我在文章开头提到的那张照片被放在书后的附录中，即出现在作者的后记和致谢页之后。这间沉闷的房间位于马斯吉德–艾尔–拉苏尔（Masjid-Al-Rasul）清真寺，“在那里，一个名叫‘血液与跛子’的犯罪团伙与洛杉矶敌对帮派的成员于1992年4月26日举行了谈判，并签署了停火协议”。在这一切过去之后，这幅照片的**前景**变得更加广阔，因为照片刚开始只是一种临时的假设。该照片提供了简单的文献，证明了马克西姆·高尔基的信仰：“生活总是很糟糕，因为人们内心永无止境地渴望得到更好的东西。”

以这种否定的方式认可生活的进步，是一种明显的俄罗斯风格。同样的意思由美国人表达，就会是另一个版本。美国人会反过来强调：无论生活多么**美好**，人们也不会停止希望，而是努力奔向更美好的未来。美国的立国神话故事中暗示了一种乌托邦冲动，这一幻想已深深铭刻在美国的历史和地理中。在美国作家苏珊·桑塔格（Susan

Sontag）的著作《在美国》（*In America*）中，一位波兰移民听说了加利福尼亚的诱惑，就阐述了它典型的美国性，“美国有它的独特个性，有更好的目的地，每个人都梦想去那儿”。通常，这种野心只是停留在无休止地调动消费者需求的层次。同一冲动的另一种表达方式就明确拒绝了这种催生贪得无厌的满足感。其实爱默生和梭罗在他们的遗嘱中已经开始探索如何超越这种贪婪的可能。美国地产行业的另一个关键因素是实用主义，即试图将人们对乌托邦的渴望变为现实。当然，他们依靠的不是按照马克思和恩格斯提倡的革命思路，彻底推翻现有秩序，而是通过建立小的具有“共同目标的社区”使之得以实现。其中有一些人进入了胜利资本主义时代，这是在苏联解体后发生的；而有些人却……我稍后会细谈。

斯坦菲尔德指出了实验性社区发展的三个阶段。第一个阶段发生在1810年到1860年之间，是一种对工厂制度丧失人性的破坏力的直接反应。此后，社区被断断续续地建立起来——尤其是在加利福尼亚——但直到20世纪60年代，随着嬉皮士反文化的兴起，乌托邦运动才出现了另一个高峰。第三阶段已经进行了大约15年，见证了生态别墅区和公共住宅社区的扩展。

《在此处》的姊妹篇《甜蜜的土地》（*Sweet Earth*）也采用了相同的版式设计。翻开书本，一页是图片，展示一个社区的场景，或者呈现一个或多个社区成员的家园。在对应的另一页，斯坦菲尔德讲述了画面中的社区里发生的故事。有些照片显示，剩下的不过是废墟，明显是规划不善的后果或理想破碎的情景。失败者的故事常常令人捧腹。下面的故事发生在亚利桑那州，说的是“二号生态圈”社区最后阶段的情况：

> 随着情况的恶化……社区成员之间的关系日趋紧张。在实验进行一周年之际，珍妮·古道尔[①]参观走访了当地居民。有关囤积和盗窃食物的指控比比皆是。居民分裂成了两个对立的群体。虽然大部分人的公寓里都有电视，但据说他们觉得自己生活得非常痛苦，原因是他们不堪忍受麦当劳的电视广告。

如果建立社区的原则是一夫多妻或一妻多夫制，或者基于自由恋爱，那么嫉妒和性虐待就会盛行一时。与此原则相反的另一极端就是坚持独身，这在第一批受到宗教启发的定居点中非常普遍，但这又无异于要求人类走向自我灭绝。

许多成立于20世纪60年代的社区最后都成为了自己成功的牺牲品，因为社区吸引了更多人的加入，正是这些人导致了社区的失败。降落城就是一个例证。不管是斯坦

① 珍妮·古道尔（Jane Goodall，1934—　），英国动物学家。

菲尔德在科罗拉多州所拍摄的真实社区（或者现实中残存的降落城的废墟），还是T. C. 博伊尔[①]用想象力移植到加利福尼亚的虚构之城（他的小说用了“降落城”这个名字），都逃脱不了被社区成员摧毁的命运。“降落之城？”司机问一个刚刚说要去那里的搭便车的旅行者，“你是说那个属于嬉皮士的地方？那不是每个人都裸体、成天吸毒和开舞会的地方吗？”降落城的诱惑力注定了它的失败。但正如斯坦菲尔德所指出的那样，每一项社会建制都无可避免地要面对大量的失败案例，但“我们绝不会仅仅因为有离婚和破产现象，就简单地废除婚姻制度或公司制度”。

无论如何，错误、闹剧和失败都会使成功更令人振奋。有些地方的社区，如田纳西州萨默镇的农场，它不仅生存了下来，而且还在蓬勃发展，保持了他们所坚持的多样化的伦理道德——自给自足，生态纯净……——而且还生活富足。20世纪60至70年代那些令人兴奋的过度行为让人们积累了一定的经验。现在，一批正在定居的社区都倾向于发表不太激进的声明，成员之间也不会为了某种共同目标而共享收入，或者像信仰邪教一般为之献身。斯坦菲尔德认为，这些生态社区目标适度，这可能使它们成为最持久、最可行的社区生活模式。

---

① T. C. 博伊尔（T. C. Boyle，1948—　），美国作家。

正如威廉·埃格莱斯顿[①]、乔尔·迈耶罗维茨[②]、斯蒂芬·肖尔[③]等摄影大师一样，斯坦菲尔德也是20世纪70年代彩色摄影的先驱之一。以一种适用于《甜蜜的土地》的热情，他把那个时代称为“早期基督教的彩色摄影时代”。他的《美国景象》（*American Prospects*）于1989年首次出版，这本书既是一本奠基之作，也是美国摄影史上的重要篇章。该书延续了诸如沃克·埃文斯和罗伯特·弗兰克等人的拍摄传统：埃文斯著有《美国摄影》（*American Photographs*），弗兰克著有《美国人》（*The Americans*），这些摄影大师用影像记录了自己在这个国家迁徙奔波的足迹。

《甜蜜的土地》中很少有照片像《美国景象》中的那些图片那样具有整体的清晰度和神秘的悬念。沉默的照片无法发声，必须与伴随的文本一起出现才能被理解。但这一事实是否削弱了该书的价值呢？在某种意义上，提出这样的疑问都显得有些鲁莽，因为这正是斯坦菲尔德自己在作品《在此处》中提出的问题。事实上，面对询问的应该是我们，是欣赏照片的观众。我们迫不得已必须回答的最

---

① 威廉·埃格莱斯顿（William Eggleston，1939— ），美国摄影师。

② 乔尔·迈耶罗维茨（Joel Meyerowitz，1938— ），美国摄影师。被认为是彩色摄影先锋。

③ 斯蒂芬·肖尔（Stephen Shore，1947— ），美国摄影师。被誉为“新彩色摄影大师”。

基本的问题是：你了解自己正在看的作品吗？不能被阅读的图片和能被阅读的文字之间存在着距离，正是这距离让这本影集产生了一种概念张力。一旦无法清楚展示的照片故事在文字的辅助下得以清晰地呈现，二者之间就架起了一座桥梁。

《甜蜜的土地》继续着斯坦菲尔德对他所说的“可知性”的正式探索。但其结果，恰如其分地说，更具有**包容性**。在这些照片中，在这些被记录的地方，曾经有过一段人们奋斗、希望和探索的历史；图片的文字说明是一种好客的邀请，它让我们走进去，分享那些故事。

写于2006年

埃里克·索斯[1]：奔流之河

如果我没记错学过的初级地理知识的话，密西西比河喧嚣地穿过美国中部，河水一直向南流淌，河流上满载木材的运输船只还要在途中捡拾起一大堆灰尘和泥土，直到最后被自己的重量压得窒息，蒸汽耗尽后，才开始将货物倾倒在南部地区。随着冲积河床的不断增加，河流在奔赴海洋的过程中不断向外蜿蜒伸展，最终形成了一个三角洲。

据约瑟夫·布罗茨基[2]说，穿过圣彼得堡的涅瓦河为这座城市提供了大量的镜子。数千平方英尺的河水就像流动的银汞合金，每秒钟都在反射着城市的影像，如同整座城市都在被涅瓦河持续拍摄一般。这种拍摄过程一直延续

① 埃里克·索斯（Alec Soth，1969—　），美国摄影师。

② 约瑟夫·布罗茨基（Joseph Brodsky，1940—1996），俄罗斯裔美国诗人、散文家。

到芬兰湾，涅瓦河才卸下镜头，停止工作。若遇到晴朗的日子，芬兰湾就会存储无数的绚丽影像。

在我眼里，埃里克·索斯对密西西比河的视觉记录就是前两种图景的结合：第一个场景是客观真实的反映，第二个场景是隐喻性的描述。

美国摄影史上的各种分支流派汇集在一起，构成了一种传统，一部曲折发展的历史。这种传统很重要的一部分就是，拍摄者的足迹遍及美国的每个角落，或者说至少要深入美国的不同地方。这些不远万里的跋涉探险起源于陪同和记录1860年至1885年所进行的开创性调查的摄影师。20世纪30年代，他们为农场安全管理局工作，使得这种拍摄传统再次兴起。其中，拍得最好同时最具有个人风格的照片由摄影师沃克·埃文斯完成。紧接着是战后，罗伯特·弗兰克（于1955年至1956年）以及加里·维诺格兰德（于1964年）受古根海姆资助的旅行拍摄。对索斯来说，最近也是最重要的远足拍摄摄影师是斯蒂芬·肖尔和乔尔·斯坦菲尔德。显然，是一张斯坦菲尔德在旅行中所使用的**货车**照片让索斯第一次爱上了拍摄的过程，并开始享受一种在流浪漫游的过程中发现事物的乐趣。随着时间的推移，在这一“传统”中产生的作品变得不那么系统，倒是更具个人特色和偶然性。弗兰克之后，随意拍摄的思想逐渐被提升为一种有自身结构的系统原则。

《睡在密西西比河畔》(*Sleeping by the Mississippi*)中的第一张照片拍摄的是明尼苏达州一座被大雪覆盖的船屋，绳子上挂着的色彩鲜艳的衣服在等待被晾干，它们看上去就像摄影工作室里面的印花布。在接下来的旅程中，美国摄影历史的碎片被拾起和带往别处，并被记录下来。以往积累的历史重量感迫使埃里克·索斯通过边缘取道前行，另辟蹊径而为之。他的作品中仍随处可见早期摄影的痕迹。这些作品在旅程中也得以改变，但并没有——正如这句话所说的——变化到无法辨认的程度。在田纳西州的孟菲斯拍摄吉米(Jimmie)的公寓时(椅子边上有一顶帽子)，索斯也许并没有想到埃文斯和弗兰克。同样，在密西西比州的维克斯堡拍摄牧师和玛格丽特(Margaret)的卧室(同上)时，情形也可能差不多。但事实上，埃文斯有一张1936年在亚特兰大拍摄的一家黑人理发店的照片，里面也出现过一顶帽子，似乎等着有人去拿。用摄影领域的语言重新组织这句话，应该表达为“(帽子)似乎等着有人去抓拍它”。当弗兰克在得克萨斯州休斯敦的银行桌子上拍摄帽子时，他就是这样做的，默默地向埃文斯点头示意——如果你愿意，可以将帽子摘下来递给他。正如阿内·萨克努塞姆[①]在《地心历险记》中记载的，这些帽子

① Arne Saknussemm，法国科幻大师儒勒·凡尔纳创作的科幻小说《地心历险记》(*Journey to the Center of the Earth*)中的人物。

都表明某人以前来过这里，并指明了可能的前进道路。也许这些帽子成为了一种无意识的触发器，它们向索斯微妙地暗示，生活中处处都是照片，等着你去拍摄。

换句话说，索斯拍摄的并不仅仅是某一个具体的地方，还**不可避免地**记录了一种传统。这种传统一直延续到今天。在艾奥瓦州达文波特的糖厂里出现的那张秋天的椅子看起来仍然留有余温——有埃格莱斯顿曾经坐在上面的痕迹（从照片效果来看就是如此）。索斯是不是有意这样设计的其实无关紧要，关键在于，这说明他终究无法摆脱摄影的先例。《睡在密西西比河畔》中的许多图片其实都是照片；**在**这一系列中能看见的照片数量多于索斯**拍摄**的照片。

艺术家向来认为，他们面临着一个传统的结束，更接近河流的出海口，而不是它的源头。照这样的理解，索斯（生于1969年）在阿肯色州的卢克索拉拍摄的照片象征着一个传统似乎已被洗刷干净的地方。因为到处都是美国的碎片，那个地方看起来有些凌乱；随着时间的推移，各种各样的美国摄影师都曾经在此聚集野餐，然后顾不上清理，就继续前行。艺术史和野外露营完全相反，对于艺术家而言，至关重要的是要留下痕迹。那地方过于凌乱，如果你认为他们是故意为之，也没人怪罪你。也就是说，似乎穿过这里的摄影师中恐怕有一个就是杰夫·沃尔。

这不是唯一让人意识到这个加拿大人存在的地方。索斯对肯塔基州希克曼盐碱地的取景角度与沃尔的作品《弯弯曲曲的道路》(*The Crooked Path*)非常类似。二者的区别在于，沃尔照片的背景是某种食品制造场所的墙壁，而索斯照片的背景是一条河流。正如沃尔照片的标题所示，因为一条**延伸进去**的小路，几乎没有被描绘出来的景观才能被识别出来。在索斯的照片里没有小路，但有一条河从画面的背景中流出来，一直延伸到下一张照片——密苏里州一间屋子的墙壁，墙上贴着一张河的照片。这种照片间的连续和流动感至关重要。"每个人都能拍照，"索斯说，"但很少有人能将不同的照片连贯成为整体。这一点恰恰是我要达成的目标。"

索斯的旅程具有明确的节奏和序列，在这一点上，床也起到了相当大的作用。书中倒数第二幅图片是路易斯安那州的威尼斯，"那是你穿过密西西比河开车能去的最靠南的地方了"。图片展示了一张床的框架，大量的东西在它周围和里面生长。床本身躺在一堆树叶和草丛中。索斯指出，像这样的地方可能会消失，因为每过一年，路易斯安那州的部分海岸都会消失在墨西哥湾里。在卡特里娜飓风之后，大家可能已经意识到了这种恐惧，这一可能性提高了索斯的作品作为纪录文献的价值。他的照片为曾经在这里存在的一切保存了证据，而且能唤起一种无形的主观情绪，这无疑是对作品一种抒情而具有幻想的补充。弗兰克说："我们对生活都有一种记忆，这种记忆是在我们的眼睛后面发生的。自1974年以来，在最新的照片中，我实际上一直试图展示我眼睛后面发生的事情。”索斯的标题也促使我们感受到了自己日渐麻木的主观性。这些图片体现的不仅仅是那些地方在某一特定时间的样子，更是一种带有纪录性质的梦幻时间。

梦幻渗透与客观分离这两者的结合在一定程度上易受技术性解释的影响。弗兰克和维诺格兰德使用的照相机非常轻，他们在开车时能够拍照，不用停下来工作。这是一种巨大的解放，但方便也导致了一定的挥霍滥用。斯蒂芬·肖尔还记得，当他为《美国地表》(*American Surfaces*)旅行拍照时，结果把什么都拍摄成了图片。一旦改用大尺寸的相机，他就不得已放慢了速度。索斯的老师斯坦菲尔德也有同感。大尺寸的相机强制性地要求拍摄者多一些耐心，这样摄影师的构图和选择更符合河流的缓慢流动。弗兰克从时间的洪流中捕捉瞬间，而视图相机却将自己紧紧地包裹在瞬间。在一次散漫之旅，即沿着另一条河流——多瑙河——旅行的过程中，克劳迪奥·马格里斯[①]断言：“肮脏也有其自身神秘的庄严。”大尺寸底片上面密集的信息不仅使肮脏的环境笼罩在自身独特的庄严气氛中，还能让单调乏味的场景变得如梦似幻。

---

① 克劳迪奥·马格里斯(Claudio Magris，1939—)，意大利作家、文艺评论家。

不像布罗茨基所描述的涅瓦河，索斯的作品缺乏那种闪烁而质朴的特质，因为这条河流和它所在的传统，在美国的环境中如何呈现它的方式已经存在很久了。像很多伟大的河流一样，密西西比河再也不用匆忙地奔向大海（何必呢，它很早就见识过大海了）。河水承载着几乎要压垮自己的重量——像一条疲倦的带着泥土颜色的蟒蛇拖着它充满记忆的腹部——缓缓流淌。它满载着历史和影像，最期待的事莫过于停下休息。走过了全部的岁月，它就可以在睡梦中抵达墨西哥湾了。

写于2006年

理查德·米斯拉赫[1]

理查德·米斯拉赫拍摄了海湾战争的余波——一片坑洞遍布的沙漠上到处都是轰炸后的运兵车和消防坦克——这是战争开始五年前，在距科威特数千英里的地方。

米斯拉赫在内华达州拍摄了这些照片，此地点被称为"20号亡命之地"，美国海军自1944年以来一直将其用作轰炸靶场。我们总是把沙漠看作是大自然馈赠资源最少的地方。若真的没有任何东西存在的地方，实际上不适宜被定义为沙漠。所谓沙漠，就是所有东西都消失后最后留下来的东西。米斯拉赫的照片展示了一幅地貌，它在几千年风吹日晒的作用下变得一无所有。这地方已被岁月和自然碾压成粉，几乎不再存在。除了虚空，这里没有剩下什么

① 理查德·米斯拉赫（Richard Misrach，1949— ），美国摄影师。他是彩色摄影的鼻祖之一。

其他东西可以被摧毁的。总之，这里变成了一片被毁灭的空荡之地。沙漠已经被折磨损伤到不像沙漠的样子了。

美国西部的大片土地都留给军方专用，但“20号亡命之地”是一个例外，海军对这块土地的使用权已于1952年到期。从那以后，这块地就经常被非法轰炸。1985年，当地居民开始在这个地方露营，着手保护这块几近荒废的地方。当政府决定立法对军方使用土地进行限制时，他们算是取得了部分的胜利。但紧接着，海军又将此地租用了15年。2001年租期一满，米斯拉赫决定将此地开发为国家公园，这是世界上第一个环保纪念场所。至此，就沙漠而言，这块地方终于获得了片刻的抚慰。

一条20英里长的未铺沥青的公路通向此地。一块写着“前面道路已被水冲垮”的路牌被移到了一边。或许是因为在警告洪灾危险之后，道路设施已经恢复，也可能是因为某一车辆不满这一警示，所以故意置之不理。在内华达州，20英里的距离几乎可以忽略不计，简直都无法被称为**距离**。除非你是赤脚跑步，或者像我们一样在裂缝和沟槽中爬来爬去，否则20英里的确不够作为一个衡量距离的有效单位。走得越远，路况越差。到最后，前面到底有没有路，已经无法辨认。左边是低矮的小山，而右边远处，只有一片无边的苍茫和空旷，将我们吞入其中。

我们在一扇紧锁的大门口停下，寂静涌入我们的耳膜。大门后面就是“20号亡命之地”，被长达40英里的铁丝网隔离了开来。我们能见到的只有那排立着的铁丝围栏，它目前唯一的功能只是帮助我们勾勒出地平线的所在。铁丝网缠绕成一定的形状，排列平整，看起来就像三条等高线，但因为不确定自身延伸的高度，这些铁丝线看起来略微有些参差不齐。

就在栅栏的后面，一堆堆排列着并贴好标签的，都是爆炸后的碎石。处处可见炮弹盒、轮胎、废弃车辆、破损金属，无异于一个垃圾场，被置于无名之地的边缘。

军用飞机像闪闪发光的银色斑点在空中飞翔，这使得天空倒是充满生机。飞机太高，无法用眼睛跟踪它的飞行轨迹。随着噪音变大，微小的斑点变成了大型飞机，将天空无情地撕开。朗洛克（Lone Rock）描述说，在隆隆的爆炸声向我们袭来之前，在炸弹辐射范围的中心，有一团无声的闪光和膨胀的泥土，还有飘浮的烟雾。

“20号亡命之地”的图片是米斯拉赫的作品《沙漠之歌》（*Desert Cantos*）的一部分。这是他正在进行的美国沙漠拍摄项目的名字，该项目始于20世纪70年代晚期。

电视节目对美国沙漠的描述方式就是刺激人产生饥渴感：一块舌条状的干燥的土地上，长长的影子总是指向冰川一样寒冷的啤酒。极地的天空、红色滤镜处理过的沙地、沙漠广告公司、一品脱啤酒或两排501牌饮料。

米斯拉赫作品中的沙漠没有那么舒适，甚至不是很容易辨认。他探索了“沙漠”这一理念的多重意义。正如有些篇章的标题所示，米斯拉赫拍摄的沙漠是发生事件和火灾的地方，是洪水和海洋的所在地。他避开了死亡谷和纪念碑谷这样的主题公园沙漠，记录了人类活动在这些显然无人居住的土地上留下的痕迹。一想到沙漠沉浸在不负责任的原子弹实验后的废墟中，而且永远不会进入人们的视野，米斯拉赫记录的这些痕迹便具有强大的力量。

这些痕迹也不全是不祥之兆。在金字塔湖，也就是米斯拉赫为“沙漠海洋之歌”进行拍摄的地方，一个野外摄影的奠基人用照片记录了大量的人类活动的痕迹。1868年，蒂莫西·奥沙利文[①]拍摄了一张关于金字塔湖和岩石的照片，这些岩石的形状酷似金字塔，湖泊因此得名。就像同时代的摄影师卡尔顿·沃特金斯[②]（他拍了一些胜地的漂亮照片），奥沙利文出生在美国东部，但他的大部分工作都是在政府调查的支持下进行的。当时美国政府正在追求着国家的命运，向西方开拓前进，绘制着荒野的地图。

米斯拉赫弯下腰，坐在折叠暗箱照相机前，腿从裹着自己身体的一块厚布下伸出来。因为仍然使用笨拙的设备

---

① 蒂莫西·奥沙利文（Timothy O’Sullivan，1840—1882），美国摄影师。

② 卡尔顿·沃特金斯（Carleton Watkins，1829—1916），美国摄影师。主要从事风景摄影。

和长时间的曝光，他看起来不像同时代的摄影师，倒是更像是19世纪的前辈们，因为那时的摄影师们背包里装着的都是多功能的尼康照相机。米斯拉赫的作品与奥沙利文的作品有着惊人的相似之处。1868年的一张照片显示，他拍摄了一辆有盖的马车在内华达州的沙山上停下来的场景，这张照片提前生动地回应了很多在“20号亡命之地”拍摄的照片。在奥沙利文的照片中，土地呈现一种低矮的规模，具有无法调解的力量；而米斯拉赫的作品表现的则是土地的脆弱。

与这些早期的摄影师不同，米斯拉赫于1949年出生在美国西部的洛杉矶，他的事业发展路线是逐渐向东推进，用作品体现美国军事技术命运之后留下的东西。奥沙利文等人拍摄的西部荒野的景色是后来以国家公园形式为后代保存自然风景的必要前奏。但以这种方式珍藏大峡谷和优山美地的风景，似乎能自然地得出一个推论，即暗示着这些壮丽的自然景观保护区外面的世界已经无关紧要。沙漠只是沙漠而已，没有其他意义。

在金字塔湖，米斯拉赫正在循着奥沙利文的足迹前进，但更多时候，他也会偏离足迹，拍摄前人忽略的地方。从美国继承下来的视觉参照系统来看，记录这些地方的照片以前注定是要被剪掉的。在这样做的同时，他也记录了我们对荒野的概念和需求的转变。美国风景摄影起源于欧洲风景画传统，特别是面对山脉的超自然力量所表现的那种浪漫的狂喜。这种影响直接导致了美国人对优胜美地的崇拜，在摄影领域的集中体现就是安塞尔·亚当斯[①]拍摄的作品。但后来越来越多的是沙漠，是那种烈日炎炎下空荡荡的沙漠，作为既原始又现代的地方，对我们产生了巨大的影响。唐·德里罗将沙漠描述为“空空的容器”，在一个被剥夺了卓越价值的世界里，我们正越来越快地进入那种虚空。

距金字塔湖一小时的车程，离沙漠小镇格拉奇不远的地方，是一条名为古鲁大道的支路。这条大道的两边布满了石头，上面写着：你相信你之所信吗？魔鬼就是萨达姆·侯赛因（Sadam Hussein）旁边的天使。能看到有几十条这样的声明和提问，都是用同样仔细的笔迹写成的，这位沙漠圣者之手最后的署名是杜比（Dooby）。还有一条评论：1991年的这一天，什么也没有发生。奇怪的是，这条评论下面竟然**没有**标明日期。有些地方可以看到一些似乎是为生者撰写的墓志铭，内容是挑出一个特定的人进行大肆赞扬。其中一条题文写着：安妮特·马歇尔（Annette Marshall），世界需要更多像你这样的人。沿着这条大道继续前进时，我们进一步深入了一个疯狂的智慧世界，这是一种深刻的平庸。“呼吸这份力量，如果你想知道方向，

---

① 安塞尔·亚当斯（Ansel Adams，1902—1984），美国摄影师。以拍摄黑白风光见长。

去问比尔·斯台普顿[1]。整个世界都是疯狂的，我可以证明这一点。"

这些信息中夹杂着一些更复杂的东西：一种用山艾树做成的棚屋架；门廊附近有一个绵羊头骨，眼窝里还插着一根箭；屋顶的顶端悬挂着一罐褪色的花蕾，上面还有文字："你准备好永生了吗？"

在小道的尽头，我们到了"杜比美景移民站"。一间小木草房弥漫着家园的泥土气息和舒适：扶手椅、电视机、餐台柜、杂志。这些窗户由无玻璃的电视机屏幕框架构成，大约有六个，每个屏幕面向不同的方向。小屋里又黑又冷。我坐在扶手椅上，一边喝着啤酒，一边看着有史以来最完美的电视画面。一个电视频道播放的是海峡上方痛苦的天空；另一频道显示的是一座阴影下的山坡；转到第三个频道，看到的是沙漠里飞扬的尘土。

杜比美景的所有驿站都是绝对寂静中的广播。在如此极端的沉寂中，一种极小的声音都会被无限放大：一只苍蝇嗡嗡作响，一只蜥蜴干巴巴地爬行，沙砾飞越过马路……

事实上，我们在盖拉赫的加油站遇到了杜比。我一直期待见到一位饱经风霜的离经叛道者，但现实中的杜比五

---

① 比尔·斯台普顿（Bill Stapleton，1965— ），美国前竞技游泳运动员。

十多岁，下巴上留着老式的短碎胡须。他看起来跟普通人没有区别——工作衬衫、棒球帽——但我看不透他的眼睛：那双眼睛吸收了太多的阳光和距离，不可能让人轻易接近。

在离盖拉赫15英里的地方，我们再次离开了高速公路，来到了黑石沙漠的干燥湖床——盐湖①，那是一片向远处无限延伸的平地。冬天的大雨使得盐湖的一些地方变得松软多孔，呈海绵状，充满危险。起初我们小心翼翼地穿过有些发黑的白色区域，很快，一股干燥的滑石粉在我们身后滚滚而来，我们立刻加大马力提高车速。其实速度在这里毫无意义，因为改变不了什么。说远处有低矮的山丘也没有意义，因为这里的一切都在远处。盐湖中只有纯粹的距离。

我从货车上走下来，看着它闪烁着光芒，飘浮着，最后消失。再远一点，我穿过两条狭窄的深棕色的水道，尽管完全没有坡度，水流却很快。泥浆细软如丝，散发出一种令人舒服的炉甘石的味道。太阳就在头顶上，我的影子被踩在脚下。我把网球鞋放在地上，一瞬间，它们看起来

---

① 1993年和米斯拉赫一起去黑石沙漠时，我还不知道，这个偏远的地方在某种程度上会成为我生活的中心。从1999年到2005年，我五次回到那里参加一年一度的火人节（2010年加注）。——原注

似乎永远会留在那里（当然也可以说，鞋子看起来好像一直都在那里）。人也是如此，好像一直都在这个地方。我很容易想象坐下来，进入抵达心灵深处的冥想状态，并无限期地留在这里；让风和阳光将自己晾干，最后变成了一尊石化的杜比雕塑，既非生也非死，成为自然的一部分。

与这里的沉寂相比，古鲁小道的安静其实不算什么。这里的声音是你耳朵里的红色血浪。诀窍在于平息思想的喧嚣，让你的头脑变得和周围的东西一样空虚。

在一些摄影师的手中，胶卷对声音的敏感就像对光线的敏感一样。最好的照片不仅可以观赏，还可以倾听。米斯拉赫就是能拍摄出沉寂的伟大摄影师。

我们开车穿过盐湖，向黑石沙漠进发。天空中白云飘荡。一道阴影把黑石（大部分时候呈浅灰色）变成了一堆被光芒包围的玉矿渣。米斯拉赫的一部分技巧其实与相机无关。更多的时候，他只是开着货车在沙漠里漫游几个星期，把自己置于景观的支配之下，等待光出现的那个时刻。他不用滤镜，我们在他照片上看到的颜色就是拍摄时刻本来的颜色。他使用同样的胶卷，同样的镜头，同样的8×11英寸的迪尔多夫照相机。就像我们自己的视野保持不变一样，米斯拉赫的所有照片在某种意义上都是一样的。就像所描绘的风景一样，这些照片都具有一种吞噬性。正如这种景观的巨大规模隐含在它的每一部分之中一样，所有篇章里的每一张照片都蕴含着更广阔的背景，照片只是其中的一部分。

在我们旅行的过程中，我多次被沙漠固有的摄影效果所打动。米斯拉赫的照片不仅内化了沙漠的空间，也内化了展厅悬挂这些照片的墙壁的空间。沙漠的水平空间和照片的垂直空间可以互换。这样很有可能在他的作品中迷失自己。

在向北前往温多弗之前，我们沿着50号公路驱车前行。50号公路显然是美国最寂寞的公路。1945年春天和初夏，温多弗当地进行了最后一分钟的原子弹投弹准备和训练。这个城镇本身就在犹他州和内华达州的边界上。就像迪伦的作品《伊希斯》（*Isis*）中"黑暗与光明的高处"一样，分界线穿过市中心，把小城分成两个州，两个时区。在空军基地，时间本身静止不动，建筑物也屹立不动——但正在慢慢消失。这正是米斯拉赫的作品主题：消失。颜色在消失，办公室和机库墙上的涂鸦在消失，关于这里发生的事件的记忆也在消失，整个历史也在消失。对米斯拉赫来说，历史正是这种消失的过程。他的作品保存和捕捉的就是不断消失的历史。

我漫步在废弃的木构建筑中。在围栏外，一行行的蓝色山丘相互映衬，变得越来越蓝，直到最后被天空衬托出来。除了影子在周围慢慢挪动，没有什么其他动静。场景就像照片一样沉默安静，感觉似乎行走在一张米斯拉赫的三维立体画中，用你所有的感官体验照片的虚拟现实。

据推测，温多弗空军基地在米斯拉赫拍摄之前就是这样的。或者，存在一种更激进的可能性，这个地方吸收了他照片的特质，慢慢调整成了现在这个样子（更直白地说，在米斯拉赫拍摄这里之前，实在没什么可看的）。

在温多弗的边缘，盐滩绵延得如此广阔，以至于可以清楚地看到地球的曲率。每年，博纳维尔世界汽车陆上速度锦标赛都在这里举行。米斯拉赫今年晚些时候会回到这里拍摄这一赛事。具体地说，他不仅仅只是拍摄比赛本身，还会关注周边的一些活动［在一篇名为《事件》（*The Event*）的作品中，表面上关注的焦点是航天飞机滑行到陆地上，但在照片上显示的不过是一个小点］。一个潜在的讽刺将米斯拉赫吸引到这个特殊的事件中。1846年，一群前往加利福尼亚的移民在这附近迷路了；所谓的唐纳帮（Donner Party）有一半的人在随后的冬天死去了。而今年晚些时候，在同样的平地上，车速将达到每小时500英里。

现在是初夏时节，盐湖的有些地方还有几英寸的积水。再远一点的地方，一辆家用轿车陷入了泥坑，沉到了车轴上，看起来像唐纳帮的当代纪念碑。

不管是否有水，霜白色的盐湖经常会浮现蓝色的光芒。但当你走近时，那片蓝色就消失了。在远处，一块岩石漂浮在地平线上，它的倒影完美地出现在一片并不存在的海洋里。米斯拉赫拍摄了这种幻觉，但实际上整块地方都像一片海市蜃楼：如同北极一样霜白的盐湖，一面水晶镜子把白热的太阳反射回你的眼睛。

到傍晚的时候，盐地每一秒钟都在变换色彩：紫罗兰色、薰衣草色、绿松色、紫色。我的阴影在白色盐地的背景下也都变成了蓝色。汽车轨道显现为银色、黄色和金色。盐湖将你所见到的最亮的颜色都集中了起来，像火焰一样熊熊燃烧——但最后褪色了。这些颜色一被注意到就立刻发生了变化，变得更美、更奇妙、更安静。

盐滩之外的道路上闪烁着汽车和卡车的灯光。道路对面行驶着一辆联合太平洋货运公司的货车，积雪覆盖的山脉构成了遥远的地平线。天空被涂抹上了一层苍白的月色，风景和光线自动组合成为一张照片。

写于1993年

威廉·盖德尼[1]

距离他39岁生日还有几天，威廉·盖德尼在他那堆满书籍的布鲁克林公寓里度过了一夜，仔细阅览E. J. 贝洛克[2]的《斯图里维尔肖像》(*Storyville Portraits*)。贝洛克大约是在1912年拍摄的这些照片，但过了半个世纪，这些作品早已被遗忘。后来一直到1958年，盖德尼的朋友李·弗里德兰德[3]偶然发现了玻璃板上的底片。1970年，他冲洗了这些底片并展览了这些作品，希望贝洛克的名字可以被永远列入摄影艺术的神殿。当盖德尼看到这些照片时，他完全被里面的影像迷住了，照片拍摄者纯粹就是一

---

① 威廉·盖德尼（William Gedney，1932—1989），美国纪录片和街头摄影师。

② E. J. 贝洛克（E. J. Bellocq，1873—1949），美国摄影师。

③ 李·弗里德兰德（Lee Friedlander，1934—　），美国摄影师、艺术家。

个只为他发现的世界而存在的人，这个人已经从历史中消失了，而他的作品幸好被弗里德兰德偶然发现并得以挽救，才免遭被遗忘的厄运。

《斯图里维尔肖像》只收录了贝洛克仅存的89张照片的三分之一，也就是盖德尼在弗里德兰德的家里首先看到的那些作品。1971年秋天，当盖德尼在“郁闷的一天”再次观赏这组照片时，他感到震惊：“拍摄者为何能仅仅通过34张照片就如此完整地呈现一个世界，一个包罗万象的全部世界？他的每一张照片似乎都包含了他所有作品的精华。哪怕只有一张作品存在……你也会感到他是一个伟大的摄影家。”

尽管贝洛克遵循他那个时代的摄影传统，盖德尼却认为，总有“一些细微但明显的区别让他与众不同，成为一个卓越的艺术家”。在盖德尼看来，就算在相同的场景下，同一个女孩在同一台相机前用同样的方式摆出姿势，若由一百个不同的摄影师拍照，“每个摄影师的作品都会有细微的差别。但我担心的是有没有一张比其他照片更加高明。假如贝洛克是其中的摄影师之一，他肯定能提供一张这样的作品。一个让人不断惊喜的事实是：作为一台没有人情味的机器，相机不仅可以展示表面的可见世界，还能如此敏感地显示摄影师的个性”。

盖德尼本来试图在他的笔记本上多花几页的篇幅详细阐述这些想法，但在大量的删节后，这些思想最终只能体现在几则零星的笔记中。盖德尼很喜欢奥登，在引用了他的一段文字后，盖德尼自己也承认，“还没能完成有关贝洛克的写作”。

记录有关于贝洛克的想法的笔记本由盖德尼自己制作，这是他极度私密、富有创造性的自给自足计划的一部分。这些自制的笔记本中，有几本都是关于如何制作笔记本的笔记，他喜欢这个任务，因为它的精确性、精准度和尖锐的角度。他还很高兴地了解到，古埃及的某些城市是按照方格的线条排列的，即长方形的街道图。1985年，他从一本由南·菲尔布拉哲[①]写的书中挑出一段话，将这种个人偏好提升为具有普遍性的范例：“我们自己塑造的形状是几何形状，文明生活的背景或多或少是长方形的。我们的房间和屋子都是立方体的排列组合，我们的门窗、家具和地毯、书籍、盒子——它们的角度都是直角，所有的边都是直的。”

所以，一切都是方形，包括照片和书，最理想的莫过于方形的摄影书籍。

在小笔记本里，他列举了自己要读或者要买的书。接着在大一点的笔记本里，他记下了自己喜欢的段落，这些

① 南·菲尔布拉哲（Nan Fairbrother，1913—1971），英国作家。英国景观设计师协会（现为景观学院）成员。

都是他从获得和读过的书籍里面抄录下来的。像黑暗时代的苦行僧一样，他抄写别人的文字，化为己有，有时也进行适当调整，使之更适合自己的情况。“我第一百万次去与经验的现实相遇。”乔伊斯（Joyce）写道。盖德尼对此用星号标记，并反过来说成“现实的经验”，这样就体现了作为摄影师不同于小说家的追求。

他也会转写**自己的**笔记，将一些潦草的条目重新誊写一遍，这些笔记开始随意地写在从商店买回来的笔记本里，后来会被盖德尼转移到自己制作的笔记本里去。若将这一过程类比为摄影，就如同将模糊不清的底片最后打印成清晰的照片一样。

引用一句陈词滥调：他贪婪地阅读，尽他所能。若发现某人在阅读陌生的、不寻常的主题时，人们有时会问："你为什么对这些感兴趣？"面对这一问题，像盖德尼这样自学成才的人只能给出一个回答：因为书本有趣。他积累并储存知识，接着若有什么东西（例如一张充满可能性的照片）引起他的注意，他就会将自己所学和所读到的一切都用上，去影响那一时刻或者某个特定事件。然而，这并不意味着过程的结束和停留，因为盖德尼自我满足的理想是自然而然、由自我激发的好奇心所支撑的。他见得越多，想了解的就越多；反过来，他所学愈多，所见愈广。光是训练自己学会观察还远远不够，他一定要理解自己所见的东西，要让自己的视觉语言更加清晰。

人们常说，柯勒律治是最后一个通读一切书籍的人。在写作中，他这种贪婪的阅读欲望与经常无法最后完成作品相匹配。瓦尔特·本雅明是一位痴迷于书籍的收藏家，他认为，最令人满意的获取书籍的方法是自己写书，但他最终也只能把自己最珍视的少数几个作品勉强完成。这是他们与盖德尼共有的特点。

尽管有时盖德尼会责怪自己没有充分利用时间，但他没能完成各种项目并不是因为懒惰。其实，一个听起来有点矛盾但非常真实的原因是，他过于彻底地投入到了工作中。他很早就获得了玛格丽特·尤瑟纳尔[①]的智慧，觉得为了事物本身所做的一切都是值得的，不管结果如何。他实现了艺术家的理想，即基于自己的兴趣进行工作和创作，更准确地说，是为了工作本身的价值而工作。他显然不算成功，但这并不影响他选择为了兴趣而工作，甚至可能在某种程度上有利于他这样的工作态度。1969年，美国现代艺术博物馆展出了一系列来自肯塔基州和旧金山的照片，但盖德尼似乎没有感觉到，或者说根本没有冲动要利用这种对他工作认可的早期机会去做点什么。1969年3月

---

① 玛格丽特·尤瑟纳尔（Marguerite Yourcenar，1903—1987），法国作家。

的《纽约时报》上，评论家约翰·加内特（John Canady）对这些照片给予了好评后，盖德尼写道："就算是一个你欣赏的人恭维你几句，也只会温暖你一分钟，但立马就变得毫无意义，更何况很多恭维都是些傻子无意间说出来的。"工作的进展是唯一重要的事情。理想的情况是，他的自强不息将延伸到没有别人赞扬的情况下。

一方面，盖德尼对于收集和积累书籍、材料有一份迷恋和冲动，不太愿意与人分享生活；另一方面，他最后也没能轻松释然地将作品与世界分享。要将这两点联系起来是顺理成章的事。他一直在努力改进自己的工作——选择了又拒绝，接着再次拒绝他所选择的东西——但永远也不能把它修改得足够令自己满意。没有一件完成的作品能达到他心里的标准，所谓完成就是妥协。档案保管员对编辑和编录工作的热情总是压倒了编辑的职责，那就是放弃和抛弃。因此他一直持续地收集和积累。实际上，他成为了自己作品唯一的收集者，达成了一个艺术家自给自足、自我满足的创造循环。

也许他死于艾滋病的讽刺意味并没有完全消失。他收集、积攒、积累，直到最后沦为疾病的牺牲品。慢慢地，他的免疫系统被偷走了，一次被偷走一部分，直到最后什么都没有留下。这是一个注定要出现的新突变，也是吝啬者摆脱不了的命运。

可惜这诚然还不是他全部的故事。他毫无顾忌地自由光顾在夜间活动的同志俱乐部，也投入并享受偶然的艳遇。他竟然还自己描述了一次这样的经历，并取名为“堕落的故事”。令人庆幸的是，这篇文章只有两页长，而且最后也没有完成。他通过作品与我们分享的东西是：一个自学成才者，一个生活保守、简朴、“堕落”的性冒险家，同样热爱和需要匿名、阴暗和默默无闻。这也是他作品要突出的主题，即生活在阴暗中的人们。

有一天，盖德尼在一家图书馆里习惯性地仔细研究了刘易斯·海恩[1]的照片后，无意中发现了一位布鲁克林的摄影师拍的照片，这位摄影师的名字对他来说非常陌生。这些照片“完全没有审美价值，纯粹是为了纪实”。但是这一点也促使盖德尼思考：“要做到不做作、简单、直接、诚实，还要聪明，其实很不容易。”

然而这也有先例。最典型的例子是尤金·阿杰特[2]，在听完曼·雷[3]称赞他的巴黎街头照片后，阿杰特回答说，

---

① 刘易斯·海恩（Lewis Hine，1874—1940），美国摄影师、社会学家。

② 尤金·阿杰特（Eugène Atget，1857—1927），法国画家、摄影师。被誉为法国近代摄影之父。

③ 曼·雷（Man Ray，1890—1976），美国现代主义艺术家、先锋摄影师、达达主义的奠基人、诗人、超现实主义电影的开创者。

正如他工作室的标志所谦虚地宣称的那样，他只不过是提供了“艺术家的文件”。面对正在消失的巴黎，阿杰特全力投入地做一些保存影像的工作。作为一个**无名者**，他坚持认为自己是业余摄影者。只有满足自己的名字不出现在照片中的前提条件，阿杰特才同意出版其作品。

在离家更近的地方，有个叫弗朗西斯·盖伊[①]的艺术家。沃尔特·惠特曼对盖伊在作品《布鲁克林的雪景》（*Snow Scene in Brooklyn*）中的工作方法进行了推测。盖德尼特别喜欢这一段描述，所以在笔记本上抄了下来：

> 先将位置和方向确定下来，如果可能的话，向窗外望去。当被拍摄的地方被很好地理解和确定时，盖伊将搭建一个大而粗的镜头，并且把它固定在窗户上，或者选取一个拍摄位置，以便将所有要包含在图片中的东西都置于视野之中。置于镜头之外的事物可以被隔离至阴影中……我们相信，盖伊的这张照片应该是从窗户取景的，是对窗外自然景色的真实呈现。

事实上，这种普通照片和盖德尼自己拍摄的暴风雪中默特尔大道的照片没什么两样。盖德尼自己的很多照片拍

---

① 弗朗西斯·盖伊（Francis Guy，1760—1820），美国画家。被视为美国最早和最重要的风景画家之一。

摄的都是一年中不同季节默特尔大道的风景，而且每次拍的都是同样的场景。他用同样的镜头，从同一个窗口取景拍摄，即他自己的住宅——默特尔大道467号房间——的窗户。

盖德尼对自己居住的街道的历史很感兴趣，他花了很长时间在当地图书馆里挖掘它的过去，摘抄语录，并把街道历史上重大事件的新闻报道进行剪贴，并编辑成为自己的“默特尔大道笔记本”。惠特曼（盖德尼曾拍摄过他的墓地）也曾在大街上住过一段时间，他在编辑了几年的文章《鹰》（*Eagle*）里曾夸口，认为这是该地区第一条有梯度的街道，是“古老的布鲁克林居民的骄傲”。那时还是1882年。到1939年时，亨利·米勒（Henry Miller）认为这是“一条没有悲伤的街道，因为悲伤充满人性，可以识别；但这里只有纯粹的空虚”。在“默特尔大道笔记本”中，盖德尼引用这两条评价作为他往返穿梭的术语。他一边通过剪贴新闻报纸保存街道的历史，一边用相机记录当代的街头生活。从这个意义上说，“默特尔大道笔记本”是一本朴素而直接的工作记录。

但它们也像是一个宏伟的检索和冥想项目的草图。从盖德尼阅读的书籍里采集的短文将默特尔大道变成了散乱无章的大街，在这里，关于街道的**想法**充满争议。盖德尼拍摄的默特尔大道的照片和他在笔记本里写下的自己的抱负之间隐含着一种交易。通过笔记本里抄写和粘贴的引文，一种更大的有关街道的理论和概念得到了发展。而里面的照片一方面因此被重新定义，另一方面也为理论和概念的形成提供了有效的反馈。在《美国大城市的死与生》（*The Death and Life of Great American Cities*）一书中，简·雅各布斯[①]说道："一定有眼睛在注视着街道，那些是我们可以称之为街道自然所有者的眼睛。街道上的建筑物必须以街道为导向，用来接应陌生人，以确保居民和陌生人的安全。建筑物不能背对街道，也不能将空白的一侧对着街道，这样感觉就像盲人一般。"雅各布斯认为，街道最重要的就是"功能完善的眼睛"。

我们很难夸大这里正在发生的一切的新奇之处：一位美国古典传统摄影师精通现代性的丰富遗产，构思了一个后现代的文本，并在1969年用他最好的学生笔迹，在自己制作的笔记本里将之实现。

盖德尼经常觉得，比起自己的语言，别人的言论更能恰当地体现他的想法。但他整个一生都在努力将自己的世界观整理和编织成文字。他的拼写很有创意，至少可以这么说，他的语法经常是任性的，但他对语言的着迷，以及它产生（和阻碍）洞察力的能力随处可见。例如，在黛安·阿布斯自杀后，盖德尼回忆她是一只"超负荷奔波的

① 简·雅各布斯（Jane Jacobs，1916—2006），美国城市规划师、作家。

稀有的小鸟，肩上成天扛着一个巨大的绿色帆布包，把整个身体都拉弯到一边，脖子上永远挂着相机，执着而顽强地工作。她身材瘦小，总是被身上的装备所累，那是摄影师无法逃避的负担”。他很难用语言勾画出稍纵即逝的印象，但能把这些印象准确无误地记录在一张照片上。然而，他的摄影作品几乎总是充满了活跃和雄心勃勃的文学情感。“我正在尝试一种视觉上的文学形式”，这是他对自己的一个扩展摄影项目的总结。

如果不是惠特曼的“机械笑党”（laughing party of mechanics），盖德尼在东肯塔基州拍摄的这些人肯定对他很友好。这些照片算得上他最好的作品，但这一项目的种子藏在他自己的自传里。自传中有一标题为《农场》的独立部分，里面收集了一些他祖父母早年的照片，这些作品足以显示他的潜力。

盖德尼儿时生活在农场，很小就开始**修补**东西：修补、调试、焊接（他喜欢相机的结构和暗房）。这是他与那两个失业矿工家庭（即考奇家和考尼特家）共享的一种亲密关系。1964年，他花了一个月的时间与这两个家庭生活在一起，为他们拍照。盖德尼与考尼特家尤其亲近，他与维尼、薇薇安，以及他们的十二个孩子多年来一直保持着联系。1972年，他又回到了这里，继续为他们拍了很多照片。

盖德尼很喜欢考尼特家女孩子们的欢快和优雅。1972年他回来时，女孩子们已经长大成人，忙于生养孩子。于是，他将注意力转移到考尼特家营养不良的男人身上，并毫无抵抗地被他们吸引，这些男人展示出一种力量（他认为力量本身是一种**技巧**），优雅、经济的运动。

一想到他认识的盖德尼，艺术家彼得·贝拉米[①]如是评价："手势就是摄影的芭蕾。"这句话倒是提醒了我们，盖德尼作品中的男人通常都有舞蹈演员的风度。在他的肯塔基芭蕾舞团里，传统的性别**姿势**一次又一次地被颠倒。两个女人，一个怀孕了，一个夹着卷发器，两个都在抽烟，站在那里看着一个年轻男人在汽车发动机罩上搔首弄姿；薇薇安坐在长椅上；维尼伸展四肢，把他的长腿搭在她身上……

"我不认为自己是一个'社会问题'摄影师，"盖德尼在一封草稿信中表示，他打算激起出版商对他的肯塔基州项目的兴趣，"我关心的是拍一张好照片——形式、价值和内容的完整混合体。我更喜欢普通的动作、亲密的姿态，一个形象，它的形式是对物质的本能反应。"

考尼特一家人的生活还有另外一个特点，就是不堪重负，以及不可避免地由此引发的暴力，这一点在题为《亲密姿势》的照片中没有被体现出来。但盖德尼作品中暴力

---

① 彼得·贝拉米（Peter Bellamy，1944—1991），英国民谣歌手。

的缺席并没有影响他的肯塔基系列图片（毕竟，他并没有试图在作品中全面地反映一切）。然而，在肯塔基州的两次会议之间进行的一个项目中，类似的暴力缺席确实成为了一个问题。1966年至1967年，在旧金山的海特–阿什伯里地区，盖德尼拍摄了一群叛逆的青年，一群正在形成过程中的嬉皮士。他可以拍下他们如何叛逆的照片——更准确地说，他可以拍下他们**无所事事**的场景。但海特的核心是迷幻体验，它不仅定义了一个地方，也定义了一个历史时刻，而这种体验是没法用镜头捕捉的。

如果最初旁观者很难理解1966年海特的特殊能量，杰伊·史蒂文斯（Jay Stevens）在《狂风暴雨的天堂》（*Storming Heaven*）中写下的“大屏显示装置和美国梦”很快就让他们明白，“在任何特定的日子，大约有一半的人不是已摔倒，就是被绊倒，或者快要摔倒在地”。蒂莫西·利里和肯·克西[①]等人模仿迷幻之旅（针对那些不愿意尝试迷幻药的人）所精心制作的多媒体演示，主要是为了证明这种体验的不可记录性。只有相机和黑白胶卷，盖德尼面临的是几乎无法完成的任务——尽管这是他自己的一种选择。盖德尼从来都不是为了完成任务而拍摄，他只去吸引他的地方，拍摄吸引他的事物。他之所以被吸引到海特这个地方，是因为这里的人和考尼特一家有共同之

① 肯·克西（Ken Kesey，1935—1990），美国小说家。

处：他们与众不同，被剥夺了基本的权利，是一群处于社会边缘的人。这两群人当然也有区别，嬉皮士被剥夺权利是自愿行为，是自我选择和计划过的。考尼特一家人缺乏物质上的东西，所以特别珍视它们；而嬉皮士却摈弃一切物质。考尼特一家似乎已经被历史所遗忘；而在海特，一种全新而潜在的革命性的情感结构变得愈来愈明显。盖德尼不相信那些宏大的、带有麻醉作用的意识形态规矩。相反，他更喜欢行走于“金字塔底层”。“就是说，我不愿经常碰到运动或者场景中的上层人士，他们会告诉你一切，但这与实际上正在发生的事件大不一样。我行走在街头，和普通人交谈，为他们拍照。”

基于这些照片，盖德尼似乎对他所见证的一切感到矛盾。他一方面被血统和社区那种连接而成的近乎部落的感觉所吸引，另一方面又对那些不喜欢广场文化、不善于分享的人感到不满意。这一点使得他的作品具有独特的历史重要性。因为媒体的高度关注，海特成为了游客们的热门目的地，他们渴望一睹“珠帘”之后发生的事情。不管他们是愤怒、着迷，还是仅仅对他们所看到的感到震惊，这些来自普通世界的观察者实际上分享了嬉皮士们自己的想法，那就是，他们彻底改造了自己，转向了另一种几乎无法辨认的生活方式。盖德尼一直对海特那些嬉皮士的宏大声明持怀疑态度，他从这个群体**内部**的视角拍摄的作品，显示了那些嬉皮士**真正的面貌**：有来自伊利诺伊州的青少年，有来自美国中部漂亮郊区的女孩子。也就是说，照片中这些人的最大特点是，他们再普通不过了。除了发型以外，躺在汽车发动机盖上的那个人完全可能是在肯塔基州的东部，也有可能是在北加利福尼亚州拍摄的。对盖德尼来说，最关键的手势都一样，“展示了青春的能量，彰显了新的生活方式”。但他同时也注意到，这“实质上不过是一种翻新的老旧的生活方式而已”。与他保守的观点一致，他的作品中新潮的东西看起来显得有些守旧，在某种意义上就好像照片的诞生**早于其表现的主题**。或者，用相反的方式来表达同样的观点，他们让20世纪60年代看起来像是发生在很久以前——实际上是在20世纪50年代——一样。

他无法在所见到的人中找到**他自己**。他记录了一种紧迫的生活方式，这种生活方式不能被他掌握的摄影美学所表达。在他计划完成的著作《青春时光》(*A Time of Youth*)中，很显然，第一张照片上就是一个傀儡面对着一扇关着的门，门上面潦草地写着一份详尽的名单，所有不受欢迎的人的名字都被列在上面。盖德尼可以记录那些路过的人，但从照片上看，感知的大门对他一直关闭着。

但在1972年，当盖德尼大受欢迎地回到考尼特一家时，感知的世界变得更容易走进了。在这儿拍摄，他得心应手（在一个场景下，使用同一个镜头，都有完成三种不同作品的可能），但所有关于考尼特一家人照片的核心都是汽车。

“尤利尔和他的女朋友想结婚，”盖德尼有趣地写道，“但是他们找到的唯一能安身立命的方式就是整天在加油站工作，所以他去那里干活。这似乎是自然而然的事，因为考尼特一家所有男人的许多思想和行动都涉及汽车，所以他们家族中就应该有人在加油站结婚。”

对于考尼特一家来说，汽车只是意味着要修理、抢修，然后再修修补补的东西：先把东西搜集起来，进行检修，然后讨论如何修补。对于这一家人来说，汽车就是关于手工机械操作的论坛，一个就化油器或制动衬片交换坦率意见的会议场所。他们有时随便踢翻零件，有时随手将香烟灰滴入可燃管和火花塞，这些都体现了他们对汽车零件和发动机的熟悉程度。

另外一个摄影师为这些图片提供了一个标题，非常契合考尼特一家及其汽车的主题。当黛安·阿布斯学会开车时，她“喜欢掌握方向盘和换挡的感觉”。她说这“就像她一直都知道的通用手势一样”。这正是盖德尼作品中汽车承担的角色：通用手势的生产者和使用地。对考尼特家的孩子来说，汽车发动机是他们首先接触到的神秘事物。一个男人把他的孩子举起来，让他第一次看到发动机，在机械学的祭坛上接受了石油的洗礼。一个十几岁的男孩跪在一个上升的车轮下，仰头崇拜。当一辆汽车陷入完全无用的状态时，它就变成了风景的一部分，变成了一处遗迹。卡车看起来就像房子的门廊，车轮胎就像被埋在地下的木杆。一个男孩躺在汽车的引擎盖下，伸出一只胳膊，好像要把一条汽车图案的鸭绒被拉过来盖在自己身上。另一个人靠在引擎盖上，样子好像在酒吧里点饮料似的。一个身材瘦长的少女站在一辆巨大的卡车前，那车就算还能开动，看起来也一点没有车的样子。这些交通工具对考尼特一家来说，似乎从来就不是用来**驾驶**的，因为它们动弹不得。

在盖德尼放弃了出版肯塔基作品集的计划（或者因此也顺带放弃了其他计划）很久以后，他从奥登的《石灰岩颂歌》（*In Praise of Limestone*）中挑选出一句“短程距离，精确位置”作为他出版摄影集可能使用的标题。在盖德尼的肯塔基作品集中，没有远景镜头或者使用全景拍摄，以引导外行欣赏图片。考尼特一家的世界只限于被了解和熟悉这一切的人欣赏。也许显得有些憔悴，但门廊上的薇薇安完全不像多萝西·兰琪的标志性作品《高原女人》（*High Plains Woman*）那样，在那张展现了深不可测的绝望的照片中，连周围的天空都显示出无限的痛苦。当然，在带来安慰的同时，这种情况也会产生自身的幽闭恐惧症压力。但对盖德尼来说，总体上的真实只能基于准确的环境和仔细观察到的细节才能获得。如果这些是关于人生艰难和韧性的杰出照片，那是因为它们很好地展现出了不同的**纽带**，确切地说，是各种束带，包括口袋、拉链、鞋子等等细节。考尼特一家的个性特点非常鲜明，看一眼他们的鞋子和裤子就能认出他们来。所以，在一张晾晒了六条裤子的照片上，男性的考尼特已经隐性地出现在**那里**了。

对于缺乏物质的人来说，他们拥有的少量物品是最显著体现其特点和状况的标志。在盖德尼的照片中，每一件**物品**——一罐刹车油、一袋亨德森品牌的糖——都是有价值的、被使用过的。有人说，如果巴尔扎克描述一顶帽子，那是因为有人要把它放在他头上；如果盖德尼的照片中出现了扳手，那一定是因为有人要捡起扳手，用来修补、固定或者修复什么东西。有用的名词就是动作词，譬如**手**这个字①。机械世界是一个等待解决的问题，而手是思想的媒介，是**思考**的媒介。考尼特一家人世世代代拥有的知识——或者说无知——都体现在他们的那一双双手上。

手也提醒我们一个事实，即盖德尼是一个伟大的记录**触碰**的摄影记者。斯蒂格利茨宣称自己的照片中有一种天生的“最深刻、最生动的触觉品质”，这一评价也非常适合盖德尼的作品。他还记得小时候在祖父母的农场里，“能触摸到这么多不同质地的东西是一件多么令人高兴的

---

① 意指最有用的物品就是能用来干活的物品。——译者注

事”。作为一个成熟的摄影师，他的确意识到，触觉价值这一概念不仅适用于绘画和雕塑，也同样适用于摄影。许多最好的摄影作品不仅能愉悦人的眼睛，而且至少能触发人的另一种感官享受。对于盖德尼而言，他的作品就让观赏者产生了触觉。

就像盖德尼工作中的许多倾向一样，他在1969年至1971年和1979年至1980年两次访问印度期间拍摄的照片中对触觉反应的体现最为强烈。他说：“印度的一切都是以个人身份进行的……印度是一个存在着直接接触的地方。”印度人的坐姿“涉及更多与自己身体的接触……印度人穿的衣服——简单的轻织物——上覆盖着许多褶皱，也使人意识到布料擦拭身体的运动”。就连墙边的路也有一种“被人直接触摸过的感觉。人们用陶杯喝茶，喝完后随手就把杯子扔掉了。制陶工人的轮子为陶杯压出了一条精致的凹槽，这样就好像为茶叶镶了一道边，这细微地显示出，杯子是用泥土经手工制作而成的”。盖德尼对博物馆里的一个标志感到高兴，因为这个标志并不强调**禁止**触摸展品，而是更温和地强调“不鼓励”触摸展品。

印度的“直接接触”文化使盖德尼能够在视觉上**处理**他所拍摄的人们的精神生活。在一个老妇人粗糙的双手上，我们不仅看到有人在祈祷，我们还看到了**祈祷本身**。身体的任何地方都有精神的印记。无论往哪里看，他都能看到“最粗糙的、未受过教育的最低等阶层的人站在最精致文雅的位置，与精美的希腊雕塑相抗衡，尽管没有表现出理想化的安静”。他还发现自己在视觉上受到了印度妇女的诱惑：印度女人表现出了他在考尼特一家女人身上捕捉到的那种短暂的优雅和欢快，这种特质在考尼特兄弟身上表现得更为持久。他很久以来就一直保持警觉，对那些生活中短暂的模仿西方艺术经典形象的时刻非常敏感。在贝拿勒斯（他第一次印度之行的大部分时间都待在那里），人们的四肢与他们建造的神灵的形态互相呼应，这是一个很难捕捉到的具体例子：瞬间的手势有蕴含永恒神话的能力。为了使自己能够辨认出这些时刻，盖德尼投入地研究了印度教的历史、文化、仪式、思想和神话等不同领域。

就像任何一个走出自己的书库去漂泊的旅行者一样，他也读一些偶然发现的资料。他的阅读习惯有一个非常稳定的特点，即具有偶然性。例如，对贝拿勒斯古城的一个重要见解就是来自《汤姆·琼斯》（*Tom Jones*）：

> 人类一向乐于了解和评价他人的行为。因此，在各个时代和国家里，都有一些地方专门为公众集会而设立，在那里，好奇的人们可以见面，满足他们共同的好奇心。在这些地方，理发店合理地获得了显著地位。

在抄写了这段文字之后，盖德尼又加注了一句自己的评论："整个贝拿勒斯城就是一家巨大的理发店。"

根据菲尔丁（Fielding）的分析，在盖德尼早期的照片中，每一张图片上都特别醒目的理发店就是默特尔大道的中心和焦点。这就意味着，贝拿勒斯就像默特尔大道的焦点，无限分散，无限折射。"印度的街道和美国的街道有什么不同呢？"盖德尼在贝拿勒斯这样问自己。部分不同在于，在美国，某个时段的生活不可避免地会退缩到室内，变得隐蔽起来；但是在贝拿勒斯的理发店里，一切都在不断地公开展出。"印度街道和印度人自己的家一样，是人们生活的一部分……印度人生活中最大的自由之一就是印度街道。人们可以随便在街道上蹲坐。人们在街上睡觉、工作、玩耍、吃饭、打架、休息、放松，最后在街上死去。一切人类活动都在街道上进行。"

任何事物都一直在被揭示其真实的一面，这样的效果是全面而惊人的。"当你看得太多了以后，眼睛就需要休息。"盖德尼在德里相对的宁静中曾经如此抱怨。他自己碰到的总是麻烦，接二连三的麻烦。因为他见识过人们如何因为圣灵的感召而摈弃庸常生活的琐碎，所以有时他也会对所见所闻感到厌恶，觉得这个民族"像一群没有灵魂的生灵，在猪圈一样肮脏的环境中互相倾轧、彼此毁灭"。第二天，他又解释并收回这一情绪爆发时的评论："之前那些言辞当然是经过一天劳累后的草率之言。我的工作使我经常与大众保持密切联系，我在日常生活中工作。”

这当然是他一直想要的。不同的是，在布鲁克林，盖德尼可以闭门不出，待在自己的公寓里看书。但在贝拿勒斯，没有抽身而出的可能，没有一扇窗户供他观察，同时他能自己躲在别人看不见的地方，与这个世界隔离开来，因为生活就在他的周围，奔腾不息。从摄影的角度来看，要克服的困难在于找到自己的空间，在永恒的喧嚣中找到宁静。贝拿勒斯的圣坛上拍照的游客们只看到了事件和景观。所有沐浴的人都为自己找到了空间，盖德尼必须训练自己，努力寻找一个与这些空间相对应的形象表达。也就是说，他必须进入那个空间，并找到自己的位置。而这对一个西方人（最让他恼怒的是被误认为一般游客或嬉皮士），尤其是对一个西方的摄影师来说，非常具有挑战性。人们要么大声呵斥，让他不要在这里拍照，要么一看到他就摆出微笑的表情。如果他说“不要笑，动作自然一点”（这是他自编的北印度外语常用短语中的第一条），他们就会变得更加有意做作。如何解决这一问题呢？方法就是，要学会融入身处的环境，让自己隐形不见，在晚上做到这一点就要容易得多。

在他那本关于海特青年的书中，木偶人就从一扇紧闭的门开始。相比之下，他在贝拿勒斯拍摄的夜景系列以一条路开始，一条通往“阴影的财富”之路。在这条路上，“市民的尸体躺在狭窄的树篱上”，四肢“在无意识的优雅中弯曲”，他可以观察到“运动者本身没有注意的运动”。

在一段未注明日期的文稿片段中，他写到了看着“你所爱的人，而他却睡着了”带给人的愉悦，这一点其实非常普遍。在贝拿勒斯深夜的街道上，他拍下了所有睡眠者的照片，仿佛他们都是被深爱的人。这些做梦的人的照片实现了盖德尼的梦想。他变为了一名守护者，一位梦想的保卫者，像惠特曼一样在睡眠者中间穿行：

> 我在自己的视野中徘徊了一整夜，
> 轻盈地迈步，悄无声息，走走停停，
> 我睁着眼睛，俯身注视睡眠者紧闭的双眼，
> 漫无目的，疑虑重重，在自相矛盾中迷失了自我，
> 停顿、凝视、俯身，又停止……

专注摄影，不被注意，隐身不见。这解释了为何盖德尼会在考尼特一家感到自由自在。盖德尼留心这一家人的一举一动，可这一家人根本没有注意到盖德尼的存在（如果盖德尼手上有汽车零件，他们也许会注意到他的）。看他拍摄的印度男孩在街上玩耍（足球?）的照片，可以看出相机离小孩多近，孩子们却对他完全不在意，好像他根本不存在似的。正是由于拍摄者的不在场，让我们立刻识别出这种典型的盖德尼风格。

1969年，盖德尼为自己拍摄了一系列照片，但他的头

部都没有在照片上出现。在那些拍摄孩子玩耍的照片中，背景中有一个人的头部同样被截到镜头外面，不参与作品的构建，也没法被注视……依此联想，这个人物就像是盖德尼的自我投射，他清楚地提醒人们，他的大部分自拍照片事实上可能拍摄的是**其他**人。当我们注意到这个人物的时候，就会意识到其他人也在背景中，在盖德尼作品的边缘可以看到。譬如**第四个**女孩，她几乎完全被考尼特家厨房里的其他三个人中的哪一个藏起来了。

但这恰恰是盖德尼自己最强调的一点：他在做自己的事情，不想引人注意，不想被人察觉。如果这样做的结果是他不会被承认，他的成就不被认可，那也是他准备好要付出的代价。这就是为什么盖德尼的朋友克里斯汀·奥斯辛斯基（Christine Osinski）曾说："最糟糕的诅咒，莫过于让他引起大众的注意。"

20世纪80年代中期，盖德尼的身体每况愈下，一直饱受疾病的折磨。1987年3月，他得知自己患有艾滋病。他一直喜欢修理东西，也将余生都用来打理和修复自己的身体。1985年，他搬到斯塔滕岛的一座新房子里，他没有在那里布置暗室，书籍还留在箱子里。他本来想写一本关于贝拿勒斯的书，这个计划最后也不了了之。最终他其实什么也没有完成。早在印度时，他就看到了自己的这一倾向。"与现实疏离和脱节得太远，变得既不客观也不主观，

而是超越了一切，超越了照片或思想，失去了行动能力。所有存在都毫无意义，经常感到空虚。”现在看来，好像一切都是命中注定。

在病情变得严重之前，他似乎已经对谈论新照片失去了兴趣。他在纽约拍了几张同性恋游行的照片，1982年又在巴黎拍了几张，但在1980年第二次印度之行回来后，他的新照片相对较少。谁知道原因呢？也许是因为他在印度的经历太丰富，足以让他以此度过余生。后来的时间，他主要致力于冲洗和印刷数百卷胶卷，将它们筛选和分类、选择或放弃，安排和重新安排他一生积攒下来的作品。他在世时就已开始为自己逝世后的安排做准备了。

盖德尼将越来越多的时间用于阅读和抄写他所读的东西。乔治·斯坦纳①曾写道，用心学习一首诗意味着将之融为自己血液的一部分。盖德尼这样不知疲倦地抄写，这劲头似乎要将自己身体中的血液全部换成新鲜的。在印度时，他力图将自己完全融入环境里面；现在，他努力让自己融入所阅读的材料之中。在他的最后一部作品《抄录与注记》（*Transcriptions and Notes*）中，他用红墨水将自己的一生浓缩为为数不多的几个条目：“1985年11月9日，在普拉特学院宿舍住了一年后，终于完全搬到斯塔滕岛的凡

① 乔治·斯坦纳（George Steiner，1929—2020），美国文化批评家、翻译理论家。

图尔街24号。”其他一切都交给别人评论，任由他人处理。然而与此同时，他所读到的每一篇文章都开始成为一部替代性传记，这相当于对他自己的作品补充了一系列的评论。他看到，自己的人生通过别人话语的棱镜得以折射。通过所见和所读来展示真正的自己，这也是不引起其他人注意的另外一种方式。

最近的六张照片似乎是盖德尼的最后一卷曝光胶卷，这是在1987年3月拍摄的（也就是他得知自己患上艾滋病的当月）。这些照片在1997年，即他逝世八年后，才被冲洗出来，可能是他就近为一些身边的物体按下了拍摄按钮，目的只是为了把胶卷用完。尽管如此，这些是我们拥有的盖德尼留下的最后的作品，也因此弥足珍贵，在摄影师生活和工作的叙述中占据着必不可少的位置。这些照片展示了他杂乱的办公桌，他每天使用的东西：回形针、画笔、邮票、铅笔，还有他用来看东西的工具：放大镜和眼镜。一张索引卡上写着“眼睛检查”几个字。最后曝光得不错的一张照片是他的艺术书籍和展览目录的特写，那些书籍和目录都被牢牢地捆扎好了，放在书架上。

我们能看到的最后一张他**自己**的照片在他的同性恋健康危机卡片上。这张卡片的有效期显示“至1989年12月31日”——比实际需要的时间长了六个月。照片上是一个戴着眼镜、穿着一件蓬乱的棕色毛衣的中年男子，他看上去很普通，只是有点悲伤，脖子和下巴上布满黑色的斑点。照片上的这个男人穷其一生都在探索如何看待这个世界，如果要用一个词来概括这张照片传递给我们的印象，我们的第一选择也许是**近视**。他的目光既没有穿透力，也不够机警。但反复思量后，我们还是会将最初的评判更改为**接受**。这只是一张由机器拍摄的照片，它没法观察，也没法了解，或者关心它究竟在拍什么。

盖德尼于1989年6月23日逝世，《纽约时报》发表了三段匆忙写就的文字，以最简短的讣告总结了他的一生。去世后，盖德尼将作品留给了朋友李·弗里德兰德。

写于1997年

迈克尔·阿克曼[①]

1999年，我第一次在一家电影院里看到迈克尔·阿克曼的照片。在等电影开始的时候，我当时的女朋友拿出了一本《纽约客》，上面有一个女人的六张黑白拼贴照片。其中五张照片中，女人都在一间狭窄的公寓里，赤身裸体，或是正在换衣服，或是在刷牙，或是坐在马桶上；其中一张照片展示了她穿着衣服走在街上的情景。在黑暗的电影院里很难看清照片。接下来的两个小时里，我坐立不安地等待电影结束，以便能赶快清晰地看另一部电影——一部由那六张照片构成的微型影片。但就算在光线明亮的白天，也不可能看清这组照片。当我更多地了解阿克曼的作品时，才知道“看不清”显然是他的特点，也是他的作品传达意义的关键。以他的标准来看，这些图像实际上非

① 迈克尔·阿克曼（Michael Ackerman，1967— ），美国摄影师。

常锐利。标题解释说，这六张照片构成了一个作品系列的细节，作品系列名叫《巴黎，法国，1999年》(*Paris, France, 1999*)。这些照片有些微妙的色情意味，呈现了令人难以置信的亲密。当接触到某些艺术作品时，这类感觉时有发生。我突然觉得内心的某种东西好像一直在**等待**这些照片的出现，就像坠入爱河一样。

事实还不仅仅只是这样。这就像坠入爱河，然后与某人同居一样，当你能够看到那个人做最平常的事情时，会因为欣喜而感动，因为熟悉而觉得亲切。对于这种事情，倒也有一个可能被称为低级粗俗的先例。1920年，雅克·亨利·拉蒂格拍下了他的妻子碧碧（Bibi）在蜜月时坐在马桶上的照片。图片只是如实地记录了浪漫可爱的生活瞬间。当然，到了20世纪末，这样的纪实拍摄已然成为一种引人注目的常规。阿克曼做了些补充，他用一丝梦幻的色彩，将失去的拉蒂格影像中的精致重新捡拾了起来。这样，在阿克曼的作品中，我们看到的好像不是某一时刻的记录，而是这一时刻如何停留在我们记忆中的记录。因为和别的时刻和记忆有联系，记忆中储存的这一时刻会有变化。

我很想看更多这些有关巴黎的照片，但当时阿克曼唯一的一本书《时间结束之城》(*End Time City*, 1999)，里面全是在瓦拉纳西[1]拍摄的照片。这本书里面，巴黎意象

---

① 瓦拉纳西，即旧时的贝拿勒斯。——译者注

的抒情性让位于一种逼人的紧张感。这些不是你能随便走过去平静欣赏的照片，它们在向你诉说，冲击着你，或蹒跚地走近你。有些照片给你的冲击就像从黑暗的小巷里走出来后刚见到日光；另外一些照片带来的感觉又如同在明亮的阳光下观光了几个小时后，突然走进漆黑的小巷，一切都难以穿透；大多数照片都经过设计，同时具有这两种效果。巴黎拍摄的照片中所体现的主观性非常明显，即阿克曼记录下来的并非所见，而是所感。对某个地方产生一种陌生而受惊的反应，那些图片就像是他在那里时脑袋里面出现的画面。因此，照片也似乎坚持要求任何观赏者都做出同样强烈的反应。你很难做到只是简单地欣赏或思考这些图片，你要么爱上它们，要么敬而远之——要么两者兼而有之。

有一张阿克曼巴黎系列主题的照片最终被采用，安排在我的小说《巴黎迷幻曲》（*Paris Trance*）的平装本封面上。这部作品面世不久，奇怪的巧合就发生了。在曼谷，我被引荐给一位摄影记者，他给我看了一些他自己的作品，我说那些照片有点让我想起阿克曼的作品，那个摄影师（我忘记了他的名字）马上转身在一大堆照片中反复查找，直到最后找到一个刚刮过脸的家伙后对我说：“**这**就是迈克尔·阿克曼。”

迈克尔·阿克曼本人看起来像自己拍摄的照片，这似乎是合情合理的。在他的下一部作品《虚构故事》（*Fic-*

tion，2001）中，他要刻画的完全就是一种自我形象。依照一部纪年表的解释，他于1967年生于以色列，1974年搬到纽约，但书的主体部分将那些日期和地点完全抹掉或掩盖了。《虚构故事》中包含一些我看过的巴黎图片，但没有任何标记显示这些图片拍摄的地点。现在它们只是一个持续不断的、不可定位的图像漩涡的一部分。脸庞在黑暗中倾斜，身体在阴影中扭动。“在我看来，”阿克曼在书稿结束后接受采访时说，“地方从来都不存在，一个地方就是我对它的看法。”我在他以前的作品中感受到的那种强烈的主观性已经上升为一种复杂的更高层次的世界观。罗伯特·弗兰克经常被认为是促使人们从纪录片转向更多的个人摄影的原因，阿克曼显然是受了这种影响，但在他这里，反对摄影作为记录文献的极端想法几乎变成了一种病态。在某段时间，阿克曼甚至决定“不再希望在（自己的）照片中看到任何信息”。在他想要拍摄的街道……让街道彻底消失！那种错位感（即让地方不可见）因为照片中的极端对比，还有冲印时的涂抹和污点，效果得到进一步加强。这样处理的结果，就是让人几乎不可能看清楚那种如雨夹雪一样模糊的图片，不清楚照片上到底发生了什么。直到最后，你不得不放弃要**看透**照片的努力，只能接受这一事实，即模糊本身就是作品要表达的主题。

这种处理照片的途径有相当重要和引人注目的进步，当然也有相应的损失。譬如贝拿勒斯照片中的这种效果，是对一个地方的一种特殊和恰当的反应；但《虚构故事》中的照片一直持续扭转，最后到了一种扭曲的程度。不管是在哪儿，拍摄什么东西，每一个地方都让人觉得同样奇怪。和弗朗西斯·培根一样，阿克曼本人也很乐意冒这个险。他说："那些对我有意义的图片总是唤起同样的东西。"

对阿克曼的作品如此着迷和产生好奇之后，2003年，我终于在纽约见到了他。他选择了自己的一些作品，在公寓里安排了幻灯片放映。他照片中体现的强度丝毫没有减弱，那种心理扭转的程度一直被执着地保持着。这些作品中的一切都处在融化、分解、错乱之中。光线本身变成了一种特殊的阴暗，看起来就像是拍摄过程中重新调整了摄像机，摄影师刻意不想记录正在那里的东西，而是要保留一两秒钟以前曾经存在的东西，这样整个镜头就充满了可怕的动作震荡后的效果，画面呈现出吓人的残余手势，照片传达出一种强烈紧张、势不可当、不屈不挠的整体气氛。这不是一个**有关**世界的照片，这些照片本身**就是**一个世界。

放映结束后，阿克曼急切地想展示一些对摄影技术方面的认识，但我对此一无所知。我问他具体做了什么使他的图像模糊扭曲，使得他的影像和世界失真。他看着我，似乎觉得这个问题毫无意义。

"事情本来就是这样。"他回答。

写于2004年

米罗斯拉夫·蒂奇[1]

凡·高在死后获得的荣耀是无法被超越的，但在规模和奇异程度上，米罗斯拉夫·蒂奇的胜利则同样无法逾越。和凡·高不同的是，蒂奇很享受生活——在某种程度上确实如此。蒂奇现在82岁，如果能说服他离开在捷克的基约夫镇的老家，他就会亲眼目睹自己的名字醒目地出现在巴黎蓬皮杜艺术中心外飘扬的旗帜上，因为那里正在举行蒂奇摄影作品回顾展。

展出的第一批东西是蒂奇的照相机和镜头，它们看起来像一战战场上发现的武器一样古老、锈迹斑斑。摄影师往往都痴迷用于拍摄的工具包，总是尝试新的镜头、胶卷和照片处理技术。蒂奇刚刚开始摄影时，使用的是最简

① 米罗斯拉夫·蒂奇（Miroslav Tichý，1926—2011），捷克摄影师。

单、最基本的俄国制造的相机，但这个时期是他职业生涯中的技术高峰。后来，他成了一个相机清道夫，不断用手头的东西改造和制造自己的摄影装备：把一条短裤的橡皮筋改制成回旋装置，并将之与空线轴相连；将用过的旧眼镜镜片和有机玻璃，经过砂纸、牙膏和烟灰的抛光后，改装成摄像镜头。他的远摄镜头是用塑料排水管和空的食品罐头盒拼在一起做成的。他还自己用木板和硬纸板制作了放像机（即放大机）。蒂奇显然将这种“修修补补凑合用”的哲学理念延伸到了自己的衣橱里。20世纪90年代初的照片显示，他拿着自己制作的相机，穿着一件肮脏的运动衣——衣服像是用看上去像死甲虫一样的东西缝合在一起的，简直不堪入目。艺术家的这些照片让人想起了约翰·麦卡锡[1]第一次看到被长期监禁的人质布莱恩·基南[2]时的反应：“我的天，我是本·葛恩[3]！”

那么，当蒂奇带着自制的摄影装备出去的时候，他是如何工作的呢？简单地说，20世纪60、70年代，他一直在基约夫镇转悠，拍摄女性。理想情况下，他会在当地的

---

① 约翰·麦卡锡（John McCarthy，1927—2011），美国计算机科学家。被称为“人工智能之父”。

② 布莱恩·基南（Brian Keenan，1950—　），英国作家。其作品《邪恶的摇篮》（*An Evil Cradling*）讲述了他于1986年4月11日至1990年8月24日期间在黎巴嫩贝鲁特作为人质的经历。

③ 本·葛恩，《金银岛》中的虚构人物，曾长时间被困在岛上。——译者注

游泳池里拍摄赤裸上身或穿着比基尼的女人；如果这样不行，他会停下来看一眼她们的膝盖或者脚踝。但因为相机的局限性，这些镜头经常倾斜，大多数都是曝光不够或曝光不足，这是一种最小的图片缺陷。迈克尔·霍彭（Michael Hoppen）目前正在伦敦艺术馆展出蒂奇的一小部分作品。我问他那里总共有多少蒂奇的优秀作品。“你是指焦点清晰的作品吗?”他回答道，好像这是个人偏好的问题，而不是正确摄影的先决条件，“大概两三百张吧。”这些照片表面上都是有拍摄主题或者对象的，但最后因为如火焰般的外光入侵被溶白了。

到目前为止，我们只关注蒂奇拍摄方式最正式的那一阶段。这些照片一旦被冲洗和印刷出来，就会受到长时间的胡乱编辑：被遗忘在雨中，用作啤酒垫，或者用来支撑摇晃的桌子。在形状不够清晰的地方，蒂奇会像一个热情但不合格的美容医生那样，用铅笔在胸部或臀部补画一些线条。有时候，他会在镜头内嵌入一些特别选择的物品，比如一个垃圾袋，或者一张乱涂乱画过的卡片。蓬皮杜艺术中心的一幅作品已经被老鼠啃坏了，不过艺术家在家里也与老鼠共处一室。可能很难拒绝得出这样的结论：蒂奇只是拍摄了几张照片，镜头里缺少灵动大气——但他很精明。“如果你想出名，”他说，“你必须在某一方面比世界上其他任何人都表现得更糟糕。”

蒂奇的怪癖不应该使我们忽视他早期风格中传统的一

面。1945年，他在布拉格的美术学院上学后，热切地接受了现代主义关于自由解放的承诺。经过短暂的军队服役，蒂奇决定返回到家乡基约夫镇。1957年，在斯大林逝世后，蒂奇被指定参加一次集体展览，其间他突然宣布退出该活动。因为怀疑同事参与了法西斯组织的阴谋活动，他饱受困扰和幻灭，最后精神彻底崩溃，导致他在一家精神病诊所待了长达一年的时间。

从那时起，蒂奇的生活就被认定为一种大意疏忽和强迫症的奇怪结合，而他的人生故事也最终演变为类似于文化传奇的内容。尼克·凯夫[①]写了一首关于他的歌；迈克尔·尼曼[②]正在根据他的一生构思一部歌剧。他放弃了其他一切，在20世纪60、70年代动荡的政治气候中，尽管当局一再迫害他，最后甚至将他监禁在精神病院，蒂奇还是以“石器时代的摄影师”的身份，艰难地开始了新的生活。

正如其他故事一样，蒂奇人生际遇的美好结局主要归功于一位知己的努力扶持。尽管蒂奇被看成变幻无常的社会弃儿、背信弃义的失败者，这位密友（也只有他）坚信蒂奇的价值。电影《午夜时分》（*Round Midnight*）讲述了

---

① 尼克·凯夫（Nicholas Edward Cave，1957—　），澳大利亚歌手、作曲家、作家、演员。

② 迈克尔·尼曼（Michael Nyman，1944—　），英国作曲家、钢琴家、音乐学家。

一个酒鬼——患有结核病和周期性疯癫症的钢琴家帕特·鲍威尔（Bud Powell）——和弗朗西斯·保德拉斯（Francis Paudras）两人之间的故事。后来年轻的法国人保德拉斯将鲍威尔从毁灭中拯救了出来。这部电影几乎可以看成是蒂奇人生故事的原型。在蒂奇的人生故事中，拯救者是住在他隔壁的男孩罗曼·布克斯鲍姆（Roman Buxbaum），他开始收集和保存蒂奇以非常不屑的态度对待的作品。在布克斯鲍姆的纪录片《退休的泰山》（*Retired Tarzan*）中有一个精彩的片段，蒂奇快速浏览了一下自己作品的样品，然后把它们扔到了地上的粪土堆里。布克斯鲍姆写了第一篇关于蒂奇的文章，这直接促成了2004年由馆长哈拉尔德·塞曼（Harald Szeemann）在塞维利亚举办的蒂奇个人展览，以及后来蒂奇海洋基金会的成立，还有现在的巴黎展览。

正是蒂奇人生故事的这种童话性质，让他的生活具有潜在的阴暗或不安特质。这是一个偏执的老人，有精神病史，未婚，无子女，习惯于节俭的生活，自己不需要钱，他的作品和遗产都已经交给他人处理，那些人最后发现自己竟然掌控了最有价值的艺术品。这种情况不可避免地会变得复杂，因为艺术品之所以具有某种知名度和价值，全有赖于监护人所付出的诸多努力，而这些人正在蒙受公然的指责，因为他们有利用蒂奇作品自谋私利的嫌疑。电影《午夜时分》后来也引发了公众的舆论抨击，观众批评说，保德拉斯实际上并不是电影所描绘的无私奉献者。总而言之，就这件事情而言，要不是布克斯鲍姆和蒂奇海洋基金会，我永远也不会听到蒂奇的故事，你们也根本不可能读到我写的这篇有关蒂奇的文章。

蒂奇晚年的康复情况可能是摄影史上最极端的案例，但也并非完全是前所未有的。2006年，霍彭巧妙地将蒂奇和雅克·亨利·拉蒂格的照片放在一起，发现两人的作品以几种显著的方式彼此重叠。拉蒂格于1894年生于一个优越的家庭，在还是个孩子时，他就开始拍照。13岁的时候，他突然有了一个"新的想法：我应该去公园给那些戴着最古怪、最漂亮的帽子的女人拍照"。一年后，他公然宣称："关于（女人）的一切都很迷人——她们的衣服、气味，还有她们走路的方式。"这些热情的探险结果被这个年轻男孩粘贴到自制的画册中，而男孩的远大抱负是继续发展成为一个画家。这个愿望最终没有实现，但拉蒂格一直坚持拍摄，这是他最好的消遣和享受。直到1963年，当他快70岁的时候，拉蒂格才发现自己的作品在纽约现代艺术博物馆展出，他也被追溯为现代摄影的创始人之一。

除此之外，还有贝洛克的照片（其中有些已经严重受损），拍摄的是20世纪20年代在新奥尔良的妓女，这些照片差点被历史遗忘，最后因为李·弗里德兰德的发现被带回到大众视野。弗里德兰德对威廉·盖德尼去世后其作品的复活也起到了关键的作用。盖德尼也是一位自娱自乐的隐士型摄影师。贝洛克和蒂奇的不同之处在于，前者显然与他拍摄的女性关系亲密而友好；即使蒂奇那张古怪的远景照片使他能够与拍摄对象依偎在一起，表现出一种令人怀疑的亲近，他的照片也充满渴望地注视着一个将他排除出局的世界。无论照片中的女人们注视他、斥责他，还是对他的靠近视而不见，摄影师都是绝对遥不可及的。在摄影师和照片上的女人之间，经常会有一排栏杆，这进一步强化了二者不可跨越的距离。虽然照片上显示的只是当地游泳池的栏杆，但它给画面增添了一种强烈的窥视感，如同囚犯透过牢房的栅栏往外偷看一样。

由于展览在巴黎进行，此刻我还想提及一件关于这个城市的个人逸事。1991年的夏天，我去巴黎住了一阵子。当时天气异常炎热，我连一个人都不认识，正处在孤独和性挫折的折磨中。我的公寓就像深渊一样难受，所以每个下午我都在公园溜达，一方面期待和希望能跟一个享受日光浴的女人攀谈，另一方面又害怕骚扰她们，每天都在这样的矛盾中踌躇煎熬。与此同时，其他男人也在做我想做的事情，坐下来和女人聊天——也不会总是被女人打发说要离开。我记得当时简直被击垮了，一个关于欲望的简单数学题，我竟然找不到答案：世界上有这么多女人，找到一个怎么会这么难呢？问题本身其实已经包含了答案，正是让你心动又使你痛苦的**那一个人**，那个只有百万分之一的可能碰到的人，除数学家以外的人称之为爱。

蒂奇的作品就像那个充满了期待的夏天，那种渴望和期待延续了一生，直到最后都具有一种坚忍的放弃或流亡的品质。有些照片充满了色情和浪漫，这一点不亚于任何同类照片。如果说有什么不同的话，那就是在网络色情时代，这种感觉更加强烈，因为尽管蒂奇的作品剪辑生硬，取景随意，但它们**包含**了欲望的合理背景，以及挫折和束缚，而这些正是充满诱惑和欺骗的网络色情世界所缺乏的要素。

并非**所有**蒂奇的作品都和女人有关。他有时也随机拍一些物体，比如他在一条晾衣绳上偶然碰到的东西，只是刚好绳子上挂满了要晾干的胸罩。当蒂奇没有在游泳池周围溜达或潜伏时，他会给家里的女人拍照，从电视上抓拍她们。“人们说我对女人想得太多了，”另一位艺术家曾经评论道，“然而，还有什么更重要的事情要考虑呢?”这位艺术家就是罗丹[1]。然而有时候，蒂奇单纯的思维暗示着一种关系，即他与文化图腾柱下的人物——比如本尼·希尔[2]——具有某种血缘关系。当蒂奇在公园里看到一群妇女在伸展四肢、锻炼身体时，由此拍摄的影像就会咯咯地

---

① 奥古斯特·罗丹（Auguste Rodin，1840—1917），法国雕塑艺术家，对欧洲近代雕塑艺术的发展有着重要的影响。代表作品有《思想者》《青铜时代》等。

② 本尼·希尔（Benny Hill，1924—1992），英国喜剧演员。

笑起来，表现出无法抑制的欢乐。但是，高贵与低俗之间的区别并不容易维持，当然，蒂奇著名的捷克同胞，也几乎是同时代的作家米兰·昆德拉的小说中，有些段落具有本尼·希尔式的喜剧效果[①]。两者的作品都表现了大量的性爱——在昆德拉的小说中是参与，在蒂奇的照片中则完全是偷窥——其实都是在历史唯物主义之下选择的一种心照不宣的逃避。

不同的男人往往会被不同生理特质的女人所吸引，有人喜欢苗条，有人喜欢丰满；有人迷恋金发女郎，有人钟情黑发美女。在蒂奇看来，裙子里面的一切都很美妙，当然，不穿裙子的裸体女人更吸引人。哪怕是看到一位身形高大、中等身材的女人穿着一条不讨人喜欢的长裙，弯下腰跟车里的人说话，这也不错，对蒂奇同样具有吸引力，可以拍摄。他会真心诚意地支持加里·维诺格兰德于1975年出版的街拍画册的标题《女人是美丽的》。如果十年后写的文字可以当作提供语境的补充题词，那么一些针对维诺格兰德的批判性攻击也许可以就此避免。“年轻的时候，女人是美丽的，几乎所有的女人都如此。”约翰·伯格的作品《欧罗巴往事》（*Once in Europa*）中一位老年女性叙述者如是说，“不管一张脸的比例如何，不管她的身体是

① 作者意指将严肃的主题用滑稽可笑的方式表达出来的喜剧风格。——译者注

瘦弱还是沉重，在某个时刻，尽管非常短暂，女人绝对拥有美丽，这是成就女性的特质和力量。有时当这样的时刻来临时，我们自己都不知道，但美丽的痕迹依然存在。”这就相当于蒂奇所说的决定性时刻——由于上述所有原因，这个时刻无法被可靠地捕捉到。很多时候拍摄都是偶然和随意的。“当我做某件事时，它必须精确，”蒂奇说，“准确地说，镜头并不精确，但也许这就是艺术所在。”

蒂奇的拍摄艺术与技术上的局限密切相关，他作品的不完美之处在许多层面上都显而易见。至少在同名电影上映并被稍许破坏的情形之前，鲍勃·迪伦的歌曲《我不在那里》（*I'm Not There*）是所有盗版唱片中最珍贵的一首，尽管（或许正因为）歌词不完整，有些地方甚至都听不见。作曲家迈克尔·皮萨罗[①]曾动情地提到了这一效应：“这就好像是发现了一种语言，或者说听说了一种语言，听到了它的一些词语、语法和声音，在他理解这种语言之前，就开始使用一套未成形的工具来讲述他一生中最重要的事件。”或者，把这些陈述转换成视觉术语，蒂奇希望利用胶片捕捉他生命中最重要的时刻——但由于这些时刻缺乏清晰度和明确的定义，它们很容易成为任何人或所有人的人生痕迹。

---

① 迈克尔·皮萨罗（Michael Pisaro，1961—　），美国作曲家、吉他手。

歌曲《我不在那里》的价值也是它的稀有之处：这首歌几乎不存在，只是一种不完整的形态。在整个20世纪，图像的制作速度逐渐加快，然后随着数字技术的传播，稀缺或任何节约生产的概念就彻底消失了。蒂奇的照片——他似乎没有冲印太多相片——具有某种经历视觉大屠杀后幸存下来的文物的质量，因为当时只有这些“破旧的痕迹”（再次引用伯格的用词）被保留了下来。这些照片与威廉·亨利·福克斯·塔尔博特①的早期照片有些相似，都给人一种惊奇感，都似乎在感叹像摄影这样的事情竟然实现了。因此，蒂奇的作品体现了一种特殊的时间压缩感。从表面上看来，作为一个摄影领域的开拓者，他不去缓慢地拍摄花朵或雕像，而以某种方式快速拍摄穿比基尼的年轻女孩！所以这些照片既是在预示未来，**也是**在留存回忆。约翰·厄普代克（John Updike）写道：“记忆也有斑点，就好像胶卷并不是直接浸在液体里冲洗，而是会被冲洗者弄皱。”化学污渍、漂白剂和其他瑕疵使得蒂奇的照片看起来像记录了他高度个人化的人类普遍渴望——因为这种记忆正在逐渐消失，很难将它们与可能永远不会实现的欲望进行区分。

作为一个物种，我们的生理特性几千年来都恒定不

① 威廉·亨利·福克斯·塔尔博特（William Henry Fox Talbot，1800—1877），英国科学家、发明家和摄影先驱。

变，这解释了蒂奇影像的原始吸引力。但这种生物学上的必然性长期以来已经被艺术进行了改进、完善和调解，有时还受到艺术的挑战。尽管只用拼凑起来的设备拍摄，这位年迈的偷窥者和准艺术学生仍然意识到这种被记录的传统手势，因此他的照片在最佳状况下，呈现出一种维米尔[1]作品的风格，虽然有猥亵之嫌，但也不乏精致和平衡。

为了迅速理解蒂奇的作品，我们可以将他看成另一个表现粗俗的库尔贝[2]。1866年，应一位土耳其外交官之邀，库尔贝绘制了一幅精心剪裁的女人腹部和生殖器的特写，并称之为“世界的起源”。从代表性的角度来看，在蓬皮杜艺术中心展出的第一批蒂奇的作品几乎是失败的。在某些时候，你可以分辨出一个女人的形状——像星云一样难以捉摸和充满暗示。其他时候，照片中只有从无边黑暗中出现的模糊光线和原生质体。如果你能够回到历史的黎明，回到宇宙形成之初的风起云涌，蒂奇的作品也许就是你可能看到的景象。

写于2008年

---

① 约翰内斯·维米尔（Johannes Vermeer，1632—1675），荷兰风俗画家，“荷兰小画派”代表。——译者注

② 居斯塔夫·库尔贝（Gustave Courbet，1819—1877），法国画家，现实主义美术的代表。

可取之处：托德·希多[1]

谈论托德·希多的**拍摄方法**是很有意义的。所谓《漫游》（*Roaming*），就是回顾过去，看看哪些路径被探索过，哪些路径还没有被尝试：有些作品回望了过去的拍摄历史（事实上可以一直回到画意派摄影最初朦胧的黎明时期）；有些作品模糊晦涩，看不清具体路向；还有些作品暗示着未来或许会出现的视觉可能性。摄影作品《房屋闹鬼》[*House H(a)unting*] 正是揭示了这些路径的某些方向，即摄影道路的尽头最终可能抵达的家园。偶尔，希多会走进事发现场，发现一些被丢弃的生命迹象：一张被玷污的床垫、一条地毯上的毛巾，但就是不见人的踪影。作品的标题里好像缺失了什么东西：词语“闹鬼”（*hunting*）中的

---

① 托德·希多（Todd Hido，1968— ），美国当代艺术家、摄影师。

所有元音字母都在，唯独缺失了那个安静地潜伏在字母h和u之间的看不见的字母a[①]。因为缺少一个字母，这张照片令人产生一种心神不宁的感觉，但这也是照片整体效果不可分割的一部分。

这些灯光明亮的窗户，其外观包含一种现代而民主的美国方式，让人不由自主地产生联想，想起黄昏维多利亚大厦里收藏的阿特金森·格里姆肖[②]的画作。格里姆肖的作品依赖于家庭生活的悖论：要感激和欣赏房子里面的一切，最好的方法就是想象从外面看起来它是什么样子（这也是为什么人们将窗帘拉开的原因）。穿过希多照片上的门廊，任何让人感到舒适的承诺都会被打破——我们看到照片上随处散落的东西都是如此。

一个具体的外部世界（作为一种定场镜头）与相邻的内部世界到底是何种关系，这一问题还在摸索和探讨中，没有被最后确定下来。准确地说，这种关系不仅没有被确认，反而引起了更多的怀疑，也往往出现更多的门路（作为答案）。1971年，纽约现代艺术博物馆举办了沃克·埃文斯的作品回顾展，难怪惠特曼在作品目录上专门题词："我不怀疑内部之内还存在内部，外部之外也还有外部，

---

① Haunting才是"闹鬼"的意思。——译者注

② 约翰·阿特金森·格里姆肖（John Atkinson Grimshaw，1836—1893），英国画家。以其都市风景画闻名。

而视野范围内还有另一种视野……”

这些建筑物的居民——如果说是虚构的——在作品《两者之间》（*Between the Two*）中最终出现了。我们已经跨越的门槛似乎是物理的存在，但它其实更微妙，将纪实材料与心理构建分离开来。我们真正能发现自我的内部世界只存在于摄影师的头脑中。换言之，步入希多作品中的建筑，就像发现一个曾经塞满东西的抽屉，里面除了一张照片以外空空如也，这是扔掉其他东西后留下来的一张相片（我猜这与编辑工作是恰好相反的两种过程吧）。这张照片无疑具有自身的秘密性质，包括任何秘密，特别是性爱秘密。那么性爱秘密的典型特征是什么呢？这一点尽管因人而异——譬如有人奇怪地偏爱一种颜色和式样的内衣——但基本上也都差不多。这种普遍秘密的另一个名字叫作潜意识。

这并不是要贬低个人对实现自己特殊目的的重视。希多告诉自己的模特：“戴上假发，穿上鞋子，像那样把腿挪过去，接近我心里的理想状态。”结果照片同时记录了这个理想和一个与之有距离的失败。实现这一视觉效果所要求的设计难度相当大，即方式不能完全达到期望。情景设置的人为性（雇用的模特就像妓女，尽管不是性工作者，而是为了艺术献身）；搜索旅馆作为拍摄场地，因为这不会让人想起任何具体的地方；高端相机配有三脚架、大底片，曝光时间不方便。说实话，照片处理需要更多的功夫，才能将这些俗不可耐的东西提升一些层次。

希多几乎不可避免地把事情推向一个更高的阶段，他用任何人都可以使用的相机抓拍生成了一些照片，以补充《两者之间》中作品所使用的大格式和沉思图像，用相机自带的令人炫目的闪光取代了仔细调制的自然光。那些《漫游》中的标志性图像，电线杆向不确定的远方逐渐消退，这种视觉上的刺激让他决定继续保持风格并坚持走下去（这种粗略的探索早有先例，最引人瞩目的是埃文斯使用宝丽来相机在晚年拍摄的大量照片——他起初只是将这种相机视为“玩具”）。这样做的结果就是使作品看起来像是迫不及待要发生的事故。

人们非常熟悉这种情景，不管是对照片中的女人（模特），还是男人（摄影师）来说，都是近乎典型的场景。洛丽·摩尔[①]的小说《阿纳格拉姆斯》（*Anagrams*）中，叙述者回忆了许多情节，有些可以用来作为这些图片的解说：

> 之前已经有三次，我丈夫让我脱下不同的衣服，摆出各种姿势进行拍摄。第一次，我只穿着靴子，戴着他的一条领带；还有一次，在浴室里，我将一条红

---

① 洛丽·摩尔（Lorrie Moore，1957— ），美国小说家。以其短篇小说闻名。

> 色的毛巾有意识地披在身上，只盖住一边的乳房；最后一次是在厨房里，我只穿着胸罩。今天也是如此。我认为自己之所以这样做是因为我爱他，但也可能是因为我在房车里长大，觉得人们在房子里就是如此生活，房子的作用就是如此（作者特意标记以示强调）。

就男人而言，这种思想就是让自己的女朋友或者妻子既像她自己，同时又像别人，就像杰伊·麦克伦尼[1]的作品《亮度下降》（*Brightness Falls*）中的一个男性角色有两个最基本的需求："阴部和奇怪的阴部。"闪光灯的突然倾斜完成了这一点，但是这样做也让女性陷入困境——不仅是她们在真实身份和虚构身份之间的认知困境。黛安·阿布斯在20世纪60年代初拍摄《选美皇后》时也注意到了类似的矛盾。让阿布斯感到困惑的是，这些姑娘们"不断犯下致命的错误，而这些错误其实就是她们自己"。

就像希多的模特们穿戴的衣物一样，"致命"这个词很恰当，也很有启发性。因为这些美丽的图片有点令人毛骨悚然和莫名其妙，往往给人一种阴魂不散的不祥之感，如同某个女人X或者Y在消失之前留下的最后一张遗照。类似这样的感觉一直弥漫在照片的概念中，即巴特所说的

① 杰伊·麦克伦尼（Jay McInerney，1955— ），美国小说家、剧作家、编辑。

“死者的回归”。如果是这一点让人感觉特别强烈的话，一部分是因为希多总使用老式相机，同时需要使用与相机配套的陈旧胶卷（他倒是存储了很多这样的胶卷）。准确地说，照片真正拍摄的时间和它们看起来的样子存在着一些差异。这一点也不奇怪，因为某些拍摄技术与特定的时期有着不可磨灭的联系。由此可见，女性被困的方式还有另一个层面：不仅仅体现在身份认同（是真实身份还是被建构的身份）和拍摄地点（相片内部女人的实际处所和作品外部观察者解读的未经证实的拍摄地）上，也体现于**时间之中**。

考虑到各方面的因素，难怪这些妇女显得如此脆弱。相机**提出**了它自己不能回答的问题。更确切地说，由于存留的旧式胶卷，作品以两种略微不同的时态提出了相同的问题：它们已经变成了什么样子？它们将来会变成什么样？

从历史的角度来看，女性已经被鼓励要变成男人所期待的样子。但即使是那些尽一切努力把自己完全贬低以满足男性要求的女性，也仍然保留了她们自己的一些特性，从她们还是孩子的时候起就是这样了，就算那点好不容易保留下来的**可取之处**成为了瑕疵（关于这一点，阿布斯同样看得非常清楚）。我们曾怀疑这些可能是失踪者的照片，与此相矛盾的是，作品同时强化了另一层暗示，即我们看到的也许是幸运的幸存者——这一点本身与我们早先的感觉一致，即某一图片不知什么原因幸免于被丢弃和遗失的命运。

在很多场合中，希多都表达过他一直坚持的观点，即“童年恐怖的根源往往变为成年后吸引人的原因”。关于这些照片，希多提到，有一次他看到父亲在拍母亲的半色情照片，但需要强调的是，这不是一条单向街道，或者说单向拍摄。那些困扰、纠缠和激励着希多拍摄的因素，很有可能在模特身上同样发挥着有力的作用。至少在一部分照片中，摄影师和模特之间合作的张力的结果，表现为吸引力和恐惧感的相互作用。

写于2008年

伊德里斯·汗[1]

批评有时也能达到艺术的境界，某些艺术作品也是一种评论或批评的形式。罗兰·巴特的作品《明室》（*Camera Lucida*）对摄影作品的沉思是前者的经典案例。如何创造性地回应一本书，若这本书深刻地塑造了人们如何看待媒体的方式？一位作家可能会觉得只能听从乔治·斯坦纳的伟大建议，“写一本书作为回应”。但如果你不是作家，而是个摄影师呢？如果你按照巴特的方式用**写作**的方式去**创造**艺术呢？

伊德里斯·汗的反应是把书的每一页都拍下来，然后用数码方法将它们组合成单个复合图像。这种对《明室》（英文版）致敬（即以文为图进行编辑的方式）的结果是催生了漂亮的重写本：一行行打字的模糊条纹，其中偶尔

① 伊德里斯·汗（Idris Khan，1978—　），英国艺术家。

[illegible]

有几个单词能被识别出来，还能瞥见巴特复制的一张图像，以及由柯特兹制作的一幅蒙德里安[1]的画像。汗对苏珊·桑塔格的专著《论摄影》（*On Photography*）也做了同样的处理。整本书可以在瞬间被看到，但信息的密度如是安排：桑塔格优雅的构想累积起来——然后缩略内容——最后变成了一团低吟浅唱、无法辨认的提取物。文本和汗的影像之间无疑存在距离，虽然这种距离很小。但如果书本重新发行时在封面加上汗对作品的解读（以此代替作者的照片?），这种差距会进一步缩小。

这部作品不仅仅是关于摄影的书籍，汗也拍摄了照片。贝恩德和希拉·贝彻[2]编制了一份建筑类型的综合清单，比如各种毒气塔，所有这些建筑都以质朴、中性的风格拍摄。“每一个……贝恩德和希拉·贝彻列举的监狱毒气罐”都把汗的合成作品中僵硬的几何形状转换成一团模糊的、振动的物质。与其说这是一张照片，倒不如说这更像是一张为颤抖的铁浆所作的炭笔素描画。

所有这些——关于桑塔格、巴特、贝彻——都是我看

① 皮特·蒙德里安（Piet Mondrian，1872—1944），荷兰画家。非具象绘画的创始人之一。

② Bernd & Hilla Becher，为贝恩德·贝彻（Bernd Becher，1931—2007）和希拉·贝彻（Hilla Becher，1934—2015）夫妇，德国观念艺术家和摄影师。两人共同合作，以其工业建筑物主题的摄影图像和类型学摄影而闻名。

到的由汗创作的早期作品。显然，他在有意做点什么。要更好地理解他这样做的意图，可以去维多利亚·米罗美术馆一探究竟。这是汗在英国的首次个人展览，实际上这次展出的每件作品都是某种形式的组合艺术，但展览获得了**诡秘**的成功，使得这一概念的范围和深度得以扩展——这里使用双关语“诡秘”（uncanny）是不可避免的选择。

弗洛伊德在他著名的文章中提到“同样事物的不断重复”是“诡秘”的症状。在汗为企鹅出版社最新版的每一页所拍摄的照片中，中间的黑色沟槽悸动着，就像一种预感，或是对视幻艺术空白的记忆。这会让你怀疑，除了精神分析，弗洛伊德还提到了罗氏墨渍测验[①]。在背景中出现了汗讨论的两幅画：莱昂纳多（Leonardo da Vinci）的肖像画《蒙娜丽莎》（*Mona Lisa*）以及《圣母子与圣安娜》（*The Virgin and Child with St. Anne*）。这两幅作品透过像雨刮一样移动的朦胧字体，投出一种无意识的凝视。它只是一本书——只是一本书的一张照片——但它像有生命的物体一样跳动着脉搏。

汗于1978年出生于英国伯明翰。他母亲曾经学习和

---

① 由瑞士精神科医生、精神病学家赫尔曼·罗夏创立，是非常著名的人格测验，通过向被试者呈现标准化的由墨渍偶然形成的模样刺激图版，让被试者自由地看并说出由此所联想到的东西，然后将这些反应用符号进行分类记录分析，进而对被试者人格的各种特征进行诊断。——译者注

接受训练成为一名钢琴家，但后来做了护士的工作。汗的父亲是一名医生，母亲认识父亲后皈依了伊斯兰教。让伊德里斯把《古兰经》的每一页都拍下来，是父亲的想法。既然大部分人都相信，世界的复杂性可以通过这本书来解决，那就有一定的理由把事情更推进一步，即将整本书浓缩为单一的方式并将之呈现出来。我没有资格谈论第一次浓缩的结果，但第二次进一步的缩减结果确实令人费解，尽管看起来还是很漂亮。每一页边缘的图案都变成了一个黑色的实体框架，这样整本书的视觉效果，就像人们经常对摄影的评价那样，成为了一扇通往世界的窗户。在这个框架内部——刚性的、不可改变的、确定无疑的东西——都在不断变化。固定的意义融化在一片明亮的灰色毛毛雨中。正如唐·德里罗笔下的一位叙述者所说的那样，面对阿拉伯语中如同漩涡一般的字母，文字是“设计，不是用来读的，仿佛是一些无法接受的启示的一部分”。

通过与具体可见物相结合的媒介工作的摄影师，必然执着地专注于拍摄那些不可见的东西。因为母亲的训练，音乐在这方面对汗有着明显的吸引力。“努力聆听……跟着路德维希·凡·贝多芬的奏鸣曲”，这是一位作曲家对所有钢琴乐谱的一幅图画，那一团难以理解的黑色物质是贝多芬日益失聪的一种视觉呈现。

每一种艺术形式都有其独特的优势和局限性。文字和音乐随着时间的推移而不断地展开，摄影记录的是瞬间的光影。通过类比，摄影可以挑战一个不可能的问题：在这种情况下，如果你能在瞬间听到贝多芬奏鸣曲的每一个音符呢？这种情景**看上去**会是什么样子？当回忆一首自己熟悉的乐曲时，我们不是经常只想到它无形的整体效果，而不是记起零散的一节一段吗？

人们常说，摄影师将时间凝固，但汗的做法恰好相反。这一点可以在他对艾德沃德·梅布里奇[1]于19世纪80年代的运动研究（有充分证据显示，该研究是弗朗西斯·培根的灵感源泉）的合成艺术作品中看得很清楚。梅布里奇使用快门速度将动作分解成按时刻递增的片段，使动作变得平稳。但汗把这些孤立的时刻序列整合成一个单一的图像，将凝固的不同瞬间重新**解冻**化开后再混合在一起。梅布里奇严格而机械地记录一个人起床的动作，将之变成了一种无意识地从身体中站立起来的景象，看起来就像一场行走的梦幻。这相当于亨利·富塞利[2]的作品《噩梦》（*Nightmare*）的摄影版，肉体之外的体验成就了肉体——反之亦然。

为了更多地了解艺术家的工作方法，一些绘画已经被

---

① 艾德沃德·梅布里奇（Eadweard Muybridge，1830—1904），英国摄影师。以其运动摄影方面及电影放映上的开创性工作而闻名。

② 亨利·富塞利（Henri Fuseli，1741—1825），瑞士画家、制图员、艺术家。

X光扫描，以便让人们看到经典杰作的最初版本。汗的照片是一种反向X射线，通过吸纳大量信息而裸露呈现。将伦勃朗（Rembrandt）所有自画像的眼睛组合起来，将它们缩小到相同的尺寸，并用数码方法将之重新整合在一起。汗有效利用具有曝光时间的摄影技巧来延长艺术家的生命。“伦勃朗本人”提供了一种类似于画家在临死那一刻通过照镜子凝视自己的体验；那一瞬间，在他那双深邃而黝黑的眼睛面前，闪现出他一生以来一直紧张地自我审视的证据。

正如大多数有相当创意的艺术家一样，将这些散文进行视觉浓缩的做法也有先例。最近的例子是菲奥娜·班纳[1]的画作，她亲手将一部电影改写为语言，这样就可以在一个瞬间、在一块画布上看到（但不是阅读）整部电影。20世纪70年代，日本著名摄影师杉本博司（Hiroshi Sugimoto）开始拍摄空荡荡的电影宫殿和免下车餐厅。杉本博司使用的曝光时间相当于影片的放映时间，他将屏幕上的任何东西——汽车追逐、谋杀、背叛、风流韵事——全部浓缩为一个闪亮的时刻。诚然，最卓越的先驱往往是最早的实验者。这些先例使得我们能够在更广泛的历史和当代背景下看待汗所处的环境和所用的艺术方法。

---

① 菲奥娜·班纳（Fiona Banner，1966—　），英国艺术家。她的作品包括雕塑、绘画、装置和文字。

19世纪末期，一些潮流“科学”——如面相学、优生学、种族分类学——得以发展，警方和国家也试图隔离可能引发犯罪的不同类型，两者的结合进一步凸显了摄影技术作为工具的重要性。1882年，弗朗西斯·高尔顿[1]在其著作中宣称：“要发现任何种族或群体的中心外貌类型特征，几乎找不出比综合肖像更合适的方法了。”他制作的被定罪的罪犯的合成肖像充分显示，他们“不是罪犯，而是容易犯罪的人”。在法国，阿瑟·巴图[2]使用类似的技术制作了“人物肖像类型图”，以确定特定种族、部落或家族（也包括他自己的家族）的外貌特征。巴图评论说，这些复合艺术品是“无形的图像”（这很有可能是汗自己嘴里说出来的话），这些图像充满了我们在汗的作品里也能感受到的幽灵一般的氛围。

在哪一点上值得强调汗既是艺术家，又是摄影师呢？对于目前的一些从业人员来说，将自己定位成艺术家而不是摄影师的优势可以概括为几个字的骗局：冲印大张相片，少买一些作品以获利更多。以我的经济状况来判断，汗和目前工作的任何年轻摄影师一样，都是艺术家——若不将他当作一个摄影师，简单地看任何其他的可能性，他

---

① 弗朗西斯·高尔顿（Francis Galton，1822—1911），英国气象学家、博物学家、人类学家。

② 阿瑟·巴图（Arthur Batut，1846—1918），法国摄影师。航空摄影的先驱。

也只能是一位艺术家了。在同样直接的意义上来看，他还是一个概念艺术家，虽然仅仅看他的艺术作品很难清楚地发现这一点。许多当代英国艺术以概念自诩，其智力深度堪比戏水池，也堪比氦气球的重力；而汗的作品内容密集、意义深刻，而且具有多层次的结构（“多层次”可从字面意义理解）。

危险的是，这个合成艺术品可能会变成他的惯用小把戏，他可以将每一本书的每一页，甚至每件东西的每一部分都这样处理。“2002年夏天在欧洲各地旅行时拍摄的每一张……照片”都似乎是一种毫无意义的新奇事物——没什么可看的。这种作品的相对失败表明，当汗的方法应用于已经存在的艺术品时，其效果会更好。你几乎可以听到有些书籍在召唤汗艺术化的合成处理。当然，在他合成博尔赫斯的故事《阿莱夫》（*The Aleph*）的每一页之前，这只是一个时间问题。《阿莱夫》故事的叙述者发现了地点，一个“世界的所有地方，从各个角度看都可以共存”的地方。不用说，并不是每件事都能同样有效地引起他的注意。加里·维诺格兰德说，他拍一些照片是为了“找出什么东西看起来像被拍摄过”。当汗选择处理已经存在的图像时，他会以一种调解的方式，同样对可能出现的东西随机产生兴趣，并受这种好奇心的驱使去完成艺术创作。我猜，一旦形成初步的发现，就会有相当数量的东西被处理，然后被丢弃。与他壮观辉煌的成功之作《卡拉瓦乔：

他的最后几年》（*Caravaggio: His Last Years*）相比，付出这样的代价实在不值一提。据约翰·伯格所说，这位画家创作了15部后期作品，描绘了一个“在隐匿中展示自己”的世界，并在黑暗中发现了一个前景，即世界已然变成了一个混乱的由空洞实体组成的万花筒，一个不断旋转的光的纽结。

在这些消极的发掘过程中，一种形式的自我审问正在发挥作用，正如汗的“发现”所质疑的那样，积累既能揭示本质，也能掩盖本质。“每一张……英国泰特艺术中心的威廉·透纳①明信片”都把这些伟大的光影之作转变成了一种在沼泽的暮色中凝固的变形蘑菇汤。然而，有什么东西在黑暗中隐约地闪烁着，那可能是什么呢？

瓦尔特·本雅明声称，制作泰特艺术中心明信片的过程不过是简单的机械复制，汗将这一技术推向了极端，这样做的后果就是剥夺了艺术作品的“光环”。具有讽刺意味的是，汗对复制的执着和迷恋反过来又为作品投入了一种深藏不露的光彩。与巴特关于照片与众不同的概念一致，这同时也是汗添加到原作中的东西。不管怎样，它已经存在于作品中了。

写于2006年

① 威廉·透纳（William Turner，1775—1851），英国浪漫主义风景画家。他的作品对后期的印象派绘画有极大影响。

爱德华·伯汀斯基[①]

不管这些照片是挂在华盛顿的科科伦美术馆的墙上，还是出现在斯蒂德尔（Steidl）出版的配套书籍中，《石油》（*Oil*）中的图片都让观众直接面对一些巨大而令人不安的问题。我们怎么能继续如此大规模的生产呢？我们为何要继续这样毫无节制地消费呢？难道我们还没有到止步说“够了，早就够了”的时候吗？我们已经养成了一定程度的奢侈和浪费习惯，这种生活方式可以持续下去吗？简而言之，像这类具有较高思想和价值的爱德华·伯汀斯基的作品，我们还有能力得到多少呢？

我这里有点开玩笑的意思。伯汀斯基于1955年生于加拿大安大略省。在20世纪80年代中期，他鼓足干劲，

---

① 爱德华·伯汀斯基（Edward Burtynsky，1955— ），加拿大摄影师、艺术家。以其大幅面工业景观照片闻名。

利用巨大画幅拍摄出了作品《铁路》（*Railcuts*）和《矿山》（*Mines*）中的彩色景观，这些地方的原始自然景观已经被经济发展的力量所吞噬。然而，这种情况造成的后果不仅仅是伤残或破坏，还有潜在奇迹的来源。到2003年他举行个人作品回顾展和发行书籍《人造景观》（*Manufactured Landscapes*）时，伯汀斯基已经将拍摄范围扩大到采石场，孟加拉国的废船拆卸场，油田、炼油厂、堆积垃圾的填埋场……

伯汀斯基的作品与其他艺术摄影师的作品有明显的相似之处。就像理查德·米斯拉赫，特别是他正在进行拍摄的《沙漠之歌》项目中“20号亡命之地”的那部分作品，伯汀斯基创作的图片也非常漂亮，且不可避免地带有政治或生态目的，但不算太引人注目。这些图片永远不会被归结为一种相互矛盾的信息，它们本身总是很有说服力——这一点通常令人困惑。例如，有些采石场几乎由抽象的大理石块组成，漂浮在平坦而静止的绿色湖泊中。奇怪的是，坚硬的灰白色石头上有垂直的沟痕和纹路，使得它们看起来像是波浪式的克里斯托[①]包装。即使有人或工具帮助我们探测物体的方位，这样的规模也很难令人理解。在某些情况下，对景观的破坏过于严重，以至于我们长久以

① 克里斯托·贾瓦切夫（Christo Javacheff，1935— ），保加利亚包装艺术家。

来依赖于视觉定位的理念——线性视角——已经被摈弃了。从生态角度看待这一改变，我们可以得出这样的推论，即人类正在目睹一些事情的发生，这些事情所产生的后果就算不是完全前所未有，也是未来无法估量的。原来，这一前景的模板是由奥古斯特·桑德[①]在1932年拍摄的一张特别的采石场照片提供的，这张照片上也还有很多人，它直接将观众推进了令人眩晕的画面中。换句话说，伯汀斯基的当代视野是对过去摄影作品创造性挖掘的产物。卡尔顿·沃特金斯、威廉·亨利·杰克逊[②]、查尔斯·席勒[③]等摄影大师直接为伯汀斯基的作品提供了信息和灵感。与此同时，这些前辈的作品一方面受到了带有尊敬的质疑，另一方面也通过伯汀斯基的作品重新焕发生机。从我们以上的标准来看，伯汀斯基无疑是一个具有原创意识的艺术家，这一判断也完全符合T. S. 艾略特的观点："（原创艺术家必须）积极延续一部分传统，同时通过自己的贡献将传统资源进行改造和重组。"

---

① 奥古斯特·桑德（August Sander，1876—1964），德国摄影师。因拍摄大量写实人物摄影而闻名，被誉为"德国人性的见证者"。

② 威廉·亨利·杰克逊（William Henry Jackson，1843—1942），美国画家、地质调查摄影师、探险家。

③ 查尔斯·席勒（Charles Sheeler，1883—1965），美国画家、商业摄影师。他被公认为是美国现代主义的奠基人之一，曾发展出一种被称为"精确主义"的"准摄影"风格的绘画。

若要补充一些关于《石油》中陈列的大量珍贵作品的背景知识，可以非常方便地在画框外添加两条随意的评注。第一条是雷蒙·威廉斯的报道，他回忆起一位矿工说的一句话："他是那种早上起床就按开关，希望灯亮起来的人。"另一条评注来自我和一位女士的谈话，她在1991年第一次海湾战争期间帮忙照看我在新奥尔良租的一套公寓。她反对战争，因为她认为战争的真实起因是美国对石油不间断的需求。我问她我是否可以再多要一条毛毯，因为晚上有点冷。"哦，"她回答说，"你应该把暖气开大一点。"

简而言之，《石油》中的照片力图使人们看到两种对立的世界观之间的无形联系，一种世界观是以资源稀缺为前提，另一种世界观则以无限的财富为前提。伯汀斯基提供了大量的图像，从油田到炼油厂、公路、城市、工业区，资源回收利用场以及最终的垃圾废物。这显然是一位认真而执着的艺术家所做的一项令人钦佩的、至关重要的和精心策划的项目。

既然如此，人们为何要回避它呢？

部分问题在于，作品名义上的主题——实际使用的原材料——都过于普遍，最终成为了伯汀斯基个人作品回顾展的备选标题。尽管这是摄影作品展，但其实相当于将新诗和精选诗合编成一个版本，其中有最爱的旧作（做了稍微不同的排列），又补充了一些新的诗歌。当然，这些照片中没有采石场或铁路，但孟加拉国的拆船厂仍未停止工作，轮胎桩和密实的油桶还在那里……公平地说，照片中出现一点资源回收场景也没有问题，但相比之下，画册《人造景观》中的作品提供了大量的视觉可能性，《石油》总体上来说带给人一种视觉饱和感。它们**是**新的事物（对我来说，无论如何都是新的），而且有一些还非常棒，尤其是《失衡生活》[①]那样的像意大利面条似的纵横交错的高速公路，还有延伸到无限的城市景观。但一旦怀疑的情绪开始渗入——怀疑伯汀斯基是在拍摄石油和气候变化的危机，就像一个人在顺畅地完成一份公司报告——作品就被证明具有危险的腐蚀性。

长期以来，伯汀斯基一直热衷于拍摄相同的无休止地复制后的东西，不管是工厂同一种长凳上坐着的人，轮胎，还是货运集装箱。的确如此，他拍摄任何反复出现的事物。个别的例子或许还不错，但在《石油》中，我们不断看到几乎完全相同的事物被反复拍摄的例子：多个版本的不同汽车，多个版本的像蝗虫一样的油井架……我们刚明白了摄影师的用意，然后这种意图又一次次通过照片重

---

① 《失衡生活》（*Koyaanisqatsi*），高佛雷·雷吉奥（Godfrey Reggio，1940— ）于1982年执导的纪录片，借用蒙太奇的手法，将自然景观与工业文明进行对比，以此表达对现代社会中工业化进程的忧虑。

复体现，这些照片变化微小，近乎是一种放纵般的不断重复，导致整部作品充满了一种令人不舒服的膨胀感。

伯汀斯基总是避免在自己拍摄的岩石上触礁，但他的事业却隐藏着自我夸耀的潜在可能性。在《人造景观》的采访中，他承认自己确实有一种冲动，想要寻找“事物最大的标本和案例——最大的煤矿，最大的采石场”。伯汀斯基——更确切地说，是一张伯汀斯基的照片——被“大规模的行动”所吸引，正在成为一部作品。事实上，照片使人身临其境，观众也许能感受到像景观摄影师自己那样接近体育场的岩石。但也有类似的亲密感的损失，即双方都同样依赖规模和奇观，并且仅仅依赖奇观的那种规模。当然，现在伯汀斯基要创造一些照片，起重机或直升机或许是必不可少的，但起重机也非常容易成为一个指挥台。

《石油》邀请我们饥肠辘辘地浏览伯汀斯基史诗般的作品目录，接着狼吞虎咽般地欣赏一幅又一幅图像，警告我们资源稀缺时代即将到来，资源抢夺战也已经迫在眉睫。但这不只是数量问题，也不只是一件特别好的东西出现太多次的问题，有些个别图像实际上看起来非常糟糕。对微妙色彩的把控一直是伯汀斯基的强项之一，无论是柔和的、生锈的、熔化的，还是燃烧的色彩，他都能把握到位。但他在艾奥瓦州的沃尔科特拍摄的卡车司机露营的照片，还有在南达科他州的斯塔吉斯拍摄的一个停车场接吻音乐会的照片，里面高亮的颜色看起来显得有些庸俗。诚然，这些活动可能算不上地球上最优雅或最低调的集会，但就像哈姆雷特在他对母亲不忠的咆哮中所表现的东西一样，伯汀斯基已经被他观察到的东西所玷污，并沉迷其中，以至于他**不能**避免对马丁·帕尔[1]的挖苦和讽刺。他太傲慢了，所以无法做到这一点。同时，伯汀斯基在博纳维尔盐滩上拍摄的人群和高速驾驶者的照片也比不上同时代的摄影师米斯拉赫的作品，因为缺乏后者体现的那种精细和近乎荒凉的优雅。这些照片倒是提醒人们，伯汀斯基很少拍摄出以人为主题的优秀作品，除非……

实际上，我要在这儿停下来反驳一下即将要提出的观点。其中一张照片显示，孟加拉国有一群拆船工人散布在一条接近单色、被石油浸湿的海岸线上，他们肩上有一条长长的链条，他们从图片的一端走到另一端。这幅作品就像约翰·辛格·萨金特[2]的画作《毒气战》（*Gassed*）一样，有一大群失明的士兵列队行进，后面的士兵将手放在前面士兵的肩膀上。萨金特的作品似乎被转移到了另一个世界，在那里，苦难是家常便饭，每一个普通工作日，人们都过着类似于斯多葛派标准的禁欲生活。这是一张壮观

---

① 马丁·帕尔（Martin Parr，1952— ），英国纪录片摄影师。他的社会纪实作品风趣幽默，在人们心中留下了深刻的印象。——译者注

② 约翰·辛格·萨金特（John Singer Sargent，1856—1925），英国艺术家、肖像画家。

的照片——也许“涂了油”吧？——但给人的总体印象依旧如此：在大多数情况下，伯汀斯基拍摄人们都是为了凸显他们所从事工作的超常规模，这反过来也证明了作品所表现出来的超越人类的重要性，尽管画面中出现了人！那些被拍摄的人只是被无休止地复制的标本，这一点强烈地吸引了伯汀斯基去拍摄。在作品《中国》（*China*）中，伯汀斯基拍摄了一张照片，用深度透视法呈现了一群远近不同的身穿黄色马褂的工人，他们在漳州一条布满黄色工厂的街道上奔波。尽管比不上保拉·皮维[①]2005年在伦敦弗里兹艺术博览会上发表的颇具争议的作品《一百个中国人》（100 *Chinese*，照片中，一百个中国人站在一个房间里）那样脱颖而出，伯汀斯基的这张以中国人为主题的作品也非常成功和引人注目。此后，他决定尝试类似的东西，例如在斯特吉斯的闹市区拍摄一群骑自行车的人。早些时候，我将他的作品和体育场的岩石做了比较；但通过这张照片，伯汀斯基成立了完全属于自己的翻唱乐队。在我看来，结果似乎完全没有价值或目的，除非它是世界巡回演唱会上的另一场演出，名为《石油》。

写于2009年

① 保拉·皮维（Paola Pivi，1971—　），意大利多媒体艺术家。擅长运用摄影、雕塑等艺术技巧。

透纳和记忆

我不太确定这是不是我要谈论的那幅画。

三四年前……这里要先说明一个有关记忆的问题。虽然感觉就像三四年前的事，却不一定真的离我们那么近。由于时间飞逝，近几年来，每当我回忆好像是几年前发生的事情时，最后发现这些事情实际上在上个世纪就发生了。所以当我说三四年前的事情时，那可能已经是八九年前的陈年往事了。

无论记忆是否准确，在过去十年中的某个时刻，我在英国泰特现代艺术馆消磨时间——不管时间过得多快，总是有些奇怪的事情需要以某种方式加以处置——并偶然碰到了透纳一家人。透纳是一位特别多产的艺术家，所以我们总能发现他的新作品。这一次，我记得那幅吸引我眼球的作品是在某个房间或地窖里展示的人物图像，作品中的人物面对着明亮而强烈的光线。

虽然我不记得具体是什么时候发现这张图片的，也不清楚这幅画究竟是什么样子，但我清楚地记得第一次看到它时的那种震撼。我记下了一些笔记，但后来一直没有找到，也没有时间好好地写一篇关于那幅作品的文章。我可能打算把这幅图片用在小说里，想象出一种情景：有人在画廊里或在复制品市场里遇到它，或者发现自己在作品所展现的真实场景中。

这是什么样的场景呢？20世纪90年代末，我在先锋派对上度过了几个夜晚，这些场所的环境——比如伦敦大桥附近洞穴状的铁路拱门——与画作中的建筑十分相似。在通常情况下，会有一大堆杂乱的房间，它们的确切布局很难进入恒久的记忆。你从一个房间走到另一个房间，每个房间都充满希望，房间里发出的光和声音传达出一种礼节，带着某种迷人而神奇的东西。通常，灯光会让其他派对爱好者看上去没有具体的身形，而是一团散开的光谱。走近每一扇拱门，你都仿佛是站在呼唤心灵启示的门槛上，这种心灵的启示类似于透纳通过画作同时承诺并拒绝透露的某种特殊意义。

既然我们在这里谈论的是记忆，我不知道这些词——**房间、门槛、启示**——是否立即向你暗示了另一种文化产物……

没错，是安德烈·塔可夫斯基（Andrei Tarkovsky）的《潜行者》（*Stalker*）！在引导教授和作者穿过禁区之后，

“潜行者”将他们带到房间的门槛处，在那里，他们心灵最深处的愿望将会被实现。在被赋予这一决定性的光照的边缘，他们犹豫了一下，又折回来。在启示的地方有不确定性，也有怀疑。

人们经常观察到，塔可夫斯基的作品中反复出现的那一地带，其荒凉之美是对切尔诺贝利周围30公里的禁区的想象，在那个地方，被损坏的反应堆被密封在所谓的石棺中。罗伯特·波利多里[①]在2003年出版的《禁区》（*Zones of Exclusion*）一书中所拍摄的切尔诺贝利的照片中，有许多可能会成为塔可夫斯基胶卷的底版。

透纳的画作中，暗光源看起来并不自然，特别是因为里面的一切都表明它是一个地窖，是某种地牢。它是纯粹的光能的散发，依照D. H. 劳伦斯的说法，这是艺术家“孜孜以求”的湮灭之光，这种光好像“为人的身体输血，直到人体隐约消失，最后只剩下一丝血迹”。对劳伦斯来说，这是一种明确而具有决定性意义的启示之光，代表了透纳的终极想象和远大抱负，“一个白色辉煌的表面，结束的时刻和开始的瞬间一样发出白光，从虚无走向虚空，尽管经历了各种不同的颜色”。

---

① 罗伯特·波利多里（Robert Polidori，1951— ），加拿大裔美国摄影师。以其对建筑、城市环境和室内装饰的大型色彩图像而知名。

我记得看到的这幅画，表现的就是透纳在朝着这个向他招手但却不能实现的目标前进——或者说是被这个目标所**吸引**。这幅作品给人的视觉上的表达，正如雪莱1821年在诗歌《阿童尼》(*Adonais*) 中表达的对超越的渴望，即“永恒的白色光辉”。

除此以外，还有其他的方式，使得这幅画本身看起来像一篇文章，或者说会被人理解为文章。

我们对艺术作品的记忆是独立的，但这同时也取决于作品本身。那么记忆到底在多大程度上独立，又在多大程度上依赖于作品呢？这两个因素的比率也许不能由我们变幻莫测和有缺陷的记忆来决定，而得最后看作品本身的特性。所以也难怪这幅画没有让我印象深刻，不像任何一幅卡纳莱托[①]或霍尔拜因[②]的作品，给我留下准确而长久的记忆。

假设这里复制的图片**就是**我在以前的某一时刻看过的作品，这上面的墙壁也不够真实。此外，照片中的人物也很虚幻，其中最真实的莫过于那一束融化的光。所有其他的东西，所有的固体，看起来都仿佛要融化成空气。作品的内部图景被画在一幅风景的视图上，这样它就像是一张

---

① 卡纳莱托，原名乔凡尼·安东尼奥·康纳尔（Giovanni Antonio Canal，1697—1768），意大利风景画家。

② 汉斯·霍尔拜因（Hans Holbein，约1497—1543），德国画家。最擅长油画和版画。

模糊的X光片，展示出形成的过程。这幅画是一份重写本，似乎包含着早期存在版本的痕迹或记忆。它显然还没有完成，在变成成品的过程中被暂停了。创作的位置背景既没有说明，也无法确认。画作的标题《建筑里的人物》（也许是透纳或者目录编辑者的缩写？）太不明确，几乎没有提供任何信息。所以创作该作品的准确时间也不得而知，大概是在1830到1835年间吧。根据透纳的在线目录，这是“透纳在没有任何明确方向的情况下延续历史主题的几部作品之一，就好像他在画布上即兴移动画笔，希望一个主题自动出现”。换言之，连艺术家自己当时都不知道作品要表达的主题，他只是持续创作，希望获得前所未有的新启示。

考虑到这一切，我不能清楚地记得这幅画的样子，也就不足为奇了——这实际上是**不可避免**的。这不正是这幅画的意义所在吗？一些无法被消化吸收的艺术和生活体验？尽管这幅画有许多模糊之处，但它是对两次拒绝行为精确而清晰的描绘（这两次拒绝在塔可夫斯基的电影中都有类似的体现）。首先，世界永不停息地拒绝屈服于各种表现手段，如果它屈服了，我们面临的将不是历史的终结，而是艺术的终结；其次，某些艺术作品拒绝被还原为记忆。我认为这正是该画作令人难忘的地方。

这幅画已不再在英国泰特现代艺术馆展出。它又再次回到了地窖里，正如画作中的那束光，作品也应该在那里闪耀着光芒。

写于2009年

美国式崇高

“崇高”这一艺术概念已经跟过去不一样了。18世纪，埃德蒙·伯克[①]用这一术语涵盖了“所有适合激发痛苦或危险的想法，也就是任何可怕的东西，不管它们以什么形式存在”。康德修正了这种“令人愉悦的恐怖”，认为崇高还需要“一种超越的参照尺度……一种可与自身媲美的伟大”。部分原因是，艺术史上引发这种原始恐怖的风景已经为人们所熟悉，哥特式的艺术风格原有的意蕴也已经逐渐消失，导致“崇高”这个词逐渐意味着一种优雅感和无边际的来源，正如华莱士·史蒂文斯[②]在《美国式崇高》（*The American Sublime*）中所说：

---

① 埃德蒙·伯克（Edmund Burke，1729—1797），爱尔兰政治家、演说家、作家、哲学家。

② 华莱士·史蒂文斯（Wallace Stevens，1879—1955），美国现代诗人。

一个人习惯了天，
习惯了风景和其他东西，
崇高便回归为精神本身，
崇高是一种精神和空间，
是虚灵空间的空灵精神。

史蒂文斯的诗没有在展览或相关目录中被提及，但是英国泰特现代艺术馆的画展“美国式崇高：1820—1880年的美国风景画”揭示了这种转变是如何开始的。这是一场激动人心的画展。让这次画展尤其特别的是，参展的许多艺术家直到近期才被发现并归为二流画家。对于美国当地的绘画历史来说，他们虽然非常重要，但和欧洲的艺术大师克劳德（Claude）、弗里德里奇（Friedrich）、约翰·马丁[①]、康斯太勃尔[②]、透纳等相比，只能算是名不见经传的小人物。虽然艺术家弗雷德里克·埃德温·丘奇[③]和托马斯·科尔[④]有相当的声誉，但在1979年，艺术史学者休·

① 约翰·马丁（John Martin，1789—1854），英国浪漫派画家。

② 约翰·康斯太勃尔（John Constable，1776—1837），英国风景画家。

③ 弗雷德里克·埃德温·丘奇（Frederic Edwin Church，1826—1900），美国风景画家。

④ 托马斯·科尔（Thomas Cole，1801—1848），美国风景画家。被认为是哈德逊河派的创始人。

奥纳（Hugh Honour）总结了评论界的共识，他认为："美国艺术家在描绘山脉和幽谷时的画作很少能超越18世纪欧洲创建的呈现崇高风景的模式。陈旧的技巧被不断重复，一直延续到19世纪末，这一点和欧洲的情况一样。"画展"美国式崇高"正是要为这群美国的本土画家正名，展示出每个画家如何用不同的方式调整和改善那套欧洲的风景画模式，以适应完全不一样的新世界。这也正是这场展览至关重要的潜在活力：是保持现有传统，还是迎头挑战，开始描绘全新的地貌？艺术家必须做出选择。

托马斯·科尔在1835年写道，"美国风景画家"发现原始森林和瀑布保存得如此完好时，一定感到狂喜。这些美丽的地貌风景从创世以来好像从未改变过，似乎在专门等待艺术家手中受天国恩宠的画笔的到来。但遗憾的是，在艺术家的画笔下，这些山水美景具有明显的欧洲风格。尤其引人注目的是，第一批参展的作品中有一幅艾希尔·布朗·杜兰德[①]的《美国荒野》（*The American Wilderness*），看起来就像布满荆棘的英国乡村，这幅画也完全可以在英国的赫里福德郡完成。而另一幅贾斯珀·弗朗西斯·克罗普西[②]的《斯塔鲁卡高架桥》（*Starruca Viaduct*）同样不可

---

① 艾希尔·布朗·杜兰德（Asher Brown Durand，1796—1886），美国风景画家。哈德逊河派画家之一。

② 贾斯珀·弗朗西斯·克罗普西（Jasper Francis Cropsey，1823—1900），美国重要的哈德逊河派风景画家。

避免地让人想起自克劳德以来大家都熟悉的罗马坎帕尼亚区被毁坏的洼地。

金融发展和地域扩展项目都提供了推进艺术向前的动力，美国正在努力寻找有效管理和使用新资源的途径。寻找新的方式来构建美国式景观，便成为这项努力的一部分。约翰·巴雷尔[①]在英国风景画中通过对农村穷人的描绘，真实地体现了当时严峻的经济现实。那么类似的情形同样可能在美国发生，并且同样可以被用来说明美国风景的阴暗面。然而，能够表现美洲原住民命运的证据几乎被彻底遗忘，在绘画作品中没有留下任何痕迹！哪怕少数作品中出现了几个印第安人，这些零散、孤独的土著居民，置身于这片广袤雄伟的土地背景下，也显得微不足道。他们的形象远比不上那些光荣的美国人，后者象征着勇敢的开拓精神。也正是这种精神，最终无畏至近乎灭绝印第安人的地步。

即使面对无人居住的风景，如同“天气专家”一般的画家（再次引用史蒂文斯的说法）可以在作品中大量表现关于内战即将到来的启示，其中一个例子就是丘奇1866年创作的《荒野暮色》（*Twilight in the Wilderness*）。蒂姆·

① 约翰·巴雷尔（John Barrell，1943— ），英国学者，主要研究18世纪和19世纪初的英国历史及文学。

巴林格[1]发表了两篇优秀的画作评论文章，其中一篇就指出："直到战争结束，在1866年的作品《热带雨季》（*Rainy Season in the Tropics*）中，丘奇才又一次在荒野拍摄出壮观的双重彩虹，这是团结的象征。"而在1865年的作品《飘扬在空中的国旗》（*Our Banner in the Sky*）中，天空本身似乎也宣誓效忠于国旗：角落里闪闪发光的天空，加上一层层黄昏的云彩，形成了一种壮观的气象结合体，组成了古老而光辉的星条旗。

丘奇并不是唯一一个在他画面的场景中随便设置历史预兆和符号的艺术家，科尔在这一方面走得更远。他的五部作品系列《帝国历程》（*The Course of Empire*，1834—1836）中有两幅作品值得一提，这两幅风景画被改编成一部寓言电影，艺术家以画面为背景创作了一部好莱坞风格的罗马史诗，这部影片不仅没法限制预算，剧本也很糟糕，就算戈尔·维达尔[2]加盟也不能避免悲剧的发生。大家可以参看第五幅画，这幅画被命名为"荒凉"（Desolation）倒是十分恰当。

这种语境下的电影一直伴随着我们。19世纪绘画中延伸的水平视野在20世纪西部片的电影镜头中被延续了下

---

① 蒂姆·巴林格（Tim Barringer，1965—　），英国艺术史教授。

② 戈尔·维达尔（Gore Vidal，1925—2012），美国小说家、剧作家，多部作品被改编成电影。

来。我本来希望能有更多的家园安置在牧场，《紫色圣人骑士》（*Riders of the Purple Sage*）之类的要素出现在画面中，但阿尔伯特·比尔兹塔德[1]对印第安人激动人心的描绘，再现一个印第安人勇敢地杀死“那头最后的水牛”（1889）的作品，显然在艺术史上到来得太晚了。他早期那幅令人震惊的作品《穿越平原的移民》（*Emigrants Crossing the Plains*，1867）那个时候还没有出现，也令人伤心。画面上，一列货车驶向火红的落日，这幅电影胶片般的油画倒是提醒我们，在许多展出的画作中，日落景象富有启示，但又具有一种不可避免的模糊特征，甚至是自相矛盾的特性和意义。

夕阳通常预示着衰落以及事物的终结；然而，在19世纪的美国，它是诱人的象征，象征着向西扩张的昭昭天命。1854年，丘奇在巴尔港画的日落与他同一时间在苏迪克半岛上创造的日出在气象景色上没有什么差异。人们可以看到，太阳落山的画面虽然是美国的风景艺术，但实际上并未脱离长期占统治地位的欧洲绘画的影响，这种影响通过立体绘画风格作品的回归来维持。但与此同时，这些作品也预示着一个独立的美国未来，即美国绘画艺术的黎明。画家们可能开始试图将美国欧化，但是，正如史蒂文

---

① 阿尔伯特·比尔兹塔德（Albert Bierstadt，1830—1902），美国风景画家，以描绘美国西部风景著称。

斯简洁地指出：

> 他们不可能完全移植约翰·康斯太勃尔，
> 我们的溪流也拒绝了暗淡的学院风格。

这是怎么发生的，具体在哪里发生的呢？总体上来说，越往西走，美国风景就变得越来越缺少欧洲的影响。的确如此，比尔兹塔德1872年的作品《优胜美地山谷的教堂岩石》（*Cathedral Rocks, Yosemite Valley*）看起来完全就像阿尔卑斯山，就像今天加州的纳帕山谷让人回想起意大利的托斯卡纳一样。请原谅我这样直言不讳，但内华达州、亚利桑那州和新墨西哥州的风景看起来一点也不像英格兰或欧洲其他任何地方。正是在这里，在美国西部的沙漠里，崇高这一艺术概念在地形上获得了重要的延伸意义。

1898年，42岁的艺术历史学家约翰·查尔斯·范·戴克[①]骑着一匹马来到科罗拉多沙漠，并穿越到更远的地方。三年后，他出版了《沙漠》（*The Desert*）一书，对所看到的一切进行了描述和反思。值得一提的是，那个时候人们普遍认为沙漠对于见识过文明社会的眼睛或头脑来说，不能提供任何有用的价值和养分。人们要么觉得沙漠

① 约翰·查尔斯·范·戴克（John Charles Van Dyke，1856—1932），美国艺术史学家、评论家。

的特点就是缺乏一切，没有任何景观值得一看；要么只能将沙漠简单地想象成撒哈拉地区广阔的沙丘。范·戴克对这些传统的假设感到非常不屑。“我们从哪里得到这样的想法？为何总是认为沙漠仅仅是一片沙海？”他反而认为，迄今为止一直被认为是令人厌恶的沙漠的“荒凉”实质上构成了一种崇高。“崇高是一种最高层级的美，在这一点上，没有任何地貌可以与沙漠相提并论。”毫不夸张地说，这是一种富有远见的认识，以至于他提出的问题“谁能描绘出沙漠灿烂的光辉……还有它奇妙的色彩”一直都没人能提供答案。范·戴克——以及伴随他诞生的关于崇高的新理念——得以继续发展，甚至超越了当时**绘画领域的边界**。

前面还有什么？一言以蔽之，摄影。

比尔兹塔德和丘奇等画家都特别留意相机应用于艺术的前景。正如画家托马斯·莫兰[1]的哥哥略带夸张地形容的那样，相机的优势在于它没有“伪造和扭曲创造者的作品”。简而言之，相机拍摄的作品没有多少想象的空间。1859年，比尔兹塔德和弗雷德里克·兰德[2]上校一起旅行，对落基山脉南部的道路进行了调查。尽管面临技术上的困

① 托马斯·莫兰（Thomas Moran，1837—1926），美国哈德逊河派风景画家。

② 弗雷德里克·兰德（Frederick Lander，1821—1862），美国探险家、诗人。

难，他们还是拍了许多立体照片。在这一点上，他为卡尔顿·沃特金斯这样的摄影师开创了先例，后者将陪同并记录政府和铁路公司未来二十年的地形考察工作。这是美国风景摄影的第一个伟大时代，也是“美国式崇高”所涵盖的风景画创作的后半个时期。到19世纪末，两者都陷入了图案的衰落时期：风景画似乎已经山穷水尽，走到了发展的尽头；然而摄影很快就会恢复，继续扛起绘制崇高地形的大旗。这一点可以通过比较两种对美国景观的反映体现出来，摄影艺术的能力超过了所有人的想象。

一位目击者回忆说，1863年，当比尔兹塔德第一次在科罗拉多州的落基山下看到芝加哥湖泊时，他“什么也没说，但脸上的表情表现出了极度的兴奋和活力”。比尔兹塔德急切地想把这一幕记在心里，于是他“开始摸索套在骡子身上的绳索”，因为这匹骡子驮着他全部的“绘画装备”。他很快就开始绘制草图，后来这些草图经过加工打磨，变为1866年的作品《落基山脉的风暴——罗莎莉山》（*Storm in the Rocky Mountains—Mt. Rosalie*）中所呈现出来的那种神圣的庄严感。比尔兹塔德对这一“光辉景象”的反应与爱德华·韦斯顿[①]在1937年首次前往死亡谷时的反应相呼应。正如他的情人查里斯·威尔逊（Charis Wilson）所回忆的那样：“爱德华激动得发抖，几乎不能把相机装

---

① 爱德华·韦斯顿（Edward Weston，1886—1958），美国摄影师。

好，我们那时候只能惊叹：‘天哪！不可能！’”

不可能吗——但确实如此。这似乎是不可想象的美景——但这就在眼前，而且摄影机也能证明这一点。换句话说，在这种独特的摄影和独一无二的美国地貌面前，我们目睹了纪实作品的崇高。从逻辑上来看，这种艺术传统或者说发展轨迹，在理查德·米斯拉赫的作品中达到了高潮。

米斯拉赫认为范·戴克对他的作品有重要的智力方面的影响。最近，在内华达州和犹他州的沙漠地区磨炼了自己的技术技能，完善了自己的艺术视野后，他出版了一本相册，不管从艺术风格还是从具体的拍摄位置来看，这些作品都展现了你想看到的美国最西边的风景。在伯克利山上的门廊上，米斯拉赫拍了数百张合成方式完全一样的金门大桥的照片。在某种程度上，金门大桥相当于一个当代人造的游客云集的尼亚加拉大瀑布。就像丘奇1857年的大型作品《尼亚加拉》（*Niagara*）成功地超越了这一景点广为人知的标志性一样，米斯拉赫用相机为一个被过度拍摄的主题找到了新的呈现角度。我确实如此认为。那层笼罩在桥上的光环沐浴和缠绕着桥身，像是跨越了庞大的桥体，不仅为大桥镶嵌了框架，还使大桥**相形见绌**；作品中这种光的处理方式，同样具有深刻的历史意义。在英国泰特现代艺术馆展出的每一幅图片的天空在某一时刻好像都落在了湾区，在丘奇的一幅作品中甚至还出现了彩虹！所有这些——即使是那些完全抽象的作品，画面上只有空气、颜色和光线——都证明了一个可以被检验的事实，即在那一刻，景象的确如此。我们已经抵达艺术上真实而绝对的崇高，不可能再继续向前了。

写于2002年

石头的觉醒：罗丹

我从来没有对罗丹有过直接的兴趣，但有很多其他的趣味让我开始关注罗丹的作品。在某些方面，他是我一直坚持敦促自己的力量源泉。如果我叙述自己如何走进罗丹作品的这一旅程，能替代我对源泉本身的描述吗？

我第一次在《艺术与革命》（*Art and Revolution*）中读到了罗丹，这是约翰·伯格的著作，内容有关俄裔雕塑家恩斯特·内兹韦斯特尼（Ernst Neizvestny）。罗丹对内兹韦斯特尼的影响很大，但在讨论这两位艺术家的作品之前，伯格对雕塑与空间的关系进行了全面论述："可以将雕塑比作冬天的树，因为一棵树在生长的过程中，其形式是一直变化的，这种改变隐含在它们的外形和造型中；所以，雕塑与周围环境的关系，似乎也应该被理解为一个不断调整和适应的过程。"伯格接着又将雕塑、建筑和机器进行了比较，最后才详细地论述了雕塑存在的方式：

雕塑的存在方式似乎与其周围的空间完全相反。雕塑与空间的边界是确定的，它唯一的功能就是用空间来赋予自己意义。雕塑作品不会移动或变得相对，它以各种可能的方式强调自己存在的有限性；也正因是这种有限性，引发了无限性的概念，挑战自身的存在。

我们感知到雕塑与空间之间的完全对立，将艺术作品的承诺努力转化为时间。这种与时间的对抗，正如雕塑与空间的对抗，其性质是一样的。

从那一刻起，我便开始关注雕塑，并对雕塑作品感到好奇——哪怕只是以一种模糊和被动的方式认识雕塑。

接下来我发现了罗丹与里尔克的联系：里尔克于1902年抵达巴黎，并写了一部关于雕塑家的专著。“今年秋天我要到巴黎来看你，深刻感受一下你的创作。”里尔克在那年6月告诉罗丹。尽管双方语言交流上有障碍——当时里尔克的法语很差，罗丹也不会德语——这位年轻的诗人在遇到罗丹时，还是被这位雕塑大师的作品迷住了。里尔克在罗丹的公司待了很长时间，一个月内写完了一本关于他的书，并在第二年的三月恢复了他逍遥的旅游生活。罗丹起初对这本书并不感兴趣，但当他1905年读到这本书的法文译本时，忍不住热情地写信给里尔克，称赞“他的作品和才华影响了很多人”。在表达了对作者的爱和钦佩后，罗丹邀请里尔克留在自己位于默东的居所。几个月后的重聚是里尔克所期望的一切，他发现自己不仅亲自参与了罗丹一轮繁忙的活动和财务安排，而且还成为了它们有力的组织者。这种进一步的交往看起来是合乎逻辑的——也或者是一个令人不解的不合逻辑的发展——毕竟，一位诗人不太适合成为雕塑家的秘书。在起初一段时间内，这一安排运作良好，但里尔克很快就感到他的工作负担过重。1906年5月，罗丹发现秘书过于熟悉自己与一些朋友的通信，于是当场解雇了他。里尔克也受到了伤害，他将自己痛苦地描述为“偷偷摸摸的秘书”。

十年前，我读了里尔克的书，不是因为书的内容与谁相关，而是因为书的作者引发了我的兴趣。事实上，这种区别也没有什么意义，因为这是一位天才作家对另一位天才艺术家的独特讲述，就像里尔克自己对露·安德烈亚斯·莎乐美[①]说的那样，“（书中）也谈到了我”。如果说这一点在著作写完之后变得更加明显，那是因为里尔克和罗丹的早期接触对他后来的职业生涯产生了决定性的影响。从罗丹那儿，里尔克开始确信不断工作的绝对重要性，也收获了对一项事业坚定不移的奉献精神。显然，是

① 露·安德烈亚斯·莎乐美（Lou Andreas-Salomé，1861—1937），俄罗斯作家、哲学家、心理学家。

罗丹建议他“走出去观察一些东西——比如植物园里的一只动物，要一直看着它，直到你能用它写出一首诗”。作品《豹》（*The Panther*）可能是这个建议的直接结果。更普遍地说，里尔克努力将他认为雕塑家最独特的品质，即创造**事物**的能力，直接翻译成“关于物的诗”[①]。要做到如此，意味着不只是简单观察事物而已；对于罗丹而言，“甚至可以毫不夸张地说，事物的外表与人无关，观察者真正需要去感受的，是事物的**存在**”。

罗丹唤醒了里尔克创作诗歌的欲望，这些诗歌不过是罗丹雕塑的语言版，这一点非常明显。《雕像之歌》（*The Song of the Statue*）就记录了这种渴望：

从石头中被带回生命
带回得以救赎的生命

在第一次参观罗丹在大学路的工作室时，里尔克对一件叫作《晨星》（*Morning Star*）的浮雕作品感到震撼。“一个年轻姑娘，额头被雕刻得非常清晰，饱满、甜美、明亮、朴素。在石头的深处出现了一只手，遮住了刚刚苏醒

① Dinggedichte，一种新的写诗方式，在这种诗歌形式中，一个物的客观现实和它对应的主观视角相互关联，对事物的精确视觉描述同时也成为了事物内在生命的体现。——译者注

的男人的眼睛，为他挡住亮光。这些眼睛几乎**生长**在石头上，眼里流露出的似醒未醒的表情非常奇妙。”第二天，里尔克第一次参观默东的亭子时，已经筋疲力尽了，因为展出的物品数量太多，雪白耀眼的雕塑让他的眼睛都受到了伤害。里尔克推测罗丹的天赋和工作灵感的来源，想知道他年轻时在卢浮宫和其他地方看到的古董：“有些石头睡着了，人们觉得它们会在某个审判日醒来，那些石头身上没有什么人类的痕迹；还有一些石头表现出一种动作、一种姿态，精神饱满地停留在原地等待，期待有一天某个路过的孩子将它们视为上帝派送给人类的礼物。”罗丹本人在作品《法国大教堂》（*Cathedrals of France*）里，表达了自己对雕塑的信仰：雕塑是“将灵魂刻入石头的咒语”。看着那些哥特式的雕刻作品，他惊讶地说道：“雕刻家应该有能力用石头抓获真正的灵魂，并将之囚禁万年。”罗丹说，有时一块木头或一块大理石看起来就像“已经在里面包含着一个人体，我的工作就是凿开粗糙的石头，找出那个隐藏其中的人体”。在《我是美》（*Je Suis Belle*）铜像的基座上，罗丹刻下了另一位诗人波德莱尔的诗句，开头就是“我美如石头之梦”。

从以上一大堆的引用中可以看出，这些相互联系的想法之间的关系并不固定——实际上不像刻在石头上的艺术品那样稳固。石头到底是监禁还是包含着人体，它究竟是在睡眠、做梦，还是苏醒并获得重生？其实并没有非此即彼的固定答案，更可能的答案是介于两种选择之间，或者说是一种流动灵活而充满韧性的想法。石头中包含着人体，而一旦人体从石头中被释放出来后，又反过来把活着的人囚禁在石头雕像中[①]。里尔克自己也说过——无论是在他的诗歌中还是在他描述罗丹的著作中——他的任务就是同时记录下来各种不同的意义，包括在静止石头中愈挖愈深的内在梦幻感，还有不断的觉醒和浮现的生命。虽然米开朗琪罗也谈到雕塑就是要将人体从石头中解放出来，但罗丹和他不同，因为罗丹实际上并没有亲自雕刻，所以使得这一过程变得更加复杂。准确地说，罗丹是个模型制造者，他先用手做泥塑，接着从泥塑中打造出模具用来铸造石膏版，有了人体石膏版就可以做出其他模具了，最后一步就是铸造青铜基座。罗丹所有的大理石作品其实都是由助手雕刻完成的。换言之，雕塑过程中有一系列的限制和自由、囚禁和释放、积极面和消极面、内外思想的不断倒转。正如里尔克简洁地总结说："必须在内部找到创作环境。"

让自己投入并沉浸在罗丹的工作中，里尔克获得了一种强烈而直接的体验，觉得自己所经历的事情意义重大，以至于后来他在诗歌《记忆》（*Memory*）中暗示了这种感

① 因为活着的人不理解雕塑，所以像是被作品囚禁了。——译者注

觉在回忆中如何出现的情况。诗歌《记忆》和《雕像之歌》都发表在1906年第二版的《图像集》（*The Book of Images*）中：

你苦苦等待，只为一件事的到来
它会无限增加你的生命
它强大有力，能量惊人
石头的觉醒
为你呈现了存在的深度
书架上，文卷闪烁着
金褐色的光芒
你想起走过的土地
想起图片和裙子
想起又一次失去的女人
突然，你明白了苦苦等待的东西
你站起来，欣慰地发现
一年来的恐惧、形式和祈祷
早已烟消云散

将过去想象为未来，将长期预想的事件想象成已经发生，这在某种意义上是继承了罗丹的创作方法，即把外部想象为内部，认为正在形成的表面事物其实隐藏在其他事物的深处。里尔克反复地回到这一要点："动作的流动性……发生在事物内部，就像内部电流的循环。”在描述罗丹的技术时，里尔克写道：“慢慢地，探索性地，他已经从内部向外移动到表面；现在，一只手突兀地凭空伸展出来，精确地测量和限制表面，好像这只手就是从内部伸出来一样。”威廉·塔克（William Tucker）在其专著《雕塑的语言》（*The Language of Sculpture*）中总结了里尔克的观察，即“外部事件与内部力量的同一性：黏土是物质，不是体现在表面**之上**，而是体现在每一立方英寸的体积**之中**”。

这些调和在一起的对立性表述，对于里尔克正在进行的形而上学的思考非常关键，正如这一点对罗丹的物理雕塑对象一样至关重要。我们也可以用另一种方式来看待这些观点。在里尔克看来，罗丹比任何人都更清楚，人、动物和事物的美总是“受到时间和环境的威胁”。为了保持这种威胁的美，他把自己的东西“调整后置于一个少危险、更安静、更永恒的空间世界”。随着罗丹事业的进一步发展，他的作品与周围事物的关系发生了变化：“作品以前是站立在空间中，但现在似乎是空间把作品抓获并夺走。”在人体深处发生的事情正在被吸附到表面。因此才有罗丹作品中强烈而戏剧性的人体姿势，这说明作品的表面已经充满了内在的力量。

关于这一点，在讨论罗丹如何将瞬变的时间转变为持久的空间时，也经常穿插着一些关于伯格的评论。我们应该还记得，刚开始伯格把树木和雕塑二者与空间的关系进行了对比，但对罗丹来说，这种区别并不那么明显。在作品《法国大教堂》里，罗丹宣称“在树木和石头之间（他看到）有一种血缘关系”。他承认自己的雕塑感在很大程度上归功于树木和森林：“我是如何学会理解雕塑的？答案就是在森林里观察树木。”

非常巧合的是，里尔克写了一首关于一棵树的诗歌，诗歌非常清楚地表达了表面和深度、内在与外在的辩证关系，这一点对罗丹的艺术而言是至关重要的。严格地说，这无关诗歌本身的内容，而是我遇到它的方式使它如此重要。偶然和缘分在这段旅程中扮演了重要的角色，不过如果不发生一系列有组织的意外事件，旅行还有什么值得描述的呢？我第一次读到这首诗——最初是用法语写的——是在加斯东·巴什拉[①]的《空间的诗学》（*The Poetics of Space*）中。法语中“树永远都在中间，被环绕着”（Arbretoujours au milieu/De tout de qui l’entoure）被翻译成“树总是中心，周围的一切围绕着它”。我好奇地想看看里尔克的这些法国诗歌原文究竟是怎么写的，于是买了《法国诗歌大全》（*The Complete French Poems*），找到了完整的法文版，旁边同时附有英文翻译。这一版本中，“胡桃树”

---

① 加斯东·巴什拉（Gaston Bachelard，1884—1962），法国哲学家、科学家、诗人。

那一段的意思完全反了过来，变成了：

树一直在中心
在它围绕着的任何事物的中心

这显然与原文的意思不同——甚至是荒谬的——但这两个版本的结合倒是非常符合罗丹的创作方法，即人体一方面总是处于中心位置，被周围的事物围绕着，另外一方面也总是包围着中心位置的所有东西。

正如在雕塑方面的入门路径一样，我在摄影方面也是如此。关于摄影的书，我首先读的就是约翰·伯格的书。在我开始对照片本身感兴趣之前，我就开始对摄影方面的书籍感兴趣了。几年后，我又开始关注雕塑的照片。这两条兴趣的支流汇聚在一起，强烈地促使我向着罗丹的方向前进。考虑到罗丹关于表面和深度的颠覆性理解，我将自己的艺术兴趣比作河流也算恰当吧，但这一隐喻的河口[①]可以理解我兴趣的来源。

摄影的最早用途之一就是为艺术作品保存视觉记录。由于拍摄技术还不能有效记录各种颜色的细微差别，雕塑比绘画更容易融入摄影领域。作家詹姆斯·霍尔（James Hall）认为，“路易·达盖尔（Louis Daguerre）的第一张

① 即罗丹的艺术作品。——译者注

相对永久的照片可能是一张石膏模型的静物写生”。在《关于摄影艺术的几点说明》(*Some Account of the Art of Photogenic Drawing*，1839）中，威廉·亨利·福克斯列举了他打算应用自己“发明”的一些新领域，即“复制雕像和浮雕……这一项工作我还没有推进到一定程度，但希望能产生有趣的结果，而且这种方法也可应用于很多其他的情景中”。五年后，在《自然的画笔》(*The Pencil of Nature*）中，他为帕特洛克罗斯（Patroclus）半身雕像拍摄了作品，这件作品提供了充分的证据，证明“雕像、半身像和其他的雕塑标本，一般都可以通过摄影艺术很好地再现”。

正因为这样，大卫·芬恩（David Finn）——在跨越一个半世纪后——才说服了肯尼斯·克拉克（Kenneth Clarke）和马里奥·普拉兹（Mario Praz)，让他们相信雕塑的照片可以让人们“发现一件艺术品的特质，甚至是一些博学而又挑剔的观众很难立刻发现的特质”。芬恩进一步指出，完整雕塑的照片往往显示出作品的风格特征或惯例，这些要素标记了作品的制作时间，分散了观众的注意力；而他自己为雕像拍摄的图片（通常会将一个更大的整体作品拆解为孤立的部分），反而能揭示作品最基本且最恒久的特性。将用于雕刻的石头从创作的时间和习惯中解放出来，这无异于又赋予它们新的生命。

就罗丹的雕塑作品而言，为其拍摄照片这一策略既是适当的，但同时在某种意义上又是多余的，因为雕塑家自己往往更关注人体雕像的某一部分，而不是整体。如果这个片段真如琳达·诺克林[1]所说的那样，是“现代性的隐喻”，那么罗丹渴望将被肢解的人体部分作为完整的艺术品来展示，可能是崭新的20世纪向19世纪的艺术招手欢迎的某种体现。但这并不是摄影和罗丹工作方法之间仅有的一致性。

罗莎琳·克劳斯[2]在其颇具争议的文章《前卫的创意》（*The Originality of the Avant-Garde*）中指出，就像“从未印过自己照片的布列松”和自己照片的关系那样，罗丹与自己铸造的雕塑之间的关系只能被称为“遥远”。事实上，石膏模子本身就是铸型的，包含“大量的潜在可能性”，这也说明罗丹当时多么深谙于“机械复制的精神”。相同的人体雕塑被不断重复，或者被赋予新的环境、布置和安排，或者利用新的材料被铸造为不同大小的作品。这样的人体雕塑有很多最初出现在《地狱之门》（*The Gates of Hell*）的熔化漩涡中，罗丹称之为“诺亚方舟”。由于雕塑家在有生之年从未铸造这一不朽作品，从某种意义上说，这是一件未完成的艺术品。克劳斯认为罗丹的作品是“复

---

① 琳达·诺克林（Linda Nochlin，1931—2017），美国艺术史学家、女性主义艺术史学家、教授、作家。

② 罗莎琳·克劳斯（Rosalind Krauss，1941— ），美国艺术评论家、艺术理论家。

制的艺术，没有原件也能成倍增长”。

不用说，将罗丹的艺术才能等同于相机的简单复制能力或者任何形式的被动记录过程，都会激怒罗丹，就像1877年有人指控他的作品《青铜时代》（*Age of Bronze*）是以真正的人体为模板铸造出来的一样。“许多以自然事物为模型塑造的雕像，就是在用相机替换艺术品，这样的制作过程很快，但不能算作艺术创作。”罗丹在许多场合都坚定地认为“艺术家才是真实的，摄影倒是经常说谎”。它经常明确地表达了自己对摄影的厌恶；这种厌恶感非常顽固，他不仅作为一个艺术创作者这样认为，作为一个业外的观察者同样如此。

> 有永久价值的摄影作品对我来说是无声的，它们没法让我感动，无法让我看见有意义的东西。因为照片不能有效地再现事物的不同层次和面向，所以它们对我而言总是难以忍受的枯燥和生硬。照相机的镜头和眼睛一样，能看到压缩浮雕；然而看着这些石头雕塑，我能真正感受到立体的效果！我用目光抚摸塑像的全身，我来回移动看到雕像的每一部分如何在空间的不同方向伸展翱翔，从四面八方寻找人体的秘密。

尽管有这些具体和普遍的反对意见，罗丹对摄影艺术的观点还是有所改变，特别是从19世纪90年代中期开始，他充分利用了摄影所提供的各种优势和机会。他用照片作为工具来修改和编辑他正在创作的作品，并用钢笔标注雕像本身在后期需要修改的地方，他也在作品展览中展出了自己雕塑的照片。罗丹注意到了为雕塑拍摄的价值，这些照片为他的作品提供了另一种更容易传播的形式；他用照片来宣传、提高、传播他的声誉，帮助扩散自己无与伦比的艺术创意。1986年在伦敦的海沃德美术馆（Hayward Gallery）看过罗丹作品展览后，安东尼·巴尼特[①]甚至认为，罗丹作品的“摄影图片往往比实际的雕像更具代表性”，而且推测罗丹自己“可能经常有意识地寻求一种效果，即以照片的形式追求大规模地复制二维作品，而不仅仅是创作孤立的三维雕像”。

罗丹自己并没有拍照，他更喜欢依靠一群有技能的、可信赖的合作者为他拍摄作品。为他工作的这个团队不大，成员也经常变化，其中最重要一个成员是爱德华·史泰钦，他在摄影方面的成就可与里尔克在文字方面的成就媲美，这两位艺术家的作品都体现了一种极其个性化的表达，作品和创作者之间形成了完美的映射关系。1902年，史泰钦将作品《思考者》（*The Thinker*）和《维克多·雨果纪念碑》（*The Monument to Victor Hugo*）拍摄成复合图像，

① 安东尼·巴尼特（Anthony Barnett，1942— ），英国作家、社会运动家。

并将罗丹的肖像也置于图像中，图片中的罗丹站立在两幅雕像之前。1908年，史泰钦又利用仔细而长时间的曝光制作了《夜间的巴尔扎克纪念碑》（*The Balzac Monument at Night*）的图片。通过这些作品，史泰钦以一种他以前认为不可能的方式抓住了雕塑家的想象力。在个人交往中，据说罗丹是个谦虚的人；然而在最深层次上，摄影的考验——事实上，也是最大的挑战——是那些照片能否公正地体现他的天才。一看到史泰钦冲洗的拍摄巴尔扎克雕像的照片，罗丹立刻就被说服，并告诉史泰钦将“通过这些照片让全世界了解我如何雕塑巴尔扎克；这些相片就像在沙漠中行走的基督，像传播教义一样传播我的艺术品”。罗丹认为“在他（史泰钦）之前没有任何定论”。他对史泰钦满怀热情，这使得他深刻地重新思考了摄影的价值。1908年，他公开承认摄影“可以创造艺术作品”。这种合作显然对雕塑家和摄影家都有好处。谈到为罗丹和《思考者》拍的画像，史泰钦回忆道，“毫无疑问，正是这张照片让我在摄影世界脱颖而出”。

我走近詹妮弗·高格-库珀（Jennifer Gough-Cooper）的照片时，并没有带着罗丹那种权威式的怀疑态度，而是带着一种不耐烦的情绪。当然，我还应该做一些其他的事情，应该看一看一些其他的东西，而且我希望它们不会耽误我太久，我可以很快地将它们浏览一遍。这些希望非常明确，而且远离目标，因为只需要简单地随便看一眼，任何想要继续看下去的愿望就会立刻被消灭。虽然我当时并没有意识到这一点，一个可能的原因是，这些照片使我如此亲近地靠近了源头，即罗丹本人。我无法把眼睛从他们身上移开。里尔克被罗丹作品的雪白颜色弄得头晕目眩；但高格-库珀巧妙地提醒我们，白色本身就是一种颜色，对角度和光线的变化异常敏感。有时候，白色甚至看起来——换一种什么样的说法才准确呢？——就像**皮肤的颜色**一样。

随着克劳斯慢慢发现照片无休止的重现性和罗丹工作方法之间的联系，另一种更缓慢的关系也变得显而易见，即托盘中的化学物质逐渐形成图像与人体雕像逐渐成型的过程，两者之间也紧密关联。在里尔克的诗歌中，雕像叹息道："石头纹丝不动。"静止的摄影是传递静止雕塑的逻辑媒介，但是当你看到高格-库珀的照片时，第一反应不是石头的静止，而是它的**柔软性**。这些人体雕像屈服于照相机奇怪的触觉凝视，这里起作用的不仅是人的肉体，还有头发。

在我看来，没有什么比头发更让雕塑家烦恼的了。如何使它像绳索一样拧成一股股，而不是弄成一个细波纹肿块？雕刻的头发必须很轻巧，但在石头、黏土、青铜或大理石的雕像上，头发很容易像船锚一样压得整个雕像不堪重负。高格-库珀让人有可能相信，如果罗丹的人物雕像被扔到海里，他们的头发就会浮在海面上。罗丹说："一个梳头发的女人用她的手势填满了天空。”在高格-库珀拍摄的照片中，罗丹作品中女人的头发向空中飞扬，这里头发的英文单词hair中h可以省略不发音，变成了空气（air），雕像的长发确实充满了流动的空气感，随风飘扬。

然而，所有这些关于头发的谈论，其实都是一种逃避。坦率地说，真正使我感到震惊的，是这些照片所体现的巨大的性欲力量。不可否认，罗丹作品原件中的性欲内容，如果有的话，在这些照片中得到了更强烈的呈现。鉴于目前互联网上充斥着大量的色情露骨的视觉材料，这些19世纪艺术杰作的照片竟然如此令人着迷，这一点刚开始也许会令人惊讶。但这也同时提供了一个线索，即一种只利用可见的材质，受限于在物体表面进行创作的艺术媒介，竟然可以揭示一些更深的东西，一些隐藏在石头深处的意义。

一般来说，罗丹的男性雕塑总是表现出某种受折磨或痛苦的状态。在很多时候，罗丹认为自己是上帝的化身，所以他的作品《上帝之手》（*The Hand of God*）才会有很多不同的版本，但他创造的男性雕像似乎很少以感激的态度表示回应。相反，他们的反应就像亚当一样，哀叹自己的堕落，引用《失乐园》（*Paradise Lost*）中玛丽·雪莱（Mary Shelley）对弗兰肯斯坦的题词：

我有没有请求你，造物主，

将我从泥土塑造为人？
我有没有请求你
将我从黑暗中拯救……？

罗丹雕塑的男性形象显示了复活的痛苦，说得唐突一些，是一种活着的煎熬，这种强烈的意识冲击在作品《加莱的市民》（*The Burghers of Calais*）中体现得最为明显。

罗丹纪念碑最直接的灵感来自1347年的一桩事件，当时爱德华三世同意，如果有六个人主动出来自首，他就会赦免被包围的加莱市的所有其他居民。在英勇的榜样尤斯塔奇·德·圣皮埃尔（Eustache de Saint-Pierre）的启发和影响下，有五位加莱市最杰出的公民自愿加入他的行列，即愿意将自己交给爱德华三世。事实上，这座完成的雕塑所具有的意义远远超出了它起源的事件，虽然今天许多人都对此一无所知。罗丹的雕塑展示了人们不是被命运压得喘不过气来，而是因为自己的选择而不堪重负，他们后悔做出曾经使自己有恃无恐的决定，也因为自己犯下的罪孽苦苦挣扎、饱受折磨。在雕像作品中，重力就是人体惩罚自己的方式，整个天空都以一种残暴的力量压在人体雕像上。这些人体按照雕塑家的要求呈现出一种姿态，即一种自我牺牲的状态，通过这种姿态破坏和背叛让他们变得崇高的殉难理想。作为对雕塑家准备的足有两英尺高的设计草图的谴责，一篇发表在1885年8月2日的加莱市报

《爱国者》(*Patriote*)上面的文章，对雕像艺术价值的判断无疑有误，但对作品情绪的总结还是非常准确，文章评论说“雕像作品总体上体现出的情绪是难过、绝望和无尽的沮丧”。这些人心甘情愿地勇往直前，但他们做出的决定不够有力量，不足以推动他们走出决定带来的后果。尽管雕像的整个场景宏伟壮观，但总有一种徒劳的感觉。“是不是因为这个原因，黏土层变高了?”自从1918年威尔弗雷德·欧文(Wilfred Owen)在诗作《徒劳》(*Futility*)中提出这个问题以来，罗丹作品中公民痛苦的姿势不仅在体现战争和苦难的照片中被不断重复，而且在体育赛事和街头活动中也经常出现。正如罗丹所相信的那样，有些人体姿势是永恒的，当然，这并不是说姿势的意义永恒不变。罗丹通过公民的姿势描述了一种绝望，一种全新而独特的现代**形式**的绝望：接受不存在外部救赎力量的残酷现实，还要清楚个体生命也许永远无法产生能力救赎自己。

面对这种困境，还有什么东西可以用以安慰呢?一种可能就是工作。叶芝称工作为“亚当的诅咒”，这也是让里尔克印象深刻的那种坚定不移的对艺术的奉献精神。也许这就是为什么不同版本的《巴尔扎克》雕像要体现人类对绝望的挑战，这位小说家在不屈不挠的工作能力方面超越了罗丹。另一个可以获取安慰的可能是女人提供的性承诺。在晚年的创作中，罗丹实现了这两种可能性的幸福结合。他花了大量的时间，创作了成千上万的裸体女人，体现了她们沉浸在性爱中的狂喜状态。在弥尔顿的作品中，亚当尝试了夏娃带来的所有腐朽的淫欲快乐，就像《圣经》中描述的一样，在这之后人类就堕落了。这样的描述其实颠倒了现实情况。在世俗生活中，性诱惑不仅帮助人们忍受堕落的生活，而且还使得生活充满渴望。不管是不是有意为之，弥尔顿为读者呈现了一个乐园，一个可以不断再生的天堂：

> 肉欲在燃烧，亚当向夏娃投下淫荡的一瞥
> 她也放纵自己，肆意地回报他[1]

另一位叫约翰的作者——约翰·厄普代克——在作品《村庄》（*Villages*）的末尾对这一问题进行了深入的思考，这本小说写于20世纪70年代初。

---

① 《地狱之门》（*The Gates of Hell*）与布莱克的卓越见解一致，即弥尔顿在自己不知情的情况下参加了魔鬼的聚会。罗丹的地狱充满了性诱惑，男性表达的每一丝痛苦和折磨，都在女性扭曲着的身体所体现的性欲满足感中得以平衡和补偿。关于**大门**的最强烈的性元素是作品《思考者》两侧的门楣上方的盒状鼓室。此后，这一安排被多家报刊零售店做了调整，他们一方面要将在“性”方面太冒犯的作品收集到一边，保护大众不受伤害，但同时仍将这些作品置于顶层货架上，这样做显然是为了保证作品随手可及。如果大门本身的目的是提供一些线索，暗示观众对《思考者》的想法，那么很难不得出结论，在《思考者》身旁的人像雕塑，相当于漫画中的思想气球。

性是一种有程序的精神错乱，用死亡本身的物质击退死亡；基于我们的血管和身体缝隙中携带的甜美物质，性是星星之间的黑色空间。礼仪传统认定的所谓可耻的人性实际上是崇高的。我们被告知人性的光辉和庄严；但出生的那一刻，我们却赤裸着身体，这其实对我们为何拥有其他的欲望——**另一种**欲望，一种此刻而且永远也无法摆脱的欲望——提供了所有的答案。

罗丹总是训练自己，画画时不用把眼睛从女人身上移开，而她们也很高兴地表现出屈服，因为艺术家已经在对女人的凝视中迷失了自己。罗丹对威廉·罗森斯坦[①]谈到了女性的重要性，他回忆道："用眼神爱抚，有时也用手抚慰（他的人体模特）。"他的手就像一台精密校准过的机器上的细针一样，能根据模特们的一举一动即刻进行调整。他不希望有任何东西——甚至包括他自己——阻碍模特和画作之间的交流。这种情景下，观看和创造艺术合二为一，没有区别。罗丹后期对绘画的痴迷，并不算是一种全新的开始，也不能算作他早期艺术创作的中断。罗丹坚

① 威廉·罗森斯坦（William Rothenstein，1872—1945），英国画家、艺术作家。

持认为，这是他从事雕塑艺术的直接结果——他自己称之为“深度绘画”。

高格-库珀的照片使我们能够以同样的强度和专注来凝视罗丹的深度画作，罗丹就是用这种眼光，以不同的方式凝视着自己的男女模特。高格-库珀拍摄的只不过是觉醒的石头，这些石头因为相机的触摸而真正苏醒。

写于2006年

头戴荆冠的耶稣画像

今年夏天，我在卢浮宫附近度过了许多个下午，在杜伊勒里宫[①]的花园里，躺在被太阳炙烤的草地上，观看周边的雕像。虽然我能猜出那个戴着锁链的雕塑可能就是普罗米修斯，但还是不确定其他雕像描绘的到底是哪一个神话故事或圣经人物。若有一本神话指南或评论手册的帮助，我相信自己对这些雕像的欣赏能力会大大提高。但即使没有资料的辅助，这些雕像所体现的基本主题也显而易见：惩罚和受难、痛苦和狂喜。

游客们抬头欣赏雕像，对着它们拍照。但没有视力的雕像永远也不会回头凝视游客。在古典悲剧中，失明是一种常见的痛苦。同样，在杜伊勒里宫的一些雕像看起来要么双目失明，要么就是被诅咒失去眼睑，饱受无法闭眼的

① 杜伊勒里宫，巴黎旧王宫，现为公园。——译者注

折磨，没有眼睑跟失明的痛苦其实也差不多。

那些决定这些雕像拥有不同命运的人——不管是众神，抑或是雕塑家？——都已经不在人世了。只有雕像和冷漠的天空留存了下来，继续**忍辱负重**；在某种程度上，雕像似乎一直在抗议，试图与命运抗争。譬如有一尊雕像——应该就是普罗米修斯吧？——就在对抗囚禁自身的锁链，对抗重力的压制，朝着天空用力向上伸展。这种力量的对抗非常紧张，雕像们似乎在挣扎着要摆脱铸造它们的石头。它们用力解放自己的媒介就是身体，但也正是身体将它们囚禁在此。

这些雕像完全沉浸在解放自己的努力中。相比之下，周围的其他人，包括那些穿着短裤和运动鞋在周围慢跑的人，看起来都像在从事某种活跃但或多或少有些懒散的休闲运动。正是因为如此，这些雕像才具有持久的吸引力。

那是在8月下旬，当太阳无声地从天空中升起时，世界田径锦标赛开始了。我借了一台电视机，接收效果很差；没有天线，只有一个衣架插在电视机的后面。比赛评论员用法语解说赛事，我听不懂解说的内容。但不管怎样，还是庆幸自己有一台电视机，我从布满雪花点的屏幕中窥视到比赛现场，看到了运动员们如何拉伸自己对抗重力，以突破身体的极限。虽然缺乏赛事的实时评论，我还是看着卡尔·刘易斯[①]打破了短跑100米的纪录；卡特琳·克拉贝[②]赢得了两个女子短跑冠军；在400米接力赛的最后一程，克里斯·阿卡布斯[③]加速超过了安东尼奥·佩蒂格鲁[④]……

由于电视屏幕提供不了清晰的影像，而且我也不懂法语的赛事讲解，所以常常不确定赛场到底发生了什么。若热情发展到相反的两个极端，有时是很难区分的：眼泪与笑声、愤怒与庆祝，都是奇怪的彼此相似。所以每天早上，我都买一份英文报纸以确认前一天比赛的真实情况。100米短跑决赛后的第二天早上，报道说在赛后的采访中，刘易斯有好几次在提到自己死去的父亲时失声痛哭。在比赛开始前几个小时，排名第二的勒罗伊·伯瑞尔[⑤]收到消息，说父亲的心脏手术结束后，已从重症监护病房被转移出来。比赛时，伯瑞尔在刘易斯左边，两人隔着两个跑道。因为左眼看不见，伯瑞尔无法清楚地看到赛场上的竞争对手。这篇报道文章附有一张包括所有八名选手的照片，照片中刘易斯越过终点线，举起双臂以示胜利。

---

① 卡尔·刘易斯（Carl Lewis，1961—　），美国田径运动员。

② 卡特琳·克拉贝（Katrin Krabbe，1969—　），德国田径运动员。

③ 克里斯·阿卡布斯（Kriss Akabusi，1958—　），英国短跑运动员。

④ 安东尼奥·佩蒂格鲁（Antonio Pettigrew，1967—2010），美国短跑运动员。

⑤ 勒罗伊·伯瑞尔（Leroy Burrell，1967—　），美国田径运动员。

然而，每一个像这样呈现胜利的照片，都有些令人沮丧，因为运动员的力量和能力背后，总是同时存在着非凡的脆弱。杰西·乔伊娜-柯西[①]在跳远比赛中摔倒并扭伤了脚踝，在冲刺时摔倒在地上；史蒂夫·克拉姆[②]拉伤了腹股沟——不是在训练中，而是在下火车的时候。运动员的身体正如一座悬崖，而胜利意味着接近悬崖的边缘。对于本·约翰逊[③]或者拳击手约翰尼·欧文[④]来说，胜利则意味着对悬崖边缘的超越。

虽然不敢确定，但我怀疑杜伊勒里宫的雕像并不是特别杰出的作品。如果真是这样的话，那么它们只能说明，在任何艺术传统的某些特定时刻，艺术价值一般的作品其表现潜力完全可能超过它先前或之后的作品。但是，现在的人很难被你忽悠到拥有这种深刻的艺术鉴赏态度。今天，只有特别出色的艺术家，才能达到那些能常将作品放到杜伊勒里宫展览的雕塑家所垄断的影响力。在体育运动中，情况正好相反：大多数顶尖运动员现在都超过了三十年前的破纪录水平。雕像艺术领域之所以出现这一现象，

① 杰西·乔伊娜-柯西（Jackie Joyner-Kersee，1962—　），美国田径七项全能和跳远运动员。

② 史蒂夫·克拉姆（Steve Cram，1960—　），英国田径运动员。

③ 本·约翰逊（Ben Johnson，1961—　），加拿大短跑运动员。

④ 约翰尼·欧文（John Owen，1856—1980），威尔士职业拳击手。

部分原因是内在的，即艺术发展历史中所体现的疲软状态；另外一个原因在于，现在的体育运动已经满足了这些雕塑想要缓解的人类渴望。更准确地说，运动同时满足和助长了一种需求，而这种需求无法依赖雕刻或模塑的石头得以满足。最明显的例子是，越来越多的运动员练就的身材已经超越了曾经只能在石头上实现的理想：拳击手克里斯·爱伯克①的体形，以及体操运动员展示出的充满力量感的静止和平衡，都直接证明了这一点。更广泛地说，在大众媒体时代，只有战争和饥荒的画面相比极端情况下的人体运动能提供更鲜明的启示和描述，因为重要的时刻会被放慢、扩大、重播，被凝固下来。这使得我们能够在视觉上解剖运动员努力打破限制和极限的身体。在慢动作和特写镜头中，一闪而过的肌肉紧张或肿胀，甚至是短跑运动员下唇的奇怪摆动，都被清晰地记录并保存下来。100米短跑决赛结束后，或者说在阿卡布斯冲向终点线后，会留下一连串缓慢或凝固的瞬间和照片。比赛后很长一段时间，摄影机已经离开，但仍然可以捕捉到运动员在过去时间里的表现细节。在这一点上，摄影就像一座雕像，将瞬间凝固下来。

这些在雕塑领域中发现瞬间的态度，在摄影领域被重复的程度令人吃惊，比如要欣赏拳击手巴里·麦圭根

① 克里斯·爱伯克（Chris Eubank，1966—　），英国职业拳击手。

（Barry McGuigan）的照片，必须借鉴艺术历史的过去，才能解释为什么它对我们有如此大的影响。

这张照片是克里斯·史密斯（Chris Smith）1986年在拉斯维加斯最后一轮麦圭根与史蒂夫·克鲁兹（Steve Cruz）的轻量级拳王争霸赛前拍摄的，麦圭根在当时那场比赛中失利。照片能够立刻给人一种直接的效果：疼痛变成了麻木和筋疲力尽——因为任何拳击手身体上的疲惫都是彻底的筋疲力尽，他不仅感觉到自己的精力，而且感觉到自己的整个存在都被掏空，慢慢流失，经过多年的训练，这已经变成一种本能反应。黑人拳击教练博得了我们积极的同情，他用手抚摸着白人拳击手的头部，像母亲温柔地安慰自己的孩子（这与通常情况下白人和黑人扮演的种族角色恰好相反）。也许教练在低声鼓励，但这样的情景与日常生活有一定距离，话语其实没有意义。

然而，这张照片之所以如此令人难忘，是因为它把文艺复兴时期许多常见并彼此关联的基督的体现形式混在了一起。在记忆中，那些形象彼此联系紧密，就像杜伊勒里宫的雕像一样，相互渗透成一片模糊景象。最明显的是，麦圭根那双呆滞的眼睛被耶稣受难记中无法聚焦的痛苦所照亮［你可以看看安托内罗·达·梅西那[1]的作品《与你

① 安托内罗·达·梅西那（Antonello da Messina，1430—1479），意大利文艺复兴时期艺术家。

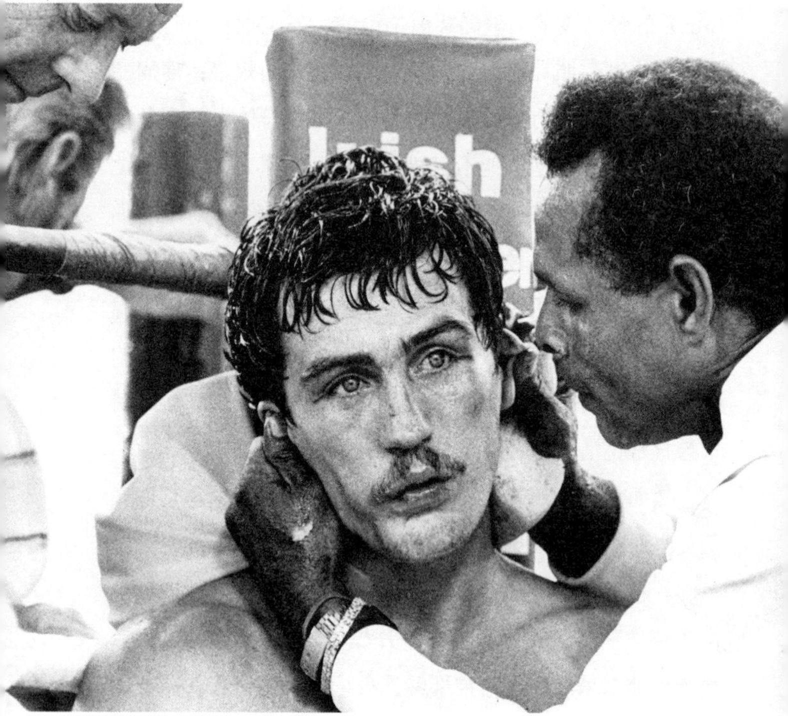
Irish

同在》（*Ecce Homo*）]。在麦圭根的脑袋后面，角落的柱子和顶端的绳子形成了一个十字架。

从总体上看，照片中人像的安排让人不可思议地想起许多耶稣受难像或供词，在这些供词中，死去的基督被从十字架上取下，圣母和其他人哀悼他。刚才我已经提到说，教练的触摸和母亲的抚摸一样温柔。其实在史密斯的照片以及乔托（Giotto）和贝里尼（Bellini）的画作中，艺术家还表达了其他的意图，那就是尝试将生命重新注入被殴打的身体，让躯体恢复生命。也难怪这些作品中，耶稣拥有轻量级拳击手一般的强壮身体。此外，照片中教练的简单配件——海绵、药膏、毛巾——也与耶稣受难的艺术作品很相像，这些作品中也经常出现钉子、海绵等物件。

虽然基督在被从十字架上取下来时已经死了，但艺术作品再现该场景时常常隐含了他复活的可能。在贝里尼的画作里，基督似乎**被搀扶着站了起来**。对麦圭根来说，在最后一轮复活只需要几秒钟就可以实现——虽然这种复苏非常短暂，但这与史密斯的照片中复活的耶稣形象非常相似，都呈现了一个人完全**超越**身体极限时那种毁灭性的眼神。

由于这些艺术品的相似性，史密斯的照片其实算不上一件伟大作品。但就像所有杰出的摄影作品一样，它也有一些令人惊叹的巧妙之处，这对作品而言是一种运气。

2000年以来，西方文化中最具影响力的形象正是这个几乎赤裸的男人，即在极度的疲惫和痛苦中，在生死边缘挣扎的耶稣，而其他人都不过是旁观者。考虑到这一点，这张照片对我们产生影响就不足为怪了。更重要的是，拳击运动伴随着赤裸裸的痛苦和胜利，这非常适用于同时拥有无情暴力和奇妙宗教色彩的意义表达，成为《圣经》（主要是《旧约》部分）和悲剧的表现要素。在马尼拉发生了一场拳王阿里（Ali）和弗雷泽（Joe Frazier）的毁灭性比赛后，一名目击者回忆说，他发现弗雷泽躺在床上，处于半黑暗之中，周围一片寂静，他只能听见自己沉重的呼吸。当一位老朋友走过来在弗雷泽两脚之间停下，"你是谁？"弗雷泽问道，并抬起头来环顾四周，"是谁？我看不见了！快把灯打开！"另一盏灯打开了，但弗雷泽仍然看不见。这一幕让人久久难忘：这个善良而勇敢的人躺在那里，体现了一种残留的意志，这种意志激励着他一路走到今天——但现在，他肯定没法继续走得更远了。他的眼睛变成了一条缝，脸看起来**好像是戈雅[①]画出来的**（我要特别强调）。或者是像极了霍尔拜因（Holbein）的画作，特别是他的作品《死去的基督在坟墓里的尸体》（*Body of the Dead Christ in the Tomb*），这幅画曾让陀思妥耶夫斯基非常不安："在这幅画里，脸被打得粉碎，肿胀，血迹斑斑，

---

① 戈雅（Goya，1746—1828），西班牙画家。——译者注

伤痕累累，眼睛睁着，眯成一条线。”

多年后，弗雷泽回忆这一场比赛，并进一步阐述说：“我是个坚强的人，我能一直看着你，直到你的眼里流出泪水；我也是个骄傲的人，我会完成自己该做的事情，结束一切我必须完成的工作，这一直就是我的个性和风格。我也让阿里吃了几拳，那几拳足以把一栋建筑掀倒，但阿里竟然吃下了。”

在回顾1971年麦迪逊广场花园的第一场战斗时，阿里的医生费迪埃·帕切科（Ferdie Pacheco）意味深长地说：“就算阿里死了，他也要站起来。如果弗雷泽杀了他，他肯定会站起来的。”①

文章开头，我写到体育运动照片如何复制过去艺术作品中的姿势。这一点非常有意思，因为它提供了进一步探索的途径，让我们了解运动如何为体育文化服务。正如古老的神话传说和宗教传统为雕塑和绘画艺术服务一样，运动也提供寓言、悲剧和救赎素材，构建了属于运动领域的艺术。事实上，运动同样为天才、激情和远见卓识的表达提供了可能性，而我们的文化往往认为这些只有歌剧、雕

---

① 所有关于阿里和弗雷泽的引用都来自托马斯·豪泽（Thomas Hauser）的作品《穆罕默德·阿里：他的生活和时代》（*Muhammad Ali: His Life and Times*，1991）。——原注

塑、绘画等艺术形式才能实现。

公园边上有个游乐场，传来乘坐摩天轮的女孩从空中发出的阵阵惊叫声；与此同时，这些石头雕像一直保持着沉默。夏天马上就要结束了，很多游客都已经离开，被阳光晒得黝黑的巴黎人也准备结束他们的假期，只有我仍停留在草地上看书。附近有一些男孩正在踢足球，大家因为频频被打扰都觉得很烦。一个被误踢的球竟然冲向一座雕像。石头雕像的颈部肌肉紧绷着，似乎在竭尽全力跳起来抓住球。当雕像的头脑变得清醒，不再抓球时，孩子们开始继续玩球，人群中传出一阵欢呼。我真希望那时有一架相机，以记录和捕捉那一瞬间。

写于1991年

第二部分　文学评论

D. H. 劳伦斯：《儿子与情人》

随着时间的流逝，过去的伟大作品以更紧密的方式结合在了一起。部分原因在于，由于标准被不断提炼，将保留下来的伟大作品分离开来的劣质材料在数量上大大减少了。更普遍地说，我们回顾21世纪的边缘，从1895年哈代出版了他的最后一部小说，到1913年劳伦斯出版他的第三本书，这之间的十八年内的变化似乎微不足道。乔伊斯和劳伦斯是最全面、最有力地将英国小说带入20世纪的两位作家。但现在看来，《儿子与情人》似乎是从《无名的裘德》（*Jude the Obscure*）结束的地方开始的；不管从字面上或比喻的角度来看，它似乎都从19世纪出发，一直来到20世纪。

劳伦斯开始写小说的初稿是在1910年夏末，那会儿他为作品命名《保尔·莫雷尔》（*Paul Morel*）；后来的版本仍然保持这一标题，但威廉·海因曼出版社在1912年7

月拒绝出版这部作品。在那之前，劳伦斯和弗里达·威克利（Frieda Weekley）一起私奔到了德国，而实际上，他俩在3月份才第一次见面。再后来，劳伦斯在达克沃思接受了爱德华·加内特（Edward Garnett）的编辑建议，也欣然接受了弗里达对自己的巨大影响，在意大利的加尔达湖重写了这部小说。当他在11月份把文稿寄回给加内特时，作品已被更名为《儿子与情人》，而且作者相信自己的作品是一部“伟大的悲剧……伟大的著作……伟大的小说”。

为了写这本书，劳伦斯深度融入了自己的背景，这一点他在前两部小说《白孔雀》（*The White Peacock*）和《入侵者》（*The Trespasser*）中都没有尝试过。从某种意义上说，他后来称之为“我心中的故土”的地方，也就是诺丁汉和矿业区，更容易唤起他的创作灵感。引用弗里达不太夸张的评论，《儿子与情人》的写作也让劳伦斯不得不“面对自己灵魂深处的黑暗”，特别是他对母亲的强烈依恋（他自己坦然承认，那是“我美好的初恋”）。1910年12月，劳伦斯的母亲死于癌症，他开始意识到这种关系“相当可怕”，使得他“在某些方面不太正常”。他对母亲强烈的爱与对父亲固执的恨有着不可分割的关系，劳伦斯认为，父亲“天生就令人讨厌”。当弗里达在1912年9月读到初稿《保尔·莫雷尔》时，她觉得“劳伦斯完全不明白这一点……他真的比任何人都更爱他的母亲，这种感情甚至超过了他对生命中其他女人的感情，这是真正的爱，类似于俄狄浦斯情结”。

在小说的最后版本中，劳伦斯更加突出了这一主题，他有效地利用了必须模糊和暧昧的语言描写性爱，这是他（或任何其他作家）当时进行创作时的必然选择。小说中用来描述保尔与米里亚姆和克拉拉之间性关系的词语，同样可以用来描绘他对母亲的激情、关怀以及含蓄但近乎乱伦的爱恋，这两种情感几乎很难区别开来。如果语言上不受约束的作家在后查泰莱时代再也无法利用这些重叠词语的微妙和曲折变化，这在很大程度上都要归因于劳伦斯的遗产（这似乎有些讽刺意味）。

1913年5月，作品出版后不久，评论家就开始关注恋母情结这一主题。当时弗洛伊德学说的支持者也试图从作品“完全真实的情感”中挖掘出“半个谎言”，劳伦斯对这一现象感到非常厌倦。

当劳伦斯收到第一本《儿子与情人》的完整版时，他就宣称自己“再也不会用那种风格写作了，这是我青春时期的结束”。这一点非常果断，也确实如此。为了完成这篇引言，我开始重读《儿子与情人》。在这之前，我已经有近二十年没有读这篇小说了。记忆中，这部作品与《虹》（*The Rainbow*，1915）、《恋爱中的女人》（*Women in Love*，1920）两部小说有着鲜明的区别。事实上，我脑子里有很多关于散文的印象——它的词语、意象和节奏——这些都与他后来的作品有关。我甚至错误地记得自己完全没有接触过《儿子与情人》这部小说。在短短几页的篇幅里，我们就知道了“（沃尔特·莫雷尔的）生命中美感的火焰有着朦胧的、金色的柔软”；接着我们又了解到，他“否认了上帝与他同在”。整个描述中有很多谈论人物灵魂的表达，如“燃烧着的”“强烈的恳求”，或者其他类似的词语。当保尔·莫雷尔生病的时候，他“在可怕而病态的溶解感觉里被抛入意识中”。**溶解**这个词［如同在“溶解之河”（The river of dissolution）中出现一样］将会成为劳伦斯成熟写作风格的主要部分，就像其他措辞漂亮的比喻一样，如“宝石般的火焰”“黑暗的腰线”等。劳伦斯的这一风格一直持续在他后来的作品中。在我看来，继《儿子与情人》之后，劳伦斯最好的写作并未体现在他的大部头作品中，尽管他依靠这些小说确立了自己在文学万神殿中的地位；相反，那些按传统文学体裁的划分标准来看不够分量的作品，如中篇小说、旅行书籍、散文，尤其是私人信件，倒是充分体现了作家的才华。劳伦斯从来没有停止过作为一个作家的努力，但正如雷蒙·威廉斯所指出的那样，“他在这一过程中失去了一些东西——他也认为自己已经失去了，并力图努力恢复——这些丢失的东西可能与他已经获得的东西一样重要”。

保尔·莫雷尔是一位艺术家，他善于“通过他认识的所有人，通过大量记忆”进行创作，这实质上准确地反映了劳伦斯塑造这位人物的工作方法，表明了小说在多大程度上真实地反映了他自己的生活。这部小说具有强烈的自传性质，因此读者阅读时应该特别留心，否则会把它当作人物自传来阅读，但事实上，保尔所处的环境的确和劳伦斯自己的经历几乎完全一样。正如他在后来的一首讽刺诗中所表达的那样，劳伦斯的父亲“是一个工人/他是一个矿工”，他母亲也许拥有“高贵的灵魂/……天生就应该在该死的资产阶级中/扮演一个优越的角色”，但实际生活中，他父母都属于工人阶级。更确切地说（但在讨论英语社会等级的时候，很难做到特别精确），或者引用传记作者约翰·沃思恩（John Worthen）的描述，他们属于“经济地位不断提高的工人阶级”的一部分，而且劳伦斯的母亲通过自己一生的奋斗以确保她的孩子能够超越这一社会阶层。

正如小说中所描述的那样，劳伦斯的父亲从七岁起就一直在矿井里工作。他一直受到其他家庭成员的排斥，“父亲一进来，一切都停止了，家里的和谐而顺利运转的一切都被他毁灭”。所有的孩子都站在母亲的一边，没有比劳伦斯的态度更明显的了。即使作者表现出了明确的情感倾向，但考虑到所有对父亲不利的因素，沃尔特·莫雷尔作为一个悲剧人物，仍然会获得读者相当的同情。在读者看来，不管沃尔特·莫雷尔是一个年轻人，是一个敢于向未婚妻求爱（尽管这个女孩“继承了清教徒世代延续下来的崇高道德观”）的耀眼的舞者，还是一个“因为常年工作而双手粗糙”的老矿工，都能引起他们的情感共鸣。当保罗卖出他的第一张画作时，莫雷尔想起了死去的儿子威廉；但他的妻子假装“看不见他正用手背擦拭眼睛，也看不见他黑色面颊上煤尘留下的污渍”。

1922年在锡兰[1]，劳伦斯告诉朋友阿查·布鲁斯特(Achsah Brewster)，他“在《儿子与情人》这部作品中，没有对父亲做出公正的评价，很想重写一遍”。弗里达也有类似的回忆，她记得劳伦斯亲自说：“我现在要写另一个版本的《儿子与情人》；我母亲错了，虽然我认为她是绝对正确的。”这两个传闻的证词因为下面的第三条叙述得到进一步证实，劳伦斯自己还清楚记得母亲让所有孩子排队，等待喝醉了的父亲回家的情景：“她会转向那些哭哭啼啼的孩子们，问他们是否对这样的父亲感到厌恶，而父亲会看着一排受惊的孩子们说：‘没关系，我的小鸭子们，你们不必害怕，我不会伤害你们的。’”

如果诺曼·梅勒（Norman Mailer）说的没错，即劳伦斯在某种程度上的确拥有一个“美丽女人的灵魂”，那么这很容易追溯到他母亲对他个性的影响；他以近乎宗教性的狂热来表达应该如何生活的个人看法，这一点同样显示了母亲如何帮助他塑造了人生观。但如果劳伦斯是一个伟大的作家，那是因为他从母亲那儿获得的女性特质被另外

---

① 锡兰，即今天的斯里兰卡。——译者注

一些特点所平衡，而这些品质中有一部分是从被拒绝的父亲那里继承而来的。劳伦斯对于天生的智慧，对于本能生活的重要性，有着详细的阐述和明确的信念，这也非常接近他后来逐渐发现的矿工之间存在的“非常成熟”的“身体、本能和直觉的接触”。他坦言，“我的大部分生活属于矿工阶层”。

劳伦斯的姐姐艾米丽（Emily）对他们的父亲有许多美好回忆——“他认识那些鸟和动物，还有其他事物”——这不仅让许多人回忆起艾米丽和她有名的兄弟一起散步的情景，还暗示了人类对自然世界的反应，即“人与世界万物的联想”。正如弗里达所说，“虽然只是他和一个动物、一棵树、一片云或者任何其他东西之间的一次会面”，但这让他的作品充满活力。

当劳伦斯向加内特（Garnett）夸口说《儿子与情人》是“英国成千上万年轻人的悲剧”时，他脑海中呈现的主要是故事中纠缠不清的母子关系。我个人认为，小说内容中符合成千上万年轻男女的经历的那一部分，主要是保罗在工人阶级中如何成长并努力脱离这一阶层的问题。在这方面，这本书无疑为讲述“奖学金男孩”的故事提供了一个经验模板，但后来的裘德乃是注定的实践先驱。这是20世纪发展过程中的一个重要主题，很多作家都以不同的方式记录了这段经历：如阿尔贝·加缪在临死前正在写的小说《第一个人》（*The First Man*）；约翰·奥斯本（John Osborne)，他早期愤怒的生命力直接源于劳伦斯；雷蒙·威廉斯的小说《边境之国》（*Border Country*）中也非常明显地体现了这一主题，包括他的许多批评文章和文论也是如此。此外还有托尼·哈里森，其最动人的作品是《V》和《修辞学院》（*The School of Eloquence*）等十四行诗。他在母亲去世后写下的一首诗《书夹》记录了他和父亲对坐在火堆旁的故事，“我满腹学问，但你靠可怜的工资度日”，“母亲常说，你们两个就像书夹”。当他们闷闷不乐地在沉默中静坐时，没有任何东西——甚至包括他们共同的悲伤——能够掩盖这样一个事实：“将两人分隔开来的，不是三十年的岁月，而是书籍、书籍、书籍。”在界定这种差距的束缚力方面，没有一本书比《儿子与情人》能起到更重要的作用。正如雷蒙·威廉斯指出的那样，这部小说实质上开创了一种小说的子流派，即“以主人公离开工人阶级、摆脱这一阶层的环境作为预制模型”而设计故事。

尽管到了20世纪70年代中期，“奖学金男孩”的成长道路已经非常普遍，选择路径也更加复杂多样，但沿着这条道路一直前行，仍然会是一次深刻的迷失之旅。当我14或15岁的时候，文法学校的一位叫鲍勃·比尔（Bob Beale）的老师对我另眼相看，给予我特别鼓励，结果让我爱上了文学。这也导致我决定去牛津大学（相当于哈代小说《无名的裘德》中的基督寺城）学习英语文学，最后成为了一名作家。《儿子与情人》不仅仅是这段旅程早期的向导，还放大了阅读小说的过程，让我觉得可以模仿这部作品进行创作。如果我不得不选择一本书来代表文学对我的意义、对我人生的影响，那本书必定是《儿子与情人》。

和小说中的莫雷夫人一样，我的父母也希望我通过大学教育，成为安稳无忧并受人尊敬的中产阶级的一部分，但事实并非如此。因为是劳伦斯的作品，《儿子与情人》的结尾部分非常精彩：保罗走向“热闹而光亮的小镇”，就像乔伊斯《一个青年艺术家的肖像》中的人物斯蒂芬，他泰然自若地选择追求艺术的命运。帕蒂·史密斯[①]回忆说，促使她想成为艺术家的不是作家的著作，而是她“爱上了作家的生活方式”；对史密斯来说，兰波是作家生活方式的最高体现。但是对于来自英国的工人阶级男孩——至少对于我这个工人阶层的男孩，一个热爱作家书籍的人来说——劳伦斯是我乐意效仿的一个伟大的榜样，因为他和我来自同一阶层，因为他离开英国，不断旅行，依靠写作谋生的经历，使得写作成为充实生活的手段，也几乎成为了积极生活的同义词。简而言之，劳伦斯的经历证明了人生就是一次冒险。

对威廉斯来说，“工人阶级男孩劳伦斯的悲剧在于他

---

① 帕蒂·史密斯（Patti Smith，1946— ），美国摇滚诗人、画家、艺术家。

没有活着回家”。事实上，这是他胜利的一部分。当劳伦斯试图通过一系列的冲击和批判逐渐实现自己的“内在命运”时，他慢慢觉得自己不再“属于任何特定的阶层”。经过多年的流浪，他一方面感觉处处都很陌生，另一方面也开始意识到“到处都是……家园”。1910年，当他开始写《保尔·莫雷尔》时，所有这些想法都已经成型，为将来做好了储备。《儿子与情人》明确地指明了前进的道路。直到今天，它仍然是一盏明灯。

写于1999年

F. S. 菲茨杰拉德：《美丽与毁灭》①

还能找出一位其他作家曾经像F. S. 菲茨杰拉德那样迷恋失败吗？作为一个年轻人，他渴望文学事业上的成功。1920年，随着作品《人间天堂》（*This Side of Paradise*）的面世，菲茨杰拉德立即实现了这一梦想。1918年，他邂逅并爱上了泽尔达·塞尔（Zelda Sayre），但一年后，塞尔就解除了两人的非正式婚约。在这本书出版后的两周内，菲茨杰拉德又重新赢得她的芳心，作家终于迎娶了自己的梦中情人。24岁时，菲茨杰拉德便拥有了他想要的一切。即使在那时——他后来声称——这种快乐也不够单纯，因为哀伤的前景规划过于强化了这种快乐："我记得有一天下午，我在高大的建筑物之间乘坐出租车，天空呈现紫色和玫瑰色；我开始高声叫喊，因为我实现了自己所有的梦

① *The Beautiful and Damned.*

想，我知道以后再也不会这么高兴了。”但这只是看待事情的一种方式。另一个原因是，他那时实际上已经开始期待一项充满后悔、迷失、衰败和毁灭的真正的事业。菲茨杰拉德明白，如果跟头要跌得精彩，让自己满意，他就得爬到令人眩晕的高度。他必须取得巨大的成功，才能确信随后的失败也非同一般。

到8月份的时候，菲茨杰拉德已经开始构思一本新的小说，他告诉出版商查尔斯·斯克里布纳（Charles Scribner），这部作品有关一个叫作安东尼·帕奇（Anthony Patch）的小伙子，要讲述他25岁到33岁，即从1913年到1921年之间的故事。帕奇拥有许多艺术家的品位和弱点，但实际上没有任何创作灵感。故事讲述了他和自己年轻美丽的妻子是如何在纵情的浅滩上遇难的。这本小说于1921年夏天正式完成，并于次年3月出版。

《美丽与毁灭》是一本大约100页的书，和《人间天堂》相比，这部小说并未显示出任何形式的进步。虽然零散的地方也能体现作者的洞察力，但总体上无法掩盖作品在文体和结构上的失败。读者非常失望，因为在不到20页的篇幅后，菲茨杰拉德就放弃了小说文体，插入了本应在他**第一部**小说中就被删去的小剧本。在“菲茨杰拉德阶段”的中期，作家理查德·耶茨（Richard Yates）非常欣赏《了不起的盖茨比》（*The Great Gatsby*）中人物对话的方式：“每一句对话都深刻地揭示了人物的内心世界，这甚至超越了说话者自身想要表达的情感。”《美丽与毁灭》中的人物也说了一些聪明的话——“没有人爱的女人没有传记，她们只有历史”——但大部分的对话刚说出口就变得索然无趣。人物格洛莉亚（Gloria）在这本书中一出场，菲茨杰拉德立马让她开始释放光彩，而具有讽刺意味的是，这种倾向首先体现在安东尼的意识中：“她那清新的双颊，无疑是从一片精美的、全新的镜片上投出的一道光影；她的手在彩色的台布上闪闪发光，那是来自遥远的海洋处女地的一枚贝壳。”不久之后，文字的叙述呈现出菲茨杰拉德自己向往抒情的标志性基调。一辆出租车“就像迷宫般的大海上的一条船离开了”；格洛莉亚“把脸转向他，像月光穿过树叶一样的斑驳灯光下，她的脸色变得苍白”。菲茨杰拉德从来没有完全从这类描述中走出来——如果他有的话，他就不会是一个如此纯粹的作家了——但他确实学会了如何控制这种风格，尽量用最实际和直接的方式将最丰富的意象固定下来。这就是《美丽与毁灭》的第一部分存在的问题：小说的主题虽然显而易见，但在格洛莉亚和安东尼具体的故事和关系中没有被充分实现。

值得注意的是，叙事逐渐发展，开始聚焦他们婚姻中第一次出现的严重冲突，这种情况就像小说《夜色温柔》开篇显示的预兆：“整个炎热夏天的午后，安东尼和埃里克·莫特伦都一直坐在一个苏格兰玻璃醒酒器的旁边，而格洛莉亚和康斯坦斯·梅里亚却在海滩俱乐部游泳和晒太阳，后者坐在条纹遮阳凉棚下，格洛莉亚则躺在柔软的热沙上，不可避免地伸展自己性感的长腿。”

在格洛莉亚的坚持下，帕奇就要离开，这时安东尼已经喝得醉醺醺的了。在火车站，他下决心并坚持要拜访其他朋友，这其实毫无意义，但可以维持他对格洛莉亚的影响，对她的自私施加压力。当她继续坚持回家时，他抓住她的胳膊。接下来的场景既丑陋又具有毁灭性，很多无情的细节更显得如此。结果是他们之间的关系永远改变了，在格洛莉亚的丈夫看来，她不过是“一个可怜的小东西……心碎而沮丧”，而安东尼“杀死了妻子曾经给予自己的所有的爱”和“全部的尊重”。值得注意的是，菲茨杰拉德并未就此打住。他对这样的时刻有一种相当微妙的理解，他知道人生转折点的特点是，人们往往不会转身：“即使在那时，她也意识到自己会慢慢忘记，这就是生活运转的方式，它不会停止，尽管会慢慢消磨殆尽。”

小说的第168页，我们突然就站在了天堂的另一边，在好几个层次上看都是如此。在写到这一点之前，菲茨杰拉德所描述的一切都是浮华和肤浅的，正如杰克·凯鲁亚克在写给尼尔·卡萨迪[①]的信中评价的那样，“写得很甜美，但完全没有必要”。直到这里，读者才第一次看到菲

---

① 尼尔·卡萨迪（Neal Cassady，1926—1968），美国作家，“垮掉派”代表人物之一。

茨杰拉德展现成熟的风格和技巧，这最终将导致他的经典杰作《夜色温柔》的问世。一个更直接的结果是，现在作品的人物身上已经恰当地体现了他要表达的主题。就是从这个地方开始，菲茨杰拉德对自己掌握的大部分材料都是经过深思熟虑和有把握的。但在作品的结尾，他又把一切都搞砸了，但那是190页以后的情景了。

我们很难将菲茨杰拉德的生活（特别是他与泽尔达的关系）与他作为作家的名声分离开来。真相和虚构之间不断地产生信息流动，两者会相互补充、干涉，使得彼此都愈加模糊不清。人们很容易将菲茨杰拉德的小说当作一种替代性的自传来阅读，而作者本人有时也会对这种倾向表示赞同。1930年，菲茨杰拉德在瑞士的一家诊所里，“病得像在地狱里一样”。他写信给泽尔达说，他希望“《美丽与毁灭》这本书成为一本写作风格成熟的书，因为它完全是真实的。我们最终毁灭了自己，但我从未真正认为是我们将彼此推上末路”。十年后，菲茨杰拉德告诉自己的女儿说：“格洛莉亚和你母亲相比更平凡、更粗俗。除了美貌和某些语言表达方式外，她俩之间其实没有太多相似之处。当然，我在作品中也很自然地借用了许多我和你母亲早期婚姻生活中的状况，然而这两种婚姻生活的重点完全不同。我和你母亲的婚姻生活比安东尼和格洛莉亚的婚后情况好多了。”尽管存在着差异，但这两种说法之间并没有任何矛盾。实际上，正是这种文学上的真实和虚构的交织，才使得小说具有可以想象的真实性。

两种婚姻“状况”相似的细节包括在乡下租房子、可怕的危险驾驶将这对夫妇引到了这个地方，以及他们搬进来后成为常态的放纵生活。人们普遍认为，菲茨杰拉德是因为酗酒最后精神崩溃，尽管从某种意义上说，这无疑是正确的，但也是过于简单化的一种判断，因为很容易忽略的事实是，酗酒显然也是他作品中的主题之一。所谓写作，就是记录你熟悉了解的东西——这种建议经常被赐给那些有抱负的作家。菲茨杰拉德慢慢知道了什么是酗酒，但他实际上并没有喝那么多。他每次一喝很快就醉，这证明他并没有像其他一些朋友那样嗜酒。海明威对酒应该更了解，也可能更能喝酒，但在作品中描写喝酒带来的影响，没有人比菲茨杰拉德做得更好。居伊·德波（Guy Debord）在《颂词》（*Panegyric*）的高潮部分赞美自己与酒的关系，这种被激起的情感非常接近菲茨杰拉德通过艺术手段表达的效果：“首先，跟所有人一样，我领会到了轻微酒醉的效果；然后我很快就开始喜欢酩酊大醉后的状态，一旦跨越过这一阶段，人就会感受到一种既壮观又可怕的安静，真正体会到时间无声的流逝。”时间的流逝，失去的青春，菲茨杰拉德一再重申他对这些主题的忠诚，以至于戈尔·维达尔讽刺地用两句话概括了《笔记本》（*Notebooks*）的内容：“从前他很成功，现在他非常失败；从前他很年轻，现在他已步入中年。”

在一本研究“酒精与美国作家”有何关系的专著《饥渴的缪斯》(*The Thirsty Muse*)中，托马斯·达迪斯(Thomas Dardis)追溯了酒精对菲茨杰拉德的影响。这显然是已经得到论证的事实，但具有讽刺意味的是，在菲茨杰拉德完全酗酒之前，他就已经非常准确地理解了酒精的破坏性后果。引用布莱克(Blake)对弥尔顿说的话，菲茨杰拉德属于温和而有节制的酗酒者，尽管他自己不知道这一点。在小说《美丽与毁灭》中，格洛莉亚和安东尼“往嘴里倒进一杯欢乐而又微毒的酒精”的过程，其实是艰难而痛苦的。当朋友莫瑞送给他们一件结婚礼物时，就出现了一种不祥的预兆，那是“一套精致的‘饮酒套件’，包括银色高脚杯、鸡尾酒调酒壶、开瓶器”。将这套酒具作为他们婚礼的象征，这对夫妇潜意识里便开始从“节制”的生活走向了烟酒依赖症和腐朽糜烂：“周围总是烟草的气味——他们两个人都不停地抽烟；衣服、毛毯、窗帘和布满灰尘的地毯上都散发着烟味。再加上陈年葡萄酒令人难受的气味，都不可避免地暗示着美好已经变质，狂欢带来的喧闹也令人厌恶。”

不用说，菲茨杰拉德并没有发现这个主题——事实上，他在写《美丽与毁灭》的时候，还在有意识地接受西奥多·德莱塞(Theodore Dreiser)的作品《嘉莉妹妹》(*Sister Carrie*)的影响——但没有其他人将饮酒与浪漫故事如此紧密地结合起来，两者在作品中纠缠不清，酒是不断恶化浪漫关系的潜在因素。格洛莉亚对安东尼说："没有辛酸，就不会产生美。"在菲茨杰拉德的书中，这种辛酸总是透过玻璃杯底看到的效果。因为菲茨杰拉德在美国文学中的神话一般的地位，像理查德·耶茨这样1926年出生的作家，完全沉醉于他的榜样力量，以至于花了大量的创作时间——无论是想象上还是字面上——去追求菲茨杰拉德所代表的一种"毁灭"性的理想[①]。

喝酒并不是衡量帕奇堕落的唯一标准，菲茨杰拉德很小心地密切注意安东尼到底有多少钱，以及他的财产被挥霍的速度。这两种挥霍的方式——花钱和喝酒——在接近本书结尾的一个场景中奇妙地合为一体，格洛莉亚指责安东尼花了"75美元买一瓶威士忌"，尽管他们已接近贫困的边缘。正如菲茨杰拉德的其他作品一样，这种严谨的计

---

① 耶茨的故事《向莎莉告别》（*Saying Goodbye to Sally*）涉及一位名叫杰克·菲尔德的作家，他"多年来一直试图阻止任何人了解他对菲茨杰拉德的关注"。获得了一份在洛杉矶的编剧工作后，他"在自己的一架喷气式飞机上长长的、柔软的、沙沙作响的管子旁边，独自一人坐在陌生人中间，喝得酩酊大醉。当他把额头贴在一扇冰冷的小窗户上，感到过去几年来的疲惫和焦虑即将消失时，他突然想到，摆在他面前的不管是好还是坏，都很可能是一次重大的冒险：好莱坞的菲茨杰拉德"。一页半的篇幅后，"在一种大家长时间熟悉的发展模式下，他开始担心自己：也许他无法在世界上找到光明和空间；也许他的天性总是寻求黑暗、局限和堕落。也许——这是当时在全国的杂志上流行的一句话——他是一个自我毁灭的人"。——原注

算有着根深蒂固的隐喻意义：金融破产总是与他自己命名的故事标题“情感破产”有紧密的联系。正如他的传记作者马修·布鲁科利（Matthew Bruccoli）所说：“‘情感破产’是菲茨杰拉德作品中的一个关键概念，他认为人们拥有固定的情感资本，轻率的支出就会导致早期破产。”格洛莉亚愿意用这些作为基础来生活，“抓住岁月的每一分钟，只求能够拥有最好的欢乐时光”。而在那之后生活如何，她完全不管不顾；就算有一点担忧未来，格洛莉亚仍然会坚持这样的生活态度：“我不会做任何事情去改变现状。至少我已经度过了自己的美好时光。”安东尼显然是看穿了这种推崇享乐的伪尼采思想：他们的确度过了美好的时光，但是已经“在为之付出代价”。

即使这样也是值得怀疑的。菲茨杰拉德对待自己作品中的材料非常精明，他明确指出安东尼和格洛莉亚并不像自己和泽尔达的现实婚姻那样幸福。在《美丽与毁灭》中，没有什么能比得上《夜色温柔》里维埃拉迷人的夜晚，也比不上盖茨比的“蓝色花园”的狂欢活动，“男人和女孩像飞蛾一样在威士忌、香槟中来回穿梭、窃窃私语”[①]。

---

① 菲茨杰拉德对聚会的抒情式描写继续发挥着魔力一般的影响。在《光明来临》（*Brightness Falls*）中，杰伊·麦克伦尼似乎有意识地仿效盖茨比度过的那些田园诗一样美好的夜晚：“50码外，海水拍打着海滩；在草坪上，穿着燕尾服的侍者们飞快地穿梭于穿着牛仔裤和马球衫的首席执行官们身边。”——原注

《美丽与毁灭》中的那些“聚会”（菲茨杰拉德在有一处自己把这个词放在引号里），用诗人彼得·雷丁（Peter Reading）的话说，不过是一种大吃大喝的放纵，留给安东尼的是“一群狂饮乱斗之后痛苦而受伤的老兵们”。

现在还不清楚他还能达到什么样的实际目的。菲茨杰拉德曾经向埃德蒙·威尔逊（Edmund Wilson）解释道：“格洛莉亚和安东尼只是代表。他们只是漂浮在纽约的流浪大军中的两个个体，肯定有成千上万的人在纽约过着同一种无根的游荡生活。”安东尼有一个不太清晰的写作计划，但格洛莉亚总嘲笑他无法静下心来完成任务。他反驳说，问题在于她让“休闲变得如此精妙而又吸引人”。这里，安东尼触及了菲茨杰拉德的主要艺术爱好和创作见解：如果人人渴望的休闲类似于毁灭，那么毁灭本身必定具有微妙的吸引力。

安东尼也尝试过从事一份有报酬的工作，但事实证明这并不比他在文学和智力上的努力更有前景。他意识到，若想在金融界取得成就，“成功的想法必定会控制并限制他的思维”；相比之下，失败的想法似乎无所不包，可以消耗并考验他的整个生命。也许失败同样包含了一种威严，这是菲茨杰拉德最为迷恋的赌注，因为失败也必然会有自身的限制。安东尼刚开始是一个精神上“爱冒险”又同时具有“好奇心”的人，最后变成了“偏见和成见的个体”。故事中的安东尼贷款遭拒时，他称电影制片人约瑟夫·布克曼（Joseph Bloeckman）为“该死的犹太人”，这是他陷入人生最低点的标志。他跌入人生的绝对低谷，走向堕落的深渊，这种情节安排全归功于艺术家菲茨杰拉德的设计。作为一个男人，作家也难免产生自己粗俗的偏见。

即使是这样的事件也证明了失败的能力，即失败有时也能产生某种可怕的启示。如果安东尼一切顺利的话，他可能永远不会如此赤裸地面对自己性格中潜在的卑鄙。只要不是在非常极端的情况下，失败都会产生某种浪漫和神秘的气氛。尽管喝了很多酒，“安东尼在外表上并没有任何损失，反而看起来越发精神，他脸上呈现出一种明显的悲惨神情，这与他苗条而完美的身材形成了浪漫的反差”。菲茨杰拉德从不回避使用“悲剧”这个词，但在我看来，他的作品——除了《了不起的盖茨比》稍微有点不同——一直在探索一种具有历史意义的直觉，而不是简单的个人共鸣。也就是说，尽管德莱塞在《美国悲剧》（*An American Tragedy*，1926）中提出了夸张的断言，但很多人认为，在20世纪的美国，失败已经取代了悲剧。对于菲茨杰拉德而言，不管其作品本身是一场失败还是悲剧，无疑都是他创造性努力的关键。

第一次世界大战在菲茨杰拉德的这些思想中起了重要作用。在如此巨大的战争灾难之后，还有什么空间留给个人悲剧呢？生活在欧洲大陆的英国作家劳伦斯在最后一部小说开始时就明确断言："我们所生活的时代本质上是一个悲惨年代。"对菲茨杰拉德来说，他完全错过了战争，就像《美丽与毁灭》中的安东尼一样，这一事实加深了他认为美国已处于后悲剧时代的信念。在这种情况下，他还能做什么呢？失败和浪费是否也会被赋予一种属于自身的伟大悲剧性？塞尔达最后相信菲茨杰拉德确实做到了这一点："我不知道一个人的个性竟然可以与唤起这种个性的时代脱节……我觉得斯科特最大的贡献在于，他戏剧化了一个心碎的绝望时代，而且从他所赋予的悲剧性的勇气来看，他也为这个时代提供一个新的政治理由。"

早在创作《人间天堂》时，菲茨杰拉德就早熟地尝试描写失败来临的景象。"我开始觉得我注定要失去这次机会。"年轻的男主角阿莫里·布莱恩曾一度如此哀叹。后来，他觉得有"一种强烈的欲望，想让自己去见魔鬼"。但是一直到创作《美丽与毁灭》，菲茨杰拉德才开始认真探索这种可能性。在小说的中途，菲茨杰拉德总结安东尼是一个"继承了人类失败的巨大传统"的人物。虽然这种延续下来的对失败的探索可以提供某种程度的满足和安慰，但菲茨杰拉德后来对那种暗示的被动性仍感到不满。所以，他1932年写的那本书"成为我们这个时代的小说，展现出一个优秀人格的解体"。不同于《美丽与毁灭》，这种分裂不是由软弱造成的，而是一种真正的悲剧力量，体现的是一种内心的矛盾和冲突，有如理想在现实环境的逼迫下必须做出的妥协。就小说《夜色温柔》中所体现的情景而言，作者也没能实现这一计划，但也许正因为他在这方面失败了，所以才跨越了困境本身。

那段时间，菲茨杰拉德沉浸在自己的失败感中，以至于他无法坚持自己的判断，而做了大量妥协。因此，当小说没有像他希望的那样受到热烈欢迎时，他修改了小说，对情节做了不同的安排，但这样做使得结果变得更糟。1936年，他写信给自己的编辑马克斯·珀金斯（Max Perkins）："这一次我的抱负、决心和毅力都广泛受损，我曾经引以为傲的所有优秀品质都非常荒谬，甚至有些下流，我必须承认这一点。"让自己沉湎于这种自怜情绪，在某种程度上其实是可以理解的。菲茨杰拉德不知为何产生了韧性和毅力，写下了自己的杰作，作家现在已与自己的成就不再相关。齐奥朗[1]认为，菲茨杰拉德这一时期的自传体散文［后来收集在《崩溃》（*The Crack-Up*）中］"描述了自己的失败"，构成了"他唯一的巨大成功"[2]。然而，这从根本上低估了菲茨杰拉德内化和抢先一步抵达这一结

① E.M.齐奥朗（E.M.Cioran，1911—1995），法国哲学家。——译者注

② 凯鲁亚克比齐奥朗的判断更加绝对：1962年，他否认自己有一个"斯科特·菲茨杰拉德迷恋期"（原文），他接着告诉罗伯特·吉鲁克斯（Robert Giroux），"在作品《崩溃》**之后**，菲茨杰拉德再也没写出更好的作品了"（我自己的强调）。——原注

论的程度。

菲茨杰拉德声称，安东尼具有的“最好的品质”“对自己的毁灭快速而不停地起作用”，他的命运完全不如迪克·戴弗（Dick Diver）的复杂。同样，《美丽与毁灭》在情节复杂性、主题深刻性方面也比不上《夜色温柔》。这一方面意味着作者已远远超越了《人间天堂》中光明轻松的基调，另一方面也说明，菲茨杰拉德仍需继续挖掘作品的深度，才能兑现自己年轻时的承诺。当然，这同时也要求他必须取得实质性的突破。

写于2004年

F. S. 菲茨杰拉德：《夜色温柔》[①]

我们为通过A级考试准备的作品是《了不起的盖茨比》，不是《夜色温柔》，但英语老师还是鼓励我们读了这本书。那时我十七岁，几乎什么具体细节都不记得了，但我从来没有忘记过这部小说。事实证明，我的这种反应并不少见，或者说至少是一种常见的反应方式。菲茨杰拉德把他“从康拉德（Conrad）为作品《黑家伙》（*The Nigger*）所作的序言中得到”的一个想法付诸了实践；他认为，“小说的目的就是为了在读者脑中产生一种挥之不去的阅读后影响”。这是他对海明威粗暴评论《夜色温柔》后做

① 这篇文章是受《美国学者》（*The American Scholar*）的委托写的评论，这本期刊正在编辑“重读经典”的系列丛书。他们对我寄去的草稿做出了回应，希望我有一些更私人化的评论，所以文章内容与其说是自我放纵，不如理解成我与期刊合作的结果。——原注

出的回应。海明威自己也似乎完全屈从于这些“挥之不去的后遗症”，后来他向马克斯·珀金斯谈起一种“奇怪的菲茨杰拉德现象”，即“回想起来，确实觉得他的《夜色温柔》越来越好”。约翰·厄普代克后来将这种反应带回作品本身的讨论：“对于菲茨杰拉德的作品，”他写道，“我们常常得带着梦的余晖去阅读。”

我不记得第二次读《夜色温柔》是什么时候。我的企鹅出版社版本的图书的封面上那张字条写得也不确定：“在此之前读两三遍（?），巴黎，1992年4、5月。”1991年，我去了巴黎，计划写一部小说，希望将它写成当代版本的另一部《夜色温柔》。这足以证明，这部小说对我产生了强烈而持久的影响，虽然重读它的日期我无法确定。恰当地说，我自己创作的另一本《夜色温柔》没有什么进展，在访问了法国北部的战场之后，我放弃了这一计划，而决定改写一本关于战争的书。考虑到这一点，接下来的感受就自然而然了。当我在1992年春天重读《夜色温柔》时，觉得里面充满了第一次世界大战及其后果的讨论，就像菲茨杰拉德自己所言，这本书是“战争结束后破碎的宇宙”。

“这种描写西部前线的故事不能再继续下去了，已经持续不了太长时间了。”迪克·戴弗1925年在访问西部前线的战场后如是解释，“这需要宗教的努力，以及长时间大量和巨大的经济保证，还有不同阶层之间的确切关系。”

这是经常被引用的一段话，但这本书始终被迪克使用的一个“半讽刺的短语：非战斗人员的炮弹休克症”所主宰。在法国北部的战场上，正如迪克所解释的那样，死者躺在那里“像一百万块血淋淋的地毯”，这一画面总是与法国里维埃拉“海滩上明亮的皮革祈祷地毯”成对出现。

当我脑子里彻底摆脱了一场大战时，也最终开始着手写我的巴黎小说，但直到上周我要完成这篇文稿时，才真正地读了《夜色温柔》一书，而这次遇到的这部作品与我以前读过的那本截然不同。简单地说，我之前阅读的一直是菲茨杰拉德的重印本，编辑是马尔科姆·考利（Malcolm Cowley），首次出版于1951年。这一次我读到的是最初的小说原版，故事不是从迪克在去苏黎世的路上遇到伤员开始，而是从罗斯玛丽第一次看到法国里维埃拉的戴弗开始。

自海明威以来，菲茨杰拉德的同行作家们都沾沾自喜，都觉得菲茨杰拉德的成就没法和自己相比。在所有人中最势利的是齐奥朗的评论：“对我来说，这是一件不可思议的事情：艾略特竟然写信给菲茨杰拉德说他读了三遍《了不起的盖茨比》。”伊夫林·沃（Evelyn Waugh）在观看了《夜色温柔》的电影后，评价说“这是基于一本糟糕的书改编的好电影”，但最终又矛盾地总结：“电影工作室的昂贵巨型设备，也不会比一个半醉的美国佬在打字机上生产出的东西更有价值。”对于戈尔·维达尔来说，“几乎不识字”的菲茨杰拉德所写的东西“极少”具有任何伟大的文学价值。

在最近一次重读作品时，我起初也担心这些批评是正确的。在一些地方，特别是在开头的几页，文字显然非常笨拙，就像小说中的罗斯玛丽感受海滩上陌生人的“冷漠的审视”，注意到一个戴单片眼镜的男人暴露自己“傲慢的肚脐”和“滑稽的胡须”。这一切感觉就像是有人试图让他的写作变得有趣，但结果却是让人更加注意到他的失败，尼克·卡拉韦称其为“一种伪装成特别轻松的紧张”。当你忘记写作时，当你对写作的效果自然做出反应，但自己却意识不到写作是如何实现时，创作往往就进入了最佳状态。这本书就是如此：当那不舒服的最初几页创作阶段过去之后，作者便渐入佳境，就像作品中迪克的客人被主人巧妙地打动了一样，我也开始感受到了菲茨杰拉德的温柔魅力。他的写作天赋就是能让人们相信他创造的世界，而“对他所说或所做的事情留下少量可传达的记忆”，这种效果——更准确地说，是一种在读者心中产生挥之不去的余波的效果——与作品《夜色温柔》完全一致。其他一些偶然的观察也暗示了这种两部作品互相呼应的特点。就像完全被迷住的罗斯玛丽，只抓住迪克说话时句子的要点，然后依靠“自己的潜意识补充剩下的内容，如同一个人突然听到几次钟声，便依据脑子里回响的未经计数的敲钟节奏来判断时间”。

人们常常认为菲茨杰拉德迷恋优雅和财富，就像断言青春年少的罗斯玛丽迷恋迪克一样。但这无疑是对作者的曲解和简单化认识，我实在不理解甚至惊讶还有人坚持这种认识，因为作者明显阅读过马克思的著作，并认为迪克是“像自己一样的人”，“一个共产主义、自由主义、理想主义者，一个反叛的伦理学者”。在1938年的一封信中，菲茨杰拉德写道：“我从来不能原谅富人的富有，这影响了我的一生和作品。”他是浪漫派里的物质主义者，也是物质主义者里面的浪漫派。作为“一个阶层能上升得最远”的代表，戴弗体现了一种生活方式，他显然超越了所有对物质的关注，是一种令人羡慕的田园生活。但是菲茨杰拉德是最早理解无限的休闲会带给人萎靡不振和极端厌恶的作家之一（这一点在简·奥斯汀的作品中，还只是假设而已）。在无限的时间和自由的条件下，一切都很无趣，就像迪克最终冲着玛丽·诺斯不假思索说出的那样，一切都似乎变得“该死的乏味”。迪克意识到妮可的巨大财富在多大程度上“贬低了自己的工作”，于是坐在那里“听着电钟的嗡嗡声，聆听时间”。他倾听的不是一小时一小时不同的时间段，而是空洞的、毫无区别的时间流。在这种永无止境的闲暇中，迪克无可避免地“迷失了自己”，虽然他自己意识到了这一点，却无法“说出具体的时间，即哪一天、哪一月，或者哪一年”发生的这一切。

之所以能有这种悠闲，还有随之而来的平静、优雅的美好生活，其实是因为更大范围系统性的全球性堕落。对于这一点，菲茨杰拉德的态度表现得明确而细致：为了妮可，“姑娘们在8月生产西红柿罐头；或者在圣诞夜从五点加班干活到十点；混血的印第安人在巴西的咖啡种植园里辛勤劳作；梦想家被强行剥夺了新拖拉机的发明专利权——这些人都是为妮可奉献‘十一税’的人”。这样，休闲和平静被玷污了，因为这种文雅生活必须依赖剥削才能被维持。

如果沉稳和堕落不可避免地交织在一起，那么狂喜与绝望，庆祝和哀悼也一样无法分离，就像《夜莺颂》（*Ode to a Nightingale*）体现的一样（菲茨杰拉德就是从这部作品中找到了小说的标题）。在小说的开始部分，妮可观察到迪克有一种“最典型的情绪”，“激动的情绪把每个人都卷入其中，不可避免的是他接下来的忧郁，虽然他从来没有表现出来，但她猜到了”。正因为这种鸡尾酒般纠结的情绪，才有了菲利普·拉金的作品《为西德尼·贝切特》（*For Sidney Bechet*），这是又一首表达自己对爵士时代的看法的新型挽歌。在这首诗歌中，菲利普吟唱了这本书中体现的“长发的悲哀和进球的遗憾”。要写这部作品，菲茨杰拉德必须愿意重新相信所有关于幸福的期许，尽管每一个愿望都被他的人生碾碎。

如果迪克失败的精确轨迹在每次重读时都变得更加难以追溯，这实际上是对这本书微妙之处的一种赞扬，而不是它缺乏什么东西的迹象。当然，迪克的彻底崩溃相当于一个棱镜，折射出菲茨杰拉德的自我形象。事实上，这里存在相互关联的三个世界，一是菲茨杰拉德创造的虚构世界，二是真实而具有不同特征的菲茨杰拉德，最后是虚构与现实世界相互纠缠合成的具有**神话色彩**的菲茨杰拉德。这三者之间的相互影响对菲茨杰拉德作品持久的流行非常关键，也非常有力地回应了那些不承认其作品文学价值的观点。最好不要把这些理不清的线索分开，暂时先考虑一下它们是**如何**紧密地缠绕在一起的。

虽然不完全雷同于萨拉和杰拉德·墨菲，但妮可和迪克两个角色显然有一部分是基于前两个人物进一步塑造而成（海明威最初对这本书的反对主要与此有关）。与此同时，正如约翰·奥哈拉[①]所指出的那样，“他塑造的角色迟早会回到菲茨杰拉德世界，并成为菲茨杰拉德式的人物……迪克·戴弗最终变成了高大的菲茨杰拉德”。当丽贝卡·韦斯特被问及记忆中对泽尔达的印象时，她的回应就暗示了真实生活与虚构世界之间千丝万缕的联系。

韦斯特在1923年第一次访问纽约时就遇到了菲茨杰拉德夫妇，1926年在里维埃拉再次见到了他们。韦斯特在1963年写道，泽尔达“非常朴素，她背对着我站着，头发非常漂亮，像孩子的头发一样闪闪发光。她的脸粗糙朴

① 约翰·奥哈拉（John O'Hara，1905—1970），美国作家。

素，呈现出一种奇怪的崎岖不平，就像人们在格里科（Géricault）的图片中看到的疯子那样”。韦斯特继续仔细回想过去，心中涌现的是一段“极其不愉快的回忆”：

> 我想起了泽尔达在谈到自己对于芭蕾的抱负时，是如何挥动手臂，显得粗鲁不堪的。对我来说，奇怪的是斯科特·菲茨杰拉德竟然喜欢这样不优雅的人。但她也不是完全没有讨人喜欢的地方。她其实有一种特别的吸引力，但有点让人不敢靠近，不是因为你自己觉得她很吓人，而是因为她认为她吓到你了。

不管韦斯特对泽尔达的评价有多准确，在我看来，这似乎是我们所拥有的最具洞察力的见解——不是针对菲茨杰拉德，而是有关他的艺术（特别是如果我们记得早些时候，韦斯特正是依照菲茨杰拉德所提倡的风格，对泽尔达脸部的“**后形象**”做了相关评价）。这种见解揭示了艺术家想象生活的活跃与嘈杂。1935年末，杰拉德·墨菲向菲茨杰拉德让步了，他承认：“你在《夜色温柔》中所说的话是真实的。只有我们生活中被发明的部分——不真实的部分——才会得到某种美丽的安排。”在第一次与迪克相遇时，罗斯玛丽意识到“一种前所未有的创造过程”。戴安娜别墅的“完美的精心设计”因为微小的失败变得显而易见，比如在背景中可能出现的侍女的幽灵或者变形的软木塞。韦斯特偶然做出的有如X射线穿透般的精准描述，揭示了作品中各种安排和不同设计背后的根本原因——即作者创作的最原本的动机。如果菲茨杰拉德对财富的迷恋部分源于他所坚持的“一个富裕城市里的穷孩子，一个富裕男孩学校里的穷孩子”，那么对他而言，优雅与不雅、美好与凡俗有时是非常相似的，这一点也就不足为奇了。在可以比较的体裁中，当他著名的描写浮华的抒情类作品，接地气地与现实和真实的东西直接关联时，能取得不错的艺术效果。有一个很好的例子能证明这一点：从《了不起的盖茨比》的象征性地理位置来看，盖茨比大厦的意义不仅在于它“庸俗的华丽”，还在于它与威尔逊车库的垃圾灰堆相邻相近，这是一种悲剧性的距离。到了写《夜色温柔》的时候，这种地形上的诡计已经被微妙地溶解掉，并在心理上内化了，那些抒情而美丽的东西变得稀散和轻薄，断断续续地在绝望和凄凉中闪烁。

此时我需要回头谈谈我计划在巴黎写的那部小说。我本来想从《夜色温柔》中汲取一些要素，然后根据自己的需要做一些调整，写一本关于失败的书，将之描绘成人生中有如田园诗般的时期——但我一直没有写成。当被问到自己的工作习惯是否有严苛规律时，我总是回答说：有人提倡作家就应该对自己的感受不管不顾，每天必须在办公桌前煎熬六个小时，我对这一观点一直非常反感。我一直坚持想写就写，不想写就不写的自由。然而，我无法在计划的巴黎小说上取得任何进展，这确实让我怀疑自己可能太没有自律性，太自我放纵了。也许我是受到了街头萨克斯艺人阿特·派普（Art Pepper）所代表的那种艺术创造性的诱惑，他声称自己“从未学习，从未实践……我所要做的只是接触它”。我一直告诉自己，也许是要处理的材料太个人化，而我还未准备好如何面对它，但我也担心关键的问题只是自己不够自律。无法完成这本书的事实使我感到一种模模糊糊的失败感，这种感觉是如此笼统，以至于它成了我生活的一部分。然后有一天，很突然地，没有任何有意识的努力，我开始写这本书。它来得相当容易，我很快就意识到，一直拖延着不写这本书的事实——早些时候无法开始写作——后来却成了创作中的积极要素。在这段时间里发生的各种事情都在这本书中找到了它们的合适位置，其中最重要的是我对摇头丸的体验，对迷幻药的认识。众所周知，菲茨杰拉德是个酒鬼。在作品《夜色温柔》中，酒水像河水一样浸润了整个故事。那时，酒的魅力和承诺早已消散。在当代背景下，这种魅力和承诺只能由药物提供，因此，在我的作品《巴黎的恍惚》（*Paris Trance*）中，所有人物都自然而然地依赖迷幻药。

罗斯玛丽在戴弗家做客的第一天晚上，客人们聚在一起共进晚餐：“他们在餐桌旁坐了半小时，接着发生了一种很容易察觉的变化，大家一个接着一个都放松了，大家放弃了成见，也放弃了焦虑和怀疑，现在他们只是最好的自己和戴弗的客人。”作品中接下来描写了很有名的一幕：

> 黑暗的空气中有萤火虫飞舞，一只狗在低矮和遥远的悬崖边上咆哮。桌子看起来像一个机械装置的舞台一样向天空升起，使周围的人感到在茫茫的黑暗宇宙中彼此孤独，只有食物为他们提供滋养，只有光温暖着他们。麦基斯科夫人发出一种奇怪的沉默的笑声，仿佛这是一种信号，表明人们已经完全脱离了世界，戴弗夫妇突然变得异常温暖、兴高采烈，开始活跃气氛……就在那一瞬间，他们似乎单独或一起和餐桌上的每一个人说话，向客人们保证他们的友好，显示他们的热情。有一刹那，看他们夫妇俩的脸，就像可怜的孩子们仰望着一棵圣诞树，表情里充满了期待。

当代文学中出现了很多描写人们依赖迷幻药的情景，但没有一个能超越这一场景的呈现。《夜色温柔》中的一些细节——迪克总是戴着手套，或者拿着拐杖——把它与同一背景下诞生的爵士乐时代的古装剧紧密地联系在一起，但也正是这样的场景，展示了一种与这个时代背道而驰的、永恒的品质。

酒精会使人昏昏沉沉，最终会破坏身体；同样，随着时间的推移，迷幻药也会削弱服药者最初的感受狂喜的能力，摇头丸引起的血清素泛滥，最终会导致血清素彻底耗尽。就好像有一种特定而有限的幸福，而迷幻药能使人很快地耗尽这种快乐。我书中的主角卢克，就用一年的时间挥霍掉了一生的幸福。按一般的评判，卢克无疑是个失败者，但我也想说，失败的卢克也以某种特殊方式忠实地完成了自己的命运。当读到彼得·马西森[1]的《雪豹》（*The Snow Leopard*）时，我对这一概念的信心得到了进一步加强。具体而言，让我坚信这一点的是这部书里引用的荣格关于“人格发展”的一段论述：

> 许多人坚持走自己的路但最终都会被毁灭，这一事实并不具有特别的启示……一个人必须遵守他自己的律法，就好像是有一个后台程序一直在向他窃窃私语，告诉他选择一条新奇和美妙的道路……唯一有意义的生活……是个人绝对和无条件地为实现自己独特的律法而奋斗的生活……如果一个人的行为不遵循他自己独有的法则……他就还没有意识到自己生命的意义。

荣格的这一段阐述又明显地来自尼采，就是那篇《作

---

① 彼得·马西森（Peter Matthiessen，1927—2014），美国小说家、自然学家、作家。

为教育家的叔本华》(*Schopenhauer as Educator*)的文章，被收录在《不合时宜的沉思录》(*Untimely Meditations*)之中。有时，影响太大的思想，要对其追根溯源颇为不易。我自己有一种模糊的认识，即一个人的失败不单是因为他不能实现自己的潜力，原因也许恰好相反，是因为他有能力更深入地触及这一潜力。我之所以有这类想法，可能是因为长期接触尼采的思想而受到了影响。同样，这个想法的根源也可能来自那些记忆中早些时候关于《夜色温柔》的模糊解读。另一方面，也许是因为这种想法一直潜伏在我心里，所以我一开始就很容易受到这部作品的影响，到后来又倾向于以这种特殊的视角看待迪克这一人物。

既然我已经完成了属于自己的《夜色温柔》版本的小说，也尝试着在写作中实践了自己关于人生和失败的理论，那么这之后，我必定将发生在迪克身上的一切都理解为人生坍塌的反面：他已经超越自我意愿的觉醒，体现的是一个坚定挺立并坚持自我意志的灵魂。这就是为什么迪克的失败伴随着一种肯定感，他实质上并没有辜负自己的命运，而是尽力地实现了自我价值。当E. M. 齐奥朗谈到菲茨杰拉德在欧洲的时代，他和其他人一样都精准地抓住了《夜色温柔》中的神秘要点。他认为那段时间是“七年的浪费和悲剧”，菲茨杰拉德自己也是这样描述的：那段时间里，“他们沉溺于各种奢侈生活，仿佛被一种秘密的欲望所困扰，将自己折腾得筋疲力尽”。在其他地方，齐奥朗似乎没有特别提到菲茨杰拉德，他写道："倾向于追问内心的作家……会将失败置于成功之上，甚至会去追寻失败，因为失败是更根本的不可回避的，它让我们看到真实的自我，允许我们以上帝的视角来审视自己，而成功则会拉开距离，将我们与最深处的内心和任何深层次的东西分离开来。"

从更世俗的层面来看，迪克就像是成千上万的普通大众，他们最终能勉强实现的结果比他们曾经承诺的要少得多。但更不寻常的是，尽管早期的成功经历了巨大的弯路，他也一直在孜孜寻求属于自己的"错综复杂的命运"。要完成这一任务是特别艰巨的，因为不像妮可"自身包含了命运的末日"，根据菲茨杰拉德的笔记，迪克是"可能性的超人"，他拥有一系列的天赋和机会，或者可以稍微换一种说法，他那些天赋必然也必须得到释放。首先，他必须放弃自己早期想要成为一名优秀精神病医生的抱负，他原本立志"成为大概有史以来最伟大的精神病医生"。在妮可的财富带给他的富裕世界中，他必须让自己的理想慢慢消散。当然，他具有"优秀品质"和"非凡的个人魅力"（菲茨杰拉德的笔记是这样描述的），这一点确保他成为里维埃拉一个虚拟的普洛斯彼罗（Prospero）。从这种境况出发，到他人生最终到达的小镇，并不需要挥霍生命，而是需要坚定的意志。从表面上看，是软弱缺乏力量导致他浪费了自己的才能，但后来的他进一步成为了毫无魅力的酗酒者和偏执者，不断地争吵和自我放纵，这一方面是一种堕落，另一方面也是一种升华，即荣格所说的，是对自己的个人法则或者“后台程序”的自然回应。他与罗斯玛丽的风流韵事是一种迟来的圆满，这与其说是对妮可的背叛，不如说是对自身冲动的忠诚，这是一种长久埋藏在身体中想要毁灭自己的冲动：

> “我们不能再这样下去了，”妮可建议道，“我们能吗？你到底是怎么想的？”见到迪克没有反对，她吃惊地继续说：“有时候我觉得是自己的错，是我毁了你。”
>
> “那我已经被毁掉了，是吗？”迪克愉快地问道。
>
> “我不想那样说。但你以前希望创作，现在却要把一切粉碎。”
>
> 在用这些宽泛的词语批评迪克时，妮可在发抖。但之后迪克漫长的沉默，让她觉得更加可怕。她猜得出来，在沉默后面，在那双冷酷的蓝色眼睛后面，有一股力量和情绪正在酝酿……好像有一个无法预测的故事，一直在迪克的内心默默讲述。只有当故事突破表面而展现在生活中的某些时刻时，妮可才能从中管窥一些零星的细节。

接下来几页，迪克的声音变得“平静”了，他脸上露出了“甚至是超然的表情，没有一丝妮可所预料的烦恼”。然后，菲茨杰拉德给了他一种抒情式——几乎是一种署名式——的祝福：“他离开了她，走向星光闪耀的非洲。”

从这个角度来看，这段极度羞辱的插曲——当他未能完成一项“仅在两年前还能轻松完成”的体操特技时——实际上是一场决定性的胜利。早就已经有传言说“迪克不再是一个严肃的人”，似乎是为了证实这些谣言，他让自己遭受了一种悲剧式的嘲讽。他三次尝试做爱——在第三次尝试时，他“连一个纸娃娃也举不起来”——三次他都没能勃起，这种性无能已广为人知，让他颜面扫地。从此以后，妮可对他表现出“轻蔑”的态度，“他所做的一切现在都让她生气”，甚至已经没有什么东西还能让任何人喜欢上他。但他也就此获得自由，再也没有人能挡住他的路。他终于解脱了，完满地实现了自己真实而悲惨的命运。

写于2001年

拳击文学

传统意义上，拳击手对卑微的写作艺术并不感兴趣。但长期以来，作家们一直对高尚的格斗艺术非常着迷。乔伊斯·卡洛尔·奥茨（Joyce Carol Oates）就认为，阿里对弗雷泽拳王争霸赛的第一场和第三场“堪比文学巨著《李尔王》，把人类饱受折磨的勇气和韧性提高到了古典悲剧的水平”。诺曼·梅勒——他最好的书可能不是《裸者与死者》（*The Naked and the Dead*），而是对拳王阿里和他的陪审团主席在扎伊尔偶遇的报道《战斗》（*The Fight*），据说这篇报道的写作初衷是为了向哈兹里特致敬——认为重量级的拳击冠军能“获得一种不朽的内在生命，就像文学巨匠海明威、陀思妥耶夫斯基、托尔斯泰、福克纳、乔伊斯、梅尔维尔、康拉德、劳伦斯或者普鲁斯特一样”。如果真是如此，在梅勒提到的那些文学泰斗中，有一个人的内部生命确实像那些重量级拳击手一样，那就是海明威。

“我悄然出击，首先干掉了屠格涅夫先生，然后用尽全力，成功击败了莫泊桑先生。”海明威曾经这样吹嘘，“我和司汤达先生打了两场平局，我感觉自己在最后一场比赛中略有优势。但肯定没有人会让我和托尔斯泰先生打一场，除非我疯了，或者我状态确实越来越好。”

迈克·泰森（Mike Tyson）在印第安纳州的一所监狱开始一项别具一格的阅读和学习计划时，表达了对海明威的欣赏，敬仰这位作家能挑战办不到的事情。泰森还引用了爸爸喜欢的拳击术语来称赞海明威：“他使用简短而尖锐的词语，就像我们使用勾拳和上勾拳。”鉴于泰森在新闻中重新唤起了人们对文学的普遍兴趣，我们有必要对这位有如拳击手般的作家在美国小说中的形象进行一次选择性的梳理和审视。在这一过程中，我们也会谈到现代美国作家关注的一些中心议题。

海明威的作品《我们的时代》（*In Our Time*，1926）中的故事《勇士》（*The Battler*）是美国文学史上重要的里程碑，故事讲述了尼克·亚当斯在被一辆货运列车抛下后，摇晃着站了起来，见到一张油灰色的脸，“奇形怪状，残缺不全”。这个人发现尼克一直盯着自己，就问道：“你不喜欢我的锅吗？”接着，他逼着尼克走近再看仔细一点。

> 那个人只有一只耳朵，头部的一侧则变得又厚又紧。本来应该是另一只耳朵的地方，长着一个类似于

树桩的东西。

“见过这样的耳朵吗?”

“没有。”尼克说。这使他有点不舒服。

“我可以接受,”那人说,“你认为我接受不了吗,孩子?”

“你当然能!”

“他们都想打垮我,”小个子男人说,“但他们伤害不了我。”

结果,尼克发现自己偶遇的这个人就是艾德·弗朗西斯,一个著名的职业拳击手。后来,当艾德大喊大叫地纠缠着尼克,折腾得他不知所措时,一个名叫巴格斯的黑人同伴出现了,他让艾德最终平静下来,冷冷地躺在地上。艾德为何如此疯狂?尼克想知道答案。“他被殴打得太多了!”巴格斯解释道。

殴打不只是海明威一个人的创作主题,这其实是贯穿在所有美国小说模式中的一条生动而血腥的线索。美国文化中流行着一种信念,即每个人都有上升空间且有可能取得最后成功。大多数优秀的美国作品都需要实现对社会的承诺,要遵循被压迫者、被打压者和失败者的路径去发现“通往真理的道路”[这里我借用了雷蒙德·卡佛(Raymond Carver)作品的标题并进行了适当修改]。在汤姆·琼斯(Thom Jones)的作品《安息的拳击手》(*The Pugilist at Rest*，1994）所描述的故事中，叙述者对着一张提奥根尼（Theogenes）的照片深思并反省道："结果就像现在一样，暴力、痛苦和肤浅的生活成了人生规则。"

琼斯有意识地继承了海明威的文学创作思想，他认为殴打不仅仅是文学唯一的主题和旋律，还可以被看作一种**道德规范**："我在拳击中亲眼见过很多这样的人，了解到一次毁灭性的殴打有时候确实能带给人巨大的好处。"就像华兹华斯遇到了吸血鬼，尼克也意外地遇见了勇士，这次偶然相遇使他深受启迪并开始改变，虽然在身体上他毫发无损。在琼斯的作品里，我们听到了真实的声音，即被打伤的人发出的声音："我的肋骨断了三根，鼻子被打断了，眼窝子也破了。我流了两个星期的血，一直发烧，精神错乱。我以为自己要死了。一旦受到这样的打击，你就会对上帝产生恐惧。"这一简单的变化和差别实质上意味着一个人相当重要的成长。

自海明威，特别是福克纳以来，美国小说界的一大工程就是构筑一个无知者的文学语体。这个目标实现得如此细致、成功，以至于当今（美国小说界）一些最动人的声音都是那些描写失语状态的。一段时间以来，（文学上追求的）永恒高雅的理想现在已经被永远抱有缺憾但同样难以实现的观念所磨灭了。回头看看这句"你不喜欢我的锅吗？"，其目标就是精心雕琢出一种失语状态。

要达成这样的目标，海明威的故事中所遇到的那种有力的拳击手，正如大家所说的格斗游戏中的角色一样，显然非常有用，那些斗士成了作家自己创作事业的戏剧性投射。

《安息的拳击手》赤裸裸地证明了这一点。琼斯大部分故事的主角都是一名越南老兵和职业拳击手。主人公从越南战场回来时安然无恙，战争的经历只是为他在拳击场上贴上“标签”而已：“感觉就像对手用圆头锤子敲我的脸；有时又像他在把灯泡往我脸上砸。”接着，他赢得了这场比赛，但由于被殴打，他患上了“一种左颞叶痉挛，有时也被称为陀思妥耶夫斯基癫痫”。拳击把他的生活搞得一团糟，他的大脑被砸得粉碎，但这竟然使得他加入了陀思妥耶夫斯基联盟（至少从癫痫的角度看是这样）。

在《安息的拳击手》中提出的关键难题具有示范性，因为在这部作品的字里行间找不到任何区别优秀和愚蠢写作的标准，而其实这两者一直纠缠在一起，互相支撑。文艺批评的裁判喊着“休息!”，但没有用，因为哑口无言是对真实性的保证，而真实性是判断质量的标志。殴打不仅被当作文学主题、旋律和伦理，还甚至成了一种美学托词和文学引导原则。

琼斯的重要性在于，他允许我们推断和描绘当代美国文学理想的困惑，即作家们一方面希望自己根本不能写作，另一方面又渴望**仍然能找到创作空间**。

平尼·本尼迪克特[①]最终**找到了**写作的空间，这一点毫无疑问。他的小说《上帝的狗》（*Dogs of God*，1994）将"勇士"的教训提升到形而上学的暴力水平。在一段令人产生幻觉的开场白中，主角古迪发现自己陷入了一场无休止的战斗。甚至在两个拳击手都弄瞎了眼睛之后，比赛还在继续进行："我们站在彼此对面，隔着一手臂的距离，用力抽打对方，甚至都不想躲开或者阻挡对手的拳头。我们的眼睛受到了重击，看不清光线，只有拳击手套来来回回沉重地落在身体上。我砸向他，他捶打我……就是凭借这一点，我们知道两人都还活着，这也是我们唯一需要了解的真相。"

但书的结尾是一场不戴手套的赤裸裸的拳击，这场打斗的描述最能说明问题。古迪有足够的技术，但必须保守地使用重拳出击，因为他的手很容易就会受伤。他用右拳击中并打昏了对手："这次出拳干净利落、威力无比，在自己的手被打断的那一刻，古迪感到一阵得意忘形的快感。"奇迹般的是，他的对手竟然设法继续参加了第三轮比赛，而古迪不得不接受一些文学描述给予的严厉惩罚："他现在闭着一只眼睛，同时能感觉到另一只眼睛已经开始肿了。没有人在他身边处理他眼皮上面疏松的肿块，或

---

① 平尼·本尼迪克特（Pinckney Benedict，1964— ），美国小说家。

者给他任何安抚。”他最后终于出招，用凶狠的左拳收拾了对手，但同时也打断了自己的左手。

古迪赢得了这场战斗，但代价是牺牲了双手。这之后，他甚至连啤酒罐都拿不住——更不用说一支笔了。他的一只眼睛也瞎了，自认为是视网膜脱落造成的后果。因为作家的创作困境，我们几乎不希望作品中能有一个更生动的比喻。我曾说过，像本尼迪克特这样的作家，创作目标实际上是要写出一篇散文。可以说，这篇散文经过了精心的打造，几乎达到了完美的境界。要想作品成功并赢得读者，语言表达就必须分裂。语言的明晰和精确与它的自残倾向是同义的。换言之，语言的力量与它的自残能力密不可分，前者实质上依赖于后者而得以实现。

最能说明问题的是，在本尼迪克特和琼斯两人的作品中，主要角色都要面对更大、更强的对手，他们原本没有权利和这些对手在同一竞技台上。“我不该和他打，”琼斯的一名拳击手在谈到殴打他的对手时说，“比赛一开始，其实就已经预示着结束。”古迪因为拳击减了大约四十磅的体重。无论如何，两位作家都投入了某种战斗。他们克服重重困难最终取得了胜利，但在打斗的过程中遭受了无法补救的损伤。哈罗德·布鲁姆（Harold Bloom）对于影响力所带来的焦虑的巧妙理解提醒了我们，作家们是如何克服他者对自己产生的巨大影响并进行创作的。如此看来，如果我说海明威在文学抱负方面的拳击比喻已经被其对手无意识地吸收，这一说法并不算不切实际。对前面提到的两位作家而言，他们的对手就是未被击败的像海明威和福克纳那样的重量级拳击手。不管怎么说，美国作家——至少对于白人作家而言——仍在面临这些强大对手们摩拳擦掌的随时出击。

写于1994年

理查德·福特[①]：《独立纪念日》

理查德·福特作品中的叙述者弗兰克·巴斯科姆放弃了严肃的写作，成为了一名体育专栏作家。这实际上也是福特自身的写照。直到成为像巴斯科姆一样的体育专栏作家，福特才让自己进入大作家的行列。

在作品《体育新闻记者》（*The Sportswriter*，1986）的零散片段中，弗兰克回顾了他已经放弃的文学生涯。他曾经出版过一本很有“前景”的小说集《蓝色的秋天》（*Blue Autumn*），后来开始写一本他从未完成的小说。小说要讲述的是一名在丹吉尔港的前海军陆战队员的故事；弗兰克从未去过丹吉尔，但他“以为那里应该就像墨西哥”。在他三十好几的时候，看着被遗弃在抽屉里的文稿，他对

① 理查德·福特（Richard Ford，1944—　），美国小说家。《独立纪念日》（*Independence Day*）是其代表作之一。

自己曾经如此守旧而实在的努力也感到困惑不解。

这非常准确地说明了福特此前两部作品出现的问题。《一片真心》（*A Piece of My Heart*，1976）和《最后的好运》（*The Ultimate Good Luck*，1981）这两本书都是在福特的第三本专著《体育新闻记者》成功面世后紧接着在英国出版。《一片真心》因为拙劣的公式化情节而使他陷入低谷，该书不过是在平庸陈腐的故事中注入了被弗兰克称作“生硬的空虚感”的情绪。

> “我不热。”他说道，继续将头埋在手腕中，吐了一口痰到泥土里。
>
> 她安静了下来，他也决定让事情停歇一会儿。
>
> “我在等。”她说。
>
> “在等什么？”他问道……
>
> 她坐在那里，一动不动地凝视着马路上长长的弧线，深深地吸了一口气。

将故事发生的背景设置在墨西哥南部的瓦哈卡州（或许是像丹吉尔那样的地方），《最终的好运》这部作品遭遇了更大的困难——“奎因希望能将钱尽快存起来”——但更加觉得空虚，因为“钱让他很紧张，钱这玩意儿太重要了，不能随便玩”。奎因是越南战争的老兵，在故事开头的几页里，他带着一个刚认识的女孩去看拳击比赛。“他希望这场比赛结束，以便有更好的拳击手加入进来，墨西哥人也希望这样。”那个拳击手只有一只眼睛睁开，但奎因连眼都不眨一下。比赛结束后女孩就在他房间里与他性交，之后就有了很多脏话和枪击。顺便说一句，在这两部早期小说中，香烟从来不是“熄灭”或者被“掐灭”，而是被“捣碎”的。

按照弗兰克·巴斯科姆的理解，福特早期作品中故事的问题在于，他总是能“看到”自己所写的东西的侧面，就像读者在他的第一本书中看到的那样：当美国男性作家带我们去看一场拳击比赛时，大家通常是为了看他们和海明威如何较量。然而，弗兰克在写有关体育报道的文章时，却发现了一种完全属于他自己的风格，“一种毫无掩饰的声音，希望通过直接运用事实来揭示简单的真相”。对福特而言，你可以这样说，突破就是效仿弗兰克写作。如果一定要在福特写作的这一阶段找到海明威风格的影响，那就是约翰·契弗（John Cheever）所说的体现在你能在所有海明威作品中闻到的——孤独的味道。

作为一名作家，福特通过作品传达的信息总是有一种情绪、一种决心。他的小说总是引向一种广义上处理事物的普遍方式，但他一直试图通过生活在边缘的人物来实现这一点，就像巴斯科姆未完成的小说中的主人公一样。与弗兰克·巴斯科姆一起，福特能够跨越一切事物的中间阶段最后实现自己的抱负：他出生于世纪中期，属于中产阶级家庭（他早期作品的主角经常是流浪者），住在城乡中间的郊区，在旅途中间经常停滞不前。出生在“1945年的一个普通现代人”，他现在是一个“普通的市民”，过着“像所有人一样默默无闻的平常生活”。多年前，在海军学院里面，他还“多少有些超越普通人”的优越感。但不管怎么说，对他而言，“普通”是通过努力而获得的一种状态，这种平凡被赋予了非凡而准确的意义。

在郊区，空虚并不难获得，但表现微妙，甚至可以控制。当小说在耶稣受难节开篇时，弗兰克和他的前妻在他们死去的孩子的墓前。整本书都围绕着这一损失展开——丢失了孩子、妻子，还有文学的抱负，书里还谈到了弗兰克的“可怕的、灼热的遗憾”，这份遗憾为它提供了每天基本的膳宿，但同时也一直威胁要破坏弗兰克的日常生活。在这部小说的非凡成就中很重要的一点就是，对弗兰克来说，无法区别承认和逃避。在书中接近400页的结尾处，福特一直保持着一种语调，其中均匀分布着麻木、舒适、荒凉和满足这些感觉，这不仅体现在每一个场景中，而且体现在每一句话、每一个**单词**中。这种复杂的自相矛盾会产生巨大的、令人压抑的悬念——我们永远不知道最小的行动的后果会在哪里结束——让读者极其轻松又极端疲惫地赞赏这部可怕的近乎喜剧的作品，并达到一种恰如其分的复杂状态。

续集《独立纪念日》在弗兰克所谓的“存在时期”中

找到了他。他放弃了体育新闻的严肃写作，现在他从撰写体育报道改行开始出售房地产。他已经四十多岁了，仍然住在新泽西州的哈达姆（住在他前妻的房子里），做着自己平凡的工作：收取房租，或者尝试向几个生活越来越不幸的客户展示房产，有时也像体育记者一样，为一周后的假期做做准备。不过这一次，他没有和女性朋友在一起，而是陪着青春叛逆期的儿子。

由于福特对这部小说的定位如此精确，在1988年7月4日的一个周末，随着选举的临近，你起初也许会认为弗兰克就像约翰·厄普代克的兔子，将成为美国更大的历史和政治命运的一枚试金石。但这不是他的意图，或者最多只能算作一个被不经意实现的目标。福特把一切都压了下来，把行动固定在一个特定的历史时刻，因为他需要紧紧抓住他的小说，同时允许弗兰克的独白随波逐流。从大多数标准来看，《独立纪念日》是一部离题的小说；相比之下，《体育新闻记者》这本书则是被作者用钢丝拉紧的，情节相互纠缠。福特在《独立纪念日》中的悬疑版本就是让事情悬而未决，他似乎是有意无意、马马虎虎、随意偶然地把故事讲了出来。当灾难降临和小说要结束时，结局的痛苦加剧，因为所有额外的情节已经在不知不觉中堆积和连接成了无伤大雅的圈套。只有在那一刻，你才意识到，叙事的线索实际上是步步为营地逐步被设计和慢慢延展的。

但这是一项冒险的工作。有时，《独立纪念日》推进故事发展时显得过于接近它描绘的平凡。当弗兰克向我们建议他行程的每一个转折和变化——“多达80辆，数不清的汽车都向东涌去，然后向西涌向哈肯萨克市，又多了17辆车穿越过帕拉莫斯，再次来到花园州北路。但很奇怪这里的交通居然不算繁忙；穿过里弗埃奇、奥拉德尔和韦斯特伍德，还有两个纽约线的收费站，然后从东到尼亚克和塔潘兹，从塔里敦下来……”我们停止思考，让故事的全部细节一股脑儿地冲向我们，不考虑他究竟要去哪里。他引着我们快速地穿过市区，经历了一次“旁观者之旅”；他屈从的要么是一种详尽的速记，要么是一种高度缩略的普通书写：

> 经过关闭的PO、法式海湾，几乎空无一人的奥古斯丁客栈，咖啡馆，广场周围，经过新闻信箱栏杆、劳伦-西文·德尔办公楼，花园州立S&L、睡意蒙胧的研究所和总是正式开放，但实际上深刻关闭的第一长老会，在那里的欢迎标志上面写着：生日快乐，美国！★5K比赛★他可以在终点线帮助你！

换句话说，弗兰克作为叙述者如今有了额外的意义，尽管其叙述只占半个页面，但他并不在意这个。在这种半隐身状态下，他其实很高兴；沿着破旧的公路懒洋洋地往下走，见到女孩蹬着高跟鞋大幅摇摆的身躯，他的心会“嘣嘣”跳起来。如果散文像这样展开，很容易被读者听到叙述者的声音，而你必须仔细倾听，以防弗兰克慢言细语的叙述使你昏昏欲睡，否则你就错过了重要的转折（措词的变化）。在这段被引用的行程中，其实读者看不到任何一个具体的计划，但福特正是通过这些紧密衔接的日常琐事，捕捉生活的插曲，这些描述有时过于模糊和流动，甚至很难被称为情绪，但这些平凡琐事整体上体现出作者“存在时期”没有特性且缺乏固定风格的特点。

弗兰克作为叙述者的声音也非常灵活多变（这正是小说《体育新闻记者》的一个突破）。在毫无征兆的情况下，叙述者的声音可以冒着显得荒唐的风险，在回归单调乏味之前像里尔克那样大喊一声：

> 看到医院里经过无菌消毒后的颜色，那冰冷的表面，以及耳目所及之处一切都那样严肃、无味，像阴阳两仪般不停单调有序地轮转，我的心就开始颤抖……一切都凄惨、绝望地为什么东西而存在；没有什么东西因为自身而存在，或者更确切地说，没什么东西不为其他东西而存在。一篮红天竺葵会被人拽走，一期《美国宠养鸟》杂志会被人像扔苹果核那样扔来扔去。一本《物业指南》，一叠《飞燕金枪》的电影票——在有人从垃圾堆里找到它们之前，人们对

它们的兴趣不会持续五分钟。

对于幸运的美国作家来说，占主导地位的叙事声音是如此贴近叙述故事中人物角色的生活！弗兰克的前妻一度抱怨道："每次我跟你说话，都觉得一切都是你写的。""那太可怕了，不是吗?"然而，也可以反过来看待这一点——弗兰克写的每件事听起来都像是书中的人物所说的——也因此变得一点也不可怕。想想詹姆斯·科尔曼[①]为了缩小叙事与对话之间的差距，不得不让自己挤进故事圈所作的努力；然后想想福特，还有那种介于两者之间的、灵活而通融的叙事声音，那些声音不管放在引号里面还是外面，都适得其所。

和《体育新闻记者》一样，《独立纪念日》的大部分活动都由弗兰克和他偶遇的人们的坦率交谈组成。故事中的人物——即使是那些像坦克斯先生这样跑龙套的角色、"被他的大胳膊夹住"的戴腕表的搬家工人，还有弗兰克总能为之安排一些任务的厨师沙尔，他们都能够自然地走进作品中，并在瞬间变成生动的存在。这些角色甚至不需要为了出现在作品中而获得存在：当弗兰克通过电话查看答录机上的留言时，一个废弃的汽车旅馆大厅突然就有六

① 詹姆斯·科尔曼（James Kelman，1946— ），英国小说家、诗人。

七个人挤在一起，所有人都几乎搂着他向他耳语。虽然没有绝对把握，但据我所知，福特是第一位挖掘这一相对较新的创作技术的小说潜力的作家。

我之所以提到这些信息，是因为它们以可以想象到的最集中的形式，显示了福特是多么善于以寥寥数语传达全部的生活。在《体育新闻记者》中，弗兰克和近乎自杀的熟人沃尔特·卢克特进行了交流，两人都用彼此的教名结束了自己想说的一切内容，没有什么比这次交谈更能显示弗兰克与世界的分歧和连接。福特还有一种不可思议的诀窍，他知道如何让角色所说的话以某种形式**包含**周围环境的光线或天气：用一种声音暗示一个手势，再用一个手势暗示一种心理状态。我印象特别深刻的一个例子出现在《野生动物》（*Wildlife*）中，这是一部几乎无可挑剔的短篇小说，1990年出版，正好发表于两个巴斯科姆的故事版本中间。故事中，十几岁的叙述者看到自己母亲在和爱人通电话，"她将电话线缠在手指上，在与他交谈时，通过门缝偷偷看我"。（美国的写作和表演艺术之间的联系可能比我们想象的更紧密。）这本新书充满了这样的时刻——这些时刻，场景的心理动态被几个简单的动作所实现——比如弗兰克周旋于几个越来越绝望的购房者周围，他们正在接近"房地产崩溃"状态：

"也许我们应该考虑租房子。"菲利斯茫然地说。

我在自己的镜子里看到了她，保持的姿态像一个失去亲人的寡妇。她一直盯着隔壁那家轮毂罩集市。尽管那些轮毂罩在微风中闪光并发出叮当的响声，但淋雨的院子里其实看不见一个人。她可能把某些东西看作是对其他东西的隐喻。

然而出乎意料的是，她坐在前面，将一只厚实的手套放在乔裸露而多毛的肩膀上，这让他像被刀刺一样地跳了起来。尽管他很快察觉到这是一种团结和温柔的姿态，笨拙地伸出手去抓住她的手……这是婚姻的基本姿态，是我不知为何错失、让我后悔和悲伤的姿态。

这样的段落提醒我们，虽然福特是进口到英国，然后由格兰塔出版社包装而成的时髦的“肮脏的现实主义”作家，他的成绩却主要与那些一直保持一定质量的小说相关。事实上，弗兰克和他的儿子保罗的旅程都非常自觉地将《独立纪念日》定位在美国小说的传统中，并含蓄地将这一传统拉向福特自己最偏好的领域。

从哈达姆出发，他们一直赶往库珀斯敦，可以说一直走到了美国小说的黎明时期。在那里，詹姆斯·菲尼莫尔·库珀[1]以几十个不同的版本被保存在皮袜礼品店和猎

① 詹姆斯·菲尼莫尔·库珀（James Fenimore Cooper，1789—1851），美国作家，浪漫主义代表作家。

鹿者旅馆里，而弗兰克和保罗也在那里住过一晚。弗兰克对从哈达姆出发的旅程中所体验到的地貌感到震惊，同样让他惊讶的是，“三个小时后，你就能站在长岛海峡波浪拍打的海边，像杰·盖茨那样凝视着灯塔，射下来的那束光能吸引你走近，或者远离你的命运，但同样在三个小时后，你也会赶去喝鸡尾酒，那里接近年迈的纳蒂（Natty）旗开得胜的地方——但这两个地方相距遥远，如同西雅图和得克萨斯州的韦科市那样天各一方”。

当然，在这两个文学的南北极中间，是新泽西州的哈达姆市——福特在那里确立了自己在文学上的卓越成绩。这相当于说他就在那里——这是我不会反驳的说法。福特不仅如此丰富地运用了传统的写作工具和艺术品质，更重要的是，他还提醒我们，这些品质本身是难以超越的。你可以像乔伊斯、福克纳和他们的后代所尝试的那样去努力跳过这些传统，但是你却无法使它们更加完善。

写于1995年

詹姆斯·索特[①]：《猎人》与《光年》

詹姆斯·索特是战后美国文学的大谜团。他被誉为“作家中的作家”（这一方面说明他获得了最高的文学荣誉，另一方面也默认他从未取得过任何商业成功）。他的作品经常被低估，但偶尔也会被过高地评价。英国版的《卡萨达》（*Cassada*，该书于2000年首次在美国出版）所提供的作者信息是这样解释的：“随着他的第二部小说于1961年出版，索特作为作家的声誉得以确立。”据索特本人说，在1997年的回忆录《燃烧的日子》（*Burning the Days*）中，第二部小说“消失得无影无踪”［《卡萨达》实际上是他第二部小说的改版和重版，最初是以另一个标

① 詹姆斯·索特（James Salter，1925—2015），美国小说家。《猎人》（*The Hunters*）是他的第一部小说。《光年》（*Light Years*）是其长篇小说作品。

题《肉体之臂》（*The Arm of Flesh*）出版的，这让事情变得更加复杂]。《燃烧的日子》被一些美国著名作家的赞美之词所点缀，其中包括理查德·福特，他评价说“每个句子都显示，索特是语言大师”。因此，在第一次发现索特作品中出现下面这些句子时，我感觉很奇怪。有些表达看起来很不得体，仿佛作家的文体特点使他意图传达的部分内容与语言的句法要求不一致：“钢框架里有一部电梯，我们曾经乘坐电梯而上，也许一切发生在我的想象中，甚至整个威严的视野都是想象。”这样的评价当然不算一个决定性的判断，但的确需要一段时间才能感受和适应他行文中不够稳定的节奏。围绕着索特的名声和创作技巧的不确定性，因为作品《一场游戏一次消遣》（*A Sport and a Pastime*，1967）的出版得以进一步升级。索特这部最著名的小说讲述了一段在法国的热情洋溢的性爱经历，却是随着时间的推移而表现最差的一部。

所有这些都使得《猎人》与《光年》作为企鹅出版社现代经典的重刊倍受欢迎，这是一个值得评价和庆祝的原因。《猎人》是索特的第一部小说，以最简洁的方式体现了他的写作才能。这部作品取材于他自己的战争经验，他曾经作为飞行员在朝鲜执行战斗任务。空中的战争与地面上近似于内战的战斗同时进行，飞行员们相互竞争，以达成梦寐以求的五项特技，这将使他们成为王牌飞行员。他们内心中存在着相互矛盾的诉求：一方面，他们想要确保战友们的安全，这是飞行员的“神圣”职责；而另一方面，他们要体现个人的胆识——甚至是鲁莽——就必须击落米格战机。这种内心的矛盾带来一种威胁，几乎要摧毁故事的核心人物克莱夫·康奈尔。

在《燃烧的日子》中，索特回忆起一个朋友对他的建议：“故事的最初形式应该是有人说：‘我当时就在现场，这就是我所看到的。’”一开始写作，索特就知道作为一名战斗机飞行员的经历会给自己讲故事提供重要的直接经验和力量来源（这部小说的高潮场景涉及回忆录中简要提到的一桩事故，当时两架飞机因为燃油不足被迫滑行返回基地）。早些时候，在学习驾驶飞机的那段时间，索特就已经开始迷恋著名的作家兼飞行员安托万·德·圣-埃克苏佩里（Antoine de Saint-Exupéry）：“我最钦佩的是他的知识，是他思想的完整性，而不是他的功绩……我会紧随其后效仿他。”［这种传统——或者更准确地说是一种发展轨迹——最近被杰德·梅库里奥（Jed Mercurio）进一步推广。他在小说《攀登》（*Ascent*，2007）中的一部分关于在朝鲜战争时驾驶米格战机的苏联飞行员的描写，可以看作是一种对索特的评论（抑或是宣战？）——索特的小说大概是梅库里奥写作的模板和灵感来源。］《卡萨达》的核心故事集中于一个事件，在某种程度上，这一事件是一种对于危机的重新加工。危机取材于圣-埃克苏佩里基于想象在作品《夜间飞行》（*Night Flight*）中所描绘的场景，当时两架飞机滑过了起落跑道，因为黑暗和乌云遮拦与地面失去了联系。小说《猎人》直接提到了这位大师，借用他的作品《风、沙和星星》（*Wind*，*Sand and Stars*）中的抒情诗体（如“云海之下，是一种永恒”），并将之转换为喷气机时代的暗语、正义事业的曙光：“当他们在永恒的海洋上空执行任务时，除了飞行开始和结束的时候，从来没法看清地面情况。”这并不是说索特没有自己的抒情天赋。他自己的飞行经历、天空的奥秘，对于驾驶螺旋桨驱动的双翼飞机的飞行员而言，仍然令人陶醉和充满了神奇的魔力。

> 突然，佩尔在三点钟大声喊叫起来。克莱夫看了看，一开始不知道是什么，往远处望去，发现正在下着一场奇异的梦幻般的小雨，一些银色的东西摇曳而下。那是一群从空中翻着跟头掉下来的坦克，燃料和蒸汽从坦克上面流了出来。克莱夫抬头看了一眼并数了数，有十几架甚至更多飞机在降落，像微弱的哭声慢慢趋于平静。大量的坦克意味着这些都是米格战机。他再次抬头搜索了一下天空，却什么也没看见。

这一段落的展开非常有特点：将驾驶舱内程序式的对话化解为具有抒情色彩的唤起读者情绪的文字，然后使其作为数据被识别和吸收，即被读者计算、加工和回味。在小说的开头，在克莱夫作为乘客前往朝鲜的飞行途中，当他从机舱窗户向外凝视时，索特就强调说：“他透露出的显然是飞行员的眼光，他看到了充满敌意的山脉，注意到没有完好的地标，但也有几个平坦的地方能在紧急情况下着陆。”克莱夫后来竭尽全力想弄清楚自己看到的“梦幻雨”究竟是什么东西，他还想在空中找到自己认为肯定存在的米格战机，但结果都一无所获。通过这样的情节安排，索特其实在暗示故事主角的性格中存在潜在的缺陷。对于飞行员来说，眼睛就是一切：“事实已经一次又一次地证明，谁能看得最远。”克莱夫的僚机驾驶员以及对手佩尔的视力非常好——“他能从4万英尺之外发现鸟巢”——这简直就是一种超级视力。

小说中的一切都是以战斗机飞行员的世界观和语言呈现出来的（如飞机几乎总是被称为船！）。毫无疑问，这是有史以来最伟大的飞行小说之一。然而值得注意的是，不管如何精心和忠实地呈现驾驶战机的情景，更重要的一点是：飞行本身不仅是目的，还是对人物性格的考验，是对一个人面对命运如何反应的测试（这里同样能找到对圣-埃克苏佩里作品的回应）。你尽一切所能去控制正在发生的事件，但在某些时候——回到《燃烧的日子》——你发现自己只能“面对不可改变的”事实。被困在驾驶舱里，像一个“独处于深海中的潜水员一样”深感孤独，飞行员在被孤立的经历和考验中达成——或失去——自身的优雅和尊严。这是索特通过孤独达成辉煌的伦理的核心，也是兰德（Rand）自我绝对定义的一部分。兰德是他后来的小说《独唱的面孔》（*Solo Faces*，1979）中的主角，故事中，兰德一直努力改变自己的社会地位："有比城市生活更伟大的东西，它比金钱和财产更伟大；有一种男子气概，是永远不能被剥夺的。为了这种男子气概，一个人什么都可以抛弃。"

然而，就算这些文字仍存在着模棱两可的地方，对于兰德来说，他仍会因为获得认可而感到欣慰："一种与众不同的感觉萦绕着他，他也因此过上了不同的生活，而这种与他人的区别意味着一切。"克莱夫和其他飞行员也是如此。他们的杀戮必须被记录在镜头里，或者由其他人做担保以获得确认。克莱夫渴望得到公众的赞扬，认为五次杀戮的记录能让他获得殊荣。只有获得了这项荣誉，才有可能拒绝功勋的诱惑；失败感像诅咒一样纠缠着他，直到实现梦想的那一天。在东京休假时，克莱夫向一个遇到的女孩解释说："真实并不总是来自诚实的男人。"在一个决定性的转折中，他最终通过一种谎言抵达了自己的真实时刻。在整片天空"寻找命运和信仰"失败之后，他最终在"地面上"找到了它们。他的胜利在于获得了自己最追求的东西，然后自愿放弃这些——以及所有本该随之而来的赞誉。

从这个角度来看，就免不了自然而然地把索特在《猎人》中虚构的飞行经历看作他后来作家生涯的预言。克莱夫渴望成功，不管是在与外界隔绝的孤立的驾驶舱内，还是通过同事的钦佩和赞美。当索特完成《光年》时，他“想要获得荣耀”，渴望赞扬，一种“广泛的赞扬”。在某种程度上，这一梦想在美国得以实现。这本小说在英国的出版得益于格雷厄姆·格林（Graham Greene）的介入，他的“评价高于其他英国批评家”。这些可不是无关紧要的闲言碎语，因为在《光年》中，索特塑造的一个角色就赤裸裸地谈到了这个问题：“我真正想知道的是，”内德拉问道，“名声是决定伟大的必要成分吗？”这个问题也一直困扰着克莱夫，同时让内德拉的丈夫维里震惊地意识到自己的不足：“名声不仅是伟大的一部分，它有更大的意义。它是证据，是唯一的证明。其他所有的东西都是徒劳无用的。而获得名声的人是不会失败的，因为他已经成功了。”从普遍意义上来看，这也解释了为什么在创作早期就大获成功的菲茨杰拉德，能够在后来失败的假象中沉沦跋涉。对于索特而言，这提供了一个不寻常的具有戏剧性的例子，即一个作家的作品和声誉能够邻接，彼此作用，相互启发。

如果说《猎人》是索特最完美的小说，那么《光年》就是他最奇特、最复杂、最雄心勃勃的成就了。它描绘了一对年轻夫妇在纽约州偏远北部的田园诗般的生活（夫妇的名字是内德拉和维里，这可能是文学中最令人恼火的有名字的人物吧）。他们的生活沐浴在一种家庭的、俗世的清新光辉中，这种光辉照亮了飞机上的飞行员（就这一点而言，或许也照亮了山上的兰德）："秋天的早晨，最早的晨光，树梢上方的天空显得苍白、纯净，比以往任何时候都更加神秘，这样的天空让敢死队飞行员晕眩茫然，也让天文学家无法工作。天空中昏暗地闪烁着最后两颗星星，就像散落在海滩上的硬币一样模糊。"起初，小说中弥漫着一种经济的、家庭的富足气氛。故事在1958年面世，和作品《一场游戏一次消遣》类似，多年来这部小说以一种非常简单的方式获得读者的垂青。维里总是开车进出曼哈顿上班或吃饭。今天任何人一想到这一点，肯定都会感到恐惧。但早在20世纪50年代末和60年代初，通勤地段还不像现在这样如此拥挤，这一情况绝对令现代人羡慕不已。

这部小说充满了强烈的紧张感。看到季节迅速流逝，目睹叙事如此铺张，读者会觉得无比惊讶。维里和内德拉的婚姻关系变得越来越紧张，这充分显示其实压力从一开始就存在；事实上，这种压力与婚姻表面或背后呈现出的完美密不可分。这对夫妻都有各自的情人，两人的孩子也已经长大，共同的朋友或者已去世，或者直接从视野中消失了，他们夫妇最终也离婚了，分别移居到了国外，但小说仍然持续跟踪描述他们的生活。以一种异常奇怪的方式，索特对作品中人物角色的呈现似乎既有决定性，也有偶然性和不确定性。如果我们把伊恩·麦克尤恩（Ian McEwan）视为运用一种新奇手法的大师，即能把每一条线索和暗示都整齐地塞进故事中，又能在后续的章节中轻松地把它们绑扎在一起，那么《光年》就显得一片混乱，好像一篇充满了漏洞的草稿，一直等待能得到有效的弥补，但到小说最后也没有实现。故事中的关键事件还没有深度挖掘或者找到解决方案，新的情节就已经开始，但我们有时根本不知道它们如何结束，甚至不了解它们是如何一步步发展的。然而，读者确信作品中存在这些明显的不足，对于作者的犹豫不决，读者也能提出非常坚定的针对性意见。

对于自己在《燃烧的日子》中不同寻常和奇怪的故事驾驭风格，索特提供了一个重要的指导性解释。1972年，他完成了一份65页的提纲：

> 我紧张但兴高采烈。我知道自己想要什么：我就是想总结对生活的某些态度，其中包括婚姻持续时间太长的观点。也许，我也在思考自己的婚姻。在我的内心深处，这是一次对过去的追忆，一次最后的深刻忏悔。有一句源于让·雷诺阿（Jean Renoir）的诗句打动了我：生命中唯一重要的东西就是那些你留存的记忆。这就是解释一切的钥匙。我的那部小说是一本关于纯粹回忆的书。作品的一切都表现为作者的声

音，都体现在作者自己的叙述方式中。

考虑到作者的这一解释，这本书的怪异之处便开始消失，它的缺陷也成为了作品最基本和全局设计的一部分。故事变成了一种特殊的、由决定性的重要时刻组成的、轻描淡写的叙述，这是一种徐徐推进的提醒方式，告诉读者某些时刻既然已经如此紧张，其后果便已经不值得作者重述。

索特有足够的理由相信自己进行的写作尝试意义重大，但他很难说服一位出版商理解并同意他的意图。当作品最终完成并被接受时，索特在《燃烧的日子》中解释说，他的编辑补充了一条说明，轻松地总结了他作为美国大师模棱两可的文学地位：这是一部“绝对了不起的书，从各方面看也许都是如此”。

还记得内德拉关于名声和伟大的关系提出的问题吗？从这个问题和维里对此的反应来看，由于《光年》成为了现代经典，索特的名声也因此被改变。但事实远非如此简单，小说的文本本身，每一页里面的文字，也因索特的名声而有了微妙的变化。如此看来，他的编辑在评价其作品时用到的“可能”这个词完全可以删除了。

写于2007年

丹尼斯·约翰逊[①]：《烟树》

谁会想到丹尼斯·约翰逊的作品里竟然有这么一本巨型的重量级小说呢？他的最后一部作品《世界之名》（*The Name of the World*）只有短短的120页，却仍然成功进入了每两年评选一次的《爱尔兰时报》国际小说奖的最终候选作品名单。稍微考虑一下这一事实，这部内容单薄、没有情节、表面上粗制滥造的作品，面临着来自伟大作家迈克尔·翁达杰（Michael Ondaatje）和菲利普·罗斯（Philip Roth）充满实力的竞争，竟然成为了2000年至2001年两年以来出版的最好的英文小说之一。该书之所以如此吸引人，似乎正是因为它出自一位不同寻常的作者。从某种程

---

① 丹尼斯·约翰逊（Denis Johnson，1949—2017），美国小说家。《烟树》（*Tree of Smoke*）是其长篇小说作品，曾获美国国家图书奖。

度上来看，这位作家根本不知道如何写作，但他又确实知道自己在做什么。《耶稣之子》（*Jesus'Son*）是他最著名的作品，这本书更加简略，罗列了一系列因为吸毒而身体虚弱的失败者的故事，故事以拘谨而混乱的文字展开，充满了超脱、抒情，甚至是腐朽的文字："我的女人们现在在哪里呢？她们那甜美而湿润的语言和风格，还有院子里那片半透明的绿色里出现的神奇冰雹？"看来，这的确是一个具有明显美国特色的作家：一个超自然的文盲，一个垃圾场的天使。

不用多说，约翰逊肯定不是每个人都会喜欢的作家。在我向读者推荐了《世界之名》之后，一位非常有文学修养的朋友回复了一封电子邮件——主题是"品味的修正"。邮件比较了约翰逊自我描述式的"狂野话语动物园"和贝娄（Bellow）无休无止的自我辩解。然而对我来说，这种比较分析的效果适得其反：在我心中，贝娄立刻就像乔治·艾略特（George Eliot）一样变得经典而受人尊敬。

现在我们谈论的是它在某些方面如何类似于维多利亚时代的小说：长达600页，有无数的人物，还设计了一个情节，为美国参与东南亚各种事务的争议性神话提供了答案（这里的东南亚主要是指越南，也包括菲律宾的很多地区）。情节之所以能成为一把非常现代的解题钥匙，是因为随着每一次的故事转折，承诺的启示都被更加安全地隐蔽起来。我们这里谈论的是美国中央情报局CIA，或者更广泛地说，我们谈论的是一项文学使命，这一使命吸引着我们比较德里罗、罗伯特·斯通（Robert Stone）、康拉德（尤其是结尾时我们会讨论更多），当然还有格雷厄姆·格林（其角色还很难让人判定他是一个安静抑或是丑陋的美国人）等伟大作家。

无论小说的故事被概括得多么广阔，它最终都被卖空。这一现象始于1963年，这一年里没有人在乎拉金、切西尔海滩、查泰莱夫人，《烟树》也只是像中情局项目的秘密一样不为人知。小说中的斯基普（Skip）是一名地位不确定但工作认真的特工，正在为上校工作，这位上校碰巧也是他的叔叔。斯基普和凯西发生了婚外恋，凯西是基督复临安息日会的成员，她的丈夫（也是她的助手）遭人绑架，也许已经被杀害了。事情已经过去了很多年，历史——就像他们过去常说的狗屎一样——已然发生。上校的行事风格，和库尔茨的处事方式一样，显得越来越荒谬。马丁·辛（Martin Sheen）在《现代启示录》（*Apocalypse Now*）中的那句著名台词对约翰逊也非常适用：“我根本没有看到任何方法。”故事中处于决策地位的是深陷困境的休斯顿兄弟［他们曾在约翰逊的第一部小说《天使》（*Angels*）中出现过］。一位名叫澄的北越人曾试图暗杀上校，他现在正被招募成为双重间谍，但与此同时，澄的暗杀行动是由同一个人策划的，他是一个德国人，1963

年曾用防空飞弹在菲律宾杀死过一名牧师。二十年后，在亚利桑那州，休斯顿兄弟……啊，还是算了吧，我不想重述这些细节了！俗话说："没有火，哪会冒烟？"但在这部作品里，你会因为"烟雾之树"而看不见森林的全貌，也看不见其他任何东西。

人物和事件在枝繁叶茂的叙事中若隐若现，写作显得特别单调乏味。行文陷入了一场似乎被施了魔咒的平庸泥潭，对话除了提供维持自身继续前进的动力之外，对作品似乎没有任何贡献，但是……

不管别人如何评价我作为一个读者的水平，我决然的舍弃能力是无可争议的。我可以放弃任何一本书——但从来没有考虑过放弃这部作品，即使它看起来漫无目的。尽管有些时候，故事似乎已经无法继续，就像一条被植被掩盖的小路，已经让人辨不清方向，但小说仍然保留着自身独特的不太稳定的牵引力，徐徐进展。

为何会有这样的效果呢？因为在任何时候，小说都能跌跌撞撞地进入最尖锐的焦点时刻；某种接近事实的真相似乎就近在咫尺。让我举一个小例子简单比较一下。在艾伦·霍林赫斯特（Alan Hollinghurst）的《咒语》（*The Spell*）中，我们了解到故事中的人物在午餐时喝了酒，感觉有点"兴奋"。这里，大量丰富的内容与"兴奋"这个被完美选择的词语达到了惊人的一致。这是约翰逊对檀香山一名上岸水手所做的同样的观察："他在海滨漫步，啤酒击中了自己的头部。”（同上）现在想象一下啤酒“击中”头部这一说法体现的模糊的准确性，然后将之无限扩大为作品《烟树》整部小说的庞大叙事。像这样的例子有好几处——“他就站在热带晨曦中那片打碎一切的灯光下”；“黑暗浓烈得可以喝下去”；“从枯木燃烧的死灰和垃圾中冒出的烟，带着传说的气味，甚至还有鸡粪的味道”——你永远也猜不到这些奇特的句子将在什么时候出现在你面前。我阅读时跳过了一些章节（主角的名字让读者敢于这样做），但后来又总是情不自禁地回到开始跳跃的地方，重新认真地阅读。

约翰逊戏剧化的世界观的核心是这样一种信念：那些损坏的、受到伤害的、受压迫的对象，最有能力**实现**——或者说最能**承受**得住——对读者的启迪。这就像是对丛林法则的一种颠覆，因为丛林里的树木总是争先恐后地向空中生长，争夺阳光。但对约翰逊来说，真正的启示并非来自高处，而是来自世俗的底层，来自堕落的沼泽和泥潭中，所以其作品中有时会出现极端的丑陋和恐怖时刻。一条蛇——“比任何一条都长，比所有蛇加在一起都要长的带着斑点的大蟒蛇”——试图逃脱追捕它的人：“他跑过去，拿着铁叉狠狠地砸下去，希望能套住爬行动物的头，但却失手刺入了蟒蛇更深的脊骨处，这样，那条蛇用可怕的力量将铁叉手柄从他手上挣脱，扭曲着被刺穿的身躯，把铁叉拖进了灌木丛里。”1968年，一名美国士兵想剜掉一名越共囚犯的眼睛，詹姆斯·休斯顿（James Houston）——这个角色在道义上大致相当于那个在《李尔王》中试图阻止格洛斯特失明的奴隶——大声叫喊道：“把它给那个混蛋，让他大喊大叫吧！”受到这样的鼓励，士兵“抓住男子吊在紫色视神经旁边的眼球，扭动红色的带着静脉的一边，让眼球回头看着空空的眼窝和颅底的肉浆。‘好好看看你自己，你这个混蛋。’”不久之前，詹姆斯刚从一场枪林弹雨中走出来，自那以后“他看到的每一张模糊的年轻面孔似乎都向他传递着兄弟般的爱意”。但后来他朋友受伤了，被送进了医院，“像弗兰克斯坦怪物的碎片一样躺着，等着电击苏醒，然后走完魔鬼一般困惑而痛苦的一生”。从这个意义上说，这部作品也是一个怪物，由大量的零件（很难说哪些是必要或者多余的）结合在一起，带着一种无情而疯狂的目标，它因自身损坏的电路的冲击而不断重新获得生命。所有这些都与那种无情的疯狂的目标感结合在一起，而且为了更好地达到效果，还引用了阿尔托（Artaud）和齐奥朗的评价。

约翰逊的影响无处不在，他是一位无比勤奋的艺术家。这就好像他和句子表达之间的扭曲关系——他并不真正了解一个具体的句子应该是什么样子，但他非常清楚如何处理它，并能够在结构层面顺利运作。《烟树》就像《白鲸》一样，故事铺陈得繁复杂乱。任何远离了英国小说那种“卷帘医院角”流派的东西都是难以想象的。《烟树》这本书犹如一张大而脏乱的床，一旦你在上面安顿下来，绝不会着急想走。

写于2007年

伊恩·麦克尤恩:《赎罪》

伊恩·麦克尤恩的小说作品之所以迂回曲折，诀窍就在于刺激读者产生一种质朴而持续的幻想。当他描写“一杯啤酒”时，我们不仅仅能看到饮料，甚至会因为共鸣而愿意将之一饮而尽。让读者立刻沉浸其中的小说《爱无可忍》(*Enduring Love*)中描述的热气球事故(这是他基于真实事件的系列影像记录作品改写而成的)，就是一个了不起的例子，但他也有一种将虚构事件具体地呈现为故事的能力，这使得他作品的每一个细微之处都充满活力。小说的心理敏锐性总是来源于对精准描述的现实的忠实度。毋庸置疑，现实越是令人不安或扭曲(在早期的故事和小说中有明显体现)，麦克尤恩就越是要求读者为之进行细致的调整。因此，清晰的表述会进一步加强，而不是解决道德困境和怀疑。这就是为什么小说的主题[除了那部令人愉快地忘记的作品《阿姆斯特丹》(*Amsterdam*)]能引起读者的广泛共鸣，并长久逗留在他们的记忆中。这一点已经超出了小说干净利落、无懈可击的情节安排。换句话说，麦克尤恩是一个非常传统的原创者。

刚开始阅读《赎罪》的时候，我感觉它并不太像麦克尤恩的作品。故事的开头一点也不吸引人，没有出现读者预期的清晰的聚焦情节，小说前70页左右的篇幅给人一种冗长而变幻不定的总体印象。人们渴望见到电影式的清晰画面以及聚焦式的对话和行动，但这样的插曲在读者和小说人物的眼前根本没有出现过。

不像马丁·艾米斯或者萨尔曼·鲁西迪（Salman Rushdie），麦克尤恩更像一位低调隐形而非时尚华丽的设计师。但即便如此，他作品中苍白无力的限定词和被随意处理的副词（如一片“轻轻地摇晃”的水面、荨麻因“害羞而低垂”的头部）还是让我惊讶不已。此外，用来提炼这一场景——即1935年一个闷热的日子里，塔利斯家族在他们的乡间别墅举行的一次聚会——所使用的语言过于泛滥，结果反而导致其遮蔽了场景本身。

各种人物自由地来来去去，但小说在这一点上似乎主要是因为受到了文学的影响。弗吉尼亚·伍尔夫可以算这一方面最主要的代表性作家。这种写作技巧与其说是一种意识流，不如说是“一种缓慢的联想漂移”，一种“似乎没有发生什么事情的盘旋静止状态”。这本书后来以《地平线》（*Horizon*）的编辑西里尔·康诺利（Cyril Connolly）

的一封信为幌子，对作品的开头部分（至少是对作品最初的文稿）进行了自我批判："由于没有向前推进的故事，这样的写作显得有些矫揉造作。"事实上，在两次大战之间，由于另外两位小说家的意外卷入，麦克尤恩的故事终于获得了所需要的动力。

《赎罪》展示的故事中，塞西莉娅是家里最大的女儿，我们想象自己就住在她家的房子里。她和罗比住在剑桥镇，罗比是塔利斯家的管家，他的教育由塞西莉娅的父亲资助。在一个闷热的日子里，他俩都意识到了有某种电流——或是仇恨，抑或是一种不可调和的吸引力——在彼此之间传递。罗比试着用一封信表达了自己的想法，他在信的末尾潦草地写下了赤裸裸的欲望："在梦里，我吻了你的阴部。"事实上他后来放弃了那份草稿，打算再写一份，表达得更含蓄一些，但不慎选择通过塞西莉娅未成年的妹妹布里奥妮把信转交给她（这一点倒是非常符合弗洛伊德的性心理学对这些字条的分析），结果布里奥妮私自打开并阅读了信件。塞西莉娅和罗比两人之间这种牵线搭桥的沟通所带来的后果，是一种以不平等方式带来的解放和牵连。劳伦斯所说的与性有关的"肮脏的小秘密"玷污了塔利斯的世界，或者说——正如劳伦斯所坚持的那样——揭示了这个世界是多么的肮脏。这就像是麦克尤恩早期故事中的淫秽片段，被涂抹在布莱兹黑德庄园的墙壁上。

不久又发生了另一场危机，这场危机源于E.M.福斯特笔下的印度。塞西莉娅的表妹萝拉在房子的地板上被性侵；萝拉自己不知道是谁干的，但布里奥妮——一位有抱负的作家——说服了自己和其他所有人（除了塞西莉娅）相信，罗比就是罪魁祸首；这无疑又加重了他之前的罪行。与马拉巴尔洞穴事件不同，这个案件不会以撤回而告终，工人出身的性侵者罗比最终被判有罪。

在故事的第二部分，小说开头的那种柔和的朦胧笔触让位于尖锐而生动的描述，故事集中讲述了罗比后来在英国的敦刻尔克大溃败中的经历。麦克尤恩在这里充分利用了自己的优势，这位获得高度评价的小说家将他的研究运用到了一种既有效又熟悉的有关叙事策略的操作模式中。在罗比正在形成的疲惫受伤的历史观的折射下，一系列生动的细节和遭遇陆续展开，以表现他对生活的退隐和放弃。在残酷的战斗环境中，布里奥妮毫无动机的犯罪行为显得微不足道："但在这个时代，到底什么是罪过呢？罪是廉价的，无处不在。每个人都犯了罪，但又没有人真正有罪。"同样，塞西莉娅不惜与家庭作对，和工人阶级出身的毕业生罗比结盟，这一故事很好地预示了英国的部分民主化趋势，这是战后的社会动荡引发的必然结果［吉米·波特（Jimmy Porter）在战后的舞台上，同样强烈地体现出了那种压抑却炙热的怨愤以及与社会格格不入的流离感］。

小说的第三部分又回到了伦敦。在那里，布里奥妮正在接受训练成为一名护士，帮助救治来自敦刻尔克战场的大量伤亡人员。就在这里，麦克尤恩控制着发自内心的震惊，为故事找到了落脚点，作者档案式的想象力在这一特定的历史场景中被完全证实。由于受伤、残疾和死亡的画面恐怖地堆积在布里奥妮的眼前，描写这些场面的文字中，再也找不到作品开头部分的简略风格。她松开了病人头上的绷带，发现那人可怕的脑浆似乎要倾倒在她的双手中。对战争受害者的这种无私奉献，会洗清布里奥妮先前犯下的罪行吗？她的赎罪取决于罗比的生存吗？或者，通过最终实现自己的文学抱负，通过一部像我们正在读的小说一样的书，她能够实现**赎罪**这一目标吗？谁又能为小说家赎罪呢？作家像上帝一样有能力创造和改造世界，这是否意味着没有比他更高的权威可以进行进一步申诉呢？

这是一种对赎罪的范围、雄心和复杂性的赞扬和致敬，因为很难在不让读者提前了解从而影响体验故事的情况下，充分展示小说中发生的具体事件。一言以蔽之，我们最初对麦克尤恩写作风格的疑惑，害怕他不能有效控制其材料的担心，实际上都为了实现作者更大的目标起着各自的作用。一方面，麦克尤恩——回头看看早些时候我们曾经暗示的一些东西——把自己的名字以回顾历史的方式写进了30、40年代英国小说家的万神殿。当然，他也在致力于完成更多的事情，希望展示和探索成熟的布里奥妮所发现的一种更大的“转变……在人性本身中起作用的力量”。伍尔夫和劳伦斯的小说不仅记录了这种转变，他们在实现这一目标方面也发挥了重要作用。麦克尤恩用自己的小说展示了这种主观或内在的转变——以**现在**的视角来看——是如何与20世纪历史的更大进程互动的。在创作《法国中尉的女人》（*The French Lieutenant's Woman*）这部小说时，约翰·福尔斯（John Fowles）时刻提醒自己，这“不是维多利亚时代的小说家忘记写的东西”，而是“其中某个作家没能表达出来的东西”。一种类似的冲动也是作品《赎罪》背后的承诺：它不是一部缅怀式小说，让人回味那些令人安慰且充满确定性的过去，而是一次创造性的探索，尝试将英国文学传统中起决定性作用的那一部分，有效地延续和拖曳到崭新的21世纪。

写于2001年

洛丽·摩尔[①]：《门在楼梯口》

尽管洛丽·摩尔的小说在评论界享有很高的地位，但她终究没有创作出一本大部头小说，以供文学批评家来评判作家，尤其是美国作家的写作艺术。但这一点很重要吗？这一事实会不会削弱她的影响力？答案是肯定的。1986年，摩尔发表了长篇小说《字谜游戏》（*Anagrams*），但故事的三分之一被收录进去年出版的《小说集》（*Collected Stories*）中，这一点稍微削弱了作品自认为具有的统一性。1994年，小说《谁将开办青蛙医院?》（*Who Will Run the Frog Hospital?*）面世，这部作品虽然不错，但结果仍然差强人意，这就好像一位想要上升重量级别的拳击手，身体活动轻盈就得为体形不够庞大做出补偿。除了长

① 洛丽·摩尔（Lorrie Moore，1957— ），美国小说家。《门在楼梯口》（*A Gate at the Stairs*）是她于2009年出版的长篇小说。

度的改变，这些故事变得更吸引人、更庄重、更深邃，而且——确实变得——更**厚重**，但也许因为作家过于巧妙地适应了简洁的规则，她的声音和才华都受到了限制，因为有些东西已经被定义和衡量成**不能尝试**。“我不能这么做”，著名的故事《那样的人是这里唯一的居民》(*People Like That Are the Only People Here*) 中心烦意乱的母亲如是说：“我能进行类似的有趣的电话对话，我能**审慎地讽刺白日梦**，我能尝试幻想构建亲密生活的基础……”因此，即使是崇拜她的读者，也会为她的第三部小说感到既兴奋又恐惧。这是好事吗？摩尔能证明她能创作重量级的作品，不成为“更少”的同义词吗？

没错，这件事确实不坏，摩尔也的确能证明自己。如果你准备好了在评判的标准和挑剔性方面做一些调整的话，那么你就可以坐下来，慢慢阅读《门在楼梯口》，享受人生的闲暇时光。这种评判标准的调整也被称为“吉米克里瑟让步”——不过这样说我肯定暴露了自己的年龄。

摩尔生于1957年，她作品中的叙述者塔西正在回顾“9·11”恐怖袭击事件发生后不久的那个时代，那时她还是一个在美国中西部特洛伊镇上学的孩子。她所谓的写作时间集中在二十多岁，但从作品的声音来判断，或者从某种程度的**眼光**来看，她已经成熟得像自己的母亲。

洛丽·摩尔的人物和故事总是呈现出轻飘飘的虚幻。她的第一部小说集《自助》(*Self-Help*) 处处闪烁着智慧和悲伤。作品《字谜游戏》中的笑话出现得太密集了，读者偶尔也会对那些妙语感到厌烦。这样看来，作品中的人物塔西有一定的幽默感并不令人感到意外，但对于一个自称“刚从童年”走过来的年轻人来说，她似乎超负荷地承载着四分之一的成年人生活。有几次，她谈到了“我们这一代”人的怪癖——比如，“这一切不是‘糟糕’就是‘棒极了’”——但这些正是打动摩尔和我们这一代人的地方。

这是一个很棘手的问题，这部成年小说过度老化的主要症状同时也是其效果的内在表现。早熟让你六岁就能弹钢琴，但智慧——例如“后悔的前半生”这样的表达常常出现在小说中——只会在生命后期出现。正如布莱克所言，你可能会在荒凉的市场上突然找到智慧——但很少有人去那里买到它。

这并不是为了尽量减少塔西在小说所述的短暂时期内所经历的一切——她所遭遇的悲痛和目睹的悲伤。由于缺钱，她找到了一份耗时耗力的兼职工作，即在一对收养混血儿的中年夫妇家当保姆照看孩子。书中的大部分内容，都是关于塔西与养母萨拉和她的养女埃米在一起的细节。埃米的到来，或者说非法进入——结果证明这个词比人们想象的更贴切——一个白人占绝对优势的小城，这促使萨拉组织了一系列的晚间活动，营造出特洛伊小镇一种田园牧歌式的氛围，而其他的混血家庭也都整齐划一地效仿萨拉所呈现的种族关系。

神经过敏、精力旺盛的萨拉经营着一家可笑的高档餐厅，塔西的爸爸种的土豆就卖给这家餐厅。在圣诞节，塔西回到了自己的家族农场，发现哥哥罗伯特已经坚决地准备参军。在这本书紧张推进——有些地方甚至华丽得不可思议——的最后阶段，她将会回到那里。因此，小说的直接焦点——大学城的生活——是以周围巨大的草原为背景展开的，一系列的艺术段落捕捉到了季节和不断变化的单调（在这本书中，摩尔非常有意识地继承了维拉·凯瑟[①]的写作风格）。

塔西了解到，绝望意味着“把一个小世界当成一个大世界，同时把一个大世界当成一个小世界”，但当小和大没有区别时，当校园和草原同样沦为不可调和的气象和历史原因的牺牲品时，如何能避免这样的错误呢？

但是，让我们暂且留意这些细小的地方，用摩尔的眼睛去观察那些极端荒谬而高清晰度的细节：冰毒成瘾者的嘴巴里“扭曲碎裂的牙齿，就像附着在牙龈上的贝壳……”；看起来像“‘耳朵’里抽出一张字条”的幸运饼干[②]；塔西在深夜偷窥到了美妙的婚姻生活，因为她无

① 维拉·凯瑟（Willa Cather，1873—1947），美国作家。著有13部中长篇小说和3部短篇小说集。

② 幸运饼干是一种美式的亚洲风味脆饼，里面藏有类似箴言的字条。饼干呈菱角状，此处的“耳朵”即指代这种饼干。

意中听到萨拉对丈夫说："你把洗碗机最上面的架子倒空了，但没有把底部倒掉，所以干净的盘子和脏的餐具都混在一起了——你现在想做爱吗？"作品中有很多诸如此类的东西，既可爱又敏锐，但也有一种天马行空、充满毁灭的感觉，即"充满了悲伤和真理"，从过去逐渐累积而来，也隐隐呈现在未来。

过去的创伤结果都是萨拉的经历，虽然它会玷污此刻，并传染给埃米——她演讲时说的第一句话就是"哦！"："她已经知道事情的声音和语言都出了问题"。可以说，未来的历史已经潜伏在罗伯特去阿富汗参军的岗位上，而塔西正在约会的巴西男孩——结果是一个令人难以置信的小伙子——的呈现方式竟然……

但这正好说明了问题，不是吗？尽管某些作品（毋庸置疑的最好的作品）不会因为剧透而受到损害，但批评家们也不应该提前透露故事的情节。第一次阅读《门在楼梯口》时，人们可能不会感到沮丧，但会对摩尔那种固执而懒散的行事方式感到有些不耐烦。第二次阅读作品时，你已经知道接下来将要发生什么。当你放弃自己的成见，跟随着小说不同寻常和独一无二的节奏持续下去时，就会发现作品其实已经在接近杰作的边缘颤动，尽管它最后没能成功。那种颤抖的淡淡的不确定的感觉，就像"房间里摇曳的烛光"。考虑到摩尔对一部长篇小说的要求犹豫不决，以及对作品所进行的长期酝酿，还有她对问题的最终反应和解决方案，这种不确定性的出现是自然而然、无可指责的。摩尔对叙事运动不感兴趣，她一边推进自己的故事，一边又似乎让它向旁边漂移、向后回溯，有时甚至停滞不前。在塔西与萨拉的第一次谈话中——小说中的这一处，按照惯例规定，这一场景和这些人物在读者心目中应该被固定下来——塔西却回忆起父亲“喜欢沿着乡间道路开着他的联合收割机，故意阻碍交通的情景；他曾向我妈妈吹嘘说：‘我让他们集合在长达17英尺远的公路上。’”过了一段时间，他又可能补充说：“他们中没有一个人想去别的地方，他们很高兴一起沿着公路兜风。”

写于2009年

唐·德里罗：《欧米伽点》[1]

唐·德里罗辉煌的职业生涯几乎在二十年前就可以说到达了欧米伽区域[2]。在一波红得发紫的小说《名字》(*The Names*，1982)、《白噪音》(*White Noise*，1985)、《天秤座》(*Libra*，1988) 出版之后，他的第十部作品《毛二世》(*Mao II*) 因太过于自我，以至于让人怀疑他肚子里究竟还有多少货。而《地下世界》(*Underworld*，1997) 的出版为人们的疑惑提供了答案。这部作品以其鸿篇巨制和受到的持续热棒，对读者的怀疑进行了史诗般的回击。在如此宏大的叙事之后，《人体艺术家》(*The Body Artist*) 就像是剧烈运动后的放松活动。但不幸的是，他的下一步作品《大都会》(*Cosmopolis*) 表现出的是一种高调招摇的自娱

---

① *Point Ovnega.*

② 欧米伽区域，即“顶峰”之意。——译者注

自乐。《坠落的人》（*Falling Man*）则部分地回归形式——如果人们对于有关“9·11”事件的主题没有更高的要求的话。

德里罗的新小说《欧米伽点》将道格拉斯·戈登（Douglas Gordon）的装置艺术作品《24小时惊魂记》（24-*Hour Psycho*）（于2006年安装在现代艺术博物馆展出）作为开头和结尾。在《24小时惊魂记》这部作品中，希区柯克电影被慢放了，需要花上一天一夜的时间才能看完。“演员的眼睛在他瘦削的眼眶里缓缓移动”，“处于不知道接下来她会发生什么的具体过程中的珍妮特·李（Janet Leigh）”，其中所展现的神秘之美得到了非常清晰的表达。以德里罗的偏好，他当然被这个作品的深刻意蕴所吸引，作品揭示了电影、感知和时间的本质。他——一个身份不明的参观者——被“彻底改变了的时间平面”迷住了：“可看的东西越少，他就看得越仔细，他看见的也越多。”这篇前言和结语构成了一篇评论某一艺术品的现象学文章，该艺术品是最近少有的承受得起**概念性**这个前缀词的艺术品之一。然而，只要有人这样说，就会有人问。这种对显而易见事物的令人信服的质疑将如何因为它是小说而不是论文得以受益呢？后轮盘戏式的悬念——“他看到两个人进来，年长的那个人拄着一根手杖，穿着一套看起来像是在旅行的衣服”——和第三人称思维的缓慢迂回的推进（“他第一次明白了……”），这样的编排设计有什么好处呢?

答案就在小说的中间部分，就像夹在一块虚构的细长三明治中间的肉。原来那位拿着手杖的老人是一位学者，他曾与五角大楼合作进行“风险评估”（德里罗作品中经典的职业），为美军准备入侵伊拉克的行动提供理论指导。那个年轻人吉姆·芬利是另一个大家熟悉的德里罗笔下的人物类型，他试图说服埃尔斯特参加自己想拍的电影。他们两人就这样来到了索诺兰沙漠，一起住在一所房子里，大部分时间都坐在露天平台上，喝着酒，操练着德里罗式的语言（有时听起来又好像麦米特的戏剧语言!）。埃尔斯特的女儿杰西也加入了他们，那几乎形成了一幅田园风光的画面——“浩瀚无垠的夜空，徐徐移动的月亮”——没有一丁点潮湿的舒适惬意。行文中甚至有一种情色的暗示——“空气中弥漫着一种随意的煽情性躁动”。后来，杰西遭遇了一些事情，或者也没发生什么事。男人们在找她。沙漠向他们逼近，他们就像一片古老荒凉的球门区。

在这点上，值得一提的是，戈登创作了另一个拉长时间的装置艺术品，埃尔斯特和吉姆本来几乎可以开车去看。这个名叫《5年飞车而过》（5 *Year Drive-By*）的作品被安装在靠近二十九棕榈村的沙漠里，出展了仅仅七周的时间，它将《搜索者》（*The Searchers*）的部分故事情节实时地再次展现出来——这五年正是约翰·韦恩寻找被绑架的侄女所花的时间。画面以约每20分钟一帧的冰河速度[1]展开，它让《24小时惊魂记》看起来就像启斯东警察[2]，甚至可能满足了埃尔斯特对缓慢时间的需求。

他来到美国西南部，是为了逃离这座城市那种“没完没了的倒计时”——那种加速的分秒必争的城市节奏。在沙漠中，他能感觉到“时间在慢慢变老，并且异常古老。时间不是按天来计算。这是一种深邃的时间，划时代的时间”。吉姆带着他去看《24小时惊魂记》时，他就有这种预感。他把这种经历比作“看着宇宙在70亿年的时间里慢慢死亡”。

埃尔斯特和芬利的一举一动都经过煞费苦心的梳理、升华，并从一系列行为中被剥离出来：“他停下来，喝了一口，又再次停下。”其目的似乎是让文章的节奏慢下来，让它像戈登的艺术品一样，一帧一帧地，甚至一句一句地缓缓停下来。其结果，无论是在空旷的沙漠，还是在现代艺术博物馆内，就是形成了一种矛盾混合体般的艺术风格：一种是直白的风格——“他当时想的就是这个。接着他想梳头”——一种是铺陈的风格——“他没有带梳子。他只得等到他走到镜子面前时，用手轻轻抚平头发……”

对话也是一样，就像是咒语一样的呼唤和回应。回应

---

① glacial rate，形容速度极其缓慢。——译者注

② Keystone Kops，比喻动作缓慢、效率低下。——译者注

接过呼唤的话头，然后又反馈回去。

“好吧，我们去兜兜风吧！”

“我们去兜兜风！”他说。

并不是说这些教堂礼拜式的二重唱缺乏目的和效果：

“热。”

“没错！”杰西说。

“说出那个词。”

“热。”

“感受它的冲击。”

“热。”她说。

这样的语言是不是有很强的催眠效果？的确如此，只要你忘记了《名字》里那些致命的文字诱惑。

“你感觉到了吗？感觉到了就告诉我。我想听你说。说热，说我两腿间湿了，说两腿。真的，我想让你说出来。**长筒丝袜**。小声说出来。这个词是要小声说的。”

“太他妈多回声了。”埃尔斯特在一处突然大声说道。

埃尔斯特自己看起来——听起来——就似乎是早期小说中那种孤魂野鬼般的角色。《欧米伽点》中一些精彩的片段不断地让你想起一些旧的精彩片段，然后让你发现旧的片段其实更加精彩。杰西说她喜欢“电视上放的那种男人给女人点香烟的老电影。在那些老电影里，男人们和女人们，他们似乎都这样做”。这很好，但不如这句神来之笔［出自《美国人》（*Americana*）］来得巧妙和有趣：“在那些英国老电影中，人们总是承诺战争一结束就在维多利亚车站会面。”

芬利想拍的这部电影就是让埃尔斯特直接对着镜头说话。“只有一个男人和一堵墙，”吉姆解释道，“这个人站在那里，叙述整个经历，所有浮现在脑海中的事情。”所有这些都是在“一次连续拍摄”中记录下来的。这是大卫·贝尔（David Bell）近40年前在《美国人》里面所谈过的东西的翻版：“一种‘独白’，一种反传统的电影。单镜头位置，面无表情的演员。拍摄的镜头延伸到了时间上的极限。”大卫认为这种艺术形式“部分是梦，部分是小说，部分是电影”，这听起来又像是对小说《欧米伽点》的预言性总结。

这个小说的标题来源于哲学家德进日（Pierre Teilhard de Chardin）。埃尔斯特有好几次提到过他，简述了他关于“意识”如何“慢慢积累……开始自我反思”，直到最终到达欧米伽点的观点。

我们以前也多次发现过与此类似的地方。“电影不仅仅是20世纪的一种艺术。”导演沃尔泰拉（Volterra）在《名字》中如此解释，“它是20世纪思想的另一组成部分，是从内部观察到的世界。我们已经到了电影发展史的某一个点上。如果一个东西可以拍成电影，那么电影就蕴含于这个东西本身。”而较为局限的文学领域，是德里罗强力宣示主权的地方。他重构了事物，或说重塑了我们对事物的认识，以至于“德里罗”现在已经蕴含于事物本身。摄影师和电影制作人通常按他们心目中的世界形象来重塑世界，但在文学界这只有少数小说家能做到——海明威是其中之一。和海明威一样，德里罗已经把他的句法铭刻于现实（这是追求鲜明风格的欧米伽点计划所带来的反弹式回报），成了“回旋式夸张手法”［这一词出自《身体艺术家》］和“被消解的逻辑”那种标志性行文模式的囚徒。《欧米伽点》以思考一部经典电影的重拍开始，还没来得及铺开情节，就在对其全部作品的反思中结束。在德里罗的全部作品中，《欧米伽点》是最新的一部，也是对以前作品的一次最新回响：是一次“最后的闪光”——我们以前也曾经达到这个高度——也许并不是最后一次。

写于2010年

《龚古尔兄弟日记》[1]

在开始采访尼科尔森·贝克[2]之前——贝克写了一整本书《你和我》（*U and I*）探讨这一主题——马丁·艾米斯提醒我们，作家的生活“全是焦虑和雄心壮志”。现撇开别的不谈，龚古尔兄弟的日记提供了焦虑和受挫野心的大型档案。埃德蒙（Edmond）和朱尔斯（Jures）兄弟开始写日记，记录对他们来说非常重要的时刻，即1851年12月2日，他们的第一部小说得以出版。不幸的是，这对法国来说也是一个重要的日子：拿破仑三世通过政变夺取了政权。在整座城市实行军事管制的情况下，他们备受期待的首次亮相几乎没有产生任何影响。因此，这些日记储

① *The Goncourt Journals.*

② 尼科尔森·贝克（Nicholson Baker，1957—　），美国小说家、散文家。

藏了他们所有的痛苦、沮丧和失望，他们遭受了“与无名之辈艰难而可怕的斗争”：有伤尊严的批判、作品销售不佳、评论家们的背信弃义、朋友们不劳而获的成功（有些作家，比如左拉，就因龚古尔兄弟宣称开创的技术而备受赞誉）。碰巧的是，缺乏成功只会增加兄弟俩价值被忽视的挫败感。安德烈·纪德（Andre Gide）在日记中透露，“想要读他们的一页书是不可能的，他们对自己的好感不会从字里行间流露出来”。他指的是龚古尔兄弟的小说（现在几乎完全被遗忘了），但这种受伤的自尊感极大地增加了写日记的乐趣，兄弟俩也因此被人们永远牢记。“设想一本以黑色忧郁深受读者溺爱欣赏的陀思妥耶夫斯基小说，上面签署了龚古尔兄弟的名字，这将会导致多少类似的批评啊！”这还是1888年的情况。到了1890年，随着埃德蒙意识到自己的一生都奉献给了“一种特殊的文学，一种给人带来麻烦的文学”，他的语气变成了一种喜剧般的顺从（日记中有很多喜剧性的成分）。

其实这种境况不仅仅限于龚古尔兄弟俩。他们的朋友也经常互相指责对方的成功，或者抱怨自己的失败。左拉的名字“在全世界都有回响”，尤其“难以取悦”。他永远“对自己的巨大财富感到不满”，觉得“比最可怜的失败者更不快乐”。（这一点也得到了艾米斯的回应。具体来说，他震惊地发现诺曼·梅勒“虽然在电视上频频抢人眼球，却有一种尖锐的被忽视感”。）

原谅这种不断提及名人名字以抬高自己身份的作法——在这种情况下，这不可避免，也是恰当的。大量著名的名字使得最平庸的条目也显得引人注目："门铃响了，来者是福楼拜。""波德莱尔就坐在我们的邻桌。"

即使是那些只在镜头前露面进行友情客串的人，也会通过与最近发明的相机相匹配的精度呈现出来。对波德莱尔的一瞥还在继续："他没有系领带，衬衫领子在脖颈处敞开，刚剃了头，就像要被送上断头台一样。"与照片不同的是，这些文字描述出的画面是随着时间的推移而发展和变化的，这取决于相关人员的财富和健康状况，以及他们与日记的作者之间不断变化的关系。这个日记项目背后的部分目的在于展示龚古尔兄弟俩的朋友——他们很多碰巧都是那个时代的伟大作家——"事实上，他们常常穿着睡衣和拖鞋出现。"有一次，一位同行的客人被福楼拜"粗鲁放纵而无节制的本性"所震惊，但是读者很感激龚古尔兄弟能够亲眼目睹这样的事情，甚至是（尤其是）当这些文人之间的对话变得——就像往常一样——"肮脏和卑鄙"时。在所有关于通奸、妓女、性病和酗酒的讨论中，也有一些文学讨论——不仅仅是关于"患有便秘和腹泻的作家拥有特殊才能"的话题。

这些日记里掺杂着大量一针见血的观察。第一次听到福楼拜读作品《萨拉姆波》（*Salammbô*）时，兄弟俩失望地发现他"看到了东方，更重要的是看到了在阿尔及利亚集市伪装下的古代东方。他的一些效果很幼稚，另一些则很可笑……没有什么比没完没了的描述更让人厌烦的了，对人物丝丝入扣的刻画，还有对每一件服装造型的浓缩式表现”。兄弟俩经常激烈地参与辩论，有时甚至亵渎神灵地坚称“雨果比荷马更有才能”。但大部分时间，他们都如墙上的苍蝇，急切地渴望沐浴在大师的光辉中；他们庆幸自己能亲自见到福楼拜，能聆听福楼拜阐释为何《杰斯丁》（*Justine*）的作者让他惊讶不已：“在萨德的作品中没有一棵树，也没有一种动物。”

当他们见到小说《包法利夫人》的作者时，他已经是一位著名的作家，已经是像“福楼拜”一样成功的文学巨匠了。其他人如“奇怪的画家德加（Degas）”，进门时并不太引人注目，没有任何后来因名声而赋予他们的光环。当他们第一次遇到自己的“仰慕者和学生左拉”时，左拉给他们的印象是“一个疲惫不堪的师范学院的学生，既表现出意志坚定，又显得微不足道”，但“充满了生气，拥有非凡的决心和旺盛的精力”。（这一情景还有一个更近的类似的例子：克里斯托弗·伊舍伍德[①]在1948年4月记录了一个名叫戈尔·维达尔的“年轻人”介绍自己的故事。这个年轻人让伊舍伍德“有时想起泰迪熊，有时又想起鸭

---

① 克里斯托弗·伊舍伍德（Christopher Isherwood，1904—1986），英裔美国作家。

子”，但显然他是“一个精明的经营者”，有极大的勇气和“自我宣传的欲望”。）

许多人都在日记中来来回回地出现，但有一个在日记中简直不值一提（至少在这次项目的选择中确实如此）的年轻人持续发展，最终在文学界崭露头角。1885年，当亨利·詹姆斯遇见埃德蒙（“和他那些肮脏的小伙伴们”）时，就被他身上“某种反常而令人不快的东西”所震撼。在一篇进一步扩展的冗长的对日记所做的评论中，詹姆斯表达了自己的迷惑，他不理解为何这些“愤怒的神经官能症状患者”的“弱点”“在他们看来竟然是光荣的源泉，甚至是痛苦的大众兴趣的来源”。事实上，他们并没有表现出如此病态或神经质的样子，这在某种意义上证明了龚古尔兄弟观点的正确性，即他们的心神不安是现代性的表现。自诩为“现代神经官能症的施洗者约翰”自豪地称自己是“第一个写关于神经的文章”的人。

这种主张所体现的“无耻的虚荣心”惹恼了罗伯托·卡拉索[①]——他在作品《卡斯奇的废墟》（*The Ruin of Kasch*）中，坚称是从波德莱尔身上体现出了“神经紧张和现代性发出了具有决定性的声音”——但是，龚古尔兄弟在表达那种正在浮现的不安和焦虑情绪的方面，无疑起

① 罗伯托·卡拉索（Roberto Calasso，1941— ），意大利作家、出版商。

了重要的推动作用，而这些都成为了20世纪文学的主要内容［“我们就是未来！”朱尔斯曾经对圣伯夫（Sainte-Beuve）如此呼喊］。

根据苏珊·桑塔格的说法，最令詹姆斯觉得反感的是，后来的文学界给了尼采、克尔凯郭尔和卡夫卡等人一种权威，即“他们的不健康才是真正的健康，甚至传递着他们的信念”。在这张即将在积怨的重压下呻吟而抗议的桌子上，龚古尔兄弟为这种假装的不满做出了署名式的总结：“有些时候，面对我们的庸碌无为，我也思考这是不是说明了自己骄傲而无能，确实非常失败。但有一件事使我确信自己的价值，那就是不断折磨我们的无聊。这一点甚至成为了现代人类品质的标志。”后来，这一基调再次反复出现在其他作品中，像费尔南多·佩索阿［Fernando Pessoa，在其作品《不安之书》（*The Book of Disquiet*）中所写］、齐奥朗、罗兰·巴特等伟大作家，他们把疾病和无聊当作孪生主题结合在一起，通过作品探索无聊是否已成为歇斯底里的表现形式。

一种超自然的形而上学的病态心理与实际身体疾病所造成的黑暗阴影紧密联系在一起。1861年，他们的朋友亨利·穆杰（Henri Murger）去世，引发了兄弟俩对于死亡的痛苦思考：

晚上工作后的狂欢，一段时间的宴请活动后，随之而来的贫穷时期，被忽视的发疹病例，无家可归的生活起起落落，没有宴会的晚餐，去一趟典当行之后喝杯鸡尾酒带来的慰藉。让一个人筋疲力尽的每件事，都灼烤着他，最后要了他的性命。一种违背一切身体和精神卫生原则的生活方式，导致他在42岁就早逝，再也没有足够的力量去经受其他磨难；他只能抱怨一件事情，就是房间里腐肉的味道，但那也来自自己腐烂的身体。

我们再一次看到，这段话引起的共鸣远远超出了写作的时间和环境。若稍微改动一下零散的细节，龚古尔兄弟为《波西米亚之死》（*The Death of Bohemia*）所写的挽歌，对于19世纪中期的巴黎，完全可以被解读为上世纪70至80年代南·戈尔登（Nan Goldins）关于下东区[①]照片的一篇注解文章。

让穆杰丧命的叫不出名字的疾病很少见，有些不可思议。梅毒倒是如此的普遍，以至于1877年莫泊桑起初甚至“骄傲”地宣称自己染上了“与众不同的发疹，终于患病了！”到那时，埃德蒙已经有七年的时间来哀悼他心爱的兄弟的死亡。朱尔斯也死于梅毒，他的过世使得埃德蒙

① Lower East Side，纽约市曼哈顿区东河南端一带，犹太移民聚居地。——译者注

不同寻常地开始“诅咒和厌恶文学”。面对朱尔斯的身体机能和心智能力逐渐崩溃的状况，埃德蒙细致地描述了兄弟经历的病情和痛苦，并决定放弃日记的写作。

然而，每天记日记的习惯并不容易被打破，埃德蒙很快就回归到了原来的写作习惯。随着普法战争的爆发、巴黎的围攻，以及人民公社的建设，这些宏大的历史事件击碎了日常的造访记录、偶然的观察和反思。后朱尔斯时代的日记还像以前的记载一样奇怪多元，引人入胜，令人叹服。我特别喜欢描述“战斗的狂热”的片段：德吕蒙（Drumont）已经完全陷于这种狂热中，“自然对他来说只不过是一种争取荣誉的场景设置而已。当他在索伊斯租到房子的时候，大声惊呼：‘啊，现在有一个真正的花园来进行手枪决斗了！’”但是这些后来的章节又增添了另外两个复杂因素，因而显得非常有趣。

早在1867年，兄弟俩就反思了所有快乐的短暂：“每件事都是独一无二的，一生中没有什么事情会发生不止一次。某一个女人能在某一时刻带给你肉体上的愉悦，某一天你也许能吃到精致的菜肴，但以后再也无法重复这些美好的时刻了。没有什么是可以重复的，一切都具有独特而无与伦比的特性。”自然而然，这种对所有体验的不可重复的独特性的肯定，进一步鼓励埃德蒙继续回忆和遐想，尤其是已经不在人世的兄弟不能再与自己分享、记录和分析的这些体验。随着埃德蒙年龄的增长，他也越来越被记忆所吸引。尽管他丝毫没有减弱对周围事件的快速反应，但这些总是一直与过去的事件争夺注意力。他曾一度回忆起被自己诱惑的一个16岁的处女："她是一个奇怪的生物，当我们一起做爱时，那个女孩的脸色表现出欣喜若狂的苍白，但她的身体被动而毫无反应，除了那双蓝色的大眼睛里装满表情，还有她的心跳，其他什么也感觉不到。"后来这个女孩成了埃德蒙一个朋友的情妇。再后来，因为"想引导她堕落"，他安排女孩和朱尔斯上床厮混。"我哥哥疯狂地爱了她几个星期后，觉得她太忧郁了，甚至有些可怕，她做爱时会陷入一种死气沉沉的状态，那双大大的蓝眼睛带着一种遥远的神情，哥哥最后抛弃了她。"杂志上满是记录气氛、心理学和手势动作细节的笔记——这种原材料一旦被加工，就可以变成小说；他们也充满了即兴的厌女症。在这里，就像小说的幽灵，一部黑暗色情的成长小说，在形成的过程中就立即被压抑，开始不请自来地在杂志的书页中出现。

第二个导致日记后半部分的质量与众不同的原因是：1886年至1887年，埃德蒙开始极不情愿地出版它们。因此，不得不对从那以后的日记做出调整，以适应以前发表的日记是如何被大众接受的——无论是评论家还是曾经被提及、描述或引用过的人。换句话说，日记开始关注自身。日记以这种过时的方式让自己流行起来，实际上冒着很大的风险。值得一提的是，在1967年发表的一篇文章——《法国文学：新小说理论》中，戈尔·维达尔就表达了自己的惊讶，“与大作家罗伯·格里耶（Robbe Grill-et）和娜塔丽·萨洛特（Nathalie Sarraute）最具有共同点的作者”竟然是“现在已经过时的埃德蒙和朱尔斯·龚古尔兄弟”。

许多人感到尴尬、不安、愤怒。他们觉得龚古尔兄弟的日记记录了他们说过或提及过的事情，而这是一种背叛。但如前所述，这恰恰是日记的魅力和其有价值的一部分。1940年7月5日，克里斯托弗·伊舍伍德读完这些日记时，毫不怀疑它们在这方面的重要性：“在这里，流言达到了诗歌的警句意义。写下一本这样的日记是真正地为未来服务。”这种认识很可能是作者坚持写日记的动机，而日记也的确获得了类似的价值。换句话说，就好像日记的出版引发了人们的讨论，这样似乎反而又增添了日记的内容，且在尔后继续引发相同的反应。所以，从某种意义上说，随着日记不断增加人物、读者和供稿者，其内容和影响也在持续不断地扩展和延伸，这种现象从19世纪一直延伸至纪德、伊舍伍德、维达尔及其以后的作家。

显然，龚古尔兄弟的日记对于历史学家和传记作家来说都是一种难得的珍贵资源，但并不是每个人都同意普鲁斯特小说《追忆似水年华》中的叙述者在《时代》杂志上的结论：“龚古尔（埃德蒙）知道如何倾听，就像他知道如何发现一样。”由于小说和现实之间有着众所周知的紧密联系，这种角色参照本身就不可靠，也难以被人接受。结果，纪德在1902年1月的一篇日志中记录的一段对话引起了争议："'根据我所能证实的资料，'雅克·布兰奇[①]评论说，'没有什么材料比他们的日记更不真实的了。'"布兰奇声称自己完全记得龚古尔兄弟伪造的某些对话，他断然反驳普鲁斯特："我向你保证，纪德，他们不知道如何倾听。"

布兰奇继续滔滔不绝地评论，列举了越来越多的例子，结果却被《造假者》（*The Counterfeiters*）的作者釜底抽薪地加以反驳："但要我说，日记记载的从各种各样的人嘴里说出的话，不管在你看来是多么虚伪，几乎从来都不会让人失去兴趣。你要注意一点，因为你越降低他速记员的地位，就越能成全他作为作家和创造者的身份。"

我们只知道在这一争论中，纪德陈述了最后的观点，但他提醒我们，我们在这里处理的不仅仅是一份资源，更是一部简明扼要的文学作品。兄弟俩在1864年也如此宣称："一本书绝不是天生就是杰作，而是逐渐发展为不朽的作品。"对于一本日记来说，成长的过程无疑会更加艰难，因为它起初就没有企图要作为一本书被完成。日记中有一些不完善和轻率的行文，在艺术性和主题组织方面也

① 雅克·布兰奇（Jacques Blanche，1861—1942），法国画家、艺术家。

会有所欠缺——事实上，所有这些使阅读日记变得充满乐趣的要素，都阻碍它成为一部杰作。虽然这些日记中的主要人物圣伯夫认为这些材料只适宜放在“书桌最低的抽屉里”，但龚古尔兄弟的日记最后却值得被放在书桌最高的位置。

写于2007年

丽贝卡·韦斯特：《黑羊与灰鹰》[①]

导游手册的作者不应具有艺术个性。他（她）须要完全受制于书中所描写的地点；在理想情况下，他（她）只是一个匿名但可靠的讯息渠道，提供关于公共汽车时间、住宿地点、博物馆开放时间的可靠信息。但从另一方面来看，正如摄影师迈克尔·阿克曼在他的专著《虚构作品》（*Fiction*）一书中所声称的那样："客观的地点并不存在；关于一个地方的概念不过是它在我心中的主观印迹。"

旅行文学一直在以导游为代表的景点论和以阿克曼为代表的唯我论这两个极端之间蓬勃发展。在提供公共汽车的时间信息方面，最优秀的旅行作家也只能提供有限的可靠信息，但在描述一个特定国家的公共汽车的永恒状况方面，他们是可以做到相当准确的，或者说至少他们能够真

---

① *Black Lamb and Grey Falcon.*

实表达他们与这些公共汽车的关系。以作家劳伦斯为例，他对场所的反应既迅速又深刻。编辑和出版商同时敏锐地意识到了这一天赋，劳伦斯也急于将其转化为经济优势。

1921年，当丽贝卡·韦斯特在佛罗伦萨拜访诺曼·道格拉斯①时，听他开玩笑说，即使劳伦斯只在城里待上几个小时，他也可能已经在打磨一篇文章，准备“尽全力详尽地描述了人们的性情”。在韦斯特看来，这“显然是一件愚蠢的事情”，但道格拉斯的推测是正确的：他们来到劳伦斯的酒店，发现他果然正在写文章。当时，韦斯特认为劳伦斯对佛罗伦萨的了解还不够，还“不足以使他的观点具有真正的价值”。直到劳伦斯逝世后，她才意识到作家“在那一刻写下的是自己的灵魂状态”，而且只能用象征性的语言来表达。就这一目的而言，“佛罗伦萨城和其他城市一样，都具有丰富的象征意义”。

这是韦斯特1931年所写的文字，那时她还没有踏上她第一次的南斯拉夫之旅。后来去往南斯拉夫的经历成为她的作品《黑羊与灰鹰》的经验基础，但对她自己的代表作来说，这种认识转变的意义非同寻常。事实上，相对于她完成的著作的规模，她本人对南斯拉夫的经验还是显得单薄了一些。正如当时著名的巴尔干权威伊迪丝·达勒

① 诺曼·道格拉斯（Norman Douglas，1868—1952），英国作家。

姆[①]尖锐的评论所言，“小说家韦斯特小姐仅凭一次到南斯拉夫的愉快旅行就写成了一本巨著，而她以前对这片土地和其上的人民其实一无所知”。在此有必要郑重声明，韦斯特小姐曾三次访问南斯拉夫：第一次是应英国文化协会的邀请，于1936年春天在当地发表演讲；第二次是在1937年春天，她和丈夫亨利·安德鲁斯（Henry Andrews）一起去了那里；紧接着在1938年的初夏，她又第三次抵达了南斯拉夫。起初，她希望尽快写就一份“速写本”。但在第二次旅行的四个月后，这个可能有利可图的冒险就变成了一本“令人讨厌的、复杂的书，而且会引起任何人阅读的兴趣”。

在研究南斯拉夫“漫长而复杂的历史”的过程中，韦斯特澄清了她对南斯拉夫的看法——以及其他很多相关的信息。稍微改动一下伊塔洛·卡尔维诺对罗伯托·卡拉索的作品《卡西古城遗址》的评论，便可以适用于《黑羊与灰鹰》这部作品，所以也可以说这本书讲述了两个主题：第一是南斯拉夫，第二是除此以外的一切。当作品最后发表时，这部巨著共计两卷，足有50万字，韦斯特也发现自己不知道为何竟被深深感动，“从1936年开始，我投入了五年的生命，蒙受巨大的经济损失，弄得自己身心疲

---

① 伊迪丝·达勒姆（Edith Durham，1863—1944），英国艺术家、人类学家。

惫，目标就是要梳理这个国家的来龙去脉，直到解开最后一个秘密，最后通过一种不同于任何艺术形式和商业观点的疯狂形式为大家展示出来”。随着“搜集的大量材料”的不断增加和变化，这种积累的信息不仅成为了她自己的**灵魂**，而且也展示了一幅极其复杂的画面，描绘了处于第二次世界大战边缘的欧洲的灵魂。结果，她担心“几乎没有人会忍耐它的冗长而坚持阅读下去”的作品，竟成为了20世纪最伟大的杰作之一。

就像这部作品本身一样，作家的名声也很奇怪。韦斯特被认为是英国重要的作家，但如果说她还不被大家认可为第一流的作家，在很大程度上则是因为她的声誉所依赖的大量作品被默认为不够重要，即在形式上逊色于那些展示伟大艺术特征的小说。作为小说家，韦斯特的重要性显然不如劳伦斯、詹姆斯·乔伊斯或者福斯特。韦斯特声称，乔伊斯在《尤利西斯》中展示的天才在于“创造了一种形式，同时耗尽了它的可能性”，而福斯特是“一个放纵的传统自由主义者，脑子里几乎没有智慧”。其实，韦斯特最好的作品分散在报告文学、新闻和旅行文学中——这类在传统上被认为是次要的或非正统的领域。《黑羊与灰鹰》的成功，在很大程度上要归功于她的聪明才智。她用一种灵活的行者无疆的方式，将这种疏散无定的倾向尽情挥洒。这本书显然是一部文学作品，但由于英语文学（至少就散文而言）是小说的同义词——这是一种公认的写作形式，而非某种写作质量——所以这本书被默认般排除在它所属的文学领域之外。而那些明显低劣的作品——小说——在文学教学大纲上的地位往往要比一本笨拙的大部头巨著稳固得多，因为巨著的特质是拒绝去适应，而且有将其他大卷头的书从标准书架顶部移出的危险。一种更激进的危险是整个书架会因此轰然倒地，那么《黑羊与灰鹰》就将从它应有的位置跌落下来，然后被默默地放在一个较低、不那么显眼但更安全的地方。

即使是一些声称这本书是杰作的文学批评家，也几乎没有对这本书为什么能成为杰作做出任何评论。在《在海外》（*Abroad*）中，保罗·福塞尔（Paul Fussell）对“两次世界大战之间的英国文学之旅”进行了颇受好评的调查，韦斯特不像沃、劳伦斯和格林，她并没有在调查报告中占据一个独立章节的分量，而只是被稍微提及，一带而过。维多利亚·格兰丁尼（Victoria Glendinning）在她为韦斯特所写的传记中，毫不怀疑《黑羊与灰鹰》是“作者生命中处于中心地位的一部作品……丽贝卡·韦斯特在作品中阐述了自己对宗教、伦理、艺术、神话和性别的观点”。但除此之外，格兰丁尼对作品本身没有进行任何多余的评论。难道这本书的宿命就是如此吗？它注定要击退一切试图表达它所激发的敬畏之情的尝试吗？

为了弥补这一不足，让我们不偏不倚地开始重新看待这本书，首先必须承认，这是一本关于南斯拉夫的重要文献。1993年，我在访问塞尔维亚（碰巧也是同样受托于英国文化协会）后读到这篇文章，了解了南斯拉夫——或者说前南斯拉夫——当时的情况。这本书的再版是为了回应韦斯特在某些方面已经预见到的冲突的爆发。在作品的前言中，韦斯特回忆起自己“凝视”南斯拉夫国王的老电影片段，“就像一个老妇人在她的茶杯里解读茶叶”。早在书中第10页，韦斯特就暗示了这部作品的预言性，她写道：“每当一位老人因为经营不善，导致一旦死后生意立刻破产时，人们就会习惯说，‘啊，某某人真是个奇迹！只要他还活着，就能把一切都安排妥当，可他现在走了，都看看发生了什么可怕的结果啊！’”我还记得，1993年刚读到这篇文章时，我是多么奇怪地迷失了方向。当时，正在发生的各种事件的激烈程度足以让人怀疑，她写的不是弗朗茨·约瑟夫（Franz Josef），而是蒂托（Tito）。书中的后面部分描写了在科索沃的一幕：韦斯特的司机德拉古廷（Dragutin）抓住一个克罗地亚男孩的耳朵，带着讽刺和威胁的混合口吻说：“我们总有一天会杀了你们。”即使是在我对塞尔维亚和黑山的有限体验中，也有很多次，在我眼前展开的场景，似乎就是从《黑羊与灰鹰》中忠实地再现出来的。因此，作为一本关于南斯拉夫的重要文献，作为一种永远不需要更新的形而上的《孤独星球》（*Lonely Planet*），这本书“非常有用”。（正如韦斯特自己所说：“有时我们有必要知道我们在永恒和时间中的位置。”）记者罗伯特·卡普兰（Robert Kaplan）对这本书的实用价值提出了很好的建议，他还记得自己在南斯拉夫的任何地方都带着这本书："我宁愿把护照和钱丢了，也不愿把我那本翻阅多次、写满注解的《黑羊与灰鹰》弄丢。"

如果你不在巴尔干半岛，或者对之不感兴趣，那么书中介绍该地区历史的页面数量可能会让你感到不快。如果这本书写的不是历史，它完全有可能是波兰记者雷沙德·卡普钦斯基（Ryszard Kapuściński）或者哥伦比亚作家加西亚·马尔克斯的作品。让我们回头看看1914年在波斯尼亚首府萨拉热窝发生的那特别的一幕。在刺杀事件发生前不久，奥地利皇储弗朗茨·费迪南（Franz Ferdinand）大公发现，他所在的接待大厅里塞满了被自己一生所猎杀的野兽，"根据他自己的计算"，足足有50万只。

> 一个人可以把这个房间的空间想象成塞满了深红色和金色的穹窿和钟乳石，里面有毛皮和羽毛的鬼魂。众多的鬼魂集合成了整个背景：鹿角之间的空气中，塞满了木鸡、鹌鹑、野鸡、鹧鸪、松鸡等；野猪站在一边，愤怒地一排排站立着，宽阔的肚皮底下垒叠着一层层的野兔和家兔。它们那些动物的眼睛，像水一样清澈而黑暗，会明亮地看着他们的杀戮者走向一个与它们自己相似的结局。

当苏珊·桑塔格在萨拉热窝围城期间导演贝克特的作品《等待戈多》时，人们普遍认为在舞台上发生的故事是在向剧院以外的事件提供一种荒谬的评论。在莫斯塔尔的一家咖啡馆里——一个像萨拉热窝一样引起国际社会关注的地方——一个类似的寓言在20世纪30年代出现在韦斯特的眼前：

> 年轻的军官们有节奏地通过一束白光，光柱照射在柠檬绿色的台球桌上，台球发出了压抑的碰击声。那是一种普遍存在的巴尔干情感，一种无能为力、命中注定的情绪。就好像有可能某人走进了房间，他可能会挂断电话，用一种完全可以理解的方式解释，以确保那些听起来不显得荒谬。也有可能桌子边上所有的人都必须待在那儿，直到两个打台球的军官打完一百万场比赛的那刻。似乎他们的永恒命运就会从此决定。似乎这一切都可以被接受，人们会一直坐在那里阅读报纸、静静等待。

韦斯特的意图是“将过去和在过去岁月里创造出的现在同步展现”。她的成就之一是揭示出一种看起来明显与历史无关的时刻——如同被采摘的花朵的香味——也充满着过去的味道。一言以蔽之，地理和历史，并非总是泾渭分明。因此，不管历史变迁带来何种居民，一个特定的地方都会“为当地的居住者镌刻上相同的印记，即使征服者将原来的人群驱逐出去，又引入另一种完全不同的种族和哲学”。没有耐心的读者总想要跳过历史的部分，但实际上这样做不无风险，因为过去——可以叙述的历史——会不知不觉地融入到当下的时刻。最引人入胜的例子是在一场冗长的探讨之后——我觉得确实过于冗长——即在14世纪斯蒂芬·杜尚（Stephen Dushan）的统治时期，关于普里什蒂纳发生的一系列事件的讨论。书本进行到大约二十页之后，我们得知杜尚的死讯：

> 在他生命的第49年，在一个如此黑暗的，迄今为止都无法辨认的村庄里，他死了，死得异常痛苦，好像被毒死似的。因为他的死，许多不愉快的事情都发生了。例如，我们坐在普里什蒂纳，将手肘支撑在一块污渍斑斑的棕色和紫褐色的桌布上，桌上的盘子里有鸡腿，但瘦得皮包骨头，还有一个男人和一个女人朝我们走来。那个女人背上还扛着大半张犁。

这难道不是最大胆的跳跃剪辑和时间转移，最离谱的故事推演吗？而韦斯特并没有就此打住。这对男女的出现，竟促使她将文本回到了这本书的主题之一，那就是男人和女人之间的矛盾关系：“男性主义在任何领域都不受限制，女性被要求做所有的工作，并被拒绝按照她们自己的意愿行使权利，这是令人厌恶的事实。我之所以这样说并非是因为这种矛盾关系对女性的影响，她们总能在自己被迫所做的工作中学会很多东西，而是因为这样会使得男性懦弱无能。”韦斯特仍然没有就此止步，在离开桌子去一趟“土耳其式厕所”之前，她再次把这一景象带回了斯蒂芬·杜尚生前。

> 地板上的那个黑洞，以及这个地方的某种等级森严的东西，使人觉得粪便被人移走后，就成了一种全新的、充满敌意的、神奇而强大的元素，用黑暗的淤泥和病态的湿气覆盖整个地球……我觉得这地方的污物在玷污我，让我永远也洗不掉，因为它的本质比温和的肥皂和水更强烈[①]。

韦斯特仍然没有就此打住的意思……让我们回头再看

---

① 比较一下唐·德里罗在《名字》中对“伯罗奔尼撒人的客运站厕所”的描述：“墙上溅满了屎，马桶堵了，地板上、马桶座圈上、固定装置和管道上都是屎。厕所底部周围积了一英寸的尿，在废墟和脏乱中形成了一个小小的沼泽。在寒风中，在温柔甘甜的雨中，这个凄惨的小屋给人提供的是另一种体验。它有一段历史，充斥着驻扎军队、数百年的战争、掠夺、围城和血仇的故事。我踮起脚尖，站在离便池五英尺的地方小便。真奇怪，人们竟然还在使用这个地方。站在那儿，把小便引向那个瓷洞，简直就是为死亡献祭。”

看。这本书无穷无尽的自我激励和讨论的能力，以及它所触及的每件事的含义，是韦斯特作品结构和文体以及写作方法的核心。她得出的任何结论都与它们被梳理出来的过程（这是书中的一个关键词）有关。一些东西引起了韦斯特的注意。比如在第507页的一家餐馆里，收音机里正在播放莫扎特的交响乐，这一事件以生动而直接的方式被传达了出来。在韦斯特阐述和处理这段经历的过程中，她带领我们踏上了一段广阔而漫无边际的旅程，然后再把我们带回最初出发的确切地点或场合。刺杀弗朗茨·斐迪南大公的凶手普林西普（Princip）就这样积极地代表了作者自己的目的："他把自己完全奉献给每一件事，以便能够充分了解它对宇宙本质的启示。"

考虑到这一点，这部作品怎么会不是一本巨著呢？即使是热衷于阅读罗伯特·菲斯克[①]的《文明的伟大战争》（*The Great War for Civilization*）的读者，也可能会觉得，这本书之所以具有令人印象深刻的体量，完全是因为书中包含了大量积累的材料。《黑羊与灰鹰》作为一件艺术作品赢得了它应有的分量。就像奥登在1936年《致拜伦勋爵的信》（*Letter to Lord Byron*）中所写的那样，韦斯特需要"一个足够大的泳池才能尽情发挥其才能"。小说要表达的概念的规模在作品的句法和行文中都留下了内在的烙印。

---

① 罗伯特·菲斯克（Robert Fisk，1946—2020），英国记者、作家。

从表面上看，《丽贝卡·韦斯特精选本》（*The Essential Rebecca West*）在经过编辑后选择提供的部分文章既方便又诱人，但在感觉上却违反了美学原则。事实上，把这样一本鸿篇巨制精简成为精华版本是不太合适的。我怀疑，按照韦斯特反复谴责的某种限制性的定义，一些最让我高兴的段落，很有可能被认为是非精华的部分而未被收录。我不想贬低《黑羊与灰鹰》这本关于南斯拉夫的作品的重要性。人们预测这本书是基于“南斯拉夫西部和南部地区的自然形式和颜色与（韦斯特）想象中该地方固有形式和颜色之间的巧合”，但我却不以为然，虽然我所珍视的许多部分都根源于南斯拉夫，但它们并不限于那个世界，为那个地区所独有。举几个随处可见的例子：一匹马因为“情欲上的恐慌”，“不仅在恐惧还在享受中翻白眼，它寻求一种欲望的抚慰，这种欲望显示它清楚地知道自己能得到抚慰，并追求它认为害怕的东西”；这个女人拥有“像伯恩-琼斯（Burne-Jones）一样的美貌，就像她用握紧的指关节在可爱的脸颊上磨出了洞一样”；对穆斯林来说，“完全戒酒的回报似乎是没有酒也能喝醉，这完全是不合逻辑的”。

作品《黑羊与灰鹰》中充满了离题和漫谈的内容——你永远不知道接下来会发生什么——但这并不是说它没有形状。它可能会蔓延扩张——它也确实不断扩张——但首先要记住，被描述为一段旅程的作品，是如何将三段不同的实际旅程无缝地结合在一起的。长时间以来，我们逐渐熟悉了《荒凉山庄》(*Bleak House*)和《尤利西斯》等作品的复杂结构。在当代小说中，我们也欣赏伊恩·麦克尤恩小说中的情节、人物和主题等错综复杂的交织。读者对秩序的期望提出了不同的要求，《黑羊与灰鹰》具有散文中持续即兴创作的统一性和流动性。就像萨克斯管吹奏者或号手一样，在他们的演奏中，真正起控制作用的因素是**音调**，也正是因为这一点，韦斯特能够在不迷路的情况下走得如此之远。这本书大胆地展现了音调如何接管结构的某些承重工作，这对作品的创新性至关重要。在音调的整体稳定性中，韦斯特在不同语体之间轻易移动。她可以诙谐地说："这次访问非常愉快，尽管什么收获也没有，但至少是一次访问。"她还可以开玩笑："'那我们为什么不把书带来？'我丈夫问。'嗯，它的重量刚好超过一块石头，'我说，'我在浴室磅秤上称过一次。''你为什么这样做？'我丈夫继续问。'因为有一天我突然意识到，除了我自己的身体和肌肉关节，关于其他任何东西的重量，我完全不知道。'我说，'我把它捡起来，不过是激发自己对别的东西产生想法。'"她也可以抒情："当我们靠近海岸时，船舱下的水呈现浅绿色，而钻进水里的阳光在水底找到了沙子。"她同时也可以充满幻想："桥的那边，河面变宽了，变成一团黄澄澄的睡莲，两岸分别躺着一排明镜，岸上的柳树正好站立在自身的倒影上，它那尖尖的绿色树梢真是千姿百态，就像静止的绽放开来的烟花，让我们惊叹不已。”韦斯特有时会控制不住自己辱骂他人，就像她在波斯尼亚的一家酒店赶走一个在那里遇到的女人一样："她很残忍；她简直就是污秽的垃圾。”在如此巨大篇幅的作品中，最令人惊讶的是，韦斯特也展示一种简洁的天赋："在一个像瑞士的国家，我们再次失败了。”"光秃秃的山脉宛如黑夜，高高的山脊上点缀着雪花，落下几滴重如硬币的大雨。”

作品行文的进展有可能被它已准备采纳的大量高级和复杂的意图所阻碍，但最终必须考虑为简洁表达韦斯特的思想留出空间。《黑羊与灰鹰》出版几年后，一位美国编辑本·许布希（Ben Huebsch）建议韦斯特写一本关于大英帝国的书，她坐下来开始考虑这一提议。这本来就是她喜欢做的事，但“在宗教和玄学以外的一些奇思妙想，会让我以一种疯狂的方式投身其中”。她觉得自己对于这样的研究没法做出新的贡献。当然，正是这些让她“疯狂”的要素，让《黑羊与灰鹰》成为一本伟大的思想著作。在结语中，韦斯特评论说，在她十几岁的时候，易卜生“纠正了英国文学的主要缺陷，即未能认识到思想的活力”。她后来以自己特有的激烈情绪断定，“易卜生呼喊着要思想，就像男人呼唤着要水一样，因为他自身缺乏水源”。如果说韦斯特拥有的水源要以加仑计算，那这只是过于保守的说法。《黑羊与灰鹰》以及其他所有作品都证明，作者奉献出来的是思想的洪流。就像劳伦斯一样，我们不可能说感觉在哪里停止，思考从哪里开始。观察和形而上学，思考和对“生活中可见事物”的反应，都在不断地相互渗透。

这本书最主要的思想也是最简单的，它简单到以至于不应该仅仅是“摈弃令人不悦的东西，表现出对令人愉快的事物的偏爱”。问题是，只有一部分人是清醒的。换言之，只有一部分人喜欢快乐和漫长的一天，想活到90岁，然后在我们建造的房子里平静地死去，而这所房子将为我们的后人提供庇护。但另一半的人类都快疯了，他们喜欢不愉快的事情，而不喜欢愉快的事情，喜欢痛苦和黑暗夜晚的绝望，他们想死在一场灾难中，这场灾难使生命重新回到原初的样子，除了那泛黑的地基外，我们的房子也将化为乌有。

就在韦斯特写这篇文章的时候，欧洲正飞速走向这样的一场灾难。1993年，当我第一次读到《黑羊与灰鹰》时，电视屏幕上满是房屋地基被烧黑的景象，就发生在作者所描述的地方。韦斯特本性中具有足够令人讨厌的要素，这使她意识到，认可和确定这种令人厌恶的东西是正在进行的个人和政治斗争的一部分。奥登在他的十四行诗系列《战争年代》（*Time of War*，发表于1938年，当时韦斯特正埋头写书）后附的评论中也呼应了她的这一观点和信念：

理智比疯狂好，喜欢比恐惧好
要是吃难以下咽的食物，还不如坐下来美餐一顿
睡觉两个人总比一个人好，快乐总是最好

在这两种情况下，结论的谦虚证明了它的智慧——反之亦然。《黑羊与灰鹰》是一本宏大、雄心勃勃、错综复杂的书，反复强调平凡与普遍真理之间的亲缘关系。韦斯特坚持认为，为朋友做蛋糕就是“在贝多芬和莫扎特所设定的更高的音阶中试图敲出一个低音”。在黑山，韦斯特遇到一个女人，她正试图理解自己遭遇的许多困难。这次会面说服了韦斯特，让她相信“在未来的数万代人当中，每一代人中哪怕只有一个人不停止探究自己命运的本质，即使命运会持续不断地鞭打和击垮他，总有一天我们也会解开宇宙的谜团”。如果像这样卓越的巨著在一个世纪里出现一到两次，那么我们等待解开谜团的时间就会被大幅缩短，不再漫长。

写于2006年

约翰·契弗：《日记》[1]

大多数读者会通过约翰·契弗的小说读到他的《日记》，这是再自然和恰当不过的。不管他的日记自身具有什么样的价值，这些作品作为出版物的生存能力，取决于作者的小说和故事能引发读者多大的兴趣。根据读者们的观点，他们对作品的忠诚度已经被测试过了。作者女儿苏姗（Susan）的回忆录《黑暗前的家园》（*Home Before Dark*）和儿子本（Ben）编辑选择的信件，进一步刺激了读者对这些日记的好奇心。正如约翰·厄普代克认为的那样，这是"在契弗逝世后对其快速的隐私侵犯"；但面对冷酷无情、充满悔恨的《日记》，这种侵犯倒是显得谦逊而谨慎。[2]

① *The Journals.*

② 行文中，我们用"日记"指代未经编辑的契弗写下的那些原始材料，用带书名号的"《日记》"指代选择编辑后的出版物。——原注

40多年来，契弗一直把他心肝受损的灵魂交付给每天的自我治疗方案。

所有这些材料——回忆录、信件、日记，以及把事情带到最新状态的布莱克·贝利（Blake Bailey）的传记——通常被认为是怀旧式的回顾，证明伟大的作品业已发展繁荣。在这种情况下，一定程度的震惊并不罕见。就契弗的日记而言，这位受人尊敬的作家形象与日记反映的真实人物之间有巨大的鸿沟。“刚刚手淫过的作家（他记录了自己的这一习惯），在绝望或无聊时的胡乱书写，或在等待撞到酒瓶时偶然的欢愉兴奋”，在某些方面看来，是契弗深感沮丧的缘由。

但是《日记》以另一种更具颠覆性和复杂的方式，干扰了读者的预设。因为契弗属于那种极少数的奇怪作家——我们脑海中立刻想到的是类似克里斯托弗·伊舍伍德和龚古尔兄弟这样的作家。他们私人的、未发表的作品中所包含的内容非常有质量，甚至优于那些他们去世后才出版的作品。我想更进一步地说，契弗的这一日记选集代表了他最伟大的成就，以及他有关文学生存的核心观点。

契弗总是对自己的写作表示怀疑。早在1959年，他就发现自己早期的故事“过于轻松随意”，很快就想要摆脱那种“无足轻重的作家”身份。读《裸者与死者》时，他对自己“才能的局限性”感到绝望；他崇敬贝娄，仰慕他，对厄普代克既嗤之以鼻，又顶礼膜拜，他焦躁不安地讽刺罗斯和其他人“玩弄着臭手指写作，我宁愿欣赏夜空美丽的星辰”。不足为奇的是，这些文学上的不足之处总是因一种受伤的防御机制得以缓和。坚定地根植于“优雅的传统”，他对“乡村俱乐部设置”的“过时幻想”，实质上默默指责了“加州诗人”肆无忌惮的过度行为。

事实上，有些小说——比如1962年的故事《世界的愿景》（*A Vision of the World*）——比人们想象中或者记忆中的要陌生很多。虽然很多故事都是在郊区上演，但它们通常都有“紫罗兰味道的噩梦”属性，这也正是契弗所推崇的纳博科夫在作品《微暗的火》（*Pale Fire*）中表现出来的东西。

《日记》不可避免地揭示了许多最终将在小说中进一步成长的胚芽。早在1972年，我们就可以观察到作者酒醉时微微瞥了一眼《猎鹰者》（*Falconer*），那一眼过于随意，以至于当契弗清醒时，“它似乎没有多少意义”。在作品《贾斯汀那之死》（*The Death of Justina*，1960）中，作者思考了“灵魂如何不离开肉体”，但“在肉体被分解和被忽视的每一个腐烂阶段中徘徊不去”的问题，这在前一年的日记中能找到几乎一字不变的记录。在你读到《日记》中带星号的这段背景文字——契弗已经醉倒了，他一边擦干餐具，一边想着死去的母亲——故事里的力量被削弱了，因为这些知识已经巧妙地渗透到叙述中去了。这种情况经常出现。我们在小说中所欣赏的事物——对“洒满大地的阳光”的关注，对心理细节的生动描述，包括令人兴奋的抒情表达，对上一次宿醉的怀念，对下一场狂饮的期待，这些都直接挥洒在日记的字里行间。

《日记》还包含了许多暗示，这些暗示都有悖于我们对作家契弗的期待。他从事一些原始雕刻，这一点倒是不足为怪——“星期天下午，我唯一的弟弟来拜访。有人告诉他，如果继续喝酒他就会死，但他仍然喝醉了。”——但我们肯定不会期待他回顾1963年的谢伊体育场，期待着德里罗著名的《地下世界》的开幕：

> 我认为，美国作家的任务不是描述一个女人在通奸时望着窗外的雨所产生的疑虑，而是描述四百人在灯光下伸手去拿一个界外球。这是一种仪式。裁判在裁判席上筛选球员的灵魂；当一万人在八楼的底部走向出口时，微弱的雷声响起，广阔的迁徙体现了道德判断的全部意义。

契弗在这里描述的是一种美国特有的发展轨迹。就像有关“遵纪守法的谋杀犯”这样的片段，或是遇到一位老同学及其妻子，都是卡夫卡可能会写的那种简短寓言。假如后者晚30年出生在希迪山或者布里特公园的话。

现代欧洲文学中的神经衰弱——在卡夫卡的《日记》中达到强度极限点的一种压力——可以被轻易排列在克尔

凯郭尔1836年的《日记》的引文中：“我刚从一个聚会回来，聚会上我是核心和灵魂人物；我一开口便涌现出无限智慧，所有人都冲我开心欢笑，羡慕不已——但我走开了——这里的破折号应该和地球的轨道一样长——还希望能一枪毙了自己。”

契弗非常熟悉这种20世纪中叶遗留下来的浸满杜松子酒的多愁善感：“你在鸡尾酒会上喝得太多了，也说得太多了，你对某人的妻子动了手脚，你做了既愚蠢又淫秽的丑事，希望自己早上醒来时死去。”在《日记》的首页，契弗记录了自己在大斋节第二个周日去教堂的一次郊游。这被认为是威斯特彻斯特正常生活的一部分，但他感到一种可估量的恐惧，感受到了被罚下地狱的威胁，害怕自己是一个站在“上帝的怜悯之外”的罪人。他所处的环境也许看起来是受外界限制的——马丁尼、游泳池、草坪——但它表现出无限的简洁，正如克尔凯郭尔的破折号。这是一种具有舒适特性和熟悉度的环境——在早晨的烤面包和鸡蛋中，按常规安静地编排一行行文字的方式——其实是一种更大的痛苦的一部分。契弗在渴望光明和抵制黑暗的诱惑（酒精、肉体的欲望）之间来回摇曳，他有一股毁灭自己的冲动。更微妙的是，他感觉到“生命中最奇妙的事情是我们几乎没有发掘自我毁灭的潜力”——这种感觉同时以一种“向内生长”和“向外延伸”的广博规模呈现出来。

任何看过《日记》的人都会很快注意到，契弗连续不断地记录的光影和风景，都能引起读者独特的共鸣。当他明显地谈到“光的道德品质”或“一种情绪的黑暗”时，人们就会产生愉悦的幻想，想到夏天的暮光之夜，在角落里的药店旁摇曳流动的“光、水和树木”——这些契弗描写景物时的典型特征，便如同一股危险的水流般全部涌现出来。那种“异常的肉体的暗示”永远不会遥远。所有的风景，无论多么如田园诗般的表面，都变成了承载渴望和恐惧的表达方式：“晨光如金币一样耀眼，从东边的窗子倾泻而入。但最令人兴奋的是阴影，是那无法定义的光。”随着岁月的流逝，信息变得越来越清晰，不可避免。在1968年的复活节，在第一次教堂礼拜16年以后，“空墓”和“生命永恒”的思想被淫秽的暗示所打断：“所有那些在厕所墙上涂抹的生殖器图片都不是令人沮丧的堕落的结果。有一些其实是人们高声欢呼的标志。”

如此看来，契弗说自己的天赋被“限制”是不正确的，但就像舌头不停地探查发痛的牙齿一样，他一再强调这个词，也完全是可以理解的。正如他自己在1976年所解释的那样，《猎鹰者》并不是来自他的监狱经历，而是来自他“作为一个男人”经历过的各种各样的“限制”。他没有说出来的事实是——他怎么可能说明白呢？——他对于这种意义给予了一种戏剧化的表达形式，是一种被放大的受限制的体现。理查德·耶茨对《纽约客》出版“质量低劣的契弗日记”的方式感到非常不满——这是一项耶茨永远无法企及的荣誉——但对于契弗来说，短篇小说的塑造要求，他获得的虚构故事的决心和习惯，那些所有让他在《纽约客》中处于有利地位的来之不易的写作技巧，都在阻碍他探索自身存在的深度。只有在没有形体限制的私人化的日记里，他才能做到这一点。如果是在“创作叙事散文”，契弗相信“每一行文字都不可能是从心底发出的哭泣”，所以他在写作中索性停止了哭泣。但与此同时，在写作日记时，他选择了另一条路径，他哭着留下了“杜松子酒的眼泪、威士忌的眼泪、纯盐的眼泪”，不再担心如何叙事的问题。具有讽刺意味的是，尽管他本能地反对凯鲁亚克和“加州诗人”的挥霍卖弄，但他自己最好的作品最终还是来自持续40年、没有考虑任何形式的文字狂欢和放纵，或者说——直到几乎接近最后才得以出版的《日记》。更具有讽刺意味的是：一个如此完美的文学巨匠，竟然是依靠一位编辑在他死后的介入，才最终将这种反复出现的抱怨、“酗酒”和自我哀叹，变成一本拥有巨大叙事力量的作品。这种力量来自三个密切相关的来源。

其中一种力量是关于婚姻的故事，它带有史诗般的阴郁，性欲的封闭（“譬如想寻找一个美好的晚安之吻，却发现唯一被暴露的地方是手肘”）——尽管这一点很容易被忽视——和带有长久阴影的和谐插曲。第二种力量是作者沉沦于（当然最终摆脱并得以恢复）酗酒——在最初写作《日记》的时候就已经开始了。除非你是一个正在戒酒的酒鬼——因为在这种情况下，你已经获得了足够的经验——当你在晚餐或酒吧喝醉之后回到家时，很有必要阅读几页《日记》中的内容。假设已经到了晚上11点钟，一小时后你就会睡着。但在你打瞌睡之前，想象一下那会是什么样的情景。喝得酩酊大醉——不，可能比这更严重——而且不仅是每天晚上，而是几十年来的每一天里，一整天情况都是如此。（从1968年起，《日记》里就没有不寻常的记录了："亲爱的上帝——还有谁可以？——让我远离餐具柜里的酒瓶，带领我抵制杜松子酒和波旁威士忌的诱惑。早上9点。我想我10点时肯定会屈服，但我希望能坚持拖延到11点。"）这一定是一种精神错乱的形式——尽管这是契弗与许多美国作家共有的一种疯狂。这些无法回答的问题依然存在：尽管酗酒没给他带来任何好处，尽管在1972年，就像贝利所说，他似乎"永久地受到酒精的伤害"，但这是他最终实现的目标中不可或缺的一部分吗？他是否需要迷迷糊糊的精神错乱？这是他创作之旅必备的燃料吗？

第三种力量其实是一种压力，即契弗要克服、满足和理解自己的性冲动。1959年，他决定不让自己成为"一种通过作品向读者泄露讨厌的近乎私密内容的作家"，所以直接地宣告了内心隐藏的确切秘密。事实上，契弗逐渐发现和最终接受他的性身份的过程十分符合20世纪大量的同性恋故事。按照粗略的时间顺序——这中间当然有许多重叠、矛盾和重复——我们可以看到：他青少年时期和朋友们一起骑马玩耍的记忆（用作者自己的话说，就是“随便认识”的朋友）；他如何一直试图通过模仿自省来掩盖自己的魅力，因为他认为如果人们知道这一点肯定会指责他；他在抵制肉体刺激方面的周期性失败——可以预测，这些失败是在产生严重的悔恨和抑制这些冲动的新决心后紧接着发生的（相应地，他对那些都不敢尝试抵制欲望的人愈加厌恶）；他对自己同性恋身份的逐渐接受（我就是同性恋，也很高兴说出来），他认为这一点值得庆祝，并认识到真正的伤害不是由一个人的性取向造成，而是由“一种力量，一种粉碎了这些本能并使其恶化到超出其自然重要性的程度的力量造成的”。

契弗最终适应了自己的性取向，这不仅仅是他个人回归自我的故事。无论是否具有自觉性，他都是一场更大政治斗争的受益者，这场斗争由像他这样的男女发动并由他代表他们进行。1967年，契弗想知道自己是否会“无助地陷入历史和爱情的风暴中”。具有讽刺意味的是，这位自私自恋、唯我主义的据称是“无亲无故的人”的日记里载满了历史，而且是不限于性取向方面的历史。

1962年有这样一个场景，一天结束时，人们离开海滩：“对我来说，看到人们拿起三明治篮子、毛巾和折叠式家具，急匆匆地回到酒店、小屋和酒吧，总是一幅动人的景象。他们的匆忙，他们的专注，就像生活本身的疏忽和轻率……”可爱、准确、一针见血，这显示了契弗典型的观察力细致和敏锐。但在它前面还有两句话：“和其他许多人一样，我整天都在电视上看格伦环绕地球飞行的节目，我为自己没有工作而自责。一旦这个人开始在轨道上正常飞行，人群就离开海滩。”如此看来，对海滩生活及其后果的永恒描述，是契弗对一个具体而重大的历史事件的呈现。《日记》中大多数条目都缺乏那种介绍性的、帮助确立语境的内容，我们因此要多一份警觉，或许还有不少这样自由浮动的片段，渗透在没有确定日期的历史事件中。除了这一点，再结合这样一个事实，即那些景观和房屋的记录清单，其实都是呈现作者性心理活动变化的编码方式——“杂乱排列”或许是比“编码”更合适的说法——你就会明白为什么《日记》中那么多的片段拥有“比引发它们的（赤裸裸的）事实更神秘的东西”。

在试图定义任何作家的日记的叙事动力时，都存在着一种风险，即对日记的吸引力至关重要的要素边缘化，也就是说，日记中记录的偶然和不相关的东西，不会像流线型叙事过程中必须发生的那样，被作者推到一边。而这种方式往往是日记写作中的核心要素。所以应该补充的是，在去罗马和俄罗斯的旅途中，契弗展示了他自己是一个才华横溢的间歇性旅行作家；是一位坚持不懈、有洞察力的读者，阅读的文学作品比我们想象的要广泛得多（“我读了乔治·艾略特的书，发现自己是一个如此物质化的人，我如此依赖触觉、如此粗鲁，以至于当任何东西被我触摸时——当德隆达最终把手放在桨上时——我都激动不已。”）。而且，他最后获得了自己所定义的成功：

> 什么也不掩饰，什么也不隐瞒，写下那些最接近我们的痛苦和幸福的事情；写下我的性笨拙、坦塔罗斯[①]的苦恼、我的极度沮丧——我似乎在梦中瞥见了它——我的绝望。写下焦虑所带来的愚蠢的痛苦，以及这些痛苦结束后我们力量的恢复；写下我们如何痛苦地寻找自我，如何在邮局被一个陌生人危害、在火车窗口看到半张脸，写下我们梦想中的大陆和人口，写下我们经历的爱与死，善与恶，以及预见的世界末日。

写于2009年

① Tantalus，希腊神话中宙斯的儿子，因偷窃神的酒食，并把自己的儿子剁成碎块宴请众神而在冥间受到惩罚，永远忍受饥渴的折磨，永远处在恐惧之中。——译者注

雷沙德·卡普钦斯基[①]的非洲生活

假设我们要发射一艘宇宙飞船，目的是与银河系某个遥远地区的居民建立文学联系。如果我们只有承载一个当代作家的空间，我们会派谁去呢？贝娄吗，还是马尔克斯？是阿特伍德（Atwood），还是选择鲁西迪？我会投票给雷沙德·卡普钦斯基，因为他对我们人类星球上的生活提供了最全面、最生动、最真实的（至少部分如此）描述。

三十年以来，他一直是波兰通讯社的驻外记者。在此期间，他目睹了27次革命和政变。虽然他艰难地完成了自己的使命，但他仍然是一名未被轻易麻醉的疯狂的新闻工作者。他突然中断了与华沙的联系，消失得无影无踪，

① 雷沙德·卡普钦斯基（Rysard KapuscińSki，1932—2007），波兰记者、作家。

"一头扎进丛林，乘着独木舟沿着尼日尔河在水上漂流，和游牧民族一起穿越了撒哈拉沙漠"。1966年在尼日利亚，他"行驶在一条据说白人不能活着回来的路上。我就是要开车去看看一个白人能否做到，因为我必须亲身体验一切"。在碰到第一个路障时，他被打了一顿，但交了过路费后就被准许继续开车。在第二个路障处，他又被打了一顿，全身都被泼洒了苯，但在交出了剩下的钱后，他还是被准许继续开车，而不是被点燃烧死。也就是说，当走到第三个路障时，他已经身无分文，而且身体处于一点就燃、极易起火的状态。但卡普钦斯基幸存了下来，他发回了一份令人毛骨悚然的报道，描述这一路发生的事件，结果收到了一份来自老板的电报，要求他"结束这些可能导致悲剧的壮举"。

但这对于卡普钦斯基来说，不太可能做到。作品《太阳的阴影》（*The Shadow of the Sun*）一书概要性地记录了他在非洲更多的历险故事。在这本书的前几页，他提及自己1962年在达累斯萨拉姆时，听说了乌干达即将独立的消息。他和朋友利奥（Leo）便立即出发前往坎帕拉，途经塞伦盖蒂平原，亲眼见到了那里丰富的野生动物。"这一切简直不可能发生，难以置信。就好像一个人正在见证世界的诞生，那一刻大地和天空已经存在，水、植物和野生动物也都已经存在，但还没有亚当和夏娃。"他们没有地图，中间又迷路了，有时还碰到一大群野牛——"牛群几乎延伸到地平线”。他们不顾一切地继续前进。天气越来越热。“燃烧的空气开始颤抖和波动。”卡普钦斯基开始产生幻觉。当他们来到一个荒无人烟的小屋时，卡普钦斯基已经“奄奄一息”了。他瘫倒在床上，发现自己的手在一条埃及眼镜蛇面前晃来晃去。他吓呆了。利奥小心翼翼地走过去，把一个巨大的金属防毒罐狠狠地砸在眼镜蛇身上。卡普钦斯基同时也将自己的身体用力地冲向防毒罐，于是“小屋的内部瞬间爆炸。我从没想过一个人可以拥有如此强大的力量，如此可怕、巨大、无限的力量”。最后，眼镜蛇死了，他们抵达了坎帕拉。卡普钦斯基仍然神志不清，不仅是因为中暑，还因为他染上了疟疾——脑型疟疾。他刚从疟疾中康复，就得了肺结核……这一切都发生在作品大约20页左右的篇幅之内！

不得不承认，卡普钦斯基是在用小铲挖掘泥土。每隔一页，他就累得“汗流浃背”。他冒着生命危险进入桑吉巴——这自然是另一个意外之举——他试图乘小船溜出去，却被一场不完美的风暴困住，这场风暴将他从面临海浪的悬崖上“推入咆哮的深渊和隆隆的黑暗中”。然后引擎就进了水并熄了火。在撒哈拉沙漠，太阳“用刀子般的力量”照射下来。要是走出阴影，“你会被活活烧死”。在蒙罗维亚，蟑螂“和小乌龟一样大”。“这一切是不是有点夸张？”卡普钦斯基警告我们要提防他的描述，因为他注意到自己有可能对蟑螂的描述“进行润色”，这样读者可以选择不相信，因为这“显然不真实”。

然而，这种可能性总是存在的。经验只是一个开始，而一些作家仅靠一点点经验就能应付过去。加缪指出不离开办公桌就可以过一种充满冒险的生活，而与此观点相反的另一个极端是，乔·辛普森（Joe Simpson）能够成为作家，前提条件是他必须亲身套上绳索，飞跃人生的悬崖峭壁。但是，如果一个人有经验，并且拥有完美的智慧和文学天赋呢？若果真如此，就是尼采认为的那种“非常罕见但值得高兴的事”：一个拥有完美智力要素的人，他同时具有与这种智力相匹配的性格、倾向和经验。卡普钦斯基就是这样的人。

人们常常不清楚，卡普钦斯基到底是在重复40年前发出的信息，还是只是在记录这些多次积攒的经验。事件的年表存在一种刻意的不确定，顺序也是支离破碎的，不同的对立时态在同一页中争夺统治地位。因此，他的散文具有不稳定的时代性和一定程度的历史反思。上世纪60年代在非洲大陆某个地区发生的事情，让我们得以一瞥多年后在利比里亚或卢旺达其他地区将发生的事件。

罗伯特·斯通曾经将菲利普·古勒维奇（Philip Gourevitch）比作卡普钦斯基，显得过于慷慨了一些。古勒维奇的作品《我们希望你知晓》（*We Wish to Inform You*）的确是一部优秀的报告文学，但卡普钦斯基的作品所取得的是另一个层级的成就。作为一个富有想象力的伟大作家，他不仅对材料进行加工，而且超越了材料本身。卡普钦斯基的作品也许根植于他自己的经历，但其中充满了令人惊讶的离题，一些小散文占据了作品的核心地位，这些小文章的内容可能与如何酿造法国白兰地有关，或者是关于亚美尼亚书的历史，也可以是在谈论任何事物、所有事情。然而，这些表面上的离题之处总是与作品的概念密不可分。在持续的游牧生活中，他描述了真实的地方——比如在作品《另一天的生活》（*Another Day of Life*）开篇中出现的安哥拉的板条箱之城——这些地方就像卡尔维诺笔下描绘的看不见的城市一样充满幻想。在埃塞俄比亚，他遇到了“一个往南走的人。这的确是人们能谈起的这个人的最重要的事情，即他从北向南走”。这就好像库切的迈克尔·K因迷路闯进了《太阳的阴影》中。几十本迷你小说和它们的角色都短暂地进入到人们的视野，然后继续前行：“整个非洲都在不断运动中，在去往某个地方的路上徘徊流浪。”

他的文字简洁而抒情——在正午的麻木中，一个村庄“就像海底的潜水艇：它就在那里，但没有发出任何信号，没有声音，一动不动”——而且常常滑稽得歇斯底里。有时，恐怖让位于荒谬的闹剧，反之亦然。但不管什么时候，他无穷无尽的制造惊讶的能力都占据着主导地位。他是一个坚定不移的见证人，也是一个热情洋溢的文体设计者。

然而，我接触过的许多小说作家似乎都没有听说过卡普钦斯基。在这方面，他是一个被默认为标准的文化偏见的受害者，这种偏见认为，只有小说才是杰出文学和不凡想象力的最崇高的领域。这里，将他的作品与一部颇受好评的小说进行比较，无疑可以帮助我们更好地认识他，这部小说也触及了他作品中反复提及的事件。罗南·贝内特（Ronan Bennett）的《灾难论者》（*The Catastrophist*）以扎伊尔独立前后的历史动荡为背景（不用说，卡普钦斯基当时也在那里），描写了动荡之后的结果，包括帕特里斯·卢蒙巴（Patrice Lumumba）的死。尽管地理位置偏远，贝内特精心创作的小说从未偏离人们熟悉的传统模式。但与此不同的是，卡普钦斯基的非传统方法从文学角度来看是全新的，因为没有人尝试过这种方法。他的材料产生了一种显然特别的审美价值，一种利用可能吞没自己的混乱产生的审美效果。结果——正式的结果——在平衡中永远是不确定的。因此才有了悬念。

《太阳的阴影》也许和《歌之版图》（*The Songlines*）在表面上有相似之处，但前者展现了布鲁斯·查特温（Brule Chatwin）的本色：这是富人卡普钦斯基。卡普钦斯基深谙一切所见事物背后的政治逻辑。他的大胆——体现在现实中和文学创作中的勇气——由其认识所支撑，因为他深刻认识到政治如何使同理心复杂化，以及同情心又如何影响政治的局势。他就在那里，作为一个白人在非洲奔波，这正是很多非洲国家从殖民主义的枷锁中解放出来的时候。但他自己也同样来自一个屡遭邻国帝国野心蹂躏的国家。他知道什么情况下才是“一无所有，徘徊在未知之中，等待历史最后说句公道话”，这也是他在非洲这个悲惨的世界感到自在的原因之一。在其他方面，他是完全陌生的，这使得他企图“寻找一种共同语言”的努力变得更加艰难。对卡普钦斯基来说，并不是曼哈顿或巴黎的防御线“代表了人类想象力的最高成就”，而是一个“可怕的”非洲贫民区——“整个城市竟然没有用到一块砖、一根金属棒，也没有一平方米玻璃就建成了！”不幸的人虽然麻木不仁，却有相当惊人的机智。同样，他也从不贬低他亲眼目睹的腐败和暴力——相反，腐败和暴力的盛行使得幸存下来的善良更加引人注目，显得难能可贵。

“人类更值得钦佩，而不是鄙视”，这是加缪在《鼠疫》中以戏剧化的方式表现出来的伟大真理。在那部《足球大战》（*The Soccer War*）中死里逃生后，卡普钦斯基更加直接地说：“这个世界上的确有太多的垃圾，然后突然之间，又出现了诚实和人性。”他在新书中把这一点表达得更简单，也更巧妙。一名司机为他开车后，他总结了自己和服务人员的交往过程，觉得这次最终实现了他渴望的人类关系，即不是严格意义上的经济关系，而是一种富有“柔情、温暖和善意”的人际关系。他并非天真或多愁善感：他的善意是真诚的，是发自内心的——但这只能用钱购买获得。这一点是否妨碍了他看到非洲的真正精神？就在书的最后一页，答案被华丽地揭示了出来。

由于被翻译成非小说类作品，《太阳的阴影》没有资格参加很多文学奖的评选。最好的办法是给他几个诺贝尔奖来解决这个问题——文学奖与和平奖他都受之无愧。

写于2001年

澄心清意

澄心文化

阅读致远

人类状况百科全书

杰夫·戴尔评论集（下）

Otherwise Known as the Human Condition

Selected Essays and Reviews

[英] 杰夫·戴尔／著

王和玉／译

浙江文艺出版社
Zhejiang Literature & Art Publishing House

塞巴尔德[①]、轰炸和托马斯·伯恩哈德

关于塞巴尔德的书，我们要说的第一件事是，它们总是有一种死后的感觉。他就像鬼魂一样写作——这句话经常被引用。他是20世纪后期最具创新精神的作家之一，但这种独创性的一部分来自他的散文风格，因为他的散文仿佛是从19世纪掘出来的文学作品。

第二件事是要承认亚瑟·佩恩[②]对电影的评价——它在无聊的边缘不停地颤抖——对塞巴尔德的作品来说也是合适的。但正是这种颤抖、永恒的不确定性，徘徊在无穷乏味的倒退边缘（可以说是一个巨大的鸿沟）所产生的悬疑感——更确切地说，是悬疑叙事的意义——使得塞巴尔德的作品如此引人入胜。矛盾的是，这一点在作品《土星

① 塞巴尔德（W. G. Sebald，1944—2001），德国作家、学者。

② 亚瑟·佩恩（Arthur Penn，1922—2010），美国导演、制片人。

之环》（*The Rings of Saturn*）中表现得最为明显（这是他即将出版的第二部英文作品）。在这部作品里，平坦的地貌，深刻的沉寂，突出了令人头晕目眩的心理探测深度。就像《移民》（*The Emigrants*，他的第一本书）一样，这本书一直吸引着人们的兴趣，因为任何使得这部作品成功运作的线索，似乎总是隐藏在最乏味的段落里，而这些段落往往是人们最想略读的部分。因此，读者被迫（毫不夸张地说）保持的那种极度考验耐心的勤奋姿态，与叙述者在萨福克低地疲惫的跋涉同步进行。

塞巴尔德那种具有催眠作用的行文风格吸引着读者进入一种注意力高度集中的恍惚状态。过了一段时间（在你通常准备等待的时间过后很久），你会感觉到，经常研究的对任何类似动量的东西的回避，已经产生了它自己的目的和方向：不是故事本身，而是一个过程和偶遇。从过程和偶遇中，一本更传统的小说可以被逐渐完成。

当读到作品《奥斯特利茨》（*Austerlitz*）的时候，我们已经完全适应了这个奇怪的文学领域，觉得我们已经确切地知道发生了什么。这里的“确切”，其实是“模糊”的意思。在他的欧洲和伦敦之行中，叙述者（与塞巴尔德其他书中的“我”没有什么区别）不时遇到熟人奥斯特利茨，这个人正在建筑、科学和防御工事的建造方面进行塞巴尔德式的巡回演讲。奥斯特利茨还支离破碎地描述了1939年他5岁时是如何来到威尔士，并由加尔文教派的养父母抚养成人的经历。在此之前的很长一段时间里，他都没有记忆，但被抹掉的过去总是通过令人不安的巧合浮出水面。物理上被遗弃的地方对他有如此强大的吸引力，以至于暗示了他自己强烈的在精神上的被遗弃感。他不知道自己到底是谁，这让他感到非常痛苦。他的头顶一直回响着某种声音，但他却无法探测这声音的源头。奥斯特利茨慢慢积累了一些细节，了解了自己是怎样从布拉格通过儿童交流运转最后被安放在一个犹太母亲那里，他也慢慢痛苦地知晓了犹太母亲阿加塔（Agata）的命运。

就像在塞巴尔德所有的书中一样，照片被粘贴到文本中。这些照片将作者充满历史气息的调查置于纪实文学的真实中，但由于它们总是没有标题，无法证实，周围的散文又一直在溶解它们似乎支持的现实。同样，对经验准确性的彻底忠实导致了令人神往的似是而非的猜测。实际的旅行变成了漫无边际的游荡：叙述者的经历融入了奥斯特利茨的故事，前者熟悉的“沉闷的绝望”让位于后者的“灵魂毁灭”式的精神瘫痪。反过来，奥斯特利茨的故事就像一面棱镜，折射出他所遇到的人的生命。很明显，不重要的细节也变得生动有效，毫不夸张地说，就像有形的风景不由自主地屈服于记忆的要求。照这样理解，我们很难不把奥斯特利茨——引用大卫·汤姆森（David Thomson）对彼得·罗兰（Peter Lorre）的评价——看作是“被摧毁的欧洲的愤怒而狂热的幽灵”。进一步说，塞巴尔德就是那个替幽灵说话的中介。

《毁灭的自然历史》(*On the Natural History of Destruction*) 描述了毁灭的中心地带，审视二战中盟军对德国城市的轰炸。考虑到这场灾难的规模如此之大，塞巴尔德不禁问道，德国作家为什么对此沉默不语？为什么“数百万人在战争的最后几年感受到的空前的民族耻辱，却从未真正被语言表达出来？为何那些直接受到毁灭性影响的人们，既没有相互分享这种经历，也没有将其传递给下一代呢”？

有很多关于轰炸行动的英文报道，其中多数都对轰炸指挥部进行了激烈批评，这让英国读者感到震惊。关于恐怖袭击——或者委婉地说，地区轰炸——在道德上是否正当，在战略上是否值得的问题，从一开始就存在激烈的辩论。总司令阿瑟·“轰炸者”·哈里斯（Arthur “Bomber” Harris）对此毫不怀疑，尤其是在道德方面。在作品《轰炸指挥部》(*Bomber Command*) 中，马克斯·黑斯廷斯(Max Hastings) 报道了哈里斯被一名警察拦下，原因是他开得太快，“可能会撞死人”。他立刻反驳道：“年轻人，我每晚都要杀死成千上万的人！”据塞巴尔德说，有很多证据支持索利·祖克曼（Solly Zuckerman）的说法，即哈里斯是一个“喜欢毁灭本身”的人。难怪，几年前在伦敦竖立哈里斯雕像的决议在英国国内引起了激烈的争议。

轰炸是在没有其他选择的时候，出于对敌人有所作为的愿望而发动的。一旦做出这一决定，大量的资源——据说远远超过了造成的任何工业损失——就被导向了这一目的。在战争的最后几个月里，一种关于工业过剩的疯狂逻辑要求轰炸必须进行——因为有那么多的炸弹和轰炸机——尽管轰炸本身对战争已经毫无意义。

《毁灭的自然历史》和任何一本塞巴尔德的书一样具有原创性和美学创造性，但在将注意力集中到更大范围的空中侵略故事上的《轰炸的历史》（*A History of Bombing*）中，作者斯文·林奎斯特（Sven Lindqvist）对这种空中侵略进行了详细调查。林奎斯特愤怒而激烈地争论着，而塞巴尔德在审视海因里希·伯尔（Heinrich Böll）等人的作品中对灾难的简单处理方式时，却表现出了特有的好奇和恼怒。对塞巴尔德而言，材料的相对匮乏证明了“人们有能力忘记他们不想知道的事情，也能忽略眼前正在发生的事情”。

这本书来源于1997年塞巴尔德在苏黎世的一系列演讲。在这些演讲中，他试图说明，尽管1944年他出生在阿尔卑斯山脉的一个村庄里，“几乎没有受到当时德意志帝国正在发生的灾难的影响”，但“它却在我的脑海中留下了印记”。塞巴尔德显然在用他自己的作品中长长的参考文献来证明这一点，但他选择不在书中重复这一观点——这一决定让这本书更容易被理解为塞巴尔德独特风格的作品。塞巴尔德以其特有的含糊不清提到，在自己的一次“叙述”中，他描述了自己小时候是如何假设所有城市都是由废墟构成的。在试图找到这一参考文献的过程中，很快就能清楚地发现，《眩晕》（*Vertigo*）中的其他几段文字（这本书在《移民》和《土星之环》之后被翻译成英语，但其实比这两部作品完成得更早）可以被认为是起源于爆炸后的巨变。在接近书的结尾部分，叙述者来到了伦敦，“在西方地平线上炽热的长条形天空之前，雨就像一场巨大的葬礼中的棺盖，从笼罩着整个城市的深蓝色云层中落下”。小说的结尾是叙述者对一个梦的描述，这个梦与塞缪尔·佩皮斯（Samuel Pepys）的有关伦敦大火的日记中记载的一个故事融合在一起，充满想象力地预言了——或者说回忆了——席卷德国汉堡的战争风暴：“我们看到火烧得越来越大。它并不明亮，只是一团可怕、邪恶、血腥的火焰，在风的吹拂下，横扫全城。”[我们用以比喻天气的气象评论，还能深入到什么程度呢？西博尔德的倾盆大雨在多大程度上能让人回忆起伊迪丝·西特维尔[①]在《该隐的阴影》（*The Shadow of Cain*）中所描述的轰炸带来的“可怕的雨”呢？]

塞巴尔德挖苦地承认，《毁灭的自然历史》中的“非系统记录”，并没有公正地看待“（个人、集体和文化的）

---

① 伊迪丝·西特维尔（Edith Sitwell，1887—1964），英国诗人、评论家。

记忆处理超出可容忍范围的经历的复杂方式”。当然，这也是《奥斯特利茨》复杂思想架构的主题。塞巴尔德在伯尔的角色中观察到的极度昏沉，“缺乏任何真正的生活意志”，奥斯特利茨也有同样的感受，他陷入了“可怕的麻木状态，这预示着人格的崩溃瓦解”。《毁灭的自然历史》的标题来源于祖克曼计划发表的一篇关于遭到蹂躏破坏的科隆市的报告。这个项目没有成功，因为他所看到的是“迫切需要一篇比他所能写的更有说服力的”文章。奥斯特利茨把这一点发挥到了极致，他屈服于一种彻底的崩溃，以至于说出的句子变成了毫无意义的零散单词的组合和堆砌。

如果说《毁灭的自然历史》以这种方式把我们带回到早期的书中，它也会前瞻性地预示那些目前还不会进行的叙事旅程。警惕“我自己的生活触及空战历史的几个点”，塞巴尔德也告诉我们，他住在诺福克的机场附近的地方被袭击了：“跑道上长满了杂草，废弃的控制塔、碉堡、波状铁皮屋都矗立在一个诡异的景象中，你能感觉到死者的灵魂，那些人在执行任务后永远无法顺利返回，那些人在巨大的火灾中悲惨丧生。”反过来说，这段话又像一本书的黎明一样，一直萦绕在我们的脑海，而塞巴尔德再也没有回头写过类似的段落。

在发表演讲后，塞巴尔德收到了很多来信表示认可他的信念：“战后出生的人如果仅仅依靠作家的证词，他们几乎不可能形成任何想法，充分了解德国承受空袭的本质、轰炸所造成的后果以及灾难的严重程度。”这一点倒是出乎意料，因为他本以为自己的论点“会因为自己还没有注意到的事例被驳斥”。

现在，这本书在这一点上显得非常让人好奇，因为如果我们越过边境进入奥地利和使用“德意志”这个词，指涉的不是一个民族，而是一种语言，那么在托马斯·伯恩哈德的作品中，我们就能找到驳斥塞巴尔德的实例，而且这种驳斥非常彻底，构成了他描述空隙的一种镜像。塞巴尔德没有承认这一点，这就更不寻常了，因为伯恩哈德似乎对他有很大的影响。这两者之间的相似之处在英语译本中可能比德语原文中更引人注目。但毫无疑问，正是从伯恩哈德那里，塞巴尔德通过思考得出了相反的伸缩性，即叙述的可靠性越是减弱和降低，它的确会越是吸引人不断地去证实其可靠性。“你很好地掩饰了你的震惊，我对英国人说，瑞格（Reger）也这样对我说。”伯恩哈德的作品《古典大师》（*Old Masters*）中的叙述者阿茨巴赫这样写道。“我特别着急，维拉告诉我，奥斯特利茨如是说。”塞巴尔德的作品《奥斯特利茨》中的叙述者也这样描述。（如果历史的目的是要回到最初的源头，那么这些代理独白的无限延伸的传闻就是它任性的风格的对立面。）塞巴尔德笔下的许多角色身上都存在一种喜剧性的痴迷状态和神经衰落症——他们不自然的消遣能力——就像伯恩哈德的叙述者习惯性地驱使自己进入的那种无情的、狂暴的焦躁状态的镇静版。詹姆斯·伍德（James Wood）曾如此评价："尽管塞巴尔德表面上很平静，但夸张是它的原则。毫无疑问，有一部分夸张他是从伯恩哈德那里学会的。"伯恩哈德的最后一部小说《灭绝》（*Extinction*）的叙述者宣称道："我发展了夸张的艺术，以至于我可以说自己是所知道的艺术最伟大的倡导者。我告诉甘贝蒂，还没有人把夸张艺术发挥得如此淋漓尽致。"

伯恩哈德对其的影响在作品《奥斯特利茨》中表现得最为明显——书中那些没有切分段落的几页漫谈，甚至一看就是典型的伯恩哈德风格。深陷崩溃中的奥斯特利茨发现，不管他写得多还是少，在后来的阅读中，它似乎总是"带有根本性的缺陷"，以至于他不得不"立即摧毁它，重新开始"。描写这种崩溃的文字长达好几页；伯恩哈德疯狂的叙述者被禁锢在这种无穷无尽的反馈循环中，不变地反复创作，写完一本书，接着再写下一本……

对目前的讨论来说最重要的是，伯恩哈德五卷自传的第一部分《起因的指示》[*An Indication of the Cause*，1975年最初以德语出版，1985年又作为一部分内容收录在《收集证据》（*Gathering Evidence*）中] 详细叙述了他在轰炸行动中的经历。

伯恩哈德出生于1931年。1944年，他在萨尔茨堡的一所学校里观看"成千上万架嗡嗡作响、咄咄逼人的飞机，每天把万里无云的天空遮蔽得漆黑一片”。塞巴尔德指出，在某种程度上，也许德国人觉得他们应该得到这样的报应。伯恩哈德和他的伙伴们“虽然害怕真正的空袭”，但“私下里却渴望空袭的真实体验”，这是一种充满孩子气的冲动。事情很快就发生了，当伯恩哈德从避难所出来时，他就要面对“一大堆冒烟的碎石瓦砾，据说很多人被埋在下面”。当塞巴尔德问起祖克曼关于科隆的事情时，他唯一能回忆起的细节就是那个变黑的大教堂和在附近发现的一根断掉的手指。年轻的伯恩哈德在这个破败的城市闲逛时，他“踩到了一个柔软的东西，横在医院教堂前的人行道上。乍一看，我以为是布娃娃的手……但事实上，那是一只被砍断的孩子的手”。随着伯恩哈德自传的这一部分的展开，读者意识到这正是塞巴尔德所说的那类不存在的东西。每一个塞巴尔德声称埋在沉默毯子下的细节，都由伯恩哈德发掘出来。塞巴尔德谈到，德国人很高兴自己在爆炸发生后不久仍然有举办音乐会的能力，似乎是为了将这一切小规模地戏剧化。年轻的伯恩哈德固执地继续他的小提琴课——直到他的小提琴被毁坏。我们可以继续没完没了地引用一些段落（伯恩哈德就是个没完没了的人），来展示伯恩哈德是如何以一种与塞巴尔德自己的说法有惊人相似的呼应方式，唤起“正在演变成世界已知的最大灾难的东西”。但这里要强调的重要一点是，伯恩哈德回过头来，强调了塞巴尔德提出的心理辐射和影响，他意识到“今天，每当我走过这座城市时，想象它与我无关，因为我希望与它无关，可事实上，关于我的一切，我内心的所有想法，**都来自这座城市**。我被一种可怕的、牢不可破的纽带和它捆绑在了一起”。

伯恩哈德是一个有着根深蒂固的矛盾性的作家。所以，这本彻底驳斥塞巴尔德论点的书，同时也完美地证实了这一点：

> 每当我向人们讲述所发生的事情时，没有人知道我在说什么。事实上，每个人似乎都忘记了众多被摧毁的房屋和大量被杀害的人，他们也不再想知道真实的历史，尽管有人试图提醒他们。当我今天参观这座城市的时候，我总是试图追问人们还能回忆起多少发生在那段可怕的时期的事件，但他们的反应只是摇头。但对我来说，这些令人震惊的经历现在还历历在目，就像昨天才刚刚发生的一样。每当我访问这座城市时，我瞬间就能回忆起他们似乎从记忆中抹去的声音和气味。和那些一定经历过我所经历的事情的城市老居民交谈时，我遇到的只有极度的恼怒、无知和健忘。这就像面对一种商量好的不想知道任何历史的决心，我感觉非常受伤害——这简直是一种对精神的冒犯行为。

当然，这里仍然是奥地利，不是德国（伯恩哈德坚持他的行文是奥地利人的节奏，不是德语的节奏）。如果有人采取类似的批评策略，用一位美国作家来纠正英国作家的写作中被感知到的精神创伤性的沉默，这种做法就会因为地理距离和历史差异这一简单事实而遭到质疑。但奥地利紧挨着德国，更重要的是，伯恩哈德所描述的经历（“所谓的全面战争越来越近，现在甚至在萨尔茨堡也能感受到它的存在”）实际上与塞巴尔德所关心的经历没有什么区别。如果我们认为这种比较是有效的，那么就会产生两种有趣的可能性。一个是，由于没有考虑到伯恩哈德，塞巴尔德似乎在某种程度上成了他自己论点的牺牲品，屈从于他所描述的健忘症。另一个原因是，由于它们在文体上有强烈的相似性，我们已经预感到，塞巴尔德自己可能已经弥补了他所哀叹的不足。

写于2003年

关于他人的成就：苏珊·桑塔格

如果不是一个伟大的小说家，一个人会有多大的可能成为一位杰出的散文家呢？或者，我们可以用另外一种方式提出类似的问题，一个人作为文化评论家所取得的成就，是否足以使他（她）成为一名作家，并符合他（她）自己曾经提出的那些艺术评价标准？唐·帕特森[1]在《阴影之书》（*Book of Shadows*）中对于这一问题给出了一份存在二元标准的答案："好吧，评论家：公正的批评。但最终，她做到了，你没有。"

苏珊·桑塔格的独特之处在于，同时可以说她做到了，也可以说没有做到。作为散文家和思想家，她的地位无疑是得到确认的。她的权威性、严谨性、明确性、洞察力和评论性散文所涉及的广泛领域，都帮助塑造了过去40

① 唐·帕特森（Don Paterson，1963— ），英国作家、诗人。

年的文化景观。在这段时间里，桑塔格几乎一直在写小说，从《死亡匣子》（*Death Kit*）和《我与其他》（*I, etcetera*）等时髦前卫的先锋派小说，到后来内容丰富的长篇小说《火山情人》（*The Volcano Lover*）和《在美国》（*In America*）。正如她的儿子大卫·里夫（David Rieff）在这一系列别具特色的散文和演讲集的感人前言中所指出的那样："她把自己作为小说家创作的成果看得比其他任何事情都重要。"也正是在这一点上，桑塔格对自己的看法与别人对她的看法（也会因此被别人记住）之间出现了重大的差异。

就我个人而言，如果她从来没有出版过小说，我对她作品的热爱也丝毫不会减弱。（我记得，当《在美国》获得美国国家图书奖时，我就认为这个奖颁给桑塔格的确是实至名归——只要人们认为这个奖是颁给除了专著之外的任何东西。）她一再争辩说："文学就是知识。"事实上，是存在各种不同的作家的，虽然一部分作家的智识比不上桑塔格的一小部分，但他们写出的小说给读者留下了更加深刻的印象——更不用说令人愉悦的效果了。这就使她的情况显得特别有趣。我很想说，这正是作品《同时》（*At the Same Time*）一种心照不宣的观点陈述，也是其主要内容。现在我暂且离题聊聊其他内容，相信很快就能帮助我们了解事情的过程和原因。

库切刚刚出版了自己的最新评论著作《内心活动》

（*Inner Workings*）。正如人们对他这种能力的小说家所期望的那样，这些文章——在两种密切相关的活动之间小心翼翼地传递出来的结果——具有一贯的高标准，但它们不是让库切成就伟大名声的作品。据我所知，洛丽·摩尔也没有创作这样的系列。摩尔是那种智慧和洞察力在小说中得到完美表达的作家之一。桑塔格的才华几乎没有影响到评论领域；她在小说方面的创作完全无拘无束。因此，当桑塔格尖刻地批评摩尔的作品，尤其是“那个患癌症的婴儿”的“著名故事”时，评论说它太微不足道了，“你完成了它就算是尊重自己”，就自然带有一定的讽刺意味。桑塔格留给人的印象是，作为一名小说作家，必须像杰克逊·波洛克[①]那样逆行，即以一种迂回的方式，把溢出的水重新引回到壶里。因此，在一个以知识分子的绝对诚实为标志性特点的文集中，最不寻常的时刻也往往就是最令人迷惑的时刻。这是桑塔格在获得和平奖的获奖感言中所说的，当时她形容自己是“一个讲故事的人”。毫不客气地说，桑塔格无法通过讲述一个故事来拯救自己的生命。得知自己被诊断出癌症后，她的反应不是把这段经历虚构为故事，而是在中规中矩的散文随笔《疾病的隐喻》（*Illness as Metaphor*）中以分析的方式审视它。在创作《火山

① 杰克逊·波洛克（Jackson Pollock，1912—1956），美国抽象表现主义画家。

情人》时，她设法找到了一种方法，将她独特的漫谈式写作风格转变成一种历史化的虚构叙事模式：“至于作品《在美国》，我非常尊重自己，因为我完成了它，所以觉得自己应该得到一个奖项。”

具有讽刺意味的是，对桑塔格来说，她认为这些散文随笔迫不得已地妨碍了自己应该做的重要事情，而对她的许多崇拜者而言，致力于小说创作则是对她正在进行的评论事业的一种干扰。她最好的作品，以独有的深度和广度，记录了自己作为读者和旁观者阅读其他人作品的经历。但事情远非如此简单。

批评家们总是在房间里工作。他们这样做的方式在职业生涯中会发生变化。年轻的评论家喜欢贬低和诋毁。后来，当他们写真正重量级的人物时，就没有那么多的题材了：与其说是托尔斯泰、普鲁斯特等人带来的问题，不如说是他们自己与伟大进行正面交锋的能力受到了考验。一旦这个测试通过，当一个不知名、被低估或被忽视的人物被认为值得一位特别受尊敬的评论家关注时，情况就会发生逆转。在这一卷书中，桑塔格对维克托·塞尔日[①]的案例进行了细致而精彩的思考，这一事实本身就间接地肯定了他的地位。

---

① 维克托·塞尔日（Victor Serge，1890—1947），比利时作家、革命家。

但这种工作对桑塔格来说是不够的，无论是作为读者还是作家。对于一个如此重视文学的人，更重要的是，对于一个如此了解怎样创作出具有持久价值的文学作品的人来说，帕特森说的“她做到了，你却没有”就像一种持续不断的指责，会让她痛苦不已。所以她必须相信小说才是她真正的家园，而且她的居住权必须得到公众的承认。

正如桑塔格在《同时》一书中一再证明，她既是道德家又是唯美主义者，既是民主主义者又是精英主义者。与她的政治承诺相匹配的是，她坚持卓越的标准，坚持自己的文学信念，正如她那句著名的俏皮话所言：“文学并非对所有人都一视同仁的雇主。”她想平等地与人交往，只是她最想见到的人恰好处于文化图腾柱的顶端。作为一个评论家，桑塔格无法与他们平起平坐。小说（对她自己来说）比其他任何东西都重要。但与此同时，她的小说作品又明显不如自己所写的其他作品。从这个意义上看，她的小说必须得以某种方式“拖”上去（如果你愿意，也不妨用“走私”这个词）。具体用什么方式呢？只有宣称，关于文学的所谓权威评判，不过是创作完成后的一种副作用而已。这其实又带来了额外的副作用，因为桑塔格这样做的牺牲或付出的机会成本（即放弃了写小说的真正业务），使得她的政治和批评干预更有分量。当然，也正是这些干扰（五年后，她即兴创作的“9·11”事件评论似乎是经过深思熟虑的反应，不仅涉及已经发生的事情，而且预测了未来的景象）构成了桑塔格真正持久的成就。

写于2007年

战争的道德艺术

作家是否应该参与所处时代的重大事件？关于这个问题的争论永远没有恒定的答案。萨特承认，作家没有义务应对核战争的威胁，但是如果一位作家惧怕“像老鼠一样死去”，就不可能完全真诚地创作出歌颂鸟类的诗歌。有时，正如奥威尔代表亨利·米勒所言，重要的作品可能源于对历史主张的极度厌恶。当然，处理大主题的意愿与作品最终的质量之间并没有直接相关性。但此时此刻，具有时代意义的标志性事件——基地组织对纽约和五角大楼的袭击，以及随后在伊拉克和阿富汗爆发的战争——恰好被载入了我们这个时代最伟大的书籍中，只不过这些书的体裁和形式并不是人们通常所期待的小说作品。

按照所涉题材的大致时间顺序（当然不可避免地有一定程度的重叠），这些杰作已经包括了史蒂夫·科尔（Steve Coll）的《幽灵之战：从苏联入侵到2001年9月10

日，中央情报局、阿富汗和本·拉登的秘密历史》（*Ghost Wars: The Secret History of the CIA, Afghanistan, and Bin Laden, from the Soviet Invasion to September* 10, 2001）、劳伦斯·赖特（Lawrence Wright）的《末日巨塔：基地组织与“9·11”之路》（*The Looming Tower: Al-Qaeda and the Road to 9/11*）、乔治·帕克（George Packer）的《刺客之门：美国在伊拉克》（*The Assassins' Gate: America in Iraq*）、拉吉夫·查卓拉斯卡朗（Rajiv Chandrasekaran）的《翡翠城的皇室生活：巴格达的绿色地带》（*Imperial Life in the Emerald City: Inside Baghdad's Green Zone*），还有德克斯特·费尔金斯（Dexter Filkins）的《永远的战争》（*The Forever War*）。若稍微降低一点门槛，就必须为下列作品留下一席之地：埃文·赖特（Evan Wright）的《杀戮一代》（*Generation Kill*）、托马斯·E. 里克斯（Thomas E. Ricks）的《惨败：美国在伊拉克的军事冒险，2003–2005》（*Fiasco: The American Military Adventure in Iraq*，2003–2005）和后来的续集《赌博：彼得雷乌斯将军与美国在伊拉克的军事冒险》（*The Gamble: General David Petraeus and the American Military Adventure in Iraq*，2006–2008）。若将收录范围再稍微扩大一点，还应包括简·梅耶尔（Jane Mayer）的《黑暗面：反恐战争如何转变为对美国理想的战争的内幕》（*The Dark Side: The Inside Story of How the War on Terror Turned into a War on America's Ideals*），艾哈迈德·拉希德（Ahmed

Rashid）的《陷入混乱：美国和巴基斯坦、阿富汗以及中亚的灾难》（*Descent into Chaos: The U.S. and the Disaster in Pakistan, Afghanistan, and Central Asia*）也可列入这一名单。

没有任何迹象表明，这种战争书籍的激增会很快停止。大卫·芬克尔（David Finkel）的《好士兵》（*The Good Soldiers*）是在巴格达美军2-16步兵营亲身度过八个月的成果，这是布什总统在2007年1月自信地宣布的增兵计划的一部分。塞巴斯蒂安·荣格尔（Sebastian Junger）的作品《战争》（*War*）讲述了他在阿富汗致命的科伦加尔山谷与一批拥有高科技和超强战斗力的美国士兵并肩作战的经历。吉姆·弗雷德里克（Jim Frederick）的作品《黑色的心》（*Black Hearts*）是一个毁灭性的调查报告，揭示了一群在伊拉克死亡三角地带的美国士兵，即第502步兵团是如何因为无法忍受的压力在2005年到2006年最终解体的；因为不断积累的压力，兵团强奸并杀死了一个14岁的伊拉克女孩，而且其中四个士兵对女孩的家人执行了死刑。

正如帕克在他最近的文集《有趣的时代》（*Interesting Times*）中所言："出版界在巴格达取得的成就，弥补了它在华盛顿的挫败。"报告文学、长篇报道、当代历史——随你怎么称呼这些作品——都让小说写作显得有些多余。

1918年一战停战后，文学界沉寂了整整十年。直到1929年，才有一部小说对第一次世界大战阐述了富有想象力的理解。埃里希·玛利亚·雷马克（Erich Maria Remarque）的《西线无战事》（*All Quiet on the Western Front*）中回应了一种不言而喻的需要，为其他战争小说创造了条件。引用满怀希望的理查德·奥尔丁顿（Richard Aldington）的话来说，这些战争题材的小说可能会“大受欢迎”。然而从那时起，一场特定的战争与相关书籍的出现，这两者之间的时间差明显开始缩小。1948年，诺曼·梅勒的《裸者与死者》问世。就时间而言，约瑟夫·海勒（Joseph Heller）的《第二十二条军规》（*Catch*-22，1961）是一个奇怪而偶然的案例。这是一部关于二战的小说，但似乎预见到了越南战争的荒谬。从这场冲突中产生的具有决定性意义的散文作品是一本报告文学，即迈克尔·赫尔（Michael Herr）的《迅速出击》（*Dispatches*，1977）。当然，这并不是有意要忽略《闪灵战士》（*Dog Soldiers*）、《他们携带的东西》（*The Things They Carried*），或者《机器梦想》（*Machine Dreams*）这些作品，但是就像对于在联赛中争夺较低位置的团队来说，比赛的赢家已经被确定，罗伯特·斯通、蒂姆·奥布莱恩（Tim O’Brien）、杰恩·安妮·菲利普斯（Jayne Anne Phillips）将榜首位置拱手让给了赫尔，或者说让给了新闻记者尼尔·希汉（Neil Sheehan），因为他创作了史诗般的历史作品《明亮而闪光的谎言》（*A Bright Shining Lie*）。越南作家保宁（ Bao Ninh）的作品《战争哀歌》（*The Sorrow of War*）可能是这一判断的例外，它提出了一种有趣的可能性，即如果一部伟大的小说的确诞生于当前的冲突，那么它很可能出自伊拉克作家之手。

第一次海湾战争没有产生任何重要的小说。安东尼·斯沃福德（Anthony Swofford）倒是用最令人难忘的散文形式，讲述了自己在海军陆战队的经历。《锅盖头》（*Jarhead*，2003）可能算不上一流的文学成就，但该作品叙事的力量和非常规的独创性令人印象深刻，以至于连萨姆·门德斯（Sam Mendes）这样笨手笨脚的二流导演都能把它拍成一部像样的电影。

赫尔开创了先例，而斯沃福德以一种不太平衡的方式延续了这一先例，这一过程似乎不太可能被逆转。如果有一个时代，历史事件中包含的人类故事，即帕克所说的"人类事件的核心"，只有在被一部小说（《战争与和平》就是最好的例子）处理之后才能被真正吸收和理解，那么这个时代已经成为过去了。鉴于对当前冲突进行叙述的高质量报告文学，除了文体上的华丽修饰（我们将回头再探讨这一点）和不必要的惯例限制之外，很难看到小说家还能带来什么新鲜的东西。正如大卫·希尔兹（David Shields）在他最近的声明《饥饿的现实》（*Reality Hunger*）中所言："不久前，富有想象力的工作——也许是最伟大的创作——是应该写一本'关于越南的小说'，但我骨子里觉得，我可能很少会去读它。"你不需要报名参加希尔兹的反小说圣战组织，都能感觉到他关于描写越南战争的说法同样也适用于伊拉克战争——**或者更加符合描写伊拉克战争的情形**。

难道是我全然忘记了那些小说作品中的王牌人物、精彩角色和故事吗？当然不是。事实上，这些精彩的人物角色同样出现在非小说类的描述中，以我们所期望的虚构人物的方式，得到了鲜活而充分的体现（而且通常是浸透了鲜血）。劳伦斯·赖特曾经说过，在研究“9·11”恐怖袭击的过程中，他意识到有一些人可以充当“承载更加宏大历史的驱动力或者更广阔的历史环境的毛驴”。《末日巨塔》之所以成功的部分原因在于，这些“毛驴”被描绘成复杂多面且不断发展的个体，而不是简单地作为担负叙事责任的野兽。虽然他们冥冥中注定的命运以一种近乎小说的方式汇聚在世贸双塔上，但这本书的悬念和势头并没有将叙事的理念降低为读者一页接着一页翻书的冲动。正如赖特和他的同事提醒我们的那样，优秀的叙事方式和故事情节，本身就是认知和理解事件的一种方式。

芬克尔已经见证过他所记录的大部分内容，但他完全将自己从文本的叙述中分离开来。在这方面，作品《好士兵》就像一部传统的以第三人称展开的小说，有几乎无所不知的叙述者——或者说带着伊舍伍德式的摄像机，只是记录事实，没有价值评判。摄像机记录下来的——也是士兵们必须忍受的——情景几乎令人难以置信。战斗异常可怕，带来的直接后果更加糟糕。“有一个人，可能是医护人员，在他（里维斯）的胸口用力上下猛推，好像快要把他的每根肋骨弄断了。‘你要更用力，动作也要更快一些。’负责的医生告诉他。医护人员开始更加使劲，里维斯的断腿便脱落掉到了地上。”战争带来的长期后果就更糟了。作为中心人物，陆军中校拉尔夫·考茨拉里奇访问了受伤的士兵和他们的家人，这些人已经回到美国，有些正在恢复，有些可能永远也无法恢复到正常状态了。“邓肯·克劳斯顿的大部分身体都消失不见了，所以他看起来并不真实。他的半个身体支撑在一张双人床上，似乎是用螺栓固定在上面。”

阅读整本书，你会发现考茨拉里奇——他后来逐渐变为人所周知的“迷失的考茨”——还有其他善良的士兵“在你的眼前分崩离析”，他们的努力英勇而徒劳。赖特关于“毛驴”的概念被放大了，这一群士兵的经历实质上浓缩了整个美国深陷伊拉克泥潭的艰难局面——这是一个在战术、战略、道德和政治方面都无法脱身的困境。（弗雷德里克在《黑色的心》中也做了类似的工作。）

芬克尔的作品涉及战争，事实的严酷和沉重，要求他必须对语气有精确的把控。即使是在最实际的情况下，他的行文也能在不断重复地暴露于极端危险的冗长叙述中找到一种催眠般的平静：“目光扫视四周，发射台进行着干扰，车队沿着布鲁托路行进……”有时文字流露出一种诡异而受损的抒情性："几个小时后，当太阳落山时，天空呈现出一种夜间不祥的感觉。月亮不太圆，升起来显得凹凸不平，形状也不太好看。白天明亮的白色高空气球，现在变成了灰色的阴影，笼罩在空荡荡的街道和建筑之上，周围全是沙袋和高高的混凝土防爆墙。"其中有一个细节获得了可怕而辛辣的讽刺效果，细节描述的是一个士兵头部中枪后的情况，这个士兵最后幸存了下来，但头部却呈现出如同月亮"凹凸不平奇形怪状"的样子。就是用这样的笔触，芬克尔展示了如何通过细致的观察和严谨的措辞，将混乱事件纳入可控的叙事模式。

相比之下，《战争》是一本不太刺激但仍然扣人心弦的书，它把读者带入了战斗的肾上腺素迷雾中。就像他身边的士兵一样，荣格尔对"战争的道德基础"不那么感兴趣，令他更有兴致的是战争的直接体验，及战后出现的一种"扭曲的存在主义"效果，即"每一个瞬间都是你拥有的唯一证据，证明你前一时刻并没有被炸死"。他的感官常常被这段战争经历所淹没，只有通过查阅自己在战地交火中拍摄的现场录像片段，他才能理解并记录下当时的真实情况。这也满足了荣格尔的另一个兴趣：军事训练和生化过程的复杂结合——身体的应急机制会突然激增和关闭——这样便使得一个人在极度危险的情况下仍能正常工作；同时，人体自我保护的本能会使人蜷缩成一团或者逃跑。事实上，结果并没有那么复杂。荣格尔认识到，勇气实质上就是爱：即愿意为他人牺牲自己的生命，你知道那些人也同样会为你牺牲生命，因为在某些情况下，根本不存在所谓的“个人安全”（“发生在你身上的事同样也发生在每个人身上”）。他还发现了一个事实，那就是战斗如此“令人疯狂兴奋”，以至于“最令人痛苦的事情之一就是不得不放弃它”。

《战争》是用第一人称的叙事展开的。与芬克尔不同的是，荣格尔自己出现在他记录的事件中，但表现得很谨慎，出场也不太引人注目。与芬克尔完全隐身的叙述风格形成最鲜明对比的是作家德克斯特·费尔金斯。他们俩的书就并列摆在书架上面，与其他按字母顺序排列的书籍放在一起，二者的文笔都相当出色。费尔金斯著有《永远的战争》，这是一本长短不一的报道文章合集。荣格尔和埃文·赖特在各自的书作中都扮演了演员的角色，参与了故事，但两人都没有像费尔金斯那样在作品中以作者的姿态大摇大摆地出场。

费尔金斯可能受雇于风格保守的《纽约时报》，但他显然是赫尔写作风格的继承者。对于这一说法，刚开始大家可能觉得有些无法接受。费尔金斯是一个坏透了的孩子，显得愚蠢而疯狂。除了一些交通和服装方面的细节，这些塔利班早期的描述可能直接来自亨特·汤普森（Hunter Thompson）的《地狱天使》（*Hell's Angels*）：“伙计，他们太可怕了。你会看到他们挤进一辆豪车，所有的人都受了伤，白色的头巾闪闪发光；他们是镇上最凶恶的蠢驴，他们自己也知道这一点。”

费尔金斯“经历过一切，体验过枪林弹雨、炸弹爆炸和死亡”，他是脱离传统记者身份的最新化身，想要“脱离束缚，自由漂浮，用一套不寻常的标准来弄清真相”。和荣格尔一样，他也愿意到达危险最大的地方，但当真正抵达那里时，他对场景的记录又倾向于偏离主题，结果却让我们更紧密地融入场景中。此时，一个更加杰出的先驱，即雷沙德·卡普钦斯基，出现在我们脑海里。一旦你开始寻找这类写作的先例，就很难知道具体该在哪里驻足停留，或许我们还能瞥见伟大的澳大利亚二战记者，艾伦·穆尔黑德（Alan Moorehead）对费尔金斯在写作风格方面的影响。

但这种偏离正题，在与虚构小说接壤的边缘地区进行创作的意愿，并没有得到普遍认同。我有一次去听乔恩·李·安德森（Jon Lee Anderson）的演讲，那时他刚刚出版了《巴格达沦陷记》(*The Fall of Baghdad*)。在问答环节，我问他是否觉得《纽约客》对事实准确性的强调与粉饰事实的冲动之间存在任何矛盾——即使这让人偏离了对事实的客观报道，但正是这一点让丽贝卡·韦斯特和雷沙德·卡普钦斯基成为伟大的作家，虽然他们可能算不上是可靠的记者。我自认为这是一个相当有智慧的问题，但安德森却骄傲地对此不屑一顾。枪林弹雨中，任何文学装饰的想法都是他买不起的奢侈品；他唯一关心的是准确地报告事件本身。相比之下，我认为费尔金斯更有同情心，所以一件异常残忍的事物，比如在拥挤的市场上将自己引爆的自杀式炸弹袭击者的头部，可以成为他创作恐怖喜剧的素材。

> 他们把它放在一个碟子里，那看起来就像施洗者约翰的盘子一样，然后把它放在靠近室内门道的地板上。考虑到所经历的一切，它仍处于良好的状态……那人脸上最奇怪的地方是眉毛：他把眉毛抬起来，好像很惊讶的样子。这倒是让我觉得非常奇怪，因为他是唯一预先知道将会发生什么事情的人。

这不仅仅只是语气的问题。与雷沙德·卡普钦斯基的作品《足球战争》类似，《永远的战争》经常呈现出虚构小说的叙事形态和道德决策。“皮尔兰”（Pearland）讲述了费卢杰（Fallujah）遇袭事件中的一段情节。在这段情节中，菲尔金斯和一名摄影师导致了22岁的一等兵威廉·米勒（William Miller）之死。故事的结尾是多层次展开的可怕、辛辣和悬而未决的讽刺。

从荣格尔的观察角度来看，团队和集体往往比个人更重要。那么，先撇开一些其他特定的优缺点不谈，这类书籍能为揭示一些更大的问题——譬如纪实文学与虚构小说的关系，抑或对伊拉克和阿富汗战争的记录和表现——带来哪些重要的启示呢？

首先，它们让人觉得自己被凯瑟琳·毕格罗（Kathryn Bigelow）的奥斯卡获奖影片《拆弹部队》（*The Hurt Locker*）彻底欺骗了。正如美国HBO电视网放映的埃文·赖特改编的故事《杀戮一代》（由大卫·西蒙和埃德·伯恩斯编剧），令观众完全沉浸于美军在伊拉克的战争经历中。这两部电影都扣人心弦，尤其是《拆弹部队》，里面的每一份废物——影片中有很多这样的废物——都存在着潜在的生命威胁。的确，《拆弹部队》紧张得令人心惊胆战，只有当你重新回到光天化日之下重获安全感时，才会发现自己曾经多么可笑地被操纵，体验是多么浅薄。毕格罗的作品有一种主题的连续性：《拆弹部队》就像莱尼·内罗在她的早期作品《末世纪暴潮》（*Strange Days*）里所描述的激动人心的旅行一样，不过是一种军事题材的版本而已。莱尼出售虚拟现实体验的一切，小到一个女孩洗澡，大到武装抢劫，而这正是呈现在我们眼前的要素——甚至连摄像技术都一样。新的变化体现在模拟环境的性质上：所有的惊险刺激的战斗和炸弹处理，都在观众自己的家庭娱乐环境中呈现，既隐私又安全！技术成就令人如此印象深刻，以至于让我们忘记了表面上在一场真实而可辨认出的战争背景下展开的巨大行动，是通过好莱坞的艺术传统在荒谬的自由中安全运作的。就好像他作为炸弹处理专家的生活还不够令人兴奋，也好像他不相信一个顶级的炸弹处理装备会突然转变成一支出色的爆破狙击手队伍，我们看到了一段布恩风格的小插曲，其中威廉·詹姆斯莫名其妙且令人难以置信地穿上一件连帽运动衫，拿起手枪，独自一人在巴格达的夜晚寻求复仇——抑或是正义（在好莱坞，这两个词是危险的同义词）——然后毫发无伤地回来了！自始至终，严格的军事纪律似乎可有可无。尽管如此，詹姆斯的整个性格显然是荒谬的：他是留着短发、穿着制服的帕特里克·斯威兹（Patrick Swayze）的化身，仍在寻求终极之旅，却不是在《惊爆点》（*Point Break*）的海浪和天空中，而是在巴格达的酷热和尘土里。

这部改编自《杀戮一代》的电视剧与其他作品一样，是对《拆弹部队》的结构和传统小说的持续批评。这个系列丝毫没有改变赖特叙述中的事实，讲述了一支由美国海军陆战队组成的车队从科威特前往巴格达的故事。某些角色比其他角色占用了更多的屏幕时间，但是故事中没有出现英雄。就像在一个排里，一切都归结为团队合作与合力而为，这种情节永远不会按照一个好故事的要求来设计。这也就是为什么这部剧比《拆弹部队》更能完整地融入战争体验的原因之一。尽管海军陆战队的专业技能和枪法都高超无比，但他们对自己命运的掌控程度却微乎其微。事实上，在这个系列节目开始之前，当他们签约的时候，故事差不多就结束了。从一开始，我们就被美国海军陆战队的缩略语和世界观所束缚。我们的观点绝对是海军陆战队的视角。从他们的经验中得出的教训绝不是道德主义的，但随着周围局势的恶化，他们的立场和目的在道德和战略上更大的不可能性也不可避免地显示了出来。

让我们现在再次回到芬克尔在《好士兵》中所观察到的困境。总的来说，我们要重新审视非小说文学相对于小说的优势。当然，人们很容易想象一个小说家没有毕格罗所享有的自由。但是，我们一直还未探讨的一本小说，几乎是这里讨论的最好的非小说类书籍的翻版。因为这些新闻记者们大量运用了小说家假定的技巧——善于描述细节、文体天赋等等——至少那些**美国记者**确实如此（既然困难无法躲避，我们不妨直接面对，迎难而上）。

在每一种具有可比性的关于伊拉克和阿富汗的作品中，美国作家都比英国作家做得更好。在大西洋两岸，新闻记者的写作自然比他们所报道的人物本身创作得要更为出色。从《杀戮一代》中可以清楚地看到，纳撒尼尔·菲克（Nathaniel Fick）是一位杰出的军官。然而在自己的作品《一颗子弹之隔：一名海军军官的诞生》（*One Bullet Away: The Making of a Marine Officer*）中，他无法将作者身份强加于他对这个故事的描述，并据此在赖特的叙述中显示出威信。同样，《绝望的荣耀》（*Desperate Glory*）——英国记者山姆·基利（Sam Kiley）关于他在赫尔曼德省与英国16个空中突击旅一起经历的琼格尔式描述——比

《年轻军官阅读俱乐部》（*Junior Officers' Reading Club*）写得要好，后者是前士兵帕特里克·亨尼斯（Patrick Hennessey）对于自己在伊拉克和阿富汗服役的回忆录。这一点也是不可避免的。我们不能指望赖特和基利能够比菲克和亨尼斯把握得更准确，或者在全副武装的情况下走得更远。但是，一旦我们开始一对一的比较，士兵对比士兵、记者对比记者，就会发现美国人毫不含糊地稍胜一筹：菲克的书明显比亨尼斯的作品更有造诣；与赖特和荣格尔相比，基利看起来顶多是个称职的记者罢了。

换句话说，美国人拥有整体优势——而其中原因其实并不难理解。作家们是最初资助他们的杂志的雄厚资金的受益者。在这方面，自从越南战争期间摄影师拉里·伯罗斯（Larry Burrows）为了《生活》（*Life*）而工作以来一直如此，情况并没有多大改变。该杂志"准备让某人去工作，不管花多长时间"，被伯罗斯的儿子拉塞尔（Russell）称为"真正的奢侈品"——一份临时的工作——而这一点对于那些有幸为《滚石》工作的赖特、为《名利场》工作的荣格尔、为《纽约客》工作的帕克等文学记者来说仍然适用。总之，士兵和记者们都从美国的经济实力中获益，而他们手头拮据的英国同行则只能勉强维持生计。

更普遍地说，美国记者在报道美国军队时，受益于美国英语的全面灵活性和多才多艺，而这些灵活性和多才多艺正是为他们的生计提供素材的美国士兵每天都在使用的语言。军官和外勤人员都在用一种共同的习语，这种习语因军队的种族和文化构成显得多变而生动。相比之下，在英国部队中，这种共同语言媒介的缺乏反映了军队的基本阶级划分，即军官与士兵、纨绔子弟与无产者之间的等级划分。这种状况下的语言不具有多样性，而是直接而固定的选择。这一点不仅适用于直接引用的语言，也适用于作家们写作时在引号之外所使用的文体，这种非直接对话本来并不受制于阶层区别的局限。正如在需要做出选择时很容易发生的那样，最糟糕的结果可能来源于作家的一种妥协，因为这会冲洗掉任何可能使这两种习惯用法引人注目的东西。而这正是我们在亨尼斯和基利作品里看到的情景，即一种笨拙的受过教育的英语文体，既缺乏桑德赫斯特（Sandhurst）精练的文笔，也缺乏未受教育的民众俗语的活力（在印刷品中表现俗语的生动需要最高的文学抱负和技巧）。作品描写的这些经历可能是血腥的、暴力的、极端的，但是共同使用的习语却显得平淡无奇，给人带来安慰。

> 就在利物浦队对战切尔西队的比赛开始时，一些天使般的信号员不知从哪里冒出来，他们手里拿着热狗，似乎生活中一切都尽善尽美。更多的伤亡消息传来，足球便被遗忘了。即使利物浦队明显运气不佳，但幸运的是，球员中没有一个是真正不幸的……

这就是亨尼斯的文字：写得不错，只是平淡无奇，十分笨拙。

基利“疯狂地渴望”完成这项工作，但即使他记录下的经历是可怕的，写作也永远不会受到威胁，除了那些他们在军队里常说的陈词滥调有些危险。所以，有一种看法似乎变得越来越站不住脚，这种观点认为，在不离开办公桌的情况下，任何一个平庸的作家都能写出这样的句子："空气中充满了嗞嗞声和子弹的噼啪声。它们之间似乎没有空隙，就像从水管里倒出来一样。炮弹轰炸着地面；尘土在他们的脚边跳跃。德斯能听到子弹在自己耳边一英尺范围内发出的嗞嗞声，他能感觉到子弹的热浪抽打在自己脸上……”写作不是一场勇气的比拼，更是一场创作的比赛。荣格尔和基利一样依赖经验，但他的散文（“他看到一排子弹在尘土中向他飞来……”）就像莱尼·内罗的一次虚拟旅行，将我们封闭在他描述的经历之中。

然而，这不仅仅是个人才能的问题。亨尼斯和基利都是英国特性的受害者，他们都被一个事实所挟持，即只要你一开口，别人就能通过语言识别出你的阶层。在为费卢杰而战的海军陆战队中，费尔金斯“对自己的年龄、职业和教育都很在意”，但值得注意的是，他并不在意自己的**口音**。当埃文·赖特抵达科威特海军基地，准备和他们一起进入伊拉克时，大家都憎恨他，觉得他是一个局外人，但他从来不用美国版的“伦敦腔”。在语言方面，他对军官和士兵都很熟悉，他们相处得也很随意。直接引语和叙述声音之间的交流可以持续且不受限制。英国军官和士兵之间可能有某种共同的语言基础——“我靠！我靠！我靠！”亨尼西在危险的时刻对自己不断重复这句脏话。“它是语言中最通用的词”——但美国人似乎在发明政治不正确和用于谩骂的词语方面具有“优势”。在埃文·赖特到达这里的那一刻，他就无意中听到一名海军陆战队员在谈论一名亚洲女孩，“她的眼睛又小又紧，你甚至可以用牙线蒙住她的眼睛”。他知道自己工作的一个重要部分就是保持警觉，竖起耳朵把听到的一切都记下来。

这并不是说，通过将注意力转向阿富汗或伊拉克，美国的记者和新闻工作者就肯定会取得胜利。当乔恩·克拉考尔[①]开始对帕特·蒂尔曼[②]的故事感兴趣时，他一定认为自己找到了用赖特的话所说的“最完美的毛驴”：典型的美国男孩赢得了一份利润丰厚的职业橄榄球合同，但在“9·11”事件后，他放弃了这份合同去参军，随后去了阿富汗。在那里，他在一次伏击中被杀。有时也可能更像是一个英雄，接着会有传言说他被友军误杀，军方尽其所能

① 乔恩·克拉考尔（Jon Krakauer，1954—　），美国作家、登山家。

② 帕特·蒂尔曼（Pat Tillman，1976—2004），美国橄榄球运动员。

隐瞒真相。

这是一个潜在的伟大故事，尽管《男人赢得荣耀之地》（*Where Men Win Glory*）揭示了克拉考尔作为作家的局限性——在历史背景下，他对科尔和劳伦斯·赖特的作品只是囫囵吞枣，并没有充分消化——但从几个意想不到的方面来说，这仍然是一个有趣的失败案例。克拉考尔认为军队想让蒂尔曼融入他们自己的英雄故事，无论是具体的伏击，还是一般的橄榄球明星牺牲事业加入军队，然后牺牲自己的故事。但这家伙不肯罢休，因为很明显，克拉考尔将蒂尔曼当成了崎岖理想和悲剧个人主义的最新化身，而正是这一点使得他的早期作品《进入稀薄空气》（*Into Thin Air*，关于一次在劫难逃的珠穆朗玛峰探险）和《荒野历险》（*Into the Wild*，克里斯·麦肯德里斯在阿拉斯加荒野死亡的故事）如此引人注目。从这个角度来看，该书结合了它所调查的那种典型的挪用手法。

一本明显有缺陷的书之所以能得到严肃的关注，还有另外一个原因——这说起来显得有些自相矛盾，因为它一方面强化了一般意义上的非虚构类作品，而我们讨论的这一特例似乎又削弱这一事实。蒂尔曼一家的不满之一是，军方——尤其是中校，同时也是一名福音派基督徒——推翻了帕特希望举行世俗葬礼的明确愿望。后来，帕特的家人拒绝接受对帕特之死的几次调查结果，并同一位中校在接受采访时表示，蒂尔曼一家的持续不满是由于他们缺乏宗教信仰。

在克拉考尔作品的更大计划中，这只是一个相当小的观点，但这位基督教中校正是拉尔夫·考兹拉里希，即芬克尔《好士兵》中极具同情心的中心人物——驮着最重东西的驴子。就像小说中的人物相互联系一样，这些非虚构类书籍和现实生活中的人物相互联系、相互渗透，形成了一部史诗般的、正在进行的、分成几卷的大部头作品。我想，这本不断修订、无法完成的专著最终将被命名为《历史》。

这本原书最大的不确定性在于它的插图方式。多年前，在《寻踪索姆河》（*The Missing of the Somme*）一书中，我就提出，阿多诺（Adorho）那句名言——奥斯威辛之后，写诗是残忍的——还需要再加上一条警告：取而代之的将是摄影。但现在，我怀疑这个修正的提法本身是否还需要进一步修改。正如帕克在早些时候引用的那篇文章中所写的那样，在巴格达，新闻界或许已经超越了自身，但“伊拉克并不是摄影师的战争”。但真是这样吗？当肖恩·史密斯（Sean Smith）、迈克尔·坎伯（Michael Kamber）、蒂姆·赫瑟林顿［Tim Hetherington，他曾与荣格尔一起在阿富汗拍摄纪录片《雷斯特雷波》（*Restrepo*）］等人拍摄了那么多关于当前战争的令人震撼的图片后，我们还能如此认为吗？也许这些都是证明这一规则的例外，对于帕克来说，更重要也更需要注意的是关于摄影**师**，而不是摄影术的问题。在伊拉克和阿富汗，我们也许既目送了战地摄影师作为一种特殊职业的时代，慢慢退出历史，同时也迎来了摄影师作为小说家的时代曙光，后者的主要体现为卡帕（其著名的有关西班牙内战的照片现在被认为是虚构的）和尤金·史密斯等视觉小说家的创作方式。当前，来自前线的摄影绝对是由图片是什么来定义的，而不是由谁拍摄来定义的。没有摄影师能够像罗伯特·卡帕或蒂姆·佩奇那样，在他们拍摄的胜利日和越战的图片上分别贴上各自的视觉标识。也许是因为现在照片已经太普遍了。由于照片无处不在，以至于在芬克尔书里的一段毁灭性文字里，照片并不是指威尔弗雷德·欧文（他的钱包里装着死者和伤者的照片）所收集的实物记录，而是指一种视觉方式，一种受到损伤的精神状态。由于创伤后应激障碍所引起的精神崩溃，营里最英勇的士兵解释说，他一直在看“照片……就像哈勒森在火焰中燃烧的画面，这一画面在我记忆中挥之不去……已然成为定格在我脑子里的幻灯片”。

即使涉及有市场价值的图像，摄影也不再需要具备特殊技能和超常敏感的人，甚至不再需要一套特殊的设备：任何双手空闲的人利用某种图像小工具都可以做到。卡帕认为，一小部分的模糊给他的图像增添了一种危险的即时性。现在，照片看起来最“真实”的时刻，不是用相机，而是用手机拍摄的，或者说是用狙击步枪的瞄准范围拍摄的（用不了多久这就会成为可能）。

与此相一致的是，有关当前战争照片的争论所针对的，与其说是它们的质量，不如说是关于发表它们是否合适或者是否有品位的议题。去年，美联社发布了朱莉·雅各布森（Julie Jacobson）在阿富汗拍摄的一张照片，引发了激烈的争议。仅仅在焦点方面，它就缺乏伯罗斯那种形式上的优雅，在各个方面都不太引人注目——除了它展示21岁的一等兵伯纳德（Joshua Bernard）在腿部被一种火箭推进榴弹击中后受伤流血、光荣身亡的画面。伯纳德的家人坚称他们不希望这张照片被公开，而当美联社以这张照片展示了人类战争的现实为由，执意要刊登这张照片时，他们非常愤怒。现在，费尔金斯和芬克尔目睹了同样令人痛心的事件，并对其进行了更为详尽的描述。对这些事件的口头记录变成了他们的献礼作品，而他们也因此获得了那些失去亲人和受伤者的感激之情。任何一个带着相机和自动发条的人都可以拍下不亚于雅各布森的高质量照片，却只有少数极具天赋和勇气的人才能用费尔金斯或芬克尔的技巧和力量记录下米勒或里维斯的死亡。借用马丁·艾米斯的话来说，他们都是“道德艺术家”。

这个短语来自一篇发表在《愚蠢的地狱》中的文章，艾米斯在文中声称，梅勒和卡波特的非虚构小说缺乏“道德想象力”。道德的艺术，事实上却没能为他们提供和安排道德的角度。但没有道德角度，艺术就无从谈起。当阅读体验结束时，你能感受到的只有谋杀——以及伴随所有死亡的人类的混乱和徒劳。这篇文章已经很老旧了，现在可以看出其中的道德角度有自己的局限性，若稍加延伸便能被加以反驳。我们只有超越非虚构小说的限制，借助不同类型的叙事艺术、不同形式的认知模式，并重新调整充满道德说教和政治观点的叙事方式，才能真实地记录目前史无前例的喧哗和混乱，对这一特定的历史时期表示尊重或抗议！

写于2010年

第三部分　音乐评论

我的最爱

有些歌曲对听者而言有一种奇妙的归属感（迪伦的歌曲最显而易见），即由原作曲家演唱时，那首歌才呈现出原汁原味。当然，亨德里克斯翻唱的《沿着瞭望塔》（*All Along the Watchtower*）和凯斯·杰瑞的《昔日的我》（*My Back Pages*）也能让听者产生同样的感觉，但这是非常罕见的。好些歌曲都在不同的演唱者之间传唱，欢快间夹杂着混乱。而且，当一首歌最后被打上某位特定歌手的烙印时，那首歌就会成为他的专属。这个过程需要时间，比如奥奈特·科尔曼（Ornette Coleman）的歌《寂寞的女子》，随着时间的流逝成为了查理·海登（Charlie Haden）的歌。但是《我的最爱》这首歌却已为柯川（Coltrane）所唱三十年有余。

美国音乐家在为数不多的歌曲资源里寻找爵士乐的做法由来已久，比如桑尼·罗林斯（Sonny Rollins）创造了摇滚版的《车的轮子》(*Wagon Wheels*)，但很少歌曲能和《我的最爱》这首优雅的小调曲一样，如此源远流长。

起初，《我的最爱》是由理查德·罗杰斯（Richard Rodgers，谱曲）和奥斯卡·汉默斯坦（Oscar Hammersteing，作词）共同创造的，作为1959年舞台剧演出的一部分。1965年，这首歌为一部电影所用。该电影荣获多项奥斯卡奖，由茱莉·安德鲁斯（Julie Andrens）饰演女主角玛丽亚。玛丽亚原本将成为一名修女，但她在男主角崔普［克里斯托弗·普卢莫（Christopher Plummer）饰演］家担任家庭教师后，得到了爱情和幸福。自此之后，《我的最爱》这首原本毫无娱乐成分的歌曲影响了世上孩子们的生活。如今，众所周知，该音乐剧是虚构的，毫无价值。这部原本就令人不悦的音乐剧里，最让人恼怒的情节是茱莉·安德鲁斯在暴风雨来临时，唱起了一系列她心爱的东西来安慰崔普的孩子："闪亮亮的铜壶，毛茸茸的手套，用细绳系着的棕色纸盒，这只是一部分……"

柯川为这些悦耳易记的调子所吸引，于是他从《欢乐满人间》(*Mary Popping*）电影里录制了《绿袖子》(*Green sleeves*）和《亲爱的烟囱》(*Chim Chim Cheree*）两首歌，但是所有歌曲都没有《我的最爱》一曲让人着迷。他首次录制这首歌是在电影被改编之前的1960年10月21日，那时他组建了一支自己的常规乐队。爵士乐史上最具影响力的四重奏中，有大半部分源于这张唱片。吉米·加里森

（Jimmy Garrison）随后接替史蒂夫·戴维斯（Steve Daris）担任贝斯手，柯川主唱，埃尔文·琼斯（Elvin Jones）担任鼓手，麦考伊·泰纳（Mcloy Tyner）担任钢琴手。

柯川时常演唱《我的最爱》，以至于它几乎成为了他的标志。最后一次录制是在1966年7月22日的日本，一年后柯川便逝世了。在这一年里，许多柯川先前录制的表演都被播出。在这首歌里，我们能够看到柯川不断探索、发现、再探索的生命历程的缩影，那是他极具创造力的时期。

柯川是通过担任男高音歌手成名的，但是在《我的最爱》里，他首次担任女高音。起初，他的女高音带有东方情调，直到后来这个特点变得越来越明显。菲利普·拉金因此对柯川感到反感，把柯川的嗓音污蔑为“刺耳嘈杂的花言巧语”。

与第一版本相比，往后的演唱里贯穿着一些明显的特征：起初动听优雅的主旋律逐渐演变成杂乱的音调，同时混杂着哭泣声以及刺耳的摩斯电码的声音。但与后面的版本相比，这已经有进步了。埃尔文奠定了轻松摇滚的节拍；与之充满力量的击鼓而言，麦考伊敲击钢琴的声音微乎其微。（《我的最爱》，《大西洋月刊》，1961年）

虽然柯川的四重奏乐团组合成员相对固定，但其间也发生过一些变化。在1961年11月23日斯德哥尔摩的演出中，雷吉·沃克曼（Reggie Workman）接替加里森担任贝斯手，此时的四重奏增加了由艾瑞克·达菲（Erif Dolphy）所吹的笛音。在1963年的新港音乐节演出中，罗伊·海恩斯（Roy Haynes）接替埃尔文担任鼓手（埃尔文当时因吸食毒品被强制戒毒）。这首歌慢慢变为埃尔文和柯川激烈的较量，海恩斯有意使柯川的声音更加清晰。就像弗朗西斯·戴维斯（Francis Daris）在唱片说明中所写的那样，海恩斯并没有因为紧张而“绕着柯川转”，但是，琼斯确实就是这样做的。

《我的最爱》演奏的次数越多，它的变化就越来越大。柯川对副歌越来越熟悉，演奏的风格变得更加简洁隐晦，整首歌的时间因此变得越来越长。1965年7月27日，在安提布，人们有幸再次听到由原班人马出演的四重奏，柯川、泰纳、加里森以及琼斯四人之间相互回应，增强了这首歌的抒情性。

1965年春，柯川把这首四重奏歌曲的演出发挥得淋漓尽致。他经常借鉴别的音乐家的作品来润饰他的歌曲，如今，思想开放、年轻有活力的阿奇·西普（Archie Shepp）和费拉·桑德斯（Pharoah Sanders）为他所用，创造了一种有别于以前的音调。由于音乐节奏不断增强，柯川采用了埃尔文和阿里两个鼓手的形式，但这掩盖了泰纳的钢琴音。埃尔文于1965年12月最先离开了乐队，三个月后，泰纳也离开了。

1966年5月，柯川出席纽约爵士圣地前卫村的演出，这是他演艺生涯的最后一次演出了。他的妻子艾丽斯（Alice）担任钢琴手，费拉和阿里担任鼓手（埃尔文觉得他俩表现不错），加里森担任贝斯手，他是乐队组合里唯一一位与柯川演出到最后的成员。1966年，那首精彩绝伦的《我的最爱》由贝斯手的独奏作为开场。直到7月在东京演出时，整首歌已经长达一个小时，仅加里森的贝斯前奏就长达15分钟。

当被问及为何会让海登等白人贝斯手加入，柯尔曼说："黑人并没有把弦乐器当作是表达民族情感的一部分。"换句话说，弦乐器与欧洲白人的传统紧密相连。在古典乐曲的发展历程中，加里森的独奏展示了黑人音乐崛起的重要时刻。从那时起，即便是大提琴演奏，在诸如阿卜杜勒·瓦度德（Abdul Wadud）等大提琴家手里，都能表现出黑人音乐的严谨。

在东京的演出中，加里森的独奏结束后，乐队其他成员开始加入演出，柯川负责演奏中提琴，他之前完全没有接触过这种乐器。当他刚到达日本时，雅马哈品牌方就分别赠送了一把中提琴给他和费拉，他以为他们会提前试试手。随着表演的进行，我们惊觉那是一种全新的音调，柯川的嗓音绝非如此，中提琴的音也并非如此。在前5分钟里，他的声音宛若号啕大哭，直到我们逐渐熟悉这个旋律时，他又突然做出改变，把我们带向了更远处，但是又突然一下子回到歌曲的主旋律上。此时他是自由的。艾丽斯弹奏着钢琴，阿里敲击着闪着灯光的鼓，柯川脱离了史蒂夫口中的“来自埃尔文和麦考伊的重力牵引”。埃尔文和麦考伊与柯川相斥，而艾丽斯和阿里与柯川相吸。这种美好同时也潜伏着危机。当柯川的演出达到顶峰再重新开始时，所有的东西都会化为乌有。尽管这首歌的时间有所延长，但那段独奏堪称简约界的杰作：仅用11分钟就囊括了中提琴的生涯发展。

接力棒的传递是接力赛中最紧张的一刻，于爵士乐而言同样如此。当柯川结束个人演唱后，就轮到当时只有26岁的费拉出场，感觉就像是柯川把火炬传给了他。他优雅地在台上演出，但几分钟后就陷入了迷茫，我的意思是我不知道他在做些什么。我沉浸在其中了。同样地，费拉和其他听众也都深陷其中而无法自拔。

柯川不断地寻求进步与突破，几个月前他的个人演唱部分是演出的高潮。直到1965年末，他开始不确定下一步要怎么走了。1966年2月的新港音乐节，当其他乐队无法准时出场时，他和塞隆尼斯·蒙克（Thelonious Monk）的乐队一起演出。演出结束后，活动发起人对乐队没能出席表示遗憾，柯川也坦言，他有时候会怀疑自己坚持的路是否正确。埃尔文从未有过疑虑：他与柯川一起的最后一个月里，他听到了柯川许多的杂念，但延续了一段时间后就都消散了。此时，《我的最爱》有如在难以穿越的丛林里摸索熟悉的道路。我们都抱着很大的希望，相信艺术家最后的作品会成为永恒，但这在柯川身上并没有发生。柯川于1967年2月与阿里合作的二重奏曲，收录于他逝世后发行的星际空间唱片，透露出一种绝望，这表明他最终还是陷入了发展的僵局。

在日本演出那晚，费拉的问题在于，自从前卫派进入发展的鼎盛时期后，爵士乐就一直在与之抗衡。如果从一开始就大声嘶吼，接下来要怎么做？简单来说，柯川表演结束后除了尖叫还剩下什么？在某种意义上，费拉的整个音乐生涯都在不断探索这个问题。

费拉的演出结束后就是阿里和艾丽斯的二重奏，而它过于冗长，以至于我们发自内心的希望是埃尔文和麦考伊在演出。而后又轮到柯川演奏女高音部分，他竭尽全力想要使这次演出变得完美。我开始寻思，这可能是他最完美的一次演出（这样的对比是无止境的，对愉悦的标准总是有所改变），因为他比以前任何一次演出都卖力，这个想法是激动人心的。

可能，对于爵士乐以后的发展，柯川已经给出了自己的答案。从传统意义上说，音乐家通过不断推进主旋律向前发展的方式进行独奏，而柯川最后一次演出却与之相反。就像在他逝世25年后，爵士乐又回到了更加严肃和传统的表演形式。西普不再演唱布鲁斯歌曲了，费拉的嘶吼给他带来了宛如“教堂般神圣”的嗓音。

至于曲调，就如柯川的最后一次演出一样，抛弃了所有的束缚，听起来有不同的味道，更加悦耳，更加有活力。下面这段话摘自里尔克逝世前四个月写的一首诗：

啊！我们贸然掷出的球，投进无限空间
它重新落回掌中，却非同往日：
相比从前，它的分量愈加凝重
没错，但那个球同时也变轻了……

我时常在想，流行的爵士乐曲调中，是否还有像蒙克的《午夜时分》或者柯川的《宝宝》这样的歌曲存在。虽然《我的最爱》不在这些歌曲里面，但柯川认为这样的歌曲是无穷无尽的。

这就是人们为什么还在演唱那些歌曲的原因。吉他手隆尼·乔丹（Ronny Jordan）发行了一首非常时髦的迷幻爵士乐歌曲；几年前在伦敦的爵士咖啡馆，艾哈迈德·贾麦尔（Ahmad Jamal）的三重奏对这首迷幻爵士乐歌曲进行了舞蹈版本的演出。它能够奏效的原因在于三重奏里没有管乐手的声音来唤醒我们对逝世的爵士乐先驱的记忆。

最近，与埃尔维斯·卡斯特罗（Elvis Costello）的专辑《残酷的青春》类似的歌曲开始出现。《这是地狱》这首歌使罗杰斯和哈默斯坦的生活发生了变化，因为它列举了卡斯特罗最不喜欢的东西。当《我的最爱》被反复演唱时，这首歌的关注度被极大提高。但可惜，我们已无法再见柯川的原味重现，而只能看到由茱莉·安德鲁斯进行的演唱。

写于1994年

拉玛曼妮

当我第一次听见拉玛曼妮（Ramamani）的声音时，我就对她一见钟情。

我从未目睹过她的芳容，更别提与她偶遇了。但曾几何时，我与她近在咫尺。几年前，我前往德国卡尔斯鲁厄探望阿布-哈里尔（Abou-khalil）。在我离开两天之后，拉玛曼妮就在当地的卡纳塔克邦打击乐学院演出。

第一次听见她唱歌，是通过萨克斯风手查理·马里亚诺（Charlie Mariano）的唱片，萨克斯是卡纳塔克邦学院的教学特色。随后发行的优质唱片记录了一次现场演出时三人合作的歌曲。据我所知，拉玛曼妮并未录制过与印度古典声乐相关的个人唱片。即便如此，马里亚诺新发行的唱片《班加罗尔》让我有机会听到她的声音。老实说，这张唱片的发行效果不尽如人意。尽管他们之前的合作极具前瞻性和突破性，但是新爵士元素的出现，特别是其中加入的老式电贝司，使得混合音乐又回到以前不尽如人意的时期。令人欣慰的是，拉玛曼妮一直参与其中，就如马里亚诺在唱片内页中所说，她还是一如既往的精致优雅。当我知悉拉玛曼妮已嫁卡纳塔克邦学院院长摩尼（T. A. S. Mani）为人妻，不禁心生伤感。

或许从那时起，我应用另一种方式来表达心中对他妻子的爱慕之情。因此，若要用文字来表达我内心深处的声音，在某种程度上，我需要摒弃杂念。我钟情拉玛曼妮的歌声，只因她的声音是如此的美妙，因为在她的歌声里，我听到了关于我深爱的她的一切。她倾国倾城，但她的歌声独得我钟爱。

她的天籁之音源于她在印度接受过的古典声乐的熏陶（准确而言，是在卡纳塔克邦或者印度南部）。也正是在印度古典乐中，女声作为音乐的组成部分才能展现出极高的表现力（而不仅仅是表达目的的工具）。或许有人会提出异议："那卡拉斯[①]如何解释？"

回忆起科迪莉亚（Cordelia）的嗓音，利尔（Lear）说，那是"最轻柔和缓的低音，那是女人与生俱来的优点"。卡拉斯对此强烈反对，誓要重新夺回她独一无二的地位。即使她沉迷取乐，反复唱着和西域故事相似的美声

---

① 玛丽亚·卡拉斯（Maria Callas，1923—1977），美国籍希腊女高音歌唱家。

小调，“我很漂亮，我非常漂亮”，都无法隐藏她意图打破以往所有有关快乐的主张的想法，这样强烈的欲望是至高无上的悲惨结局的导火索。她想要做到天下无匹。正因如此，她成为了了不起的歌手，她的演出令人眼花缭乱。而也因此，在她身上已没有少女气息。

在英国，当女性达到一定的年纪后，都要把头发剪短，这是令人悲哀的。相反，在印度，参与音乐会或者演奏会的观众仍有许多六七十岁的妇女，她们的灰白长发非常漂亮。她们的长发是快乐天性的外部表现，就如许多著名的印度女歌唱家所唱的那样。（如令人惊异的奥赛罗评价苔丝狄蒙娜所说的那样：“能唱出熊的凶猛形象。”）例如，生于1962年的拉克施密·尚卡尔（Lakshmi Shankar）几年前在伦敦演出时，她看上去高贵而严肃，但是当她开唱时，岁月的痕迹不见踪影，只留下少女般活泼轻快的歌声。

对于在印度听到的音乐，威廉·盖德尼感同身受。在他眼里，图穆里唱法宛如“穿着莎丽服的少女摇摆的身姿”。这种唱法为轻古典乐唱法，拉克施密·尚卡尔尤为擅长。即便由年过七旬的妇女演唱，图穆里也还会带来同样的听觉感受。在一部名为《你不在后丹佛事》（*Things to Do in Denver When You're Dead*）的傻里傻气的电影里，有一幕非常有趣：安迪·加西亚（Andy Garcia）通过夸赞加布里埃尔·安瓦尔（Gabrielle Anwar）走路的姿势来搭讪。

“其他女孩都是鹅行鸭步，而你却是步履如飞。”拉玛曼妮恰巧也是如此。尼采应该也会钟情于拉玛曼妮，只因他深信“美好的东西都是轻盈的，轻快的步伐有神圣的指引”。

至少，拉玛曼妮的歌声能驱散尼采心中可怕的孤独感。假如你长期一个人生活，拉玛曼妮的歌声能够给你一种慰藉，让你感到，在世上某处，对的人在等着你。因此，她的声音不仅仅有魅力，更是一种承诺。（对比拉玛曼妮与卡拉斯的歌声会给你带来启发：卡拉斯的声音会让你觉得这个诺言太遥远了，以至于不能实现。）人们时常议论忠贞不渝对关系维持的重要性，但比忠贞不渝更加难得的，是忠实于内心深处的渴望，是坚信最重要的人在等待着你。拉玛曼妮的歌声能给你忠贞不渝的力量。

在《爵士幸存者的笔记》（*Noteg of a Jazz Surviver*）中，亚特·派伯（Art Pepper）记录了他被毒品和监狱摧毁的人生历程。他和他的妻子劳丽（Laurie）一起听他的唱片《我们的歌》。派伯说，萨克斯管的加入“宛如轻轻的问候”。拉玛曼妮的歌声与之相呼应。当他们听歌曲时，劳丽主动牵起派伯的手。拉玛曼妮用声音告诉我们什么是爱，什么是被爱。

亲爱的，当我听着你的歌声时，感觉在牵引着你。

（献给韦斯娜）

写于1999年

威豹乐队[1]与超现代性人类学

我以为，我将会独自一人在家里欣赏着英格兰对战瑞士的比赛，度过38岁的生日。但不知何故，我最后竟到了威豹乐队首尔演唱会的现场。不过，我仍心系那场比赛。依我理解，由于时差，如果比赛是现场直播，我仍可以在星期六早上在比赛实际开始的8小时前观看它。

威豹乐队的主唱乔·埃利奥特（Joe Elliott）否决了我的想法并告知了我实情。明晚于首尔奥林匹克体育馆举行的第八场演唱会将会延时至10点结束。乔说，但愿我们能在11点前回到酒店，赶上比赛开场。

我们在喜来登酒店大厅交谈了许久。威豹乐队成立初期，即20世纪70年代末，有人可能已经创作了一首歌，名为《与威豹乐队一路同行》。如今，《在酒店大厅

① Def Leppard，一支于1977年在英国成立的摇滚乐队。

与……》的专辑销量可能会达四千万张。

其实大厅里有不少人，包括韩国演出商和他的助理李琪（Kee-Lee），她的美貌令我无法与她对视；各家唱片公司职员；以及一位名为诺力（Nori）的日本法律系学生，他号称是威豹乐队的头号粉丝，几乎每场演唱会都到现场观看，他与李琪一样黑发披肩（后来发现他的长发别有含义）。只有威豹乐队的成员没有在大厅，他们很早就回房间休息了。但是，不显眼的远处仍逗留着一大群粉丝，生怕威豹乐队的成员会返场再喝一杯。这多半不会发生。吉他手菲尔·科伦（Phil Collen）足以喝倒一大片人。天啊，他是要把所有都喝光吗？橙汁、人参露、猕猴桃汁、蜜瓜汁、西瓜汁。如果没有菲尔·科伦这样健康的体格，维生素的摄入早就过量了。

比利·乔尔[①]有这样一句名言："重金属摇滚音乐家的一天由一场高尔夫与一场酗酒者互戒聚会组成。"而对于菲尔而言则是跆拳道运动，他对健康生活的渴望是一名职业摇滚歌手的两条典型出路之一（目前他快40岁了，9年前已经成功戒酒）。另一条出路则是四肢乏力，并伴随持续性的呕吐。前吉他手史蒂夫·克拉克（Steve Clark）便是如此，他于1980年因酒精中毒去世。随后，维维安·

---

① 比利·乔尔（Billy Joel，1949— ），美国歌手、钢琴演奏家、词曲作家。

坎贝尔（Viv Campbell）代替了他吉他手的位置，而根据今晚演唱会的表现来看，他也是个火力全开的“摇头客”（他会在晚餐前喝两杯啤酒）。

下飞机后，我疲惫不堪，但回到房间后却无法入睡。开空调太冷，不开又有点热。我打开情色电视频道却无法正常播放，切换到音乐频道，威豹乐队正在表演新专辑《俚语》（*Slang*）中的一些歌曲，这张专辑销量有所下降。贝斯手里克·萨维奇（Kick Savage）第二天早上就对此给出了解释，与另外两张经典专辑［《激情外溢》和《歇斯底里》（*Hysteria*）］相比，这张专辑并没有投入过多的资金和大量的宣传。但我仍觉得专辑《俚语》非常扣人心弦。多亏了音乐家拉姆·纳拉延（Ram Narayan），如今才有一些流传的萨伦吉琴乐曲，但萨伦吉琴作为一种装饰音的加入，更加凸显了与乐曲主音的不协调性，即对淡化音和乐曲发展内在的抵制。我原本想记下这些想法，但是因为疲倦，我没有这样做，只是反反复复地打开电视机然后又关闭。真正使我无法入睡的是那个如橡胶般有弹性的枕头。我把它扔到地上，然后从空床位上扯下被单，试图用它当作枕头，但被单太薄了。于是我又把羽绒被卷起来当枕头用，但又太厚了。我又试着把浴室的毛巾全部叠起来，但是不够柔软。最后我把所有东西都扔到了地板上。虽然我无意把房间弄得如此凌乱，但是我一定要弄清楚这样的毛巾和床单能有什么用处。那天早上五点，我拨通了前台电话，但他们无法理解我的情况。于是我穿上夹克睡衣，向大厅快步走去。

“我难以入眠。”我对夜班前台服务员说。“我是一名记者，带着一项相当重要的任务来到这里。但因为枕头太硬了，我无法入睡。我需要一个柔软的枕头，一个柔软蓬松的枕头。这间是豪华酒店啊，”我生气地大吼，“竟然没有提供一个好看松软的枕头。每一位在这间外表富丽堂皇的豪华酒店里的客人都在辗转反侧难以入睡，想方设法把枕头弄成舒适的样子，然后试着睡几分钟，但这都是徒劳的，因为他们根本不能，不能睡得着，因为房间的枕头太硬了！”随后我转过身，大步走回房间。

第二天，我心力交瘁。威豹乐队成员的精神状态很好，分成了几组，方便韩国记者采访。1984年，鼓手里克·艾伦（Rick Allen）发生了车祸，左臂被齐肩切断。一位电视台记者提问他事故残疾后的感受，以及他是如何靠着一只手重新返回乐队打鼓的。“嗯，与其说是残疾，我更多地认为这是肢体残障。”里克说，而且他很高兴能够在这里看到一些经常在网络上用于嘲讽的表达开始得到大家的关注。那位记者不停地向里克提问与他手臂有关的问题，我愿意洗耳恭听，因为我也想提出类似的提问，但是我很犹豫，因为所有记者的问题都是冲着里克的断臂来的。“我脑袋里清晰地知道应如何打鼓，”他说，“关键在于如何用不一样的方式传达出来。用手完成的事情我现在要学会用脚来完成。我认为我仍是完整的，拥有所有潜能。虽然起初这件事让我非常沮丧，但是后来我克服了挫折，找到了新的打鼓方式。”不久，记者采访时间就结束了。我觉得有些可惜，因为我暗暗希望别的记者能够提问一些我还没有知根知底的事情，比如前几天杂志报道了警察来到酒店调查里克试图在房间勒死他的妻子的事。

午餐过后，我们在大厅重新会合，准备到体育馆试音。这对我们来说是个重大的时刻，我们即将离开酒店，并且有机会证实自己并非身处首尔。我们在飞机上度过了12个小时，但我心里明白，在到达豪恩斯洛郊区的一家亚洲主题酒店之前，飞机都在希思罗机场盘旋。即便我们身处韩国，我们的心可能早已各奔东西。在飞机上，我读了一本非常应景的书，名为《非场所——超现代性人类学导论》(*Non-Places: Introduction to an Anthropology of Supermodernity*)，作者马克·奥热(Marc Augé)在书中提出，越来越多的人在非场所生活，比如国际酒店（运气好就是国际酒店，运气不好就和难民营没什么区别）、飞机、候机室、高速公路等等。据此，我认为，像威豹乐队一样的摇滚歌手，与其说他们是骑士护卫，还不如说他们是超现代性居民，他们几乎都生活在非场所。他们在多个地方都有屋子，但这都只是早期古老的居住模式遗留的产物。摇滚明星真正的家其实是酒店大堂、更衣室、体育馆。无论这些“家”是在首尔还是在豪恩斯洛，都不是真正的家。

酒店大厅里有大量的安保人员，他们身穿黑色西装，头戴耳机，嘴对着翻领上的对讲机说话，眼睛盯着大厅中心（大厅有足够的空间容纳这么多人）。里克推测，应该是一位高级政要将出现在酒店。而事实是，这些安保人员是为我们而来。但是我觉得，他们不是来保护我们免受袭击的，而只是为了减少我们的惊讶。震惊过后，我们呼吸着“新鲜空气”（其实是各种难闻的气味），然后挤在公共汽车上，开始长途跋涉。

唉，这里的交通啊！假如一座城市的魅力是由杂乱无章的建筑、污染程度，以及并未缓解交通拥堵的政策来衡量的话，那么这座城市，任何一处，都能脱颖而出。开车不到十分钟就能到的奥林匹克体育馆，使用公共交通需要花很长时间。这种动弹不得的经历令人兴奋之余竟也感到感动（这似乎是矛盾的），甚至产生虔诚的敬仰之情。

当天游览结束后，我们在更衣室里闲聊。同在更衣室里的还有负责灯光的工作人员、乐团道具管理组、美丽动人的李琪（假如我的双手能够抚顺她那飘逸亮泽的秀发，把它们放到耳后然后亲吻她的脖子，我甘愿含笑而死）和诺力。前面我忘记说了，威豹乐队的头号粉丝诺力也是只有一只手臂。当然，这可能只是巧合，但有趣的是，威豹乐队以单手鼓手里克而闻名，它的头号粉丝竟然也只有一只手。这中间发生了什么事？他是否自断手臂，以此表示他对乐队永远的忠诚？

在我弄清楚诺力的事情之前，首尔威豹乐队粉丝俱乐部的成员便拥入了更衣室。他们带了许多礼物，与威豹乐队一起拍照。乐队成员如往常一样与粉丝合影，温和友善。表演即将结束，返回酒店观看足球比赛成了晚上的重头戏。很多人认为足球比赛可能会在星空频道播出，现在看来这已成了一个既定的事实。

在演出前30分钟，我们这些无关紧要的随从都撤离了更衣室，以便乐队可以做好私人演出前的准备工作。演出前（从音乐方面来说），我也做好了最后的准备，将纸巾塞进耳朵里，而其他九千名粉丝欣喜若狂，做好了尖叫的准备。伴随着五光十色的灯光和震耳欲聋的音乐，威豹乐队成员缓缓登上舞台。而摇滚演出的问题在于，随后进行的演出都无法与开场的气势相吻合，开场时所有的力量同时迸发，这意味着你无需再等待了。

但没多久，你就盼着演唱会快点结束。当然，音乐节奏各异，那些能够带动大合唱的特别受欢迎的歌曲最后出现，比如《摇滚岁月》《火箭》和《让我们一起摇滚》。而演唱会的高潮之所以很容易辨别，不是因为高潮使气氛更加紧张和激动，而是因为它是简单地由顺序决定的：高潮之后是加奏演出。虽然乐队的歌声表面上听起来像史诗般宏伟，但是演唱会的内容大多平淡无奇，至少我塞着纸巾的耳朵听出的是这样的感觉。可能这就是威豹乐队取得如此成就的原因。

众所周知，威豹乐队是世界上最知名的摇滚乐队组合之一，但是歌迷以外的人难以说出他们音乐的特殊之处。就此而言，“俚语”这个专辑名称具有重要意义。根据J. E. 莱特尔（J. E. Lighter）所编的《美国俚语历史词典》（*Historical Dictionary of American Slang*）得知，“由可识别身份的个体创造的俚语比例很小”；更重要的是，“俚语的流行和使用独立于其创造者、个体作家以及使用者”。威豹乐队的音乐与创造者没有太大关系，用音乐术语来说就是，音乐是通用的摇滚乐，并没有给音乐的流行度设限，因此威豹乐队的音乐流传长久的同时能保持市场活力。

幕后的工作人员成功掩盖了技术问题带来的影响。乔认为他的演唱非常糟糕，而观众却认为非常好。以前，威豹乐队结束演出后都会去外面喝酒，不醉不归，但现在最重要的事是足球比赛。

只是比赛并没有得到实时转播，因此我们都到酒店的露天大堂闲逛闲聊。在那里，我们能欣赏到月光照耀下的城市夜景。威豹乐队的成员们喝了几杯果汁后就回房间睡觉了，只留下我们这些随从和我们手中的瓶子。然而，乐队成员离开现场后，其他人的魅力等级就会提高。乐团道具管理组的人分享了他们在马尼拉寻找美食的过程，我则向他们炫耀我所住过的非场所。我们点了更多饮料。有人提议去迪斯科舞厅。我来自一个落后的城市，无法分辨硬摇滚乐或者法国理论。而且我认为，这导致了随后发生的乌龙事件。李琪和我背对背坐着，我端详着她乌黑的秀发，然后将脸慢慢向那飘香的头发靠近。怀着友好的态度和视死如归的想法，我摸着她的头发，捋了捋，然后轻轻地把她的头往我这边靠，但我却看到了一双充满愤怒的眼睛。

天哪！我脱口而出："非常对不起，诺力……"

写于1996年

当代我的版本

具有进取心和创造力的人会利用上大学之前宝贵又短暂的时间丰富个人阅历，比如到异国他乡去旅行，到海外做一份不寻常的工作。1977年那年，我有九个月的自由支配时间，面对这个机遇，我选择在儿时的小城镇里当一名办公室职员。那九个月里，我与父母一起生活，晚上偶尔会打羽毛球或者壁球，偶尔会读狄更斯和乔治·艾略特的作品。我是商业和通用再保公司（承保公司）精算部的一名职员。一个名为罗伯的实习保险计算师刚好20岁出头，与妻子毕业后就从伦敦搬迁到切尔滕纳姆。他痴迷于高保真音响设备，并且邀请我到他半独立式的屋子去现场欣赏他的音响系统。摇滚爵士乐是他的最爱，相比这种混搭音乐，我对摇滚乐更感兴趣。我钟情于前卫摇滚［范德格雷夫士发电机乐团（Van Der Graaf Generator）］和重金属摇滚［山脉乐团（Mountain）］，但最近我购买了第一张鲍勃·迪伦的专辑：《欲望》。如果不是居住环境的改变，我也不会做好转变音乐品味的准备。罗伯拥有的立体声音响是我听过最好的，而且，每一个扬声器看上去就像是2001年的巨型独石。那天晚上，我们听的第一首歌曲由回归永恒乐团（Return to Forever）所唱，接着是来自迈尔斯·戴维斯《魔鬼临场》（*Live-Evil*）专辑中的一首重摇滚歌曲，以及几首来自凯斯·杰瑞专辑的歌曲，部分唱片封面非常漂亮（由水果块或者天空反射的景色构成），最后一首歌曲则来自橘梦乐团（Tangerine Dream）。我一直是鹰族雄风（Hawkwind）的忠实粉丝，因此我知道这些歌曲是从哪里来的，想必是来自外太空吧。

说到这里，在切尔滕纳姆的科幻小说组织里，我还认识了一些已经大学毕业的朋友。我不喜欢科幻作品，但我确确实实有收集超级英雄漫画，两者之间有着不言而喻的相似性。总之，我加入这个群体只是想多交些朋友。保罗和简与罗伯和他的妻子相比没那么传统，愿意选择的东西更多（我第一次吃什菜咖喱就是在保罗家）。在音乐爱好方面，他们喜欢利特尔菲特乐队（Little Feat）和歌手罗伯特·帕默（Robert Palmer，他的第一张专辑非常酷，我们难以忘记），但是罗伯则非常喜欢橘梦乐团。保罗和简还喜欢天气预报乐团（Weather Report）的《神秘的旅行者》专辑（这张专辑的封面有点科幻感）。

这些我所接触的声音之间的关联（那时候经常有人将

音乐称为“声音”）对每位读者而言都是显而易见的。迈尔斯·戴维斯在开创性的电声爵士时期，与凯斯·杰瑞、韦恩·肖特（Wayne Shorter）、乔·冉维尔以及奇克·柯里亚（Chick Corea）都有过合作（与杰瑞合作的歌曲是《我说的话》，一首来自专辑《魔鬼临场》的爵士乐曲）。我对这些都没有什么印象，但最重要的一点是，在切尔滕纳姆枯燥的办公室工作中，我无意中发现了世界别处最高级的音乐，这弥补了被我挥霍掉的九个月。我特别强调当时所处的环境，因为我的发现并没有带着任何异国风味，后来我才意识到那个声音来自德国ECM唱片公司，它出现在回归永恒乐团与橘梦乐团时期之间。随之而来的音乐爱好的转变对我来说极其重要。一年夏天，我开着MINI Cooper汽车，与两个朋友一起在法国和德国附近开了一个月车，音乐品味的变化在那时变得愈加明显。我们每个人都制作了自己最喜欢的音乐曲目的录音带，我对这次英国境外的旅行记忆最深刻的是在长达几个小时的驾驶途中，我们一直在讨论应该播放哪首歌曲。我想要听《归属感》《舞者》《阿尔贝泽纳》《格哈塔》《黑市》等专辑的曲目，而听我的朋友游说我听超级流浪汉乐团（Super Tramp）和比波普爵士豪华乐队（Be-Bop Deluxe）的歌曲。

你第一次搬到一个新的地方时所播放的第一首歌意义非凡。在大学宿舍摆好我的立体声音响设备后，我播放了凯斯·杰瑞所唱的《你知道你的生活》，以音乐的方式向周围的同学宣布我的到来。他们可能会认为是一位爵士乐爱好者入住，但是那堆收藏的ECM密纹唱片并没有使我对爵士乐如痴如醉。虽然我知道部分专辑上的歌手名［比如杨·葛柏瑞克（Jan Glarbarek）和泰耶勒·莱普多（Terje Rypdal）］，但是我并不了解这些独特的ECM音乐风格属于音乐的哪一个分支。因为对之前的音乐发展史不了解，所以我没有完全感受到我所听的歌的独特之处。直到一年前，我发现我对ECM的喜爱逐渐减弱，因为我开始慢慢地跟着学生主流的音乐方向行动。在牛津大学剩余的时间里，充满了鲍勃·迪伦的歌声［他在1978年演唱的《伯爵宫》（*Earls Court*）和《布莱克什》（*Blackbushe*）］。直到第三学年我才开始听朋克摇滚乐。80年代早期刚搬到伦敦时，我完全沉浸在新浪潮和后朋克音乐中。

直到20世纪80年代中期，我搬到位于布里克斯顿的一间合租房时，我才重燃对ECM的喜爱。一起合租的其中一个人名为克里斯，他收藏了许多爵士唱片以及许多我闻所未闻的ECM唱片。我们都没有工作，这意味着我们可以惬意地阅读各种理论（很奇怪，我在大学时并没有这样做过），可以随意地吸烟（这更加奇怪，我在大学没有吸过烟），并且可以自由地欣赏音乐。也正是在这段时间里，我才真正了解到，爵士乐发展历史的起点多半是ECM。以往的音乐先锋如今都已成为历史，ECM作为新的音乐先驱，逐渐兴起并蓬勃发展。ECM中的传统古典乐使我重新爱上爵士乐，引领着我未来20年的音乐爱好。需要强调的一点是，我不仅仅只是欣赏音乐，而且会探讨它的创新之处。为美国爵士音乐家提供极好的录制机会的企业前景很好，但是机会有限。ECM展览日程的影响更为深远，它为新的音乐形式的出现提供了有利条件。

克里斯有一大堆芝加哥艺术合奏团的唱片。我喜欢这个浮夸的组合名称，以及他们坐在法式咖啡馆外的一张专辑照，但是他们的音乐实则混合了多种声音。克里斯播放了《查理·M》后我开始关注芝加哥艺术合奏团和爵士贝斯手明格斯（Mingus）。克里斯还放了许多旧幻新梦乐团（Old and New Dreams）专辑的歌，通过这种方式，我了解到了萨克斯风演奏家奥尼特·科尔曼。但在某种程度上，奥尼特·科尔曼的《爵士来临》这张专辑中的《孤独的妇人》一曲与我第一次听到的原始版本（由查理·海登、唐·切利、埃德·布莱克威尔和杜威·雷德曼四人合奏）相比，似乎有些改变。

我逐渐明白音乐家之间的通力合作、相互影响以及创新精神是如何把爵士传统之道延续至今的，并且如芝加哥艺术团所主张的那样，将其推向未来。ECM超越空间和地域、岁月和历史，开阔了我的音乐视角，而切利的功劳最大。我第一次听说著名埃及歌手乌姆·库勒苏姆（Om Calsoum），是通过她在专辑《埃尔科拉松》（*El Corazon*）

的《阿拉伯夜莺》(*Arabian Nightingale*) 一曲中的献词。一年前我就听过她的歌声，但那次是我第一次知道她的名字。听过切利在歌曲《罗兰·阿方索》(*Roland Alphonso*，也收藏于专辑《埃尔科拉松》) 中采用奥古斯塔斯·巴勃罗 (Augustus Pablo) 的口风琴演唱风格后，我开始欣赏巴勃罗的音乐。对ECM来说，这是另一个要点：虽然人们普遍认为凯斯·杰瑞录制的科隆独奏会爵士乐唱片对ECM唱片公司的发展至关重要，但我认为，对于哪张专辑对听众产生的影响最大这个问题仍存在意见和分歧。客观地说，专辑《埃尔科拉松》(切利和布莱克威尔的二重奏系列) 并不是一张特别出名的专辑，但在我收藏的所有唱片中地位最高。换句话说，ECM唱片公司对于音乐的态度极其民主：无论音乐家在何地，以何种形式和组合方式出现，都能带来伟大的作品。通过ECM成名永远都有可能，因为在这种情况下难以区别主唱者和伴唱者。

《放牧梦》(*Grazing Dreams*) 是另一张公认的经典唱片。据传，这张唱片是由科林·沃尔科特 (Collin Walcott) 领衔制作的，我之所以关注它是因为切利也参与其中。这是第一张我发现采用塔布拉双鼓进行演奏的专辑，第二张则来自萨基尔·侯赛因 (Zakir Hussain)。这两张专辑引领了印度古典音乐的发展之路——对我来说，这也是从ECM开始的，即尚卡尔的《谁知道》(*Who's to Know*) 和《帕拉维》(*Pancha Nadai Pallavi*)。当然，我并不是说那是ECM

唱片的唯一起点（我没有忘记约翰·麦克劳夫伦的专辑《生命力》）。但对我而言，情况就是如此。因此结论就是，即便它现在不是，以前也可能是。

除了R. A. 拉玛曼尼的歌声，我未曾如此钟情于其他女歌手。第一次听到她唱歌是在一张与查理·马里亚诺和卡纳塔克邦学院合作的专辑里。从本质上来说，这张专辑还不属于ECM唱片，但却是ECM唱片公司早期录制的现场版唱片。朋友克里斯是第一个为我播放这首歌的人，多年后他告诉我马里亚诺与来自黎巴嫩的厄乌德琴演奏家录制了一张新的唱片。由此看来，马里亚诺的知名度越来越大。他是其中一位在拉比·阿布–哈里尔（Rabih Abou-K）的专辑《蓝骆驼》（*Blue Lamel*，恩亚唱片标签）里客串演唱的音乐家。拉比·阿布–哈里尔的第一张专辑《呼吸》（*Nafas*）由ECM唱片公司发行。

换言之，ECM的唱片在所有我在听的歌曲中处于中心地位，是音乐的典范，而ECM唱片的代表人物是杰瑞。当然，并不是所有ECM唱片我都喜欢，也并不是所有杰瑞的专辑我都为之着迷，但除了杰瑞的专辑并无其他ECM唱片能让我如此爱不释手。事实的确如此。1977年去看望我的好朋友罗伯时，改变的不仅仅是我喜欢的音乐类型，同时还有我的看法：我听音乐是为了什么？我应该怎样去欣赏音乐？直到20世纪80年代，这几乎成为了一种习惯：通过音乐获得的最重要的东西就是那种为之着迷的欣喜若狂的感觉。杰瑞的专辑中最让我着迷的当数《心灵之眼》(*Eyes of the Heart*)，我惊奇地发现那些对音乐知之甚多的人并没有和我一样觉得《心灵之眼》这张专辑非常出色。(有这么无可挑剔的音乐品味，实在太无聊了吧!)《心灵之眼》录制于1976年的现场演出，由杰瑞吹奏高音萨克斯开场（这非常让人难以置信）。随后他转弹钢琴，与查理·海登和保罗·莫蒂安（Paul Motian）共同形成节奏分明的歌声。虽然这是四重奏的演出，但是无法听到瑞德曼的声音（他显然是去酒吧喝酒去了），不久海登也结束了演唱。伊恩·凯尔（Ian Carr）在他所写的杰瑞的传记中解释说，在现场表演中，钢琴家需要大量的即席伴奏来等待其他演出者上台。凯尔认为，可以透过这个间隙窥见到该组合即将解散的事实。我甘愿无限期地等待，越久越好，因为这种无尽的等待使得乐团的再次合体更加激动人心，仅剩的五分钟让人更加兴奋。总之，这种等待并不像真正的等待，反而像是在一个你不愿离开的地方，期待着谁会出现，什么事情会发生。当杰瑞、加里·皮科克和杰克·德约翰特组合表演标准三重奏时，我从来没有那样的感觉。但是当他们演奏那些令人热血澎湃的原曲时（比如《太阳祈祷》《舞动》《永无止境》《救命稻草》《沙漠阳光》《治愈》等），这种感觉便涌上心头。只是事实并非如此，因为最辉煌的时刻发生在杰瑞的原曲取代标准三重奏时，发生在《秋叶》一曲展示了他们三人为2002年的同名现场专辑所做的努力时。这些转变是ECM唱片对音乐史所产生的重要贡献的缩影，因为越来越丰富的传统被前方等待被发现的新事物所取代。冒着将听众的反应投射到音乐创作者身上的风险，在我看来，一个不言而喻的猜测说明了许多ECM唱片成功的原因：在20世纪后期，唯有超越爵士的界限才能真正创作出成功的爵士乐曲。这些天我花了大量的时间欣赏澳大利亚爵士乐三重奏组合脖子乐队（The Necks）的歌曲。事实上，如果没有杰瑞的三重奏乐队作为引路人，该组合不可能将如此低沉的、长达一个小时的音乐呈现出来。

20世纪80年代，我接触新歌曲的主要方式就是与我的朋友克里斯和查理一起分享最近发现的好听的音乐。虽然这种方式有点无趣，但意义重大。在音乐爱好史上，我们一起经历了许多相似的阶段，直到20世纪90年代初，查理开始随着年龄的增长变得更加成熟，他开始听浩室音乐和铁克诺音乐。我们都无法相信他是与我们一起听过约翰·柯川、哈普拉萨德·肖西亚（Hariprasad Chaurasia，第一次在《音乐制作》上听到）、努萨特阿里干（Nusrat Fateh Ali khan，不要混淆了阿里干与杨·葛柏瑞克合唱的专辑《拉加斯和萨加斯》）的歌的朋友。为杰瑞或者柯川着迷是一回事，能通过迷幻舞曲来逃避轮回是另外一回事。克里斯和我都是如此，我本想说怀疑，但是说难以置信可能更恰当。不出所料，一旦陷入其中，我的怀疑便会变为热忱。在接下来的几年时间里，我真的只听舞曲。现在的情况是克里斯已经有了两个孩子，无法整夜外出，无法紧跟我们的步伐。他只能待在家里，听着那些古老的ECM唱片。而且，他认为我们所听到的东西除了毒品和派对音乐再无其他。直到尼尔斯·皮特·摩尔瓦（Nils Petter Molvaer）发行了第一张专辑。专辑《高棉人》（*Khmer*，1997）严格意义上说既不是舞曲也不是爵士乐。显然，摩尔瓦的声音至少与各种舞曲和电子音乐相关，就像它与爵士乐的关系一样（具体地说，就是把我们带回到开始的地方，带回到20世纪70年代早期迈尔斯的电子音乐时期）。令人惊讶的是，专辑《高棉人》竟然在ECM唱片公司发行，摩尔瓦甚至创作了一些混音曲目。

我已经忘记了那段在切尔滕纳姆的愉快岁月中听过的大部分歌曲，我为自己只能记住一小部分歌曲感到羞愧，但我会一直听尼尔斯的歌曲。最近发行的ECM唱片水准非常高。但从多方面来说，《高棉人》成为了ECM唱片创作的一个高点，因为于唱片公司的宗旨而言，它显现出难以融合的特点，是一张混录版合辑。（正如尼采所说，敢于直视自己的信念是一种谦虚的美德，而抨击他人的信念则是另一回事。）ECM唱片与20世纪60年代的蓝调辨识度一样高。作为一种音乐风格和一间唱片公司，ECM与蓝调的不同之处在于，它从来没有降低要求，机械化地发行唱片。这就是为什么我们一边在听旧唱片的同时（杰瑞的专辑正在运输途中；25年后重听这些歌曲会是怎样的感受?)，一边期待着新唱片的发行（杰瑞的钢琴独奏双光盘即将发行，那会是怎么样的呢?)。

在我写这篇文章时，我的立体声音响设备正播放着我第一次听的那首ECM歌曲，即杰瑞所唱的《你知道你的生活》。第一次听到这首歌是在我的好朋友罗伯家里。那时是1977年，我在切尔滕纳姆的商业和通用再保公司做完了一天枯燥乏味的办公室工作。如果没有这些当代的音乐唱片陪伴我、引领我，我不可能变成现在的我。

写于2006年

爵士乐日渐式微？

艾灵顿公爵于1974年5月24日逝世。几天后，迈尔斯·戴维斯录制了歌曲《他为他痴狂》向他致敬（显然，这首歌暗指艾灵顿的歌曲《为你痴狂》）。在大西洋彼岸，菲利普·拉金对艾灵顿的离开感到难过，于是他创作了《共同缅怀巨星艾灵顿公爵》（暗指丁尼生因惠灵顿的逝世而写的诗）一诗。“我一直播放着他的音乐：如今他和阿姆斯特朗都已经离开了，爵士音乐也走到了尽头。”

迈尔斯·戴维斯于1991年9月28日逝世。10月12日，凯斯·杰瑞和他的三重奏乐队录制了《致迈尔斯》（*For Miles*）和《再见黑鸟》（*Blackbird，Bye Bye*）向他致敬。

1996年秋，杰瑞患上了慢性疲劳综合征，在他看来，这是个“愚蠢透顶”的保守说法。他说：“这个病应该称为永远死亡综合征。”由于这个病，他无法做任何事，包括弹钢琴。对杰瑞来说，弹钢琴是他一辈子的追求，如今却难以实现。

在康复期间，杰瑞在位于新泽西州乡下的家庭录音室录制了专辑《夜未央》（*The Melody at Night, with You*，1999）。在某种意义上说，这张专辑并非天籁之音：长达一个小时的旧情歌以及标准三重奏的单独演奏。钢琴的弹奏丝毫没有令人澎湃的即兴创作，这样的即兴创作是杰瑞于1975年举办的具有跨时代意义的科隆独奏会的重要里程碑。1987年，当他从即兴弹奏转向专辑《巴赫》的录制时，杰瑞说："这首乐曲已经很完美了。"这之后，钢琴演奏家开始需要求助于诸如《我的守护者》（*Someone to Watch Over me*）和《我左右为难很难受》（*I Got It Bad and That Ain't Good*）等老乐曲。当老曲子为人所需并越来越受欢迎时，它们就会重新出现在我们的生活中。

如果你觉得这样的理解是非理性的，那么请把杰瑞放到爵士乐在本世纪末蓬勃发展的大背景下考虑。当伟大的在世爵士音乐家所使用的演奏乐器彻底无法使用时，他就必须承认这种做法是不妥的，但又几乎无法避免。

从20世纪40年代初到60年代末，爵士乐满怀信心地迈向未来，并且不断进行革新。在此期间，爵士乐的发展速度正是如此，在其发展之后，音乐家们可以通过对查理·帕克（Charlie Paker）、约翰·柯川以及迈尔斯·戴维斯（70年代早期与杰瑞合作）等音乐家所积累沉淀的丰富的音乐文化进行自我思考，从而打造自己的音乐生涯。因此，推动音乐向前发展的动力降低到了以往限制其发展的沉重负担的地步。好比密西西比河，爵士三角洲已经出现淤积，只有两条路：往后退，回到过去；或者在夹缝中生存——通常是在边缘往东方挤一挤，然后进入世界音乐。

1961年5月录制的《好极了》（*Olé*）是约翰·柯川把音乐转向东方的第一首歌曲。那时他只对西班牙音乐感兴趣，但往后，他的音乐之旅可以用诸如“非洲/铜管乐器”以及“印度”等这些简单的地理名称进行追溯。并非所有人都对柯川这段漫长而艰辛的历程满怀敬佩。拉金认为，在很大程度上，柯川应该为随后出现的“人潮涌动的中东集市”负责。拉金对音乐是持有偏见的，但是任何人听完印度音乐专辑《如果》（*Om*，1965）中那些刺耳的难以理解的曲子后再回到拉金的观点上时，都会同意他是有理的。

然而，在专辑同名歌曲《好极了》中，柯川的高音独唱起初极为含蓄和轻柔，紧接着是由雷吉·沃克曼和阿尔特·戴维斯带来的激情澎湃的弗拉门科贝斯二重奏。最初，你并没有意识到高音萨克斯部分已经开始了，反而会觉得更像是一种弦乐器的声音，就如一名贝斯手闯入了小提琴的最高音域，或是为了稍微改变表演的方式，使贝斯之间联系紧密，因此高音萨克斯只能变得与这些乐器的音相似才能融合在一起。在专辑《在这里》（*Yara*，1999）中，厄乌德琴演奏家拉比·阿布-哈里尔的感受则完全相反。《在这里》是他的第10张专辑，他邀请了来自法国的小提琴家多米尼克·皮法利（Dominiqme Pifarely）和大提琴家文森特·科特伊斯（Vincent Coutrois）参与制作。第一首歌曲《安魂曲》（*Requiem*）的小提琴部分在未完全呈现它原有的音色前，一度听起来像高音萨克斯音。

两张唱片《好极了》和《在这里》之间相隔的38年间究竟发生了什么？

尽可能简单地说，就是**作为爵士乐**的爵士乐已经陨落了。具有讽刺意义的是，这可能就是直到2000年才出现与爵士相关的系列综合纪录片的原因，比如由肯·伯恩斯（Ken Burns）制作的爵士乐纪录片：《爵士乐已成历史》（*Jazz Is History*）。这也可能是为什么，由于高雅爵士乐的复兴而处于鼎盛时期的电影，如《午夜圆舞曲》（*Round Midnight*）和《鸟》（*Bird*），首次上映便迅速盖过了年代剧或古装剧的风采。这也可以从相反的角度来理解：一些新发行的优秀爵士乐不过是对旧版本的重新录制和改头换面。除专业发行公司以外，爵士乐唯一能引起媒体广泛关注的就只有当传奇人物陨落时刊登在讣告页的讣闻。爵士乐巨星在演奏时往往会布置令人肃然起敬的简易陵墓。

我听过许多反对的呼声。这种做法不正是斯坦利·克劳奇（Stanley Crouch）所公开谴责的另一种形式的“提前尸检”吗？这些演唱会总是座无虚席的吗？现场的观众总是在欣喜若狂中怀着感恩之情吗？既然以往的摇滚乐队能够起死回生，重组后又进行巡回演出，为什么老一辈的爵士乐演奏家们不能一直进行演出，直到手指不再灵活如初呢？为什么才华横溢的年轻音乐家没有机会挖掘和了解查理·帕克留下的音乐遗产呢？他们可以，甚至应该这样做。但是爵士乐就如伍迪·艾伦口中的鲨鱼：它必须不断前进，如果原地停留，它将死去。这正是爵士乐即兴演奏这个鼓舞人心的特征所与生俱来的信念。哪个乐团可以反复地永久地演唱《不再上当》（*Won't Get Fooled Again*）而不使这首歌丧失威信？每一首摇滚歌曲都渴望成为颂歌。但是一旦爵士乐变为拨人心弦的调子，它就不再是爵士乐了，而是“电梯音乐”[真的，《至高无上的爱》（*A Love Supreme*）也在电梯里播放]。变化的特性是爵士乐与生俱来的。温顿·马沙利斯（Wynton Marsalis）致力于唤醒人们对古典爵士乐的关注，但他保守的做法不可避免地遭到了已故小号手莱斯特·鲍威（Lester Bowie）的谴责，他大力支持变革、创新和革命的另类传统。每个听过阿奇·谢普近年来演出（“将会不断变革”）的人都会发现问题的关键在于，变革的模式已经变得过时又呆板（将会是不断重复）。前卫爵士乐的魅力主要在于其怀旧之情。（雷的爵士乐商店位于伦敦，店里有一块区域的标签是旧前卫爵士乐，这让人感到十分愉悦。）博尔赫斯认为，阿波利奈尔（Apollinaire）的实验主义诗歌的问题在于没有任何一句诗能使我们不把它的写作日期放在心上。对于现代爵士乐中演奏高水平波普风格的四重奏和五重奏乐队而言，人们对它们的欣赏不会减弱，但他们必须知道这种类型的音乐早在半个世纪以前就开始流行这个事实。爵士乐并非完全与摇滚乐一样有固定的形式和复古的情怀，但是如今它不仅是美国研究学会的对象，也是美国传统产业的重要组成部分。

另一个反对的声音是：类似的音乐可以不被称作古典音乐吗？或者可以用爵士乐演奏家口中的纯音乐来代替吗？莫扎特是永恒的，为何柯川不是？他显然也是永恒的。巨星的地位必将成为现实。同样地，这个问题与爵士乐特有的活力有关，正是它才成就了爵士乐。迪齐·吉莱斯皮（Dizzy Gillespie）曾说，爵士乐的唯一出路就是不断地向前发展，否则它就不再是爵士乐，而成为了古典音乐的一员，成为了档案音乐。与柯川录制的《巨人脚步》（*Giant Steps*）、奥尼特·科尔曼发行的《世纪之变》或者迈尔斯演奏的《音乐方向》（*Directions in Music*）相比而言，爵士乐在过去20年中发展相对缓慢。同时，其他音乐类型，比如最为显著的世界音乐和舞曲音乐，发展如此之快，以至于相对而言，爵士乐似乎要么原地踏步，要么向后倒退。

音乐家们不断地重新诠释标准。最近的新作，比如韦恩·肖特的《足迹》（*Footprints*）或者奥尼特·科尔曼的《孤独的妇人》，都继承了所有即兴创作曲目，成为其中一部分。许多爵士乐音乐家在尝试采用不同的方式编排各种乐器。爵士乐有多种方式使其忠于埃兹拉·庞德对于创新爵士乐的呐喊。这是好事，不是吗？是的，是好事。但随后你会意识到约瑟夫·布罗茨基提出的建议背后令人震惊的事实，那就是“革新的真实原因在于其过于陈旧”。

从音乐的角度来说，爵士乐的标准格式，即四重奏和五重奏，包含萨克斯管或者小号与诸如贝斯、鼓和钢琴等节奏乐器，只有在被动时才是活跃的（这仍然存在）。然而，从引起柯川或者菲罗·桑德斯情感迸发的潜力这一方面来看，这样的爵士乐标准几乎不复存在。从演奏的技术这个角度来看，有许多极其高级的演奏家，但即便是在柯川山脉的山坡上的沃土也会因过度使用而枯竭。从这个方面来说，通过菲罗1982年1月现场录制的《好极了》的新版本可以感受到具有预见性的紧张时刻。菲罗的独奏部分达到了最高音后，他舍弃了作为一种象征的小号和呐喊，这让人一度感到兴高采烈却又垂头丧气，乐器已经成为了表演中难以跨越的界限。这就是为什么在这方面大多数的努力所产生的狂热听起来都像是一种过度的学术活动。

至于挪威萨克斯风手杨·葛柏瑞克，情况就更加复杂了。葛柏瑞克不仅是世界上最伟大的萨克斯风手之一，也是心甘情愿跨越束缚爵士乐定义界限的音乐家之一。他与巴基斯坦歌唱家法德阿里·汉（《浮翼》，1992）以及突尼斯厄乌德琴演奏家阿努阿尔·巴拉汉（《玛塔尔》，1994）的合作打破了爵士乐地域平衡的状态，开始向东方发展。《玛塔尔》发行四年之后，巴拉汉又发行了一张专辑，如果他没有与葛柏瑞克合作，这张专辑不可能问世。在专辑《蒂玛》（*Thimar*）中，巴拉汉与大卫·霍兰德（Dave Holland，贝斯手）以及约翰·瑟曼（John Surman，演奏高音萨克斯风和低音单簧管）合作。瑟曼在其同名专辑中到处都表现出很强的对音乐的驾驭能力，这张专辑的歌曲听起来与柯川歌曲的非常相像（都用了东方式的高音），这表明了萨克斯风在远离即将土崩瓦解的爵士乐帝国处实现了其最大的价值。[约翰·阿什贝利（John Ashbery）那带有挖苦意味的诗表明萨克斯风肯定想要“对这些事情说些什么，但只能和自己诉说”。]

正如许多人关注葛柏瑞克一样，他们也开始关注巴拉汉。与此类似，我知悉阿布-哈里尔的音乐也是通过一位音乐风格飘忽不定的萨克斯风手查理·马里亚诺，他是非常出名的阿拉伯爵士乐团的成员之一，该乐团由阿布-哈里尔在创作专辑《蓝骆驼》（*Blue Camel*，1992）时组建。实际上从那时起，爵士乐的冒险精神就开始离我们越来越远，直至爵士乐边缘，甚至更远。

杰瑞音乐作品的高产很大程度上归功于他没有把自己束缚在爵士乐的范畴里。但与此同时，他组建的三重奏组合在过去15年间的大部分时间里都是在对已发行的爵士乐歌曲进行广泛性的策展评估。杰瑞传记的作者伊恩·凯尔觉得这些标准三重奏唱片是杰瑞最出色的创作。[①]但我并不认同。他大部分专辑的格式都非常相似，都是50分钟的标准三重奏和他10分钟的原创作品。在通常情况下，原创曲目的出现都是天衣无缝的，如在专辑《蓝调之音》（*At the Blue Note*）中，《激情之火》（*The Fire Within*）正是从与其相似的《我太轻易坠入爱河》（*I Fall in Love Too Easily*）一曲中脱颖而出的［或者更为准确地说是在专辑《夜未央》中《怪我年少轻狂》（*Blame It on My Youth*）一曲让位于旋律较为忧伤的《沉思》（*Meditation*）］。这些原创曲目有如异国之鸟，在模糊的视角里划过清澈的寂静之水。专辑《转变》（*Changes*）摒弃了以往的格式，它包含许多选自1983年第一次标准三重奏演出的即兴曲目；专辑《永恒》（*Changeless*，1989）的歌曲则选自四场标准三重奏演出的部分即兴演出曲目（这是即兴音乐史上最出名的三重奏唱片之一）。但在某种程度上，可以说是那些

① 这篇文章的标题所提出的问题具有某种反问性质，但是，自从它首次发表以来，伊恩·凯尔、莱斯特·鲍威和——不幸的是——艾斯比约恩·斯文森（Fsbjorn Svensson）都已经去世了。当我的第一部小说问世时，我在《卫报》上发表了一篇关于爵士乐的文章。伊恩联系我，说他很喜欢这篇文章和这部小说。原来他就住在布里克斯顿，我们于是常常见面。一位德高望重的爵士乐音乐家兼作家的善意和鼓励对我而言是意义非凡的。——原注

未拼接的专辑提供了表明传统爵士乐发展速度之快的强有力的证据。从新到老，即便是对杰瑞这样的超级天才来说，目前仍然可用。在《东京96》（*Tokyo'96*）这张长达80分钟的专辑中，只有5分钟为杰瑞的原创［但是这是让人非常享受的5分钟，就如《加勒比的天空》（*Caribbean Sky*）一曲从《昨晚我们依旧年轻》（*Last Night When We Were Young*）一曲中脱颖而出］。专辑《不耳语》（*Whisper Not*）于1999年在巴黎录制，歌曲以标准三重奏的形式完成。从这个角度更准确地说，《夜未央》是"黄昏"，属于杰瑞和爵士乐命运的黄昏。

我们也能用另外一种方式来理解。爵士乐传统的一个重要特质就是能够增强人的力量，回想一下姜戈·莱恩哈特（Django Reinhardt）那因熊熊烈火导致的伤痕累累的手指。我们可以进一步地说，对于爵士乐而言，力量的减弱可以显著地增强歌曲效果。那么，杰瑞最新的独唱专辑萦绕着些来自巴德·鲍威尔（Bud Powell）这位千疮百孔的键盘手的影响就不足为奇了。爵士乐的历史就是音乐家不断重新站起来的过程。《夜未央》一曲优雅地道出了这个大致的事实，而这也正是我们无需感到沮丧的原因。相反，我们在杰瑞的《长久的煎熬与无能为力》（*Long Privation and Powerlessness*）一曲中所听到的正是尼采所说的"来自痊愈期的感恩之情"："我对于重新获得的力量、重新点燃的生活的信念、涌上心头的未来的设想、重新启程的对大海的探索以及重新坚定的目标都感到欣喜若狂。”

2000年7月26日，杰瑞的三重奏乐团在伦敦演出。我在采访的文章中了解到柯川在演出中需要保存体力，这意味着他将演唱比波普音乐。几年前，我怀着同样的目的，在同一个地方观看了迈尔斯·戴维斯的演出：不为演出的曲目，只为演出者而去。我把期望降到了最低。杰瑞、德约翰内特和皮科克登台后便演奏了一首杰瑞的原创曲目。几分钟内我们都沉浸在无与伦比的杰瑞的世界。当第一首歌结束时，我想，“就是这种感觉，接下来的40分钟都将会是标准三重奏”。然而事实却并非如此，他们一直在演奏反类别音乐。在这期间，我恰巧遇见了伊恩·凯尔和其他朋友，我们都离开了现场，因为我们感到精疲力竭但内心又兴奋不已。

那是一场不可思议的演唱会［部分歌曲在2011年的专辑《翻转》（*Inside Dut*）中出现］，但这也提出了一个似乎已经得到回答的问题：这是对“标准三重奏”格式的突破还是对即兴演奏标准化后的深入探索和呈现？对爵士乐历史的档案调查已经能够把自由爵士乐纳入表演项目的范畴吗？与之相关的是：我们在多大程度上能够通过一位天才重返舞台来对爵士乐的未来做出较为普通的推测？换句话说，其他爵士乐音乐家会像杰瑞致敬戴维斯、戴维斯致敬艾灵顿一样纪念杰瑞吗?

显而易见，为了回答这个问题，我们要从哀悼着手。我从未对任何一位公众人物的离开感到如此难过，在1995年10月逝世的唐·切利除外。然而我与拉金截然不同的一点是，虽然讣闻报道称切利为“爵士乐音乐家”或“小号手”，但是这并没有立刻让我觉得爵士乐“结束了”。我们已经无法用言语来形容切利，他体现了“世界性音乐”的精华所在。自从他逝世以后，切利的名字和音乐精神一直被当作是宽阔的音乐胸怀的象征。毫无疑问，1997年尼尔·皮特·摩尔瓦带着他独具开创性的同名专辑《高棉人》首次演出时的小号曲也暗指切利。另外一位对摩尔瓦的小号演奏产生影响的是约翰·哈塞尔（John Hassell）。但如果从摩尔瓦更广义的音乐概念的角度来看，迈尔斯对他的影响占主导地位，尤其是在电声爵士乐时期，从《沉默之道》（*In a Silent way*）到《格哈特》（*Agharta*）。《他为他痴狂》（*He loved Him Madly*）这首斯托克豪森献给艾灵顿的颂歌，是迈尔斯的音乐生涯中极其关键的阶段：一首原本应是忧伤的曲子，“最终呈现出来的竟是让人非常享受的旋律，使得所有的哀伤都变得更加积极，甚至是有一种乐观”，伊恩·凯尔如是说。但对拉金而言，这首颂歌听起来似乎有失偏颇：反而更像是加深人们悲观情绪的导火索。

当我刚开始涉足爵士乐时，我原本是认同这一观点的。我那时候觉得，迈尔斯的这个做法是他音乐生涯的失策，使得爵士乐更加朝着抑郁爵士乐和摇滚爵士乐的方向发展（回归永恒乐团！），而此时爵士乐刚从20世纪80年代再度兴起的后波普声乐中恢复发展。在切利和其他人的影响下，我逐渐远离“爵士乐风格的”爵士乐，转向世界音乐，并且在不太恰当的年纪接受了舞曲音乐和世界音乐的熏陶。这个变化的趋势未必具有代表性，但从多方面来说，这是在所难免的。

道格拉斯·柯普兰（Douglas Coupland）的小说《昏迷不醒的女友》（*Girlfriend in a Coma*）中昏迷前的故事发生在1979年末。凯伦是男主角正在热恋的女友，她回想起了对未来的不祥预感，“人们的未来似乎变得越来越……电子化”，她如是说。与这相吻合的是，在2000年开展的底特律电子音乐节上，身为联合创办者之一的卡尔·克雷格（Carl Craig）说“现在每首音乐都是电子音乐”，而这个说法只是略微夸大其词（谁知道呢，或许所有电子信息经由空气的传播已经悄悄改变了它们无言的本质）。因此，迈尔斯·戴维斯在20世纪70年代开创的电子音乐比歌曲《我有趣的情人》（*My Funny Valentine*）和《那又怎样》（*So What*）听起来更加现代化，与歌曲创作所在的年代背景关联性不强。除了出现一个新的电子音，专辑《泼妇酿酒》（*Bitches Brew*）还是在剪辑过程中创作的内容和录制过程中创作的内容一样多的“爵士乐”专辑之一。与《他为他痴狂》一样，《泼妇酿酒》预见的不仅是音乐风格和韵律，还有当今音乐制作的方法。

在电子音乐制作领域里，独奏者的表演技巧在一定程度上已经为乐曲采样和混音创作所取代，这两种方式都要收集许多用于重新组合和重新处理的音乐材料。当比尔·拉斯威尔（Bill Laswell）把《沉默之道》和《他为他疯狂》进行混音处理后［1998年专辑《原始大洋》（*Panthalassa*）］，原始材料和后续处理在技术上的相似性意味着发生了更引人注目的事情：当代原型变成了超现代。［直到听过《原始大洋》我才发现，在很大程度上，像《嘘/安静》（*Shhh / Peaceful*）等曲目预见了驰放音乐产生的轻松氛围，而这可能是我存在的一个缺点。］

这又让我们想起了尼尔·皮特·摩尔瓦。就某种意义来说，他仍然践行着迈尔斯的做法，即通过当代音乐其他类型的发展来寻找爵士乐。然而迈尔斯与一起制作融合音乐的两个“同伙”，韦恩·肖特和乔·冉维尔，都认同funk[①]音乐。摩尔瓦不仅沉迷其中，在很大程度上，他已经利用了许多先进的电子音乐进行创作，包括鼓击贝斯、丛林音乐、铁克诺音乐、氛围音乐和迷幻舞曲。在20世纪90年代末，类型各异的乐曲相互竞争，以展示未来之声，但奥斯陆**已经**展现了未来的样子。然而问题是，这是

---

① funk，骤停打击乐。

爵士乐吗？如果我们一定要采用这个词，我觉得称之为后爵士乐更为恰当，因为这种音乐大多数的明显特征都依靠那些与形式特征不同的元素。将其称之为爵士乐并没有做到足够重视摩尔瓦所依赖的舞曲音乐和电子音乐中最重要的部分（编选、采样和擦音）。爵士乐是关键但并非限制性因素。倘若摩尔瓦是在延续爵士乐传统，那么他这样做只是给爵士乐划定了界限。回到布罗茨基的所说，这里的“它”本身就是新事物，而不是突然产生的新事物。最重要的是，即便摩尔瓦的小号声没有被放进音码器或者通过其他方式进行加工，听起来仍有点变形。不知是有意还是无意，他目前已经意识到，小号必须改变以往过于引人注目的自信态度，扮演更为低调的角色（同样是受到迈尔斯的影响）。电子音乐和舞曲音乐的电脑制作技术不仅仅是对独奏者表演艺术的补充，它们更是不可分割的。如果摩尔瓦是一名伟大的爵士乐音乐家，这主要是因为他不让自己局限于爵士乐。

专辑《高棉人》发行后，专辑《固态乙醚》（*Solid Ether*，2000）迫不及待地紧随其后。受切利、戴维斯和哈塞尔的影响，这张专辑的小号声如以往一样极度深沉，但是乐曲的改编融入了鼓击与贝斯带有紧张感的碰撞声。实际上，这样的编排似乎是为了说明一个更复杂难解的问题，即如果乐鼓与贝斯想要向前发展，除非它们能产生别的东西，那么就一定要呈现出各种可能的排列方式，否则将难以生存。摩尔瓦用以延长和照亮爵士乐漫长衰退期的舞蹈电子乐的想法本身就使他陷入了创作的瓶颈期。没有其他专辑能比《重新着色》这张质量不佳的混音专辑更能说明这个事实了，这张专辑完全无法提高任何原创乐曲的质量。必然地，那既不是ECM唱片也不是摩尔瓦下一张“恰当的”专辑《NP3》（2003）。专辑《NP3》没有表现出巨大的进步，并局限于庸俗的编曲方式，这与摩尔瓦来自挪威的同伴布格·维塞尔托夫特（Bugge Wesseltoft）所说的“爵士乐的新概念”一致。不过，有足够的抒情插曲表明，摩尔瓦正在对他能利用的大量技术和音乐艺术资料进行考量，而非随意地向前发展。对舞曲音乐的热情的消散使得他停下了脚步，融入到旋律优美的后民谣歌曲《小印度人》（*Little Indian*）中去。这首歌曲在他最近在伦敦现场录制的专辑《飘带》（*Streamer*，2004）中进行了改写演唱。这张专辑充分证明了摩尔瓦依旧是世界上最激动人心的现代音乐制作者之一。

如果把摩尔瓦的音乐称为后爵士乐，那么把脖子乐队的歌曲称为后事物就情有可原了。脖子乐队有时被称为爵士三重奏，只要采用他们完全重构了爵士三重奏的概念这个事实来加以限定，这个说法也是可以接受的。2003年在皇家节日音乐厅举办的伦敦爵士乐音乐节上，人们称现场对艾斯比约恩·斯文森三重奏乐团（EST）的热烈响应是音乐创新的火炬从美国传到欧洲的标志，确切地说，火炬已经传到了斯堪的纳维亚。想象一下，艾斯比约恩·斯文森三重奏乐团已经离那些由诸如汤米·佛莱纳根三重奏等唱片所不断改变的特征有多远，而且你知道脖子乐队离艾斯比约恩·斯文森三重奏乐团有多远。也就是说，如果我们的地理学再向前发展的话，爵士乐的前沿领域将在澳大利亚成形。

我把他们称为“乐坛新秀”，但实际上键盘手克里斯·亚伯拉罕（Chris Abrahams）、鼓手托尼·巴克（Tony Buck）以及贝斯手劳埃德·斯文顿（Lloyd Swanton）已经一起演奏音乐超过15年了。他们都来自悉尼，而他们对音乐的独创性或多或少要归功于悉尼与传统的优秀爵士乐中心的距离。这也说明了他们的追随者虽然忠心耿耿，但人数相对较少。

无论是舞台演出还是录制，脖子乐队典型的表演形式都是一首长达一小时的歌曲，其强度和复杂度缓慢增强。为了突出这种平稳性的衔接，他们的第二章专辑《预见未来》（*Next*，1990）同样沿用了第一张专辑《性》（*Sex*，1989）的前十秒钟。践行完全极简主义风格的专辑《乙醚》（*Aether*，2001）同样沿用了这个方法，或者更确切地说是把这个方法简化成了一个全新的方面：整首曲子以单一的和音为主。我喜欢这种方法对困难的毫不妥协，因为在一种以缺乏注意力为主导的文化中，聆听脖子乐队的歌曲需要一心一意、专心致志，这与欣赏印度拉加曲有共通之处。

现场演出时，他们通常通过声音表现；而在录音室制作的专辑则将钢琴、贝斯和鼓与电风琴进行融合，这些声音都有20世纪70年代的迈尔斯·戴维斯的风格印迹［1999年的专辑《空中花园》（*Hanging Gardens*）尤为明显］。迈尔斯借鉴并融合那些他认为是当代流行音乐以外的最好的东西，即便有时会有误。脖子乐队（比如摩尔瓦）已经完全接纳了对最优秀的电子音乐进行重复演唱的做法。作为对“现场”演出的让步，程序式音乐的制作者会进行一些即兴创作，但这仅是在表面进行花式弹奏。电子音乐的无限循环、低音句式以及鼓的节奏最终会由即兴演奏的音乐家决定，他们奠定了永无止境的音乐节奏。杰瑞自由创作的三重奏有回音的存在，脖子乐队也有类似的专辑（特别是专辑《预见未来》里的歌曲《贝利》（*Pele*），根据乐队的一般标准，这耗时约半个小时）。有时，他们似乎处于转向完全的舞曲音乐的边缘。虽然这从来没有发生，但不安的期望还是会引起人们极大的担忧。这说明了音乐感是由内在的因素所驱动的，这与印度古典音乐也有相似之处。

正如专辑标题所暗示的那样，他们于2004年发行的专辑《路过》（*Drive By*）是非常棒的驾驶音乐，而这不仅仅是它驶往地平线缓慢消失的过程。（我不知道20世纪70年代初，脖子乐队的成员是否痴迷于“NEU！”乐队的

"Motorik"和"Apache"节奏。①）乐队的音乐囊括它所跨越的空间距离。脖子乐队可能受迈尔斯那种把自己的音乐与空间相融合的能力的影响，但他们音乐风格的开放性似乎与澳大利亚无边无际的内陆地区有着更深层次的根源。为与此保持一致，有时候你可能会觉得这些歌曲有点单调乏味，然后你又意识到，音乐已经完全发生了改变，但你无法分辨它何时发生了变化。它是永恒的，也是不断变化的。主题和动机从始于海平线，并慢慢远去，就像推动专辑发行是为了突出音乐可能性的多普勒效应的重要性。没有人知道这段恍惚的旅程将给我们带来什么、将带我们到何方，就如D. H. 劳伦斯于1922年在澳大利亚时所写的那样，"灌木丛里有某种诱惑。在超越边缘的地方，人们可以远离世界"。

专辑《路过》穿越了"寻找"声音构建的轻松时刻：儿童游乐场、蟋蟀、蜂箱。以往的专辑是真实可靠的，是在"真实时间"里略微润色的持续即兴创作的唱片，而这张专辑是在音乐片段中构建的，然后通过编辑进行叠加录音和重组，听起来就像是待完工的公路电影配曲。我不知

---

① 我觉得肯定有人在：《阿比勒拉》（*Abillera*）是《化学家》（*Chemist*，2006）的最后一曲。《化学家》是一张非同寻常的专辑，由三首歌曲组成，每首歌曲只不过20分钟时长，由托尼·巴克用电吉他演奏。这首曲子听上去像是在致敬德国泡菜摇滚（Krautrock）先锋。——原注

道它算不算是爵士乐，但这是一张出色的唱片。我喜欢它，你最好不要对此抱有怨言。[①]

写于2004年

① 《路过》有可能成为脖子乐队向大众展示突破的一张专辑。为了避免被认为任何温化的意图，2005年，由两张光碟组成的《蚊子/看透》（*Mosquito / See Through*）发行。这张专辑抽象、简约，和他们曾录制过的其他任何作品同样严苛。从那以后，我们已经听到了连续三张杰作：三轨的《化学家》，记录了令人沸腾的海洋般的演唱会现场的《汤斯维尔》（*Townsville*，2007），以及最近的史诗般的《银色之水》（*Silverwater*，2009）——这张专辑见证了乐队再次向未知领域挺进。——原注

樱桃街

我与他仅一面之缘，就是那次他经过东村一间路边咖啡馆时，我上前与他打招呼，并告诉他我有多么喜欢他的音乐。但是唐·切利的离开使我深受打击，我原本想说他就像我的“私交”，但这并不准确。当我得知他已逝世时，我感到怅然若失，迷失了自我，这种感觉持续了数天。我不仅失去了一位好友，更失去了一位珍贵的引路人。

众多书籍都将唐·切利归为“爵士乐音乐家”或“小号手”，但到了20世纪60年代中期，任何一种对他的描述都带有局限性。他是音乐家也是旅行者，能在任何环境下演奏六种乐器。保罗·西蒙（Paul Simon）利用各种音乐风格的活力和多样性来发展他的音乐事业，而切利则把自己置于不同的文化中来感受其他音乐。假如我们确实只能向同辈学习，那么切利能学习到很多，因为在世界各处他都能找到音乐上的同路人。温顿·马沙利斯常抱怨切利总是不遗余力地学习如何演奏乐器，这句话对中带错：对切利来说，最重要的不是音符，而是创作任何一种音乐所经历的过程。他所认为的最重要的是去探索的潜能。他参与演奏的其中一张专辑是奥尼特·科尔曼的《世纪之变》。切利一直都在完善自己，从未停止学习的步伐。

我看过多次切利在不同城市不同形式的演出，而最后一次是1994年9月在巴黎的清晨俱乐部。那时，他头戴引人注目的棕榈树美发，瘦弱得无法再吹奏小号。他刚拿起其他乐器，比如口风琴、木笛、doussn'gouni[①]，或者敲击乐器的各个小部分，就又把它放下，然后尝试其他乐器。他仍能心无杂念地弹奏钢琴，能唱一首小歌，但基本上他只是在舞台周围灵活地跳着让人摸不着头脑的舞蹈。多年前他就超越了所有的音乐种类，如今他超越了音乐的另一面：他不是在演奏音乐，他自己就是音乐。

观众席中有一个恼人的妇女不停地大喊大叫，并试图爬上舞台跳舞，但这只会让别人更加讨厌她。安保人员想要赶她下来，却使场面更加混乱。场面一度变得很糟，人们开始紧张起来，除了切利。他靠近话筒，笑着说："她真是才华横溢，不是吗？"随后，那个妇女便安静地坐了下来。

1936年，切利生于俄克拉何马城，于1995年10月19

① 来自西非的一种乐器，由类似竖琴的结构组成。

日去世。在哪里去世并不重要，他本可以选择在任何地方离开我们，因为他以五湖四海为家。自从他去世以后，我总是把他的照片放到我的桌子上，无论那张桌子在哪里。这让我无论身处何处，都能有家的感受。大概这也使得切利成为了我的指路明灯。

1997年，我在罗马居住。在那里，如果没有别的事情可做的话，我会骑着黄蜂小型摩托车在烈日当空下的罗马附近闲逛。8月的一个晚上，我在圣则济利亚圣殿广场正好遇见一群非洲鼓手在演出，他们打扮得红红绿绿，金光闪闪，现场还有舞者。我愉悦至极，感觉过上了真正的梦想中的生活，有一种在家的感受。听了一段时间音乐后，我欣赏了一下放置在广场中央的多件艺术品，很显然，那些艺术品都是别人捐赠的，以此来为一些非洲和欧洲的艺术倡议筹集资金。唐·切利的神堂是整场演出的中心。

同年晚些时候，我在北卡罗来纳州生活了两个月，在杜克大学威廉·格德尼档案库工作。在周末，我的同事会去彼此家里吃晚餐或一起去看电影，他们都觉得我是一个爵士乐迷。那时，我对迷幻舞曲有着极大的热忱。不可思议的是，我们的足迹遍布各处：某个周末我们会在罗利举行聚会，下周可能会在格林斯伯勒，接着可能在夏洛特……我在英格兰几乎从来没有开过车，但是在这里，我开始喜欢开着车，按照传单的指引，去往聚会的举办地。我经常独自前往，但从未感到孤独。

某周日下午，温斯顿-塞勒姆市中心举办了一场免费音乐节。所有音响设备在科培林广场已准备就绪，该广场位于整洁的办公大楼前方。警车频频巡行，使得安逸的办公环境与响彻天空的音乐之间的不协调让人更加印象深刻，重复跳动的相同节拍本来就与这里的环境格格不入。那是11月一个炎热的下午，尽管这根本不是音乐节（现场有二十多个穿着酷炫裤子和滑雪专用上衣的青少年），但是我也无处可去。我的人生是有意义的，因为这一刻，在这里，我沉浸在音乐之中。

背对着BB & T大楼，我略过DJ所在的桌子，往外眺望美国老城区的公告牌、隔板房、水塔、高速公路和铁树。高速公路上一个巨大的标牌为我们指引方向：直行，在40号州际公路往西，然后右转后的方向就是樱桃街……

写于1998年

第四部分　其他评论

文森特雕塑与布鲁斯音乐

那应该是在四年前，我在阿姆斯特丹的一家博物馆里第一次看到了扎德金（Zadkine）的文森特（Vincent）和提奥·凡·高（Theo Van Gogh）的雕塑。这座雕塑以质朴的立体主义风格雕刻而成，两个人坐在一起，其中一个人的胳膊搭在另一个人的肩膀上。我认为他们的头部是相互接触的，但也可能我记忆得不够准确（那些深深影响你的艺术作品，往往并不是你记忆中的样子）。对于一件如此彻底致力于立体主义艺术风格的作品来说，这显得有些不同寻常，因为这件雕塑作品非常简单，直接表达了主体的人性，而这种人性通常是立体主义的艺术品进行扭曲和非常规表达的要素。坚硬的石头作品很少被铸造得如此柔软。

扎德金希望自己的雕塑作品表达出文森特和弟弟之间存在的彼此依赖和信任的关系；而通过打造这件艺术品，

他形象地体现了所有人都能互相给予的温暖和柔情。

其实观众尚不清楚扎德金雕刻的人物中哪个是文森特，哪个是提奥。像所有减轻他人痛苦的人一样，提奥，在一个与输血完全相反的过程中，分担了文森特的一些痛苦。然而很快，虽然天空对这两个人同时施加着压力，但其中的文森特明显不堪重负，觉得重力是一种可怕的力量，甚至可以把人拖到地下。从这一刻起，观众就被扎德金的雕塑所描述的那种悲悯和美丽所吸引：那是一种无法得到抚慰的绝望，也传达着一种无穷无尽的安慰。雕塑作品中的一个人说，“我感觉再好不过了”；而另一个人说，“我会永远抱着你，直到你好起来”。

昨晚，就在离我的住处B大道第三街几码远的地方，我看到一个和我同龄的无家可归的家伙（我猜他和我年龄相仿，虽然他看上去其实要老得多）。这人抓住自己的头，冲到商店的柜台上，然后尖叫一声，一头栽倒在地板上，一动不动地躺了几秒钟，筋疲力尽但仍处于疯狂状态，他最后踉跄着站了起来，又重复着撞击自己，摔倒在地上。一个小时后，他瘫在人行道上，完全失去了知觉。

每天早上，都能看到有人四肢摊开地躺在大街上，昏迷不醒，甚至连警察踢出的冷漠一脚也无法唤醒他们。那些穷人、瘾君子、疯子、走投无路的人，整天就成双成对地坐在门口或台阶上，他们低着头，互相倾听，或者伸出胳膊，去安抚对面另一个痛苦呻吟且颤抖不止的同伴。

你的脸无处不在，我看到它像雨和飘荡的水蒸气一样在街道间徘徊。我每天清晨四点钟醒来，就会想起你在做一些平常的事情：寻找你永远也找不到的眼镜，然后乘地铁上班，去超市买葡萄酒。

在打开邮箱之前，我其实已经知道是否有你的来信。我渴望收到你的信件，但又害怕信中可能包含的声明和决定，就这样整天焦灼地等待着你的来电。

我在第二声铃声响起时拿起电话，听到一个美国人的声音说：

“嗨，你好吗？”

“我很好。”

“有什么事吗？”

“您是哪位？”

“我只是打个电话问候一下朋友。”

“究竟有什么事？”

“我只是随便聊聊，你怎么样？”

“什么？”

“我情绪有些低落。”

“我不认识你吧？”

“对，你不认识我。”

“那我没法跟你说话。”

“不能？……”他的手中似乎握着**永恒**。

在一个清晨，伦敦时间早上7点，我打电话给你，熟悉的英语语调在六声铃响后变得暗淡。怕你刚进门来不及，我就让电话再持续响十次，希望等你回来的时候，能判断是我来过电话。虽然没有应答机可接，但家具和墙壁上都保存着留言：我思念你，我想你，我爱你。就这样，我让电话一直响着，把话筒像手枪一样压在自己的头上。

在格林尼治村的一个俱乐部里，大卫·穆雷（David Murray）正在进行为期一周的“黑人民谣歌曲”表演。

穆雷刚出道时是一个精力充沛的表演者，但近年来他一直在挖掘传统，现在他的演奏听起来像特别有历史感的次中音萨克斯管。在他演奏时，你甚至可以听到艾勒（Ayler）、柯川、罗林斯、韦伯斯特（Webster）等艺术家的风格。

同样地，“黑人民谣歌曲”包含了所有的圣歌和哀歌，还有所有曾经出现的忧伤的布鲁斯音乐。穆雷的独奏持续了10分钟，高潮部分的音调很高，但很快就消失了，就好像这首歌的某些部分从来就不是为人类的听觉创作的。布鲁斯音乐就是这样一种风格，它好像不是演奏出来的音乐，而是一种呼唤死者的方式，一种对所有在美国死去的奴隶的呼唤。

布鲁斯音乐传达的信息很简单：只要地球上还有人类存在，人们就需要这种音乐。在某种程度上，布鲁斯音乐是关于自身生存的表象方式，这是黑人为自己和任何有需要的人建造的庇护所；不仅仅是一个暂时的庇护所，还是最后的精神家园。实质上，没有什么痛苦是无法忍受因而无法表达的，也没有什么痛苦是因为不能减轻而无法忍受的——这正是布鲁斯音乐的核心要素，也是它给人的承诺。布鲁斯音乐无法治愈苦难，但可以拥抱我们，可以把手搭在兄弟的肩上安慰着说：

你会找到一个家，哪怕不在她的怀抱里，至少在这里，在这些布鲁斯音乐中。

写于1989年

爱与赞赏：加缪的阿尔及利亚

我来晚了：在这一天，在这一年，在这个世纪……

那一天，因为所有的旅馆都住满了，我只好在黑暗中四处游荡，拖着行囊和钱包（都是现金，一大笔硬通货），紧张地看着成群结队的年轻人注视着我四处游荡。我集中精神，尽量使自己看起来好像是在这里住了一辈子的当地人，确切地知道要去哪里，结果在阿尔及尔没有地图的街道上，我很快就迷失了方向，不知道自己身在何处。

当我终于找到一个房间的时候，已经太晚了，我只能把椅子拖到阳台上，向下凝视着仍然温暖的街道和阿拉伯文的招牌，那些文字看起来像手写的水，缓缓流动。阿拉伯文字不知道从哪里开始，也不知在何处结束。甚至那块阿尔及尔国家银行的标志，看起来也像一行神圣的诗，被无限拉长、伸展，像一望无际延伸到远处的文字。看着一行完全无法理解的字母，将人从理解的压力中解脱出来，这也算是一种莫名的安慰。此外，这里没有别的东西可看，没有霓虹灯或者酒吧，也没有什么可听的，唯一的声音是金属百叶窗被拉下的声音——尽管在我看来，所有的百叶窗都已经放下了。

我来这里是因为加缪。阿尔及尔是他的城市，是塑造他、支撑他的地方。在起初的几次出国旅行中，有一次他来到了布拉格，也和我一样住在这样的酒店，便开始“极度地思念自己在地中海边的海岸小镇，想起那些可爱的夏天的晚上，温和的绿灯下充满着年轻而漂亮的女人”。

而此刻的我躺在床上，睡意蒙眬中，想起了11月的夜晚，在我自己非常讨厌的城市——伦敦，那里的天空乌云密布，所有美丽的女人都已经有了男朋友。

今年来得太晚了，因为加缪庆祝的季节是春天和夏天。在这两个季节，即使是最穷的人也会像神一样在炎热的天空下行走。

就在几个月前，当我读到三卷薄薄的所谓的抒情小说集——《反与正》(*Betwixt and Between*)、《婚礼集》(*Nuptials*) 和《夏》(*Summer*) ——我才意识到阿尔及利亚的夏天对于理解加缪是多么重要。在那之前，我很高兴能模糊地想到萨特、波伏娃、巴黎咖啡馆、存在主义、荒诞……

然而要理解加缪，最重要的一点不在于他与这些名字和思想的联系，而在于他与这些名字和思想的区别和不同——那就是他在阿尔及尔地区曾经贫穷的成长经历，后来发生在加缪身上的一切都浸透了这段少年时期的贫穷和阳光。

这些对加缪来说是力量的源泉，但对我来说却是神经衰弱症的根源。他在美丽中长大，而我生长在一个吝啬而拮据的天空下：英国的阳光非常有限，一年中有三个月的时间，差不多午饭后天很快就黑了，而还有另外三个月的时间里，几乎见不到任何天光。对加缪来说，天空是他赖以生存和随心利用的源泉，而对我而言，天空只是一个受挫的承诺，是一种难得的渴望，一种排除万难才得以瞥见的光亮。即使是在阿尔及尔，在这个秋日的早晨，我心惊胆战地打开百叶窗，抬头看到了一片天空，一片乌云密布的天空。又是没有阳光且阴雨绵绵的一天！

我来得太晚了，因为加缪所推崇的文化没有一种能幸存下来。

早在阿尔及利亚战争初期，加缪就试图促成一项停火协议，使双方的平民免于伤亡（德·波伏娃认为这是一项荒唐的提议，因为这本身就是一场平民社区之间的战争）。这一倡议失败了，以弗朗索瓦民族解放阵线为首的穆斯林同法国黑皮德派之间的任何中立党派消失后，加缪仍保持着被孤立的中间立场。在加缪去世两年后，随着1962年民族解放阵线的胜利，法属阿尔及利亚人立即大量外逃。我走在大街上，指望能找到加缪在阿尔及尔的任何踪迹，就像一个美国人到英国旅行，希望能找到狄更斯笔下的伦敦一样，这似乎有些可笑。但尽管如此，在没有其他导游的情况下，我还是按照他在1947年提出的非常准确的建议，在这座城市里四处闲逛：

> 年轻的旅行者也会注意到那里的女人都很漂亮。4月的一个周日上午，阿尔及尔最好的去处就是米歇莱街的咖啡馆。在那里可以见到大量漂亮的女人，你可以毫无顾忌地赞美她们：这也是女人们在那儿出现的原因。

10年后，米歇莱街的时髦咖啡馆成为了民族解放阵线轰炸行动的主要目标。而40多年后的今天，在10月的一个下着毛毛细雨的星期五早晨（即穆斯林的星期天），我来到了迪杜什·莫拉德街，这是这条街现在的名字。咖啡馆里烟雾缭绕，我只好坐在外面的长椅上。穿着牛仔裤和皮夹克的男人经过，他们一瘸一拐，点燃香烟，戴着面纱的女人，穿着肉色紧身衣的女人，拖着购物车的女人，穿着皮夹克的男人。然后到了晚上，女人就完全消失了。

对加缪来说，这里让他感到欣喜若狂且值得庆祝的，有堆积在感官上的财富，也有女人的美丽，但这并非全部。如今，在伊斯兰社会主义的名义下苦苦挣扎的阿尔及利亚，是一个通货紧缩的国家，是世界上少数几个你买不到可口可乐的国家之一。在那里，你倒是可以买到一种劣质的苏打水，这种饮料异常地甜，以至于喝上几杯会极大地伤害牙齿，这种损害甚至不亚于被一个装满苏打水的瓶子打中嘴巴。那天晚上在一家餐馆里，没有女人，烟雾缭绕，我点了一杯啤酒。啤酒装在一个绿色的瓶子里，这是它能带来的最大乐趣了。食物有鸡肉、烤串和蒸粗麦粉，一半放在盘子里，另外一半还没有送过来。

回到酒店后，我迷迷糊糊、浑身发胀、疲惫不堪，躺在床上读着加缪的日记："旅行其实没有乐趣，它更多的是一种精神的考验。如果我们通过文化来理解我们最私密的感觉——即永恒的感觉——那么我们就是为了文化而旅行。"

早晨，残破的云布满天空，海湾也是阳光灿烂，甚至吹过的风似乎也变成了光的一种。我的阳台栏杆上投射出阿拉伯文字的影子，就连阳台上的蚂蚁也拖曳出了一辆微型马车的阴影。

下面是一条道路，汽车在阴影的垫子上爬行；远处是两列长长的淡黄色出租车。站在周围，靠在挡泥板上，抽烟聊天，把烟头扔进排水沟，这才是出租车司机真正的生活，载着人们在城里转悠不过是一种分散精力的消遣。出租车后面是一个拥挤的火车站，再往前就是港口。再远一点，海湾就卷了起来，消失在大雾中。几艘轮船在蔚蓝的水面上悠然自得。大海似乎是垂直的，船只就像墙纸上的图案。

加缪所推崇的文化没有一种能够留存下来——除了阳光。当我走到阳光普照的街道上时，我现在不得不这样补充一点。整个城市都是巨大的建筑工地，阳光灿烂，倾泻到巨大的火山口。人们很容易认为，目前正在尝试的是某种形式的太阳能保护，即捕获太阳能并将其储存起来。事实上，阿尔及尔正在缓慢而系统地从巴黎变成斯托克韦尔。刚性的需要正在驱逐自然的美丽。到处都是阳光，不管光照落在什么地方，都使得破旧的法国公寓楼上剥落的油漆显得更加刺眼难看。

穿过阳光炙热的街道，一辆出租车载着我来到贝尔格特，这是加缪在阿尔及尔长大的地方。我走到大街上，问一个友好的邮递员——从现在起，“友好”这个形容词将被假定为当然，而不是我刻意如此描绘，我们假定这里的每一个人都非常友好——问他是否知道革命前这条街曾经被叫作里昂街。

“这里，”他指着地面说，“叫穆罕默德大街。”

“这里?”

“对。”

我抬头看了看数字，发现我正好就在93号外面。加缪的父亲在第一次世界大战中阵亡，当时加缪还不到一岁，他和母亲、祖母一起在这里长大，但这里没有任何迹象或标记显示这一事实。我问一个女人阿尔贝·加缪是不是曾经住在这里，她竟然不知道我在说谁。

这是一个只有两层楼的地方，有一个小阳台，可以俯瞰街道，就像作品《局外人》中所描述的当默尔索在母亲葬礼后的那个星期天外出时的场景。下面是一家干洗店和一家钟表修理店。街道两旁种着无花果树，还有卖衣服的商店和卖香烟的男孩。人们等着公交车从身边经过，有的在看汽车，有的根本不看。天空布满了交叉的电话线和电车线。

大约70年前，另一个人在这个公寓里出现了，那是加缪的学校的一名老师，她问这个男孩的母亲，是否可以让他申请奖学金去高中上学。这是加缪人生中的一个转折点，正如对于许多工人阶级的孩子来说，书籍的世界突然一下子全部展现在他面前，加缪也从未忘记老师的这份知遇之恩。

我自己的人生历程也被一位老师以同样的方式改变了，而且影响深远。紧接着，我遇到了第一个用作品表达阶级错位感的作家劳伦斯，读了他的小说《儿子与情人》。再到后来，我就开始背诵约翰·奥斯本（John Osborne）的作品《愤怒的回顾》（*Look Back in Anger*）中吉米·波特发表的言辞激烈的长篇演说。然后，从雷蒙·威廉斯身上，我学到了应该担负的政治和道德责任以及义务，了解到这些可以通过接受教育而获得，让自己摆脱最初的出生背景。最后在加缪身上，我发现了一个人，他用最肯定、最人性化的语言，讲述了他对出身背景的依赖，同时又能远离出身之地，行走完最漫长的旅程。这种理解并非毫无痛苦，但最终，在一种与奥斯本等人完全不同的情绪中，他实现了“一种无价的东西，即一颗没有痛苦的心”。

这就是我到这里来的原因；我想与他建立一种亲密关系，并在内心听从他的指引。

我走向大海，却从未真正走近它。你总是感觉被一大片或多或少的东西与大海隔开，或者是码头，或者是道路。加缪第一次瞥见地中海美景的阿森纳广场已荡然无存。现在，这里只有消耗一切的码头。天空渐渐地被云层染黑了。祈祷的召唤通过一个扭曲的机械扬声器传来，就像工厂的汽笛在命令下一个班次开始工作。

最后我来到了一片土地——我不知道还能叫它什么——叫作海边吗？它不是港口的一部分，虽然海水拍打着一片沙滩，但它已经不是海滩。这是那种在世界各种建筑工地上都能见到的沙子，到处都是瓦砾和垃圾。高峰时间的云朵在天空中排着队。

马修·阿诺德凝视着英吉利海峡，想起了索福克勒斯，想起了自那以后逐渐退去的信仰之海。我想到了加缪，想到美丽的海景已被油膜覆盖，海洋的美丽正在一年一年被推向越来越远的地方。当波浪一遍一遍拍打过来时，在这种无休止的重复动作中，我感觉到一种疲惫。也许大海从来没有猛烈地撞击过这里，但容易看出它吸取了一些至关重要的力量。

加缪在其著名的荒诞研究中总结道，我们必须想象西西弗斯是快乐的。很容易想象他曾经站在这里，想着：“这一切值得吗?”因为如果执意要把石头滚到这个斜坡上，它就会变成一堆垃圾；而当石头再次滚回去时，它会变成另一堆更大的垃圾。不难想象，西西弗斯期待着那根香烟，它会让自己的肺在工作的压力下胀得喘不过气来，而当他扔掉烟头时，又无疑会增加身下的垃圾。但即使果真如此，也许还有些安慰：垃圾堆得越高，举起石头的距离就越近，直到没有山可爬，只有一大片平整的垃圾。这就是进步。

我继续往前走，太阳又出来了，使那一大片云散发着墨绿色，在海面上闪闪发光。在公路和大海之间，在阳光和云彩之间，一些男孩在一片阳光沐浴的草地上踢足球。沥青发出铁锈的颜色，球被踢得很高，所有这些年轻生命的活力都集中体现在这里。当足球悬在空中时，皎洁的月光映在云墙上，世界上的一切似乎都在一瞬间被抓获住，我的内心也同时充满了两种矛盾的感觉：一方面，世界上有那么多的美好，令人难以置信的是，我们曾经有那么一瞬间感到痛苦；另一方面，世界上有那么多的丑恶，但我们竟然莫名其妙地有感到快乐的时刻。

对加缪来说，《鼠疫》发生的地方奥兰是一座“被天真和美丽包围的无聊之都”，实质上也是阿尔及尔的镜像之城。阿尔及尔“背对着大海”，是“一座尘土和石头的城市”。独立后，20万欧洲人逃离这座城市。在一段时间内，这座城市饱受瘟疫的蹂躏，似乎已无人居住。现在，城市中连灰尘都不见了，但你到处都能闻到一种奇怪的气味：像干燥的湿气或者潮湿的灰尘。也许正是这种持续的怀旧气息，使得这座城市看起来更像欧洲，更像加缪文章中的阿尔及尔，而不是真实的阿尔及尔本身。这并不是说欧洲人真的还在这里，而是有些商店里仍然有来自欧洲的衣服、唱片等货品。甚至还能见到一种最具巴黎特色的店家：性感内衣店。

我在拉比·本·米希迪街租了一间房，这里从前是阿尔休街，是一条有拱廊和黄色装饰的白色建筑物的街道。加缪曾在这里住过一段时间——就在67号公寓，现在上面开着一家眼镜店和一间音像店，里面播放的音乐稀薄微弱，听起来就像是从随身听的耳机里传出来似的。我从那里走到一条主要的林荫大道，它看起来就像典型的地中海海滨长廊，铺着瓷砖的人行道，种植着棕榈树，左边是白色的建筑，右边是蓝色的天空。一切都似乎在告诉你，大海就在你的右下方，但你放眼望去，发现的是两条高速公路，数英亩的码头和炼油厂，除此之外，还有一个巨大的防波堤。他在1939年如是写道：“显然的目标是要把最明亮的海湾变成一个巨大的港口。”现在这一目标已经实现，海景已经被逼出大海之外。

步行几分钟后，就会发现加利尼大道已被重新命名为贝贾亚机场大道，但它仍然像是街道中的婚礼蛋糕。街道宽阔无比，以至于一天的大部分时间里，太阳都能聚集在这里，而不是像曼哈顿的峡谷街道那样，太阳只能在街道停留一小时。加缪曾看着年轻的男男女女以好莱坞明星的时尚和风格在这里漫步，但现在这里的人们步伐轻快，他们不是为了展示自己，而是为了赶往别的目的地。女人匆匆而过，当黑夜来临时，她们便销声匿迹：没有最终呈现阴柔的炽热晚霞，只有缓慢凋零成阳刚的夜晚。

留在那儿的最后一天，我乘出租车去了位于提帕萨的罗马遗址，那儿离阿尔及尔海岸50英里。当我们沿着弯弯曲曲的道路最后驶出城市时，天气情况还捉摸未定，但不久后雨点就开始敲打在挡风玻璃上。很难不把当天的天气和个人的情绪连接在一起，因为这一天的阳光如此重要，它让我回想起加缪回到提帕萨的情景，“走在孤独和阴雨连绵的乡村”，他试图发现一种力量，“一旦我意识到自己不能改变现实，就得有接受其存在的力量”。所以对我来说，接受今天会下雨的事实，似乎和接受胳膊或腿被截肢一样困难。

我们开车穿过群山，然后沿着一条沉闷的海滨公路向前驾驶。经过半成品建筑，只见倒立的钢筋底部从混凝土柱中突兀伸出：这与废墟的景象恰好相反。从提帕萨出发10分钟后，云朵被冲洗成蓝色，天空开始变得晴朗。稀疏的树木投下的阴影好像打着呵欠，慢慢伸展开来。当我进入废墟的时候，天空已经变成了湛蓝的金色，紧绷在奇努瓦山的驼峰上。废墟就坐落在海边：有被截短的柱子，还有已消失建筑的布满灰尘的蓝图。海洋呈现出真正大海的颜色，夏天的炎热已过，还有一种进入秋天的余热，其间夹杂着一丝凉意。我穿过残垣断壁，走进悬崖，来到一座棕色的墓碑前。墓碑齐肩高，两英尺宽，上面用很细的字母写着：

我顿时明白了
什么是真正的荣耀
便有无限热爱
阿尔贝·加缪的权利

加缪的朋友在他死后建立了这座纪念碑。从那以后，他的名字就被刀或凿子弄脏了，“提帕萨的婚礼”留下的风雨斑驳的铭文已经难以辨认。30年后，这几行文字也终将被激发出这些灵感的太阳和海水抹去。

如果我的此次旅行只有一个目标，那么这目标已经达成了。每隔一段时间，就会有一股中空的浪花在海面上飞跃而起，仿佛有什么巨大的东西被扔进了海里。无法忽略的苍蝇不断地挠我的脸，海里波浪飞舞、频频撞击。远处的地平线有一片蓝色的云。特别值得一提的是，正是加缪在提帕萨写的两篇文章，唤起了我对大自然和海洋“伟大而自由的爱恋”，而这也是我此次阿尔及利亚之行的真正动机。现在我来到了这里，意识到自己正在努力应对一种不自觉的强烈反应。这个地方被描绘得如此完美，这一事实抑制了我对该地方的反应。能够被发现的东西，加缪都已经全然发现（包括在第二篇文章《回到提帕萨》中所提供的重新发现）。除了感受“这是加缪在他的伟大散文中所写的地方”，似乎没有什么其他新的感受了。这也算是读者和作家之间建立的一种特殊的亲密关系。

我们读书，有时向朋友推荐好书。偶尔，我们甚至可以通过写作谈论作者和作品，甚至可以写信给作者，告诉他（她）这些书对我们有什么意义。更难得的是，我们有时去一个地方，仅仅是因为读过描写该地方的作品，而这种旅行既是表达感恩，也是一种满足内心需求的方式。此刻我来到这里，坐在这座纪念碑旁，重读这些伟大的散文，再次证明这些是对我们所有人最好的文化遗产，同时也是我对作者表达个人谢意的一种方式。

在阿尔及尔的最后一个早晨，我前往烈士纪念碑。这座纪念碑坐落在一座俯瞰城市和海湾的小山上，由互相倾斜倚靠的三片巨大的棕榈树叶形成，是为了纪念在独立战争中丧生的数百万阿尔及利亚人。在这些叶子形成的顶点之下，是永恒的火焰，由两名士兵守护着，他们站在那里，仿佛用血肉铸就而成的雕塑，在火焰的热气中飘荡着，像梦一般。在这些的棕榈树叶的底部，是民族解放阵线游击队的巨大雕像。如果一座纪念碑想要达到塔楼的样子，这就是最好的范例。在我参观过的所有战争纪念馆中，没有哪座比这一座纪念碑对我影响更大、更客观。它要求我们成为仅仅基于规模而进行审美活动的殉道者；它命令我们对事业的规模做出反应，而我们也只有遵守服从——尽管这样的顺从会让我们情绪消沉。它赋予我们记忆的不是个人的牺牲，而是自身坚持的力量——工程的力量，混凝土的集体支撑力量，经历时间的流逝岿然不动的力量。除了头顶作为背景的天空，它将比城市里的任何东西都要活得更长久，这也是它与提帕萨废墟中那座正在衰败的纪念碑所有的共性。

写于1991年

法国奥拉杜尔村

在让-弗朗索瓦（Jean-Francois）和埃莉莎（Elisa）结婚后的第二天，我乘坐火车从法国死气沉沉的中心小镇夏多鲁出发前往西南方120公里外的利摩日。从那里再走20公里就到了格林河畔的奥拉杜尔村。几位参加婚礼的客人也知道这个村子，但没有人去过那里。当然，没有必要急着赶去奥拉杜尔，只要知道它在那里就足够了；然后，就像安全记录在纸上的电话号码或保存在胶片上的脸庞一样，它就可以被慢慢遗忘了。

大门上的标牌告诫人们要记住这个地方。出了大门，你可以看到几所房子的破墙，靠在其中一扇门上的一张大牌子警告人们不要出声。生锈的有轨电车沿着大路蜿蜒前行，开进村子，天空布满了电车线和电报线，但没有电可以传输。其中一根柱子上的一则小标语警告说：危险地带，严禁触摸。

50年来，整个村子已经变成了一片废墟，处处都是残垣断壁、阴森恐怖的房间、生锈的大梁、千疮百孔的窗户。有一些墙壁虽然相对完整，但也看不到天花板或者地板。不过这也算是一个小小的安慰吧。垂直的竖墙可能会比水平的墙壁要持续得相对长久一些，但无论如何，最终的结局都会走向破败。

每间房子虽然看起来都一样，但总有一些细节会提醒你它们之间的区别：譬如这里从前是一家肉店，那里曾经是某人的家，而另一个地方之前可能是一家商店。人们曾经用过的日常用品随处可见：玛里耶咖啡馆里有生锈的天平秤、挂在墙上的锅碗瓢盆；在另一间房子里有一台旧式缝纫机，一张生锈的床架，残余的部分瓷砖地板，一个水桶，一辆自行车车架；在车库的墙上有一个为法国雷诺公司制作的红色广告牌；而集市广场上还有一辆锈迹斑斑的汽车。

天空无处不在，抬眼即见。无论是从破碎的墙壁望出去，还是从房间的正中间向上看，天空如同瀑布，从倒塌的屋顶倾泻而入，又默默溢流出窗外。到处都是一片灰色，云如烟雾一般缭绕四周。远处是冬日残留的树木，它们早已长出了村子的范围；鸟儿们栖息其中，在潮湿的空气中涉水而过。

这些遗迹都呈现出一种共性，因为它们都是从同一天开始衰败。所有的建筑都有相同的元素，但每栋房子被破坏的程度各有不同。建筑材料的相对寿命排列如下：玻璃和布料永远是最先磨损的，接着是墙壁变成一块块砖，然后变成瓦砾，最后是金属——自行车车架、锯子、水泵、栏杆——很快就会生锈，但依然勉强能应付。最终，一切都变成了铁锈或瓦砾。一切都将成为风景的一部分，墙壁上长满了青苔，瓦砾也逐渐被泥土掩盖。这也就是为什么从远处看，废墟似乎已经融入了周围的乡村的原因吧。1944年的一个下午，时间在这里有所停滞，另一种缓慢的时间——那种雕刻山丘和淤积河流的时间——在这里驻足。

1944年6月10日下午2点15分，第二党卫军装甲师团的一个小分队的卡车和半履带坦克开进了奥拉杜尔村。他们从东线被调往诺曼底，加强德国对盟军入侵的防御。由于盟军的轰炸和破坏严重损毁了法国的铁路网，这趟行程不得不改走公路。持续不断的抵抗行动几乎没有给久经沙场的帝国造成任何伤亡，但这一骚扰行动的累积效应导致该师在法国境内的进展受到严重延误。为了反击这些“恐怖主义行为”，德国人（从战略上讲）浪费了更多的时间，试图通过一系列无情的报复以制服民众。在利摩日以南约60公里的图勒，为了报复新教徒的袭击和该城的短暂解放，有99名平民被吊在灯柱上示众。

党卫军为什么要袭击奥拉杜尔村？即使找到可能的原因，也很难最后确定这一定与事实相符。探究这一历史事件的理论比比皆是，但最有可能的解释是马克斯·黑斯廷斯在其著作《德意志帝国》（*Das Reich*）中提出的观点。奥托·迪克曼少校（当时他指挥着元首军团的一个营）得到消息说，马基团（即法国反纳粹游击队员）要么藏在这个村子里，要么至少把这儿当作武器的收藏地。无论这个谣言是真是假，都无关紧要，但它为迪克曼提供了让部队施暴的借口，结果使得奥拉杜尔村成为整个利穆赞地区传播恐怖的典范。

1944年6月，难民的增加使该村的正常人口几乎翻了一番，达到了650人。不到半小时，党卫军就把所有人都赶到了集市广场。他们把妇女和儿童带到教堂，将男人押往村里五个不同的地点。下午三点半左右，德国人开始有计划地屠杀村子里的每一个人：他们用机枪扫射，投掷手榴弹，并放火焚烧了关押妇女和儿童的教堂。到下午五点钟，整个村子都已经被大火焚烧。只有五个男人和一个女人最终有幸逃了出来。

党卫军第二天早上撤离时，留下了640多具尸体在村庄的废墟中。在接下来的几天里，那些烧焦的尸体被不断发现并掩埋在村庄边缘的墓地里。今天我们发现的废墟依旧保留着当时的模样。

这个墓地看起来杂乱不堪，表面上和法国其他地方的公墓没什么不同。许多墓碑上都有死者的照片：丈夫和妻子，青年和老人，死者都面带微笑，身着盛装去参加婚礼或者洗礼仪式。在一块墓碑上，碑文设计得就像一本打开的书页，在图片周围写着如下的文字：

为了纪念我们的亲爱的女儿
博纳戴特·柯代尔
1944年6月10日她被德国人烧死
时年16岁
永远的遗憾和怀念

她是谁呢？又是如何长成了现在这个样子？

几天前，我看到了另一张相片，照片上有十排穿着大衣、脏兮兮的男人。他们显然是战俘，而且大多数人看起来像是吃了败仗。文字解释说他们是党卫军士兵，被沃马赫特士兵认定为犯有战争罪。他们曾经谦逊、反抗、顺从、疲惫……然而，你越是想试图精确地描述他们，就越是感到困难重重。当你盯着他们的脸时，就好像在聆听法庭上的证词。当你的眼睛紧张地看着这张照片，想弄清楚这个人究竟是无辜还是有罪时，唯一能证明的——也是任何照片唯一能证明的——却是照片所显示的：这些男人长得就是这样。

不到20分钟，就能绕着村子走一圈。很难相信有人在这儿能停留超过一个小时。但要想正确地理解这些废墟的真正意义，就有必要进行非常仔细的阅读。奥拉杜尔村不仅仅是德国暴行的纪念碑，也不仅仅是第二次世界大战毁灭性灾难的纪念碑。“为什么是奥拉杜尔呢?”这一提问方式实质上可以从两个层面去理解，一方面可能是在问为什么这个村庄会成为如此残暴行为的目标；另一方面也可能是在问为什么法国人会以这种方式纪念这个地方。而对于这两个问题的答案实际上是相互关联的，因为奥拉杜尔村已经将两种几乎相互矛盾的意义交织在了一起。

在墓地和废墟之间，沿着石阶一直往前，你会走进一个灯光昏暗的墓穴。有几十件从奥拉杜尔的灰烬中抢救出来的家庭日用品，被精心保存在这里，包括供给证和一些书信。还有铅笔刀、剪刀、碗、勺子、眼镜、自动铅笔、玻璃杯和瓶子，它们都已经在大火中熔化、扭曲。还有手表上没有指针的表面，标示着远离我们的零碎时间。这些陈列柜让你情不自禁地想起考古博物馆和某些大屠杀纪念馆——那些纪念馆里，人们珍视和保存着遇难者的一些奇怪物品。一个国家对军事亡灵的纪念是简单质朴、未加修饰的。这些私人物品显示：奥拉杜尔村的死者不是士兵，而是无辜的受害者。

这是奥拉杜尔村重大意义的一个关键组成部分，即没有理由在这儿进行屠杀；事实上，这里没有任何隐藏的游击队员和武器。（当党卫军宣布任何武器都必须申报时，有一个人走上前来说：“我有一支六毫米口径的卡宾枪，但这支枪已得到市议会的授权。”德国人回答说：“我们可管不了那么多！”）奥拉杜尔的村民们只是在忙活自己的生活，他们并没有参与任何破坏性事件或“恐怖主义行动”。这同时也意味着在奥拉杜尔开展大屠杀是自然而然、无法避免的——因为哪怕只有一位法国反纳粹游击队员的存在，也会牵连到整个村庄的命运。

面对所谓的“恐怖主义行为”，德国人经常制定报复行动的比例，比如宣布每当一名德国士兵被游击队员伤害时，就杀害10名当地的平民作为报复。但不管如何计算，报复行为的实质在于，其杀戮程度必须远远超过最初的罪行，以消灭一切反击的可能性。因此，从性质上看，报复总是基于逻辑和算术进行，接着又导致更多的报复行动，而这样反复下去不可避免的最后结果就是大屠杀，一种超越理解和无法计算的残暴行为。

从党卫军的角度来看，在奥拉杜尔村发生的杀戮事件，是其他地方的抵抗行动所引起的挫折和拖延不断累积的结果。然而，奥拉杜尔的无辜受害者，只是因为犹如火山的猛烈喷发而被吞没的牺牲品。但仅仅让奥拉杜尔的死者成为受害者是远远不够的，因为如果是这样的话，这将是法国衰落、投降和失败的象征。所以他们不仅要成为受害者，还要成为烈士。这就是意义的第二部分开始发挥作用的地方。在墓穴出口附近有一块铭牌，上面写着：为法国而死。

由于任意选择受害者是报复逻辑的一部分，导致德国暴行的每一个受害者都卷入了整个抵抗运动。奥拉杜尔村民的消极和无知丝毫不妨碍他们参与将法国从纳粹占领下解救出来、纪念为解放自己而进行的斗争。事实上，由于报复的逻辑，在法国抵抗运动的神话中，被动的受害者也成为了一股积极的组成力量。

因为这样，奥拉杜尔就幸免于一系列棘手的抵抗与合作问题，以及围绕这些所产生的意识形态方面的混乱。在访问奥拉杜尔村的前一天，我参加了一个婚宴，碰巧旁边坐着一个法国人，他谈起自己的父亲和叔叔曾经为另一个据说与德国人勾结的叔叔争吵不休。他父亲是一名共产主义者，曾积极参加抵抗运动；而父亲的兄弟，也就是曾经和父亲意见不一的那位叔叔，一心只想着自己的事业和家庭幸福，根本不关心战争。事实上，这样的争论在法国已经持续了50年。而在奥拉杜尔村，1944年6月10日的悲剧将各种不同的意见融合在了一起。准确地说，停止的不仅仅是时间，整个愤愤不平的讨论都因为大屠杀以及后来对大屠杀的纪念活动被遏制和解决。

在1944年6月的大火中幸存下来的东西为数不多，其中包括一份阵亡将士名册：

纪念我们光荣的烈士，他们献身于1914—1918年的战争。

这份名册被放在那座后来烧死妇女和儿童的教堂内，上面刻有100名来自奥拉杜尔村的男子的名字。像这样的纪念碑在法国的每个村庄都能找到，类似的纪念碑在英国也随处可见，但战争是在法国领土上进行的，无论从绝对意义上还是相对于其人口而言，法国遭受的苦难都远远超过了英国。150多万法国人丧生，其中超过16万人在为期10个月的凡尔登战役中丧生。法尔肯海恩将军曾打算在凡尔登“榨干法国人的鲜血”，尽管法国在战争中取得了胜利，但这是一场几乎与失败无异的胜利。第一次世界大战的惨绝人寰，尤其是凡尔登绞肉机的残忍杀戮，成为了法国在第二次世界大战头几个月投降的原因。在接下来的四年里，法国在德国的占领下卑躬屈膝。

不管1944年6月的抵抗运动取得了怎样的实际成就，用马克斯·黑斯廷斯的话说，它的主要贡献在于“恢复了法国的灵魂”。像所有其他的纪念碑一样，奥拉杜尔的废墟不仅仅是为了保护过去，也是为了应对未来。从这个意义上说，它们就像是一种预言的尝试，一种召唤生命的努力。在最后一个矛盾的解决方案中，从这些废墟中所召唤出来的东西，本质上就是这一“法国魂”的修复过程完成的时刻。只有这样，他们才能被真正遗忘。

写于1994年

写在离别前

1

窗外正刮着无声的暴风雪。几辆车，还有几个稀疏的人影在贝尔格莱德[1]灰色的雪地里跋涉。与世隔绝的我，只能听到奢华酒店周围传来的嗡嗡声。其实已经喝得有些醉醺醺的了，但我还是打开了一瓶小酒吧的啤酒，在电视上翻看着不同频道的节目：篮球、美国有线电视新闻网播报的克罗地亚和波斯尼亚的暴风雪、滑雪运动、有德语和意大利语配音的电影，还有一些其他混乱的频道，最后调回来还是篮球。你可以永无休止地以这种方式浪费时间，但其实什么节目也没认真观看。我就这样在浴缸里泡了半个小时，又喝了一杯啤酒，然后继续频频换台，这会儿我

① 塞尔维亚首都。——译者注

停留在一部色情电影上。

起初，我认为这只是一个低成本的浪漫故事，但漫长的亲吻镜头逐渐让位于爱情场景，这一幕突然出现在公众的特写镜头中。我非常震撼，因为它很接近真实的性爱，后来我才意识到，这不仅仅只是酷似真实的性爱——它展示的其实就是实实在在的性爱。

随着性爱强度的增加与升级，形同虚设的情节故事会慢慢弱化——但永远不会完全消失。在最后一幕中，第一场出现的夫妻俩深情地彼此告别，如同在任何其他肥皂剧中一样：只是在这里，当她在性高潮边缘挣扎时，不得不说出自己的台词，而这种高潮由另一个她两腿之间的女人引发，那个女人恰巧躺在沙发上。也许这就是为什么“告别”如此难以令人信服：在色情世界里，人们往往深陷其中，**来**而不**走**。

每个人都会与他人享有美好的性生活，无论是男是女，也不管他们要履行何种义务（即使是一名直升机飞行员，也会在飞行途中，在拥挤的座舱里找到适当的时机做爱）。这不一定有多么美妙，却让世界有如天堂，让生活充满了田园牧歌式的情趣。

电影结束了，里面的一切都让我有点震惊。我再次滚动频道：又是篮球、波斯尼亚和克罗地亚上空的雪……塞尔维亚这里也在下雪。在我所住房间的大玻璃窗外，贝尔格莱德蜷缩在大雪中，等待暴风雪过去。

2

与屠杀的规模相比，英国人在第一次世界大战中死亡的照片数量非常少。那些保存下来的照片往往是一小群孤立无援或者死去的士兵。例如在索姆河战役结束四个月后，约翰·梅斯菲尔德（John Masefield）写道，死者仍然“躺在三四英尺深的地方，矢车菊让他们的脸变得漆黑”，诸如这样的记录丝毫没有谈及死亡的规模。

在西班牙内战期间，罗伯特·卡帕拍摄了有史以来最著名的战争照片，这张照片显示了——或者如拍摄者所言捕获到了——一名共和军士兵在战斗中死亡的精确时刻。在他拍摄的二战照片中，我们几乎可以随意地看到死者横尸房屋和街道。1944年12月的那一张照片展示了一个冰冻的冬天的场景，背景是光秃秃的树木、牛群和棚屋。一名士兵从照片中间穿过，走向一具躺在田野中央的尸体。离图片边缘不远的地方，也就是在下一张照片中，又出现了另一具尸体。换句话说，通过卡帕的照片，我们可以看到一系列尸体的踪迹。这一线索指引着我们最终发现，在这个世纪中叶发生的大规模死亡的照片：集中营里堆积如山的裸露的尸体。从个人角度而言，卡帕并没有拍摄集中营的意图，因为“那里到处都是摄影师，每增加一张新的恐怖照片只会降低整体效果”。

自从有了集中营，我们已经看到成百上千的死者的照片：来自柬埔寨、贝鲁特、越南、萨尔瓦多、萨拉热窝……

现在用一便士就可以买到十张死者的照片。近几个月来，一场越来越明朗化的战争在媒体间展开。一名南非男孩的鼻子被打掉了，血从他脸上的伤洞里涌流出来；或者是一些穆斯林妇女在家中被烧死。任何一则名副其实的新闻报道都会有这样的警告：该图片内容可能会让某些观众感到不适。彼得·西斯（Peter Sissons）在介绍一则来自波斯尼亚的报道时说，观众会发现许多图片非常令人不安。当然，独立电视新闻公司也可能会进行强有力的回应，发布一则所有观众都会感到难以置信的可怕报道。

我们的时代不仅是任何人——从美国总统到无名小卒——都可能被胶卷记录死亡的时代；在某种程度上看，这其实是一个只能在胶卷上看到人们死去的年代。我在相片里见过几百具尸体，但在现实生活中从来没见过一个死人。

3

我们开车前往贝尔格莱德市中心的一家美术馆，那里正在举办一场摄影展览。展览中心的底层有巨大的窗户，我不戴眼镜从远处看，只能看到模糊的杂志色彩。

这次展览的题目是《对塞尔维亚人的罪行》。照片展示的全是脑袋被打得稀烂、喉咙被割破的尸体，它们或被电线勒死、被殴打致死，或被纵火烧死、被枪杀，还有些尸体被杀戮了三四次。有些照片上流淌着猩红的鲜血，染红了周围的白雪；还有其他一些照片显示，一切都变成了棕色或死一般的灰色。

死者的照片与受害者的照片并列摆放，当时他们还只是老人、母亲或者女友。这些照片就像我带在钱包里面的那种随身照，如同你们中的任何一个人的照片，大都已经褪色。

一个不可避免的问题是：人们怎么能如此凶残地对待同类呢？答案其实非常简单，这些杀戮行为实施得毫不费力，凶手做起来甚至连眼睛都不眨一下。

展览将地下室作为当前冲突的背景，照片显示了塞族人遭受暴行的早期历史。这些都是事实，与白纸黑字撰写的历史记载完全相符。其中有一张照片来自克罗地亚的营地，照片上显示一个男人用一只胳膊肘支撑着身体，好像在做服装目录上的服装模特似的，但他可怜的脑袋却躺在三英尺外的地板上。

在访客手册中，我抄写了奥登《1939年9月1日》中的诗句：

我和其他人都知晓
所有学童学到的知识
那些遭受邪恶荼毒的人
最终会以恶报恶

我们正准备要离开展览馆的时候，一个60多岁的男人放下书本，抬起头问："您是英国人吗？"

"是啊。"

"这些死者对你来说很难理解，但对我们来说，意义却不同，因为他们是我们的人民。"

"不，他们也同样是我们的人民。"

"可你是英国人啊。"

"但他们也是和我们一样的人啊！"

与那些新闻报道不同的是，这些照片不会像我几天前观看的引发爱恋的电影那样让人流泪或同情，因为它们过于刻板和生硬。外面的白雪已经变成了雪泥，我轻轻地搂着你的肩膀走着。不要伤害任何人：这看似很简单就能做到，但要达成这个希望似乎是巨大的野心，足以消耗人一生的时间。回到你的公寓，我们一起做爱，休息了一会儿。醒来时我发现你的例假又来了，弄脏了白色的床单。

我们躺着闲谈了几个小时。我把手放在你的头发上，看着你的眼睛，你那张塞尔维亚女孩的脸。这是我们在一起的最后几个小时了，我们尽量不再睡觉。在睡梦的边缘，我又想起了奥登的诗："我们必须彼此相爱，否则就会死去。"奥登最终画掉了这一句，因为按他的推断，不管我们是否相爱，反正最后都会死去。但他似乎可以将词语"**否则**"改为"**然后**"。

4

我叫米兰·帕夫洛维奇（Milan Pavlovic），正开着小巴车从贝尔格莱德赶往布达佩斯。由于制裁的原因，贝尔格莱德机场已经关闭，所以我必须赶往布达佩斯。实际上，现在要去任何其他地方，都只能从布达佩斯机场起飞。

第一班车早上5点整离开贝尔格莱德，这是我个人最喜欢的班次。5点钟是我接到最后一个乘客的时间，因为那时其余的人都已经上车了。

我得安排好接机的时间和路线。接机的地方散布在城市的各个角落，有时我不得不在4时15分就开始接上第一位客人。如果客人的公寓很难找到，我就安排在一个著名的街角与他们见面。人们总是在等待，没有人会迟到。在街角或屋外，或是女友离开男友，或是丈夫离开妻子。他们说着"再见"，互相拥抱和亲吻。客人的举止一直都是如此，在那些最后的离别时刻，他们的眼睛就像照相机，试图留存彼此的记忆，以备分开时还能重温爱人的面庞。

客人们都想着自己必须早起，但我总是比他们起得还要早。他们因为要离开所爱的人而感到难过，可从来没有想到每天早上我也一样早早地起床离开妻子，开始工作。闹钟还没响，我就醒了；在妻子还在酣睡的时候，我抱抱她，然后走进寒冷的天气准备开车去接客人。每年的这个时候，开小巴都很冷，但是当我到达第一个接客地点时——比如今天的第一个客人就是一个男孩，他告别了自己的女友——感觉这一天对客人来说是温暖而美好的。

接下来上车的客人是一个年轻人，他正要离开家人回到以色列去。每个人都在亲吻道别，妈妈还在悲伤哭泣。有时我接的客人也无人陪同，但当他们看到小巴士的灯光接近时，我几乎可以从远处感受到他们的幸福。等小巴车一坐满，我们就开车上路了；在报摊或咖啡馆开门之前，在太阳还没起床之前，我们就开车过了河，离开了这个城市！

回程的情景完全不一样。我把客人们送到他们自己的家里，但他们是怎样团聚的，我就不得而知了。我总是在准确的时间接客，但因为没人确切知道自己什么时候回来，家人们都只能默默等待。在我看来，生活中更多的是告别，而不是重聚。这就是我们创作歌曲和存留照片的原因。离别，构成了我们生活的主体。

（献给韦斯娜）

写于1993年

闯祸达人

我正坐在米格-29战斗机的驾驶舱里，这是一款双座战斗机，最大空速为每小时1320英里，即2.3马赫。老实讲，我们现在的速度是每小时10英里，大约是走路的两倍。我们滑行到跑道上便停了下来。引擎咆哮着，飞机动力全开，拉着我们向前疾驰，突然的加速度把我逼回到弹射座椅上。跑道有3英里长，我们拉起机身时，只剩不到300米的距离，我们正在爬升并向右倾斜，辅助推进器燃烧着。从地面上看，我们好像在撕裂天空。现在爬升到空中，周围如同图书馆一般地安静。我们绕着空军基地转了一圈，然后径直穿过云层。除了残留的拉烟痕迹，天空一片荒凉。它的蓝色很特殊，即使在最晴朗的日子，你也不会从地面上看到这种特殊的蓝色：一种空虚、无限的蓝色，一种虚无的蓝色……

这次为期三天的高空飞行体验在朱可夫斯基空军基地

进行。朱可夫斯基空军基地位于莫斯科东南40公里处，在过去的50年里，这里的飞行研究所一直是俄罗斯航空和试飞计划的中心。直到几年前，这里还是最高机密。现在，随着苏联解体和冷战结束，你只要带好足够的钱来到这里，就能驾驶最先进的超音速军用飞机。

我们在研究所的医疗中心接受测试，检查项目包括血压、眼睛、耳朵和心脏。我不知道这些测试在医学上是否具有任何重要作用，不过，参与测试增加了赌注，让我们觉得自己正经受考验，并被检验是否具备了生存所需的条件。这次飞行体验在免责条款上被定义为“一次本身就很危险的冒险”。我们一行八人全都通过了测试。

接着就到了空军基地，基地的楼梯上排列着试飞员的照片，照片上的他们都佩戴着勋章，所有这些照片都带有苏联官方特有的阴郁美感。这群悲壮的试飞员不仅威风凛凛，更让人感到他们的英勇无畏。

飞行简报室出乎意料地温馨，墙上贴着毛面壁纸，并装着多部电话，每部电话响起时的颜色都各不相同。其中一名飞行员介绍说，我们将用L-39型双座飞机进行第一次飞行，这是捷克一款全特技飞行训练机。这并非我们最后一次提到容易犯恶心这个问题，在去莫斯科之前，一位做过特技飞行的朋友告诉我，我会花一半的时间努力适应，再花另一半的时间清理驾驶舱里的呕吐物。每次飞行后，飞行员都会安慰我们，问我们是否还好：“如果你感觉难受，我们会做一段时间的水平飞行，直到你感觉好些。这样没问题吧？”

飞行简报结束后，我们列队出发去穿飞行服。穿衣地点看起来也像是一个经过改装的客厅——不得不说，客厅里住着一个航空迷，他的骄傲和快乐就是他所收集的高科技航空小玩意。一对善良的老夫妇是这里的负责人。男人戴着一顶黑色贝雷帽，一副苏联英雄般的灰白面孔；女人穿着红色的羊毛拖鞋，如同在厨房里忙活时般亲切。首先穿的是负压式防护服：一条紧身绿色打底裤，上面有朋克风的拉链，还有一根软管，连着飞机上的供气装置。飞机开始出现超重时，宇航服内部就会充气膨胀，飞行员需要收紧腿部，防止血液从大脑流到脚上——这正是它的功能所在——以防你晕倒。管家老夫妇把我的负压式防护服拉链弄卡住了，拉不上去又扯不下来。他们又拉又拽，可它就是纹丝不动。我像一条蛇一样爬了出来，然后又重新开始穿衣：穿好另一件负压式防护服，再套上防火工作服。头盔和氧气面罩是至关重要的配件（从拍照机会和吸引女性的角度来看），把这两样东西戴妥，整套衣服就穿好了。

我们的导游兼翻译玛丽娜（Marina）说：“要一直戴着头盔和氧气面罩。现在我们开始学习弹射座椅的操作。”玛丽娜催着大家往前走，而我则摆出姿势，准备多拍些照片。我一会儿把头盔抱在胳膊里站着，一会儿蹲下来，就像踢足球一样把头盔夹在两脚之间。玛丽娜冲了回来：

“你把大家的时间都耽误了。”她不耐烦地喊道。我跟在她后面跑出去，冲进教室，此时正演示着L-39机型的弹射程序，玛丽娜正在翻译：“在没有挽回余地，必须弹射出去时，飞行员会告诉你‘准备弹射’。”

“抱歉，玛丽娜，”我打断了她的翻译，“我把我的头盔落在更衣室了……”

头盔之类的东西本身并不重要，像负压式宇航服的拉链这样的小问题，根本就不是我的错，但却表现了一些更严重的人格障碍。团队里的每个人都开始意识到，我拥有一种神秘的综合能力，它让一个男人在任何能预料的情况下都能搞砸一切：我很能闯祸。

有人去取回我的头盔，玛丽娜有点不耐烦地继续说下去。

飞行员告诉你准备弹射时，须伸手抓住大腿之间的两个红色环，不能向前弯腰，而要紧靠椅背坐着，头靠在椅背上，全身紧绷用力。然后，“弹射！弹射！弹射！”

我喜欢这句话里体现的紧迫性，这句话重复了两次。如果飞行员简单说一次“弹射！”就可以节省时间，那么像这样重复三次喊出这个词，给你留下的印象就真的会很深刻：生死攸关的事情就要发生了！命令下达时——弹射！弹射！弹射！——用力拉紧系带。人的本能是向前倾以获得更好的平衡，但这会要了你的命。座舱罩飞走后，爆炸波会把你抛到大气中，10倍重力加速度能轻易折断你的脊柱。

无论发生什么，你们都会失去意识，但希望你们能在座位分离后的某个时刻醒过来，飘浮在盛开的华盖下，最终回到地球。给大家的最后一条忠告是，双脚并拢着地。

米格-29的弹射装置则干脆更简单。飞行员会为你做好以下工作的其中一项：他或许会拉下保险环，或敲下开关，或按下按钮，或拉下杠杆——所有这些能拯救生命的信息都在向我涌来：我想知道是否有机会在弹射座椅上拍些照片——弹射座椅会把你和飞行员送出飞机，你所要做的就是稳稳坐好。有什么问题吗？

倘若委婉地提出问题能表达担忧，那我其实正想问个问题。我非常担心，我是个百分百的闯祸达人，彻头彻尾的麻烦精，我的担忧都源自这一点，我自己也对此越来越深信不疑。首先我身高6.3英尺[①]，我觉得要是不把我的腿从膝盖上掰下来，我是没法离开驾驶舱的。即使16倍的重力加速度让我的背部毫发无损，即使降落伞顺利打开，即使我恢复了知觉，即使一切都像钟表时间那样精准，但我两条如树桩般粗壮的腿依旧会血淋淋地摔在地上。既然如此，我很怀疑自己是否足够勇敢，落地时能把两条腿紧绷并拢。

但我感觉这问题不大，被迫弹射的可能性微乎其

① 约1.9米。——译者注

微……但可以说，双膝分开犹如我身体的一侧想弹射出去。乘坐高性能军用机是一回事，但从飞机上弹射出来……我第一次看到米格-29是在1989年的巴黎航展上。飞机在低空遭遇鸟击，右侧引擎失效。飞机坠毁，但飞行员幸存了下来，《世界航空动力杂志》（*World Air Power Journal*）默默地称其为“极限弹射”。我没有时间细想这个问题，便和其他人一同匆匆回到小巴，往跑道开去。我的脑海中回荡艾利斯·库柏（Alice Cooper）的某段老歌，为了逗一下我的同伴，我大声地唱着：“我要被弹出去……”玛丽娜依旧黑着脸，而当我告诉她——我简直不相信发生了这件事——我把头盔忘在演示弹射座椅的教室里时，她甚至更不高兴了。我极力不想闯祸，却每隔几分钟就搞砸一次。这样的话，我很幸运还能戴着头盔登上飞机——并在上面拍摄真正展示勇气，但面部表情僵硬的照片。

飞行员弗拉德米尔（Vladmir）驾驶我所乘坐的L-39型飞机，他戴着一顶印着电影名“壮志凌云”（*Top Gun*）的棒球帽，身上遍布各种割痕、划伤和青肿，令人过目不忘。至于他为何把自己弄成这样，流传着两种说法：一种说法是，大前天晚上有人试图在红场抢劫他（注意，是有人试图抢劫他）；另一种说法则是，他的一个女朋友大发雷霆（注意，是一个女朋友）。从弗拉德米尔的双目可以看出他的镇静自若，清澈得如云淡时的天空，他自己也十分放松。他解释说："由于这是我的第一次飞行，我们会非常谨慎，又非常轻松地进行……"

"啊，别，"我打断他（我总是打断别人：这又能说明我是个闯祸达人），"你瞧，这将是我唯一一次搭乘L-39，所以我希望体验能尽可能丰富，超重也尽可能厉害些，让我挑战极限。"我有点不好意思对一个真正的试飞员说这句话，于是我就此打住。为了语气能缓和一下，我又说了句"和以前一样就行"。

"等着瞧吧，"弗拉德米尔说，"我最刺激的极限挑战，就是往家里寄一张明信片，并在上面写着：亲爱的妈妈，我闯祸了。"

我爬上飞机舷梯，停下来拍了几张照片，就爬进了驾驶舱。地勤人员把我的宇航服、无线电接口和氧气面罩连接起来，这样我就和飞机上维持生命的电路系统生死相连了。

我要拍更多的照片。我要是没戴眼镜就好了。我被牢牢地绑在座位上，越来越紧。左边的开关将气源转换成纯氧。假如你开始觉得不舒服，这纯氧就派上用场了，就像出去呼吸新鲜空气。座位舱门降下并封上了。弗拉德米尔问我是否准备好了，我确实准备好了……好吧，现在说这些已经太晚了，但戴头盔时，我真的很难把氧气面罩拆开。我不想耽误大家的时间，所以我还没戴好头盔，就去听弹射座椅的指导课了。我突然想到，一旦我现在真的要吐，会直接吐到氧气面罩里。这很麻烦，但并不是最坏的情况。而最糟糕的情况是边吐边被弹射出舱，以及还没等16倍重力加速度弄断脊椎，我的腿就已经从膝盖处折断。

我们起飞了，先在跑道上加速滑跑升空，紧接着急速倾斜。很快，我们就飞到了离机场有段距离的田野上，此时相对高度为100米。要说普通客机像公交车，那么这架飞机感觉就像摩托车，这感觉不仅发生在你周围，也发生在你身上。我们先绕机场飞了一周，再沿着河流继续飞行，河面波光粼粼，水波不兴。在空中俯视大地，让我感觉全世界的田野都大同小异，城市也不例外。其实，从高空看世界，无论什么地方都不差上下。现在我们紧贴着一堵云墙飞行，随后飞进了特技飞行区。

弗拉德米尔说，我们先试一试横滚，于是我看到天空向右滑去，陆地开始逼近。安全带紧紧地把我绑在座位上，我只在视觉上体验了翻滚。这似乎并非飞机在做横滚，而是地球和天空在相互旋转。

“现在你来试试。”弗拉德米尔说。这很小儿科了。我把操纵杆往左推，一直推到只能看到地面，然后天空又马上占据了整个窗外。飞机的反应十分迅速，这反应速度和人脑思考一样快。紧接着是下一个天地循环：眼前的天空越来越宽广，随后整个天空都出现在我眼前，地面旋即与之相遇，驾驶舱外都是地面的景色，然后天空再度回到了我的视野中。弗拉德米尔问我情况如何。之后就是破S机动、半筋斗翻滚、四点横滚等特技飞行动作——管它们是啥。天地汇成了一线。重力加速度给我带来最大的感受，是胸口有挤压感，伴随着一阵轻微的恐惧，随后宇航服开始收紧，让我感受不到它。但如果你试着做一个简单的动作，比如抬起手臂和脚，你会感觉到两倍、三倍或四倍的重力，在把你的四肢往下拽。

每次动作结束，弗拉德米尔都会问我的情况。我回答他没事，很神奇的是我真的没事，我既没有闯祸也没有呕吐。“好，现在我们来试试尾滑。弗拉德米尔驾驶着飞机缓慢爬升，爬升角度十分大，飞机处于失速状态，迅速冲向地面，然后引擎重新咆哮，再度升空。这感觉怪怪的。机舱内几乎听不到引擎的噪音，但在短暂而彻底的寂静中，你突然迷失了方向，失去了操控，没有了力量。

我感觉我们只飞了五分钟，但实际已经过去半个小时了。我们在云的边缘冲浪，在跑道上空低吼——然后是翻滚，降落。

地勤人员移除了我身体上的所有设备，我们爬下飞机，站在了感觉不到是柏油路的柏油路上。弗拉德米尔声称我们的重力加速度达到了5.5倍。我的老天！我丝毫没有感到恶心。我昂首阔步走向那些男孩，他们有的人只体验了3倍重力加速度，只有3倍。只有3倍？这算得了啥，根本不值一提。我讽刺他们，堵车时坐双层巴士绕行皮卡迪利广场，你的恶心感比3倍重力加速度所带来的还要厉害。我还想告诉你一件事：我想对玛丽娜说，你看我怀里抱着什么？是我的头盔和氧气面罩——我没有把它们落在飞机上，我没有捅娄子，因为我有百分百纯的肾上腺素。货真价实的航空极限挑战，我才不会捅任何娄子。

这段插曲让我很是激动，随后我发现感觉不太对了，仿佛有人要从我身体里拽出什么，也不是难受，而更像别人宿醉后的余波。大家在基地自助餐厅就餐时，我感觉我的胃和头都在不停换位。我的头感到胃痛，我的胃也觉得头痛；不是宿醉，而是醉宿。

美国记者比尔问我："怎么了，重力侠？没有食欲吗？"

我整个下午都躺在酒店的床上昏睡。即便是正常重力对直立人体的压力，似乎也让我无法忍受。我睡了几个小时，醒来后发现安然无恙，身体奇迹般地恢复了。此时电话响了，是比尔打来的。

"嘿，重力侠……"

"嘿，听说你这位自称是莫斯科战斗机飞行员的美国人，只体验了0.5倍的重力加速度哦？"

"怎么样啦，大特技飞行员？"

"我一直在睡觉。你呢，你睡了吗？完毕。"

"尚未。你准备好去喝些啤酒吗？"

"确认可行。完毕。"

"收到，准备出发。"

不同的是，之后在俄罗斯度假的日子里，这套地空对话模板成为了我们聊天的基本形式。整套说话方式由两个动词（推和拉）、一个名词（极限挑战）和大量的缩写词组成的。

次日上午，天公并不作美。云层很厚，厚度达到3000英尺到16000英尺，13000英尺处还起雾了。要爬升到3万英尺以上，才能看到所谓的“天空”，这种日子不适合飞行。实际上，今天诸事不宜：只适合在酒店房间里打打牌，乘坐米格-25，一天飞15英里就差不多了……

鲍勃是康涅狄格州一家房地产公司的首席财务官，他把原本乘坐的L-39换成了米格-25。正如我们在战斗机飞行员群体中所说的，这架飞机非同凡响，北约代号为狐蝠。米格-25的设计初衷是拦截一架从未被制造过的美国高空轰炸机。从一开始，它就是一架没有使命的飞机，用于对抗一种不存在的威胁。比尔说：“米格-25就像是一只猛犬，我就像是一个斗犬者。”它除了飞得高、飞得快之外，真正的作用就是让人体验到奢侈的极限挑战。

鲍勃的飞行，计划先爬升到1万英尺，然后启动辅助推进器，以2.4马赫的速度飞向7.5万英尺的苍穹之巅。

这说明他必须穿压力服，就是那套布满各类软管导管的绿色套装。在层层保护技术的保护之下，我们渐渐看不到他的真身了，每一层保护技术都增加了他的被动性。早在他们用宇航员头盔把他的幸福密封起来之前，他就放弃了任何积极参与自己生活的主张。他准备离开时，看起来就像一个真人大小的动作玩偶。不过，所有这些准备都有其作用。

我们驱车前往跑道时，比尔问："鲍勃，你喉咙怎么干了？"

"还行。"鲍勃冷冷地说。飞行员戴好标准头盔，他没那么紧张了。事实证明，你并不真的需要宇航员的头盔，但戴上头盔有利于保护赌徒的自尊心。尽管如此，乘坐这架奢侈的飞机，怎能不配一顶酷炫的头盔呢？

无论奢侈与否，作为机械装置，米格-25已经很厉害了：两个巨大引擎被绑在一根长长的银色管子上。鲍勃的座位在飞机的前部，他坐在飞行员的前面。坐在这个位置，除了机头，无法看到飞机的任何部分，更不用说机翼了。他坐在离地15英里悬挂的加压茧舱中。

引擎启动了，它的吼声你似乎从未听到过。刚开始声音很大，然后，整整五分钟，声音越来越大，越来越尖锐。飞机向前移动并转向跑道时，煤油的余热在我们身上挥之不去。

然后它消失了，消失在云里。我们坐在小巴里等着。天气很冷。就踢腿而言，这相当于雨天坐在坎布里亚郡路边休息。

半个小时后，火箭人鲍勃回来了：一脸扬扬得意，并带些茫然。那是什么感觉？刺激。然后呢？飞行速度达到了2.4马赫，倾斜角达到了45度，然后继续以这种状态螺旋上升。有感受到速度吗？并没有。在15英里的高空，你可以看到地球的曲率，但鲍勃所看到的只是云层的曲率。就像宣传册上说的那样，天空上面是黑的，下面是蓝的。它值这个钱吗？他要付双倍的钱。他为什么要这么做？

“我以后就可以说，我以2马赫的速度飞上了离地15英里的高空。”

在我看来，这是问题的关键。你经历了30分钟的狂野，然后呢？你可以告诉别人你的经历。除此之外，一切都结束了。你没什么好炫耀的。你已经做了一些很不平常的事情，但是——当你爬过一座山或者从跳伞中幸存下来后，情况就大不相同了——你一事无成。现在我们又回到陆地上，谁都没有必胜的把握。从某种意义上说，鲍勃还不如没赶上飞机呢。

然而事实却是，如果我的钱多到无穷无尽，我会把它花在无数个这样的事情上。花上5000或10000美元又如何，能在狐蝠战机里待上半个小时，我就会很高兴了。我一沮丧就可能会回到孤独和无聊的生活中，但如果我有钱，我就会一次又一次地坐在战斗机里体验升空的快感，直到它不再让我快乐，这时我就会离开，去做一些让我快乐的事情。

如果我能腰缠万贯该多好。这些飞行假日显然不便宜。基本套餐——三班L-39，一班米格-29，含住宿但不含飞往莫斯科的航班——大约是1.3万美元。（所有费用都囊括在内——管理费，飞行员、地勤、带你进出空军基地的人，成吨的燃料，飞机的耗损：引擎寿命是有限的——我很意外这居然不是特别贵。）很多人都能给得起这笔钱。自1993年10月以来的8个月内，已有120多人乘坐米格等飞机。我们的课程中，安迪是前海军陆战队员，现在是一家生产第四代电脑软件的公司的负责人，吉姆是一名专攻某方面的律师，迈克尔是德国人，为超市生产包装……对于这些职位的描述，你读到三分之一时就不想继续往下读。

不过，从飞行研究所的角度出发，这些钱相当有用。作为几个大型军事航空中心之一，空军基地就像莫斯科的其他地方一样，外表很破败不堪，周围堆满各种飞机残骸，因为要寻找备用零件，基地便把飞机拆得四分五裂。现在国家不再向军用航空注资，体验飞行的游客成为了急需的收入来源。

当然，整个企业都颇具讽刺意味：无论你愿意花多少钱，美国都不允许你驾驶最先进的军用飞机。但在这里，一切都允许买卖。如果你真的想挑战"敢死队"的极限，"终极飞行计划"将为你提供20次飞行，其最厉害的项目是两个大富大贵又敢于冒险的游客，可以在自己选择的飞机上进行的"无拘无束的模拟空战"。你问费用？每个人，

500万。费用付清后，他们就能让你扫射跑道，轰炸控制塔，低飞掠过克里姆林宫。唯一限制你体验的指标就是你能花多少钱。如果我们在历史的尽头，这就是它的感觉，这就是它的代价。很长一段时间里，我一直认为金钱买不到幸福，但现在，当我爬进米格-29的驾驶舱时，我才意识到这句话多么真实。金钱的确买不到幸福，因为金钱就是幸福。我们滑到跑道上停了下来，引擎咆哮着，飞机动力全开，准备再度冲上云霄。

写于1994年

万千美装

万千美装搭建花花世界。

——马克·多蒂《高级定制时装》

我们乘坐的“欧洲之星”高速列车还在肯特郡的乡间穿梭时，那位来自《时尚》杂志总部的陪同首先就对我的任务表示怀疑。

“你真的了解什么是高级定制时装吗?”

“是的，我了解，”我回答，“是的，大概吧……不，也不算真的了解。”我发现她脸上闪过一丝“我也觉得”的表情，于是向她保证她不必担心。《时尚》的读者显然知道什么是高级定制，所以记者不了解也影响不大。我滔滔不绝地讲了一会，用了个精心挑选的双关语结束了我的辩护，“我想我们就要驶入香奈儿海峡[1]了”。我用这种方式，让她知道，我了解的东西比我口述的要丰富得多。

第一场展览是克里斯汀·迪奥（Christian Dior）的时装秀，地点在巴黎郊外的竞技场。我们开着一辆没有标志的车到那儿。幸好我的请帖还在，所以即便这里的安保很严密也不要紧。我依稀记得我们进到一个篷帐或搭有华盖帐篷里，但内部已经完全变了样，等我坐下时，感觉外面的世界——缺少高级定制时装的世界——都消失了。一堵巨大的灯箱墙标识着T台的入口，此刻，招牌上亮着火焰红的字母C和D。这些首字母如此熟悉，我们似乎真的回到了过去，即将见证一项突破性技术的横空出世，这将使诺悠翩雅[2]成为明日黄花。我们这时自然迫不及待了。灯光暗了下来，灯光墙在跳动的方形中活跃起来。音乐震耳欲聋。精彩马上呈现！

模特们瘦得如同传闻中的那样，依次映入观众眼帘。这肯定有来自西班牙的元素。我某个朋友曾告诉我，弗拉明戈舞的特点，就是舞者表演时神情必须严肃，而迪奥的模特走秀中不苟言笑，如同纽伦堡审判时的法官。至于用“脸蛋”来描述这块如此僵硬的地方是否恰当，则完全是

---

① 英吉利海峡隧道（Channel Tunnel）与时尚品牌香奈儿（Chanel）拼写相近。——译者注

② 诺悠翩雅，Loro Piana，简称LP，意大利顶级奢侈品牌。

另一回事了。“脸蛋”强烈地暗示着某种人类的存在，涂在脸上的胭脂水粉让它看起来更加不自然，这或许是毫无根据的猜测吧。弗拉明戈显然只是设计师脑子里的胡思乱想，并让它成功融入了走秀中。模特登场形式各异，有的穿成时尚女郎，有的扮演康康舞者，有的打扮成小精灵和僵尸，应有尽有。后来，一位经验丰富的时尚作家对我说，这场时装秀其实并不出彩：“里面有些时装甚至连你都能穿。”这句垂头丧气的哀叹十分清楚地说明了我对时装的无知了。在我无知的眼里，这里的展品与传统服装毫无关系。这些外套——除了不保温不防水，衣物的其他功能一应俱全——让我想起了弗兰克·劳埃德·赖特[1]对抱怨屋顶漏水的客户所说的：正因为漏水，你才知道这是个屋顶。这里的情况也是如此：主要因为它们过于缺乏能称为服装的功能了，但名义上还是被定义为服装。这是错的，这只是一种纯粹的、充满活力的展示形式罢了，只把包裹人体作为一个必要的出发点。正如马克·多蒂[2]在《高级定制时装》一书中所写的那样，衣物如同一首欣喜若狂的诗歌，围绕着如同朴素散文般的肉体，缓缓展开。

庆祝我们生产过剩的能力，这多么美好啊。在穴居时

---

① 弗兰克·劳埃德·赖特（Frank Lloyd Wright，1867—1959），美国著名设计师。

② 马克·多蒂（Mark Doty，1953—　），美国诗人。

代，关于谁该穿兽皮的争论不断，现在我们从穴居时代取得了多么大的进步啊！

音乐声此起彼伏，像是一场烟花表演，你希望它永远不会结束。虽然你这样想，但你知道，如果它持续的时间比现在长，你最终会感到无聊。最后，加利亚诺[1]噔噔噔地走上T台，看上去像是斗牛士和跨文化野蛮人柯南的杂交杰作。我能说出他是加利亚诺，但是在我转向我的陪同，问他是不是克里斯汀·迪奥时，我才知道他是哪位。“不，不是迪奥。”她答道。原因很明显，迪奥已经死了大约一百年了。像拉金说的，学点东西很有用。很明显，在我陪同的眼里，只有极其严厉的回答才能拯救无知的我。“啊，是的，”我说，“但加利亚诺继承了迪奥的精神啊。”

加利亚诺当晚晚些时候上了电视，这证实了这一印象——或者说，据我所知，否认了这一印象。有一件事我是对的：他是个有故事的人。他谈到他的时装是如何从西班牙、印度之旅、非洲仪式等事物中受到启发，最后他说，这一切都是为了他的父亲。正如高级定制时装放弃了功能上的任何束缚一样，任何人都不会有冲动，无聊到逼迫自己辨识真伪。如果加利亚诺说他是把整个展览作为祭品，献给印加诸神，没有人会对此不屑一顾。我还会再讨论这一点。

---

① 加利亚诺（Galliano，1960—　），迪奥品牌原首席设计师。

迪奥时装秀结束后，我去参观了温加罗①的工作室，正是这间工作室制作了这款高级定制时装。至少这里和曼谷的血汗工厂大不一样，每个人都穿着医用白大褂，让人感到他们从事的是对人类健康至关重要的工作。谁能说他们并非如此呢？如果没有机会创造出远超出任何人需求的物品，地球将是一个沉闷的落后星球。“没必要这么奢侈。”多蒂惊叹道。对此，李尔王的回答是：“哦！这不需要理由！”看着正在营业中的小帮手餐馆，我想起了为了制作精美食物而付出的艰苦劳动和创新创造的过程，同样的奉献精神也超越了人们的基本生理需求。

这里许多人已经为温加罗效力多年。这群员工似乎既感到满足又觉得充实，并为自己的技能感到自豪，更为有机会将其运用到如此奢侈的任务中而倍感骄傲。我想起了自己的妈妈，多年来，我的衣服如果破了，她都会帮我补好，而如果衣服太大或太长，她则会帮我改小或改短。完成其中一项工作后，她总说她想成为一名女裁缝，不是成为设计师那样的女裁缝，而是只要足够巧手，就能过上简朴生活的人。也许这是世界上最大的过剩和浪费：一个永远没有机会用得上的巨大才能库。

我来到一个房间，温加罗大师本人正在里面为他的一件作品做最后润色，我的参观也来到尾声。穿戴着这件作

① 温加罗（Emanuel Ungaro，1933—　），意大利著名设计师。

品的模特，有着一头长长的金发，楚楚动人，但从她的脸上却能看出暗藏着的唐·德里罗小说中关于宠物兔子死亡带来的终生丧亲之痛。她从温加罗面前转过身来，凝视着镜子里的自己。我说的是凝视“她自己”，但是这说法并不能准确传达她在镜子里所看到的一切。她已经瞥见了自己在演出中会变成什么样子：那是超越自己的化身。仅仅几个小时，我就开始意识到，高级定制时装并不仅仅停留在表面。

范思哲[1]并不是在做秀，而只是在丽兹酒店某个吊灯帐篷里做展示。这就像一个正在完善中的博物馆，展出的只是一只包、一只鞋、一件织锦夹克……不过，有位模特穿着透气的连衣裙，披着饰有鸵鸟羽毛的貂皮大衣。她的头发，与其说是头发，不如说是超级豪华的棉花糖。人们看她，如同游客对待皇家骑兵卫队阅兵式上的士兵一样，只要照相机捕捉到了她，人们便目不转睛地看着她。我就是其中之一。我想知道，在这种“我秀故我在”的入迷状态中生存是什么样子的。她的眼睛不再是视觉的工具，而仅仅是视觉的对象。尽管盯着她看的冲动势不可当，但还是很难分辨出她的国籍或种族，甚至坦白说，无法辨认她属于哪个物种。她仿佛是在实验室长大的一样，在杂志封

① Versace，著名意大利服装品牌，其设计风格鲜明，是独特的美感极强的先锋艺术的象征。

面上看起来很迷人。如果说有什么不同的话，那就是她让我想起了几周前我在纽约同志游行时见到的变装皇后。这并不是说她看起来像男扮女装，而是她同样痴迷于用着装来表达女性气质。她正是电影《沙漠女王》（*Queen of the Desert*）中的普里西拉（Priscilla）与《疯狂的麦克斯》（*Mad Max*）的结合，或许有一天这种结合会催生一部名为《回溯未来》（*Back-Combed to the Future*）的合拍片。身穿高级定制时装的她，像博物馆的展览一般将自己展示给观众。她宛如毁灭性灾难中的唯一幸存者，而能让她彻底复活的方法不再奏效，只能把她低温保存起来。所以，即使她是高级定制时装的展示者和追随者，也无法解释高级定制时装的创世神话。

她也无法解释，20分钟后，我们是如何在巴黎贝西体育馆的古尔斯基场里，做着墨西哥式的挥手动作，等待滚石乐队①的到来。这场地很大，但在庞大的体育场的衬托下，它却显得非常小。这里缺乏空间的尺度感，也没有能让人大致感觉出距离远近的透视凹处。人们仅仅为了发泄一下那可怕的对于期望的负担，无需理由便欢呼起来。有传闻说，各位乐队成员的妻子可能会成为温加罗的客户，但似乎乐队成员自己更迫切地需要宝贵的帮助。人们聊天

① Rolling Stones，英国的摇滚乐队，成立于1962年，一直延续着传统蓝调摇滚的路线。

中谈到米克·贾格尔的长寿，也提到他的巨额财富，但这只是故事的一半；另一半则更有趣，他拥有如此多的财富，但这么长时间以来，他的穿着是多么的不堪入目。和其他滚石乐队成员一样，他喜欢紧身裤，这种裤子让他看起来像克鲁克尚克（Cruikshank）画在狄更斯小说插图中的某个人物形象，这形象已经被无数次改编成电视剧，即便你从来没有读过它，却也能熟记于心。这场沉闷的演唱会也是如此。滚石乐队依旧可以把演唱会继续下去，即便这演唱会意义何在，以及是否值得开下去，依旧是个谜。

想到时装秀上酷炫的音乐，这场秀就更加引人注目了：香奈儿在皇家港阿贝约修道院举办的时装秀上，放置在座椅下的音响把修道院变成了一家夜总会——或者叫日总会，因为那时才早上10点。摄影师趁机拍到了前排的一位金发女郎，她是凯莉·米洛[①]。杰克·尼科尔森[②]也参加了迪奥的时装秀，但我根本没看到他。在观看完滚石乐队在保罗餐厅的现场演出后，我向我的陪同指出，坐在我们附近的桌子的某个人长得很像基努·里维斯。等到他离开时，我们才意识到他真的是基努·里维斯，那时他正在摆姿势照相，之后还为我们的食客们签名留念。所以以名

---

① 凯莉·米洛（Kylie Minogue，1968— ），澳大利亚著名女歌手、演员。

② 杰克·尼科尔森（Jack Nicholson，1937— ），美国演员、导演、制片人、编剧。

人的出现作为一天的开始，我感觉非常不错。

下午时分，一声尖叫划过天空……天空上飞过一架先进的军用飞机，正在做着诸如摆脱地球的强烈束缚此类的事情。把高级定制时装和高级航空器联系起来的，不仅仅是T台在语言上的巧合。他们在流程上也基本一样：所有最先进的各式飞机——战斗机、轰炸机、直升机——都在直线巡航，没有任何如预算限制这样烦人的阻碍，它们自信满满地向所有人展示自己的极限所在。我期待在10分钟的航空表演结束后，能看到飞机设计师或空军副元帅庆祝演出圆满成功。

接下来的这场秀，是巴黎高等美术学院的拉克鲁瓦（Lacroix）的作品展示。模特们从一堆鲜艳的海草丛中走了出来，海草丛生长繁茂，就像一片电动森林，通往充满奇幻色彩的岩洞。模特们踏上蓝色曲线的T台，沿着这条充满魅力的河流缓缓漂来。一阵稀稀疏疏的掌声从后一排传来。

我的邻座解释道，如果你从后面听到这样的声音，几乎可以肯定这些作品出自一个做针线活的妇女。我为这个妇女感到高兴：看到你的技能以这样的方式展示在世人面前，而你又在背后为这些技能的成品悄悄鼓掌，我感到多么欣慰。相比之下，听说某位著名时装作家因为没有得到前排的座位而大发雷霆，我为她感到很可悲：把自己的一小部分自尊投入到如此微不足道的事情上，这是多么悲哀啊，尤其从第二排看这片美景，是多么完美啊！

拉克鲁瓦的时装系列似乎融入了某种民族服装的元素——但这会是哪个国家呢？这个国家的国内生产总值比整个非洲大陆的都要高，而且还有数量惊人的热带鸟类。1981年10月的一天，约翰·契弗发现自己在想，在生产色彩鲜艳的地毯的国家，那儿的秋天一定很美，“否则波斯人怎么会想到脚下踩着的，是金色和深红色呢”？毫无例外，我越来越相信，在高级定制的奢侈装束与自然世界的力量之间，存在着一种不可或缺的联系——随着时间的流逝，这种联系依旧如此：而且这是一种神奇的联系。

纪梵希似乎正在举办一场迎宾会。纪梵希的用色十分丰富，但在创立初期，它的用色都是黑色、灰色或木炭色，穿上身宛如19世纪时事业蒸蒸日上的女商人。演出在格兰德酒店的一个舞厅里进行，该舞厅很容易就能变成教堂。演出一结束，人们就开始争先恐后地往出口跑。索科洛夫（Sokurov）的电影《俄罗斯方舟》的结尾中，贵族们成群结队地从隐士院里的舞会中离开，走下楼梯，缓缓地走进历史的漩涡中。然而这里看不到一丝优雅和耐心。这就像有人下了弃船令，但并非所有救生艇上都有足够的香槟。演出结束了——我们离开会场，冲向我们的司机，而他反过来又在争抢位置，与其他因为演出造成轻微堵车而被困住的司机较量着。

我们本来只打算在帝国剧院看一个小时温加罗的时装

秀，但人们都急着想要升级成靠近前排更好的位置，你甚至会以为我们挤在飞往悉尼的航班上。但有些人在这里待了很长时间，我的意思是，从他们面部表情可以看出，他们的疲劳程度不亚于上了年纪的空乘人员，而这些空乘人员已经在相应的全球各处（即全世界）留下过足迹，因此来去之间——尤其把时差因素考虑在内时——已毫无差别。时尚作家是按季节生活，而非年份，所以如果你想用普通人的标准来计算一个时尚作家的年龄，你可能需要把这个数字至少乘二。光是用词就够你忙了。任何人在一生中都不会使用“薄纱”这类词超过三四次，但时尚作家们通常会在一年内，就将这类词的使用次数达到终生推荐次数的几倍。

模特穿过珍珠形拱门进入会场，这样的拱门暗示着喷气机时代的优雅。电影配乐让人想起了一部好莱坞史诗，而这部史诗的全部预算都花在了服装上。与我们在这周之前看到的某些东西相比，这个系列看起来几乎很低调。极简主义可以有很多形式。我现在意识到，在超出日常需求的领域，依旧存在着极简主义。也许我对温加罗有些好感，因为我只看到了幕后工作的一小部分。但这当然不足以解释为何我会认出昨天试穿这套衣服的模特，穿着这套衣服，闪着光时，火辣辣地走下T台，我欣喜若狂。

这当然不是我欣喜若狂的原因。原因远不止于此。

当天晚些时候，我们去看了华伦天奴时装秀，嘉宾包括黑暗女神娜奥米·坎贝尔[1]和高提耶[2]。(他推出了一款会让脚踝扭伤的新款设计：非常不耐穿的鞋子,）但到目前为止，吸引我的是这些事件的相似之处，而不是它们古怪的不同之处。

"仪式即将开始……"我们等待开场时，吉姆·莫里森的话一直萦绕在我的脑海中。无论怎么布置会场，仪式的千变万化只体现在细节上：模特们走在T台上展示服装，婚纱模特的出现往往是活动的高潮，随后出场的将是设计师（观众们兴奋地向他打招呼），他或挽着新娘——可以被称作弗兰肯斯坦装[3]的新娘——走下舞台，或被出自他手的华丽服装所包围。显然，这一流程的产生并非偶然，即使安排特定表演形式的人也并不了解他们所遵从的流程模板源自哪里。

高级定制服装客户正在减少。这是有实际原因的（即成衣的崛起），但这种新客户的减少在其他方面是比较正常的。圣·罗兰[4]曾说过，高级时装的机密代代相传，突

---

① 娜奥米·坎贝尔（Naomi Campbell，1970— ），英国著名模特。

② 让-保罗·高提耶（Jean-Paul Gaultier，1952— ），法国演员、服装设计师。

③ Frankenstein，指将不同款式、材质、颜色与印花的布料左右或上下拼接，或将完整的布片拆成多块状后，像人体伤口缝合一样缝补装饰。

④ 伊夫·圣·罗兰（Yves Saint Laurent，1936—2008），法国设计师，著名品牌YSL创始人。

出它不仅是一套制衣技能，还是一套深奥的知识框架，这很大程度上导致了制作高级定制服装的巨额成本，但或许还有其他某种转移——服装不过是外在或象征性的表达——在起作用。尼采指出，有一种原始力量隐藏在希腊悲剧的优雅之下，这种力量在早期的歌舞仪式中得到了充分表达。同样，这一令人难以置信的华丽场面也带有某种原始的本能。这次高级定制时装秀，是否可能是一场极其复杂又具有商业化的神秘仪式或生育仪式的残留物呢？

从这个角度来看，模特和她们穿着的服装可能真的是某种献给上帝的祭品。不是我之前开玩笑说的古代印加诸神，而是伟大的现代相机之神，像旭日东升或日落西山一样，相机就在T台尽头等待着。

还不信吗？那试着换个角度看。想象一下，你碰到了这样一场活动——模特的服装上装饰着极好的羽毛和珠宝，在亚马孙河上走着咯噔咯噔的马步，看起来并不自然。难道你不觉得，你正在目睹有人试图利用某些受人尊敬的鸟类或动物特有的力量，并将它们的精神人类化吗？你不认为设计师们被赋予了某种炼金术或萨满教的力量吗？如果说高级定制时装秀本身是旧仪式的残余，那么这场时装秀最初吸引人的部分仍然存在，以同样苍白无力的形式，存在于我们自身心灵的某个角落。人们怎么能把高定时装的投资看得如此重要，难道它不也是某种原始事物的当代表现吗？换句话说，它不是一种奢侈，而是一种信仰的实践？除此之外，还能如何解释像时装秀这样稍纵即逝的事物会给人带来永恒的感觉这一现象呢？

写于2003年

2004年奥运会

欧洲杯的枯燥令人难耐（总决赛可以说是开幕战的重演，希腊与葡萄牙比分1：0。无疑，这使得中间的赛事变得可有可无），有一个发烧友开始对雅典奥运会变得厌倦。我不知道我是否还有欲望和自控力，能够耐着性子看完那些使人精疲力竭的节目：深夜进行的颁奖典礼和那些我已经看过十几次的重播赛事。坦白说，有那么一瞬间，在比赛开始，我就已经想放弃了。

事实证明，我只是一时疑虑，因为奥运会以意料之外的，甚至是神秘的赛事取得了最好的开端：混合双人摩托车冲刺计时赛和公路竞赛。据传闻，只有一支队伍参加比赛，但最终证实，“希腊短跑情侣”——肯特里斯和塔努——出现在医院，这使得他们声名狼藉，也为奥运会上那一系列使人津津乐道的故事增添了第一个看点。本以为这个故事是符合既定的发展态势的，即从矢口否认到有保留地承认（那只是止咳药水！），最终坦白承认（我服用了药物，所以我很紧张）。但我们对正义的渴望在得到满足的同时，也因为故事的悬而未决而受挫。通过递交鉴定结果，这两名希腊运动员拒绝承认最终的结果。运动员服用药物从此更加容易被察觉，因为在其他任何方面，奥运会目前都致力于消除任何不确定因素。终点摄影技术作为精确的评判标准，使得肉眼无法识别的胜负难分的情况不再棘手。即使三名来自肯尼亚的障碍赛参赛选手试图同时跨过终点线，终点摄影也能证明他们是先后跨过的。

每项比赛中（最具争议的是体操），在没有技术裁决支持的情况下，男子和女子运动员的表现都在不断超出我们的评估能力。起初，英国队情况似乎并非如此，他们留给我们的是一场接一场的羞辱，这不是什么新鲜事。在那些日子里，卫城赫然耸立在车流之上，正如唐·德里罗在《名字》中所写的那样，“就像一些在劫难逃的纪念碑”。随着周六决赛炼金术的涌动达到高潮，事情的发展走势趋好，但奥运会的关键时刻之一当数保拉·拉德克里夫[1]在马拉松比赛中遭受的灾难性崩溃。

逆境中取胜使人振奋（正如凯丽·霍尔摩斯[2]取得的

① 保拉·拉德克里夫（Paula Radcliffe，1973— ），英国田径中长跑及马拉松运动员。

② 凯利·霍尔摩斯（Kelly Holmes，1970— ），英国田径运动员。

两次至高无上的胜利），而失败也能使人不知所措。马拉松比赛的性质及其对参赛者的特殊要求表明，拉德克里夫的遭遇并非如常规解释的那样，即野口瑞希[1]在“当天”跑得更快。这不仅仅是长距离的享曼主义，更是命运与一连串压迫感不断加深的现实的碰撞。

当阿莱姆[2]超越她时，她意识到金牌已与自己无缘，并且其他奖牌也不属于她。一旦她认清了赛况，很明显，即便跑到终点也没有意义，这仅仅表明她完成了比赛。运动员时常提及碰壁。拉德克里夫过去总能越过眼前的阻碍，因此她没有意识到其存在。然而奇怪的是，赛道俨然变成了一堵墙环绕着拉德克里夫，一堵看不到尽头的墙。这就好比亲眼看着某人垮掉。正因如此，它带来了绝佳的电视节目效果。（她在郁郁葱葱的草地上停下，甚至赋予了这段镜头泽普鲁德般的手法。）按照约翰·伯格对蒙德里安的评价，运动员否定了自己十分之九的能力，这样他们就能以难以置信的强度和目标完成剩下的十分之一。虽然许多人屈服于放弃的冲动（去健身房，试着成为一名艺术家），但这并未能引起关注。然而对于拉德克里夫而言，这是公之于众的本体性崩溃。而且，别忘了，在同一天，爱德华·蒙克的画作《呐喊》被盗，这幅画是现代恐惧感

① 野口瑞希（Mizuki Noguchi，1978—　），日本马拉松运动员。

② 阿莱姆（Elfenesh Alemu，1975—　），埃塞俄比亚长跑运动员。

的象征。当你投身运动时，谁还需要艺术？

很显然，在奥运会上，这样或那样的眼泪无处不在。我已经在沙发上留下了许多眼泪，这使我有点困惑，却又屡次为运动员所能展现的情感深度感到惊讶，而在过去，这种情感深度被认为是高雅艺术才拥有的。美国小说家安德鲁·霍勒兰（Andrew Holleran）所写的是对的：大多数时候，“电视上的眼泪犹如色情电影中的镜头”。在我们面对一切事物，尤其是所谓的不幸时，所做的反应总是被削弱、被世俗化和被预设，此时，运动就能让人感同身受，尽管我们对那些经常流传的陈词滥调非常熟悉，它仍然是神秘的。华兹华斯声称自己“深沉的思绪不是眼泪所能表达的”，但迄今为止，让马特乌·平森特[①]在讲台上颤抖着站起来的泪水实际上也是神秘的。

虽然那情景非常动人，但是最打动我的是来自加拿大的划船队员巴尼·威廉斯（Barney Williams）的一句话。他说：“作为有史以来最激动人心的赛事之一，这是非常振奋人心的，就像以三四秒的优势夺冠一样。”大多数令我泪眼婆娑的场景都体现出运动家精神：十项全能选手在过去36个小时的努力中精疲力竭，相互拥抱；被击败的

---

① 马特乌·平森特（Matthew Piusent，1970— ），英国赛艇运动员。

伯纳德·拉加特[1]与艾尔·奎罗伊[2]共同分享后者夺得梦寐以求的1500米赛跑冠军的喜悦。

相比之下，对于足球运动而言，赢球已是根深蒂固的唯一念头，以至于这项运动让人爱恨交织（这也是为什么欧元最终落得现在这个地步的原因）。奥运会开幕两天后，吉米·弗洛伊德·哈塞尔巴因克[3]在对阵纽卡斯尔联队时用手攻入了一个球，从而使得整场比赛的分数无效（这就是叫“足球”的原因）。奥运会期间，我们反复被提醒，参加奥运会本身就是光荣，奥林匹克理想是正确的，这些新奇古怪的想法可能会扩大获胜的光环（或许更为讽刺的是，奥运会的优点在于舞弊是无形之中在幕后上演的）。

不管所涉及的运动是否有价值或可笑，参与比赛的乐趣始终存在。关于奥运会是否应该包含小型运动项目，一直存在着大量的争议。从奥运会所展现的证据来看，争论的焦点应该是是否需要将大型运动项目排除在外。研究结果表明，对于顶尖的网球运动员和足球团队来说，奥运金牌远不是最终的奖项，而是和国际联赛杯（不管它现在叫什么）相当。最行之有效的运动是那些公认的在奥运会上获得报道、认可和取得成就的运动。以羽毛球为例，羽毛

---

① 伯纳德·拉加特（Bornard Lagat，1974—　），美国田径运动员。

② 艾尔·奎罗伊（El Guerrouj，1974—　），摩洛哥运动员。

③ 吉米·弗洛伊德·哈塞尔巴因克（Jimmy Floyd Haselbaink，1972—　），荷兰前职业足球运动员、教练员。

球比赛非常震撼！在距离大卫·因肖[1]在英国泰特现代艺术馆创作的优美画作中那梦幻的乡间田园小屋100万英里处，羽毛球混合双打半决赛的激烈程度堪比任何体育赛事。这种全神贯注是显而易见的，而我想，直接利益的减少，是我和其他许多人对这场比赛变得如此专注的原因。注意力缺失似乎不太像一种疾病，而更像是窥探人类进化的下一个阶段。总有一天，对任何事情的专注超过几分钟的能力会像夏尔丹[2]一般神秘。与此同时，我们有那些乒乓球运动员的照片，他们的精力集中在飘浮在额头中间的白色小球，就像一个装着纯粹思想的气泡。

对不起，我说到哪儿了？哦，对了，说到那些所谓的小型运动项目。奥运会还有一件事总能让人惊叹：观看一场自己毫无兴趣，甚至从未有意参加的比赛是多么的有趣。我不喜欢打篮球（德里罗称之为“腋窝运动”），但是我真的很喜欢观看那些我讨厌的比赛。以曲棍球为例，这是一项需要弯腰驼背的运动，现场打冰球可以缓解腰背部的慢性疼痛。谈到腰酸背痛，举重运动员才实至名归。我喜欢观看举重比赛（尽管在看比赛的过程中，我经常不情愿地想起克雷格·雷恩[3]有关小狗的那句台词，“小狗像

---

① 大卫·因肖（David Inshaw，1943—　），英国画家、艺术家。
② 夏尔丹（Chardin，1699—1779），法国画家，擅长静物画。
③ 克雷格·雷恩（Craig Raine，1944—　），英国诗人、批评家。

举重运动员一样大便”），尤其是那些超重量级的举重选手，举起超重量级的重量。你敢想象一下换成你是举重选手的情形吗？仅是举重运动员的早餐就足以使我丧命——20个鸡蛋，12块牛排。但是作为一道风景线，它使人完全入迷，看着横梁在重压下变弯，猜测着是否会有人在眼前真正爆发。此外，当我打开电视机，看见水手本·安斯利[1]在与残酷的大海进行一场一边倒的激烈对决时，我感到莫名的欣慰。在那个裁员和注重成本效益的时代里，他是一名亚哈船长[2]。很高兴知道他在那里，至少对我来说他仍在那。我们还会回过头来讨论这一点。

毫无疑问，这些小型运动项目服装的改变能使其获益。颇不寻常的是，柔道服长时间以来一直保持不变，因为参赛者需花费大量精力才能使它恢复原样。倘若参赛者的穿着似牛仔，在骑着马越过那些废弃的火车车厢时，超越障碍比赛将会更加有趣。其他体育项目则需要更为彻底和全面的改革。如果弓箭手射击的是移动着的目标，射箭技术就能提高——可能是羚羊，也可能是人类（这有可能会成为一项运动），最理想的情况是两者同时作为目标。既然如此，为什么不把历时三天的综合全能马术比赛、飞

---

① 本·安斯利（Ben Ainslie，1977—　），英国帆船运动员。

② 亚哈（Ahab）船长，美国作家赫尔曼·梅尔维尔的小说《白鲸》中的主人公。

碟多向射击比赛和射箭比赛结合起来，统称为“牛仔与印第安人”呢？

然而，最引人注目的项目无需依靠盛装打扮，因为它们与生物起源有着如此直白的联系：逃离或追赶某物或某人的能力；跃过大裂缝或河流；游过一个湖。（由此得出的推论是，难以想象使用三级跳的情景是怎样的，也许是遇到了宽流中的垫脚石？）有人可能会进一步指出，一种项目的吸引力与它作为人类活动出现时所处的阶段有着直接联系。在跑步、障碍跳跃和游泳项目出现后，又出现了投掷运动、打斗比赛、体操（或者也叫翻滚运动），以及由蒙古族游牧部落或其他民族所开创的所有马术运动，最后我们发明了球类运动（这与轮子的发明一样重要）；而当我们熟练地使用和制造工具时，我们便发明了球拍运动，加压包装的网球、乔丹气垫运动鞋等。但是，基础体育项目的原始起源意味着，无论它们是放弃或者接受一些细微的变化，都不会随着技术的改进而有所改变。普鲁塔克（Plutarch）在为《观察者报·体育月刊》撰稿时写道：“那些手脚灵敏、肌肉强健的人超越了人的本性，总是精力充沛。”

在所有物种的特质中，还有什么能比我们对地心引力持有的爱恨交织的感情更简单的呢？不要小看它，没有地心引力，奥运会就没有什么看点了，尤其是那些参赛运动员竭尽全力参加的反重力比赛项目，就如鲍勃·迪伦所认为的那样。数次的失败——我猜你会管它们叫牺牲——是体操项目极其重要的魅力所在。它们提醒我们，在展示每个动作的过程中，回到平衡木上困难重重（看到体操运动员的教练站在平衡木边上，随时做好接住她们的准备，以防跌落，这是多么和谐的场景呀）。《圣经》中所谓的奇迹如今被称为银河。

难度极大是体操展示的特点，它体现在体操运动的各个方面。摄影在其他运动中表现得如此出色（例如，在短跑项目中，瞬时的高度集中与长焦镜头的视觉压缩完美匹配），却很难将体操运动员失重的瞬间展示出来。确切地说，那是体操项目的亮点（矛盾的是，高速的快门很容易使任何瞬间产生失重效果）。反过来说，我们也难以判断所看到的情况是怎样的，裁判们似乎也是如此，而原因在于我们对完美的纠结。罗伯托·卡拉索在《卡德摩斯与和谐的婚姻》中写道："完美并不是解释自己的历史，而是表现出完整性。"体操项目并非如此，它让我们看到了完美，但是一旦达到了完美的地步，标准又会立刻提高（再来一次半周转体如何？），从而搁置了完整表现的想法。通过引用伟大前辈的例子以及以他们名字来命名的动作，比如卡特切夫（Katchev）和科尔布特（Korbut），体操也在不断说明自己的来历。这种敬仰前人的形式在跳高或者福斯贝里[1]运动中达到了顶端，表现出一神论的倾向，就像现在这样。

正如体育广播中所说的那样，我们的目光很快将重新聚集到体操上，但我们首先要承认一个在过去十年间越发明显的事实：奥运会与其他一切活动一样，都是爱神厄洛斯的节目。无论你喜欢的体形是怎样的，无论你的性取向如何，这里总有人值得你关注。保加利亚的好链球运动员不会为我做些什么，但常言道，一个愿打一个愿挨。对于女子举重项目的粉丝来说，奥运会在这一方面的精彩之处在于他们有机会看到娜塔丽娅·斯卡昆[2]惊人的抓举。我的女性朋友们似乎没有在哪些项目最有效上取得一致的意见。有很多人觉得，没有人能在赛场上与评论席里散发着魅力的悠闲男士相比。不，不是乔纳森·爱德华兹（Jonathan Edwards），是迈克尔·约翰逊[3]！有些人喜欢短跑运动员，而有些人则认为他们的肌肉过于僵硬，但这一观点遭到了男同性恋者的广泛指责，他们非常失望，因为在泳池里，水陆两用的海豚流线型灰色速滑服已经取代了艾

---

① 理查德·福斯贝里（Richard Fosbury，1947—　），美国跳高运动员，发明了背越式跳高技术。

② 娜塔丽娅·斯卡昆（Nataliya Skakun，1981—　），乌克兰举重运动员。

③ 迈克尔·约翰逊（Michael Johnson，1988—　），英国职业足球运动员。

伦·霍林赫斯特在《美丽曲线》中所说的“炫耀旋翼游泳服”。双人跳水运动员——当然还有男子体操运动员——更能满足他们的兴趣。

在《告别交响曲》中，埃德蒙·怀特[1]回忆道，上世纪70年代，高强度的训练使他的前臂变得像马的鬐甲那么粗，“腰细得像餐巾纸”，“臀部丰满得像歌剧女主角的胸部”。由此导致的问题是，他的肌肉变得非常僵硬，以至于他再也抓不到自己的背，也脱不了T恤。健美运动员追求的是外表而不是动作。只有当体操运动员做一些非常危险的动作——用粉笔作为支撑或戴上护腕——时，他们手臂多余的部分在此时尤为明显。在仪器上，手臂和肩膀上的肌肉块代表了完成这项运动所要求的超级英雄所必须具备的最小尺寸。

就我这个老派的异性恋者而言，一直以来都是腿长的跳远运动员满足我的兴趣。(噢，这么多年来海克·德雷克斯勒[2]一直在这里落地，真是幸运！)这一次，女子沙滩排球比赛无疑是奥运会的情色焦点。性元素隐藏在单词“beach”中，但即使在这里，它也是有意而为之的。这就是它的绝妙之处！运动员们并不仅仅是用他们完美的身材

① 埃德蒙·怀特（Edmund White，1940— ），美国作家、评论家。

② 海克·德雷克斯勒（Herke Drechsler，1964— ），德国短跑和跳远运动员。

来展现莱卡的效果，这使得莱卡穿起来更加性感。如果过分明显，效果就会大打折扣。是的，部分自我渴望看到衣服变得更轻薄，另一部分自我意识到这个想法有点俗气，剩下的另一部分自我在想，好吧，也就四年一次。

致命的地方就在这里。我们得再等四年才能再次经历这一切，因为一切都结束了。一切都结束了——这一想法令人难以忍受。在8月的那几个星期里，我们的生活充满了意义和目标（回家看奥运会——就我而言，我已经在家了，所以就看奥运会吧）。很高兴能够看到那些熟悉的面孔（斯维特拉娜·霍尔金娜[①]，高低杠项目里的悲剧女主角；弗兰克·弗雷德里克斯[②]看起来就像从天亮就开始奔跑一样），也非常开心能够看到些新鲜的面孔［杰里米·瓦里纳[③]像短跑选手埃米纳姆（Eminem）一样冲到了200米短跑比赛的最前面］，仅仅是看着他们就已经非常高兴了。我们花了半天时间观看比赛，第二天早上又花了很多时间去阅读我们所看到的内容，我们觉得很充实。今天完美地过去了，明天又来了。我们从不感到无聊，即使我们

① 斯维特拉娜·霍尔金娜（Svetlana Khorkina，1979—　），俄罗斯职业体操运动员。

② 弗兰克·弗雷德里克斯（Frankie Fredericks，1967—　），纳米比亚短跑运动员。

③ 杰里米·瓦里纳（Jeremy Wariner，1985—　），美国田径运动员。

感到无聊，至少在电视上还有些东西可以看。没有它我们怎么生活？没有它我们该怎么办？在北京奥运会闭幕式上激情澎湃、热泪盈眶的演讲，在“世界青年”再次聚首之前，我们该如何生存？此刻我所能做的就是想着本·安斯利。我猜他还在外面的某个地方，像二战中的日本士兵一样，与海浪作战，拒绝承认失败，拒绝承认一切都结束了。

写于2004年

性爱与酒店

酒店是性爱的代名词。酒店里的性爱浪漫、大胆、自由、狂野、性感。若你在家曾有过欢乐的性爱时光，那么在酒店，这种欢乐会加倍。如果你们两个人同时在酒店，就更有意思了。

没错，到目前为止，我们只谈及自慰，这种行为发生在家里时，经常是仓促而粗俗的。而在酒店里，则是可以尽情享受的。我应该补充一句，这篇文章中所提及的“酒店”都是“昂贵的酒店”的简称。待在家里时，你想看新闻、体育报道或者关于侵犯人权的纪录片。但是，如果你是在酒店里看电视，你会想看大特写镜头下的性爱影片。最理想的情况是，酒店已经事先为你准备好了，但这件事很难办到。

当你在酒店观看性爱影片时，你会穿什么？当然是蓬松柔软的白浴袍了。它们经常被人拿走，但在某种意义上说，它们是防盗的，因为一旦你把它们带回家，它们就会失去蓬松的质地。那酒店是如何让浴袍保持那持久蓬松的呢？保持色泽很简单，而保持它们的蓬松度则是未解之谜。还是说酒店使用了大量的织物柔软剂呢？显然不是(我已经尝试过了)。答案只有一个，那就是它们不仅仅是松软的白浴袍，而且还是松软的白色的酒店浴袍。

它们不仅蓬松、柔软、洁白，而且非常干净整洁。很可能穿着那蓬松白浴袍的你会变得爱干净，因为酒店里的一切都是洁净的。清洁也许并不近乎圣洁，但必然与性紧邻。酒店的房间之所以让人欲火中烧，是因为它是干净的：床单干净，洗手间干净，所有的东西都是干净的。而这种干净如果不是引起污秽的明目张胆的诱因，还能是什么？理想的情况是，房间干净得让人觉得从未有人用过。它大声疾呼，要住房的人弄脏它。如果房间在某种意义上是纯洁的，那么，拆开肥皂块和其他可偷走配件上的封条这种行为，就像处女膜破裂一样。这个比喻可能略微有点过时，但在“临时租用房间”的情景下，这是令人愉悦的性暗示。

为了不受到空气中脏东西的污染，城市酒店的房间几乎总是与外界隔绝，让你整夜沉浸在奢华愉悦的嗡嗡声中。你在这个星球上的哪个地方并不重要，你可以去任何地方。更确切地说，你随处可去。豪华酒店就是法国理论家马克·奥热[①]所说的超现代性“非场所”的典型代表。汤姆·沃尔夫[②]在《真材实料》一书中指出，汽车旅馆的标志性建筑特色（即你不必“穿过公共大厅就能进入自己的房间”）在“相当保守的性革命”的过程中发挥了重要作用。然而，对国际酒店而言，酒店大堂的通道也是“场所”到“非场所”的过渡，办理入住手续是这个过程更加仪式化的表达。登记并交出信用卡和护照后，你实际上已经放弃了自己的身份。成为了这个“非场所”的临时住户，你就成为“非人”，并获得了等同于外交豁免权的道德豁免权，你开始变得道德失重。在酒店里，你不再是某位“先生”或“女士”，你只是一个房间的主人。你没有历史。门卫把你的东西搬到你房间的这个行为表明，正如他们所说，你没有带任何行李。因此，男性在酒店里比在其他任何环境中都不容易阳痿（这个说法不基于任何医学证据）。如果一个男人和他的情妇去汽车旅馆，他欺骗了他的妻子；另一方面，在豪华酒店里，没有道德义务，只有经济责任。

与这种完全不谈道德的环境相匹配的，就是可以得到的一切都是要付出代价的。如果酒店是性爱的代名词，就

---

① 马克·奥热（Marc Augé，1935—　），法国人类学家。

② 汤姆·沃尔夫（Tom Wolfe，1931—2018），美国演员、编剧、作家。

像我一开始说的那样，那么这两者等同于金钱。总而言之，酒店的价格越贵就越刺激。换句话说，这座建筑本身和在里面提供性爱服务的性工作者没有什么区别。在一家非常昂贵的酒店酒吧里，空气中弥漫的性爱气息几乎是触手可及的。如果你独自一人在酒吧，你点的每一杯标价过高的酒精饮料似乎都更有可能让你在不经意间邂逅。这种感觉是如此强烈，以至于在深夜与结婚20年的伴侣一起喝酒时，会有一夜情的感觉。几乎可以肯定的是，在酒店酒吧里最常见的幻想就是一对夫妇假装他们是刚刚认识的陌生人，而其中一个是性工作者。

现实也是一种历史幻想。豪华酒店提供了一个暂时居住的地方，就像一个生活在18世纪的浪荡公子，生活充满了快乐，因为他身后有一群仆人来收拾烂摊子。每一个突发的奇想都能得到满足。酒店是一个没有家务的地方，给你自由来满足无限的肉欲，不受任何打扰。哪怕是掀开你的床罩，哪怕是一点点粗俗的暗示，后果都是由其他人和酒店的工作人员来承担的。因此，你无需为你的行为承担任何后果。英国作家亚当·马尔斯·琼斯（Adam Mars-Jones）所称的“轻度滥用这些设施”是每个酒店客人的特权，而重度滥用也是可以容忍的（只要是有偿的）。摇滚明星著名的一种倾向——甚至是义务——去损坏房间的设备，把这种情况演绎到了极致。每一天都是一个新的开始。任何损坏的东西都可以更换。每天，房间和房间里面的东西都会被擦干净，没有污点证据，也没有指证犯罪的指纹（这反过来助长了一种猖獗的不道德的氛围，而这正是酒店体验的核心所在）。当然，这种情况也存在危险。我们需要付出点努力来克服这样的错觉：住在酒店房间里能预防疾病，也能避孕。

在这一点上，一些小限制是存在的，即在某些方面，房间比套间更能激发情欲。套房巧妙地恢复了工作与休闲的界限，而这是酒店套房的本质属性。在套间里，床是分开的，作为附属品或可供选择的物品。在房间里，床是占主导地位的，无法对其视而不见。无论房间有多大，床都会按比例扩大以填满它。由于外面的世界几乎不存在，床就变成了你的世界［正如著名的酒店老板约翰·多恩（John Donne）所说："此床为汝中心，四壁为汝之疆界。"］。你可以在这张床上做任何事情：阅读、写作、看色情片、发生性行为、睡觉、打电话等。基本上，你唯一没有躺在床上的时候，就是你躺在特大号浴缸里的时候，它实际上是一张液体床。

坐落在伦敦科文特花园中心的圣马丁街酒店在各方面都堪称典范。它的价格极其高昂，甚至高得离谱。房间是白色的，床单是白色的（床上的灯光可以调节，发出一种柔和的紫光、黄光或绿光，使床显得更洁白），墙壁是白色的，毛巾也是白色的。一切都是那么的白，这样的设计就好像是在为可卡因做掩护，而可卡因是性爱、酒店和金钱三者以外的组成部分。如果说某些建筑风格在本质上就是评判性的，最明显的是法院和警察局，那么这种室内设计风格除了《美国快报》之外，并不承认任何的道德规范。毫无疑问，房间是完全没有灵魂的（你也可以期望信用卡有灵魂）。它们也很渺小这一事实主要表现在它所包含的反面：那张大得可以吞噬任何东西的床。此外，还有一面真人大小的镜子，在空间上带来放大的错觉。啊，是镜子！当然，这也是酒店性爱不可或缺的一部分。镜子是一个虚拟的色情频道，其中同时制作和播放酒店性爱的幻想，让参与者和观众都很高兴。

唐·德里罗在著名的《白噪音》一书中写道："房间的意义在于我们能够身在其中。""人们在房间里表现出一种行为方式，在街道、公园和机场里又表现出另外一种行为方式。进入房间就是同意某种行为，因此这种行为发生在房间里面。"但是，有些房间比其他房间更能直达内心，比如酒店的房间。因此，这就产生了一种特殊的房间行为子集，人们称之为"酒店房间行为"，或者性行为。

酒店里的你就待在那儿，在一个极其昂贵的、完全密封的、绝对安全的纯人造环境中尽量表现得体。透过那没有污渍的窗户，你可以看到一座无声的城市，任何一座城市。没有人能看见你，即使他们这样做，他们看见的也不是你。他们所能看到的，只是橱窗里的一个人影，一个象征着酒店堕落、残暴、不近人性的性爱的傀儡和图腾，就像村上龙执导的电影《堕落东京》中令人难以忘怀的一幕。

写于1999年

我们会为何而活

我在西区第三十六街道和第六大道的拐角处看到的第一件物品，是一辆被漆成白色的公路自行车（轮胎、车座、辐条，全部都是白色的），被拴在一个路牌上（“左侧车道必须左转”）。塑料花穿过车轮和横梁。那周，纽约举办了一系列艺术活动，我便认为那辆白色的单车是脉冲艺术或军械库艺术博览会的副产品；或者是那种无伤大雅的街头艺术；或者是那些恼人的哑剧演员的道具，就像你在科文特花园中心能够得到的那些，大概是漆成白色以搭配周围的环境，并在附近演出。但是附近并没有伴奏，只有这辆白色的自行车。当我越来越靠近它时，我看到了附在路牌和横梁上的小牌子：

大卫·史密斯

享年63岁

死于车祸

2007年12月5日

那是一块纪念碑，但不同于我以前见过的任何一块。

在英国和美国，在谋杀或致命事故现场送花或献上其他供品的习俗早已深入人心。最近有两部小说以生动的散文形式，呈现出伦敦和纽约传统纪念习俗的鲜明差异。艾米丽·珀金斯（Emily Perkins）的作品《关于我妻子的小说》（*Novel about My Wife*）中，故事的背景就是伦敦东区。对叙述者来说，这些“俗气的塑料花束是为了纪念一位热爱彩色影印的母亲，或者是为了纪念一位不安分的时髦的年轻人，他倒在了锋利的斯坦利木工刀下”，而这是“一种新的城市装饰形式，一种后戴安娜时代的伤感”。正如理查德·普莱斯[1]在《奢华生活》（*Lush Life*）中所描述的那样，下东区的富人阶层过着更加奢侈的生活：

> 有几十支点燃的植物蜡烛，一些散落在天鹅绒布上的硬币，一个平放在圆形的大石头上的芦苇十字架，一个CD播放器，无限循环播放着杰夫·巴克

① 理查德·普莱斯（Richard Price，1949— ），美国编剧、演员、制作人。

利[1]演唱的《哈利路亚》，一卷仍未拆封的梅尔·吉布森[2]的《耶稣受难记》录像带，一本平装版的《黑麋鹿如是说》，某种无法辨认的白色毛皮，一些已经石化的骨节，各种各样的草药袋，依旧冒烟且散发出刺鼻气味的香，还有一罐橄榄油。

仅仅过了四个夜晚，这个充满狂热的新肯霍尔兹神殿就在演变成肉眼可见的堆肥。它似乎已经“出现了问题，是湿漉漉的，却又有烧焦的痕迹，散发出讥讽的意味，隐约伴随着威胁。仿佛在说，这就是时间所做的好事，在泪水和鲜花之后的几个小时里，我们就变成了这样”。

然而，那辆自行车将这一习俗的践行提升到了更高层次的纪念和艺术表达。那辆白色自行车轮胎瘪得刺眼，不容错过，然而，即使在曼哈顿中城拥挤的街道上，它也没有挡住任何人的路。罗伯特·穆齐尔[3]在某本书中写道，没有什么比纪念碑更无形。这座渺小的纪念碑清晰可见，但又十分不起眼，几乎不存在。当他们等着过马路时，好些人碰了碰自行车：这是天主教徒做的一种随意的姿势，当他们跨过新的起点时，就在自己身上画十字。这个无关

① 杰夫·巴克利（Jeff Buckley，1966—　），美国歌手。

② 梅尔·吉布森（Mel Gibson，1956—　），爱尔兰裔美国演员、导演、编剧、制片人。

③ 罗伯特·穆齐尔（Robert Musil，1880—1942），奥地利作家。

紧要的角落是曼哈顿的几千个角落之一，由于这辆白色的自行车而被赋予了一种独特的柔和气氛。也许我变得有点多愁善感，但它让我觉得这是整个城市里最安全的十字路口。

我不知道那辆白色自行车是怎么来的，也不清楚当局想怎么处理它。再过几个月，链条会被割断，自行车会被人小心翼翼地取下来吗？或者它能永远沐浴在阳光和雨水中，任其褪色、生锈和腐烂吗？就像1944年6月10日，法国格拉讷河畔奥拉杜尔村的大屠杀发生后，被遗弃在那里的汽车和自行车一样。我以为这是鲜有的游击行动，但在一周的时间里，我又发现了这座城市的另外两辆白色自行车：它们在休斯敦和拉斐特，以及在哈德逊自行车道上（纪念年仅22岁的埃里克），就在脉冲艺术博览会旁：

埃里克

年仅22岁

醉驾被害者

2006年12月1日

爱与怒

所以，这些自行车是一个有组织的非官方纪念活动的一部分。据我所知，第一辆幽灵自行车[1]于2003年出现在密苏里州的圣路易斯。这个正在进行的项目是一个由网站和组织组成的松散联盟的一部分，比如视觉抵抗和纽约市街道纪念计划（这是另一个纪念行人死亡事件的项目）。根据幽灵自行车网站得知，现在全世界超过30个城市都有类似的纪念碑。我在伦敦从未见过，但曼彻斯特、牛津和布莱顿显然都有幽灵自行车。志愿者莱恩在幽灵自行车网站上写了一篇文章，是关于那辆我在脉冲艺术博览会外看到的自行车的创作过程：

> 2005年6月，我开始为陌生人制作幽灵自行车。一年半后，我的朋友埃里克在西区的自行车道上被一名醉酒司机撞死。埃里克只有22岁，刚开始在布鲁克林的一所高中教数学。他的死亡会让你期望自己活得更长久一些。一年后，当我出现在某个地方时，我仍然期望见到他。他的死在我心里留下了一个洞。
>
> 当我们制作幽灵自行车时，我们触及了逝者留在世界上的伤痛。每个人都是他们城市灵魂的一部分。这些故事有一天可能会成为头条新闻，然后第二天就会被遗忘，我们努力让城市记住他们的故事。我们选

---

① Ghost Bikes，把自行车放置于曾有自行车使用者因被机动车碰撞而身亡的地点，用以提醒驾驶者及行人注意安全。

择尊重我们认识的陌生人，因为他们可能是我们的朋友、我们的姐妹，也许是我们自己。这个选择使我们感受到世界是完整的。

除了是纪念运动组织网站的一部分，幽灵自行车还被视为是自发的街头艺术的累积。一般来说，从无礼的涂鸦垃圾到班克斯的挖苦，从现在具有讽刺意味的标志性和商业化的模板涂鸦到以社区为基础的壁画。在城市公民的梦想中，幽灵自行车就像是对过去收复街道倡议的无声的尊重，除非他们从不通过对抗的方式收复街道这个前提出发，它们就已经是我们的了。但这些自行车也暴露了公共艺术，尤其是“官方”纪念艺术的不足之处。

最糟糕的是，英国的公共艺术往往无法达到埃奇韦尔路地铁站外的诺曼威斯顿雕塑或在圣潘克拉斯车站那对理应受到嘲笑的吻别的情侣的层次。最新一轮关于特拉法加广场的第四基座项目的提议包括翠西·艾敏[1]的主意，即采用一小群“象征团结和安全”的猫鼬雕塑，这再次证明了每个人都已经知道的事实：一位艺术家，即便作品缺少严谨性和价值，他仍有机会成为一名严肃的、有重要影响的艺术家。除了安东尼·葛姆雷[2]的《北方天使》（*Angel*

① 翠西·艾敏（Tracey Emin，1963—　），英国艺术家。

② 安东尼·葛姆雷（Antony Gormley，1950—　），英国雕塑家。

of the North）这座奇特而又尊贵的雕像外，大多数当代公共雕塑都能让观众回想起五十年前兰德尔·贾雷尔①在《大学图景》（*Pictures from an Institution*）一书里提出的问题：嗯，它确实很丑，但它是艺术吗？

如今，对纪念仪式的担忧在于人们是否能遵循得当。诵唱仪式结束后，演奏者发现他们所在的位置是在“中圈周围，直到今晚似乎都是多余的”（保罗·法利②，“默哀一分钟”），足球场上空笼罩着恐怖威胁般的氛围，敬意随时可能变为冒犯。国家发起的纪念活动最显著的特点是未能呈现出想要传达的全部个人情感，如位于蛇形湖畔的戴安娜喷泉。在英国，想要美感高而且符合悲伤大众需求的纪念碑，就要回到第一次世界大战后那触目惊心的地方，要找到查尔斯·萨金特·贾格尔③创作的那座在帕丁顿车站（第一站台）读信的士兵雕塑，或者要到位于白厅的和平纪念碑（由埃德温·鲁琴斯爵士④设计）。

当然，大多数死亡事件不可能都在大城市的官方纪念碑上进行记载和纪念。艺术家也不应该被要求在任何特定

---

① 兰德尔·贾雷尔（Randall Jarrell，1914—1965），美国诗人、评论家、小说家。

② 保罗·法利（Paul Farley，1965— ），英国诗人、作家。

③ 查尔斯·萨金特·贾格尔（Charles Sargeant Jagger，1885—1934），英国雕塑家。

④ 埃德温·鲁琴斯爵士（Sir Edwin Lutyens，1869—1944），英国建筑师。

的时间去创作他们真正想要创作的东西。但是，更大的社会需求可能与最优秀的艺术家内心深处不受压迫的欲望相吻合，这种希望永远不会破灭。也许这不仅仅是现代艺术世界唯我论的标志，而且也是更大范围的社会性失败的标志。这种失败徘徊在充满竞争的对冲基金驱动的艺术市场的边缘，并有跨越的倾向。证据表明，艺术不是有趣的娱乐方式或有利可图的投资渠道，它可能会与更广泛的社会发展目标结合在一起。近年来，艺术品热潮导致的另一个现象是，关于金钱的价值观变得如此泛滥，以至于其他更有价值的观念开始销声匿迹。这并不是要让人回想起20世纪60年代初，《新政治家周刊》的艺术评论家约翰·伯格心满意足地对每一件艺术品提出的那个简单的问题："这件作品是否有助于或鼓励人们了解并行使他们的社会权利？"这也不能追溯到布尔什维克革命那段令人兴奋的日子。当时，艺术家们急切地将自己的肩膀搭在苏联的车轮上，而苏联的车轮最终会把他们压垮。不，这需要我们进一步追溯到更久以前，追溯到史前艺术和人类意识的开端，追溯到刘易斯·芒福德[1]在《历史名城》（*The City in History*）中所说的领悟，"艺术的表现本身为原始人的生活增添了某种与狩猎的利益报酬同样重要的东西"。

① 刘易斯·芒福德（Lewis Mumford，1895—1990），美国社会哲学家、历史学家。

眼泪神殿和欢乐神殿分别是由大卫·贝斯特[1]于2001年和2002年在内华达州举办的火人节建造的。这两座大型的巴厘岛风格的建筑物取材于玩具厂的废弃木料，由不断更换的志愿者在为期一周的火人节中建造而成。在建造的过程中，人们留下了照片和纪念品，或者在木头上为逝世的亲人留下祷告和信息。自杀给活在世上的亲人带来了最沉重的负担，基于这个理解，眼泪神殿的祭坛是为那些自杀的人而建的。毫无疑问，这里没有告示或者警卫来规定合适的行为举止（值得记住的是，庄重通常是一种礼仪，一种与缺乏情感完全相容的行为方式）。在远处都能听到音响设备的轰鸣声；人们穿着狂野的性感服装在街上漫步，但可以明显感受到，到处弥漫着慈悲和善良的气氛。事实上，这种气氛是令人无法抗拒的。在规模和效果上，这些寺庙可与由鲁琴斯设计的坐落在蒂耶普瓦勒索姆河战役纪念碑——纪念在索姆河战役中失去的人——相媲美。当然，不同之处在于，鲁琴斯设计的纪念碑是为了永久纪念而建造的，而这些庙宇完工几天后，就会在隆重的纪念仪式中被烧毁。后宗教文化缺乏表达伤痛和哀悼的恰当仪式，以及这些缺失的仪式所带来的安慰。下面这句话是非常恰当的：纪念碑是在建立在世事无常之上的，而一件艺术品则与它旨在提供帮助和宽慰的临时城市和群体密

① 大卫·贝斯特（David Best，1945—　），美国艺术家、雕塑家。

不可分。

幽灵自行车以不那么引人注目，但更加朴素和永恒的方式做着同一件事：纪念逝者，取悦生者，让世界变得更安全、更美好。如果这对艺术的定义太过卑微，那么人们不禁要问，为什么在其他地方很少有人能做到这一点。

后记：这篇文章在《卫报》上发表几天后，一位在纽约生活约一个月的读者寄了一张照片给我，是关于我在西区第三十六街道和第六大道的拐角处看到的第一辆幽灵自行车。它已经完全损坏了：车轮变得弯曲，附在上面的小牌子被扯掉了，轮胎被拆走了。这让我很难过，但在某种程度上，这辆被损坏的自行车看起来比它原来的样子更令人心酸。

写于2008年

第五部分　个人感悟

Airfix[1]模型——一代人的回忆

距二战结束15年之久，我们这一代人出生了。我们没有经历过战争，却在尽力重现战争的模样，我们就是“战争的孩子”。如果说，20世纪30年代是一段军费开支不断上升的时期，那么60年代则见证了我们这一代人如何颇有想象力地重整军备。几乎所有玩具和游戏都是用来让我们重温霸王计划和阿拉曼战役的鼎盛。即便在今天，走进录像店，我首先拿起的还是两集《二战全史》（*The World at War*）纪录片。为了成为1943年西西里岛上的一名美国士兵（最好还是不要如此……），或者是回到1940年夏天的英国肯特，去那里感受不列颠之战在头顶轰鸣，我非常乐意用自己在意大利的任何假期去交换。在泰特现代艺术馆欣赏康斯太勃尔（Constable）的云朵习作，我发

① Airfix，英国模型制造商，生产飞机和其他物品的塑料比例模型。

现自己竟开始思考，若有一架战斗机从积云中俯冲而下，画面该有多好看！或者，给我看看一幅盟军或德军的战机的图片，任何飞机都行，我不用思考就能立刻辨认出不同的机型：容克88俯冲轰炸机，流星战斗机（这是英国首架喷气式战斗机，我父亲曾在这架飞机的制造厂工作），台风战斗机，亨克尔-111（He-111）中型轰炸机，道尼尔-215（Do-215）夜间战斗机，福克沃尔夫-190（Fw-190）战斗机……

这种现象被叫作Airfix模型痴狂症。我们这一代的男孩子基本上都跟我一样，毫不费力地就能辨认出各式战斗机。坦白地讲，战争体验来源于很多方面：漫画、电影、玩具，不过最核心的体验还当以Airfix战斗机模型为代表。飞机模型其实是战争时代所有机械装置的一种缩影，它以微型方式再现战争机器，为我们提供了所需要的零件，若我们一件一件将其组装，并用胶水粘住，一个大规模的模型就诞生了，这便是我们重现战争的办法。

我买的第一架战斗机叫作寇蒂斯P-40战鹰，因尖利牙齿图案而闻名；第二架是一架喷火式战斗机，从那以后，我开始迷恋上了其他战斗机：Me-109、飓风、福克沃尔夫-190（Fw-190）、零式舰载、Me-262（德国首架作战式喷气战斗机）。我收藏战斗机的历史还有清晰的发展路径呢！最初，藏品唯一的特点是战斗机具有活动式（即没有加固）的螺旋桨，后来便收藏有双座或三座的战斗机，比如阿芙罗“安森”侦察机，斯图卡俯冲轰炸机（容克87轰炸机），波尔顿·保罗无畏式战斗机（多么富有诗意的名字！）以及菲斯勒·斯托克和韦斯特兰德·莱桑德，这两架侦察机就有点脆弱笨重了。之后，我迷恋上轻型轰炸机，收藏了德·哈维兰蚊式战斗轰炸机和布里斯托·布伦海姆鱼雷轰炸机（一架无用武之地却很不错的小玩意）；随后又逐渐发展到大型夜间轰炸机：收藏了哈利法克斯和兰卡斯特，它们由黑色的塑料做成，有六名机员、可移动的炮塔、打开着的炸弹舱门，还有垂直尾翼上可转移的黄色V型尾翼。

战斗机包裹在塑胶袋里，上面钉着一张插图卡，悬挂在展示台上，“操作说明书在卡片背面”。轰炸机则放在一个机库大小的盒子里。一年圣诞节，我的父母送了我一架惠特利式轰炸机和哈利法克斯轰炸机。老实说，我还是非常喜爱盒装礼物的，比如一本书，一些CD，可不要是一件毛衣啊。在那些重大节日里，只要是盒装礼物，那就有可能是Airfix模型呀，我喜欢这泄密般的提示；若非盒装的，我会感觉失望至极。我还收到了波音B-29超级堡垒轰炸机，这件玩意可是装在一个大盒子里的！但是众所周知，那架更早期、更微型的B-17空中堡垒才最能引起人的兴趣。虽然B-29比B-17先进，但一架飞行器的性能和它的模型潜力并无关系。恰恰是B-29刀枪不入的特点将它变成一个乏味的模型，即长长的银色细管下长着一对机翼。

相比之下，B-17具有众多机枪炮塔，炮塔由相对脆弱的树脂玻璃制成，以及惊人的翼展，这些大大提高了它的模型潜力。

我10岁那年第一次亲手做出了B-17空中堡垒，我做得糟糕，所有的模型我都做得一塌糊涂，因为我没有费心打磨零件，导致各种零件无法完美贴合，不该粘在一起的位置反而被我用胶水粘住，最后造成的结果是：螺旋桨没法旋转，起落架与其说是收回还不如说是崩塌了，座舱也被胶水弄得模糊不清。

我努力给螺旋桨的尖端上色，把它染成黄色，这是唯一一件我一直小心翼翼在做的事情。我仔细地给B-17机翼加上一个紫色的V，但坦白说，也就这个部分我才认真上色。通常，我只把贴纸贴在裸露的灰色塑料上。贴贴纸比较复杂：将水贴放在浅浅的温水中，看着它们自由滑落，慢慢分开，用沾水的手指把它们滑到模型正确的位置上，然后水珠从指尖一滴滴滑落，这是多么难得的愉悦呀！此后，我有时也在垂直的尾翼上绘画，但是我常常弄不清亮光和哑光的区别，最后把飞机模型涂成了明亮的绿棕相混的迷彩伪装色，识别度还挺高！

飞机模型完成后，就得想想怎么捣鼓、处理这些模型了！是将它们放在头顶旋转，发出劳斯莱斯梅林引擎般的噪音，还是向螺旋桨吹气，让模型转起来呢？不管怎么折腾，这不过是些短暂的快乐罢了。最好的办法是把它们放在透明的机架上，可我总是忘记提前清除塑料壁龛，所以最后不得不把机身撬成两半，才能将机架塞进去；另外一种选择是用绳子将其悬挂于天花板，这样你还能看到它们的机翼，在蓝色天空的映衬下，灰尘开始无形积聚在聚苯乙烯塑料模型上。

从统计数据的角度讲，战时的胜算不利于轰炸机机组成员顺利完成任务、尽其职责。当时，大多数模型都有可能被气枪的炮弹摧毁，或者被点燃后从卧室的窗户扔出去。

如今，面对电脑游戏的挑战，Airfix模型不再享有上世纪60年代和70年代初毫无争议的优势地位。战后，由于新的防御需求和技术革新（最明显的当数喷气式发动机的发展），很多飞机因过时而被销毁。同样，很多二战系列模型的坚定拥护者也不见踪影了，产品目录日益成为主流，在高技术喷气机沙漠风暴后尤其如此。过去，鬼怪、海盗、BAC“闪电”战斗机和巨型三角翼火神代表了战斗机的水平，而如今，隐形轰炸机、龙卷风、F-15“鹰”战斗机和YF-22“闪电”战斗机正不断突破原有的底线，挑战原来的水平。

由于削减防空防御开支，作为飞机模型补充的1：72的地面部队受到了更大的打击。今天的商店货架上，只能看到一小部分士兵营；20年前，这些小模型在商店里随处可见。这些玩意被装在盒子里，透过一个长方形的玻璃纸窗，你可以看到里面的几个士兵，他们随机排列在小塑料梗上。我突然想到诸如“贴纸”和“图钉”这类词语，这些词可是在我词汇库里闲置20多年没用过了。兵人和它们的底座被图钉固定住了，若你不按照指示来，不拿刮刀把它们整齐地分隔开，反而去扭动、拉开它们，那么整个塑料便会变形，这意味着士兵将无法笔直站立，不得不在摇晃板上笨拙地维持平衡。

每一套兵营模型都由48个士兵组成。除了意料中的动作姿势——跪着、躺着、站着、奔跑、行进、爬行、投掷手榴弹——还总是有一些人受伤、死亡，或是投降。兵营标准大概就是如此，但每一套也有一些不寻常的特点。

至于美国海军陆战队的模型，是一艘小艇，上面有划艇的兵人，它们很难坐在船边而不从船上掉下来；还有的兵人手拿锚、抓钩或喷火器。而日本士兵呢，有着沙子颜色一般的皮肤，一两个人挥舞旗帜，至少有一人头戴帽子手舞剑，显然没人准备投降！英国伞兵模型则有的从降落伞中跳下，有的在火箭筒或是长长的气罐里翻滚，还有几个士兵看上去有点古怪，它们无底座，也不做什么事情，好像在做自由落体运动，也好像在扭动身躯，一副痛苦不堪的模样；突击队员们坐在独木舟上，划舟者腰部以下被截肢；有一条长塑料木桩插于舟中，有几条梯子，还有几个挥舞刀子的兵人，另外有一个人蹲在雷管旁边，看起来像是跪着伸手从野餐篮子里拿出一瓶葡萄酒。

至于一战英国步兵队模型，两名兵人手里拿着一圈铁丝奔跑着，军官手握剑和手枪，被人用担架抬着。德军敌人中一个兵人爬上爆破筒（一个长长的扫帚状的玩意），军官们用望远镜眺望，用机关枪瞄准远处。奇怪的是，这些一战中的德国士兵比其他几组体形稍微大一点，所以若把它们的比例放大到五英尺十英寸的平均实际尺寸，那么相比之下，下一代的德国步兵就是一支身高五英尺两英寸的侏儒军队了。反之，若我们使用后代的军队来建立规范，那么它们的祖先就是六英尺六英寸的“超人”了。

除了这些军队模型外，还有其他套件，比如牛仔男孩，它们是闪闪发光的棕色皮肤枪手，它们的野马四蹄腾空跃起，神采飞扬；比如马车队，有大篷马车，有成箱的供应品，还有穿着维多利亚式服装的妇女；此外，亮绿色的罗宾汉套件看起来有点滑稽，由以下几部分组成：一个罗宾，一个女仆玛丽安，一个塔克修士，以及几个不知名的带有弓箭和棍棒等装备的人；在整个泰山套件中，基本上只有一件好东西，再加一只猴子、一个小男孩、几个白人猎人和一群当地人。

如此指名道姓地罗列不同的个体，似乎违反了收藏圈的道德和惯例。尽管如此，我对收藏的狂热丝毫不减，我必须拥有它们。实际上，为了保证藏品的完整性，我的藏品中有平民和动物农场，也包括庞大的掷弹兵，这是一个手拿剑、脚踩地的兵人，也是唯一一件有趣的作品！

除此之外，其他套件按照下列方式成对发行，每一对模型都是有过军事冲突的对立方：

古不列颠人	罗马人
罗宾汉	诺丁汉警长
南方邦联步兵	北方联邦步兵（美国内战时期）
牛仔	印第安人
法国外籍军团	阿拉伯人
一战英军	一战德军
二战英军	二战德军
第八军团	非洲军团
美国海军陆战队	日本兵

跟飞机的模型系列不同的是，1∶72的人物系列没有同步生产同时期事件的对应产品。在1∶72的人物系列中，你找不到这些模型：SAS（英国特别空勤团）对阵伊朗恐怖分子，矿工纠察队对阵防暴警察，切尔西球迷对阵利兹球迷。所剩无几的1∶72系列模型反而牢牢扎根于过去。其实，过去无异于一段令人着迷的静态且辩证的历史，正如列举的武装冲突一样。历史是势均力敌的双方进行的一系列战斗，这是不变的定律，只有服装在发生变化。在Airfix军队历史的版本中，敌对双方人数相当，没有一方明显多于另一方，比如，英国哥曼德特种部队的突

击者和德国步兵人数是一样多的。无论战争如何，双方的伤亡率保持在4%。虽然那时我才9岁，但对隔板、机身、副翼、起落架这样的词语已经非常熟悉。尽管我也了解了大量的航空技术数据，如转圈、速度、最高飞行高度，可是对于像“兰卡斯特号”轰炸机的真正用途，我感觉不到任何意义。突如其来的空袭给德国平民带来的是死亡与灾难，汉堡轰炸惨案造成了超过42000人死亡！

战争主导了我们的童年。Airfix模型呈现出战争的缩影，若我们如此牢记，那将更有意义。我们这代人完整的战争体验还包括连环画，其中有《西梅尔英雄》（*Gott in Himmel*）、《我们的战斗部队》（*Our Fighting Forces*）、“泡泡糖”卡片本（有一系列主要讲述获得维多利亚勋章的勇士）；还包括电影，如1969年的《不列颠之战》（*The Battle of Britain*），实际上是在为Airfix打广告呀！同时，纪录片让人们有机会验证这些模型和玩具各种细节的精准度。即使到今天，我偶然看到一架真正的喷火战斗机，心中不禁感叹，眼前真实的战斗机和模型像极了，这感觉让我震惊。与真枪实弹无关，从一个虚拟作品中，我们触碰到了关于战争最深处的记忆。我们最初的记忆并非来源于现实，而是对现实的重现，一种人为的、简化的、异常真实的对事实的重现。首先是制造出模型，然后模型细节的精准性得到确认，最后，这些复制品的真实性也自然而然地得到了验证。与此同时，纪录片对这些复制品进行补充、修改和放大，但从未怀疑过模型的真实性。

20世纪60年代的电视剧《北非沙漠行动》（*The Rat Patrol*）讲述了远程沙漠兵团英美士兵们的活动。比起《秘密特工》（*The Man from U.N.C.L.E.*），《北非沙漠行动》在我的朋友中更受欢迎。但是由于英国老兵们的投诉——他们认为美国士兵没有参加当时的北非战役——这部广受欢迎的电视剧在播放几集后就遭遇停播。顺便提一下，若是我弄错了某些细节，那也无大碍。我如何记住、回忆这场争论才是最重要的。无论精确与否，我对北非战役的兴趣始终来源于这部电视剧。从某种意义上说，每一部关于蒙哥马利和隆美尔、第八军团、非洲军团的纪录片或者书籍，都以这部电视剧为出发点，并根据这一部虚构纪录片做详细阐述。而今天，当我们回想起来时，《北非沙漠行动》看起来还是这么准确而真实。相比之下，故事片《孟菲斯美女号》（*Memphis Belle*）很能说明问题。这部虚构电影所基于的纪录片描绘出了我从未看到过的飞机模型，全然勾起我去看影片的欲望。尽管如此，我从头至尾都还是担心有些场景不够真实。

我对整个战争的持久兴趣源于一样的动机。如果说它比任何其他历史时段更吸引人，部分原因在于，一系列的模拟和事实交织在这一时期，亦真亦幻。然而，这亦是一种怀旧。用丘吉尔的话说，不仅回味这座岛屿的辉煌故事，也回味我们鼎盛的童年时代，那是属于**我们**自己的童年。对我这个年代的男孩来说，Airfix模型时代，就好比不列颠之战和大规模空袭，保留着它本身的力量。因为这是我们一起经历过的共同体验，而且已慢慢成为我们集体意识的一部分。所以即便一百年后，我仍然会回首说：这是我们最美好的时光。

写于1992年

一个人一生中的漫画

1928年，D. H. 劳伦斯完成了一篇美丽的散文《一个人一生的赞美诗》（*Hymns in a Man's Life*）。他在作品中回忆道："当我还是个孩子的时候，就感受到赞美诗不仅仅是最美的诗歌，还莫名觉得它们具有一种更永恒的价值。"很多时候，这些诗歌要么索然无味，要么晦涩难懂，但这并不打紧，因为正如劳伦斯所说，它们"在一个孩子朦胧的、尚不成熟的想象力中"激发出"纯粹的喜悦"，这才是最重要的。对于劳伦斯来说，赞美诗所产生的"奇妙感"并没有因为时间的流逝而"减弱"，而是一直持续着，直到他生命的最后两年。而对于我而言，生活中的超级英雄漫画也带来类似的奇妙感。

我清楚地记得自己买的第一部漫威漫画。1967年3月出版的第46期《蜘蛛侠》中，反派人物"惊悚"初次登场。这本漫画花了我10美元。那时我才8岁，一个工人阶级出身的小男孩，住在英格兰中西部的一个小镇上，属于科茨沃尔德地区格洛斯特郡切尔滕纳姆的中心。

漫画中人物的特技和炫酷的打斗令我深深着迷。我当时还迷恋一部热播电视剧，是关于另一个版本的蜘蛛侠——彼得·帕克——的生活。故事讲述了一个长相瘦弱、性格孤傲的小男孩刚开始被同学藐视，最后终于融入时尚而半另类的大学生活。在第46期快结束时，彼特从梅姨妈的住处搬出来，和同学哈利·奥斯本住进了一间公寓。然而他并不知道，哈利的父亲便是蜘蛛侠后来的宿敌绿魔。在第46期中，彼得与两个时尚女子都有往来，其中一个叫玛丽·简。一天，他和简来到咖啡吧。

"怎么了，猛男？"玛丽问彼得道。

"没什么，我们在玩自动点唱机呢！"哈利回答（好像有个绿魔的爹还不够麻烦，后来的第96到98集——没有通过"漫画法典"的审批——哈利染上严重的毒瘾）。几天前，帕克换上蜘蛛侠的装扮，在和"惊悚"的打斗中弄伤了手臂。彼得问玛丽要不要吃冰激凌，玛丽回答说："手臂都缠上绷带了，看你还怎么兴风作浪。我想在这里听歌呢，点唱机的硬币还没用完。"闪电·汤普森当时也在咖啡吧，他经常在学校里折磨彼得，不过闪电很快就要被征召入伍，到越南的战场上去打仗。在斯坦·李的讽刺作品中，闪电的作用展示得淋漓尽致。玛丽赞叹说：

“嗯……彼得穿上蜘蛛侠的衣服看起来就是不一样呀！哇，简直帅呆了！”

毫无疑问，这些对话不是我轻易能读懂的。在后来发行的漫威作品中，伍迪·艾伦和电影《亲爱的艾比》（*Dear Abby*）也经常被提及，这些对我来说也没什么特别的意思，但从第46期开始，我慢慢被《蜘蛛侠》的“网”缠住了，我竟然迷上了漫威。到12岁那年，像前文中引用的漫威漫画中的用语，那种时下时髦美国青年的净化版用语，我能相当流利地讲出来，尽管带有点格洛斯特郡的口音。《蜘蛛侠》依然是我最爱的漫画，我也开始喜欢上漫威的其他角色，如雷神、超胆侠和神奇四侠。

漫威创造出来的超级英雄具有真实性，人物形象不会给读者一种抽象的疏离感，读者总是可以在真实的或者说混乱的美国生活中找到人物的影子，这也解释了为什么今天的漫威比他的竞争对手DC漫画更具有优势。第68期（1969年1月刊）中，蜘蛛侠开始陷入“校园危机”。第78期（1969年11月刊）里，一个年轻的黑皮肤的窗户清洁工霍比·布朗（Hobbie Brown）被他那戴有种族主义有色眼镜的老板解雇了。身负沉重的家庭负担，他决定铤而走险、盗窃东西，但蜘蛛侠出手阻止了他。不过，蜘蛛侠没有将这个黑人清洁工交给警察，而是让他回到了家人身边（“这就是漫威的真实之处”）。《神奇四侠》在1966年7月发行了第52期，黑豹在其中初次登场，后来脱离了

《神奇四侠》，独立出现在杂志中。在今天种族多样性广受推崇的情况下，《神奇四侠》比《蜘蛛侠》更加顺应时代发展的趋势。随后DC漫画开始效仿漫威，在1971年推出了著名的绿灯侠和绿箭。这两个杰出的人物艺术形象由艺术家尼尔·亚当斯（Neal Adams）创作，至今依旧经典。20世纪60年代后期，漫威已经非常擅长把时代精神融入人物行为，也正是这时候，我虽然远在大西洋彼岸，也情不自禁地被这种讲述当代美国历史的漫画所吸引，尽管漫画版本多多少少会让现实扭曲失真。下文我以迷幻剂为例具体阐述这一点。

李安的电影《冰风暴》（*The Ice Storm*）以青少年保罗·胡德坐上开往冰风暴的火车为开场，多少在影射最新一期的《神奇四侠》。电影取材里克·穆迪（Rick Moody）的小说《冰风暴》。正如里克在书中所说，神奇四侠去年遇到了麻烦。神奇先生里德·理查兹固执于科学实验，沉迷在拯救世界的小发明中，没有好好尽到丈夫和父亲的责任，与隐形女侠苏珊分居。《神奇四侠》的第141期是“神奇四侠的终结”，这种连载家庭剧在负空间[1]迎来了关键时刻。正如穆迪所说：“自然法则在宇宙的另一

① 负空间，Negative Zone，漫画《神奇四侠》中宇宙的另一维度，神奇先生经常带领神奇四侠去探索这个新世界，后文以此来比喻毒品LSD解放主义者探索LSD给人们精神世界带来的新体验。

维度发生着微妙的改变。”为了保罗，也为了实现小说和电影的更大抱负，《神奇四侠》第141期讲述了“一些关于家庭的真实故事”，从而提供了一个虚构的、永恒的维度来解释彼时彼地的郊区家庭发生的一切（即以我们读者的视角，从当时当地郊区的角度来看待发生的事件）。

1966年6月发行了《神奇四侠》第51期，有一次里德出门办事，就在那时，他第一次偶然进入了负空间。1967年4月发行的第61期和1968年11月发行的特大号第6期中，里德再次进入负空间。里德在这三个时间点进入负空间并非偶然，联系当时的背景，美国迷幻剂LSD解放运动开始达到高潮。从20世纪50年代末开始，一个逐渐扩大的群体，也是解放运动的发起者，包括著名的阿道司·赫胥黎（Aldous Leonard Huxley）在内，这批人一直谨慎地在“感知之门”之外探索“另一个世界”。但直到20世纪60年代中期，相当大的一部分美国人才准备借用“暴风雨天堂”——这一说法来自一本影响深远的书，即杰伊·史蒂文斯（Jay Stevens）的《暴风雨天堂》（*Storming Heaven*）。史蒂文斯在题为《身在负空间》（*In the Zone*）的有关章节里（显然是为了方便读者理解才如此命名）记录了理查德·阿尔伯特（Richard Alpert）的尝试。理查德是LSD运动的主要驱动者之一，同时也是哈佛大学的助理教授，他“突破自我，戳破了那层启蒙的面纱”。LSD研究中心在米尔布鲁克的豪宅，每逢周末就吸引来不少好奇的看客，心理学教授蒂莫西·利里用诙谐庄重的语调在此重复神奇先生的话，我们的目的就是告诉人们“人类的大脑就像一台储存130亿个细胞的计算机”，让人们知道“他们应如何意识到没有边界的新维度”。有些客人会被吓跑，就像利里自己所说，客人恐惧自己“落入一个疯子科学家的手里”，仿佛教授是一个毁灭博士般的超级恶棍。

保罗·胡德认为银影侠这一人物形象绝对是“迷幻剂的产物”。当然，斯坦·李和其他在漫威任务控制中心——即“牛棚”——的工作人员一定已经意识到，越来越多的读者想要获得可让他们变得极度兴奋的东西，或者更委婉地说，他们想要那些可以带来间接体验的东西。在负空间的冒险也正是人们想要的“间接体验”。里德第一次进入“负空间”时，用赫胥黎《知觉之门：天堂和地狱》（*The Doors of Perception*：*Heaven and Hell*）的话来说就是，“宇宙似乎正在自我撕裂”。里德说：“这几乎超出了肉眼的承受范围！”“我实际上是在以三维视角看四维宇宙，这种感觉简直难以形容。”四维宇宙里，颜色变深了，各种形状和图案都围绕着里德旋转。“一切都在非常快速地运转！宇宙俨然变成一个巨大的万花筒，带给你惊奇的光速和声速体验。”

《神奇四侠》特大号第6期中，就像老手利里教授引导人们穿过“通往另一个世界的大门”一样，在光怪陆离的环境中，里德对石头人本·格瑞姆和霹雳火约翰尼·斯通说：“我们正在进入最全面的扭曲区域，需要几分钟来调整视力，以适应这个崭新的环境，才能把眼前看到的形象准确地传送给大脑。”1973年，也是《冰风暴》小说中的故事所发生的年份，神奇四侠和读者最喜欢到负空间获得间接体验。神奇四侠和衍生人物银影侠越来越多的冒险，就算不是发生在负空间，也会在宇宙的某些角落爆发。形象地说，这些角落和负空间实际上就是一回事，没什么区别。

这对于保罗·胡德（一个吸食大麻的新手，从吸食大麻逐渐发展到使用迷幻剂）来说，其吸引力是直接而且显而易见的。由于不那么明显，也并非那么直接，我到现在都还一直弄不清楚，自己后来对迷幻药的兴趣是不是由漫威漫画引发的。但我能肯定的一点是，正如索姆河战役通过家庭追忆被逐渐理解，二战通过Airfix模型得以生动重现，这种有趣的美国生活漫画书无疑是我接触课外历史最重要的途径。就像我通过Airfix模型了解了两次世界大战一样，我也从漫画书中学到了很多东西，开始摸索并找到方向，也开始独立思考。

城市的摩天大楼壮观到让人眩晕。第48期和49期中，蜘蛛侠在大楼上对战秃鹫，曼哈顿的建筑开始给我一种神奇的感觉——就像待在自己家里的舒服自在和熟悉感。当然，这些漫画中的城市景观——50层楼高的建筑物、广告牌、水塔、消防通道、高架火车——不同于我在现实生活中见过的那样。跟大多数孩子一样，我想象自己也是蜘蛛侠，在切尔滕纳姆上空悬挂出蜘蛛网。遗憾的是，切尔滕纳姆的建筑太分散、过于低矮，导致这些想象不太可能实现（蜘蛛侠没有去过切尔滕纳姆，但在1971年4月第95期中，彼得·帕克意外地在一次恐怖分子劫机中被抓获，蜘蛛侠也因此去了一趟伦敦）。相比之下，我最早接触到的漫威漫画体现了纽约平凡之力与神话力量的紧密交融，比如大家公认最滑稽的《雷神》。

《丹迪》和《比诺》还只是简单的漫画，而《漫威》的内容却涵盖了整个宇宙。对《漫威》了解得越深入，就越能发现它是如此包罗万象。为什么这么说呢？《漫威》某个标题中的人物经常跑去另一个故事客串（《神奇四侠》的霹雳火和蜘蛛侠就经常出现到对方的文字里面），所以读者可以从每本杂志中看到一个想象力完整的漫威世界。发生在宇宙某个角落的事件常常在另一个事件中带来连锁效应，例如《超胆侠》第38期在《神奇四侠》第73

期中所产生的连带效果①。各个标题中的事件“有凝聚力而且相互关联”：“漫威会在每个小片段中呈现出各个片段的关联性和完整性”，“漫威不存在孤立事件”。以上引用的评价来自罗伯托·卡拉索一本关于希腊神话的书《卡德摩斯和哈墨尼亚的婚姻》，我不过是把其中“神话”二字换成“漫威”而已，观点完全可以照搬过来。

肯·克西说过，超级英雄的传奇故事是美国的真实神话；当代英国没有什么类似的神话版本（这也是为什么我必须追溯到二战，才能找寻到“我们这一代人最美好的时刻”，英国战役）。这一最初的卓越见识——肯·克西的说法——启发了许多后来由此演化而来的批判性观点。许多年轻的英国批评家经常在他们滑稽的驳斥中表达自己的观点。比起英国当代小说家，美国小说家更具优势，他们能

---

① 看了李安的电影《冰风暴》（即促使我写这篇文章的影片）几天后，我看到吴宇森的电影《变脸》（*Face / Off*）。影片中约翰·特拉沃尔塔（John Travolta）和尼古拉斯·凯奇（Nicolas Cage）最终都潜伏到了对方的身体里，从而重新演绎了《超胆侠》第38集的故事。在《活着的监狱》（*The Living Prison*）中，我们看到“在末日博士的身体里有超胆侠，在超胆侠的身体里有末日博士，二者彼此战斗（引用漫威系列清单）”。在《神奇四侠》第73集的时候，超胆侠和末日博士又重新回到了各自的身体里，但是神奇四侠没有意识到这一点。但在《客串明星大丰收》中读者能得到相关暗示：瑞德扮演的是一个胆大的人，雷神托尔则用雷神之锤把东西击出来，蜘蛛侠和人类火炬互相环绕。

无限接触到神话，比如最近唐·德里罗的《地下世界》。反过来说，这也正是为什么美国作家，而非英国作家，塑造了整整一代英国读者的文学情感，这一代读者现已年近四十。

我总认为自己是在文法学校受到英语老师的影响，在被老师鼓励去阅读像《儿子与情人》这样的著作时，我的生活才开始偏离阶级和家庭规定的模式；也就在那时，我开始追寻申请奖学金不断深造的老路。现在我才意识到，当年买《蜘蛛侠》第46期时，奖学金早该拿了！因为那时的漫画已经让我偏离了传统的既定模式了。

就像劳伦斯所说的赞美诗对他幼稚的意识产生了深远的影响，超级英雄漫画对我的影响也非常大，它们培养了我作为读者的鉴赏力，在某种程度上也帮助我形成了自己的写作风格。总之，漫威对我的影响无处不在，无法用语言来形容。

约翰·福尔斯（John Fowles）在《法国中尉的女人》（*The French Lieutenant's Woman*）的一篇著名散文中，讲述了他六岁时第一次看电影的情景。从那时起，他每周至少看一部电影："如此频繁重复的经历怎么可能不给一个人的想象模式留下深刻的印记?"福尔斯是这样总结的：这种"想象模式太深刻了，根本无法剔除"。对我来说，我的想象叙事模式一开始就由漫画衍生而来。有一次采访时，一位美国记者问了我这么个问题，从字面上更确切地说出了我的想法，他说："作为一名英国作家，在纽约写《然而，很美》，描写关于美国爵士乐音乐家的场景难不难？"不，其实不难。写这篇文章的时候我就住在美国。但现在仔细想想，之所以不难，也是因为我小时候读过的超级英雄漫画啊。钢琴家巴德·鲍威尔（Bud Powell）处于间歇性精神错乱边缘的时候，曾在曼哈顿漫步，他唱过这么一段歌词。

> 街上又出现了烧毁的建筑物，砖石潮一般朝他涌去，阴影笼罩着他。透过一家商店红色与银色交织灯光，他瞥见了自己。他想，自己是不是玻璃做的。他踢了一下窗户，看见自己的倒影在碎片中颤抖，在寒霜中僵硬，然后天下起温柔的玻璃雨，他的脸在地上摔得粉碎。

这些歌词浓缩出了人们对纽约建筑物的记忆，记忆中有关纽约建筑的场景不就经常被超级英雄弄得一团糟吗？

1965年9月到11月，漫威漫画连续三个月自诩为"漫威流行艺术"，也让我第一次感受到人们对视觉艺术的歧视。我不再偏爱哪些艺术家，不再固执地认为"有些艺术家必定比其他艺术家**好**，或者相较于其他艺术家，我更喜欢某些艺术家"。从初中到大学中间不间断的六七年，我一直对蜘蛛侠或神奇四侠忠心耿耿，不过在大学毕业之后，我开始收集一些其他漫画家的书，如尼尔·亚当斯、伯尼·赖特森（Berni Wrightson）、巴里·史密斯（Barry Smith），尤其是吉姆·斯特兰科（Jim Steranko）的漫画作品。

这些漫画家高度个性化的视觉风格获得了越来越多的自由。在通常情况下，他们发行几期出色的漫画并达到创作顶峰，然后，由于无法按月完成艰巨的月度创作，他们便开始走下坡路，或者转而承接另一些作品任务。例如，斯特兰科的最佳人物创作就分散在不同的作品中，《尼克·弗瑞：神盾局特工》（*Nick Fury: Agent of S.H.I.E.L.D.*）发行的那十几期体裁新颖，《美国队长》（*Captain America*）第110、111和113期的发行轰动一时，《无敌浩克》（*The Incredible Hulk*）特大号第1期的封面独树一帜。尼尔·亚当斯的人物作品更加分散，继《复仇者》和《X战警》几部不同寻常的作品之后，他就换了东家，转而替DC漫画工作，创作了《蝙蝠侠》《绿灯侠》和《绿箭侠》。

岁月流逝。漫画让我对其他艺术家也产生了兴趣，最初是罗杰·迪安（Roger Dean），后来是像达利这样真正的流行大人物。即使对艺术史有了更广泛的了解，我的喜好和特殊兴趣依旧来自早期接触的漫威漫画的影响。简而言之，我喜欢米开朗琪罗，我喜欢他令人着迷的极端扭曲的形象显然来自漫画艺术大师杰克·柯比（Jack Kirby，神奇四侠的创始人和吉姆·斯特兰科的导师）对我的影响。

去年秋天，我度过了一段非常棒的时间，让我们暂且称之为“高度自传时刻”。罗马圣伊格内修斯教堂因其穹顶绘有画家安德烈·波佐（Andrea Pozzo）的错视画远近闻名。不过，走进教堂抬头看看，你会被中央中殿的拱顶吸引，那也是波佐创作的史诗壁画。《圣伊尼亚齐奥的荣光》（*The Triumph of Saint Ignatius*）于1694年完成，古代故去的圣徒在令人惊叹的壁画中一决胜负。通过透视缩短法，波佐以四条枕梁代表世界各大洲，画面逼真，令人眩晕，其中一面好像一幅巨型穹顶神图，一美国女子手拿长矛站在摇摇欲坠的木条上，两个壮硕的男子从木条上被挤下，坠入虚幻的空间。

按照弗洛伊德的说法，无意识中没有所谓的“时间”，意识本身在某些紧张的时刻也没有“时间”的概念。望向这满是画像的穹顶，我仿佛感受到了以上所说的短暂的眩晕。30年过去了，此刻这个欣赏着罗马巴洛克式壁画的男人，已不再是那个当初在切尔滕纳姆买下第一部漫威漫画的男孩。时间飞逝，30年岁月仿佛过眼云烟，而漫威给我的“奇妙感”依旧不变。

写于1998年

紫罗兰的骄傲

4月，我回到格洛斯特郡参加姑父埃里克的葬礼。姑父在车里自杀身亡，当时车子起火，车内烟雾气体弥漫，烧毁了车库，大火也把房子烧毁了一部分。

房子是姑父自己盖的。白天他在外面当砖瓦匠，晚上和周末就在自己家里盖房子。父亲在葬礼后告诉我们，姑父其实在刚建完房子后不久就曾经试图自杀过，那是第一次自杀的经历。

葬礼当天，我从帕丁顿搭乘第一班火车。疾驰的火车飞速开往格洛斯特郡，我在车上缓缓读起伊沃·格尼（Ivor Gurney）的《诗选》（*Collected Poems*），心情有点复杂，夹杂些许艳羡和沮丧。1890年，格尼出生在格洛斯特，他的作品大多是关于自己家乡的。格尼在一战的战壕中创作诗歌，他一遍又一遍地对比法国北部的风景和家乡格洛斯特，感叹这两个地方何其相似，既给人宽慰，又让人备受折磨。恰逢一战期间，格尼的第一本诗集在1917年出版，书名就叫《塞文和索姆》(*Severn and Somme*)。

我和父亲约好在斯特劳德见面，那天他身着黑色西装。在佩恩斯威克酒店附近，我们在路边找了一个地方停车，我也换上了父亲带过来的干净的白衬衫和黑色领带。

姑父埃里克的家在舒丁顿，母亲在那边等我们。埃里克的妻子丁克（我的姑妈）、女儿安妮、外孙子外孙女都在家里。房子的一边——也就是车库的位置——被火烧得黑乎乎的一片。埃里克的一些工具已经整理干净，被放在了门边，一共包括五六件东西，我都不太认识，只有一把铲子是我唯一能信心十足地叫出名字的器具。

附近的教堂步行几分钟便可到达，我们一起走到那儿，其他的亲戚也在那里等着。有许多亲戚我已经十多年没有见过面了，他们都没怎么变，甚至莱娜姑姑都还是跟以前一样，上次见面的时候，她玩足球博彩赢了50万英镑。

我的祖父和外祖父都是农场工人。两个家庭都是做些搬运和挖掘的体力活儿，把生命献给了艰苦的劳动。因此，从基因继承的角度来说，我们这些子孙本应拥有宽厚结实的肩膀，但也可能因为基因突变吧，我们的体格却宛如厄舍[1]的后代，纤细瘦弱。我和父亲都跟叔叔吉姆一样，

① 厄舍，出自爱伦·坡的短篇小说《厄舍府的倒塌》(*The Fall of the House of Usher*)，厄舍身形枯瘦，面容惨白。

身高6.2英尺，瘦如竹竿。埃里克呢，身高六英尺多。他的兄弟马斯也是个搬运工，更高也更瘦。

灵车载着棺木进入墓地，经过了爷爷奶奶的坟墓。他们在我出生前两年的六个月里，也就是1956年，离开了我们。墓碑上的字迹依旧清晰可见，因为父亲的妹妹琼经常过来打扫墓地。琼姑姑一生都没有结过婚，现在仍住在他们兄妹几个一起长大的老房子里。

我很少听父亲提起祖父。直到最近我才知道，一战的时候，祖父也在格洛斯特服过役，和格尼的军团一起作战。

家族遇到任何危机或困难，亲戚们第一时间想到的就是向我父母求助，因为他们都知道我父亲是值得信赖的人。父亲今年71岁，母亲也66岁了，但在埃里克下葬后，他们依然帮外甥伊恩清理了旧车库烧黑的废墟，还帮他们修建了一个新的车库。清理车库的时候，正是父亲发现了埃里克留下的一张便条："对不起，我无法继续走下去了。愿上帝保佑你们！"那天早上，姑父吻别了即将去上班的丁克，之后便走进车库，再也没有出来。

礼拜日的时候我坐在父亲旁边。父亲讨厌与教会有关的一切活动。大家起身一起唱歌，父亲手捧赞美诗，眼睛却不愿意看它。（他后来说自己喜欢《生命中的赞美诗》中的一些曲子，但是不太喜欢里面的歌词。）众人跪下祈祷，长腿紧挨着前排的长凳，而父亲甚至连头都没有低下。我第一次如此为他感到骄傲，眼里满是泪水。

牧师的悼词讲到了埃里克如何“移居”到10英里外的一个村庄——舒丁顿，之后如何把舒丁顿当作自己的家。牧师说，埃里克是一名“石匠”。这让我想到了裘德，一名想进入牛津大学却始终被拒于门外的石匠。在舒丁顿周围的村庄，人们可以看到埃里克制作的纪念碑，外形和他建的房子一个模样。纪念埃里克最好的纪念碑大概是他那建于己手亦毁于己手的房子吧。礼拜的最后，牧师赞美埃里克是个好男人。这话听起来有点平常，却令人感觉异常沉重。他很好，是个真正的男人！如果说这句话哪里真有点不一样，那是因为这句话所赞美的人的确与众不同，他的人生具有特别的意义。正如劳伦斯在一篇文章里所讲，真正的男人乃“勇敢者、守信者、慷慨者”。

棺木还没入土，安妮一边扶着母亲，一边手捧泥土，一抔一抔地撒向棺木。

我们回到丁克的家里，母亲泡了些茶，做了点三明治。很快，花园里挤满了前来送别的人们，都是些高个子。天气很好，从花园里，我们还可以看到那块教堂墓地，埃里克永眠的地方。蓝天闲云下，小溪旁绿草茵茵，羊群啃食着田野里翠绿的青草。我伸手向伊恩的妻子问好，伊恩介绍说我是“牛津大学毕业生”。接着，埃里克的哥哥马斯跟我谈到了战争和二战。他说自己参加过北非战役，在蒙哥马利第八军服役，之后又在意大利服役。退伍后，他非常反感军队，厌恶自己在战场上曾经的见闻和所作所为，甚至因此还在森林里焚烧了部队的制服和所有文件。这些事情，他还从未跟别人提起过。

战争结束后，马斯余生一直饱受噩梦和抑郁的折磨。等大家回到家后，我才从父亲那里得知，姑父家族有抑郁症病史，也就是在那个时刻我才知道，埃里克早些时候也企图自杀过。

我和母亲、父亲三人一块吃午饭，聊起了埃里克的葬礼。伊恩坚持要让自己的父亲葬在教堂墓地，他认为这可以给自己一些安慰。我也建议父母去世后和埃里克同葬于此，没想到父亲却坚持火化。在他看来，人死后一了百了，什么都不知道，埋在哪里都一样，没区别。

但埋葬在哪里真的没区别吗？

拉雪兹神父公墓是一块庞大的亡魂安息地，离我住的地方只有15分钟的路程。时不时遇上有朋友过来逗留，我就带他们去公墓走走，但无论如何，除了为人们逝去的亲人葬于吉姆·莫里森附近感到悲伤，我对那个地方其实没什么强烈的感情。伟大作家奥斯卡·王尔德也长眠于此，但我从没偶遇他的墓冢，亦没有去寻找的冲动。

午饭后，我回到卧室，坐在桌旁翻看初中和高中学习过的书本。我把自己所有的书都存放在这里，每次回家就花一两个小时看看。出生在我祖父家附近奥斯威斯特的威尔弗雷德·欧文[1]长眠于法国的奥赛公墓；而出生在诺丁汉郡伊斯特伍德的劳伦斯很长一段时间也安眠于法国，后来他的遗体被挖掘并火化，重新埋葬在新墨西哥。那本雷蒙德·威廉姆斯的书呢？我不记得自己将它放在了什么地方。我在自己的藏书中找不到一本与劳伦斯相关的悲剧，不过在《文化与社会》（*Culture and Society*）这本书的旧俚语版本里，雷蒙德揭示了答案："工人阶级男孩劳伦斯的悲剧，就在于他没有活着回家。"

欧文死于战场。格尼与欧文不同，他逃离战场，回到了祖国。1918年6月，他声称要自杀，并因"延迟性炮弹休克症"被遣返回国。同年10月，他回到格洛斯特郡。但在1922年，他又威胁说要自杀，结果被关进了巴恩伍德的疗养院，在伦敦市精神病院度过了自己最后十五年的生命。

1937年，格尼葬于特威格沃思。在他的诗作中，哈特雷小溪流经我们院子中的花园，流经离特威格沃思不到半英里的地方。格尼的信件和诗歌中出现过很多地名，有的甚至是用法语写的——克里克利、克兰汉姆、伯德利普、库珀山、莱克汉普顿、切尔滕纳姆、斯特劳德……这些都是我熟悉的名字，它们承载着我关于童年、家乡和亲人的

① 威尔弗雷德·欧文（Wilfred Owen，1893—1918），英国诗人、军人，被视为一战最重要的诗人。

回忆。

父亲开车送我到斯特劳德等开往斯温登的火车，再换车前往伦敦。我计划几天后从伦敦飞往法国。出发去车站之前，我父亲看着家里的花园说："把鸟儿和花儿都拿走，世界上就没有剩下多少美了……"

那天火车晚点，看起来还要更晚一些车才能进站。当时天气不错，我们也不介意在外面等待，于是我先在附近的书店逛了一会儿，然后和父亲在停车场聊天。

一小时后，火车仍然迟迟未出发，但英国铁路公司等不及了，只好请出租车载着乘客前往斯温登。我和父亲握了握手，和往常一样，父亲递给我两张五英镑的钞票，一张是他给的，一张是母亲留给我的。

车穿过科茨沃尔德前往肯布尔。透过一排排茂密的树篱，我们看见了"绿宝石般可爱的田野"，看见了草木葱茏、鸟语花香，看见了坚固的石墙、金灿灿的油菜花、摇曳于空中的云彩，还有格尼诗行里的田野：

田野间
羊群无忧无虑
啃食翠绿
纵然你们从未相见……
他已骄傲离去
让我们为他覆上

高贵的紫罗兰
这美好的紫色
来自赛文河畔

写于1993年

独生子

自传始于孤独。

——约翰·伯格

母亲常爱讲一句格言，“放下棍子，宠坏孩子”，她很赞同这句话。不过，她认为这句话不是在**警告**父母溺爱孩子的危害，而是**鼓励**父母“放下棍子”，不要打骂孩子，要“溺爱孩子”。母亲的天性本来就很纵容独生子女，如今有了这句格言的支撑，我究竟会被溺爱到什么程度呢？一天早上，课刚上到一半，父母突然来学校接我，那时我大约八岁，满口胡言乱语，跟老师说可能是因为他们想给我买玩具才把我接走。可事实是因为祖母身体病危，我们要立刻赶去什罗普郡。父母溺爱我还有另一个原因——我自小就是一个病秧子。上小学那会儿，我经常旷课在家，以至于训导员过来家访。那段时间我总是生病，有一阵子还去医院切除了扁桃体和腺样体——英国医疗服务体系当时很完善，这是老百姓的救命稻草——父母每天都会给我带来一本毕翠克丝·波特[①]的书。我没有兄弟姐妹，很开心不必和别人分享玩具。作为独生子，我在圣诞节和生日可以收到更多礼物。

我的父母生长在20世纪30年代，从小便省吃俭用。到了我这一代，他们便无比地溺爱我，而且希望在节俭和纵容两种方式之间达成平衡。11岁前，母亲一直在我的学校食堂打工，给学生分餐。后来，我离开了家乡，她就跑去医院当清洁工。父亲是一名加工金属板材的工人。父母不太敢花钱，更多时候是通过省钱来“存钱”，因为他们觉得没必要花钱雇别人来给自己干活。一方面，他们一直很宠我——因为我是独生子，而且从小体弱多病；另一方面，平时生活支出的都是些小开销，永无止境的精打细算和省吃俭用成了这个家的第二天性。如果我从小就能“要什么有什么”，那么部分原因是诸如“我们买不起、东西太贵了、不买生活也过得下去”这些理由早就磨灭了我的欲望，所以事实上我也没有向父母索求太多。每每商店里有东西吸引我的眼球，问爸爸能不能买，他总是说：“哎呀，你肯定不会想要这个玩意儿的！”我只想说：“但是我

① 毕翠克丝·波特（Beatrix Potter，1866—1943），英国儿童文学作家。

真的想要。”但过了一会儿后，我也的确失去兴趣不想买了。（我到现在都不知道，父亲是否无意识地使用了“想要”一词，这实际上就是早期使用“匮乏”一词的旧义，自那以后，资本主义承诺将竭尽全力，使两个词语不再具有含义上的区别。）

如果我想得到最喜欢的足球队切尔西队的复刻版球衣，母亲就会买一套便宜的蓝色球服，然后在衣边缝上复刻版的白色条纹。如果是我喜欢的电影形象机动人的衣服呢？也是她自己做来给我。那桌上足球呢？她就买一块绿色的台面呢布料，然后在上面画线。我们家逛超市的时候从来没有用过手推车，只用篮子。一切东西，我们都只买最便宜的。长大后——应该是14岁的时候，我想要一件宾舍曼牌子的衬衫，母亲对我说：“买名牌衣服，不过是买个标签罢了。”我们很少去度假，主要是因为一度假就要花钱，那可是父亲最不喜欢的事情。我们没有出过国，就去伯恩茅斯和布里斯托的小城待了几天。那是我22年来第一次坐飞机，这可不是在开玩笑。有一天，多云天气，在海滩上，我把母亲的脚埋进沙子里，过了半小时就把这一切都忘了。后来我把铁锹插进沙子里，正戳中她的脚。那几天经常下雨，我们做了一件在家里从没做过的事——看电影，其实就是看大屏的电视吧，结果看了两部在家里电视机上已经看过的影片：《莫克姆与怀斯》（*Morecombe and Wise*）、《斯特普托和儿子》（*Steptoe and*

Son)。比起度假，父亲更喜欢利用他休假的时间在家里工作，或者填补车道，或者整修车库。

不管以何种形式度过，一个人的童年似乎是再平常不过的了。多年后，我才明白自己是在相对贫困的环境中长大的。如果我们要什么有什么，那仅仅是因为节省开支的消费习惯已经深入骨髓——大家都自觉沿用了二战期间引进的定量配给政策。父母对我们的影响是方方面面的，我同样有节俭的生活习惯，但同时也表现出互相矛盾的另一面。一离开家，我就变成了乱花钱的人：如果买了一条巧克力，我就狼吞虎咽般将整块吞下，而不是给自己计划定量，然后一块两块慢慢地吃。我变成了一个花钱大手大脚的人，不再精打细算。但我同时也能靠微薄的收入活下去，并且不牺牲生活需要的品质（对于想成为作家的人来说，这是一种宝贵的技能，也几乎是所有作家的特质）。就算缺乏大多数当代人理所当然地认为该有的必需品，我的生活也不会因此变得艰辛。事实上，我就是靠着政府的救济金，拮据生活了很多年。我很满意自己能做出这样的妥协：拿到的钱虽少，却为自己赢得了更多的时间。即使是现在，今年我已经50岁了，要是让我在伦敦坐个出租车，我还是觉得挺烦人的呢。

我们住的是那种附近有很多家庭的连排屋。房子后面的小路上，很多小孩经常在那玩耍。学校旁边有一家娱乐中心，走路不到10分钟就能到，可以在那踢踢球、跑跑步，活动活动，在那里不愁找不到玩伴。但总有一段时间，我必须回到家，回到一个伙伴都没有的地方，回到父母身边。有些时候，怎么也找不到人一起玩。那些漫长的下午时光，我至今记忆犹新啊！对于一个孩子来说，那是怎么也打发不完的时间。父亲被格洛斯特飞机公司裁员后，在一家尼龙厂里工作了一段时间。一天下午，父亲在睡觉，我找不到人一起玩，只好安静地待在家里。现在回想起童年，记忆中这样的下午依然清晰：几乎又孤独又无聊。我从来没有摆脱过这种无聊；事实上，我已经习惯了，也甚至没那么在乎了。还是个孩子的时候，我就过着无聊的童年，我误以为那是生活的常态。

祖父母住的房子总是很潮湿。每次一家人开车过去后，总会有一些东西等着父亲去修修补补——这又是父亲牺牲假期用以工作的证明。去祖父母家的那条新修的高速公路，我们从来没有开上去过，那条路当时对我来说充满了魅力，但现在看来这种魅力几乎无法理解，因为它只是意味着高速的反义词——低速，总是因为绵延几英里长的车龙塞车延误，好像那条路上有一个个隐形的收费站似的。走普通公路更便宜些，因为是慢车道所以便宜。（父亲从不给汽车加满油，这是他最没有意义的省钱方式之一，每次他只装半个油箱，这样我们几乎老是要停下来加油。）“做事磨蹭”不知怎么也变成了省钱的一种方式。别的车总能追上我们，每次有人从我们的天蓝色沃克斯豪尔小车旁边呼啸而过，母亲就抱怨说“这人也太着急了”。那时我多么希望自己坐的车能开快一点，哪怕有一次能开快一些也好。“急急忙忙”看起来才刺激好玩呢。

不仅是开车，我们那时做每件事都是磨磨蹭蹭的。我很多时候都在等待中度过。父母告诉我，耐心是一种美德。结果我反而变成了一个没有耐心的急躁鬼。如果我年纪再大一点，那可能是D. H. 劳伦斯的风格，劳伦斯说，他年轻的时候几乎没有耐心；现在他长大了，更是根本一点耐心也没有。我喜欢匆忙的感觉，这让生活变得有趣。记得我第一次去纽约的时候，旁人行色匆匆，忙忙碌碌，这倒让我感觉非常放松。但同时，我最后的生活又回到曾经无聊的午后，找不到玩伴陪伴我。由于不知道干什么才好，我最后不得不想点法子让自己娱乐一下。童年时感到无聊就想着画画或是做点手工，后来长大了就开始写点东西，就像我现在正在做的一样。这不仅变成了一种习惯，而且慢慢演变成了他人勿扰的专属时间。现在如果我要做点什么事情，就需要几个小时一个人待着，独立做完。但从另一方面来看，与其说我热爱作家的生活，还不如说我喜欢有人陪我一起玩耍。我喜欢周一、周二、周三或周四的下午在公园打打网球。只要你想要玩游戏，我都有空陪你。

无论是从音乐、艺术和文学上说，还是从更大的意义来讲，文化这种东西在我们的生活里完全缺席。当时没有社区生活，工人家庭的生活单调乏味。雷蒙德·威廉姆斯和托尼·哈里森（Tony Harrison）离开家乡去上大学的时候，他们曾经的单调生活反倒成为一个平衡点。小的时候，家里只有父母和我，还有电视。我们买了一台录音机，但大约一个月后，父亲不再买唱片了，汤姆·琼斯[1]的《在那河畔青草青》（*The Green, Green Grass of Home*）是家里买过的最后一张唱片。有时我们会去拜访亲戚，比如住在舒丁顿的哈利叔叔和莱娜姑姑。哈利家里养着一条小灵犬，他们家里总是充满了狗的气味，一到那里我就老打喷嚏。除了一直体弱多病外，我还对猫毛和狗毛过敏。我的琼姑妈也住在这附近，只隔着几户人家，也住在阴暗的政府救济房里，家里到处是鸟类标本，她和我父亲以及我的其他姑姑都是在那儿长大的。琼姑妈养了条贵宾犬，她房子的气味比哈利叔叔那儿还要难闻。这大概是我第一次走亲戚还要忍受人家家里的味道。我只有一个堂妹，她也是独生女，和我年龄相仿。其他的年龄比我大很多，大部分住在另一片地区。父母从来都不是爱交际的人，母亲从小是卫理公会教徒，从不喝酒。夏天我们偶尔也开车出去，找个有花园的小酒馆，找点乐子，但父亲从来不曾独自去小酒馆见朋友。我们家也从不去餐馆吃饭。除了探亲，我们基本上就待在家里，因为这样省钱。冬天，天黑

---

① 汤姆·琼斯（Tom Jones，1940—　），英国歌手。

得很早，我们就锁上门，拉上窗帘，待在家里，我也挺喜欢这样。

这就是独生子的童年，没有兄弟姐妹，只有一个堂妹，也没有宠物，除了从集市上用装满水的塑料袋带回的几条金鱼，而且不久就死掉了。父亲极度反对我养宠物。他讨厌狗，因为它们汪汪乱叫。他讨厌猫，没有什么特别的原因，就是不喜欢它们。既没有宠物，也没有兄弟姐妹，这一点对我是有不良影响的。我从父母那里得到了太多太多的爱，但除了孩子对父母本能的爱之外，在学会如何爱别人、照顾比我脆弱和更需要帮助的人这方面，我几乎没有任何经验。几任女友抱怨说我甚至连拥抱都不会。若一定得拥抱他人，我一般就是站在那里，像一件外套一样被动地耷拉在人家身上。某种程度上，我认为自己是那种需要被拥抱、被安慰的人。从小没有宠物、没有兄弟姐妹的童年，也许是我不想要孩子的部分原因。我在这里说得很婉转，实际情况比这更复杂，我不仅没想过要孩子，而且一直非常讨厌要孩子的想法。坦白说，我不明白为什么人人都想要个孩子。事实上，随着年纪越来越大，我发现别人对事情（不管什么事）的感觉或想法都与我不同，这让我越来越震惊。我很惊讶，有时甚至觉得恼怒，这个世界有悖于我理想中的样子。也许这也与我是独生子有关吧。

我不必和兄弟姐妹分享玩具，所以自然而然地成了一个收藏家。我收集了各种卡片，Airfix士兵和漫画。不管是什么东西，我都喜欢整理，喜欢按照某种顺序把它们排列收纳，这个习惯一直保持至今。我花了很多时间做飞机模型、玩拼图，这些事情我都能一人独立完成。(母亲有一种特殊的拼图方法：先挑出边上的图案，做成一个空的、不稳定的框架，然后往中间填充。换句话说，我们的拼图方法是严谨而有条理的。工作已经渗透到父母生活的方方面面，甚至休闲活动也变成了劳动。)我想说的是，我展示了独生子女惯有的能力——丰富的想象力，但认为还算不上"富有想象力"，除非一些只适合两个或更多玩家的游戏，我能找到方法，让自己一人也玩得了双人游戏。年近四十的时候，我在英格兰南海岸的布莱顿买了一套公寓。这个地方足够大，放得下我长久以来想要的东西：乒乓球桌。问题是我在布莱顿几乎不认识任何人，除了周末从伦敦过来的朋友，没有人陪我玩。我的思绪常常回到童年，回到那张铺满台面呢的足球桌上。那张偌大空荡的桌子见证了我自己玩游戏的所有时光。玩桌上足球的话，必须同时对付两个进攻队员并且控制对方守门员，我一人玩几乎是不可能的。但是我一个人玩得了大富翁，玩得了妙探寻凶。当我最后真真正正去做了以后，学会自我安慰似乎是童年自然而然的结果。

偶然发现上述"一人游戏"的几年后，我发现了另一项好玩的活动：读书。我通过了小升初考试，进入了切尔滕纳姆文法学校。在那里的前四年，我待人冷漠。后来大约15岁的时候，在一位英语老师的影响下，我在功课上有了不错的表现，也花越来越多的时间阅读书籍。我通过了所有的高中入学考试，并继续为大学入学考试努力。上初中的第一年，我们家从连排屋搬到了一个有三间卧室的半独立式房子。我想，如果有兄弟姐妹的话，我还有安静的学习空间吗？这很难说，但是阅读和学习填补了长期以来记忆中的无聊时间。它填补了我的空白，也创造了另一个空白。

选择大学专业的时候，父亲说不要选历史，因为他认为历史都是过去的事情了。他还给了我另一条忠告："不要写任何东西。"我那时特别珍视他的意见。从16岁左右开始，我发现最好不必理会父母给我的大多数忠告。不过，我最终还是选学了经济学而不是历史。

高中第一年的时候，我就知道我会去上大学。我将是家中第一个上大学的人——我已经是第一个考大学或者攻读类似课程的人。随着考试时间的临近，一切都预示着我会考个很高的分数，除非我考砸。我的英语老师建议我试一下牛津大学。父母通过大学生的一档知识竞赛节目才知道牛津这所学校。当然，他们很开心我能去牛津上学，但是对于"其他父母不让孩子继续读书；孩子得开始帮家里赚钱"这种现象，他们的反应很大。不让孩子读书的决定非常愚蠢，而且显然也是错的，我一点也不喜欢这种愚蠢的想法。虽然他们不知道牛津是什么，但一想到我上大学的前景，他们就和我一样兴奋。我们有过许多争论，我还常常和他们争论到面红耳赤。记得我们之间有一次争论得很激烈，具体争些什么我想不起来了，只记得那时候我和父亲各持己见，不退不让，一旁的母亲试图缓和场面，但谁知父亲的手肘一不小心撞到了她的鼻子上。“我的鼻子掉了！”母亲突然大叫。这句话实在太愚蠢了，我一听就特别生气，虽然我的反应既奇怪也不合适，但即使现在，这种莫名的愤怒也从未完全消失。我为他们受到的压迫感到气愤。某种程度上，我更加痛恨他们面对生活的不公竟然毫无反抗之力这一事实。

在雷蒙德·威廉姆斯的自传式小说《边境乡村》（*Border Country*）中，主人公告诉一位朋友，他所拥有的每一个价值观都只来自自己的父亲：“只来自他。”我的许多价值观也来自我的父母：诚实、可靠、坚韧——这些最基本的价值观。但我也受到了其他价值观的影响——活泼、魅力、自在、优雅、文雅、高效——这些是我父母不具备的。父母亲虽然一直在努力工作，但他们几乎一辈子都在白忙活，这才弄得我一点也不重视“勤勉工作”的品质。父亲则很自豪他一生不靠救济金过活。

那个夏天的大学入学考试结束后，牛津大学还没开学，我在一家商店里找了份兼职，拿到的工资完全不符合我应获得的报酬，说白了，我就是在白干。父亲认为，与其从政府那里拿钱，不如多用点时间来工作赚钱。一点也不夸张地说，我因此有些恨他。父母对于世界的看法过于单纯，适合大萧条时期，但不适合20世纪70年代的情形。与他们截然不同，我有着现代人相反的想法：世界欠我一条活路。

通过牛津大学的考试并获得基督圣体学院的奖学金之后，我的想法变得比以前尖锐。从那时起，我意识到自己和父母之间的代沟越来越大。这所学校的人有着不一样的观念，跟我从小接受的观点迥然不同，除了隐形的观念差异，还有一个真实的现实的差别。我的许多小说详细记录过这个“奖学金男孩”典型的茫然不适。这里我只讲两个具有代表性的小片段。大学二年级时，我回家过21岁生日。母亲做了一个蛋糕，父亲付钱让人给它裹上糖霜，这样好看点，蛋糕的形状就像一本打开的书，中间有一个书签。大学的名字“基督圣体学院”印在了蛋糕上，就像印在打开的书页上一样。蛋糕的外观看起来像个神殿或是图腾，在某种意义上代表着书籍神秘而强大的力量。不用说，父亲从来没有真正读过一本书，却为我做出这样一个蛋糕，这使得一切更具意义。彼得叔叔给那块蛋糕拍了一张照片，一张似乎是全世界最让人骄傲的照片，也是最悲伤的一张。

大学的最后一年，父母亲没有预料到我会回家。我回到了以前的小学，母亲还在食堂工作。她穿着蓝色工作服，走过来开门。我们相视而泣，拥抱在一起，因为我们都知道，上学不仅仅是接受教育，作为独生子，我未来的生活已经远离他们，最重要的是，我永远解释不了两种生活“为何如此不同”。

这与独生子女有什么关系呢？其实方方面面都有联系。假如我有个妹妹，也许她会受到我的影响去上大学，然后开始过上一种不同于我们小时候所想的生活。然后，我们可能还会像一个家庭一样生活在一起。假如是另一种情况呢？假设我有个哥哥，他早早就辍学，过着我们那种背景的人注定要过的生活，那么我现在的生活可能和小时候没什么两样。也许还有更多更好的平衡点，不管以何种方式，总会有一个中间点来平衡一切。我可能不会像现在这样古怪，跟别人如此格格不入，这样无足轻重。我有一个朋友，他哥哥考完大学入学考试后就辍学了，而我的朋友去了剑桥上学，他们就这样各自生活。在不同的世界里，他们却对同样的东西——毒品——产生了兴趣。我想，如果我也有这样一个哥哥，比如说他很早就离开学校，然后当了一名砖匠或电工，也许我们会更像一家人。我们家不会只是我父母和他们去牛津的儿子，过着一种无法名状的奇怪生活。

事实上，我的父母与当代社会几乎是隔绝的状态，他们仍然生活在20世纪30年代末。上大学的时候，还有毕业后的几年里，我都试图让母亲读一些合适的书，比如一些开创并阐述当代生活的小说《无名的裘德》和《儿子与情人》，让爸爸读《卫报》。我给他们播一些我爱听的音乐，如凯斯·杰瑞[1]的作品，试图让他们尝试不同的茶，喝真正的咖啡，吃更好的食物，但他们一点也不喜欢。有时我们谈起饮食。“知道吗，你们真的不应该一直吃鸡蛋和薯条。”我说。“嗯？我们吃了一辈子了，也没见有什么问题。”爸爸总是这样回答。“都得了直肠癌，做了结肠造口术，这样的事实还不能证明吃得不健康吗？”“胡说！”爸爸说，“这两件事完全搭不上边。”

如果独生子女有一种与生俱来的孤独，那么拿奖学金的男生女生也会有一种特殊的孤独。我身边的同学大多数来自有兄弟姐妹的家庭。在过去的20年里，我所融入的世界中，大多数人来自中产阶级：他们有和父母一样的说话方式，他们和父母做同样的事情，有着相似的兴趣。可怕的是，似乎我和妻子的父母有更多的共同点——她的父亲是一名学者，母亲是一名钢琴老师——比我和自己的父母有更多的共同点。在这个新世界里，我学到了很多东西，于他们而言有价值的东西，我从小从未接触过的东西。

但是，有一点我怎么强调都不为过——我父母的幽默感！他们很有趣。除了这一点，还有什么更好的礼物是父

---

① 凯斯·杰瑞（Keith Jarrett，1945—　），美国钢琴家、作曲家。

母能传给孩子的？随着我长大，我变得越来越不耐烦，任何一个没有幽默感的人都会让我感觉厌烦。除此之外，父母对我的影响还体现在别的方面。正如我所说，他们非常重视做个可靠、严谨、准时的人。我曾经认为严谨可靠的人是无聊的、沉闷的，也许是大学毕业后的一段时间里，我被那些无忧无虑、自由随性的人吸引；后来我意识到，不可靠、不诚实的人才是世上最无聊的人。大学毕业后，我们迎来了新的社交机会，一个好处是你可以同时认识这两种人：外面的世界有很多有趣、快乐、聪明和可靠的人。现在我快50岁了，已尽量减少和不可靠、不守时的人过多接触。对我父母来说，这是一种道德选择；而对我而言，这只是因为我没有耐心去认识这些人。尽管理由不同，我们都一样厌恶某些行为方式，尤其是说谎。我听说，如果你有兄弟姐妹，你们就会学会互相说谎，或是一起欺骗父母。我不知道这是不是真的，但我确定的是，我从小几乎不知道怎么说谎（我喜欢耍赖，喜欢推诿，但这不同于说谎，这是智慧的较量）。父母亲让我明白，只要做人诚实，一切都会变好。生活中，我仍然几乎学不会说谎，很长时间才慢慢学会偶尔言不由衷。

直到1987年，我才真正理解写作是一件多么自由的事。29岁那年，我写了一本书，内容基于我和朋友们在伦敦南部布里克斯顿的生活。那时我非常希望有一个妹妹。以前我也有过这样的渴望，但从未如此强烈。我突然想到，如果我想要一个妹妹，完全可以自己创造一个！就是这么简单。这种想法别人早就有了，或者说一直理所当然地在行动，可显然，我不是第一次这么后知后觉才有这种想法。我不仅可以创造一个妹妹，我还可以创造一个完美的女性，一个让我激素上升的小妹。有姐妹的朋友说，只有没有姐妹的人才会产生这样的想法，但这种乱伦的暗示正好给小说增加了一种真切的紧张感。不管怎样，这种方法最终还真起作用了！写作救赎了我，我再也不渴望有一个妹妹了！

写于2008年

解　雇

我本来打算全面、坦诚、朴实地讲讲大学毕业后的第一份正式工作，描述我是如何被解雇的，但事实证明，这一任务比我想象的要困难得多。并非仅仅因为时间久远，我记不清细节；而是由于我1989年出版了一部小说《记忆的颜色》（*The Colour of Memory*），它重述的事件掩盖掉了真正的故事。我的记忆被染得如此斑驳，几乎不可能回忆起被解雇的真实原因。

真相（或者说尚存的记忆）是这样的：1980年，我从牛津大学毕业，将来作何打算我是真的毫无想法。我申请了广告和电视方面的各种工作，但是没有回音，在那之后，我搬到了伦敦，并在那里得到了一份工作，在切尔西的一所辅导学院和露西·克莱顿秘书学院做兼职老师，都只教了短短的一个学期。后来我去了哈罗德百货公司上班，那时正值1月销售旺季。一个在人事部工作的朋友告诉我，他在员工评估表上看到我被列入了不再聘用名单，不久我就主动离职了。1981年的大部分时间里，我都依靠救济金生活，然后9月份开始在另一所辅导学院教书。我也再次申请了新闻、电视和广告领域的不同工作，其中一家是英国期刊出版商协会（PPA）。这家公司是由一位叫汤姆的保守党议员经营的，如果我没记错的话，老板应该是叫汤姆吧。我的第一场面试在下议院进行，当时，一个听起来有点虐人的所谓“重大提案”的民主议程正在进行，我的未来老板在会议室外短暂休息。第二场面试就在金斯威的办公室举行。出乎意料的是，结果我竟然被录用了。

9月份开始工作，我当时住在伊斯灵顿，租了一个朋友的房间，他正好外出度假一个月。之所以记得这么清楚，是因为我几乎每天骑自行车去罗斯伯里大街上班，路过萨德勒的威尔斯剧院。我还记得第一份工作泡汤的时候，我感到非常意外，怎么这么快就被解雇了？如果下班后去喝一杯——注意英国人说的“喝一杯”其实是“喝到烂醉”的意思——那这一整天就算完蛋了。

当时的伦敦让我异常兴奋。我有好多好多想做的事情，比如说去肯辛顿集市买衣服，但是上班工作只会让这些事情变成不可能。我都不记得具体的工作内容是干什么，但想必很无聊、毫无意义的。

一天，单位的二把手带我出去吃午饭。这是我吃过的第一顿免费午餐，尽管它不是真正的午餐，只是几片难吃的三明治，面包片上还涂了一层厚厚的奶油。大概是因为这些变质的黄油和粉红色火腿的卖相令人不舒服，但是主要还是因为这个面色红润的二号老板吧，他是个讨厌的老家伙，又开始重复那些已经讲过几百次的老掉牙的故事了。当时我是一个激进的左派青年，很多个下午在办公室和我的同事讨论政治。可恶的是，另一个和我同时被录用的毕业生是保守党成员，更让人沮丧的是，他竟然在一些高端杂志上发表了一些短篇小说。他和伊恩·希斯洛普（Ian Hislop）共住一所房子，而伊恩·希斯洛普将成为《私人之眼》（*Private Eye*）杂志的编辑和电视名人。我和另一个新员工在政治上有很多争论，但我宁愿和他争论，也不想干活。好几天，我什么工作都没做，整天嬉闹玩耍。可以说我态度不好，事实上我的确没有良好的工作态度，工作中我只想逃避责任。逃避责任几乎是我工作的全部方式。这和懒散是不同的，因为逃避责任比正常工作需要投入更多的精力和主动性。迟到、早退，在休息时间忙别的事，那正是我对这份工作的态度。当然，我不会顺手牵羊偷点办公文具回家。为什么可以不做事却照样拿薪水呢？我也百思不得其解。可能因为这份愚蠢的工作，我得放弃宝贵的时间，不然我可以做点别的，就算什么正经事儿都不做，也至少收获了自由吧！

我想，这样恶劣的工作态度可能源于我的成长环境。

父母工作很努力，我一点也不喜欢他们那样的态度。大学生活让我意识到你不必为某个乱七八糟的工作拼命，也让我体验到了休闲的滋味。如果确实如此的话，这种感觉随着时间的推移逐年增强了。

大约一个月后，二把手把我叫进办公室，解雇了我。我记不清到底发生了什么，只记得他给了我一个月的工资让我走人。若读者好奇更多的细节，可以看一下我的另一部作品《记忆的颜色》的第一章，但其中的内容描述未必准确。

离职后，我在一家鸡尾酒吧遇见了朋友罗伯特和詹姆斯，我们在那里喝得烂醉。当时我心里很难受，虽然我知道被解雇合情合理，但实际上，那种因为被别人抓住小辫子而被解雇的感觉终究让人很不好受。我理应被解雇，也非常支持解雇员工（我完全赞成解雇：不同岗位上的工作人员都应该被解雇。很多人没能好好地完成自己的工作，倒是给别人增加额外的工作量，这种现象普遍到令人难以置信。在这个效率低下的世界，解雇员工才能使工作变得更加高效）。虽然被解雇我不开心，但我意识到：这个上班工作的世界根本不适合我，我是个自私鬼，自私到不想工作；我过于珍惜自己宝贵的时间和生命，宁愿浪费也不想用来工作。

此后发生的事情我记不太清楚了。后来，我搬进了巴勒姆的一处房子，里面全是见习律师。他们一大早都出去工作，而我一人待在阴沉的房子里，整天无所事事。对我来说，那是一个严峻的时期。幸运的是，我在那里住得不久。六个星期后，我搬到了布里克斯顿的一处房子里，和一群像我一样靠救济金生活的人住在一起。从那以后，为了尽可能地让一个冗长的故事变得简洁，我最终成为了一名作家。

关于被解雇的那段时期，我能回忆起来的就这么多了。我越是努力去回忆，情形就越发显得混乱。往事一件件纠缠在大脑里，我搞不清它们的顺序，只好不再纠结，也许有些与被解雇有关。尽管我内心并不开心，但丢了工作其实是件好事，因为这会让我从中吸取教训且余生受益。“学会放弃”变成了我的生活态度，一边放弃一边生活。一旦开始厌倦任何东西或是感到疲倦，我就果断放弃。书、电影、写作、人际关系等诸如此类，一旦让我身心疲倦，便毅然放手，不再纠结。（我没有毅力持续做任何一种工作。一个人真的可以这样过完一生吗？我个人认为是有可能的，只要你能坚持住。）因此，按照我自己的习惯，我应该毫不犹豫地放弃写任何一篇关于被解雇的文章。但生命中这段时间的某些事情依然在折磨着我，好奇心诱使我去了解更多。幸运的是，就在刚才的一瞬间，我突破了自己，有了写作的冲动。

在纽约写这篇文章的时候，我在那里找到了一份自认为比较轻松的教学工作，但实际上，一个学期下来，我发现还是有相当可观的工作量。妻子远在伦敦，几天前，我让她在我的档案柜里翻一翻，看看能否找到我80年代初写的日记。

“大概是1981年或者1982年的日记。”我告诉她，“希望能找到一条写着9月或者8月‘在出版商协会开始工作’之类的记录。”事实证明并非如此，但在我1982年写的一篇小日记中，妻子找到了这样一条记录，日期是9月24日：“被PPA解雇了。”重要的是，我当时写下的是被解雇的日期，并没有记下开始工作的日期。妻子这个周末来看望我，她会把日记带过来。一切细节都将揭晓。

现在日记本就在我面前。回忆自己的过往，却不得不像为他人写传记一样，努力查阅文献资料以求探究真实细节，这种较真的研究方法还真是有趣。不过，从这本日记呈现的内容来看，不管是我真的被解雇，还是现在记不清过去发生的事情，都不足为奇。日记本长四英寸，宽两英寸半，有的内容已经看不清了，或是因为空气潮湿，或是因为时间太过久远。从当时写下这日记，到现在重新翻开它，这中间流逝的时间才是最令我惊讶的。我现在可是在回顾超四分之一个世纪前发生的事情。

1982年年初，我住在布里克斯顿，和朋友罗伯特同住一套公寓。罗伯特当时在伦敦一家最有名气的左翼律师事务所上班。（我已经不认识任何律师了，但我曾有一段时间和一群律师住在一起。）罗伯特和我一样去了切尔滕纳姆文法学校，他比我早一年去牛津大学，但一直到后来我才认识他。我在伦敦西部的一所辅导学院教书。我记得自己那时候总喜欢去看演出（随便翻翻日记就看到Bow Wow Wow, the Au Pairs, Pig Bag, 23 Skidoo,[①] Kid Creole and the Coconuts[②]的名字），我还常混迹夜总会（如“天堂之夜”“语言实验室”“卡勒巴”“流行巨星”等各种不同名字的夜店），我也爱看电影，如《圈套》（*Circle of Deceit*）、《烽火赤焰万里情》（*Reds*）、《乘客》（*The Passenger*）、《穷山恶水》（*Badlands*）、《智利之战》（*The Battle for Chile*）、《围城》（*State of Siege*）、《巴里·林登》（*Barry Lyndon*）、《城市王子》（*Prince of the City*）、《无爱》（*The Loveless*）等等。似乎大部分时间我都会每周去两次影院，泡两次吧，可能还会看一两次演出。我也读了很多书，比现在读的多得多（我以前经常列出书的清单，但1982年的那份阅读清单不见了）。

妻子第一次翻看我日记本的时候，发现我不仅经常去看电影（我现在仍然很喜欢看电影），而且还经常去听伦敦交响乐团（LSO）的演奏（这是我现在从未做过的），

---

① 均为英国乐队。

② 美国音乐团体。

这让她非常惊讶。其实LSO不过是一个代码而已，我也不一定真去听了音乐会。2月12日星期五，罗伯特和我去沃伦街地铁站附近的麦当劳见了他的一位客人。客人在那里等着我们，他手里拿着一份《伦敦标准晚报》。我们去那里买了迷幻剂（即LSD，聪明的读者想必已经猜到了。LSO只是代码，把字母D换成O，你们就明白这个代码的真正含义了）。客人在国王十字火车站有一处空屋，我们一起过去后，客人打开报纸，只见里面有大量的海洛因。我们是想要弄一些吗？我当然不想要。但我的朋友罗伯特却是坚决要的。这其实也是我们必须要做的事情，是我们必须要有的经历。所以我的确有了一些这样的经历，那是一段最令人愉快的时光。我们在那里待了几个小时，用鼻子吸进这些棕色的粉末。和我们一起吸食粉末的还有罗伯特的客人，包括这个女客人愚蠢的男朋友。罗伯特很不舒服，不管是在他客人的屋里，还是在回家的地铁上。我却感觉很好，还跑去皇家艺术学院的一个聚会见了朋友——罗伯特的表妹卡罗琳，罗伯特一直想勾搭她并哄她上床。第二天，罗伯特感觉好多了，我们又吸食了带回来的迷幻剂。绕着布洛威公园走了一圈后，我们回到了布里克斯顿的蓝色卧室里。外头的公园里是一片冬天的景色；蓝色房间里，墙壁好像正在呼吸的海平面，波浪起伏。房间地板被漆上了一层闪闪发光的蓝色，窝在沙发里，看着眼前的一切，就好像置身于平静的蓝色湖泊，随着木筏在微波上荡漾。太阳看起来像个橘黄色的大火球，沉入地平线。天空像着了火似的，红彤彤的一片。

另一则日记写的是3月18日发生的事情，本子上还写着一个类似编码的字母："A!!"这是我第一次和女朋友凯特尝试肛交。日记本里写着"我很喜欢这种感觉"。记录中出现了不雅的色情词语，但在那之前，我可从来没有看过色情片。当时我们还都是"反黄派"。女人最仇恨的东西就是色情了。我虽然说得这样轻松，但事实上，我和杰瑞米·艾恩斯①一样，紧张地扮演着一个慌张不安的英国演员的角色。当然，我不如凯特放松，她冷静地回答说："既然喜欢，为什么不继续？"我以前从来没有这样做过，但是凯特以前尝试过（她也睡过女人）。她是我所有前任女友中，第一个真正对性爱感兴趣的人。

第二天，我同罗伯特又和他的客人一起服食了海洛因，接下来的一天，我们各自又服用了两小粒迷幻剂。凯特为我们做了一顿丰盛的素食。她不吸迷幻剂，但她抽了很多大麻（当时我没有抽，因为我讨厌抽烟）。

4月5日的记录是"粉红火烈鸟俱乐部"：现在，一切细节都重新回到我的脑海了。这是软细胞合唱团的一首歌（其中有一句歌词："站在粉红火烈鸟的门口，在雨中哭泣……"）。我和凯特不久后就分手了。紧接着我得了肠

---

① 杰瑞米·艾恩斯（Jeremy Irons，1948—　），英国演员。

胃炎（现在回头阅读以前的日记，我发现年轻时候肠胃炎比现在要严重得多）。我在PPA的第二次面试是在上午10点。

5月7日的标题是《卡姆登官——法国女孩》。那又是一个崭新而浪漫的夜晚。那个法国女孩是旅馆里打扫卧室的清洁工。当我们搭夜班巴士回到布里克斯顿后（我从来没有坐过出租车，现在也很少或者说不爱坐出租车），我跟法国女孩就睡到了一起，但这没有给我什么特别的感受。就在同一天（我清楚记得这一点，尽管日记本里没有记录），我在踢五人足球的时候扭伤了脚踝。那时的我多坚强啊，扭伤脚踝后还去泡吧！这是我有史以来第一次扭伤脚后还去酒吧。

我和一个学生詹姆斯走得越来越近，他被伊顿公学开除，那时正在重新修读大学的课程。他是一个有钱又有魅力的家伙，尽管他唯一真正的目标就是成为一个海洛因瘾君子。我的另一个学生是一个有前途的网球运动员。他是网球俱乐部的一员，俱乐部就在辅导学院的后面，打球很方便。每年6月都有一场草地网球比赛，当作是温布尔登网球锦标赛的彩排。什么时候我的网球学生不去球场（他可能要上课或者有其他事情要忙），他就把卡片借给我，这样我就可以去看比赛了。俱乐部允许会员携带同伴去看球。一天下午上完辅导课后，我和詹姆斯一起吸了一点迷幻剂，去看麦肯罗[1]和康纳斯[2]的四分之一决赛。詹姆斯穿着毛茸茸的蓝色拖鞋。我记得当时是康纳斯还是麦肯罗对这双蓝色拖鞋发了一下牢骚，因为我们当时坐在前排，詹姆斯还把脚放在了球门柱上（那是一次非常私人的比赛，好比在教区牧师的住处观看优秀球员的激烈比赛）。嗯，现在回想起来就是这个情形。当然，他们的休息区是在帆布屏障内的，把观众和球场隔开了。我的日记写道，11日星期五又去了俱乐部，12日又吸了迷幻剂，13日星期天去看决赛，康纳斯击败了麦肯罗。

6月30日，我又去了凯特家，我们一起待了一天，整天都沉浸在性爱的欢乐中。她住在锡德纳姆，离布里克斯顿只有一小段路程。我也不记得两人每次安排见面的确切目的，但在我们分手后的几年里，如果情况允许，我们会一起睡觉，这让人很愉悦。

第二天，我乘火车去了意大利，途经科孚，去见詹姆斯。我在威尼斯停了下来，在车站外面睡了两个晚上，这样我就不用付旅馆的费用了。我也去了佛罗伦萨。事实上，有一天晚上，为了能舒服地在车上睡觉，我竟然坐火车往返威尼斯和佛罗伦萨。但其实这也是一种很糟糕的方法，因为这样坐车很累，几乎睁不开眼睛，但我那时只是

① 约翰·麦肯罗（John McEnroe，1959—　），美国网球运动员。
② 吉米·康纳斯（James Connors，1952—　），美国网球运动员。

满脑子想着怎么省钱。

经过布林迪西到达科孚后，情况就好多了。当然，那时电子邮件这种联系方式还没有普及，尽管我知道村庄的名字，但我并不确切知道詹姆斯住在哪里。神奇的是，我尝试找的第一个地方竟然就是他的住处。他和漂亮的女朋友朱莉娅在一起。我订了一个更便宜的公寓，然后我们三个人吃了迷幻剂，去了海滩，都被晒伤了。精彩的一周就这样开始了。当地希腊人安排了一场和游客的足球赛。我们刚开始落后一分，但我踢进一球后扳平了比分，但后来比赛被迫中止，因为双方有了太多敌意。我们认识了村里的游客，每晚都去狂欢，每晚都在迪斯科舞厅喝得酩酊大醉。詹姆斯执意勾引一个来自挪威的女人，朱莉娅对此越来越不高兴。可能出于报复的目的，朱莉娅最后在邋遢的房间里和我酗酒做爱，可詹姆斯突然闯了进来。我记得他当时立刻转身，和旁边的哥们儿要了一条烟。

几天后，朱莉娅突然离开了。她留下的字条上写着："詹姆斯，我无法继续陪伴你。上次我把灵魂留给了你，这次我选择留下钱。"但我们怎么也找不到钱，与朱莉娅在字条上所说的完全相反，詹姆斯为此感到沮丧。不久之后，我俩一起去了亚历山大和开罗。我们在开罗郊区，在金字塔附近，在撒哈拉，留下了骑马的身影。詹姆斯曾感慨说，埃及最吸引人的一点是，你可以随便到任何一家药店，在柜台就可以买到药品，但事实并非如此。我们天天去药店，问有没有安非他命，他们总是摇摇头，像看瘾君子一样看着我们。在亚历山大港，我们什么也不想做。这座城市对我没有吸引力，我也感受不到作家劳伦斯·德雷尔[①]对它的感觉。尽管那时我没有读过《亚历山大四部曲》(*Alexandria Quartet*)，其实至今也还没读过。

回到英国正值夏末，我和罗伯特从切尔滕纳姆开车到海依村，途中吃了亚硝酸戊酯。我们也搞不懂为什么当时这么做。且不说亚硝酸戊酯是一种可怕的药物，关键是去像海依这样的地方旅行，不应该食用这种药，也不合适，因为8月底我必须开始工作了。我和罗伯特还有詹姆斯一起去都柏林度假的时候，在那里待过几个星期。去都柏林是为了去看我的女友克莱尔，她当时在那里的艺术学院上学，和另外三位女士住在一起。她们睡同一个房间，睡在一排连在一起的床垫上。一天早上，趁其他人都起床离开后，我和克莱尔匆忙亲密了一下，没有什么特别的理由，也没有太多的乐趣。

回到伦敦，我在24日星期五那天就被解雇了。26日星期日的日记更多的是关于被解雇的内容："在NFT[②]的《对话》(*The Conversation*)；和罗伯特有关伦敦交响乐团

① 劳伦斯·德雷尔（Lawrence Durrell，1912—1990），英国小说家、诗人、剧作家。

② 作者在此使用了缩写，尚不清楚NFT所指代的确切地点。

（LSO）的事；和克莱尔做爱；爱克莱尔。”我不记得克莱尔为什么过来伦敦，她在伦敦只待了几天。她回到都柏林后，我搬进诺丁山的一个新住处。我帮詹姆斯上指导课，帮他考上了大学，他的父母也给我相应的授课报酬，我们间的朋友关系也恢复到了半正式的、半娱乐的状态。詹姆斯以前还穿拖鞋，现在干脆打赤脚走路。这种非同寻常的行为举止完全有理由让他被警察拦住，被讯问并搜身——如果私藏大麻就只能被抓个现行了。

我搬到诺丁山的那间屋子后才住了一个月，几乎必须马上开始寻找一个新的地方。在一家租赁公司，我和一个在那里工作的女人闲聊，她叫露西，我约了她出去。我们先是去看了电影《银翼杀手》（*Blade Runner*），然后去了一个叫蝙蝠洞的俱乐部。

日记本上关于这段时间的一些代号没有什么意义，或者说至少我现在已经看不懂了。比如说10月28日写的是“C+S！！！在艾莉森家”，我不记得艾莉森是谁。也许是我在剧院看“冲撞乐队”表演的时候遇到的人，也许是个高个儿女孩，留着一头往后梳的金发。有人可能觉得C代表可乐，S代表速度，可是那时候还没有可乐这种东西。不过，那时是10月，我肯定见到了很多致幻蘑菇。我记得当时我和詹姆斯缺了很多节课寻找它们。那一年天气暖和，空气温润潮湿，致幻蘑菇一定大丰收。从记录的日记来看，我似乎每周两次去研究致幻蘑菇，持续了大约六个星期。我甚至收集了一些关于这种冒险行为的文章，并整理在蓝色本子上，做成五本小册子，命名为“幻觉记忆”，并送给罗伯特、克莱尔和詹姆斯一人一本。日常生活中吃下致幻蘑菇后，人会对空间和时间产生错觉，突然摔倒是经常发生的事情。不过，为了预防我们对这种危险事故不够关注，11月10日，我在日记里写下了有关致幻蘑菇的内容：“夜晚，詹姆斯在酒吧，旁边就有一些致幻蘑菇触手可及。”10月30日是星期六，我和露西去了布莱顿。她背着一个大袋子，里面装满了数量不详的致幻蘑菇。我们一人吃了一半，10分钟后，整个世界在我们眼前扭曲变形，海滩和大海一样潮汐汹涌。我们变得神志不清，城堡的红墙在我们面前晃来晃去，好像有了弹性一样。我们一整天就这样互相依偎、大声尖叫，歇斯底里地试图逃离这种癫狂状态。我们从未感觉灵魂如此脱离身体，飘飘欲仙。回到伦敦时，我们头晕眼花，走路时东倒西歪，全身湿透，狼狈不堪，但一想到没有因此永久精神错乱就大松了一口气。我本想两人一起回家，但露西不愿意。星期一我们又见面了，去了一家叫作“视听”的俱乐部，后来她要求和我一起回家，我心想，之前就不该选择周六以外的时间见面。

接下来的一天，我搬进了巴勒姆的一个住处，晚上去看了汤普森双胞胎的演出。詹姆斯开始和一个叫萨米的女人约会，她住在切尔西的洪水街。那里有好多致幻蘑菇，每个经过公寓的人似乎都觉得哪里不对劲。似乎也没有什么不寻常或不好的地方，但11月3日的日记有一处不起眼的内容："大概是在一个酒吧，我、詹姆斯和罗伯特见面，之后被酒吧赶了出来，我们后来一起去了露西家。"我现在回想，一定是我们做了什么过分的事情，让人无法接受，才被赶出了酒吧。

11月14日，星期天，我看了鲍勃·迪伦长达四小时的电影《雷纳多和克拉拉》（*Renaldo and Clara*），那是我第二次看这部电影。我那时还是挺有毅力的！露西在电话里说分手。我觉得自己有解释或者反对的权利，她却叫我别再烦她。大概就是在这个时候，我终于学会了抽大麻。我身体很不好，从来没有抽过雪茄烟，有人偶尔会丢给我一卷烟，比如我们看《再见曼哈顿》（*Ciao! Manhattan*）的时候，确实有人扔烟给我。詹姆斯一直说不要将大麻和烟草一起混合使用。他是对的，真的不能一起混着抽。

和露西分手后，一切发展到了疯狂的地步。如果读完下面的内容，你肯定也会这么想。我迷恋上了另一个女孩萨米，开始和她睡觉（她和罗伯特在一起时候我也爱着她）；詹姆斯开始和一个叫贝拉的女人约会。贝拉经常醉酒，她是个来自上层阶级的人（我以前认为，迪伦写歌曲《像一块滚石》（*Like a Rolling Stone*）时可能会想到贝拉这种人）。我肯定曾经撕过日记本，12月9日是空白的，但下一页却写着："惨败洪水街!!!"我可能是为了留下什么记忆，才补充了这几个字。天知道那天究竟发生了什么！

1月份，我和另外五个人（所有像我一样都靠救济金生活的人）搬到了布里克斯顿水巷的合租房。事情变得越来越混乱，比以前任何时候都要更加混乱。但不久后，也不知道是什么原因，第六个人，即詹姆斯的女朋友贝拉住进了合租屋。我不喜欢贝拉，试图以某种意识形态的理由把她从房子里赶出去，但没有成功，因为其他人认为她可以住在这里，还说这有利于她的政治教育。我一直欣赏詹姆斯的淡定、富足和颓废，后来发现自己开始厌恶他这种对一切都无所谓的淡定和颓废。有一次，我们有了分歧，争论过程中，我对着他的脸一拳砸过去。

他倒在地上说道："我不会就这样轻易饶过你。"有一次，有人从前门的窗户扔进来一块石头，没人知道是什么缘故。我们总是在家里开派对，我有非特异性尿道炎，我们经常光顾当地的乔治·坎宁酒吧。我后来居然爱上了贝拉。我们有三四个月的时间一直约会，其间还去了威尼斯。后来当我离开伦敦去探望父母时，她在电话里跟我说，自己正在和一个住在附近的女人凯伦睡觉。不久之后，贝拉从布里克斯顿水巷的房子搬到那片混乱的区域——女同性恋者据点。她在布里克斯顿自行车公司工作了很多年，是我认识的第一个完全剃光头的女人。另外几个人搬出了我们的房子，新来的人搬了进来。一个新的阶段开始了，在许多方面其实是前一阶段的延续。我曾经是个瘾君子，后来慢慢走出了那个圈子，虽然偶尔也有人拿毒品给我。那年晚些时候，我在上市杂志《城市极限》上发表了第一篇书评——米兰·昆德拉的《告别圆舞曲》（*The Farewell Party*）新译本的书评。

我希望上述内容能为我从PPA被解雇提供一些背景资料。一份花了两年时间才找到的工作，不到一个月就失业了。当时决定成为一名作家的想法是很有诱惑力的，但事实并非如此简单。当然，解雇事件促使我成为一名作家，这是原因之一，但更直接地说，这份工作是另一种可能，另一种可能的发展方向。我来到诺丁，却一事无成，这是作家必经的失败历程。一个人通常是因为做其他事情失败了，最后才不得已成为一个作家，因为没事可做、走投无路时只能写东西。当其他领域可能都向你关闭大门时，写作仍然有可能拥抱你。自从我被解雇之后，我开始创作《记忆的色彩》，这本书在很多方面都具有真实性。直到那一刻，我才实实在在地开始职业作家的生活。

现在的我已经不再和上面提到的任何人有联系。詹姆斯实现了他的雄心壮志，成了海洛因瘾君子。也许他在泰国住了一段时间后，失去了对父母财产的继承权，最后却依靠自我奋斗成了一名银行家。罗伯特的客人和她的病态男友也吸毒成瘾（只有罗伯特和我没有被拽上瘾君子的道路，可能是因为吸毒的魅力还不够大吧）。克莱尔呢？我知道她去了法国，那是我最后一次听到有关她的消息。我不知道她现在在做什么，但我想应该和国际化的高端产品有关吧。凯特原先是一名艺术家摄影师，但后来她患上了慢性疲劳综合征，事业有点停滞不前。至于贝拉，在我三十多岁的时候，我们在一场婚礼上相遇，最后又走到了一起。她父母刚在布莱顿给她买了一栋房子，她和女儿住在那里。她变成了一个辣妈，容貌依旧姣好，还有一点就是，她总是能让我难过（大约六个月后她又抛弃了我）。罗伯特后来成了典型的“垮掉的一代”，也是佛教徒，还是个到处乱睡朋友女人的家伙，现在已经是一名法官了。

而我呢，现在的我正坐在桌前，从第九街的窗户向外望去，像过去多年来一样，在书桌前，在日记本上写下这些往事。回首过去，我的脑袋只有两个念头，一是：哇！真是太有趣了！二是：多好的二十岁出头的生活方式啊！但最令我惊讶、最让我真正引以为豪、最让自己喜悦的一点就是：工作几乎不值一提。无论是在最初的日记本中，还是在这篇备注文中，我一贯强调“工作对我来说毫无意义”。与书、电影、聚会、毒品、女人、性爱、欢笑、喝酒、酒吧和朋友相比，工作——如果我运气不好的话，它可能变成职业的一部分——实在是**无足轻重**。在我所有的日记中，工作仅占据了大约两行的空间。

一年365天的时间，只做自己想做的事情，这种生活方式值得一试，但可能需要点时间来习惯。这种尝试的一大前提就是先解雇我的老板——三年大学光阴实际上可以无限期延长，我甚至不需要工作也能收获良多——从我的成人意识中获得某种满足基本生活的能力。解雇事件后，我做了很多自己喜欢的事情。生活找到了它自己的节奏，开心的时候就工作，不开心了就休息。当然也有不开心的时候，有时甚至会难过，但我总觉得要对自己的幸福负责，也对自己的不幸负责。我可以随心所欲地浪费自己的时间。是啊，我浪费了很多时间，但至少不是**为别人**浪费时间。从这点来讲，我才没有浪费时间呢，真的连一刻的生命也没有浪费。

写于2004年

屋顶上

虽然我写过很多关于摄影和摄影师的文章，但我自己没有相机，几乎从不拍照。除了几张性感的宝丽来（抑或是宝来丽?）照片，我唯一的一张个人照片都是朋友给我拍的，我将它胡乱塞放进文件夹，或是塞在柜子里。如果要从这堆照片中找出点什么，我永远不知道会掀出什么东西来。上周，我想看看父亲过去常开的天蓝色沃克斯豪尔-胜利者的照片，但结果没有找到车的照片，倒是看到了附在文章前面的这张照片，拍摄于20世纪80年代中期伦敦布里克斯顿一栋公寓的屋顶上。

我对着这张照片端详了很久，想更准确地记起是什么时候拍的。在另一张照片的背面（也是同一个午后拍的，如摄影师所说，这两张照片属于同一个系列），我写道："该照片拍摄于1986年夏天，那天在阿根廷举行夏季世界杯，英格兰队被淘汰。"这一史无前例的标注让我能绝对

精确地确定照片的拍摄日期：1986年6月22日，星期日。

当时，我和朋友们都声称自己讨厌英格兰的一切，包括足球队，我还记得当时马拉多纳单脚一踢，葬送了英格兰进入半决赛的机会，我非常失望。多年来，这种感觉——寄予厚望，并且翘首期待，最终却失望透顶的苦涩感——并没有消失，每次只要将英格兰队和民族命运联系在一起，这种熟悉的苦涩感就出现了。当然，我并不是说照片中的每个人都很沮丧或伤心。事实并非如此，如果不是因为照片背后那则具体的描述信息，你会误认为这只是在皇冠石公寓屋顶上我们度过的一个休闲的午后。布里克斯顿当时比现在要粗糙落后得多，但屋顶就像城市上空一个没有水的海滨浴场。我很喜欢待在那里。

最近，一位朋友说，正如自己的记忆所示，其梦想就是拥有一个家庭，这样才算是“完美的幸福”（但在我看来，这偏偏是“完美的不幸”）。也许是我自己止步不前吧，但我对完美幸福的定义始终倾向于波希米亚式的想法，算有点过时的波希米亚风格吧。80年代，在布里克斯顿，我的梦想第一次实现了。

许多人离开大学的时候，对自己的谋生之道只有一个模糊的概念，但我清楚地知道自己想做什么，那就是依靠领取救济金过日子。在牛津大学，读英语的本科生很少去上课。学生唯一要做的就是每周见一次自己的导师（这可能是学生们的义务，但一到不可逾越的下课时间，导师们绝对不会多逗留一分钟）。这么说来，上课和领救济金还有点相似之处。最初，签字领取救济金也必须每周一次。后来，随着失业人数的增加，一周一次变成每两周一次，甚至在兰贝斯变成每月签字领取一次。在撒切尔主义的引领下，失业率居高不下，不过战后承诺的福利国家安全保障系统几乎仍完好无损。住房补贴解决了人们的租房问题，社会保障则确保人们有基本的生活费。

大规模失业可能不是一个理想的社会或经济目标，但失业也意味着人们下午有空一起外出溜达。在搬到布里克斯顿之前，我曾在巴勒姆的一所房子里和一群见习律师住过一段时间。早上九点，他们都起床出门了，我独自一人，除了为自己的无聊命运哀悼之外，没什么事可做。后来我搬进了布里克斯顿水巷的一所房子里，六个房客中只有一个人有工作。现在情形完全不同：一名女士必须去上班，我们其余的人整天做自己想做的事，所以都为她感到很难过。如果牛津大学让我尝到了懒惰的滋味，那么在布里克斯顿靠救济金的生活则给了我更深的体会，两个地方的区别在于学习的质量不同。当然，在布里克斯顿，我的学习质量要高得多。研究生的工作会带你走上一条越来越专业的道路（最终取得毫无意义的博士学位）。在布里克斯顿，我却走上了相反的方向：什么东西有意思我就读什么，于是，我对更广泛的事物产生了兴趣。

这是一个休闲盛行的时代，是拥有美好生活的时代，也是普遍迷失的时代。今天的学生们必须忙着做兼职，还贷款。迫于贷款的压力，他们毕业后不得不（或者至少在东南亚背包旅行一个间隔年之后）开始认真赚钱。从这一点来看，我对自己的生活有了不同的理解，即过去的25年或更长的时间里，我其实享受着一份特权工作：免费的医疗保健，免费的学校教育，免交大学学费，获得一笔全额补助金，最重要的是——还可以领取救济金！

虽然我说是“免费”，但实际上是有偿的，那是我父亲辛勤劳动的结果。我对父亲的儿时记忆是：他出门就是去工作，回家后也工作，菜地、花园、车库、房子都可以成为父亲的工作地点。除了看电视（冬天时可以花一整天看电视），即使像园艺这样的业余爱好也变成了辛苦劳动，追求园艺爱好似乎变成做了坏事的赎罪方式。爱工作和爱整洁一样，是绝对的道德价值。和许多工薪阶层的父母一样，我的父母希望他们的独生子从牛津大学毕业后能进入中产阶级，但我成了一个更好（也许是更糟）的人，成为了托斯丹·凡勃伦[1]所说的“有闲阶级”。但不管怎样美化，实质上就是低收入阶级。如果大学教给我什么的话，那就是这个世界欠我一个维持生计的方式。在牛津，我已经习惯了做自己喜欢做的事情。在领取救济金这件事上，

① 托斯丹·凡勃伦（Thorstein Veblen，1857—1929），美国经济学家。

因为跑来跑去的，我自己的时间其实变少了（每个月跑一次腿、签一次名，对我来说是一项异常艰巨的工作），此后，情况基本如此。

拍这张照片的时候，我已经领了好几年救济金，但我也设法让自己在社会福利“向上的阶梯”上有所提升：我搬出布里克斯顿水巷的合租房，在附近——皇冠石公寓——找了一个自己住的地方。这张照片很可能是当时还住在合租房的哪个人拍的，可能是我的朋友P. J. 拍的，就是那个自称“救济金大户”的家伙。

碰巧，照片中站在我旁边的史蒂夫不是一个靠救济金生活的人（他实际上是一名律师），但如果那天是阳光明媚的工作日，而不是星期天的话，屋顶上会有很多人，他们都是失业者，住在方圆一英里内，其中许多人（比如尼克，背对着镜头的那个家伙）就住在这条街。我喜欢把天台比作有限访问空间，你不知道谁会在那里突然出现，你可以自己静静地坐着（读点书或者做会儿瑜伽训练），或者和旁边的人出去玩，无论他是谁。几乎总会有新面孔出现，也就是说，某天这些新面孔也会离开，但这个群体的身份基本保持不变。

翻到1986年的日记，我看到有些变化已经悄无声息地在这个理想的群体中蔓延，这群人开始解散了、分裂了。史蒂夫的妻子莎伦离开了他，回到了芝加哥。他左边的那个女人是他的新女友，我没见过，她和史蒂夫在一起还只有几个月。我也正和简闹着分手，那时我就做着自由职业，和简交往了近三年。在那段时间，照片里的这些人曾经是我的世界里多么重要的人啊，不过现在的他们都已经完全变样了。

史蒂夫曾是我最亲密的朋友之一，然而事实是，就连我们也分道扬镳了，尽管整件事情我们俩都很被动。我越来越不喜欢他，直到后来与他决裂，但当时拍这张照片的时候，我也越来越不喜欢罗伯特，那个我在大学时期认识的朋友（他总是想方设法睡我的女人），那时他肯定已经和杰西卡分手了（我和杰西卡一起睡过几次觉）。老实说，我越是看这张照片，就越是能想起当时的人，尽管她们没有入镜，比如凯特，比如尼克的好朋友莎莉，她们都住在皇冠石公寓，我们几人之间有过混乱的性爱关系。

任何一个看过这张照片的人都很难相信，像我这样体格的人（如果我们能用“体格”这个词来描述自己身体的话）有机会从其他人身上感染性传播疾病。14岁的时候，父亲说我长大后会变胖，拍这张照片的时候我28岁，我仍然希望父亲说的话能成真。现在我已经44岁了，已经意识到我永远不会变胖。看看那条腿，你能想象在饥荒肆虐的非洲之外见到这样瘦的腿吗？我是怎么用它来站立和走路的呢？更不用说凭着两条腿竟然能追上女权主义妞？

那我究竟是怎么做到的呢？也许答案可以从地上找一找。看看我右腿膝盖上布满的老茧。显然，我说的是自己做的水烟筒，这个玩意可以用来抽大麻，不过它招人讨厌。除了大学入学考试的优异成绩（三个A!），那个烟筒过去曾经是（以后也会是）我最大的成就。世上多的是好看的烟筒，但很少跟我这个一样有用。照片里的人没有再联系了，我仍然保留的是一辈子的老友——烟筒。这个玩意怎么做出来的呢？一个烟斗、一段管子和一个咖啡壶就能搞定。蜡用来密封烟斗和咖啡罐的开口，你可以拧开盖子，往咖啡罐里放满冰块，这样你就完全不会意识到自己在抽烟了（或者如果十秒钟后你还没有开始咳嗽的话）。能在照片中看到这个烟筒，真是令人高兴！对于屋顶上的很多重要活动，这个玩意儿可都起到了决定性作用。我们在屋顶上听迈尔斯·戴维斯[①]的爵士乐《西班牙素描》（*Sketches of Spain*），看伞兵表演队落在附近的布洛威公园，和附近街区屋顶上的人打网球……没有烟筒，那些只是些开心的好时光；有了我的烟筒，好时光也似乎变得庄严而永恒，具有了超越现实的意义。

一张张照片做成的相册也许还不及文字有画面感，我想在书中保留下这些疯狂时光，想用文字记录下来，记录这张照片里没有拍下的东西：左边这个骨瘦如柴的家伙梦想成为一名作家。拍摄这张照片的那年，我已经写了一本

① 迈尔斯·戴维斯（Miles Davis，1926—1991），美国爵士乐指挥家、小号演奏家、作曲家。有“黑暗王子”之称。

非常无聊的书，就是那本评论约翰·伯格的书。但我真正想写的是一本记录自己当时生活状况的书，实际上就是写下在那个屋顶上发生的人和事。和我一起从牛津大学毕业的人继续追求成功的事业，他们成为雅皮士，投资房地产，一切仿佛迈克尔·布雷斯韦尔[①]在他天马行空的小说《秘密会议》（*The Conclave*）中描写的世界；另一方面，在骚乱、失业和经济衰退的雾霾下，伦敦变得沉闷不堪，丧失了活力。这就是撒切尔时代伦敦呈现出的基本对立面。但在对立面的夹缝中，也有我们这样的中间世界：我们有点创新意识，有点懒散颓废，还不爱参与活动。某种程度上，我们实现了一种独立的和平。还有一些依赖福利制度的贵族，他们是当代的有闲阶级，或类似20世纪30、40年代的乡村小说中的人物，他们经常聚集在邦宁顿广场或椭圆公寓举行活动。

照片里的大多数人都怀有某种艺术梦想。每个人都想成为作家、艺术家或电影人，或其他类似的艺术从业者。正如罗兰·吉夫特[②]对一位美国记者所说：在英国，救济金资助了整整一代有抱负的演员、舞者、作家。英国的失业救济金就好比纽约的福利等候名册，能为部分有需要的

---

① 迈克尔·布雷斯韦尔（Michael Bracewell，1958—　），英国小说家。

② 罗兰·吉夫特（Roland Gift，1961—　），英国歌手、演员。

人提供必要的经济救助。

有抱负就有可能没有野心，反之亦然。比我晚10届或15届的毕业生——即撒切尔时代的孩子们——既有抱负又有雄心，而我仍然属于那种有抱负没有野心的人。我喜欢写作，但它不能算作一份事业。后来的人们大都把写作看成一种职业。尽管我的许多朋友渴望成为艺术家，但其中也没有多少人有意志、才能、运气或毅力真正坚持下去。救济金文化难免造成了他们的懒散和惰性。不足为奇的是，这正是兰波和凯鲁亚克所提倡的放荡生活模式（注意这里不是布可夫斯基：我们可没有放纵到如此低级的水平），他们尤其呼吁那种追求感官系统刺激的紊乱生活。事实证明，很多人无法超越艺术学徒的阶段，最终成为大师。

假设不是15年后的我回头再看多年前拍摄的这张照片，而是15年前那个骨瘦如柴的我，看着自己在屋顶上的倒影，预想未来15年的事情。那么，照片中的人（不管是入镜还是没入镜的朋友）会在这期间经历什么事情呢？

每个人都会经历一样的事情：买房、结婚、生一两个孩子、遭遇失望、离婚、患癌恐慌、宿醉加重、父母离世、获得成功、学费负担、抑郁、靠摇头丸恢复活力、去印度或伊维萨岛度个假、看电视、出柜（同性恋者）、出轨（异性恋者）、跑健身房、看更多的电视、买新电脑、膝盖疼痛、放弃壁球、开始打网球、重新规划（或者删掉）之前的梦想好让自己不那么失望、致命的乳腺癌、睡眠不佳、少喝啤酒、改喝葡萄酒、抽更多可卡因、几乎不碰任何迷幻剂、对过量的可他命也敬而远之、接近崩溃、想赚钱、隐秘地文身、逐渐秃顶、远离健身房、做起瑜伽、看更多更多的电视打发时间……

几乎所有人都会这样慢慢走过人生，我也一样。唯一不同的是，我不像同龄人因身负重任和承诺而深感疲惫，这一点反倒让我收获了自由。每到星期五，我就开始嫉妒那些可以下班回家的人，羡慕他们对假期有所期待，而我是个永远不会有假期的人。为什么这么说呢？因为我从来不用上班啊，不上班的人哪来的假期呢？是的，这些年来我一直在做自己想做的事情，但自由的坏处现在开始出来作祟了。我第一次感觉中年这个老顽固隐约向我靠近，第一次感觉日后的时光要靠看电视来打发。我是如何走到这一步的呢？过去的我对**每件事**都感兴趣，可现在变成对**任何事**都漠不关心。什么时候开始，我头顶的乌云变得如此浓厚？我很难描述出这种感觉，也不知道自己具体在说些什么。当然，1986年拍这张照片时，我无法预测15年后的情况。但是现在看着这张照片和背后的字迹，我突然觉得这种感觉其实似曾相识，失望透顶的预感一直普遍存在，好比我当时对足球赛的反应。仔细想来，命运不在于你将来会遇到什么事情，它其实早就潜藏于你身体之内，如死亡般充满耐心。

写于2002年

打开我的藏书

“我正在打开我的藏书，是的，我正在做这件事。”

自从1989年我把书搬进储藏室后，就一直期待着哪天再打开。那段时间，我经常搬家，生活在不同的国家，我唯一关心的东西，确切地说，我的生计来源——书——成为了搬家路上的阻碍。虽然我继续写小说，但写的也只能算作“半学术类文章”。尽管无法查阅资料，我必须写出东西来。有时我打电话给父母，让他们帮忙查阅参考书籍，或从我那堆书中找找某些引用文献的出处，但到最后，还是直接删除引用来得更简单些。生活在国外，远离了我的藏书，我只好放弃引用别人的观点。

我发现存在一个令人印象深刻的创作方式。在图书馆条件不充分的情况下，不借助一贯依赖的参考书，人们也可以写作。最著名的例子可能就是埃里希·奥尔巴赫[1]了，在伊斯坦布尔流亡期间，他写出了权威性的“西方文学中所描绘的现实”研究，即《摹仿论》（*Mimesis*），他还在书中备注“伊斯坦布尔的图书馆缺乏相关的西方资料”（如果能去我的书架上查阅这篇参考文献，该有多好啊！），放弃“几乎所有的报章杂志、所有最新的研究成果，有时甚至不得不放弃所选文章可靠的修订本”。奥尔巴赫在想，这种放弃和被剥夺参考资料的情况难道真的是灾难吗？如果能轻松获得所需要的一切资料，可能反而阻止他到达“写作的特定高度”；奥尔巴赫至少到了某种写作的高度，即自由，甚至是疯狂的写作状态。但D. H. 劳伦斯非常依赖朋友们寄给他的任何书籍。1929年，他习惯性地向朋友提出要求：“你还有我上次在伦敦时买的那本《早期希腊哲学家》（*Early Greek Philosophers*）吗？如果有，你能把它寄给我吗？我想对“启示录”做一些研究，需要资料作参考。”还有另一种问法，完全视研究情况而定：“如果没有，那也没关系。”约翰·伯格曾在杂志上评论过真正的劳伦斯风格，尽管他钦佩作家的才智，但其作品总是令人不悦，因为这位作家所做的一切只是从书架上拿出一本书，从中找些东西填补自己的作品。

现在我也是个热衷于“整理书架”的人。几天来，我

① 埃里希·奥尔巴赫（Erich Auerbach，1892—1957），德国语言学家、比较文学学者、文学批评家。

一直在整理我的书，有意无意地，或者说无情地，一直整理到凌晨三点："我很难让自己不去整理这些书，越晚、越辛苦，越能显示自己整理书籍的魅力。"但整理藏书不是简单将它们放到一起就完事，我希望它们能有秩序地摆放在一个房间里。巴什拉、巴特的书根据字母表亲密地靠近彼此——这也许有点讽刺意味；艾米斯（Amis）的《信息》（*The Information*）和马查多·德·阿西斯[①]的《布拉斯·库巴斯的死后回忆》（*Epitaph of a Small Winner*），也按字母顺序排列在书架上。但事实证明，一直这样做是不可能的。很多书简直在耍赖，它们太长以至于放不进书架，只好找个空间较大的地方存放。小说往往比非小说类书籍块头小，因此我按照书的主题分类排序，但又出现了新的问题：雷蒙德·威廉姆斯的书放在哪里好呢？都放在字母W下面，还是细分到小说类、批评类和政治类书籍里呢？那《月光奏鸣曲》（*Quasi Una Fantasia*）呢？我是把它放在音乐类别下，还是放在哲学/文化理论模糊的分类下（比如从德语翻译过来的很难读懂的书籍），和阿多诺的其他作品归为一类？

这些无法解决的问题是我快乐的源泉，但我决心坚持只用一个房间存书。但如果真是这样，我就不得不扔掉一

---

① 马查多·德·阿西斯（Machado de Assis，1839—1908），巴西作家。

些书了。扔哪一本呢？非小说类总是有用的，但是小说呢，大部分都没有多大的实用价值！这就是我为什么一直保留着它们，因为它们甚至卖不出去：没有人想要它们。事实上，一旦一个人拒绝了完整性原则，你就会觉得自己需要的书少得可怜。在过去的5年里，无论我住在哪里，很少会随身携带超过20本书——尽管这给我带来了一些不便，但并没有造成任何重大问题。现在面对上千本的书籍，如果丢掉其中三本书，按照分类标准，我还可以丢掉另外的30、300甚至3000本。彼得·凯里[1]曾经是我最喜欢的作家之一。他的短篇小说集《历史上的胖子》（*The Fat Man in History*）依然是我最喜欢的书之一，还是费伯出版社出版的英文原版；我没有评论过他的第一部小说《幸福》（*Bliss*），我只有平装本，那就暂且把它放在“待售”的箱子里；作为一篇文章，摊放在一旁的《魔术师》（*Illywhacker*）对我来说已经不再有任何特殊意义，但因为它是第一本带作者签名的书，我想留下它；这样想来，获得布克文学奖的《奥斯卡和露辛达》（*Oscar and Lucinda*）的精装本也必须要保留了，即使这本书让我放弃了凯莉；既然我留下了这两本书，那么为了完整起见，我也可以留下皮卡多出版社出版的《幸福》。就这样，我把它们从箱子里拿出来，放回架子上，又把它们拿下来放进运装箱

① 彼得·凯里（Peter Carey，1943— ），澳大利亚小说家。

里，拿上拿下，来来回回，不知取舍。尼古拉斯·贝克[1]的《声音》（*Vox*）是一本平装劣质书，但正如别人常说的，你永远无法判断某样东西的具体价值，说不定它哪天就能派上用场……

这些都是些琐碎之事。许多书，当我再次打开时，还能重新感受到纯粹的喜悦，如瓦尔特·本雅明的《启迪》（*Illuminations*），我在本文参考了其中的一篇文章《打开我的藏书》（全篇文章多处未写明出处）。本雅明建议，获得书籍最好的方法就是写书。这一点我可不敢苟同。所有藏书中我最不在乎的就是自己的作品。在某种程度上，它们不属于我的藏书系列（也是仅有的我还没写上自己名字的书籍）。自己的书在书架上可有可无，其他的则不然，尽管我可以得到另一本自己的作品《然而，很美》，但再也无法买到罗素·班克斯[2]的《苦难》（*Affliction*），那是我在第五大道上的巴诺书店买来的，那天有个朋友得了严重的膀胱炎，我出门看他，顺道买了这本书。同样，我再也买不到《出事了》（*Something Happened*）这本书了，考完大学入学考试的那个暑假晚上，在萨福克郡，我和奈杰尔·雷恩福德（Nigel Raynsford）“两个人的头都快被挤破

---

① 尼古拉斯·贝克（Nicholson Baker，1957— ），美国小说家、散文家。

② 罗素·班克斯（Russell Banks，1940— ），美国小说家、诗人。

了”才拿到这本书（就像我们过去常说的那样得之不易）。我也不会再买到赫伯特·洛特曼[①]的绝版加缪传记了，这本书的扉页稍微有点变形，因为在提帕萨的一天下午，它被喷雾弄湿了……

当我把藏书一本一本地从书箱里拿出来时，好像“记忆的洪水打开了闸门”。我在各座城市的发现，我与这些城市的联系，回忆的画卷开始一幕幕展现。“在过去的15年里，我近乎忠实地用铅笔在扉页上写下了阅读或买书的日期和地点，这种方式令人着迷。我在阿利斯泰尔·霍恩[②]的作品《和平的野蛮战争》（*A Savage War of Peace*）的书页上题写“阿尔及尔，1991年10月”，尽管这本书实际上购买于查令十字街的福伊尔书店。这些便条一张张累加起来就是一本厚重的日记了。如果我的藏书室是唯一的资料来源地，那么你不仅可以准确地了解我曾住在什么地方，而且还可以大致了解我的就业历史。怎么说呢？20世纪80年代中期，我的藏书从平装书逐渐过渡到精装书，从这里，你可以看出我身份的变化，从读者到评论家的进步过程（比如，从自己买书到免费拿到新书）。1987年至1989年这段时期积累的藏书最多，你会发现我几乎专为伦

---

① 赫伯特·洛特曼（Herbert Lottman，1927—2014），美国作家、传记作家。

② 阿利斯泰尔·霍恩（Alistair Horne，1925—2017），英国记者、传记作家、历史学家。

敦一家出版社工作，那里有书可以免费获取。我的藏书也可能大概遵循了我智力发展的轮廓，或者更准确地说，我智力衰退的轮廓。从藏书中，可以看出我离开大学后3年在阅读水平方面的进步与成长。我读了雷蒙德·威廉姆斯、福柯、尼采和巴特的作品——现在算来，那都是10年前的事情了。

既然有了自己的藏书室，我似乎不需要“智者”了，甚至不那么在乎其他事情了。当自己处于最佳工作状态时，我一定也不想干其他的。但一离开书桌，眼睛一离开心爱的书，我就受不了。其实我没有**看书**的冲动。书要整理，要分类，要来回调整。有时我只是想从书架上拿一本书，查点资料，也许还会凑到书前闻一闻，再小心地把它放回原处。在将来的某个时候，我可能还想添加一些书进来，但就目前而言，我只是想坐在这里，凝视着我的生活。这个图书馆不仅是我生活的一部分，它就是我的生活。更确切地说，在某种意义上，这是我生命的**全部**。把我所有的书藏在一个房间里，这也是一种实现人生抱负的方式。坐在这里，我的脑子也许嗡嗡运转。但这就够了，我再也不需要别的东西。本雅明在他的作品结尾中曾经感慨道：“啊，收藏家真幸福，闲人真快乐。人们对快乐的期望往往比较高，最具幸福感的人……便是那收藏家——我指的是那种真正名副其实的收藏家——拥有是一个人与物品最亲密的关系。不是物品通过人拥有了生命，而是人生活于物品之中。”

无论将来会发生什么，即使我最终会像自己很有把握预测的那样，会变得衰老、贫穷、孑然一身（你看，留下《声音》那本书的确是个好主意！），这个藏书室是我活着的一部分；藏书将赐予我神奇的力量，证明我依然活着。想起住在街对面的邻居，一对有孩子的夫妇，虽然他们有家人，我对他们仍感到一丝遗憾。他们不是我，不像我拥有藏书室。我可是拥有20年来不断积攒的藏书啊！他们不像我，在灯光的照耀中，在书堆的环抱中，享受可爱的孤独。在过去的六年中，我一直如此，孤独生活，仅与书为伴。这一刻，就我而言，就算这个世界可能会成为碎片，但我根本不会介意。被藏书包围着，我可能根本不会注意到这一点。

写于1995年

读者的障碍

现在不用过多阅读。

——菲利普·拉金《阅读习惯研究》

这是一种综合征吗？或仅仅只是我个人的不适？我发现阅读越来越困难，不管我用何种方式。今年我读的书比去年少；去年则比前一年少；前年又比大前年少。众所周知，作家会遇到写作障碍，而我所遭受的却是读者障碍。读者障碍算不上一种慢性病，但同样经历缓慢的发展过程，在不同的情况下以不同的方式表现出来。最近去巴哈马的一次旅行中，我常常无法静下心来阅读，尽管我能在任何地方坐下来看书。这是我唯一一次看到如此蓝的海、如此粉的沙，我称这种现象为“‘和平号’综合征”，这也许听起来有些夸张。“和平号”飞船的宇航员曾说，他带到空间站的书一页也没读，他一有空就会凝视窗外。有时我一懒起来，宁愿看电视，也不看书；有时候，我又太认真了，无法真正领会作者的意图。阅读对我而言从来不存在写作能给我带来的感受。如果我觉得自己应该做点什么，就会提笔写写东西。从理论上说，如果我不写作，那么我会随便读读书。但实际上，我常心存愧疚，因为我经常既不写（从工作来讲）也不读（从放松自己的角度说），无所事事，倒是乐于到处转悠，整理和收拾那些藏书。我可以什么也不做，直到按时坐上火车，然后就像一个忙碌的通勤者，在20分钟内开始一点点地啃读《战争与和平》。一头扎进书里，**想着我终于有机会看书了**。然而，很快，我就像《不安之书》（*The Book of Disquiet*）中的佩索阿一样，“对风景心生无趣，对可能让人分心的书本亦感无趣，被徒劳而痛苦的方式撕扯着”。

家里有很多书我还从没读过，但当我茫然地看着书架时，心里能想到的却是“也没有什么可读的了”。为了能在跨大西洋的飞机上下定决心看书，解决阅读问题，我买了两本书，本哈德·施林克[①]的《朗读者》（*The Reader*）和阿尔维托·曼古埃尔[②]的《阅读的历史》（*A History of Reading*），但还是没能好好看进去。那就算了吧，我不强

① 本哈德·施林克（Bernhard Schlink，1944— ），德国法学家、小说家。

② 阿尔维托·曼古埃尔（Alberto Manguel，1948— ），加拿大作家、翻译家。

迫自己读为这次飞行特意买的书，于是四处找可以阅读的东西：飞行杂志、免税目录、紧急疏散程序。虽然我很乐意阅读碎片内容，但仍然是一个比较挑剔的读者，不喜欢为了阅读而阅读。读一本书的机会成本往往很高，阅读劣质书籍显然是浪费人的精力，机场“大片”给人的感觉不就是这样吗？我觉得读珍妮特·温特森（Jeanette Winterson）或哈尼夫·库雷西[①]的书简直有失身份。事实上，大多数以故事为中心的所谓的高质量小说看起来就是在浪费读者的时间（顺便说一下，尽管我有很多时间）。如果在读詹姆斯·哈维斯[②]的书时，我能表现出阅读亨利·詹姆斯作品时的那种情愿和乐意，那就太好了，但读亨利《金碗》（*The Golden Bowl*）的前五段，我也坚持不了多久（比如其中的前四句话）。

奇怪的是，20岁的时候我以为，到了中年我才有时间阅读那些年轻时没有耐心阅读的书。但是现在41岁的时候，我甚至没有耐心去读20岁时读过的书。在那个时代，我以阿诺德式的信念翻阅了所有的东西，每一卷都带着我不知不觉地走近甜蜜和光明。我读过《战争与和平》《安娜·卡列尼娜》《尤利西斯》《白鲸》。我真正读懂了陀思

① 哈尼夫·库雷西（Hanif Kureishi，1954—　），英国剧作家、编剧、电影制作人。

② 詹姆斯·哈维斯（James Hawes，1960—　），英国小说家。

妥耶夫斯基的《白痴》，尽管我几乎讨厌它的每一页。我没读过《卡拉马佐夫兄弟》：我想等我年纪再大一点我就开始读吧，可现在年纪是够了，我却希望年轻的时候读过就好了，那时我还能静心阅读。

然而，即使在这种情况下，有些书还是成为例外，吸引我最终读完了它们。读不懂简·里斯[①]的《藻海无边》(*Wide Sargasso Sea*)，通常，我会放弃它，但这本书很薄，几乎从第一页就可以很快看到它的结尾，我最后还是读完了，并重新认识到，它确实是值得每个人称赞的杰作。鉴于我对正典的信仰还相对完整，为什么我不能在阅读这方面坚持更久一点呢?

在某种程度上，就算没有退化为小孩子，我也变成了一个满口精辟妙语的成年人，无法集中精力做任何不能立即得到满足的事情。我已经屈从于乔治·斯坦纳在他的文章《非普通读者》(*The Uncommon Reader*)中所说的“当前阅读习惯的读者障碍”。(正如我经常因为太有鉴别能力而阅读不进去。我的阅读障碍首先表现在对自我存在的否定，至少按照斯坦纳的说法，“一个知识分子，即在他或她读书时手握铅笔的人”。我发现没有铅笔我就无法阅读。)从这个意义上说，我陷入的是“电子时代阅读命

① 简·里斯(Jean Rhys，1890—1979)，英国作家。

运”。“电子时代阅读命运”引用自斯文·伯克茨[①]，也是《古登堡挽歌》（*Gutenberg Elegies*）的副标题。恰如其分的是，我以一个痴迷的读者身份悲伤地回首往事，回想我读本哈德的时期，读布罗茨基的时候，读加缪的时候，读德里罗的时候……我想起了那些挑灯夜读的孤寂时刻，那是一种多么高尚的消遣啊，用华莱士·史蒂文斯的一句话来说，“读者自身也成了书”。这种孤寂仍偶尔袭来，它有点像结婚已久的夫妇偶尔体验夫妻生活，因为它让我想起了自己读书的变化。我曾经迷恋看书，阅读于我就是家常便饭，现在看书却变成偶然的激情表现。迷失在J. M. 库切（J. M. Coetzee）获得布克奖的作品《耻》（*Disgrace*）中，我记起自己是如何在幻想的世界中恍恍惚惚地从一本书读到另一本的。看着读者们分享安德烈·柯特兹[②]的拍摄作品，不管在静止的文本中多么昏昏欲睡，我仍能边看边陷入沉思和回忆。

我尤其记得美国期刊《饥饿的心灵评论》（*The Hungry Mind Review*）上的两篇文章，文章要求许多作家从本世纪挑选一本书，一本值得推荐给下一个世纪的书。杰拉

① 斯文·伯克茨（Sven Birkerts，1951— ），美国散文家、文学评论家。

② 安德烈·柯特兹（André Kertész，1894—1985），美国摄影师。

德·厄尔利[1]思考了自己如何逐渐对小说失去兴趣的问题，想知道“这是否关乎一个人正在逐步失去阅读能力或兴趣”。他认为这反过来也可能影射一个人如何“难免慢慢失去深度思考的能力”。对斯文·伯克茨来说，之所以选择里尔克的《杜伊诺哀歌》（*Duino Elegies*），是因为“在《杜伊诺哀歌》中，我们发现了最可能的主观意象，人类即将泯灭的特性”。这种“主观意象”的缺乏，是我和厄尔利阅读能力下降的一个原因吗？

但也许这不是事实。在《而我们的面孔、我的心，简洁如照片》（*And Our Faces, My Heart, Brief as Photos*）中，约翰·伯格推测，记忆的丧失本身可能是一种记忆（子宫里的婴儿记忆尚少，就是如此）。同样的道理，我阅读能力的下降本身就是阅读太多了的一种结果。阅读提高了你的自发性，塑造了你对世界的看法，给了你生活的目的感，阅读打开了无数的可能性，但即便在这种背景下，它也仅仅扮演了一个小角色，这其实不足为奇。书本提供的经验教训我们吸收得越彻底，就越不需要频繁地参考书籍这种“生活用户手册”。经历一定程度的阅读后，主观意象就变成了自我的产物，而不仅仅是文字的产物。当然，还有更多的东西要学，更多的东西要读，但是当我十几岁

① 杰拉德·厄尔利（Gerald Early，1952—　），美国散文家、文化评论家。

的时候，每阅读一本新的书籍都给我已有的见闻和感知带来新的冲击，而现在读到的每一本新书只能在已有的知识上增加一点新东西。

18岁在切尔滕纳姆时，我正准备去牛津大学学习英语，那时我的经验其实非常有限，还从未出过国。除了老师，我遇到过的人几乎是和我的家人来自一样的阶级、一样的背景；另一方面，我对莎士比亚、华兹华斯、狄更斯、劳伦斯有着无穷的想象，认为完全致力于文学研究的生活似乎是命运最高的安排。但曾经**赐予**我生命的阅读，现在只是生活的一部分，而且仅仅是一小部分而已。

书籍对我至关重要，它使我成为现在的我。这个有点笨拙的说法来源于《瞧，这个人》（*Ecce Homo*）的副标题，在副标题处，尼采就是这么说的。任何从他那里获得启发的人，肯定都会同意这样一个观点："在某天清晨，破晓之际，在一个人状态最佳的时候阅读一本书，我认为这就是一种恶性！"

写于1999年

我作为不速之客的生活

1989年的秋天，我曾在新泽西州罗格斯大学爵士乐研究院工作过一段时间。为了写一本关于爵士乐的书，我跑去研究院浏览相关档案，一个图书管理员看我在那里到处翻找资料，似乎有点好奇，便问我写的那本书是否与历史有关。“不，”我说，“不是。”“那是传记吗？”“噢，也不是。”“好吧，那到底是写一本什么样的书呢？”我说：“我也不知道是什么书。”咨询无果，他的注意力便转向了写书的作者。“您是个音乐家吗？”“不是。”“那您是一个爵士乐评论家？”“也不是。”“您是做这行的还是那行的？”“不对，我既不是做这行的也不是做那行的，甚至也没有做其他的工作。”他变得有点沮丧，便直言不讳地问我：“那么您怎么能确定自己有资格写一本关于爵士乐的书呢？”

“我确实没什么资格，”我说，“我只是非常喜欢听爵士乐罢了。”

这是个非常诚实的答案，同时也是谦虚而自信的回答。爵士乐研究院是一个集特殊兴趣和专业知识于一体的地方，从这一角度来看，我的确没有资格待在这里。我对爵士乐不太了解，当然不足以写一本专著评论爵士乐。但确切地说，这也正是我写这本书的动机。我喜欢爵士乐，但它对我来说又充满了无限的神秘。如果我在写书之前就知道自己需要知道什么，我反而不会充满兴趣地写下去。未知能带人开始探索之旅，否则，写书会变成一项枯燥乏味的码字工作，变成对已知事物的誊写。

写科研论文的人首先要花费一定的时间研究一个主题，当他们充分了解这个话题后，才开始动笔写作。但我的情况与此不同。就我而言，写这本书会让我提升至自己需要达到的程度，让我有资格写这本书。重要的不是一个人知道些什么东西，而是你是否有激情、有力量去探索。

如果因为身处专业知识的天堂，我的回答稍显谦虚，那么在专业人士面前，这个回答听起来同样圆滑而自信。在专业人士面前，我总能意识到他们在专业领域的关注点，也了解他们不知道和不关心的事情。所以我非常确定管理图书的这位爵士乐迷没有读过罗兰·巴特的摄影著作《明室》（*Camera Lucida*），也不会知道巴特是围绕他喜欢看的几张照片（尤其是他母亲五岁时的一张照片）写出的这部伟大的作品。齐奥朗认为：“只有经常学习与我们专业无关的学科，我们才能充实自我。”但这样的好建议常常被人们忽视。若人们常常关注自己专业以外的东西，他们无疑将获益良多。

写作这本有关爵士乐的专著意味着我开始成为“文学和学术上的不速之客”，即不请自来地进入一个专业领域里，无拘无束地待上一两年，然后继续探索别的领域。不言而喻，这是一个没有出路的职业（任何致力于写作的人都不该这样做），因为通常的做法是确定一个你自己感兴趣的领域进行创作。我写的第一本书关于约翰·伯格，他强烈反对任何专门研究。他认为专门研究无聊、胆小、非学术，几乎无异于编写教科书（从这点来讲，是对其专业的一种无意的侮辱）。当我完成爵士乐的著作后，当时的编辑问我是否想开始一个新的领域，比如写写雷蒙德·威廉姆斯！我脑海中随即勾勒出一个痛苦的未来——以后专门致力于写一些概要类的书籍以评论作家和思想家。之后的确也发生了类似的事情。《然而，很美》出版后，我感觉自己有机会成为爵士乐评论家。说实话，当时并没有人邀请我写评论，但那时我正忙着训练自己成为一名军事历史学家。准确地说，我当时住在巴黎，写不出一本在某种程度上来说类似《夜色温柔》的书。跟随菲茨杰拉德的主人公迪克·戴夫的脚步，我乘火车去到阿尔伯特参观西线的墓地。这纯属一时心血来潮，但当我赶到阿尔伯特时，感觉就像是被某种力量召唤到了一个集合之地。埃德温·

鲁琴斯爵士参与建筑了“寻踪索姆河”的纪念碑。站在纪念碑前面，我知道自己要写一本关于一战的书。接下来几年，我就在做这件事。

我从来不认为自己是一名正统的军事历史学家，但在这本书出版后，我变成了一战的权威人士，被邀请参加节目《新闻之夜》，就黑格在索姆河战役的指挥问题与科雷利·巴内特[①]进行辩论，巴内特像坦克一样将我碾压、打败。

但这并不重要，那时我正在写一本关于D. H. 劳伦斯的书，一本不怎么着调的书。劳伦斯从不会因为对一个领域的陌生而放弃对这个领域的尝试。相反，丽贝卡·韦斯特回忆道，劳伦斯第一次来到佛罗伦萨时，就开始写作谈论这个地方，“对这个地方的了解还不足以使他的观点具有真正的价值”。晚年时，他对伊特鲁里亚文明感兴趣，一位朋友寄来了罗兰·费尔（Roland Fell）的书，希望能帮助他写作，劳伦斯写信感谢朋友。费尔“彻底坚信应该淘汰关于伊特鲁里亚人的一些零碎信息，但他一句话也没有说……我只需要从一开始就勇敢去做，让所有权威都见鬼去吧！……还需要一点想象力”。

我最近在看劳伦斯一本谈论摄影的书，对其中的内容

① 科雷利·巴内特（Corelli Barnett，1927—　），英国军事史学家。

深信不疑，劳伦斯在书中多次感恩伯格和巴特。哈罗德·罗森伯格[1]提出摄影构思，“再研究一下问题，很快就自然会找到解决办法”。摄影似乎特别适合那些受罗森伯格摄影理论影响的人。做一个已经人才济济的专业领域的不速之客，这模式与在其他地方不请自来其实大抵相同。一些已经安顿下来的人一开始就慷慨好客；另一些人则怀着排外心理，害怕局外人会在他们戒备森严的领域里放肆撒野。他们怀疑你没有付出任何东西，没有努力就挤进专业学术的领域，这种怀疑往往表现为猛烈的抨击和批判。后来他们就承认你是一位非常棒的客人，说是你这个不速之客活跃了他们的领域。如果你还没有离开，还没去到别的地方，他们甚至可能就邀请你好好在这个领域待着了，把这里当成自己的家，别太拘束。

如果你没有任何机构的支持，做一个领域的不速之客特别危险。但是，不用承担学术责任的这种独立亦有其自身的自由和回报。在随便哪个大学谋个教授一职，也许令人宽慰，但从劳伦斯悲伤的口吻和优美的自豪感中，我读到了作家几乎自负和理想主义的状态：“这些年，我只不过是一个孤单的人，徘徊在孤独的人生道路上。”

劳伦斯自然不是知识分子游牧主义中唯一鼓舞人心的

---

① 哈罗德·罗森伯格（Harold Rosenberg，1906—1978），美国作家、教育家、艺术评论家。

例子。尼采对劳伦斯的影响异常深远。尼采放弃大学语言学家的工作，成为一个流浪者和叛逆者，他厌恶那些“仅仅因为从未想到其他领域而只在一个领域学习和徘徊的人”，这些人的勤奋正体现了引力的愚蠢，这也是他们经常取得成就的原因。他更喜欢那些“不深入研究问题的人”，这些人更能注意到苦于钻研的专业人士从没有尝试过的事情。

劳伦斯习惯在自己熟悉的领域中发表一些文章，文章大概与个人直觉相关，丽贝卡·韦斯特最初惊讶于劳伦斯的习惯，后来却从他的方法中获得大量信心。韦斯特在写《黑羊与灰鹰》时，有个学生想写一篇关于她作品的论文：

> 我解释说，谈论我完全不符合她的写作目的。我的大部分作品都分散发表在美国和英国的期刊上；我从不用作品向别人透露我的个性，写作仅是为了使自己得到启迪，为了增加自己对各种主题的了解，去发现哪些主题对我来讲更重要。就这样，我写了一本关于伦敦的小说，写清楚我为什么喜欢这座城市。

这段话很有意义，它不仅写出了韦斯特自身的写作实践，表明她个人的写作目的，也提醒我们，在精准划定的知识领域，尽管循序渐进的进展（或者说是研究，从学术的角度来讲）受到足够重视，但作家不应主动给自己设限。人们对苏珊·桑塔格提出的“模糊的工作类型”这一理念在解读上获得了“重大进展”，他们靠写作混日子，得过且过，还冠之以桑塔格的名义。但桑塔格认为，作家应该对一切感兴趣，不应局限于某一领域，但为何却有人如此谦卑地安于现状呢？

写于2005年

侥幸

1977年到1978年，我是牛津大学一年级的新生，住在基督圣体学院新生住宿区的一楼，就在老学院对面，隔着一条马路。秋季开学的某一天，大约凌晨两点，窗外传来一群人吵吵闹闹的声音，他们唱着鲍勃·迪伦的歌曲《雨天的女人们》(*Rainy Day Women*)。这群人在狭窄的小路上来回走动，高唱“每个人都要喝醉了”，持续了很长一段时间，最后我只好穿上衣服，跑出去和他们理论。我突然遇到了一个朋友保罗，他是个美国人，也住在走廊上。看到彼此都这样生气，愤怒的我们更加故作勇敢。

“让我们去会会那些讨厌的家伙!”他说。在走出新大楼的路上，我们从大门内的板条箱里拿出空的牛奶瓶。走到外面小路上的时候，醉汉们已经不见了，但仍然能听到他们的声音，只是没那么明显而已。我们循着声音向前走，穿过学院，来到一楼的窗户旁，发现他们仍然在高声合唱。如果那时我们回到自己的房间里，就不会听到他们的声音，也可以睡个好觉了，但是那会儿我们已经走到了外面的街上，感觉特别清醒、愤怒和激动。保罗看着我说："我们确定要这么做吗?"

二话不说，我们把四个牛奶瓶朝窗户的方向扔了过去。牛奶瓶撞击玻璃的砰砰声，尖锐得真是令人难以置信。完事后，我们回到新的宿舍大楼，各自回屋休息，保罗突然冲我说："晚安，杰夫!"好像我们刚才做了什么刺激的恶作剧一般。

一回到房间，突如其来的负重感向我袭来，我为刚才的所作所为深深自责。四个瓶子就这样向窗户那儿扔出去，这究竟会对一屋子的人造成什么样的伤害?

几乎彻夜不眠后，第二天，一大早，我出去看了看"犯罪现场"。玻璃已经被清理干净了，窗户也没有被砸破。不可思议的是，四个瓶子要么摔在了墙壁上，要么摔在了窗户的金属和石头框架上，倒是没有一个破窗而入的。这就像是做了一场噩梦，梦见自己做了可怕的事情，一觉醒来，满身大汗，结果发现现实中的自己并没有做如此邪恶的坏事，于是终于松了一口气。

1997年秋天，我来到北卡罗来纳州的达勒姆，计划写一篇关于摄影师威廉·盖德尼的文章，他的档案最终存于杜克大学。达勒姆本身是个小地方，是科研三角园的一部分，研究区还包括罗利和教堂山。逗留两个月的时间内，我经常开车15英里到20英里的路程，到附属城镇郊区的一个电影院。虽说是郊区，但到了晚上却让人感觉是在野外，在漆黑一片又荒芜人迹的道路上行驶。我很少在英国开车，所以很少出现开错车道的问题。看完电影《冰风暴》后回家的路上，我做了一件蠢事——开错车道，行驶进黑乎乎的车道，直到另一辆车的人朝我叫唤，我才意识到自己出了问题。记得最后一刻，我猛然掉头，驶进另一车道，司机连按喇叭的时间都没有，只见旁边的车在我周围来了个急转弯，很快便不见踪影，我竟然毫发无损。

两年后，我和当时的女朋友去了巴哈马，为一家美国杂志写一篇文章。我们必须先在迈阿密转机，进入美国，然后登上飞往拿骚的转接航班，乘船去哈勃岛。

在哈勃岛待了几天之后，我们开始四处探寻，想买些大麻。牙买加人会拐弯抹角地问你想不想买些强效毒品。但巴哈马不像牙买加，每隔几分钟就有人问你有无需要。有不少留长辫的年轻人瞥了我们一眼，但我和女友都没有跟他们搭讪。巴哈马人都是大酒鬼，但哈勃岛看上去不像一个醉岛。在这些问题上，我的应对之策就是要谨慎，甚至有些偏执。

我们在岛上待了三天。有一天，我正穿着裤子，用准确点的服装术语讲，应该说穿着一条有大口袋的工装裤，下飞机后我就没穿过这条裤子了，我突然感觉口袋里有个大块头的东西：一大袋装有烟斗的超劲大麻。我竟然不小心把它带到了可能是世界上警戒最森严的迈阿密机场，机场可到处都是嗅探犬啊。也就是说，我穿着这条裤子，顺利入境英国，顺利走过美国的出入境大厅，登上了飞往拿骚的飞机，进入巴哈马群岛，这个过程中竟然什么事也没发生。

那段时间，我吸食大麻比较严重，当时大麻是占据英国市场的主导性毒品。在飞机起飞前的星期六晚上，我穿着这条裤子参加了“回到过去”派对，才导致我无意间“走私”了毒品。

我女朋友很生气，这完全可以理解。我怎么会这么愚蠢，这么健忘呢？也许是因为大麻吸食过量了，脑子不清醒了，正如大麻侵蚀全国上下的青少年一样，它也腐蚀了我的大脑。她的愤怒虽然是情理之中，但并不完全令人信服。多亏了我的健忘，才有了那时我们想要的东西：大麻，我们可以过一过毒瘾了。实际上，我们还必须消灭掉眼前的大麻——我可不想重来一遍，回去的时候再来一次“走私”，尤其是当我已经意识清醒的时候。

如果上面谈论的这三件事情遵循它们本可能有的发展轨迹，而不是以我上述的情况为结局，那么后果会是什么样的呢？

在牛津事件中，除了我可能造成的伤害以外，几乎可以肯定的是，我自己也会被逮捕，因为保罗当时喊出了我的名字（那天早上听打扫我房间的一个女人说，牛津大学的人喜欢管这些人叫侦查员，说昨晚丢瓶子的人跑进新大楼了）。是的，我还有可能被学校开除。如果扔瓶子事件还造成他人伤害的话，大概还会有刑事诉讼。所以我也许会被开除，这件事可能还会惹上警察（如果从刑事损害的角度讲，那又是另一回事了，可能要有保释，我才能去学校上课）。现在，经常有学生被牛津大学开除，但是他们能继续过着有趣的生活。如果我被开除，我不会出国旅行，也不会做任何冒险的事；我得回到家乡，重新在英国商业综合再保险公司干一份无聊的工作。其实上大学前，我曾在这家保险公司干过9个月。

在北卡罗来纳州发生的事件的后果可能会更加直接。我可能会因车祸死去，或者瘫痪，或者脑损伤，或者其他哪个部位受伤；不，不是可能，是存在很大的概率，我可能会撞坏两辆车；而如果我幸存下来，也大概会面临某种严重的大诉讼。

如果我在迈阿密因为走私那袋大麻被抓，在那种情况下，我和女友就去不了巴哈马旅行，我也不可能完成文章，交给当时有名的美国杂志，我也将不得不放弃我的稿费。当然，这些微不足道的后果都比不上最终可能的后果：被监禁在美国。

这些假想的结果都没有发生。我没有被牛津大学开除，没有死在北卡罗来纳州，也没有进入佛罗里达州的监狱。我完成了自己的学业，最终能有自己的选择，成为一名作家；我还被邀请到达勒姆，和女朋友一起去巴哈马，享受了一次免费的豪华旅行。我得感谢美好的生活，感谢命运的恩赐。

当拿破仑考虑是否提拔自己的一名士兵时，总是会问："他运气好吗？"我已经习惯把自己看成一个极其不幸的人。我可以列出一个庞大的清单，给你们看看我的运气有多么糟糕。有很多次，我一参加网球比赛，天就下雨。但显然，在前面提到的三件事情上我是多么侥幸。本来这些事情也许会有可怕的结局，会粉碎我的生活，会结束我的人生。更为重要的是，上天不仅仅是给予了第二次机会，还赐予了我第三次、第四次机会。如果我是一只猫，这每一件事都能耗掉我一条命，这三桩事件就耗费了我三条命，那么还剩下六条命。

在我的记忆中，这是发生在自己身上的三件最冒险也最幸运的事情。更确切地说，是我侥幸逃过三劫。至今想起来都有点后怕。我从来没有做过任何事情，其直接和预期的后果，像这三件事一样如此糟糕。在20世纪80至90

年代，我曾体验过次数可观的性生活，随意地、没有任何保护措施地与异性睡觉。但跟这三件事比起来都不算什么，因为性生活而感染艾滋病的机会还是微乎其微。或者这样说吧，考虑到我的性冒险程度，我当然有可能因为不幸染上艾滋病毒。换个角度来看，这三件事情就相当于与一个滥交的同性恋静脉吸毒者发生了没有任何保护措施的性行为。我想，这样的人最终只有一个结局，那就是被囚禁在迈阿密监狱。

估计有99%的可能性，我会为自己的行为付出代价。但就这三件事而言，我都侥幸逃脱了，安然无恙，毫发无损。我有从这件事吸取什么教训吗？我想并没有。至少我并没有学到任何我当时还不知道的新东西。而这些不要往别人家的窗户扔玻璃，不要开错车道，不要把难闻的非法毒品带到美国，总之诸如此类不要做蠢事的寻常道理，我其实一直都懂。

《警探哈里》中常出现这么一个问题：你觉得自己够幸运吗？“觉得自己幸运吗，小菜鸟？”我也常问自己，也自知“运气不是很好”。

那么关于命运，或者关于天意，我们有一些相关结论吗？阅读这篇文章的大多数人，或许也会罗列出自己的三个相似的侥幸事件。有一些人也许非常幸运，甚至按照猫的标准，他们的九条生命甚至一条都没有耗费掉；还有一些人可能没法准确地读懂这篇文章，因为他们没有类似的侥幸事件，他们也没有我那样的运气。不管我愿不愿意承认，这三次侥幸已然是我的三大永恒的成就。

写于2009年

人类状况百科全书

（关于Doughnut Plant[①]的甜甜圈）

多年来，我一直住在布里克斯顿水巷和附近的不同公寓里。每天基本沿着埃弗拉路散步、骑自行车，或者坐公共汽车。我经过埃弗拉路多少次了呢？我花了多少时间走埃弗拉路呢？如果去布里克斯顿娱乐中心打壁球，去“Franco's”吃比萨、喝卡布奇诺（在寻找到可口的卡布奇诺前，我常光顾“Franco's”，之后的几年里，“Franco's”的卡布奇诺一直无法让我觉得满足，相反，它只带给我痛苦和沮丧），或是顺着这条路去见见老朋友、喝点东西，或只是乘坐地铁到伦敦的其他地方，你总可以在这条路上看见我跋涉的身影，或是骑着自行车。无论去哪里，我总是从埃弗拉路出发，最后再回到这条路上。但离开布里克斯顿的部分原因也是因为这条路，我无法又一次沿着这条

① 创立于1994年的一家主打手工制作高品质甜甜圈的公司。

路继续艰难跋涉、骑自行车或乘坐公共汽车。埃弗拉路在我的记忆中留下了深刻的印象，走上这条路，我闭着眼睛都能走回家，这几乎成了条件反射一般，就算突然中风、抽搐、大脑失去意识，我也能走回家。当我再也没能力去任何地方或做任何其他事情的时候，只要我还能走路，我就会沿着这条路继续走下去。

路线从未改变，但一个人的经历会多多少少随着时间发生变化。20世纪80年代中期，我的很多朋友居住在这个地区时，我总能碰到一两个我认识的人经过这条路，这种相遇越发让我觉得舒适，那正是我最想要的邂逅。时间一天天过去，这条路也一天天变得不同。废弃的Cool Tan品牌的工厂重新被选择作为各种不同项目和活动的场所，比如狂欢聚会，或者悬浮槽减压活动。我的朋友希瑟·阿克罗伊德（Heather Ackroyd）在20世纪80年代就在这里尝试了她的雕塑处女作（以草为物料冲印照片）。后来，Cool Tan品牌的工厂变成了类似欧洲商业中心的地方。再之后，哈福德和Currys①的分店便开张了（这倒是非常方便，有一次我还买了个冰箱）。令人印象深刻的是，每一个新的变化都彻底消除了街道之前的痕迹。一开始，你会注意到Cool Tan的工厂被拆毁，其他建筑取而代之。但一旦新建筑建成，以前的事物就好像从未存在过。这与弗洛

① 英国著名家电产品商场。

伊德提出的潜意识恰好相反。因为弗洛伊德的潜意识理论指出，罗马所有阶段连续的建造都被同时保存在记忆中。我曾经努力回忆Cool Tan工厂。实际上，哈福德和Currys的分店过去也一直在那里，即使它们现在已经撤走了。我其实已经很久没有去那里的哈福德和Currys了，也很久没有经过埃弗拉路了（谢天谢地，我没有去），希望自己再也不用经过那里。

不仅是埃弗拉路，其他任何街道也大抵相同。我们总是走着同样的路线，穿梭在城市中，不管是乘坐地铁，还是乘坐没那么拥挤的公共汽车。即使是骑自行车，我们也是沿着熟悉的路线走，更喜欢走那些更长更美的自行车道。不过，实际上，当人们的警觉性较低的时候，看似安全的自行车道其实更危险。甚至走路的时候，我们也不仅坚持同一条路线，而且更喜欢走道路的同一侧（比如去布里克斯顿就走埃弗拉路的北侧，回家的话就走南侧，与车辆行驶方向相同），而身处伦敦这座大城市，这种习惯会让人只接触到众多机会中的一小部分、众多选择中的一种，比如经过埃弗拉路，我遇见了伦敦杂志《超时》（*Time Out*）上列出的音乐会、电影和讲座，虽然几年前我不再订阅这本杂志。当我们对习惯的路线越来越熟悉时，就更可能忽略沿途的风景。艾伦·霍林赫斯特的小说《符咒》（*The Spell*）中的主人公住在哈默史密斯，当主人公抱怨如此好的环境也逐渐沦为“因为长期使用而变得破旧不堪、人们熟视无睹的一两个社区”时，他何尝不是说出了所有人的心声呢？

我们总是从同一个方向，通过同一条路线接近某个目的地。如果安排在一家我熟悉的咖啡馆见一个人，也不知道什么原因，我最后总是从一些不寻常的方向来到这家咖啡馆。对此，我感到十分惊讶。这很令人不解，好像我们要去的地方突然不见了。从心理学上讲，一个地方的位置并非是固定的。一个地方究竟在哪里，并非由它的地理位置决定，而是取决于我们如何接近它。

在巴黎十一区布勒街的大部分时间，虽然我孑然一身，也常觉得不开心，但我总能想起那段时光，那是一段田园般的生活。我非常喜欢那个街区，好多条路通往我住的公寓。附近还有三个地铁站，我可以根据自己的目的地，从任意一个站出发，每个站点还有三条不同的地铁线。我还可以在巴士底狱站坐公共汽车。不管走到哪里，我都可以从任意一个方向出发。现在看来，所谓一个人的家，无非就是你频频出发的起点而已。但当我住在布里克斯顿水巷附近的时候，90%的时间我会向东走，沿着埃弗拉路一直走到布里克斯顿。然而，当我住在布勒街时，大概有10个方向，每个方向我都走过，我并没有偏爱走哪条路。每个方向、每条路对我而言都同样具有吸引力，但你总有一些理由朝着新的方向走去。话虽这么说，但我总习惯每天早上走同一条路，去同一个地方，也就是去罗凯特街上的咖啡馆，去那里喝咖啡、吃羊角面包，就像我住在新奥尔良的海滨大道时，总是走同一条路去“Croissant d'Or”咖啡馆，或者就像我“长途跋涉”沿着埃弗拉路走到“Franco's”喝卡布奇诺（“Franco's”现已更名为“Franca Manca”）。

就像德国诗人迈克尔·霍夫曼（Michael Hofmann）在其诗作《再会厄纳华托》（*Guanajuato Two Times*）中所写：

我可以继续回到
同样的几个地方
直到我死去
直到我变成
他新唱片封面上的约瑟夫·乔斯
“什么是爱？”

我喜欢回到相同的那几个地方，一直如此。哪天常规一旦被打破，我就开始寻思，我怎么回到了多年前我就不再喜欢的地方？多年来，一旦我在苏豪区有事情做，或者要去见见谁，就会顺便回到“Cappuccetto”，坐下来点杯卡布奇诺。后来我也想不起是什么原因了，慢慢开始光顾一家新店，叫“Patisserie Valerie's”，沿着旧康普顿街走

100米就到。我搞不懂为什么自己会在“Cappuccetto”浪费这么多年的时间。和“Patisserie Valerie’s”比起来，“Cappuccetto”这家店让人压抑，又缺乏氛围。于是，我经常光顾“Patisserie Valerie’s”，之后，它的糕点变得不那么好吃，不断让我失望，我也不再去了。美丽的西班牙女服务员玛丽亚离职了，她在这家店工作多年，经常和我朋友克里斯互相调侃。美好的顾客服务关系不再继续，取而代之的是迅速的员工流动，“Patisserie Valerie’s”咖啡店可能也不再适合我了。这里的糕点个头越来越大，我也不再喜欢它的咖啡，员工们的流动性太高，而且他们好像还带有苏联人的特质，觉得为客人提供优质服务是一种罪恶。我一直认为，来到这家咖啡店就好比参加一场准波希米亚式的聚会，但是“Patisserie Valerie’s”开始在伦敦广场开分店，这无疑破坏了我一直以来的设想，反而让我觉得像是走进了星巴克，走进了一个初见雏形的小型帝国。

尼采喜欢自己提出的“短暂性习惯”，厌恶“持久性习惯”，以至于他对那些帮他逃脱长期习惯的疾病或不幸心怀感激。（但他同时还补充说，最难以忍受的是“一种完全没有习惯的生活，一种需要一直即兴发挥的生活，那等于是自我放逐，相当于放逐到辽阔的西伯利亚。”）与尼采不同的是，我太容易向长期的习惯屈服。正是出于习惯，我一直去“Patisserie Valerie’s”咖啡馆，直到后来遇到我的未婚妻。她说服我去蒙茅斯街的咖啡馆，后来我们相约在比克街的“Fernandez and Wells”，这是一家反传统咖啡浪潮下的新型咖啡馆，正在彻底改变苏豪区的咖啡文化。一旦我习惯了“Fernandez and Wells”咖啡馆，或者伯立克街的“Flat White”，就再也不想去原来熟悉的“Patisserie Valerie's”了，唯一的遗憾是我竟然在那里忠心耿耿地浪费了这么多年时间。我想说的是，自己现在很幸福，但“Fernandez and Wells”和“Flat White”的糕点实际上令人有点沮丧，它们本可以做得更好吃一些。其实说了这么多题外话，我真正想谈的主题还是纽约的甜甜圈。

2004年9月，我住在曼哈顿的第三十七街，在中央公园和莱辛顿之间租了一间工作室。那段时间我非常忙碌，所有的任务都要赶时间完成。虽然有很多看似重要的事情需要解决，但对我来说，找一家当地的咖啡馆才是最紧迫的。这样每天中午前，我就能去吃个茶点。

可说起来容易做起来难，找到合适的咖啡馆可不简单，毕竟有那么多要求需要满足。首先，咖啡必须和我喜欢的完全一样，尽管我很难确切地说怎样才算完全一样。第二，点心必须和我喜欢的一模一样。我说的点心是指羊角面包或甜甜圈，我可不喜欢那些美国主食、松饼或百吉饼。第三，我永远不会用纸杯喝咖啡，咖啡必须装在合适的瓷杯里。这并不像你想象的那么简单。在曼哈顿，有很多地方的咖啡虽然很好，但人们只用纸杯或塑料杯来装。

第四，我说的杯子指的就是专门的咖啡杯，可不是像大众使用的马克杯之类的东西。第五，杯子的大小必须合适。杯子的大小问题不仅仅是杯子的尺寸多大或多小这么简单，我可从来没有在哪个地方见到用超大杯装卡布奇诺的，若是那样，端上来的简直就是一大桶泡沫。

若这些条件能一一满足，该有多好啊。我满怀希望地开始探索这个街区，结果比我最初想象的要好得多，尤其是当我向东走几个街区，走到第三大道的时候。我去了一个叫“Delectica”的咖啡馆，在第三大道和三十八号街的拐角处。这地方看起来比较适合人们在上班途中停下吃顿快餐或者喝杯咖啡，但至少他们提供了合适的杯子。虽然店里的氛围不是很好，但我看到，除了合适的杯子，他们还有各种各样的点心。我点了一杯卡布奇诺，味道还可以——泡沫有点多，但杯子确实让我满意。我还点了一个羊角面包，虽然有点小，但在曼哈顿，大羊角面包相当少见（而且越来越少见，在巴黎也是如此）。我在莫特附近的王子街待了几个星期后，去了一家很酷的咖啡馆“Gitane”，那儿的羊角面包只是一种小圆面包，就像通常大家吃的那种。有一次我向一个留长辫的女服务生抱怨了店里的羊角面包，结果她解释说，这些面包来自“Balthazar”（一家餐厅），说得好像来自这家豪华餐厅就可以帮她们解脱，把湿乎乎的小面包变得清脆蓬松似的。

第二天，我继续去“Delectica”咖啡馆，点了一杯卡布奇诺和一个甜甜圈。那天我点的甜甜圈是环形的，真的很美味。这一天成了我纽约生活的一个重要转折点。我也会在即将出版的作品《个人视角：世界上最伟大的点心》（*Great Pastries of the World: A Personal View*）中突出显示它的地位。这本书会是一部自传、一篇史诗、一份圣约，它将讲述一个个史诗般的令人失望的故事，当然还有令人眼花缭乱的成功故事。毫无疑问，其中一个故事就是在“Delectica”发现了甜甜圈。“Delectica”的甜甜圈上面有一层薄薄的糖霜，不算太多，而且糖霜也不会太甜，至于口感……那天早上我吃完第一口后发出感叹：“哇噢……”“这真的很棒！这真是一个棒极了的体验，就在这间‘Delectica’，我吃到了这么好的甜甜圈！”边吃甜甜圈边喝卡布奇诺简直是完美至极。前一天在这家店，我只喝了卡布奇诺，不过今天才是最完美的体验。它不仅仅只是一杯上面漂着一层泡沫的简单的咖啡，重要的是，泡沫和咖啡几乎融为一体，化为整体。这是由另一个人调制而成的，她做得非常完美。我没有提出任何具体的要求，但是这个女服务员如此碰巧地完全按照我喜欢的方式为我制作了一杯卡布奇诺，我那天也因此开心了很久。从那天起，每次排队买咖啡，若有其他服务员主动为我提供服务的话，我都说还没想好买什么。其实每天我点的东西都一样，只是一直中意那个调制美味卡布奇诺的女服务员而已。

有趣的是，我连续六个星期每天都光顾“Delectica”，也没有机会靠近这位服务员，尽管她每天能给我带来如此多的快乐。在“Gitane”，我和朋友有机会和服务员聊天调侃，我还记得那位留长辫的服务员每天给我端上来湿乎乎的面包。可在这间店里从来没有这样的机会。老实说，“Gitane”的面包简直破坏我的心情、吞噬我的灵魂。事实上，一段时间后，这位女服务员能习惯性地以其简朴而实在的方式为我准备好卡布奇诺，并送上甜甜圈，已经不需要我再多说什么。我非常享受这样一种完美的默契。至少对我而言，每天来这里是一天中最重要的事，我不忍轻易打破眼前安静的默契。美中不足的是，周一“Delectica”不供应甜甜圈。正如他们所推荐的，我只能光顾其他店了。不完美的事情总是令人失望，吃不到甜甜圈对我而言是毁灭性的打击，它可能让我彻底崩溃，或是发狂。也许我会把咖啡摔到服务员脸上，然后流下自怜的眼泪。幸运的是，“Delectica”的甜甜圈每天都保持它无与伦比的美味，发狂的事情也就自然从未发生。

于是，我的生活开始了自己渴望的那种“不变的常规”。每天醒来，我在家里吃完木斯里①早餐，先工作一段时间，然后就去“Delectica”享用午前茶点。虽说“不变”，但渐渐地，我愈来愈渴望赶紧去“Delectica”，有时竟无法集中精力工作，脑子想到的全是美味的甜甜圈和咖

① 发源于瑞士的一种由麦片、水果和坚果等组成的营养食品。

啡，于是我开始提前过去店里，每天都提前一点时间，直到最后我干脆不吃早餐，最迟9点前就赶到了店里，享受我的茶点。每天晚上睡觉时，我都开始期待第二天早上的9点。一醒来就跌跌撞撞地从床上爬起来，睡眼惺忪地穿好衣服，匆匆忙忙出发并赶到“Delectica”。我非常喜欢这里的甜甜圈和咖啡，本该慢慢品尝，然而我忍不住狼吞虎咽地一口咬下面包，匆匆喝下咖啡，还喝得咕噜咕噜作响，几乎来不及品尝就吃完了。通常的情况是，还没等我充分体验到美食的欢乐，一天中最开心的时刻就过去了。吃完那会才8时45分，接下来的一天就没有什么特别值得期待的了。独享这份喜悦对我而言变得越来越难。一天早上，我照常狼吞虎咽地吃着甜甜圈，咕噜咕噜地喝着咖啡，心里想，这是多么美妙的面包，多么难忘的咖啡啊。突然，我意识到自己竟然情不自禁地大声说出了自己的感受。这引起了其他食客的注意，其中一人转头问我。

“嗯？你喜欢这甜甜圈吗？”他说。

“还有咖啡！”我回应道，“不配上咖啡，甜甜圈吃起来就没什么味道了；只有甜甜圈没有咖啡，也同样不够完美。”

“你是哪里人？”他接着问。

“英国人。”

“这种甜甜圈英国没有吗？”

“英国没有像这么好吃的，”我说，“我用了20年时间寻找这样的甜甜圈。现在我终于找到啦。就算死了也开心呀。”

“那好吧，好好享受。”他说，好像我刚才在开玩笑一样。

“当然。”我说，继续嚼我的面包。

去“Delectica”吃茶点的时间越来越早，一天比一天早，最后我简单地解决了这个问题，那就是也去那里吃午餐。我发现他们的烤蔬菜三明治也很好吃，但我并不打算长期点这些三明治，因为最重要的是我自己，是我的精神状态，也就是人的状态。我当时很绝望，每天心烦意乱，没有跟别人接触，基本处于精神崩溃的边缘，但是很大程度上由于“Delectica”的出现，我的精神状态慢慢有所改善，对生活的兴趣也慢慢恢复。对生活的热爱也许就是对甜甜圈的嗜好吧。

时间过得真快，六个星期后我搬离了公寓。打算在曼哈顿东村的中心再租个地方，就在第九街，位于第一街和A大道之间，还是住六个星期。搬家的时间越来越近，我开始意识到我真的爱上了那套公寓，还有附近的邻居。在那里，我非常开心。意识到这一点的时候，我也知道倒计时已经开始了，我只有五个早上可以去“Delectica”，然后是四个、三个……一想到要离开熟悉的地方，我就觉得可怕。但更可怕的是，一旦搬到我的新住处，我将不得不全部重新开始。最后一天，我搬进了新地方，开始像神话中的西西弗斯那样每天推石头，我又重新开始每天寻找我的咖啡店。这里的情况几乎和第三十七街的正好相反，新住处周边有太多的咖啡馆了。我几乎不知道从哪家店开始，于是向朋友杰米寻求建议，他就住在几个街区外。他说“Delectica”的甜甜圈来自一个叫“Doughnut Plant”的品牌，这个品牌把生产出来的甜甜圈分发到不少地方，其中一个便是“Cajun Pizza Place”，就在第三街和A大道的街角，在“2 Boots”餐厅的对面。于是在上世纪80年代末我住在纽约期间，完全喜欢上了这家“Cajun Pizza Place”，非常依赖它。这家店有我喜欢的甜甜圈，但是他们的咖啡装在大杯里，味道不是很好，泡沫太多，味道太淡。发现这家店后，我才觉得“Doughnut Plant”并没有离我远去，我还是能吃到原来美味的甜甜圈，但是这家店的咖啡太一般，所以我会更想回到第九街和A大道的“Delectica”喝咖啡。好吧，没关系，我就这样每天来到“Cajun Pizza Place”，但总感觉一路过来的路程中少了点什么，应该不像我之前跌跌撞撞地跑去“Delectica”那样欢快了吧。这是一个完美的地方，不管从哪个角度说，到处是有意思的人，有很多便宜的餐厅，距离圣马克书店也只要五分钟的路程。

是的，新地方、新公寓很不错，不过每每坐下来喝咖啡，我总想起“Delectica”。虽然我不曾为了喝咖啡特意跑到第九街，但只要有机会去那边，我都会在“Delectica”停下脚步。“Delectica”是我的根基，纽约给我的熟悉感和幸福感都源于此。于我而言，“Delectica”就像马克思所说的“无情世界的感情所在”。无论我住在哪里，总依赖这样的地方。在新奥尔良，是“Croissant d’Or”；在罗马是特拉斯提弗列地区的“San Calisto”酒吧；在布里克斯顿就是“Franco’s”咖啡馆。不管什么地方，即使我只停留很短的一段时间，我也会很快规划出我的路线。我不喜欢到一个城市走马观花，我喜欢能尽快住下来，熟悉一座城市。几年前我去都灵开会，只在那里待了三天，但也养成了像尼采所说的典型的“短暂习惯”，我每天跑去酒店对面的咖啡馆喝咖啡、吃羊角面包（都灵是尼采最终丧失理智的地方，他在都灵成功摆脱了理智的束缚）。如果哪天我去到都灵，立刻找到同一家咖啡馆，这会让我心满意足。但是一旦你和某个地方建立了一段持续的关系，当某个地方成为你世界的中心，就像“Delectica”成为我生活的中心时，那么就没有回头路了。

事情往往如此：商店或者倒闭，或者换主人。希瑟曾在废弃的“Cool Tan”工厂创作出摄影作品，后来工厂变成哈福德的分店。租约到期，或是管理层变动，或是换了个新厨师，曾经让你满心欢喜的地方现在反而隐藏着可怕的幽灵，它随时会让你失望。还记得我光顾“Patisserie Valerie’s”的那几年吗？即使后来我知道是时候换一家店了，也还是一直往“Patisserie Valerie’s”走去。但是，即使一切保持原样，即使地方、食物和工作人员保持不变，我们依旧无法回到过去。当然，有一个人做到了：他回去了。

今年早些时候，我和妻子去新奥尔良参加婚礼，我带她去滨海大道参观自己之前住的公寓。我已经不记得具体的位置了，也不确定眼前的大楼是不是新建的。最后，我带着妻子去了之前常去的“Croissant d'Or”咖啡馆。是的，我还记得去咖啡馆的路。咖啡馆还在那里，我们点了卡布奇诺和羊角面包。羊角面包吃得下去，但不再是我记忆中的味道了，咖啡就更可怕了（牛奶太多，泡沫太多，乍一看还没什么问题，但喝到一半就喝不下去了）。不过这一切都还好，比起“Delectica”，这不算什么。大概在发现“Delectica”的一年半之后，我再回去店里时，“Delectica”带给我的尽是失望。

我当时住在第七大道四十八街的一家旅馆里。可我总爱重温旧时光，走过市中心，我花了40分钟来到“Delectica”。店里还在供应甜甜圈，员工我一个也认不得了。我点了一杯卡布奇诺，服务员端了上来，我看着咖啡面带难色，它俨然是一个宝彩圣代，或者说是一堆铺满泡沫的什么东西，仿佛高脚玻璃杯上的奶油。

“这到底是什么?”我问道。

“卡布奇诺。”服务员骄傲地回答。

“那就不对了，”我说，“这不是卡布奇诺，这是一杯可怕的卡布奇诺，如果你知道这个地方对我多么重要……”我哽住喉咙，又生气又难过，冲出门外，走到街上，随便抓住路人就问：卖甜甜圈的咖啡馆去哪了，你们知道在哪里吗？我愈问就愈疯狂。大多数人显然没有听说过“Doughnut Plant”，少数知道这个牌子的人也不知道哪家咖啡馆有卖他们家的甜甜圈。最后终于有人给了我答案，在“Oren's Daily Roast”，他还告诉我中央车站有一家分店。像一个赶火车的通勤者，我赶到了车站。找到中央车站很容易，但在这个巨大的车站中找到“Oren's Daily Roast”却非常困难。最后，我找到了，我看到了，看到了一长串排队的人，那只是一个小档口，不过这里有卖“Doughnut Plant”的甜甜圈，只剩下一个香草味的了。我赶紧加入等候的行列。如果有人拿走最后一个甜甜圈，我肯定会恳求她，把我的情况告诉她——“如果你知道我今天早上经历了什么……”如果恳求无效，遭到拒绝，那我会从她手里抢走甜甜圈，然后一口吞下它，但好在没人要这最后一个甜甜圈，最后我还点了一杯卡布奇诺，尽管我不得不用纸杯子喝咖啡，还像一个匆匆忙忙错过火车的通勤者站在一旁，但在那种情况下，我已经很满足了，我感激还能有一杯咖啡和一个甜甜圈在手上。

此后，每次我来到纽约，都会在“Doughnut Plant”的官网上查它的专卖店，看看哪家店最靠近我住的地方。要去切尔西的海上酒店待一个星期，最好的选择似乎是韦弗利广场的一家店，叫作“乔的咖啡艺术”。如果恰巧天气不好，走路需要15分钟，不过这都是值得的。咖啡棒极了，他们也有甜甜圈，虽然每次过去都像个小冒险，可能去到那儿之后才发现甜甜圈已经售罄了。我记得有两次，我过去后，店里只剩下一个甜甜圈，就和当时“Oren's Daily Roast”的情况一样，我非常紧张，一直盯着看有没有人会拿走我的最后一个甜甜圈，随时准备对人家说：“先生/女士，不好意思，我想说能不能看看有没有其他你喜欢的，老实说我一定要买到这个甜甜圈。”不过这一切都是我的想象，每次都如同奇迹一般，至少有那么一个是留给我的。甜甜圈和美味咖啡的结合是再幸福不过的享受了。某种程度上，这比“Delectica”的还要好。不像“Delectica”，这是一个有趣的地方，有着极好的氛围，还有可爱的客人。短短一周的时间，我去了很多次，最后一天早上过去“乔的咖啡艺术”，我拿出了积分卡，获得了一杯免费的咖啡。这不正是一个再合适不过的例子吗，印证了尼采理想中的“短暂的习惯”。

上次去纽约的旅行真的很开心。我住在第五十五街和百老汇大道之间的旅店，非常靠近地铁N线和R线。坐地铁来到联合广场附近第十三街的“乔的咖啡艺术”，这家店在卖“Doughnut Plant”的甜甜圈，但不是我要的那种，味道不是那么纯正。虽然行程这么赶，我不该为了一杯咖啡和一个甜甜圈在街上晃晃荡荡，不过我很快就决定得去韦弗利广场的那家分店看看。到那之后，我才发现这家店没有好到哪里去，或者说更糟糕，因为韦弗利广场的“乔的咖啡艺术”不仅没有我想要的甜甜圈，咖啡里还加入了过多的牛奶。我选的那个椰子甜甜圈实际上有点糟糕。坐在一旁吃东西的我，无法理解到底是什么让人们抛弃最原味的甜甜圈，却生产出各种各样的糟糕口味。老实讲，那时我垂头丧气地走回地铁站，心里祈祷自己不必以这样的方式被迫生存，不用被迫在自己挚爱的东西中硬挑出点刺来。坐在地铁里，列车哐当哐当地飞驰着，开往市中心。不管身居何处，人们总是被迫一遍一遍重复同样的东西。从某种角度看，或者从任何一个角度来讲，人们所做的一切不就像在埃弗拉路上来来回回吗？无论我们谈论什么东西，开心的事情也好（比如找到最好的甜甜圈），麻烦的事情也好（比如坐地铁），当我们谈论生活的时候，我们大有可能就是在谈论如何艰辛地走进埃弗拉路，然后又走出埃弗拉路，不管你身处何方都是如此。

故事本可以就此讲完，以闷闷不乐的基调结束，但是为了真实地以全球视野来呈现故事的模样，我还是得提提我最近在东京的一次旅行。不管身处哪座城市，我们总试图将其重塑为理想中的模样。去东京之前，我记得我在“Doughnut Plant”的官网上看到东京也开了一家分店，不是获得代理权，然后就把美国生产出来的甜甜圈运来日本卖，而是在东京建设一个真真正正的“Doughnut Plant”生产基地。就像在纽约一样，你可以在东京这样的大城市的各个地方买到“Doughnut Plant”的甜甜圈。我们当时住在丸之内半岛，认真研究了“Doughnut Plant”的网站，发现最近的分店是“Dean & DeLuca”，走路15分钟就到。

当然，去日本还有其他原因。那里有古老的寺庙，有鲤鱼池，有艺伎和樱花，有难以置信的零售建筑群，还有新宿的科幻霓虹，但对比这些日本特色，“Doughnut Plant”的甜甜圈给我的熟悉感更让人印象深刻，这种熟悉感让我不会轻易思念家乡，这种熟悉感源于过去纽约款待我的方式，它是纽约美食的象征，与伦敦无关。我想要探寻的正是东京的纽约，而非东京的伦敦。

雷沙德·卡普钦斯基[①]认为，在过去，不同文化的碰撞类似于一个欧洲人（白种人）和一个亚洲人（非白种人）的相遇。但是现在，一种文化和其他文化的碰撞越来越频繁（比如印度人和南美洲人之间，或者说中国人和非洲人之间）。我想，东京的经历正好验证了雷沙德的主张。东京代表着典型的都市文化，像极了芝加哥市中心，人们找到“Dean & DeLuca”，一家典型的纽约高端熟食餐厅，并在这里吃到甜甜圈（一个国家美食文化的代表），我这里说的国家不是指英国。我也不确定自己究竟在说什么，也担心自己是不是从“趋同”的角度在谈论文化“差异”，

① 雷沙德·卡普钦斯基（Ryszard Kapuściński，1932—2007），波兰记者、作家。

不过这都没有关系。在东京，我们都变得有点疯狂。

这里不是纽约，不是甜甜圈的故乡，在这里吃到甜甜圈，给人双重愉悦的感觉。来到东京，我不指望在这里买到甜甜圈，最后竟然奇迹般地遇见我的甜甜圈。我和妻子要了两个，再配上两杯咖啡，每天如此，坐在咖啡馆里，吃到脸和鼻子都沾上了香草冰，吃得很开心。从某种意义上讲，这就是全球同质化的不好之处了，好像这个世界瞬间变成了一个高端市场，你可以在随便哪个城市看到麦当劳，或是在伦敦的任何地区找到"Patisserie Valerie's"的分店。我想强调的是，我喜欢甜甜圈，我不介意在伦敦的任何街区看到"Doughnut Plant"的专卖店，如果是这样，这个世界会越来越美好。

我们每天10点准时到达"Dean & DeLuca"。一天，咖啡馆没有准时开门，等到11点才开，原来那天是日本的国庆节。我们只好在外面站着，没有地方可以坐。更烦的是，那天早上风好大。除了等待，我俩别无他事可做，就这样在东京的人行道上，陷入进退两难的境地。如果走回酒店，几乎一回到酒店，我们就得重新出来。走这条路还是很费劲的，还没有5天，我开始感觉丸之内路竟有点埃弗拉路的感觉，从最开始的悠闲漫步变成今天在这条路上艰难跋涉。站在这个陌生又熟悉的城市，时间凝固在这条荒芜而干净的街道上，我们有大把时光。我们像僵尸一样，在冷风中，绞尽脑汁地想着怎么打发时间，却什么也做不了，后来只有一个念头：时间快点过去，快点躲进“Dean & DeLuca”，赶紧坐下来，在遥远的世界一角吃甜甜圈、喝咖啡，可在那个时候，这一期望简直可望而不可即。时间慢得让人痛苦。尽管我知道眼前的“Dean & DeLuca”就藏着我对整座城市的欲望，我可爱的甜甜圈。

“Dean & DeLuca”最后终于开门了，我们冲进去狼吞虎咽地吃下甜甜圈，狂喝咖啡，享受完美食后，就走回酒店了。路上，我们才注意到，日本国旗飘扬在很多大楼上，一片白色中间画出一个红艳艳的圈格外显眼。这条路走过这么多遍，我几乎对路上的东西视若无睹，每次心里只想着甜甜圈。那时候，竟觉得日本的这面旗是世上最好看的国旗，尽管从小我就熟知日本在太平洋战争中的罪行，这面旗帜似乎是罪恶的象征，可现在在我看来它压根儿就不是。这面旗帜变成了一个象征物，治愈了我对甜甜圈的痴迷，汇集了所有热爱甜甜圈的人，并为他们提供了一个充满爱与和平的世界。这一切源自一个捷克移民者的远见和抱负，他漂洋过海来到纽约，创立“Doughnut Plant”品牌，建立起甜甜圈王国，一路开店开到东京，只可惜绕过了伦敦，伦敦人现在还只能凑合着吃羊角面包，那种乏味的小面包。在我看来，伦敦有时候无异于一条绵延不断的埃弗拉路。

写于2009年

当　然

刚认识我女朋友两周的时候，我就问了她一个至关重要的问题。其实称呼她为“女朋友”，可能稍微有点过头了，因为当时我们还只是见过几次面而已。为了得到她确定的答案，我告诉丽贝卡（我最近已经开始和她同居）有一个**非常重要、比生命还重要**的**问题**要问她。

“那么我可以问吗？”我说。

“可以啊。”

“真的？那我问啦！”

“问吧。”

“你想和我一起去参加火人节狂欢派对吗？”

这是在2000年6月，内华达州黑岩沙漠一年一度的狂欢即将来临，就在劳动节那个周末的前一周。我们得从英格兰赶过去，而且丽贝卡当时在出版社担任高管，要参加火人节活动异常烦琐，需要数月的计划和准备。如果想去的话，我们需要立即着手准备。但听到我的问题，她一点也没有犹豫。

“当然好啊！”她说。这是所有“当然”中最棒的一个回答了。自从我们见面以来，我不停地和她聊起“火人节”，总把每个话题转向“火人节”，“火人节”之外的东西我表现得完全不感兴趣。丽贝卡在遇见我之前从未参加过黑岩城的狂欢活动，也不明白“火人节”到底有何魅力，竟然如此吸引我这个欧洲人。她不是一个爱寻欢作乐的人，也从未结识精神恍惚的瘾君子，甚至连伦敦市区的夜总会都从没有光顾过。

接着，在这一声“当然好”的回答之后，我们的确一起去了“火人节”，并且在回来后几天内就结婚了。是的，是官方意义上的结婚，那天是2000年10月12日。

我们不想再等了。我很高兴没有选择继续等下去。说实在的，我也不喜欢等待。我是个骨子里没有耐心的人，等待对我而言简直无异于折磨。我一生已经花了太多的时间在等待，以至于再多等一秒也坚持不下去了。但在这种语境中（关于我们如何等不了，为什么没有让彼此再等待），还是有必要带你们回顾一下刚开始的邂逅，回到我和丽贝卡相遇的那个晚上。

艺术杂志《现代画家》（*Modern Painters*）在里森画廊举办的一次展览会上，我发表了一期关于“火人节”的艺术作品。展会的气氛很令人放松，除了大家期待的红白葡萄酒，还有大量不同种类的啤酒。客人清楚啤酒喝完了还会有新的供应，他们大可以轻松饮酒解渴。我也很放松，来这里不是为了找女朋友。当时我还是单身汉，浑身上下散发着一种令人厌恶的禁欲主义的绝望气息，这一方面常常害我找不到女朋友，另一方面又让我更渴望找到自己的另一半。正如潜水圈子里的人常说的那样，我处于潜望状态。

虽然来此不是为了寻找女朋友，但我还是四处看了看，想安慰自己，这里确实没有吸引人的女性，这样我就可以专心喝酒，这才是我来此的真正目的。手里拿着啤酒，我已经做好准备喝第二瓶、第三瓶，还有可能喝第八瓶……在喝到第九瓶的时候，我的目光扫过四周，突然发现了一位性感的女士。她留着长长的黑发，眼睛像麦当娜那样好看，人又高又瘦，也不吸烟。如果她抽着烟，这个魅力咒语反而会被打破，而我会继续专心喝酒，喝个大醉，然后回家。她穿着时尚的伦敦服装，我其实不懂时尚，特别是那时候，在结婚之前，我还没有开始关注时尚呢。那段时间，时髦的"恍惚"衣着最吸引我，但她身着低调而昂贵的伦敦"反恍惚装"，看起来也很动人。我在周围来回走动，不过一直没找到机会和她说话，她也总是在和别人交谈。那天晚上，我被介绍给许多人认识。我时不时在她附近徘徊，希望借此接近她，有机会认识她，但是一直没有机会搭讪。在我"旷日持久"的徘徊中，也不知在哪一刻哪一秒，她终于瞥了我一眼，这正是我需要的机会，我抓住那一刻的诱惑和煽动，主动开始与她交谈，即使没有旁人介绍我们认识。

“我好像在哪里见过你。”我说。

“不对，我们没有见过。不过我知道你。”她很真诚地回答。

“是吗？我叫杰夫·戴尔。”我随即回应，感到一丝骄傲。

“我叫丽贝卡·威尔逊。”她自我介绍道。我们握了握手。她旁边有一个名叫马克的戴眼镜的男子，不知道我在做什么，以为我只是在自夸。我后来才知道，他当时心里觉得我“是个大混蛋”。后来我还知道，就在我一直徘徊在丽贝卡身边、等待交谈机会的时候，丽贝卡向马克承认她对我有些好感；可这个马里兰州的同性恋马克对丽贝卡说：“你不至于想招惹这样一个瘦骨嶙峋、头发灰白的老东西吧！”

这是异性恋者得到无数祝福的一个很好的例子。我得承认，从这个小例子中，我看到了自己已经到了不再对男人有吸引力的年龄（如果我曾经对男性是有吸引力的话），不过现在我对女性仍旧有吸引力。虽然我的身体在老去，但对女性的吸引力比以往更大，这是完全有可能的，不是吗？我不再散发出20岁时候常有的那种绝望气息。更坦诚地说，我在30岁的时候也常有那种绝望气质。我对这种“绝望气质”一直觉得无所谓，用英格兰的流行话讲，就是“搭讪无能”。我从不知道如何搭讪异性，但我最近才放弃搭讪的尝试，即使在某种程度上，我果真试图和别人搭讪，更多时候也感觉不像是和像麦当娜那样美丽的女人聊天，更有可能是和一个非常聪明又碰巧长得好看的姑娘闲谈。

回想起来，我依旧有点担心。丽贝卡经常在聚会上被无聊的人逼得走投无路。人们对她唠唠叨叨，因为她是个很好的倾听者。我不知道自己是不是也喜欢对着她高谈阔论，讲个不停。我想假如我是那些人中的一个，我会和她谈什么呢？谈论我自己，或者是火人节吗？如果过度急于表现智慧，可能会适得其反，让人言行过激，出现消极倾向。在和她的聊天中，我是怎么急着表现自己的呢？我贬低他人，特别是国际上成功的作家，我说他们虚得其名。后来为了弥补我的过失行为，我又反过来夸奖那些被低估的作家，说他们的作品实质上值得拥有更多的读者。

谈论这样的话题，我们的聊天很容易会陷入僵局，但我碰巧提到了一本刚读过的很棒的小说《救赎之路》（*Reservation Road*），这是一部由约翰·伯纳姆·施瓦茨（John Burnham Schwartz）写就的作品，这本书的出版商恰好就是丽贝卡所在的公司。更巧的是，丽贝卡和我一样对《救赎之路》有很高的评价，而且她实际上正是作者约翰的编辑，也有这本书。这实在是太让人开心了！我们的观点一致，聊得很疯狂，就像两个老友重逢，特别开心，谈什么都有共鸣。虽然那时我还不知道马克是同性恋，但我已经可以确定他只是丽贝卡的男性朋友，绝不是男朋友，也感觉到他好像不再认为我是个**像混蛋一样的人**。我确实猜对了。丽贝卡后来告诉我，那天晚上，马克一直觉得我就是个**彻头彻尾的**混蛋。

丽贝卡说她得离开了，虽然我们聊得很开心。我知道她同时在韦登菲尔德和尼克尔森两个出版社工作，所以没有必要索要她的电话号码。于是我说道："也许我可以打电话到出版社找你。"

"你肯定知道我在哪里工作。"她说道。虽然我非常享受和丽贝卡一起聊天的时光，现在她离开了，我还是感觉放松了许多，因为在激动的聊天过程中，我努力表现得很好，克制自己不要喝酒，现在终于可以好好喝个够了。

我在周二给她打了电话——她后来告诉我，这正符合她当时的猜测。如果我要打电话，应该会选择这个时间打给她（她知道我会的）。我那时42岁了，在某些方面，我还是很明智的，知道不该打着半职业会谈的幌子，或是在讨论书籍出版的饭局上，与某人来一次浪漫的邂逅，所以我在电话里非常认真地表述了我的问题。

"我希望找一天晚上与你见面。"我强调了想说的内容，同时也没有很特意突出“希望”一词，于是特意停顿了一下后又补充说，“如果可能的话。”

“好的。”她回答我。然后，在一个同样明显的停顿之后，她继续说道：“那当然有可能。”这种回答非常聪明，和我的约会邀请有异曲同工之妙。通过说“那当然有可能”，她也在暗示一切皆有可能发生。接下来的事情就是我一直担忧的对话部分了。事实上，我一直不确定如何邀请丽贝卡。我最后终于打了电话，即使不知道第一次约会邀请她究竟该做些什么。别人的第一次约会往往是去餐厅吃饭，但在我看来，这是再糟糕不过的行为。我无法面对一起吃饭时任何可能遇到的情形。首先，我无法接受两人坐下来吃饭，整晚都心照不宣地自我克制，以验证彼此是否匹配；其次，我也不好意思在晚餐结束时提议要么我们平分账单，要么她来付账然后去报销（我知道自己不该这么做，我也决定尽量不这么做，但我清楚自己最后还是会请对方买单的），我不忍看到她脸上流露出失望的表情。总之，要是第一次约会，做什么事情都好过一起坐在餐厅里看着菜单，询问对方的喜好。但老实说，除了吃饭，我也不知道第一次约会究竟还能安排什么其他活动。

我内心其实有一个小提议，想邀请她直接到南海岸布莱顿的公寓来看我，不过对于这个想法我还是有些犹豫不决。虽然我在伦敦有一套公寓，但大部分时间我还是住在布莱顿，那里的公寓是我所有的住所中最好的一处。我在电话里告诉丽贝卡，布莱顿的公寓在四楼和五楼，地处第一大道，顶楼是一个很大的休闲室，里面没有墙壁，全是落地窗户，推开玻璃门，外面就是壮观的阳台，天气晴朗的时候，室内和室外一样明媚。我们还讨论了各种可能的安排。丽贝卡一般周末才有空，再加上伦敦人总喜欢去布莱顿度假，而且关于公寓，我讲得挺多，所以当我最后提议“星期六来布莱顿看看怎么样”时，她欣然同意了这一安排。

周六是一个阴冷天，可我是在乎天气的人吗？是的，这一天我确实很在乎。我十分讨厌这样的阴冷天，那天我真是特别生气。按照我本来的设想，丽贝卡和我可以在露台上晒太阳，喝新鲜果汁，就像在南海滩或者洛杉矶一样，悠闲自在地享受阳光。可外面的天气破坏了我的幻想。我正呆呆地望着灰色的窗外，突然电话铃响了。打电话的人正是丽贝卡。一听到她的声音，我就知道她要临阵退缩了，想打电话取消约会；但事实上没有，她只是错过了火车，要迟到一会。

我去车站接她。她的头发又黑又长，穿着宽松的日式衬衫。为了迎合这种东方情调，一见面我便以东方国家的问候方式，和她握手，向她鞠躬。今年早些时候，我去了一趟泰国，接触过这种东方问候礼节；而丽贝卡是去印度的时候学到了一些东方礼仪。这样有趣的问候方式是一个很好的开端，感觉既讽刺又真实，但实质上既不那么真实，也完全没有讽刺意味。

“很抱歉，我迟到了。”她向我道歉，听起来很内疚的样子。

“没关系。”我回答。

“我不喜欢迟到。”

“我也是。”我说，“呃，我是说，虽然你今天迟到了，但是没关系的，我只是常常为别人迟到感觉惋惜。”

“我也是！”她说。

“我非常看重守时这一点，但我不是要责备你，但说真的，我是个喜欢守时的人。”

“其实我也跟你一样！”她再次强调。

“可是你真的迟到了。”

“我是不是破坏了什么美好计划？”

“是啊，这一天都毁了。”

“那我是要直接回伦敦吗？”

“要不我们找个地方喝咖啡，聊聊天？”我说，“看看怎样从如此糟糕的天气中挽回点兴致？”

“那……让我们试试吧。”丽贝卡说。

这次聊天几乎为我们后来的关系定下了基调。从那次见面开始，每天晚上我们都会一起谈论诸如此类的废话，但与此同时，我们仍然坦诚相见。关于迟到和守时的问题，由于我们这样坦诚地聊开了，反而让两个人待在一起感觉很放松、很舒服。

离开车站后，我们去了一家咖啡馆，在那里点了两杯“**不加**巧克力”的卡布奇诺，结果服务员端上来的两份咖啡上面都漂着一层巧克力，我们只好送回去，要求重做。即使这样，重新做出来的卡布奇诺也仍然没达到我们的要求，我们还因此真诚地讨论了卡布奇诺，我分享了自己在布莱顿喝卡布奇诺的经历。我们还点了羊角面包。我把这些称为“羊角面包”，只是因为它们看上去像是平常的羊角面包，但实际上吃起来就是无味的小馒头。我在上面淋上树莓果酱，好让它们看上去美味一点，容易下咽。从咖啡馆出来之后，我们去了灰沉沉的海滨散步。布莱顿是一个令人压抑的小镇，尤其天气不好的时候。6月的天气本该晴朗，天空也该是湛蓝的，可今天反而如此阴沉，尤其在我们喝完一杯冒充卡布奇诺的“泡沫饮品”之后，这一切显得更加令人沮丧。我们沿着人行道慢慢散步，偶尔抬头望望大海。

“真是‘荒凉而空虚的大海’啊，”我打开话匣，“当然，你应该知道这是出自瓦格纳的音乐作品《特里斯坦和伊索尔德》，艾略特曾多次在《荒原》中引用这句话。”

“你可真是个骄傲的混蛋！”丽贝卡说，“我最讨厌你竟然说‘我当然知道’。”

“好吧！我当然只是开玩笑。”我说。

“我可是认真的。”她挽起我的手臂。

不久后，空中开始飘下毛毛细雨，布莱顿的天气总如此。毛毛细雨慢慢变成了倾盆大雨，我们别无选择，只好回到我那可爱的公寓里。丽贝卡说非常喜欢我清冷的房间，淡紫色的墙壁、紫外线灯具、薰香和佛像。从泰国回来时我确实带了很多佛像回来，公寓里到处都摆放着这些玩意儿。这似乎说明我在泰国什么事都没做，只是迷恋于石头玩意儿，并在那儿恍恍惚惚地度过了一个月。后来，她还说过这间房看起来有素食咖啡馆的味道，又像一间酒吧。但这是在我们结婚以后的事了，那时候我们还没有发现两人在室内装修方面存在严重的品位上的分歧，甚至还为此发生了比较无礼的争论。我做了意大利调味饭，特意挑了一道我会做的。偌大的休闲室里，雨水无情地打在落地窗户上，我们两人一起吃着意大利饭。

那时是下午晚些时候。如果阳光充足，光线肯定会涌入房间，照亮每个角落。一切反而如丽贝卡所说，这场景“就像坐在北海的拖网渔船上”。不过还是挺有趣的，特别是在我们经历早上的一系列打击后。选择布莱顿约会本来就是有点冒险的尝试，这里可能会让我们感觉不太自在，两个几乎不了解对方的人待在一间公寓里，天气又如此糟糕，而我的内心还迫切希望出现好天气。碰巧的是，大麻让我们感到彻底放松，再也没有因为外面的狂风暴雨而心情沮丧。我们坐在沙发上，一起欣赏哈里普拉萨德·查拉西亚[1]演奏的印度教传统曲调，即拉格音乐（“严格来说，这当然是傍晚时分的拉格乐。”我说道）。

年轻一些的时候，我常常和女人一起睡觉，大多时候我自己并没有想清楚，完全属于生理冲动。那个时候和女人调情也不是因为我想这么做，而是觉得作为男人应该这么做。如果那天我和丽贝卡出去吃饭，我们要么在晚餐后告别，要么两人提前同意一起回家。就像现在这样，我们会一起听着音乐，聊起卡布奇诺，聊聊火人节，谈谈我自己，慢慢闲聊，无需搂抱，也不用甜言蜜语和相互哄骗，我们的手偶尔会碰到一起，然后开始亲吻。

那天晚上和次日，丽贝卡都留在了布莱顿。周一她不得不去上班。接下来的一整个星期我都留在布莱顿，直到周五她再次过来。开门再看到她的时候，我说：“你甚至比我记忆中更美了！”

我们直到那一周之后才有第二次约会，那是我们同时去伦敦参加威尔·塞尔夫[2]的新小说发布会。就是在那天晚上，在伦敦丽贝卡的公寓里，我询问她是否一起去火人节，她回答：“当然可以。”

我知道我俩在那里会度过一段愉快的时光，也知道火

① 哈里普拉萨德·查拉西亚（Hariprasd Chaurasia，1938— ），印度音乐家、古典横笛演奏家。

② 威尔·塞尔夫（Will Self，1961— ），英国小说家、专栏作家。

人节不仅是一个寓言，对我来说亦是一场考验。前一年我跟当时的女朋友也去了，参加完火人节后，我们都很清楚彼此很快就会分手。那时我多么希望自己是一个人来到黑岩城啊，部分原因是因为没有太多机会与朋友亲密，但主要还是因为责任问题。我要负责看管一切，照顾我们的营地，确保东西没有被吹走，而我的女朋友则在游乐场跑来跑去，在一家甜品店开心得跟小孩子一样。我们都玩得很开心，都变成了火人节的皈依者，但也知道我们很快就会分手。在接下来的1月份，也就是在当代艺术学院看了电影《谎言》（*Lies*）的几天后，我们就分手了。一切都在预料当中，那时我没有想太多，也并不认为这对我的人生会有什么特别的意义，该来的总要来。

8月25日星期五，我和丽贝卡飞往旧金山。我们租了一辆房车，买了几辆便宜的自行车，储备了大量的食物和水。去火人节的前几天，我们一直在忙着烦琐的准备工作，忙到只有一个念头，那就是一到黑岩城我们就要赶紧睡觉。

星期二傍晚，火人节开始后的第二天，我和丽贝卡从雷诺一路开车向北，前往格拉克。天空中突然闪出一道奇怪的光，没有想象中的那么明亮，我不得不紧紧地抓住方向盘，因为我们的货车被大风刮得砰砰直响。天黑后我们才抵达黑岩城，但找不到本来约好一起在营地碰头的加拿大朋友，不过最后倒是找到了一些来自旧金山的朋友。我们在朋友们的营地度过了第一个晚上，就睡在我们的房车后面，而且第二天早上决定留在他们的营地。因为那天天气很冷，还刮着大风，我们觉得最好选择继续在房车上睡觉，也不想费力打开自己的帐篷了。后来发生的事也证明我们的决定是对的，参加2000年火人节的人都记得，那年黑岩城遭遇了可怕的沙尘暴。我和丽贝卡一直蹲在朋友的圆顶帐篷里，或者蜷缩在房车后面，感受着风暴一次次猛击过来，似乎要掀翻和淹没房车。我还记得我们一直在车里翻找东西。“房车容纳万物，万物各归其位”，这也是我们的座右铭，虽然我们无法做到使一切东西井然有序。结果就是，我们一直在寻找东西，比如找开瓶器、找袜子，我还常常带着绝对困惑的语气说：“这东西两秒钟前分明还在我手里的呀！”当然还有一些其他的有趣的事情，不过我记得最清楚的就是一直在找东西，还有那年的恶劣天气。这鬼天气真是一直和我们过不去，不仅在布莱顿我们第一次约会时就存心搞破坏，谁知到了黑岩城我俩第一次参加火人节，它还在盘算着怎样折磨我们。说实话，我很开心能去参加火人节，但那次的确让人非常失望。那年的火人节风尘飞舞，异常寒冷。一天晚上甚至还下了大雨，我们的自行车轮胎被卡在泥浆里动弹不得，我们费了九牛二虎之力才把它们拖回营地。

“这他妈的简直就像在格拉斯顿伯里音乐节。”我抱怨道。挣扎着活下去便是火人节带给参加者最大的体验了。我知道这一点，也确实看得出来，对于来自阳光明媚的加利福尼亚州的人们来说，他们很喜欢这场“有趣”的体验，但是我要提醒大家的是（若你们愿意聆听的话），我和丽贝卡是从英国过来的，我们已经见够了风雨，经历够了阴霾，真的不需要一路赶来内华达州，更不必来到黑岩沙漠，感受这些一模一样的恶劣天气，重新遭一次罪。我们在这里当然度过了一些愉快的时光，但我们本可以玩得更开心的，不是吗？真实的情况是，我们在这里玩得很不顺心，因为我满脑子一直盼着天气好一点，那样日子会好过得多。我无法在不顺的遭遇中想象好的结局，也无法勇敢面对退而求其次的结果，任何低于期望的事情于我而言都是一种让人崩溃的失望和打击。对我来说这是一种信念，尽管有时它会变成可怕的负担，把原本就不乐观的情况恶化20倍，重重压垮我并毁掉我的生活，但它也在某些方面支撑着我，比如下面我要说的这个例子，很快就会让你明白这一点执拗带给我的好处。

丽贝卡的眼睛周围时不时会长出一些类似疱疹的东西，眼睑内侧经常有些小溃疡，这对她来说是一种折磨。一天早上我醒来后，看到旁边的她左眼肿胀，像拳击手的拳头那样大，这真让人难过，特别是一想到她那么可爱的眼睛竟然变成了这样。从火人节回到伦敦的一周后，我生病了。起初是喉咙疼痛和流感，但几天之内我的病情比以往任何时候都要严重，喉咙和舌头上有三四十个白色溃疡，什么东西也进不了嘴、吞咽不下，甚至痛苦得不能下床，感觉脑袋随时要爆炸。医生说极有可能是疱疹，我整天待在丽贝卡的公寓里，无聊地等着她傍晚回来，带来舒缓的果汁、书籍和唱片。

幸运的是，那个时候我和丽贝卡已经完成了结婚注册该办的手续。我们尽量节俭，不花什么钱。结婚前两天，我参加了改革俱乐部的文学颁奖会，在那里吃了一顿午餐，看起来就像格雷厄姆·格林和安东尼·鲍威尔[①]战前在那里用过餐一样。我刚刚从疱疹之类的折磨中恢复过来，现在又遭遇食物中毒。结果，在我们低调的婚礼当天，我看起来像个奄奄一息的患病者。当然，新娘丽贝卡那天很美。婚礼没有邀请我们的父母，只有两个朋友（其中一个就是马克，就是那个同性恋家伙）。我们乘公交车去登记处，吃完午餐后就回家了。丽贝卡还被我说服去支付了午餐的账单，尽管一开始她并不情愿，后来也报销了这笔费用。虽然一想到食物中毒和疱疹，我就感觉窘迫，但这并不重要，至少我们成功地结婚了，而且速度很快，还没花什么钱。

除了便宜的婚礼开销之外，唯一不同寻常的事情就是

---

① 安东尼·鲍威尔（Anthony Powell，1905—2000），英国小说家。

我们达成的协议：结婚誓言的附加条款。那就是，关于我和丽贝卡的爱情和婚姻，我可以自由地写下我想写的任何东西，无论内容是否属实。

显然，我和丽贝卡结婚比较匆忙，但我们的决定一点也不草率、不仓促。为何这样说呢，一方面因为我们一起经历了火人节的考验，火人节一周艰难的生活可以说相当于一年的正常生活了；另一方面也因为我们这种表面上的匆忙实际上基于两个人长久的耐心。生命最重要的品质之一就是坚守幸福。我认识很多无法真正为自己的幸福努力的人，他们选择了将就、退而求其次、固守着一份不太完美的工作。我曾经有过很多女朋友，有时候几乎就要做出一辈子的承诺了，但总是在最后某些关键时刻还是很自私地落荒而逃。其实我只有两个选择：要么找一个对我来说意味着一切的人，要么继续像以前那样，相当快乐地生活在一连串的一夫一妻制单调乏味的世俗中，伴随着孤独、不自觉的独身和彻底的绝望。在这个世界上，无论有多少女性，面对一个美丽、风趣、性感、聪明、善良、守时、举止得体、道德高尚的女人，为之坚守幸福似乎并不难。注意，我把美丽放在了第一位，因为对我来说，如果让我对女朋友做出一辈子的承诺，或者面对她我依然能轻松自在，那她**必定**要是一个美人。是的，我的女朋友必须够漂亮，否则我可能希望和另一个更漂亮的人一起去参加派对。由于对美貌的这种迷恋，我经常会更换女朋友，她们虽然很漂亮，但仅限于皮囊之交，算不上知心朋友。现在我有了一个**美丽的妻子**，她还是我真正的朋友，她聪明善良，是我的一切。所以结婚对我而言实际上就像获得解放。它没有让我安定下来（我可从来没有任何安定下来的冲动），它也不需要我或是丽贝卡刻意为之付出任何额外的努力。我们甚至都不记得，是谁先开口说起要结婚的。这一切都来得很自然，自然得像布莱顿的那一个午后，我俩坐在沙发上，听着拉格音乐，接下来的一分钟我们便开始亲吻，然后我们就结婚了。

我常常留意到，人生中有一些特定的事情，而且往往是那些最重要的事情，它们在你不知不觉的时候发生。就好像你就是个奇怪而被动的人，事情自然而然地在该发生的时候发生了。当然，你也并非完全被动。生活常常就像你骑着一辆踩着刹车的自行车——每一次前进的尝试都会遇到阻力——有些时候你几乎没有意识到自己必须努力。命运不是伸手就能够得着的东西，它需要你的努力，但更多时候，生活通常需要的努力被一种安逸和优雅的感觉所取代。你可以在网球场中场休息的时候明白这一点，因为那个时候你若是击球，会发现你一直在尝试的击球方式和你实际采纳的击球方式之间已完全没有差别，你也许突然意识到球场上的你真正想做的……只是**打球**而已。这种感觉在写作过程中也经常出现，当那些勉强而又踌躇的词语开始流动的时候，你才能真正体会到写作的要义。不管是打球还是写作，你都知道自己正在做正确的事情，尽管你自己也说不清你做的事情能有什么不一样，道不明它有何意义。结婚就是如此啊，你不知道为什么要结婚，但是直觉会推着你这么做，告诉你这是正确的选择。对我自己而言，在我们结婚后的几个月，发生的一件小事更加确定了我的想法。

第一次见到丽贝卡的6个月前，我和自己当时的女友（一起去火人节的第一个女友）在伦敦邦德街的芬威克百货商场的内衣部。我女友在更衣室里试穿内衣时，另一位女士走进店里，她头发长，个子高，眼睛很美，我无法把目光从她身上移开。她的美貌不是那种一般的漂亮，我完全被她迷住了，魂儿都几乎被她勾走了。一种欲火焚身的感觉油然而生——她要买什么样的内衣呢？——但我主要还是感到了那种熟悉而令人惆怅的渴望。就在当时当地，我几乎都爱上她了，但我知道再也见不到她了。她似乎很匆忙。我看着她付钱离开。她没有看到我，故事到这里就没有然后了。

时间飞逝。形形色色的事情在发生，大部分已被人遗忘。那段时间我与女朋友分手，6个月后遇见丽贝卡，爱上她并与她结婚。有一天早上醒来，我有一种一闪而过却万分确定的想法，我突然意识到，这个躺在我身边的女人，我的妻子丽贝卡，就是那天我在芬威克百货商场遇到的美女。

和我当时的女朋友一起离开芬威克百货商场后，我们去伦敦当代艺术学院看了一部韩国电影。我不记得这部电影的名字，但是后来查阅自己1月22日写的日记，其中写着："在ICA看了电影《谎言》。"在那个阳光明媚的午后，我们走到帕尔美尔街，阳光从过路车辆的窗玻璃上反射过来，光秃秃的树枝在蓝天的映衬下分外显眼。我和当时的女友提前几分钟到了电影院，留出了一些时间去书店或者其他地方打发时间。也就是说，我们在那天2点到2点30分都在芬威克百货商场里。丽贝卡也查看了**她的**日记。的确，她那天也去了芬威克百货商场，也是匆匆忙忙的，还把车停到了黄色线上。那天晚些时候，她准备飞到纽约和情人约会。

所以事实上，我已经忘记了第一次遇见丽贝卡的真正情景，但又似乎从未完全忘记。入睡的时候，人的记忆反而更加活跃，记忆的色彩在梦中变得越发深沉而清晰。这是梦的幽灵，永恒而可爱。

写于2005年

文章来源与致谢

《雅克·亨利·拉蒂格与〈发现印度〉》的另一个不同的版本曾于2004年在BBC广播3台夜间频道播出，还有一个版本曾发表在杂志《光圈》（*Aperture*）上。

《罗伯特·卡帕》首先发表在《新政治家》（*New Statesman*）杂志上，也在美国杂志《文明》（*Civilization*）上刊登过。

《如果我死在战区》首次发表于期刊《现代画家》（*Modern Painters*）。

《露丝·奥尔金的〈欧洲胜利日〉》首次发表于《观察家报》。

《理查德·艾维登》发表在《理查德·艾维登：1946—2004的摄影作品》，由迈克尔·尤尔·霍尔姆（Michael Juul Holm）编辑（路易斯安那现代艺术博物馆，弗雷登斯堡，2007）。这篇文章最早发表于美国的《三便士评论》（*Threepenny Review*）。

《恩里克·麦廷尼德斯》结合了专著《恩里克·麦廷尼德斯》（摄影家画廊，伦敦，2003）的前言以及一篇首次发表在《每日电讯报》上的文章。

《乔尔·斯坦菲尔德的〈乌托邦幻象〉》最初发表于《卫报》。

《埃里克·索斯：奔流之河》首次发表于2006年《德国证券摄影奖目录》(摄影家画廊，伦敦，2006)。它最早于美国发表在由西里·恩伯格（Siri Engborg）编辑的《辗转各地：埃里克·索斯的美国》(*From Here to There: Alec Soth's America*，沃克艺术中心，明尼阿波利斯，2010）一书中。

《理查德·米斯拉赫》最初发表在《时尚先生》(*Esquire*）杂志上。

《威廉·盖德尼》首次发表于玛格丽特·萨特（Margaret Sartor）主编的《真相：威廉·盖德尼的照片和笔记》(*What Was True: The Photographs and Notebooks of William Gedney*，诺顿，纽约，2000）一书中。

《迈克尔·阿克曼》首次发表于《艺术评论》(*Art Review*)。

《米罗斯拉夫·蒂奇》最初发表于《卫报》。

《可取之处：托德·希多》的一个简短版本首次发表在《奥约德佩兹13》(*OjodePez* 13）中；这里重印的版本曾作为《汽车旅馆俱乐部》(*Motel Club*）的介绍序言发表(纳兹雷利出版社，波特兰，2010)。

《伊德里斯·汗》最初发表于《卫报》。

《透纳和记忆》首次收录于《泰特等地》(*Tate Etc*)。

《美国式崇高》首次在期刊《展望》(*Prospect*）上发表。

《石头的觉醒：罗丹》首次发表于《恰到好处：罗丹》（*Apropos: Rodin*，泰晤士和哈德逊出版社，伦敦，2006）一书，该书由詹妮弗·高夫·库珀（Jennifer Gough-Cooper）提供照片。

《头戴荆冠的耶稣画像》最初发表于《卫报》。

《D.H. 劳伦斯：〈儿子与情人〉》作为现代图书馆版（纽约，1999）的序言首次发表。

《F. S. 菲茨杰拉德：〈美丽与毁灭〉》作为企鹅出版社现代经典版（伦敦，2004）的序言首次发表。

《F. S. 菲茨杰拉德：〈夜色温柔〉》首次发表于《美国学者》（*The American Scholar*，司普林出版社，2001）杂志。

《拳击文学》最初发表于《卫报》。

《詹姆斯·索特：〈猎人〉与〈光年〉》最初发表在企鹅出版社的网页 Penguin.com。

《丹尼斯·约翰逊：〈烟树〉》最初发表于《卫报》。

《伊恩·麦克尤恩：〈赎罪〉》最初发表于《卫报》。

《洛丽·摩尔：〈门在楼梯口〉》首次发表于《观察家报》。

《唐·德里罗：〈欧米伽点〉》首次发表于《纽约时报书评》。

《龚古尔兄弟日记》最初作为介绍埃德蒙德和朱尔斯·德·冈考特的前言出版，收录在《龚古尔日记的页面》（*Pages from the Goncourt Journals*，纽约经典书评，纽约，

2007）一书中。

《丽贝卡·韦斯特：〈黑羊与灰鹰〉》最初作为《黑羊与灰鹰》（阿桑奇，爱丁堡，2006）的介绍序言发表。

《约翰·契弗：〈日记〉》最初作为专著《约翰·契弗日记》（*The Journals*，古典名著出版社，爱丁堡，2006）的介绍序言发表。

《雷沙德·卡普钦斯基的非洲生活》最初发表于《卫报》。

《塞巴尔德、轰炸和托马斯·伯恩哈德》有一个更短的版本首次发表于《洛杉矶周刊》（*L. A. Weekly*）；2004年春/夏又在《第九托词》（*Pretext* 9）发表了一个较长的版本。

《战争的道德艺术》最初发表于《卫报》。

《我的最爱》最初发表于《伟大歌曲的生命》（*Lives of the Great Songs*，帕维利恩出版公司，伦敦，1994），由蒂姆·德·利勒（Tim De Lisle）编辑。

《威豹乐队与超现代性人类学》最初发表于《卫报》。

《当代我的版本》最初发表于《触及地平线：ECM的音乐》（*Horizons Touched: The Music of ECM*，格兰塔，伦敦，2007）一书，由史蒂夫·雷克（Steve Lake）和保罗·格里菲斯（Paul Griffiths）编辑。该文首次见于《三便士评论》。

《爵士乐日渐式微？》原发表于《独立报杂志》（*The*

Independent Magazine）《观察家报》《卫报》。此版本最早出现在意大利某杂志上，现在我已经忘了它的名字。

《樱桃街》原发表于《卫报》。

《文森特雕塑与布鲁斯音乐》最早收录于迈克尔·罗森（Michael Rosen）编选的《给我庇护》（*Give Me Shelter*，鲍利海出版公司，伦敦，1991）。

《爱与赞誉：加缪的阿尔及利亚》原发表于《时尚先生》杂志。该文首次发表于美国《不设防的城市》（*Open City*）。

《法国奥杜拉尔村》原发表于《时尚先生》杂志。

《写在离别前》最初发表于《新政治家》。

《闯祸达人》原发表于《时尚先生》杂志。

《万千美装》最初发表于《时尚》（*Vogue*）杂志。

《2004年奥运会》原发表于《卫报》。

《性爱与酒店》原发表于Nerve.com网站。

《我们会为何而活》原发表于《卫报》。该文最初见于美国《连词》（*Conjunctions*）。

《Airfix模型——一代人的回忆》原发表于《时尚先生》杂志。

《一个人一生中的漫画》首次发表于《观察家报》。该文篇幅更长的版本收录于肖恩·豪（Sean Howe）编辑的《代我们向阿托姆马舍一家问号！》（*Give Our Regards to the Atomsmashers!*，万神殿书局，纽约，2004）一书。

《紫罗兰的骄傲》原发表于《卫报》。该文首次发表于美国《西雅图评论》(*Seattle Review*)。

《屋顶上》首次发表于《格兰塔》(*Granta*)杂志。

《打开我的藏书》首次发表于《新政治家》。

《读者的障碍》原发表于《卫报》。

《我作为不速之客的生活》原发表于《卫报》。该文首次发表于美国《三便士评论》。

《侥幸》最初发表在五卷本的《牛之叙事》(*Ox-Tales*，乐施会/传略图书，伦敦，2009）一书，由马克·埃林厄姆（Mark Ellingham）编辑。

《人类状况百科全书》以“栖居”为题发表于由马修·博蒙特（Matthew Beaumont）和格里高利·达特（Gregory Dart）编辑的选集《不安的城市》(*Restless Cities*，沃索出版公司，伦敦，2010）一书，形式稍有不同。

《当然》最初发表于选集《承诺》(*Committed*，布鲁姆斯伯里出版公司，纽约，2005)，由克里斯·那斯滕（Chris Knusten）和大卫·库恩（David Kuhn）编辑。

我在此衷心感谢英国和美国的各家首次被委托或发表这些文章的报纸、杂志、广播电台以及出版社的所有编辑。所以，我在此表达我对以下各位的感谢之情，排序无先后之分：博伊德·唐金、格雷格·威廉姆斯、罗茜·博伊考特、蒂姆·赫尔斯、蒂姆·德·利勒、罗格·阿尔顿、约翰·马尔霍兰、罗伯特·耶茨、威廉·斯基德尔斯基、理查德·戈特、克莱尔·阿米特斯泰德、保罗·雷蒂、丽莎·阿勒黛丝、克莱尔·马格森、凯瑟琳·维纳、迈克尔·罗森、凯伦·莱特、玛格丽特·萨特、阿莱克斯·韦伯、凯特·布什、托马斯·戴恩、约翰·兰彻斯特、西蒙·格兰特、托马斯·纽拉特、亚伦·舒曼、乔纳森·谢宁、大卫·古德哈特、西蒙·温德尔、玛丽亚·特蕾莎·波弗、安妮·法迪曼、娜塔莎·威默、汤姆·克里斯蒂、乔恩·库克、卡特里·斯卡拉、格里高利·考尔斯、埃德温·弗兰克、丽兹·弗里、史蒂夫·雷克、保罗·格里菲斯、乔·克雷文、亚历山德拉·舒尔曼、苏珊·多米纳斯、丽兹·乔比、马克·埃林厄姆、迈克尔·尤尔·霍尔姆、西里·恩伯格、马修·博蒙特、格里高利·达特、肖恩·豪、克里斯·那斯滕、大卫·库恩、温迪·雷瑟、理查德·贝斯维克、杰米·宾和弗朗西斯·比克莫尔。如果我遗漏了应该被列入这份名单的人，我在此表示歉意。

在她的帮助下，这些作品变成了一本如此精美的书，我很感谢格雷沃夫出版社的凯蒂·都博林斯基。我还要感谢史蒂夫·伍德沃德，感谢他为书中的照片和画作取得了复制许可（也感谢那些让他和我的工作更轻松的摄影师和机构）。

一如既往爱和感谢我的妻子丽贝卡·威尔逊。

我最要感谢的是伊桑·诺索斯基。一个老女友曾对我说我："你所做的就是坐在你的房间里生闷气。"这显然是夸大其词，但是，是的，我确实在生闷气，主要是因为我的那本关于爵士乐的书《然而，很美》还没有在美国出版。是伊桑终结了我的这种情绪，他当时在FSG/北角出版社当编辑。(实际上，我要感谢亚历山德拉·普林格尔，他曾经是我的英国编辑，然后成了我的经纪人，现在再次变成了出版人，再一次为我夺回《然而，很美》的版权，并在第一时间找到伊桑。）伊桑后来为我安排了一位在美国的代表，埃里克·西蒙诺夫，他一直是一位出色的朋友和经纪人，他先是在詹克洛和内斯比特公司工作，现在在威廉·莫里斯公司。总之，这是一种迂回的说法，这是个好理由，我将这本书献给伊桑，抱以无比的感激和强烈的情谊。2009年，我参加了他在新奥尔良与克里斯蒂娜·穆勒的婚礼，这非常可爱，尽管这份可爱在我不小心把丽贝卡的笔记本掉在了地上之后就戛然而止——她看上去损失了所有东西，这是她的错，真的，因为我跟她说了很多年关于备份的重要性，但她就是不听。

版权合同登记号：图字：11-2016-386号

图书在版编目（CIP）数据

人类状况百科全书：杰夫·戴尔评论集 /（英）杰夫·戴尔著；王和玉译. —杭州：浙江文艺出版社，2021.4
ISBN 978-7-5339-6460-3

Ⅰ.①人… Ⅱ.①杰… ②王… Ⅲ.①散文集—英国—现代 Ⅳ.①I561.65

中国版本图书馆CIP数据核字（2021）第052457号

责任编辑 周 易　　装帧设计 棱角视觉
责任校对 罗柯娇　　营销编辑 张恩惠
责任印制 吴春娟　　数字编辑 姜梦冉

人类状况百科全书：杰夫·戴尔评论集
[英] 杰夫·戴尔 著　王和玉 译

出版发行 浙江文艺出版社
地　址 杭州市体育场路347号
邮　编 310006
电　话 0571-85176953(总编办)
　　　 0571-85152727(市场部)
制　版 杭州天一图文制作有限公司
印　刷 浙江海虹彩色印务有限公司
开　本 787毫米×1092毫米 1/32
字　数 445千字
印　张 23.375
插　页 10
版　次 2021年4月第1版
印　次 2021年4月第1次印刷
书　号 ISBN 978-7-5339-6460-3
定　价 128.00元